돈키호테 1

미겔 데 세르반테스 사아베드라 지음 안영옥 옮김

일러두기

· 이 책은 1980년 스페인 바르셀로나에서 출간된 Planeta S.A. 출판사의 『*Edición, introducción y notas de Martin de Riquer de la Real Academia Española*』를 원본으로 했다. 이 원본은 스페인 한림학회 회원인 마르틴 리케르가 서문을 쓰고 주석을 단 책이다.
· 이 책에 수록된 삽화는 귀스타브 도레Gustave Doré(1832~1883)가 그린 것이다.

**EL INGENIOSO HIDALGO
DON QUIJOTE DE LA MANCHA
by MIGUEL DE CERVANTES SAAVEDRA (1605)**

이 책은 실로 꿰매어 제본하는 정통적인 사철 방식으로 만들어졌습니다.
사철 방식으로 제본된 책은 오랫동안 보관해도 손상되지 않습니다.

제1권 차례

규정 가격   19
정정에 대한 증명   21
특허장   22
베하르 공작에게   25
서문   27
돈키호테 데 라만차에 부치는 시   37

제1부

1. 유명한 이달고 돈키호테 데 라만차의 인물됨과 일상에 대하여   65
2. 기발한 돈키호테가 처음 고향을 떠날 때에 대하여   74
3. 돈키호테가 기사 서품식을 치르는 우스꽝스러운 방법에 대하여   82
4. 객줏집에서 나온 뒤 우리의 기사에게 일어난 일에 대하여   90
5. 우리 기사의 불행한 사건에 대한 이야기가 계속되다   99
6. 우리의 기발한 이달고의 서재에서 신부와 이발사가 행한 멋지고도 엄숙한 검열에 대하여   106
7. 우리의 착한 기사 돈키호테 데 라만차가 두 번째로 집을 나서는 이야기   117
8. 굉장히 무섭고 결코 생각조차 해본 적 없는 풍차 모험에서 용감한 돈키호테가 행한 멋진 사건과 좋게 기억할 만한 사건들에 대하여   124

제2부

9	늠름한 비스카야인과 용감한 라만차 사람이 벌인 대단한 싸움의 결말이 나다	139
10	비스카야인과 돈키호테 사이에 일어난 다음 이야기와 양구에스 무리들과의 위험한 이야기	146
11	산양치기들과 함께 있을 때 돈키호테에게 일어난 일에 대하여	154
12	돈키호테와 함께 있던 사람들에게 산양치기가 들려준 이야기에 대하여	164
13	여자 목동 마르셀라 이야기의 결말과 다른 사건들에 대하여	172
14	죽은 목동의 절망에 찬 시들과 예기치 않았던 다른 사건들에 대하여	185

제3부

15	돈키호테가 포악무도한 양구에스들과 만났을 때 당한 불행한 모험에 대한 이야기	217
16	기발한 이달고가 성이라고 상상한 객줏집에서 당한 사건에 대하여	227
17	용사 돈키호테와 그의 훌륭한 종자 산초 판사가 불행하게도 성이라고 생각한 객줏집에서 겪은 수많은 고난이 계속되다	237
18	산초 판사가 주인 돈키호테와 나눈 이야기와 그 밖에 이야기 될 만한 모험들에 대하여	248

19	산초가 주인과 나눈 진중한 이야기와 시체의 모험과 다른 유명한 사건에 대해서	262
20	아무런 위험 없이 끝낸 세상 유명한 기사의 모험처럼 안전하게 끝난 용감한 돈키호테 데 라만차의 듣도 보도 못한 모험에 대하여	272
21	맘브리노 투구를 획득한 대단한 모험 그리고 질 줄 모르는 우리의 기사에게 일어난 여러 가지 일에 대하여	290
22	가고 싶지 않은 곳으로 할 수 없이 끌려가는 수많은 불행한 사람들에게 돈키호테가 베풀어 준 자유에 대하여	306
23	이 진실된 기록에서 이야기되는 가장 희한한 모험들 중 하나인, 시에라 모레나에서 그 유명한 돈키호테에게 일어난 사건에 대하여	321
24	시에라 모레나 산맥에서의 모험이 계속되다	337
25	시에라 모레나 산맥에서 라만차의 용감한 기사가 겪은 기이한 일들과 벨테네브로스의 고행을 흉내 내어 그가 한 일에 대하여	349
26	사랑으로 말미암은 돈키호테의 몸부림이 시에라 모레나 산속에서 계속되다	373
27	신부와 이발사가 어떻게 자기들의 목적을 이루었는지, 그리고 이 위대한 이야기에 어울리는 다른 일들에 대하여	385

제4부

28	같은 산중에서 신부와 이발사에게 일어난 새롭고 즐거운 모험에 대하여	431
29	사랑에 빠져 혹독한 고행에 들어갔던 우리 기사를 꺼내기 위한 재미있는 속임수와 명령에 대하여	450
30	아름다운 도로테아의 신중함과 정말 재미있는 일들에 대하여	466
31	돈키호테와 종자 산초 판사가 나눈 재미있는 이야기와 다른 사건들에 대하여	480
32	객줏집에서 돈키호테 일행에게 일어난 사건에 대하여	493
33	〈당치 않은 호기심을 가진 자에 대한 이야기〉가 다뤄지다	503
34	〈당치 않은 호기심을 가진 자에 대한 이야기〉가 계속되다	529
35	〈당치 않은 호기심을 가진 자에 대한 이야기〉가 끝나다	555
36	돈키호테가 붉은 포도주 가죽 부대와 벌인 용맹하고도 터무니없는 전투와 객줏집에서 그에게 일어난 다른 희한한 사건에 대하여	567
37	유명한 미코미코나 공주의 이야기가 계속되고, 다른 재미있는 모험들이 이야기되다	580
38	학문과 군사에 대해 돈키호테가 벌인 신기한 연설에 대하여	594
39	포로가 자기의 인생과 일어난 일들에 대하여 이야기하다	600
40	포로의 이야기가 계속되다	612
41	포로가 그의 이야기를 계속하다	629

42	객줏집에서 더 일어난 사건과 다른 여러 가지 알아 둘 만한 일에 대하여	654
43	노새 모는 젊은이의 재미있는 이야기와 객줏집에서 일어난 이상한 사건이 다루어지다	664
44	객줏집에서 일어난 듣도 보도 못한 이야기들이 계속되다	678
45	맘브리노의 투구와 길마에 대한 의혹이 밝혀지고 다른 모험들이 진실 그대로 이야기되다	690
46	성스러운 형제단 관리들의 대단한 모험과 우리들의 선량한 기사 돈키호테가 한 위대한 폭언에 대하여	701
47	마법에 걸린 돈키호테 데 라만차가 끌려가는 이상한 방식과 다른 유명한 일들에 대하여	712
48	교단 회원이 기사 소설과 그의 지혜에 합당한 다른 문제들에 대해 계속 이야기하다	726
49	산초 판사가 자기 주인 돈키호테와 나눈 진중한 대화에 대하여	737
50	돈키호테와 교단 회원이 벌인 점잖은 논쟁과 다른 사건에 대하여	748
51	돈키호테를 데리고 가는 모든 사람들에게 산양치기가 들려준 이야기에 대하여	757
52	돈키호테와 산양치기가 벌인 싸움과 고행자들이 땀 흘린 대가로 행복한 결말을 맺은 이상한 모험에 대하여	764

제2권 차례

규정 가격
정정에 대한 증명
승인서
승인서
승인서
특허장
레모스 백작에게 드리는 헌사
독자에게 드리는 서문

1   신부와 이발사가 돈키호테와 그의 병에 대해 나눈 이야기
2   산초 판사가 돈키호테의 조카딸과 가정부를 상대로 한 주목할 만한 싸움과 다른 재미있는 일들에 대하여
3   돈키호테, 산초 판사 그리고 삼손 카라스코 학사 사이에 있었던 우스꽝스러운 토론에 대하여
4   산초 판사가 학사 삼손 카라스코의 의문을 풀어 주고 질문에 대답한 내용, 그리고 알아 두고 이야기할 만한 다른 일들에 대하여
5   산초 판사와 그의 아내 테레사 판사 사이에 있었던 점잖으면서도 재미있는 대화와 행복하게 기억될 만한 다른 일들에 대하여
6   돈키호테와 조카딸과 가정부 사이에서 일어난 일에 대하여, 이 이야기에서 가장 중요한 장들 가운데 하나이다

7 돈키호테가 자기 종자와 나눈 이야기와 다른 유명한 사건들에 대하여

8 귀부인 둘시네아 델 토보소를 만나러 가는 길에 돈키호테에게 일어난 일에 대하여

9 여기서 알게 될 일이 이야기되다

10 둘시네아 공주를 마법에 걸기 위해 산초가 꾸민 계략과 우스꽝스럽고도 진실된 다른 사건들에 대하여

11 〈죽음의 궁정〉의 수레인지 달구지인지를 만난 용감한 돈키호테에게 일어난 이상한 모험에 대하여

12 용감한 〈거울의 기사〉와 용맹한 돈키호테가 한 이상한 모험에 대하여

13 두 종자가 나눈 점잖고 새롭고 부드러운 대화와 함께 〈숲의 기사〉의 모험이 계속되다

14 〈숲의 기사〉의 모험이 계속되다

15 〈거울의 기사〉와 그의 종자가 누구였는지에 대해 이야기하며 그에 대한 정보를 주다

16 돈키호테와 점잖은 라만차의 신사에게 일어난 일에 대하여

17 돈키호테 전대미문의 용기가 닿고 도달할 수 있었던 최후의 극점과 행복하게 끝난 사자의 모험이 밝혀지다

18 〈녹색 외투의 기사〉의 성 또는 집에서 돈키호테에게 일어난 일과 다른 엉뚱한 사건들에 대하여

19 사랑에 빠진 목동의 모험과 정말로 재미있는 다른 사건들에 대하여

20 부자 카마초의 결혼식과 불쌍한 바실리오에게 일어난 일에 대하여

21 카마초의 결혼식이 계속되며 다른 재미있는 일들이 다루어지다

22 라만차의 심장부에 있는 몬테시노스의 동굴에서 일어난 위대한 모험과
    용감한 돈키호테 데 라만차가 이 모험으로 이룬 멋진 성공담에 대하여

23 위대한 돈키호테가 깊은 몬테시노스 동굴에서 보았다는
    놀랄 만한 사건들과 이 모험을 거짓으로 여기게 만드는
    그 엄청남과 불가능성에 대하여

24 이 대단한 이야기를 진짜로 이해하기 위해 필요한 수천 가지 당치 않은
    자질구레한 일들이 이야기되다

25 당나귀 울음소리에 관한 모험과 괴뢰사의 재미있는 모험, 그리고 점쟁이
    원숭이의 기억할 만한 점괘에 대하여

26 괴뢰사의 우스꽝스러운 모험이 계속되고, 상당히 재미있는 다른
    사건들이 다루어지다

27 페드로 선생과 원숭이의 정체, 그리고 당나귀 울음소리 모험에서
    돈키호테가 원하고 생각했던 바와 달리 겪어야만 했던
    불행한 사건에 대하여

28 읽는 사람이 주의를 기울여 읽는다면 알게 될, 베넹헬리가 말하는
    것들에 대하여

29 그 유명한 마법에 걸린 배 모험에 대하여

30 아름다운 사냥꾼 여인과 돈키호테 사이에 일어난 일에 대하여

31 수많은 큰 사건들에 대하여

32 자기를 비난한 자에게 돈키호테가 한 대답과 다른 심각하면서도
    재미있는 사건들에 대하여

33 공작 부인과 젊은 시녀들이 산초 판사와 나눈, 읽을 만하고 기록할 만한
    유쾌한 대화에 대하여

34 세상에 둘도 없는 둘시네아 델 토보소의 마법을 어떻게 풀 것인가에
    대한 정보를 얻는, 이 책에서 가장 유명한 모험들 중 하나가 이야기되다

35 돈키호테가 둘시네아의 마법을 어떻게 풀 것인가에 대한 정보를 얻는
    이야기가 다른 놀랄 만한 사건들과 함께 계속되다

36 〈트리팔디 백작 부인〉이라는 별명을 가진 〈슬픔에 잠긴 과부 시녀〉
    돌로리다 부인의 상상도 할 수 없는 이상한 모험과 산초 판사가 아내
    테레사 판사에게 보낸 편지에 대하여

37 〈슬픔에 잠긴 과부 시녀〉 돌로리다의 유명한 모험이 계속되다

38 〈슬픔에 잠긴 과부 시녀〉가 자신의 불운에 대하여 말한 내용이 이야기되다

39 그 트리팔디 부인이 놀랍고 기억할 만한 자기의 이야기를 계속하다

40 이 모험과 이 기억할 만한 이야기에 관련된 일들에 대하여

41 클라빌레뇨의 도착과 이 길었던 모험의 결말에 대하여

42 산초가 섬을 통치하러 가기 전에 돈키호테가 그에게 준 충고와 신중하게
    고려될 만한 다른 일들에 대하여

43 돈키호테가 산초 판사에게 준 두 번째 충고에 대하여

44 산초 판사를 어떻게 섬으로 데려갔는지와 성에서 돈키호테에게 일어난 이상한 모험에 대하여

45 위대한 산초 판사가 어떻게 섬에 취임했는지와 어떻게 통치를 시작했는지에 대하여

46 사랑에 빠진 알티시도라의 호소와 돈키호테가 당한 놀랍고 경악할 만한 고양이 방울 소리에 대하여

47 산초 판사가 통치하면서 어떻게 처신했는지가 계속 이야기되다

48 돈키호테와 공작 부인의 과부 시녀 도냐 로드리게스에게 일어난 일과 기록으로 남겨 영원히 기억할 만한 다른 사건들에 대하여

49 산초 판사가 자기 섬을 순찰하던 중 일어난 사건에 대하여

50 과부 시녀를 때리고 돈키호테를 꼬집고 할퀸 마법사와 집행인의 정체가 밝혀진 일, 아울러 산초 판사의 아내 테레사 판사에게 편지를 가지고 간 시동이 겪은 사건에 대하여

51 통치 일에 있어서 산초 판사의 발전과 다른 좋은 일들에 대하여

52 〈슬픔에 찬〉, 혹은 〈고뇌에 찬〉, 혹은 또 다른 이름인 도냐 로드리게스라는 과부 시녀의 두 번째 모험에 대하여

53 산초 판사의 힘들었던 통치의 결말에 대하여

54 다른 이야기가 아니라 바로 이 이야기와 관련된 일에 대하여

55 길을 가던 도중 산초에게 일어난 일들과 보아야만 이해될 다른 일들에 대하여

56 과부 시녀 도냐 로드리게스의 딸을 옹호하기 위해
    돈키호테 데 라만차와 하인 토실로스 사이에 벌어진,
    생전 보지도 못한 어처구니없는 싸움에 대하여
57 돈키호테가 어떤 식으로 공작과 작별하는지, 그리고 공작 부인의 하녀인
    재치 있고 자유분방한 알티시도라와의 사이에서 일어난 사건에 대하여
58 어떻게 해서 돈키호테에게 방랑할 여유도 주지 않고 수많은 모험들이
    자주 일어났는지에 대하여
59 돈키호테에게 일어난 모험으로 볼 수 있는 이상한 사건에 대하여
60 돈키호테가 바르셀로나로 가는 길에 일어난 일에 대하여
61 바르셀로나로 들어갈 때 돈키호테에게 일어난 일과 기발함보다는
    진실이 더 많은 다른 일들에 대하여
62 마법에 걸린 머리의 모험과 이야기하지 않고 넘어갈 수 없는 다른
    자질구레한 일들에 대하여
63 갤리선을 방문했을 때 산초 판사에게 일어난 재난과 아름다운 무어인
    아가씨의 새로운 모험에 대하여
64 지금까지 돈키호테에게 일어난 그 모든 모험들 가운데 가장 가슴 아픈
    사건에 대하여
65 〈하얀 달의 기사〉가 누구인지에 대한 소식과 돈 그레고리오의 구출,
    그리고 그 밖의 사건들에 대하여
66 읽는 사람은 보게 되고 읽는 걸 듣는 사람은 듣게 될 사건에 대하여

67 돈키호테가 1년 동안 목동이 되어 들판에서 살겠다고 결심한 일과 정말
   즐겁고 재미있는 일들에 대하여
68 돈키호테에게 일어난 돼지의 모험에 대하여
69 이 위대한 이야기의 모든 과정 중에서 돈키호테에게 일어난 가장
   희한하고도 가장 새로운 사건에 대하여
70 제69장에 이어 이 이야기의 내막을 밝혀 주기 위해 없어서는
   안 될 것들에 대하여
71 종자 산초와 함께 고향으로 돌아가는 길에
   돈키호테에게 일어난 일에 대하여
72 돈키호테와 산초가 자기네 마을에 어떻게 도착했는지에 대하여
73 돈키호테가 마을로 들어설 때 느낀 징조와 이 위대한 이야기를 장식하고
   믿게 만드는 다른 사건들에 대하여
74 어떻게 해서 돈키호테가 병들어 누웠는지와 그가 한 유언,
   그리고 그의 죽음에 대하여

역자 해설 세상에서 가장 기발하고 위대한 기사의 모험 이야기
번역 후기
미겔 데 세르반테스 사아베드라 연보

EL INGENIOSO HIDALGO DON QVI-XOTE DE LA MANCHA,

Compuesto por Miguel de Ceruantes Saauedra.

DIRIGIDO AL DVQVE DE BEIAR, Marques de Gibraleon, Conde de Benalcaçar, y Bañares, Vizconde de la Puebla de Alcozer, Señor de las villas de Capilla, Curiel, y Burguillos.

Año, 1605.

CON PRIVILEGIO,
EN MADRID Por Iuan de la Cuesta.

Vendese en casa de Francisco de Robles, librero del Rey nro señor.

1605년 초판본 표지 번역

기발한
이달고 돈키호테
데 라만차

미겔 데 세르반테스
사아베드라 지음

1605년 국왕의 특허를 받아 후안 데 라 쿠에스타가 마드리드에서 출판하다. 우리 국왕의 서적상인 프란시스코 데 로블레스 서점에서 판매하다.[1]

---

1 초판본 표지 문안.

규정 가격[2]

왕실 심의회에 거주하는 사람들이 미겔 데 세르반테스 사아베드라가 집필한 『기발한 이달고[3] 돈키호테 데 라만차』를 심의한 결과 장(張)당 3.5마라베디[4]로 책정한 것을 그들 중의 하나인 나, 왕실의 서기인 후안 가요 데

---

2 당시 인쇄된 책에는 의무적으로 규정 가격을 표시해야 했다. 책 가격을 출판업자가 아니라 왕실 심의회에서 책정했다는 점이 흥미롭다.

3 *hidalgo*. 스페인에만 있는 하급 귀족 작위인 〈이달기아*hidalguía*〉를 가진 사람을 가리킨다. 일반적으로 알려진 공작, 후작, 백작, 자작, 남작 외에 스페인에서 최소 4대에 걸쳐 선을 행하며 내려온 기독교 가문의 가계에 주어졌던 이 작위는 스페인 열일곱 개 자치 지역 가운데 하나인 북쪽 나바라Navarra에서 시작되었다. 이후 714년부터 1492년까지 스페인 내 무어인들을 몰아내기 위한 국토 회복 전쟁에 참여한 사람들에게도 명예로운 공동의 대의에 참가했음을 기리기 위해 이 작위를 부여하면서 대물림되었다. 후대로 내려오면서 평민 상당수가 포함될 정도로 많아져 이들 삶의 방식이 스페인 사람을 정의하는 데 큰 몫을 했다. 이달고는 〈이상주의자에 열성 기독교 신자, 모험가, 큰 공을 세우기를 좋아하는 자, 대범한 자, 경제에는 무관심한 자〉로 이러한 이달고가 스페인 16~17세기의 사고를 지배했으며, 사람들로 하여금 위대함과 영광을 찾아 나아가도록 하는 추진력이기도 했다. 이들은 1492년 국토 회복 전쟁이 끝난 후 종교에 파묻혀 과거의 영광을 자랑하고 명예로 여기며, 전쟁과 행정 이외에는 다른 일을 해서는 안 된다는 규칙에 매여 살았다.

4 *maravedí*. 15세기 스페인의 화폐 단위로 금화인 두카도ducado(금 3.6그램)가 있고 1두카도는 은화 11레알*real*이며, 1레알은 34마라베디이다. 1마라베디는 은으로 계산하면 약 0.1그램이므로 290.5마라베디는 약 28그램 정도의 은에 상응하는 가격이다. 『돈키호테』의 출판 기한으

안드라다는 이를 확인하고 인증하노라. 이 책은 총 83장으로 되어 있으니 장당 가격에 맞춰 계산하면 책값은 290.5마라베디이고, 책은 종이[5]로 만들어 팔아야 하노라. 심의회 위원들은 이 가격에 팔 권한을 주었으며, 이 가격을 책 맨 처음에 표시하도록 하고 이 가격을 표시하지 않고서는 판매할 수 없도록 명하였노라. 이와 같은 사실을 알리고자 본 증서를 1604년 12월 20일 바야돌리드에서 발행하노라.

후안 가요 데 안드라다

로는 10년이 주어졌는데, 이는 카스티야 지역에만 해당되는 것으로 다른 지역에서 해적판이 출판되어 다시 카스티야로 들어와 유통되는 바람에 세르반테스는 경제적으로 큰 이익을 얻지 못했다.
    5 제본하지 않은 상태를 말한다.

정정에 대한 증명[6]

본 책은 원문과 대조하여 아무런 하자가 없고 요구한 대로 수정되었다는 것을 이로써 증명하노라. 1604년 12월 1일 알칼라 대학에 있는 〈신학자들의 하느님의 성모 대학〉에서.

프란시스코 무르시아 데 라 야나 석사

[6] 책을 발간하려면 원본을 제출해 왕실 심의회의 허락을 받아야 했다. 왕실 서기관이 원본을 검토하여 교정한 뒤 수정 사항을 지시하고 페이지를 매겼다. 원본을 돌려주면 출판업자는 지시한 대로 수정한 뒤 2부를 인쇄하여 원본과 함께 다시 심의회에 제출했다. 심의회에서는 지적한 내용들이 제대로 이루어졌는지를 검토했다. 이러한 과정을 거쳤음을 인증하는 것이 바로 이 〈정정에 대한 증명〉이며 이러한 허락이 있은 후에야 앞서 본 〈규정 가격〉과 뒤이어 볼 〈특허장〉 등을 책 첫 부분에 기록할 수 있었다. 유럽에서 인본주의와 문예 부흥기가 한창일 때 스페인에서는 이러한 검열이라는 정치권의 압박과 인간성 유린 도구인 종교 재판소의 결탁으로 인하여 인간의 기본적인 자유조차 누리지 못했다. 세르반테스는 『돈키호테』를 재미있게 읽었다고 말한 외국인에게, 종교 재판소가 없었더라면 더 재미있게 썼을 거라고 대답했다.

특허장[7]

국왕

    미겔 데 세르반테스, 그대가 『기발한 이달고 돈키호테 데 라만차』를 지었다는 이야기를 듣고, 우리는 이를 무척 공이 들어갔으며 아주 유용하며 쓸모 있는 책이라 여겨 그대의 요구대로 출판할 수 있도록 허가하며 우리가 줄 수 있는 한, 다시 말해 우리의 폐하께서 줄 수 있는 기간 동안 출판할 수 있는 특허권을 부여하노라. 이는 우리 심의회 사람들이 검토한바 책을 출판하는 데 필요한, 우리가 제시한 모든 조건들이 수행되었기에 이루어진 것이노라. 우리는 이 증서를 그대에게 보내야 한다는 데 의견을 모았고 이렇게 하는 것이 바람직하다고 보았노라. 그대에게

---

[7] 이는 비밀리에 출판물이 나오는 것을 방지하기 위한 왕의 특허장이며 유효 기간은 10년이다. 1605년 리스본에서 세르반테스와 이 책의 출판업자였던 후안 데 라 쿠에스타의 허락 없이 리스본에서 두 종류의 다른 판본이 나왔기 때문에 『돈키호테』를 두 번째로 출판할 때 포르투갈에서의 판권을 정리하기 위해 왕의 허가서를 수록하게 되었다. 1580년부터 1665년까지 포르투갈은 스페인의 영토였다.

은혜를 베풀고자 그대 또는 그대의 권한을 대행한 자만이, 또다시 언급할 필요는 없지만 『기발한 이달고 돈키호테 데 라만차』를 출판할 수 있는 권한을 가지며, 그 외에 다른 어떤 사람도 출판해서는 아니 됨을 밝히노라. 이는 본 증서가 발행된 날로부터 10년 동안 카스티야 전 지역에서 유효하노라. 따라서 그대의 동의 없이 책을 출판하거나 팔거나 혹은 출판하게 하거나 팔게 하는 사람은 그게 누구이든 간에 인쇄물과 인쇄 도구와 조판을 잃게 될 것이며, 그런 일을 할 때마다 5만 마라베디의 벌금을 물게 될 것이니라. 벌금 중 3분의 1은 고발자의, 다른 3분의 1은 우리 심의회의, 그리고 나머지 3분의 1은 선고한 재판관의 몫이 될 것이니라. 앞서 말한 10년의 기간 동안 이 책을 인쇄할 때마다 그대는 우리 심의회에 처음 검토된, 다시 말해 매 지면마다 도장이 찍혀 있고 책 마지막에 우리 왕실에 기거하는 사람들 중 서기관인 후안 가요 데 안드라다의 서명이 있는 원본을 같이 제출해야 하노라. 이는 출판물이 원본에 부합하는지를 보기 위함이노라. 아니면 우리가 임명한 교정관이 작성한 공증서를 가져와야 하노라. 인쇄물이 검토되어 수정되었는지, 원본에 따라 인쇄가 되었는지, 지적된 오류들이 고쳐졌는지를 출판할 책마다 검토하고 가격을 책정하기 위해서 그렇게 하는 것이니라. 그리고 우리는 그 책을 출판할 인쇄자에게 명하노니, 우리 심의회 사람들이 책을 수정하고 책값을 정하기 전까지는, 책의 처음이나 첫 장을 인쇄하지 말라. 수정과 가격 때문에 그리하는 것이니 작가나 출판 비용을 댄 자에게는 원본과 함께 단 한 권의 책만을 주도록 하라. 모든 것이 정해진 이후에 우리 왕국의 법과 소관 규정을 어기는 일 없이 책의 처음과 첫 장을 인쇄하고, 이어서 본 증서와 허가서와 규정 가격과 정정에 대한 증명을 신도록 하라. 그리고 우리 심의회 사람들과 다른 관계자들에게 본 증서를 보관하고 거기에 적힌 내용을 준수할 것을 명하노라. 1604년 9월 26일 바야돌리드에서.

국왕
국왕의 명령에 따라
후안 데 아메스케타

베하르 공작에게[8]

히브랄레온의 후작이자 베날카사르와 바냐레스의 백작이며, 라 푸에블라 데 알코세르의 자작이자 카피야와 쿠르리엘 및 부르기요스의 영주이신 베하르 공작께 이 책을 바칩니다.

각하께서는 귀하시어 세인들의 이득과 놀림에 굴하지 않고 예술 작품들을 즐거이 많이도 비호하시는 귀공자이기에 어떠한 책이든 명예롭게 하시고 흔쾌히 받아 주심을 믿고, 저는 『기발한 이달고 돈키호테 데 라만차』를 귀하의 더없는 존함을 비호로써 공개하려는 결심을 하게 되었습니다. 각하의 위대함을 매우 존경하여 이렇게 청하오니 흔쾌히 이 책의 보호자가 되어 주소서. 비록 이 책이 학식 있는 사람들의 집에서 이루어진 작품들처럼 우아함과 박식함 같은 그러한 고귀한 장식은 지니고 있지 않

---

[8] 이 사람은 돈 알폰소 디에고 로페스 데 수니가 이 소토마요르Don Alfonso Diego López de Zuñiga y Sotomayor(1577~1619)로, 실제로는 그다지 문학에 관심이 없었고, 자신이 이 위대한 작품의 헌사를 받았는지조차 모르고 있었다. 세르반테스 역시 실제 그에게 어떠한 비호를 받기 위해서가 아니라 당시 행하던 관례를 따랐을 뿐이다.

습니다만, 무식의 한계를 알지 못하고 남의 작품을 혹독하고도 부당하게 단죄하는 자들의 비판으로부터 각하의 그늘 아래 안전하게 보호될 수 있도록 하여 주소서. 이 뜻을 신중하게 살피시어 저의 지극히 겸허하고 미약한 바람을 무시하지 않으실 것을 믿사옵니다.

미겔 데 세르반테스 사아베드라

서문

 한가로운 독자여, 제가 제 지혜의 산물인 이 책이 상상할 수 있는 한 가장 사려 깊고 가장 멋진 책이기를 원한다는 사실은 굳이 말하지 않아도 알 것입니다. 하지만 만물은 자신과 닮은 것을 만든다는 자연의 순리를 저 역시 어길 수 없었습니다. 그러니 재주도 없고 배운 것도 없는 제가 어떤 이야기를 만들어 낼 수 있겠습니까? 어느 누구도 생각지 못하는 잡다한 망상에 휩싸여 제멋대로 사는, 주름투성이에 삐쩍 마른 작자가 온갖 불편함이 자리를 잡고 모든 슬픈 소리가 거주하는 감옥에서 탄생시킨 이야기 아니면 무엇이겠습니까? 평온하고 평화로운 장소와 들판의 쾌적함과 하늘의 고요함, 샘물 소리로 인한 영혼의 평안이라면 아무리 메마른 예술적 영감이라도 풍요롭게 하고 세상을 경이와 만족으로 채울 자식을 낳는 데 상당한 도움을 주었겠지만요. 그러나 추하고 아무 매력도 없는 아들을 가진 아비도 때로는 자식에 대한 사랑으로 눈에 콩깍지가 씌어 자식의 허물은 전혀 보지 못하며 오히려 그것을 신중함이나 사랑스러움이라 여기고 친구들에게 자식 놈이 영민하고 멋지다고 자랑하곤 합니다. 그럼에도 저는, 제가 이 돈키호테의 아버지 같기는 하지만 철저히 계부의 입장에 서서 그와 같은 오류는 범하지 않으려 할 뿐만 아니라 다른 작가들처럼 이 자식 놈에게서 만날 수 있는 실수들을 용서해 달라거나 모른 척 넘어가 주십사 눈물로써 애원하지도 않을 것입니다. 친애하는 독자여, 당신은 그의 친척이나 친구가 아닐뿐더러 당신의 육체에 영혼과 가장 훌륭한 자유 의지를 갖고 계시고, 왕이 거둬들인 세금이 그의 것이듯 당신도 당신 것의 주인 되시니, 〈내 망토 밑에서는 왕도 죽인다〉라는 말처럼 편할 대로 하십시오. 당신은 이 책에 대한 어떠한 종류의 존경심이나 의무에서도 자유롭습니다. 그러니 보시는 대로 무슨 말씀이든 하실 수 있습니다. 나쁘게 말한다고 당신을 비방할까 혹은 좋게 말한다고 당신에게 상을 줄까, 두려워하거나 고민하지 마십시오.

 저는 흔히들 책 앞에 붙이는 서문이니 소네트니 경구니 찬사 같은 목록이나 수두룩한 장식 없이 그저 있는 그대로 당신에게 이 책을 바치고 싶었습니다. 이 책을 쓰는 데 힘이 들긴 했지만, 실은 당신이 읽고 있는 이 서문을 쓰는 게 가장 힘듭니다. 서문을 쓰려고 펜을 잡았다가도 무엇을 써야 할지 몰라 다시 놓기를 수차례 반복했습니다. 그렇게 종이를 앞에 놓고 펜은 귀에 꽂고 팔꿈치를 책상에 괴고 볼에 손을 댄 채 무엇을 쓸까 고민하고 있는데, 갑자기 아주 재미있고 명철한 제 친구가 들어왔습니다. 생각에 잠겨 있는 저를 보자 친구는 그 이유를 물었고 저는 굳이 숨길 필요가 없어서, 돈키호테 이야기에 쓸 서문을 생각하고 있는데 그것을 쓰고 싶지 않기도 하고 그토록 고귀한 기사의 업적을 서문 없이 세상에 내놓을 수도 없는 일이라 고민 중이라며 이렇게 말했습니다.

 「법을 결정하는 어른은 세상 사람들이라고 하지 않는가. 오랜 세월 동안 망각의 침묵 속에 잠들어 있다가 이 나이[9]가 되어 세상에 나가면 사람들이 나를 두고 할 말이 많을 것인데, 그것이 나를 얼마나 혼란스럽게 할 것인지 자네는 모르겠는가? 기발하지도 않고 문체도 빈약한 데다 어떠한 박식함이나 교리나 개념도 부족하여 아프리카수염새 풀[10]처럼 무미건조한 이야깃거리를 가지고 말일세. 비록 터무니없고 이교도적이기는 하나, 아리스토텔레스니 플라톤이니 온갖 철학자들의 금언들로 가득하여 독자들이 그 말에 감탄하고 그 작가들을 박식하고 책을 많이 읽는 달변가로 여기는 그런 책들에 있는 마지막 부분의 해설이나 여백에 단 주석도 없는 이 책에 대해 말일세. 다들 성서까지 인용하더구먼! 자기들이 성자 토마스이거나 교회의 박사들이라는 말이겠지. 그리고 아주 기발한 장식들을 하고 있더군. 한 줄에는 사랑에 빠져 딴 데 정신이 팔린 연인을 그려 놓고 다른 줄에는 기독교 설교를 하고 있으니 듣기나 읽기에는 재미있겠어. 내 책에는 이런 것들이 일절 없을 걸세. 여백에 인용할 것도 없고 책 말미에 해설할 것도 없다네. 다른 사람들이 하듯 ABC 순서로 책 앞에 이름을 놓을 작가들도 난 모른다네. 그들은 아리스토텔레스로 시작해서 크세노폰이나 조일로나 제욱시스로 끝내고 있다네. 조일로는 악담을 내뱉는 자이고 제욱시스는 화가인데도 말일세. 내 책에는 책 처음에 붙이는 소네트도 없을 걸세. 적어도 공작이나 후작이나 백작이나 주교나 귀부인이나 유명한 시인들이 작가인 그런 소네트들 말일세.[11] 비록 내가 두세 명의 전문 시인 친구들에게 부탁하면 에스파냐에서 가장 이름 있다는 작가들과도 비교가 안 될 만큼 훌륭한 작품을 써줄 것을 알지만 말일세. 그러니 친구여……」 저는 계속해서 말을 이었습니다. 「나는 차라리 『돈키호테』를 라만차의 문서 보관소에 파묻어 두기로 마음먹었다네. 물론 부족한 만큼 그것을 장식할 누군가를 하늘이 줄 때까지 말일세. 나는 학문이 짧고 부

---

9 이 작품을 출판했을 때 세르반테스의 나이는 쉰여덟이었다. 그때까지 그의 작품은 20년 전인 서른여덟 살 때 내놓은 목가 소설 『라 갈라테아 La Galatea』가 유일했다.
10 esparto. 스페인 및 북아프리카에서 나는 거친 풀. 밧줄이나 바구니, 구두 등을 만드는 데 쓰인다.

족하여 그것을 메울 수가 없을뿐더러 천성적으로 게을러서 내가 써도 될 것을 대신 써줄 작가들을 부지런히 찾아다니지도 못하기 때문일세. 그래서 이렇게 아무것도 못 하고 골똘히 생각에 빠져 있었던 걸세. 이만하면 그 이유를 충분히 알 걸세.」

이 말을 듣자 친구는 손바닥으로 이마를 치며 한바탕 웃어 젖히더니 말했습니다.

「세상에, 이 친구야, 내가 오랫동안 자네를 알아 오면서 자네는 늘 모든 일에서 진중하고 신중함을 다하는 친구라고 생각했는데 그것이 아니었다는 사실을 오늘에야 알겠구먼. 지금 보니 내가 알던 자네와 지금의 자네 사이에는 하늘과 땅만큼이나 거리가 있네. 아니, 아주 짧은 시간에 아주 쉽게 해결할 수 있는 문제 때문에, 다른 더 큰 어려움에 직면해서야 무너질 만한 자네가 그토록 성숙한 천재성을 발휘하지 못하고 망설일 수 있단 말인가? 분명 이건 재주의 문제가 아니라 게으름이 지나치고 방법이 부족해서 그런 걸세. 내 말이 맞는지 알고 싶은가? 그렇다면 잘 들어 보게. 눈 깜짝할 사이에 자네가 어렵다고 하는 문제가 모두 아무것도 아님을 밝히고, 모든 기사의 거울이자 광채인 자네의 유명한 돈키호테 이야

11 당시 스페인 국민극의 아버지로 큰 인기를 누렸던 로페 데 베가Félix Lope de Vega y Carpio(1562~1635)에 대한 빈정거림이다. 로페는 1602년에 발표한『앙헬리카의 아름다움』앞에 열두 편의 찬양 시를 붙였는데, 그 시 작가들 중에는 왕자와 후작과 두 명의 백작과 두 명의 귀부인이 있었다. 이렇게 세르반테스가 로페를 비아냥거리는 데에는 이유가 있다. 세르반테스는 자기보다 열네 살이나 어린 로페의 문학적 천재성을 예술의 신 아폴론에 견주었고, 그의 재능을 칭송하는 시도 두 편이나 쓴 바 있다. 그런데 세르반테스가『돈키호테』를 출판하려 할 때 당시 관례에 따라 작품을 칭송하는 시를 써줄 사람을 구하고 다닌다는 소문을 들은 로페가 자기 의사에게 보내는 사적인 편지에 〈세르반테스보다 나쁜 시인은 없고『돈키호테』를 찬양할 바보도 없다〉라는 내용을 썼고, 이 글은 빠른 속도로 유포되었다. 이 복사물이 세르반테스에게 닿지 않을 리가 없었을 것이다. 결국 세르반테스는 시를 지어 줄 사람을 구하지 않고, 서문에 이어 나오는 시들에서 보게 되겠지만 기사 소설에 나오는 인물들이 쓴 것인 양 스스로 유머러스한 시를 지어 넣었다.

기를 세상에 내놓는 일을 주저하게 만든다고 말한 그 부족한 점들을 몽땅 해결할 테니 말일세.」

「말해 보게.」 그의 말에 저는 대답했습니다. 「어떤 방법으로 자네는 내가 주저하고 있는 그 틈을 메울 생각이며, 갈피 없는 나의 이 혼돈을 말끔하게 정리할 작정인가?」

그는 말했습니다.

「먼저 자네는 고관대작들의 소네트니 경구니 찬사를 책 처음에 싣지 못하는 것이 마음에 걸린다고 했지. 이 문제는, 수고스럽겠지만 자네가 직접 원하는 이름을 지어 세례를 주면 해결될 일일세. 인도의 아비시니아 왕이나 트라피손다[12] 황제가 쓴 거라고 하면서 말일세. 내가 알기로 이들은 유명한 시인들이었다네. 혹시 이들이 시인이 아니거나, 박식한 척하는 자들과 학사들이 자네를 물어뜯기 위해 이 일로 뒷말을 내더라도 모두 두 푼어치 가치도 없는 놈들이니 신경 쓰지 말게나. 또한 자네가 거짓말을 했다는 것을 알게 된들, 그것을 쓴 자네 손을 자를 일도 없지 않겠나.

자네 이야기에 쓸 금언이나 경구가 실린 책들이나 작가들에 대해 여백에 주석을 달아야 하는 문제에 있어서는, 자네가 기억하고 있는 것들 혹은 적어도 찾는 데 별로 힘이 들지 않을 금언이나 라틴어를 적절하게 사용하면 되지 않겠는가. 가령 자유와 포로 생활에 대해서라면, 이렇게 쓰면 되지.

자유는 황금으로도 살 수 없다.

---

[12] Trapisonda. 흑해에 있는 항구. 기사 소설에 자주 등장한다.

그러고 나서 주석에다 호라티우스라든가[13] 다른 누가 그런 말을 했다고 밝히면 되잖겠는가. 그리고 죽음의 힘에 대해 말하고 싶다면, 이렇게 쓰면 된다네.

창백한 죽음은 왕의 궁궐에나 가난한 자들의 초막에나 똑같이 찾아온다.[14]

만일 하느님이 명령하신 대로 원수에 대한 사랑과 우정에 대해 다루고 싶다면 즉각 성서로 들어가서 약간의 호기심을 가지고 그것을 행할 수도 있으며, 그땐 적어도 하나님이 말씀하신대로 써야겠지. 〈그러나 나는 이렇게 말한다. 원수를 사랑하고 너희를 박해하는 사람들을 위하여 기도하여라.〉[15] 나쁜 생각에 대해 다루는 경우에도 복음서에 도움을 청하면 되지 않겠나. 〈마음에서 나오는 것은 살인, 간음, 음란, 도둑질, 거짓 증언, 모독과 같은 여러 가지 악한 생각들이다.〉[16] 그리고 우정의 불확실성에 대해 다룬다면 카톤의 2행 대구 시가 있잖은가.

네가 행복할 때는 친구가 많을 것이나
어려워지면 혼자 남게 될 것이다.[17]

---

13 언급된 구절은 호라티우스Flaccus Quintus Horatius(B.C. 65~B.C. 8)가 아니라 12세기 시인이자 유명한 우화 작가인 워터 앙글리쿠스Water Anglicus의 것으로 자신의 우화 「개와 늑대」 마지막에 적어 놓은 것이다. 사실 세르반테스에게 이 구문을 누가 썼는지는 중요하지 않다. 그는 서문에서 시종일관 자신의 무지함을 나타내려 하고 있는데, 이는 당시 잘난 척하던 문인들과 대조시키기 위함이며 특히 로페에 대한 비아냥거림을 이어 가기 위한 것이다.
14 호라티우스의 「찬가」 제1서 4장.
15 「마태오의 복음서」 5장 44절.
16 「마태오의 복음서」 15장 19절.

이처럼 라틴 구절이나 그런 부류의 것들을 쓰면 사람들은 자네를 문법학자로 알 걸세. 요즘 세상에 문법학자라면 명예와 이득이 적지 않지.

책 끝에 해설을 다는 것에 대해서는 말일세, 이런 식으로 하면 문제없을 걸세. 자네 책에 어떤 거인을 언급하고 싶다면 골리앗이라고 하는 걸세. 단지 이것만으로도 자네는 아무런 힘도 들이지 않고 멋진 해설을 붙일 수 있을 걸세. 이렇게 말일세. 〈거인 골리아스 혹은 골리앗은 필리스틴 사람이었는데, 「열왕기」에 의하면 목동 다윗이 테레빈 계곡에서 큰 돌팔매로 죽였다〉라고 쓰고는 그게 몇 장인지는 자네가 찾아보면 된다네.

그다음, 자네가 인문학과 우주 형상에 조예가 있다는 것을 사람들에게 보이려면 타호 강을 자네 책에 들먹이게나. 그리고는 이런 식으로 유명한 해설을 달게. 〈에스파냐 왕들이 타호라고 이름 붙인 그 강은 아무개 장소에서 발원해 유명한 리스본 도시의 성벽들을 감싸 흐른 뒤 대양으로 흘러 들어간다. 그리고 강변 모래가 황금이라는 말도 있다, 운운.〉[18] 만일 도둑에 대해 다루고 싶다면 내가 외우다시피 알고 있는 카쿠스[19]의 이야기를 들려주겠네. 만일 창녀들에 대한 이야기라면 몬돈녜도 주교[20]가 있지 않은가. 그분 책에서 라미아와 라이다, 그리고 플로라를 끌어다 쓰면 독자는 자네를 무조건 믿을 걸세. 잔인한 자들에 대해 다루고 싶다면 오비디

17 오비디우스Publius Naso Ovidius의 『비가』에 나오는 것으로, 앞에 인용된 구절들과 마찬가지로 스페인 사람들 사이에서는 지식의 많고 적음을 떠나 굳이 작가가 누군지를 밝히지 않아도 될 만큼 널리 알려져 있던 것이다. 앞서 굳이 〈카톤〉이라고 쓴 이유는 당시 일반인들 사이에서 『카톤 명언집』이라는 책이 유행하며 카톤이 금언의 작가로 알려져 있었기 때문이다. 더군다나 스페인 학교에서 학생들이 읽는 책을 〈카톤〉이라고 하기 때문에 누구나 다 알고 있다는 사실을 강조하기 위한 것이다. 이렇게 세르반테스는 의도적으로 이름을 잘못 인용하거나 이미 널리 알려진 구절들을 인용함으로써 희극적 효과를 노리고 있다.

18 앞선 주석에서와 같이 계속되는 인용문들은 굳이 주석이나 해설을 달지 않아도 스페인 사람이라면 이미 잘 알고 있는 기초적인 상식들이다. 그런데도 이렇게 하는 이유는 로페가 익히 알려진 타호 강에 대한 설명을 자신의 1588년 작품 『아르카디아La Arcadia』에 써놓았기 때문이다. 이로써 다시 한 번 세르반테스는 그를 비아냥거리며 독자에게 웃음을 선사한다.

우스의 메데이아를 인용하고, 마법사나 마녀 이야기라면 호메로스의 칼립소, 베르길리우스의 키르케가 있지 않은가. 용감한 장군에 대한 이야기라면 바로 카이사르가 자신의 전기에서 스스로를 빌려 줄 걸세. 플루타르코스는 수천 명의 알렉산더를 얘기해 줄 것이고 말이야. 사랑 이야기는, 토스카 언어를 조금만 알면 레온 에브레오[21]에서 충분히 건질 수 있을 걸세. 만일 낯선 땅으로 돌아다니기 싫으면 우리 나라에 폰세카가 있지 않은가. 그 사람의 『신의 사랑에 대하여』에는 자네나 기발한 사람이 볼 만한 사랑에 대한 내용이 모두 들어 있다네. 결론적으로 자네는 내가 여기서 언급한 이름들이나 이야기들을 자네 책에서 다루기만 하면 된다네. 주석이나 설명을 다는 일은 내게 맡기게. 맹세코 내가 책의 모든 여백을 주석으로 메워 주고 책 마지막은 넉 장 분량의 해설로 마무리해 줄 테니 말일세.

이제 다른 책들에는 있는데 자네 책에는 없다는, 작가들의 이름을 다는 문제를 생각해 봄세. 아주 쉽게 해결할 방법이 있지. 자네가 말한 대로 A에서 Z까지 작가들의 이름을 써놓은 책만 찾으면 될 걸세.[22] 그 이름 목록을 자네 책에 그대로 옮기면 되잖겠는가. 그 작가들이 자네 책에는 별 쓸

---

19 Cacus. 로마의 시인 베르길리우스는 카쿠스를 불꽃의 신 불카누스의 아들로 이야기했다. 헤라가 내린 광기로 헤라클레스는 자기의 아들을 죽이고 그 죗값을 치르기 위해 에우리스테우스 밑에서 열두 가지 과업을 수행하게 되는데, 그중 하나가 에일리테이아 섬에 사는 게리온의 소를 데리고 오는 것이었다. 헤라클레스가 가축들을 몰고 이탈리아에 도착했을 때 카쿠스가 소 떼를 훔쳐 자신의 동굴로 몰고 갔는데, 흔적을 남기지 않도록 가축들을 등으로 기어가게 할 정도로 교활했던 인물이다.

20 Mondoñedo. 구아딕스의 주교였던 안토니오 데 게바라Antonio de Guevara(1480?~1545)를 가리킨다. 이어서 언급되는 세 창녀가 그의 유명한 책 『가족 서신』에 나온다. 그러한 부류의 여성들을 다루는 데 굳이 주교의 책을 들먹이는 세르반테스의 의도가 의뭉스럽다.

21 León Hebreo(1460?~1521). 이탈리아어로 1535년 『사랑의 대화』를 집필했다.

22 이 역시 로페 데 베가에 대한 빈정거림이다. 로페는 자신의 『조국에서의 순례』(1604)에 무려 145명의 작가를 인용했고 1599년 『이시드로』에는 267명을 인용했다.

모가 없는 것들이라서 거짓 같아 보여도 그게 뭐가 중요하겠나. 혹시 모르지. 너무 순박해서 그 작가들을 모두 자네의 단순하고도 소박한 책을 쓰는 데 이용했다고 믿을 자가 있을지도. 적어도 다른 데는 소용이 없을지라도, 생각지도 못했는데 자네 책을 권위 있게 보이게 하는 데 그 긴 작가 목록이 한몫할 수도 있고 말이네. 자네가 그 작가들을 인용했는지 아닌지, 자기하고는 아무 상관도 없는 일에 골몰할 사람이 누가 있겠는가. 무엇보다도, 내가 제대로 알고 있는지는 모르겠으나, 사실 자네가 필요하다고 말한 그런 것들이 자네 책에는 하나도 필요치 않네. 자네 책은 기사 소설을 공격하기 위한 것이니 말일세. 아리스토텔레스가 기사 소설을 알 리가 없고 성 바실리오도 그것에 대해 말한 적이 없고 키케로도 그렇지 않겠나. 더군다나 기사 소설의 황당무계하고 터무니없는 이야기에 진리의 정확성이나 천문학적 관찰이 필요할 리 없고 기하학적 측량의 중요성이 요구되는 것도 아니며 수사학을 잘 아는 자들의 반론이 들어가야 하는 것도 아니지. 머리가 제대로 된 기독교인이라면 결코 해서는 안 될 장르의 혼합, 즉 인간적인 것과 신적인 것을 섞어 누구에게 설교하기 위한 것도 아니지 않은가. 단지 사실을 모방하면 되는 걸세. 모방이 완벽하면 할수록 글은 더욱 좋아지지. 그리고 자네 책이 이 세상과 속인들 사이에서 차고 넘치며 권위를 갖는 기사 소설을 무너뜨리는 데 목적을 둔 것이라면 굳이 철학자의 금언이나 성경의 충고나 시인들의 우화나 수사학자들의 문장이나 성자들의 기적들을 구걸하고 다닐 필요가 없지 않은가. 그저 의미 있고 정결하며 잘 정돈된 단어들로 평범하게 자네의 단문과 복문을 울림이 좋고 유쾌하게 만들어 자네가 의도한 바를 가능한 한 잘 묘사하도록 하게. 자네가 말하려는 개념을 헷갈리게 하거나 난해하게 하지 말고 말일세. 또한 신경 쓸 일은, 자네 이야기를 읽으면 우울함이 웃음으로 바뀌고 웃음은 더 큰 웃음으로 바뀌게 하여, 어리석은 사람은 화를 내지 않고 신중한 사람은 그 기발한 착상에 감탄하고 심각한 사람은 경멸하지 않고 진중한 사람은 칭찬하도록 만드는 걸세. 그렇게 많은 사람들이 증오하지만 더 많은 사람들이 찬양하는 기사 소설의 잘못된 점을 무너뜨리는 데 주안점을 두게나. 여기까지만 달성해도 적잖은 성과가 아니겠는가.」

  친구의 이러한 말을 가만히 듣고 있었는데, 하나하나 참으로 인상적이고 좋았기에 저는 군소리 없이 받아들여 이 서문을 쓰고자 했습니다. 그러니 다정한 독자여, 이 서문을 통해 당신은 제 친구의 신중함과 절실할 때에 그런 조언자를 찾은 저의 행운과 더불어, 유명한 돈키호테 데 라만차의 이야기를 복잡하지 않으면서도 진지하게 만날 수 있게 된 당신 자신의 위안을 맛보시게 될 것입니다. 돈키호테 데 라만차에 대해서는, 몬티엘 지역 주민들 말에 따르면 그는 오래전부터 지금까지 그 지역에서 나왔던 가장 순수한 연인에 제일 용감한 기사였다고 하더군요. 그토록 품위 있고 명예로운 기사를 소개하는 제 노고를 알아 달라고 하지는 않겠습니다. 하지만 그의 종자인 그 유명한 산초 판사를 아시게 된 점에 대해서는 제게 감사하셨으면 합니다. 제가 보기에 쓸데없는 잡동사니 기사 소설들에 흩어져 있는 종자들이 지닌 모든 매력들이 그자에게서 한꺼번에 보일 테니 말입니다. 이만 하느님의 가호가 당신에게 있기를 바라며, 안녕히 계십시오.

돈키호테 데 라만차에 부치는 시

얼굴을 알 리 없는 우르간다[23]가 키호테에게

책 돈키호테여, 네가 조심해서
훌륭한 사람들에게 가면
경험이 없는 자도 네가 뭘 모른다는
그런 소리는 하지 않을 것이다.
반면 네가 바보들의
손에 들어가고자
안달할 때면

---

23 Urganda. 몬탈보Garci Rodríguez de Montalvo(1450~1505)의 기사 소설 『아마디스 데 가울라*Amadís de Gaula*』에 나오는 마녀로 여러 차례에 걸쳐 주인공을 지켜 주었다. 이 여자는 둔갑술에 능하며 아무도 알아볼 수 없는 모습을 지니고 있다. 이어지는 시는 스페인의 시인 알론소 알바레스 데 소리아Alonso Álvarez de Soria(1573~1603)가 개발한 놀이용 시 형식으로, 원문에는 각 행 마지막 단어의 마지막 음절을 생략하고 있어 일명 〈꼬리가 잘린 시구로 된 10행시(데시마*décima*)〉라고 한다. 그는 이 형식을 자신의 유머 시에 사용했고 속담에도 이용했다. 본 번역에는 마지막 음절을 살려 놓았다.

설혹 그들이 똑똑한 척하더라도
즉각 그들은 바보임을
알게 될 것이다.

　큰 나무에 의지하는 자
훌륭한 그늘을 얻는다고
경험이 가르쳐 주듯이
베하르의 왕실 나무가
네겐 훌륭한 별로 너를 지킨다.
그 나무는 열매로 왕자들을 맺어
그중 공작[24]이 피어났으니
그는 새로운 알렉산더 대왕[25]이라
그의 그늘에 의지하라.
행운은 용자의 편이다.

　너는 라만차에서
책만 읽다가
머리가 돈 자의
모험들을 이야기할 것이다.
귀부인이니, 갑옷이니,
기사들이 그를 유혹하였으니
사랑에 집착한

---

24 앞서 이 책을 헌사한 베하르 공작을 가리킨다. 그는 나바라 왕의 후손으로 시의 〈큰 나무〉 또한 당연히 이 공작을 뜻한다.
25 관대함의 상징으로 다루어지는 인물.

분노에 찬 오를란도²⁶처럼
노력하여 엘 토보소의
둘시네아를 얻었도다.
　신중하지 못한 상형 문자를
문장으로 새기지 말라,
모든 게 그림으로 나오면
천박한 점들 겁주려고 경쟁을 벌일 테니.²⁷
만일 헌사에서 겸손하면
아무런 우롱도 없을 것이다.
〈루나의 돈 알바로나
카르타고의 한니발이나
에스파냐의 프랑수아 왕이
불운을 한탄하지 않았던가!〉²⁸

　후안 라티노²⁹와 달리
너는 라틴어를 모르니
라틴어에 통달하게 해달라고

---

26 프랑스의 서사시 「롤랑의 노래Chanson de Roland」의 주인공이다.
27 카드놀이에 비유해 그림이 있는 카드 패와 점이 있는 카드 패를 이야기한 것. 그림이 있는 패는 점이 있는 패보다 가치가 떨어지므로 우르간다는 상형 문자를 문장에 넣지 말 것을 조언하고 있다. 당시 로페 데 베가는 자신의 책 표지에 이름 있는 가문의 후손인 양 문장을 찍어 넣곤 했는데, 세르반테스는 이를 몹시 언짢아했던 모양이다.
28 16세기 프라이 도밍고 데 구스만Fray Domingo de Guzmán이 프라이 루이스 데 레온 Fray Luis de León에 대항하여 쓴 시에서 가져온 시구. 언급되는 이들은 자신의 발아래 행운을 던져 버리고 한탄했다.
29 Juan Latino(1518~1596). 테라노바Terranova 여공작의 흑인 하인. 재치 있고 음악에 능하며 라틴어로 시를 썼다.

하늘에 빌 필요도
라틴어로 지껄일 필요도 없다.
영민하다고 자랑하지 말고
철학자들을 내게 들먹이지 말라.
그것이 모두 거짓임을 알게 되는 자는
입을 삐죽이며 말할 테니.
〈날 속여서 어쩌겠다고?〉

   다른 사람의 삶을 그리지도
그들의 삶을 알려고도 하지 말라.
자신과 상관없는 일은
멀리하는 게 현명한 처사.
남의 일에 간여하기를 잘하는 자는
사람에게 피해를 주는 법이니
훌륭한 명성을 얻을 일에만
온 힘을 다하도록 하라.
멍청한 이야기로 책을 내는 사람은
끊임없이 비난받으리니.

   지붕이 유리로 된 집에 살면서
이웃을 치겠다고
돌을 집어 드는 일은
정신 나간 짓인 줄 알아 두라.
분별력 있는 사람이라면
책을 쓸 때

신중하고도 조심스러워야 하는 법.
아녀자들을 즐겁게 하기 위해 쓴다면
엉망으로 쓴다 해도
상관없지만.

아마디스 데 가울라[30]가 돈키호테 데 라만차에게
소네트[31]

페냐 포브레의 큰 언덕에서
임에게 버림받고 홀로
즐거움에서 고행으로 변해 버린,
내 통곡의 삶을 모방한 그대,

그대에게, 비록 짭짤하지만
두 눈은 철철 흘러넘치는 마실 것 주고
그대에게, 은과 주석과 구리를 거두어
땅은 흙으로 먹을 것을 주었지.

이제 적어도 금발의 아폴론이
제4의 천체에서 말을 몰 동안은
영원할 것을 확신하며 살라.

---

30 『아마디스 데 가울라』의 주인공. 돈키호테는 이 작품에 열광했다.
31 sonnet. 4행으로 된 두 개의 연과 3행으로 된 두 개의 연으로 이루어지며, 각 행이 11음절로 일정한 운율을 이루는, 이탈리아에서 탄생한 시 형식.

그대 분명 용감한 기사의 명성을 얻을 것이며
그대의 조국 모든 나라들 중에서 제일갈 것이며
그대의 현명한 작가 독보적으로 남으리니.

돈 벨리아니스 데 그레시아[32]가 돈키호테 데 라만차에게
소네트

부수고 베고 구기고 말하고 행했노라.
세상에서 편력 기사가 할 수 있는 그 이상을 했노라.
난 노련했고 용감했으며 당당했노라.
수천 가지 모욕을 복수하고 10만을 무찔렀노라.

무훈을 세워 명예의 여신에게서 영원한 이름을 얻었고
여인들에게 정중하며 섬세한 연인이었노라.
세상의 모든 거인들이 나에게는 난쟁이였으니
결투는 어디에서든 받아 주었노라.

운명의 여신을 발아래 꿇렸고
나의 분별력은 기회의 여신의
앞머리를 움켜잡고 쉬지 않고 다녔노라.[33]

---

32 Don Belianís de Grecia. 헤로니모 데 페르난데스Jerónimo de Fernández가 쓴 기사 문학 『돈 벨리아니스 데 그레시아』의 주인공.

그러나, 비록 나의 인생
항상 터무니없는 행운을 누렸지만,
나는 그대의 위업을 부러워한다, 오, 위대한 돈키호테여!

오리아나 부인[34]이 엘 토보소의 둘시네아에게
소네트

오, 아름다운 둘시네아여,
누가 더 편안하고 더 좋은 휴식을 취하고자
당신의 마을 엘 토보소를 내가 살던
미라플로레스[35]가 있는 런던과 바꾸려 하겠는가!

오, 누가 당신의 희망과 제복으로
영혼과 몸을 치장하고, 당신에 의해 행운아가 된
그 유명한 기사가 벌인, 어느 것과도 비교될 수 없는
결투를 바라볼 수 있겠는가!

오, 누가 그토록 순결한 몸으로

---

33 기회의 여신은 운명의 여신처럼 대머리로 묘사되곤 하지만 앞이마에 몇 가닥의 머리카락이 있다고 한다. 그것을 잡고 다녔다는 것은 기회가 오면 쉬지 않고 여기저기 돌아다녔음을 의미한다. 세르반테스의 『페르실레스와 시히스문다의 고난 Los trabajos de Persiles y Sigismunda』에도 〈나리, 지금 나리에게 온 기회를 앞 머리칼 없는 대머리로 만들지 마시어요〉라는 대목이 나온다.
34 아마디스 데 가울라의 여인.
35 Miraflores. 런던 근교의 성. 오리아나가 거처했던 곳이다.

아마디스 나리로부터 도망칠 수 있으랴
정중하신 이달고 돈키호테로부터 그대 빠져나오듯이!

이렇게 둘시네아는 부러워하기보다 부러움받을 것이며
슬펐던 시절은 기쁨이 될 것이니
부담 없이 기쁨을 즐기시기를.

아마디스 데 가울라의 종자 간달린이
돈키호테의 종자 산초 판사에게
소네트

유명한 사내여 안녕! 운명의 여신이
종자의 일을 그대에게 맡긴 후
대단히 부드럽고도 사려 깊게 대했기에
그대는 어떤 어려움도 없이 잘 지냈지.

괭이질이나 낫질에 비해
편력의 모험이 그리 나쁘지 않구나.
하지만 이제는 하인의 소박한 일이 유행인지라
달을 밟으려는 오만을 내가 거부하노라.

그대의 당나귀와 자네의 이름이 부럽도다.
그대의 빈틈없는 조치를 보여 주는
그대의 자루들 또한 부럽도다.

다시 한 번 안녕, 오, 산초여! 참 착한 사람이여,
그대 한 사람에게만 우리 에스파냐의 오비디우스가
장난기 머금고 경의를 표하노라.[36]

**이것저것 다 섞어 쓰는 도노소[37]가
산초 판사와 로시난테를 대신해서 쓴 시**

산초 판사를 대신해서

라만차 사람 돈키호테의
종자 노릇을 하는 나, 산초 판사는
점잖게 세상 살아가려다가
먼지 구덩이에 발을 빠뜨렸지.
그러나 나는 비야디에고[38]가
제정신에 말없이 줄행랑칠 준비를 하듯 하고 있네.
인간적인 냄새만 더 덮으면
생각건대 성스러운 책인
『라 셀레스티나』에 나오듯이.

---

36 손에 입을 맞추며 머리와 아래턱을 장난스럽게 때리는 인사를 뜻한다.
37 스페인의 시인 가브리엘 로보 라소 데 라 베가Gabriel Lobo Lasso de la Vega(1555~1615)의 필명이다. 이 시 역시 원문은 〈꼬리 잘린 시〉 형식으로 작성되어 있다.
38 스페인의 작가 페르난도 데 로하스Fernando de Rojas(1465~1541)가 쓴 고전 『라 셀레스티나』에 지명 비야디에고Villadiego의 이름을 빌려 〈비야디에고의 양말을 신다〉라는 속담이 나오며, 이는 〈줄행랑을 치다〉라는 뜻이다.

로시난테를 대신해서

나는 위대한 바비에카[39]의 증손자인,
저 유명한 로시난테요.
그토록 마른 몸이 죄인지라
돈키호테의 수중에 들어갔지요.
느긋하게 달린 것은 똑같지요.
하지만 말발굽 덕분에
보리 사료는 놓치는 법이 없었지요.
장님한테서 몰래 술을 먹으라고
내가 밀짚을 주었던 라사리요에게
배운 수단이 이것이라오.[40]

광란의 오를란도[41]가 돈키호테 데 라만차에게
소네트

그대가 귀족이 아니라면 작위도 받지 못했을 테지.
수천의 귀족들 중에서 그대 귀족일 수 있을 테지만,

---

39 Babieca. 11세기 스페인 국토 회복 전쟁의 국민적 영웅 정복자 엘 시드El Cid(1043~1099)의 애마.
40 16세기 스페인 최초의 악자(惡者) 소설 『라사리요 데 토르메스의 생애』의 주인공 라사리요는 자기가 안내하던 욕심쟁이 장님의 술을 훔쳐 먹기 위해 술 항아리에 밀집으로 된 빨대를 꽂았다.
41 이탈리아의 시인 아리오스토Ludovico Ariosto(1474~1533)의 대표작 「광란의 오를란도 Orlando furioso」의 주인공.

그대가 있는 곳 어디에서라도 그런 귀족 있을 수 없네.
그대는 한 번도 패하지 않은, 지는 법을 모르는 승리자.

키호테여, 나는 오를란도,
앙헬리카[42]에게 온 마음을 빼앗겨 먼바다까지 헤맸지.
명예의 여신 신전에 망각이 무시하지 못할
그런 용기 올리면서 말일세.

나는 그대와 겨룰 수 없다네.
비록 그대 나처럼 이성을 잃었다 할지라도
이 영예는 오로지 그대의 무훈 그대의 명예에 기인하니.

그러나 그대 만일 저 오만한 무어인을 이기고 오늘
우리에게 도전하는 저 스키트[43]의 맹수를 길들인다면
우리는 사랑과 비운에서 동등한 사람이 될 터.

기사 페보[44]가 돈키호테 데 라만차에게
소네트

에스파냐의 페보여, 호기심 많은 신하여,
나의 칼은 그대 칼의 적수가 되지 못했다네.

---

42 오를란도의 여인의 이름.
43 흑해와 카스피 해 북동 지방의 옛 이름.
44 태양신 아폴론을 뜻하며, 동시에 태양을 의미하기도 한다.

해가 뜨고 지는 곳의 빛이었던 나의 손은
그대의 높은 영광에 견줄 바가 되지 못했다네.

나는 제국들을 무시했지.
붉은 동방이 내게 베푼 왕의 자리도
나의 아름다운 여명 클라리디아나[45]의
지고한 그 얼굴 보고자 부질없는 것으로 내버렸다네.

다시없을 귀한 기적으로 나는 그녀를 사랑했으며
내가 그녀의 불행에 같이하지 못하여도
지옥조차 내 팔이 두려워 분노를 억제했다네.

하지만 그대, 드높고 빛나는 서고트족의 후예 키호테여,
둘시네아 때문에 그대는 세상에 영원할 것이고,
그대 때문에 그녀는 영예와 정절과 지혜를 얻을 것이니.

솔리스단[46]이 돈키호테 데 라만차에게

소네트

키호테 나리, 사람들이 당신의 어수룩한 행동 때문에
당신의 머리가 돌았다고 할지라도 어느 누구도

---

45 Claridiana. 기사 페보의 여인으로 『페보의 기사 이야기』에 등장하는 인물.
46 Solisdán. 『아마디스 데 가울라』에 나오는 종자의 한 사람이라는 말도 있고 사라진 기사소설에 나오는 인물이라는 말도 있다.

당신이 속되고 천박한 짓을 저지르는 인간이라고
비난하지는 않을 것입니다.

당신의 무훈들이 바로 그 판관들이죠.
애꾸를 정상으로 만든다고 돌아다니느라,
비열한 포로들과 천한 인간들에게
수천 번 두들겨 맞았으니 말입니다.

또한 당신의 아름다운 둘시네아가
당신에게 무례하게 굴고
당신의 근심을 위로해 주지 않는다면,

그런 자세로 당신의 배우자가 되기에는
산초 판사가 중매를 잘못한 것이니, 그놈은 바보,
그녀는 매정한 여자, 당신은 사랑을 잃은 남자지요.

바비에카와 로시난테의 대화
소네트

바 자네는 어찌 그리 말랐는가, 로시난테?
로 아무것도 먹지 않고 일만 하기 때문이지.
바 그럼, 보리나 짚은 뭔가?
로 우리 주인이 한 입도 못 먹게 하거든.
바 버릇이 엉망이군. 당나귀 혀로 주인을 욕하다니.

로　당나귀가 어디 가겠어. 그 증거로, 사랑에 빠진 놈들을 보라고.
바　사랑하는 게 바보짓인가?
로　그다지 진중한 일은 아니지.
바　개똥철학이군.
로　먹지 못해서 그래.
바　종자를 원망하지그래.
로　그것도 안 돼.
　　주인도, 종자도, 집안일 보는 사람도
　　모두 로시난테만큼이나 삐쩍 말랐는데
　　어떻게 내가 내 아픔 불평하겠는가?

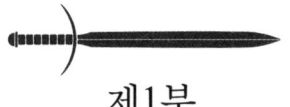
제1부

기사 소설에 푹 빠진 그는 이제 분별력을 완전히 잃어버려, 세상 어느 미치광이도 하지 못했던 이상한 생각을 하게 되었다.

「오, 나의 모든 행보와 여정의 영원한 동반자인 나의 착한 로시난테를 부디 잊지 말아 주시오!」

「나의 여인이여, 그대의 충복인 저의 가슴에 일어난 이 최초의 굴욕에서 저를 구해 주소서.」

「그대에게 명령하는 자가 누구인지 밝히자면, 나는 모욕과 불의를 쳐부수는 용맹스러운 돈키호테 데 라만차요.」

톨레도 상인의 노새 몰이꾼이 우리의 돈키호테를 얼마나 두들겨 팼는지, 그의 온 몸은 그만 맷돌에 갈린 밀처럼 되어 버렸다.

「어디에 계시옵니까, 나의 귀부인이여, 저의 고통이 느껴지지 않나요?」

쓰러진 논키호테를 발견한 농부는 죽을힘을 다해 그를 당나귀에 싣고
황당무계하기만 한 그의 미친 이야기에 절망하며 마을로 향했다.

돈키호테의 간절한 부탁과 설득과 약속으로 결국 이 가엾은 자는 돈키호테의 종자가 되어 집을 나가기로 결심하게 되었다.

「돈키호테 기사 나리, 제게 약속한 섬 이야기를 잊으시면 안 됩니다요. 아무리 큰 섬이라도 전 문제없이 다스릴 수 있거든요.」

그는 전속력으로 로시난테를 몰아 맨 앞에 있는 풍차로 돌진하여 날개에 창을 꽂긴 했으나……

「아이고 맙소사! 세내로 살피고 일을 하시라고 제가 말씀드리지 않았나요? 저건 풍차라고요!」

1
유명한 이달고 돈키호테 데 라만차의
인물됨과 일상에 대하여

얼마 전 라만차 지역의, 그 이름이 잘 생각나지 않는 어느 한 마을에 한 이달고가 살고 있었다. 예사 이달고들이 그렇듯이 그의 집에는 창걸이에 창이 걸려 있고, 오래된 방패[47]와 비쩍 마른 말 그리고 사냥개 한 마리가 있었다. 그는 보통 양고기보다 소고기를 더 많이 넣은 요리[48]와 소금을 넣어 잘게 다진 고기 요리를 저녁으로 먹고 토요일에는 베이컨이나 햄 조각을 넣은 달걀 요리[49]를, 금요일에는 납작한 콩 요리를, 일요일이면 새끼 비둘기 요리를 곁들여 먹느라 재산의 4분의 3을 지출했다. 나머지 재산은

---

47 앞서 언급했듯 돈키호테의 집안이 하급 귀족인 이달고였으며 그 자신 또한 무기를 썼던 귀족의 후예임을 보여 주는 증거품들이다. 이달고는 눈에 잘 띄는 곳에 조상 대대로 내려온 무기들을 전시, 보관하고 있었다. 알폰소 10세의 『7부 법전』에 〈이달고〉에 대한 설명이 나오는데, 〈적어도 4대 위 조상으로부터 계산하지만 그 이상이라면 더 좋다〉라고 쓰여 있다.

48 16~17세기에는 양고기가 소고기보다 더 비쌌다. 즉 우리의 이달고는 가난하다. 법적으로 가난한 자는 기사가 될 수 없다.

49 *duelos y quebrantos*. 이 음식의 스페인어 이름을 직역하면 〈노고와 탄식〉이다. 유대인이나 이슬람교도는 돼지고기를 먹지 않는데 정치·사회적 강요에 의해 기독교로 개종한 뒤 그 진실성을 확인받는 방편으로 그것을 먹도록 강요당했다. 진정으로 개종하지 않은 자들은 이 음식을 먹는 것이 무척 힘들었을 것이다. 〈노고와 탄식〉 없이 돼지고기를 먹을 수 있는 사람은 조상 대대로 순수 기독교인임을 증명하는 셈이다.

축제 때 입을 모직 외투와 벨벳으로 된 반바지와 발 보호용 덧신,[50] 그리고 아주 고운 천으로 된 평상복을 사서 폼을 내는 데 썼다. 집에는 마흔을 넘긴 가정부와 스무 살이 채 안 된 조카딸이 있었고, 말에 안장을 얹기도 하고 가지치기도 하면서 밭일과 심부름을 하는 젊은 사내아이[51]가 있었다.

우리의 이 이달고는 나이가 쉰에 가까웠고, 얼굴과 몸이 말랐고, 체형은 꼿꼿했고, 아침 일찍 일어났고, 사냥을 좋아했다. 사람들은 그가 〈키하다〉 또는 〈케사다〉로 불렸다고 하는데, 이에 대해서는 글을 쓴 작가들 사이에 다소 의견 차이가 있는 것 같다. 믿을 만한 자료에 의하면 〈케하나〉가 맞지 않을까 추측되기도 한다. 그러나 그 문제는 우리의 이야기에 별로 중요한 것이 아니다. 그저 그에 관한 거짓말만 없으면 될 것이다.

그런데 알아 두어야 할 점은, 이 이달고는 틈이 날 때마다 ― 1년 중 대부분이 그랬다 ― 기사 소설을 읽는 데 푹 빠져서 사냥이나 재산을 관리하는 일조차 까맣게 잊고 말았다는 사실이다. 기사 소설에 대한 호기심과 도취가 정도를 넘어서, 읽고 싶은 기사 소설을 구입하느라 수많은 밭을 팔아 버릴 정도였다. 이렇게 하여 사들일 수 있는 책은 모두 집으로 가져왔는데, 이 책들 중에서도 유명한 펠리시아노 데 실바가 지은 책들만큼 좋은 것은 세상에 없다고 그는 생각했다. 문장이 확실하면서도 얽히고설킨 그 이야기들이 그에게는 주옥같이 느껴졌으며, 사랑의 밀어나 도전장을 읽을 때면 그 정도가 더했다. 〈나의 이성을 만든 비이성적 이성은 그토록 내 이성을 약하게 하고 이렇게 그대의 아름다움을 불평한다〉[52]라든

---

50 스페인에서 나이 든 어른들이 신던 것.
51 이 아이는 이후로 한 번도 등장하지 않는다. 여기까지가 이달고의 경제 상황에 대한 내용으로, 그는 가난하다. 법적으로 가난한 자는 기사가 될 수 없지만 여기서는 기존 기사 소설에 대한 패러디 중 하나로 이렇게 설정되었다.
52 펠리시아노 데 실바Feliciano de Silva(1491~1554)의 『프로리셀 데 니케아』에 나오는 구절. 펠리시아노 데 실바는 15세기 작가로 『라 셀레스티나』의 후속편과 『아마디스 데 가울라』를

가, 〈별들로 그대의 신성함을 신성하며 강하게 하고, 그대의 위대함을 그대에게 마땅하게 하는 드높은 하늘〉[53] 등이 그러했다.

이러한 문장들 때문에 이 가여운 기사는 정신을 잃고 아리스토텔레스가 단지 이 일만을 위해 부활한다 할지라도 그 뜻을 캐내거나 이해하지 못할 그러한 것들의 뜻을 캐내고 이해하기 위해 밤을 지새우곤 했는데, 특히나 그는 돈 벨리아니스가 입었다는 상처에 대해서 도무지 이해할 수 없었다. 그가 입은 상처가 하도 많아, 그를 치료했을 의사들이 아무리 훌륭했다 할지라도 얼굴과 몸이 온통 상처와 흉터투성이로 남겨졌을 것 같았기 때문이다.[54] 하지만 그는 무엇보다 작가가 끝없는 모험에 대한 약속과 함께 자신의 이야기를 마쳤다는 점을 높이 샀다. 그는 몇 번이나 펜을 잡고 그 이야기의 결말을 쓰고 싶다는 충동에 휩싸였다. 만일 그보다 더 크고 끊임없는 생각들이 그를 방해하지 않았더라면 실제로 그렇게 했을 것이며, 더 훌륭하게 해냈을 것이다. 그는 같은 마을에 사는, 박식한 데다 시구엔사 대학을 졸업한 신부와 수차례에 걸쳐 팔메린 데 잉갈라테라[55]와 아마디스 데 가울라 중 어느 쪽이 더 훌륭한 기사였는지에 대해 논쟁을 벌였다. 하지만 마을의 이발사인 니콜라스 선생은 기사 페보를 따라잡을 만한 자는 아무도 없으며, 그와 견줄 만한 기사가 있다면 아마

잇는 시리즈물, 즉 『리수아르테 데 그레시아』, 『아마디스 데 그레시아』, 『플로리셀 데 니케아』, 『로헬 데 그레시아』를 1514년과 1535년 사이에 발간했다. 세르반테스가 에둘러 비난하듯이, 그의 작품은 그럴싸한 울림만 강하고 터무니없는 내용들로 가득하다.

53 역시 『프로리셀 데 니케아』에 나오는 구절.

54 헤로니모 페르난데스Jerónimo Fernández가 쓴 『돈 벨리아니스』는 총 네 권으로 되어 있는데 그중 2권까지 돈 벨리아니스가 입은 상처는 101번에 이른다.

55 Palmerín de Ingalaterra. 포르투갈 작가 프란시스코 데 모라에스Francisco de Moraes(1500~1572)가 쓴 동명의 작품 속 주인공. 이 책은 1547년에 스페인어로 발간되었다. 간혹 〈잉갈라테라〉 대신 〈잉글라테라〉로 표기된 것을 볼 수 있는데, 이는 〈아a〉 음을 뺀 것으로 같은 단어이다.

디스 데 가울라의 동생인 돈 갈라오르 정도인데, 그가 모든 면에서 완벽하게 알맞은 조건을 갖추고 있기 때문이라고 했다. 너무 여리지도 않고 자기 형처럼 울보도 아니며 용감함은 형에게 조금도 뒤지지 않는다는 것이었다.

결국 그는 이런 책들에 너무 빠져든 나머지 매일 밤을 뜬눈으로 꼬박 새웠고, 낮 시간은 멍하게 보냈다. 이렇게 거의 잠을 자지 않고 독서에만 열중하는 바람에 그의 뇌는 말라 분별력을 잃고 말았다. 기사 소설에서 읽은 전투나 결투, 부상, 사랑의 속삭임, 연애, 번민 그리고 있을 수도 없는 황당무계한 사건과 마법과 같은 모든 종류의 환상들이 그의 머리를 가득 채웠다. 그리하여 자기가 읽은 허무맹랑한 이야기들을 모두 진실이라 생각하기에 이르렀고, 마침내 이 세상에 그런 이야기보다 더 확실한 것들은 없다고 여기게 되었다. 그는 엘 시드 루이 디아스[56]가 아주 훌륭한 기사이긴 했지만, 무시무시하고 사나운 두 명의 거인을 단칼에 두 동강 낸 〈불타는 칼의 기사〉[57]와는 비교도 안 된다고 말하곤 했다. 베르나르도 델 카르피오[58]는 더 높이 평가했다. 그가 론세스바예스에서 마법에 걸린 롤단을, 헤라클레스가 땅의 아들인 안테오를 두 팔로 죽였을 때와 같은 책략을 이용하여 죽였기 때문이다. 거인 모르간테에 대해서도 아주 좋게 말했다. 그건 거인 족속 모두가 오만하고 무례하지만 모르간테만은 상냥

56 El Cid Ruy Díaz. 스페인의 국토 회복 전쟁 당시 실제 영웅이었던 로드리고 디아스 데 비바르Rodrigo Díaz de Vivar(1048~1099)의 '별명. 스페인 최초의 서사시 「엘 시드의 노래El Cantar de Mío Cid」의 주인공이기도 하다. 이 작품에서는 원만하고 온화한 인물로 그려지고 있으나 이후 재미있는 주제만 골라 새로운 내용으로 불린 로만세에서는 아주 무모한 인물로 소개되고 있기도 하다.
57 펠리시아노 데 실바가 쓴 『아마디스 데 그레시아』에 나오는 주인공의 또 다른 이름이다.
58 Bernardo del Carpio. 778년 론세스바예스 전투에서 프랑스 샤를마뉴의 열두 용사 중 하나인 롤랑을 껴안아 죽였다고 한다. 이어서 나오듯이 롤랑을 스페인어로는 〈롤단〉이라고 한다.

하고 제대로 자랐기 때문이라고 했다. 하지만 그중에서도 레이날도스 데 몬탈반을 최고로 꼽았으니, 그가 자신의 성에서 나와 닥치는 대로 훔쳤을 때와 저 바다 건너 순금으로 만들었다고 전하는 마호메트의 상(像)을 훔쳤을 때 특히 그랬다. 배신자 갈랄론[59]을 발길질로 혼내 줄 수만 있다면 그는 자기 가정부와 조카딸까지도 내어 줄 정도였다.

정말이지 그는 이제 분별력을 완전히 잃어버려, 세상 어느 미치광이도 하지 못했던 이상한 생각을 하게 되었다. 그것은 명예를 드높이고 아울러 나라를 위해 봉사하는 일로, 편력 기사가 되어 무장한 채 말을 타고 모험을 찾아 온 세상을 돌아다니면서 자기가 읽은 편력 기사들이 행한 그 모든 것들을 스스로 실천해 보자는 것이었다. 모든 종류의 모욕을 쳐부수고 수많은 수행과 위험에 몸을 던져 그것들을 극복하면 영원한 이름과 명성을 얻을 것이라고 여겼다. 이 가엾은 자는 벌써 자기 팔의 용기로 적어도 트라피손다 제국의 왕좌쯤은 얻은 듯한 기분이었다.[60] 이런 즐거운 생각을 하다 보니 거기서 오는 야릇한 희열에 이끌려 그는 자기의 꿈을 실천에 옮기려고 서둘렀다. 그래서 먼저 오랜 세월 잊힌 채 구석에 처박혀서 녹슬고 곰팡이 핀 증조할아버지 대의 칼과 창과 투구를 꺼내 깨끗하게 손질했다. 최대한 깨끗하게 닦고 손질하다 보니 물건에 큰 결점이 있음을 알게 되었다. 투구에 머리를 가리는 모자만 달려 있을 뿐 얼굴과 코를 가려 주는 부분이 없었던 것이다. 그러나 그는 이 결점을 보완하기 위해 재주를 부려 두꺼운 판지로 얼굴 가리개를 만들었다. 모자 부분에 붙이니 온전한 투구 모양이 되었다. 그러고는 그것이 얼마나 튼튼한지, 또 칼날

---

[59] Galalon de Maganza. 론세스바예스 전투에서 열두 용사가 패하여 전사한 것은 이자의 배신 때문이다.
[60] 당시 평균 수명을 고려하면 쉰에 가까운 우리의 주인공은 노인에 속한다. 그런 자가 자기 팔의 힘으로 무용을 행하기 위해 편력 기사가 된다는 설정부터 희극적이다.

의 위험에 얼만큼이나 견딜 수 있는지 시험해 보려고 칼을 뽑아 두 번 내려쳤는데, 단 한 번으로 일주일 동안 만든 것이 망가지고 말았다. 그렇게 쉽게 산산조각이 나자 이를 못마땅하게 생각하고 이번에는 안쪽에 쇠막대를 대고 재차 만들었다. 튼튼해 보이는 게 마음에 드는데 다시금 그것을 시험해 볼 마음은 나지 않아, 그만하면 아주 빈틈없이 정교한 얼굴 가리개가 달린 투구가 되었다고 생각하고 그냥 쓰기로 했다.

그리고 나서 그는 자기 말을 보러 갔다. 비록 피부병에 걸린 데다 값도 얼마 나가지 않으며[61] 〈온통 털과 뼈뿐〉[62]이라는 그 고넬라의 말보다도 더 많은 흠을 가지고 있긴 했지만, 그의 눈에는 알렉산더 대왕의 말 부세팔로나 엘 시드의 말 바비에카와도 비교할 수 없을 정도로 훌륭해 보였다. 이 말에게 어떤 이름을 붙여 줄까 고민하는 데 나흘이 걸렸다. 그의 생각에 의하면, 그렇게 유명한 기사의 말이자 또한 훌륭한 말에게 아주 그럴듯한 이름이 없다는 것은 말도 안 되는 일이기 때문이었다. 그래서 이 말이 편력 기사의 말이 되기 전에는 어떤 말이었는지 짐작할 수 있게 하면서도, 아울러 현재의 신분을 드러낼 만한 이름을 생각해 내느라 무척 애를 썼다. 주인이 신분을 바꾸면 말도 이름을 바꾸어 새로운 규율과 이미 이야기한 새로운 수련에 어울리는 명성과 울림을 줘야 하는 것이 당연한 이치였다. 그래서 모든 기억력과 상상력을 총동원하여 이름을 지었다가 지우고 뺐다가 붙이고 다시 몽땅 없애기를 수없이 거듭한 끝에 마침내

---

61 이 부분에서 세르반테스의 말장난이 재미있다. 스페인어 〈cuartos〉에는 〈말이나 나귀 등의 살갗에 생기는 병〉이라는 의미와 당시 아주 가치가 미약했던 화폐 단위인 〈쿠아르토〉라는 뜻도 있다. 따라서 원문을 그대로 옮기면 〈1레알real보다 오히려 쿠아르토스한 말〉이 된다. 이 문장을 풀어서 두 가지 의미로 번역했다.

62 *tantum pellis et ossa fuit*. 15세기 페랄라 공작에게 종사한 어릿광대의 말이 몹시 여위었던 데서 나온 이야기로 〈온통 털과 뼈뿐이로다〉라는 라틴어는 플라우투스Titus Maccius Plautus(B.C. 254?~B.C. 184)의 「아울라리아」 제3막에서 유래한다.

〈로시난테〉라고 부르기로 했다. 보기에 이 이름이야말로 고상하고 부르기도 좋은 데다, 지금은 세상의 모든 말들 가운데 제일가는 이 말이 전에는 일개 평범한 말이었으며, 어쨌든 이는 지난 일이었다는 의미도 갖고 있었기 때문이다.[63]

자기 말에게 마음에 꼭 드는 이름을 지어 주고 나자 이번에는 자기 자신에게도 새 이름을 붙여 주고 싶어졌다. 그리하여 또다시 여드레를 생각한 끝에 〈돈키호테〉[64]라 부르기로 했다. 이 이름에 관해서는, 이미 이야기했듯이 참으로 진실한 이 이야기의 작가들[65]이 이 이름을 통해 알아낸 바에 따르면 우리 주인공은 다른 사람들이 부르고 싶어 하던 〈케사다〉가 아니라 〈키하다〉일 것임이 분명하다. 그런데 그 용맹스러운 아마디스가 스스로를 멋대가리 없이 아마디스라고만 부르는 데 만족하지 않았을 뿐 아니라 자신의 왕국과 고향의 이름을 알리고자 아마디스 데[66] 가울라라고 자칭한 점을 기억하고는, 훌륭한 기사로서 이를 본떠 성에 고향의 이름을 붙여 스스로를 돈키호테 데 라만차라고 하기로 했다. 이렇게 함으로써 가문과 고향을 분명히 드러내고 더 나아가 고향을 영예롭게 하는 것 같았다.

---

63 〈로시난테Rocinante〉는 〈rocin〉과 〈ante〉라는 두 단어가 합쳐져 이루어진 이름이다. 스페인어 연음에 따라 읽기는 〈로시난테〉로 읽지만 두 단어의 의미를 보면 〈rocin〉은 〈여윈 말〉이라는 뜻이고 〈ante〉에는 〈이전〉과 〈무엇보다 뛰어난〉이라는 뜻이 함께 있다.

64 〈돈don〉은 스페인에서 남자 이름 앞에 사용하던 경칭이다. 〈키호테quijote〉는 허벅지 안쪽 근육을 보호하기 위해 입던 갑옷을 뜻하며, 남성의 상징이 결코 약해지거나 풀이 죽거나 느슨해지지 않음을 의미하기도 한다.

65 서문에서는 세르반테스가 자신을 이 책의 〈계부〉라고 소개했던 반면 여기서는 작가가 여러 명 있는 것처럼 이야기하는 점이 주목할 만하다. 뒤로 가면 세르반테스가 자신을 숨기고 원저자로 새로운 인물을 내세우는 것을 보게 된다.

66 〈데de〉는 〈~의〉라는 뜻. 따라서 〈가울라라는 지역의 아마디스〉이다. 돈키호테의 경우 〈라만차라는 지역의 돈키호테〉이다. 스페인의 라만차 지역은 영웅적인 장소와는 거리가 멀며 오히려 몽상가들이 사는 지역으로 알려져 있다.

이렇게 무기를 손질하고 얼굴 가리개가 달린 투구도 갖추고 말의 이름도 지어 주고 자기 이름도 고쳐 놓았으니, 이제 사랑할 귀부인을 찾는 일만 남았다. 왜냐하면 사랑하는 귀부인이 없는 편력 기사란 잎이나 열매가 없는 나무요, 영혼 없는 육체이기 때문이었다. 그는 혼자 중얼거렸다.
　「만약 내가 내 죄악으로 인해서나 혹은 운이 좋아서, 편력 기사들에게 늘 일어나는 일이지만 어딘가에서 어떤 거인을 만난다면, 그리고 그놈을 단방에 때려눕히든지 아니면 몸뚱이를 두 동강 내든지 여하튼 그놈을 이겨 굴복시킨다면, 내 영광을 돌릴 상대가 있어야 할 게 아닌가? 놈을 나의 귀부인에게 보내 사랑스러운 그녀 앞에서 무릎을 꿇게 하고 겸허하고도 비굴한 목소리로 〈부인이시여, 저는 말린드라니아 섬[67]의 주인인 카라쿨리암브로[68]라는 거인인데 어떤 말로도 다 찬양하지 못할 기사 돈키호테 데 라만차 님과 세상에 전무후무할 전투를 치른 끝에 패하였기에 귀부인 앞에 나가 귀부인의 뜻대로 처분을 받으라는 기사님의 명을 받들고자 왔습니다〉라고 말하게 해야 하지 않겠는가?」
　이렇게 혼잣말을 마쳤을 때, 더군다나 자신이 이름 지어 줄 사랑하는 귀부인을 생각해 냈을 때, 오, 우리의 선량한 기사가 얼마나 즐거워했는지! 사람들이 아는 바로는 그가 사는 마을 근처 어느 마을에 아주 용모가 뛰어난 농사꾼 처자가 하나 있었으니, 그는 한때 이 처자를 사랑한 적이 있었지만 그 처자는 그런 사실을 알지도 못했고 눈치도 못 챘던 모양이다. 그 처자의 이름은 알돈사 로렌소였는데, 그는 이 처자에게 자기 상상 속 귀부인의 칭호를 주는 게 좋겠다고 생각했다. 그래서 자기 이름과 그렇게 동떨어지지 않으면서 공주나 귀부인의 것으로 손색이 없을 이름을

---

67 *insula Malindrania*. 해석하자면 〈악당의 섬〉쯤 된다.
68 Caraculiambro. 〈떡판 같은 상판대기〉라는 뜻이다.

이것저것 생각한 끝에 마침내 둘시네아 델 토보소라고 부르기로 했다. 그것은 이 처녀의 고향이 엘 토보소이고, 이름도 자신이나 자신의 것들에 붙인 다른 이름들과 마찬가지로 울림이 좋으면서 흔하지 않고 의미도 있어 보였기 때문이다.[69]

69 서문에서도 밝혔듯이 세르반테스는 자신의 언어가 울림이 좋고 의미가 충만하기를 원했다. 〈둘시네아Dulcinea〉는 발음상 울림이 좋고 스페인어 〈*dulce*〉, 즉 〈달콤한〉이라는 의미도 포함되어 사랑스러운 여인의 이름으로 손색이 없다.

2

기발한 돈키호테가
처음 고향을 떠날 때에 대하여

　이렇게 모든 준비를 마치자 그는 더 이상 자신의 생각을 실행에 옮길 때를 기다릴 필요가 없다고 생각했다. 실행이 늦어질수록 세상이 입을 손실이 크다는 생각에 마음이 급해졌다. 모욕을 되돌려 주고 불의를 바로잡고 무분별한 일들을 고치고 권력의 남용을 막으며 빚은 갚아 주어야 했다. 그는 아무에게도 계획을 알리지 않고, 아무도 자신을 보지 못하도록 7월 중 가장 더운 어느 날 새벽 동이 트기 전에 단단히 무장을 하고 로시난테 위에 올라탔다. 엉성한 얼굴 가리개가 달린 투구를 쓰고 방패를 팔에 고정시킨 다음 창을 들고 이 의미 있는 일을 기막히게 시작하게 된 것에 엄청난 만족과 기쁨을 느끼며 마당 뒷문으로 나와 들판으로 나섰다. 그러나 들판에 나가자마자 아주 무서운 생각이 그를 사로잡았다. 하마터면 시작한 계획을 그만두게 만들 뻔한 생각이었다. 자기가 기사 서품을 받지 않았으며, 기사도 법칙에 의하면 그런 기사는 어떤 기사와도 무기를 들고 맞설 수 없고 맞서서도 안 될 뿐만 아니라, 설혹 기사 서품을 받았다 할지라도 새내기 기사는 무훈을 세울 때까지 아무런 표식이 없는 방패[70]를 들어야 한다는 생각이 밀려왔던 것이다. 이런 생각으로 그는 적지 않게 망설였다. 하지만 다른 어떤 이유보다도 막강한 힘을 가진 그의 광기는 이런 경우를 이야기한 책들에 등장한 다른 많은 기사들을 모방하여 그들이 했던 것처럼 처음 만나는 사람에게서 기사 서품을 받아야겠다는 생각으로 그를 몰아갔다. 무기가 깨끗해야 한다는 점에 있어서는, 기회가 있을 때마다 흰 담비보다 더 빛나게 닦아 놓으리라 마음먹었다.[71] 이렇게 생각하자 마음이 놓인 그는 말이 가고 싶은 길로 가도록 내버려 두었다. 모험의 매력은 바로 그런 것이라고 믿으면서 말이다.

이렇게 우리의 새내기 모험가는 길을 가면서 혼자 중얼거렸다.

「앞으로 올 미래에, 유명한 내 행적에 대한 진실된 이야기가 빛을 볼 때, 이 행적을 기술하는 현자가 이른 아침 나의 첫출발을 묘사하는 장면을 다음과 같이 쓰지 않을 것이라고 누가 의심하겠는가? 〈금발의 아폴론이 넓고 광활한 땅의 표면 위로 그의 아름다운 머리카락인 금실을 펼치자마자, 빛깔도 아름다운 작은 새들이 하프 같은 소리로 시샘 많은 서방님[72]의 부드러운 이부자리를 버리고 라만차 지평선의 문과 발코니로 사람들에게 모습을 드러낸 장밋빛 여명의 여신에게 달콤하고도 부드러운 하모니로 인사하자, 그 즉시 이름 높은 기사 돈키호테 데 라만차는 잠자리를 박차고 유명한 말 로시난테에 올라 오래되고도 익숙한 몬티엘의 들판으로 걷기 시작했노라.〉」

그가 그곳으로 걷기 시작한 것은 사실이었다. 그는 말을 이었다.

「동판에 새기고 대리석에 조각하고 목판에 그려 미래에 기억될 만한 나

---

70 원문에는 〈하얀 무기들*armas blancas*〉로 되어 있는데, 이는 새내기 기사들이 드는, 문장이나 표식이 없는 방패를 뜻한다.
71 〈하얀〉이라는 단어에 〈깨끗한〉의 의미를 부여하면서 말장난을 하고 있다.
72 그리스 신화에 나오는 티토노스Tithonos를 가리킨다. 티토노스는 여명의 여신 에오스의 남편으로, 에오스는 제우스에게 영원히 늙지 않게 해달라는 내용은 빠뜨린 채 그의 불멸만을 간청했다. 그 결과 티토노스는 늙고 병들어 내내 고통받았다.

의 유명한 업적들이 세상에 알려지는 그때야말로 행복한 시대, 행복한 세기라고 할 것이다. 오, 그대, 그대가 누구든지 이 흔치 않은 이야기의 기록을 맡게 될 현명한 마법사여! 그대에게 부탁하노니, 나의 모든 행보와 여정의 영원한 동반자인 나의 착한 로시난테를 부디 잊지 말아 주시오!」

그러고 나서 그는 정말로 사랑에 빠진 사람처럼 이렇게 말하기 시작했다.

「오, 둘시네아 공주여, 사랑의 포로가 된 이 마음의 주인이시여! 아름다운 그대 앞에 다시는 나타나지 말라고 그리도 엄한 명령으로 매정하게 저를 거부하고 내쫓으실 때 저는 한없는 모멸감을 느꼈습니다. 그대 향한 사랑으로 너무나 고통받고, 그대에게만 매여 있는 이 마음을 부디 기억하여 주시옵소서.」

그는 이런 말들과 함께 다른 황당무계한 말들을 계속 주절거렸다. 이것들은 모두 책에서 배운 것들로 최대한 말투까지 그대로 따라 한 것이다. 이렇게 그는 참으로 느릿하게 길을 걸었다. 태양은 그의 뇌수를 녹일 정도로 지독한 열기로 빠르게 떠오르고 있었다. 아직 얼마간의 뇌수가 그에게 남아있다면 말이다.

그날 하루 종일 길을 갔으나 이야기할 만한 일은 하나도 일어나지 않았다. 금방이라도 자신의 강한 힘과 용기를 시험해 볼 상대를 만나고 싶어 하던 그는 적잖이 실망했다. 그가 제일 먼저 만난 모험이 푸에르토 라피세에서의 모험이었다고 말하는 작가들도 있고 풍차 모험이라고 말하는 사람들도 있으나, 이 점에 대해 내가 유추한 것과 라만차 연감에 쓰인 기록으로 보건대 돈키호테는 그날 온종일 걷기만 했다. 날이 저물 무렵에는 그나 말이나 모두 지치고 배가 고파 죽을 지경이 되었다. 허기를 채우고 필요한 것을 얻고 휴식을 취할 만한 성이나 목동들의 오두막이라도 없을까 싶어 사방을 둘러보니 그리 멀지 않은 곳에 객줏집 하나가 있었다. 구원의 성으로 인도하는 하나의 별을 본 기분이었다. 그는 길을 재촉했고 밤이 되어서야 그곳에 도착했다.

 문에는 처녀로 보이는 여자가 둘 있었다. 소위 떠돌아다니며 몸을 파는 그런 부류의 여자들로, 말몰이꾼 몇 명과 함께 세비야로 가는 도중 마침 그날 밤 그곳에 묵게 된 것이다. 그런데 보고 생각하고 상상하는 모든 것이 책에서 읽은 그대로 되어 있고 또 될 것이라 믿고 있는 우리의 모험가에게는 이 객줏집이 네 개의 탑과 은빛 찬란한 첨탑, 그리고 위로 여닫는 다리와 성 둘레로 깊게 판 해자가 있으며 그 밖에 책에 묘사된 요소들을 모두 갖춘 성으로 보였다. 성으로 보이는 곳 가까이 이른 그는 로시난테를 멈춰 세우고는 나팔 소리로 기사의 도착을 알리는 난쟁이가 망루에 나타나기를 기다렸다. 그러나 그런 의식이 늦어지고 로시난테가 마구간에 가고 싶어 안달을 내자 그는 문 쪽으로 다가갔고 마침 그때 멍하니 문에 서 있던, 앞서 본 그 두 젊은 여자를 보게 된 것이다. 그에게는 그 여자들이 성문 앞에서 노니는 아름다운 규수나 품위 있는 귀부인으로 보였다. 이때 우연히도 보리 베기가 끝난 밭에서 돼지 떼를 ─ 이런 더럽고 유쾌하지 못한 것을 언급해서 죄송합니다[73] ─ 몰던 돼지치기가 뿔 나팔을 불어 그 소리로 돼지를 모았는데, 순간 돈키호테는 난쟁이가 드디어 자신의 도착을 알리는 모양이라고 생각하여 이상하게 보일 정도로 기뻐하며 객줏집과 그 여인네들 앞으로 다가갔다. 여인네들은 괴상한 갑옷 차림에 창이며 방패를 든 남자가 다가오자 잔뜩 겁을 먹고 안으로 들어가려 했다. 여자들이 도망치는 것을 보고 그들이 겁을 먹었다는 것을 알아차린 돈키호테는 마분지로 만든 얼굴 가리개를 들어 올려 마르고 먼지투성이인 얼굴을 드러내고는 품위 있는 모습으로 점잖게 말했다.

「귀부인들이여, 도망가지 마시오. 무슨 해라도 끼칠까 두려워하지 마시

---

[73] 당시에는 지저분한 내용이 나오면 〈죄송합니다〉라고 쓰는 관습이 있었다.

오. 내가 따르는 기사의 법도에 따라 나는 누구에게도 해를 끼치지 않소. 용모로 보아 지체 높은 규수임이 틀림없는 그대들에게는 특히 그러하오.」

여자들은 흉한 얼굴 가리개에 가려져 있는 그의 얼굴을 보려 애를 쓰다가 자기들의 신분과는 한참 동떨어진 〈규수〉라는 말을 듣자 웃음을 참지 못했다. 그 웃음에 돈키호테는 부끄러워져서 말했다.

「아름다우신 분들에게는 절제가 더욱 어울리는 법이라오. 더군다나 하찮은 이유로 웃는다는 것은 어리석은 행동이외다. 그렇다고 두 분께 언짢은 기분이나 걱정을 끼치고자 이런 말씀을 드리는 것은 아니오. 내게는 오직 그대들을 섬기려는 마음뿐 다른 뜻은 없소이다.」

전혀 이해할 수 없는 말과 우리 기사의 흉한 몰골이 여자들의 웃음을 한층 키웠고 그것이 그의 화를 불러일으켰다. 이때 아주 뚱뚱한 사람들이 보통 그러하듯 늘 평화를 사랑하는 객줏집 주인이 나오지 않았더라면 일은 아주 크게 벌어졌을 것이다. 재갈이며 창이며 방패며 흉갑 같은 너무나 어울리지 않는 무장으로 변장한 모습을 보자 주인도 그만 그 여자들처럼 웃음을 터뜨릴 뻔했다. 하지만 그 무시무시한 무장에 사실 겁이 나기도 한 주인은 그저 공손하게 대해야겠다는 생각으로 이렇게 말했다.

「기사 나리, 주무시고 가실 데를 찾으신다면, 여기 저희 집에 침대만 빼고 — 여긴 침대가 하나도 없거든요 — 다른 것은 부족함 없이 다 있답니다.」

객줏집은 성이요, 주인은 성주라고 생각한 돈키호테는 성주의 겸손함을 보고는 대답했다.

「카스티야 성주님, 그런 것은 아무래도 좋습니다. 〈나의 치장은 무기, 나의 휴식은 전투〉[74]이니 말입니다.」

---

[74] 당시 유명했던 스페인 전통 시 로만세의 한 구절이다.

기사가 자신을 카스티야 성주라고 부른 것을 두고 주인은 그가 자기를 돈 많은 카스티야 출신으로 알았나 보다 하고 생각했다. 사실 그는 안달루시아의 산루카르 해안 출신으로 카쿠스에게 질 리 없는 도둑놈에다가 양아치 못지않게 짓궂은 사람이었다. 그는 이렇게 대답했다.

「따라서 나리의 잠자리는 딱딱한 바위가 될 것이며, 나리의 잠은 뜬눈으로 지새우는 것이겠군요. 그러시다면 걱정 마시고 말에서 내리십시오. 1년 내내 주무시지 않을 작정이시라면 그런 기회는 이 오두막집에서 확실히 만날 터이니 까짓것 하룻밤쯤 못 모실까요.」

이렇게 말하면서 주인은 돈키호테의 디딤판을 잡아 주려고 다가갔다. 돈키호테는 그날 온종일 굶은 터라 말에서 내리는 것도 무척 힘들었다.

말에서 내린 돈키호테는 주인에게, 곡물을 먹는 것 중 세상에서 가장 훌륭한 짐승이니 자기 말을 잘 보살펴 달라고 부탁했다. 주인은 말을 살펴보았지만 훌륭해 보이기는커녕 기사가 말한 것의 절반에도 미치지 못했다. 주인이 말을 마구간에 끌어다 놓고 다시 손님의 시중을 들기 위해 돌아오니 여자들이 돈키호테의 갑옷을 벗기고 있었다. 이미 사이가 좋아진 모양이었다. 여자들은 가슴받이와 등받이는 벗겼지만 목 가리개와 그 이상하게 생긴 얼굴 가리개는 어떻게 벗겨야 할지 몰라 쩔쩔맸다. 초록색 끈으로 묶은 매듭이 풀리지 않아 잘라 버리는 수밖에 없는데 돈키호테가 한사코 자르지 못하게 하는 것이었다. 결국 그날 밤은 투구를 쓴 채 보낼 수밖에 없었으니, 그 모습은 누가 봐도 정말 요상하고 우스꽝스러웠다. 돈키호테는 이렇게 자기의 갑옷을 벗겨 주는 뜨내기 여자들을 여전히 그 성의 지체 높은 귀부인이나 여주인들이라 생각하고 익히 알려진 로만세 구절을 이용해 아주 멋들어지게 그녀들에게 말했다.

「고향을 떠나온 뒤

돈키호테만큼 귀부인들의
이와 같은 시중을 받은 기사
이 세상엔 없으리라.
규수들은 그를 돌보아 주고
공주들은 그의 말을 보살피네.

　로시난테, 이게 내 말의 이름이라오, 귀부인들이여. 내 이름은 돈키호테 데 라만차라오. 부인들을 더 섬기고 부인들을 위해 공을 세워 이름이 저절로 알려질 때까지 밝히지 않으려 했는데 란사로테의 옛 노래[75]를 감사의 뜻에 맞추다 보니 그만 내 이름을 아시게 되었소이다. 하지만 그대 귀부인들께서 명령을 내리시사 이 몸이 그에 복종할 날이, 그리고 부인들을 모시고자 하는 마음을 내 팔의 용기로 보여 드릴 날이 곧 올 것이라오.」
　그와 같은 수사를 들어 본 적이 없는 여자들은 대꾸도 하지 않고 그저 뭐 먹고 싶은 것은 없느냐고 물을 뿐이었다.
　「뭐든 좀 먹어야겠소이다.」 돈키호테가 말했다. 「그러잖아도 무척 시장하던 참이었소.」
　마침 그날은 육식을 금하는 금요일이라 객줏집에는 카스티야 지방에서 〈아바데호*abadejo*〉라 하고 안달루시아에서는 〈바칼라오*bacalao*〉라 하며 다른 지역에서는 〈쿠라디요*curadillo*〉, 또 다른 지역에서는 〈트루추엘라*truchuela*〉라고 부르는 대구 몇 토막밖에 없었다. 여자들은 그것밖에는 줄 것이 없는데 괜찮겠는지 물었다.

---

　[75] 앞의 노래는 이 노래에서 〈란사로테Lanzarote〉라는 이름만 〈돈키호테〉로 바꾸어 부른 것이다. 란사로테는 아서 왕의 원탁의 기사 랜슬럿의 스페인식 이름이다.

「토막이라도 많다면야…….」 돈키호테는 말했다. 「한 마리쯤은 되겠지요. 1레알짜리 여덟 개나 8레알짜리 하나나 그게 그거니까 말이오. 더군다나 소고기보다 송아지 고기가 더 맛있고 염소보다 새끼 염소 고기가 더 맛있듯이 대구 토막들이 통대구보다 더 훌륭할지도 모르오. 여하튼 빨리 가져다주시오. 배를 채우지 않고서는 갑옷의 무게도 나의 임무도 견딜 수가 없으니 말이오.」

여자들은 시원한 자리를 마련하고자 객줏집 문 앞에 식탁을 차렸다. 그러자 주인이 물기도 없고 제대로 익지도 않은 대구 한 접시와 돈키호테의 갑옷처럼 때 묻고 시커먼 빵 하나를 가져왔다. 그러나 정말 박장대소할 일은 돈키호테의 먹는 꼴이었다. 투구를 쓴 채 그것이 떨어지지 않도록 두 손으로 잡고 있었기 때문에 누가 음식을 먹여 주지 않으면 아무것도 입에 가져다 넣을 수가 없었다. 그래서 여자들 중 하나가 시중을 들게 되었다. 하지만 마시는 것은 도무지 어떻게 할 수가 없었다. 객줏집 주인이 통대에 구멍을 내어 돈키호테에게 한쪽 끝을 입으로 물게 하고 다른 쪽 끝으로 포도주를 흘려 넣지 않았더라면 그는 한 방울도 마시지 못했을 것이다. 투구의 매듭을 자르고 싶지 않아서 그는 이런 번거로움을 모두 참아 내고 있었다. 이러고 있을 때 돼지를 거세하는 일꾼이 객줏집에 도착해서 피리를 네댓 번 불었다. 그 소리를 들은 돈키호테는 자신이 유명한 성에 있고 사람들이 음악으로 자기를 환영하고 있으며 대구는 송어요, 검은 빵은 흰 빵이요, 떠돌이 창녀들은 귀부인들이요, 객줏집 주인은 성주라고 완전히 확신하게 되었다. 그렇게 생각하자 결심하고 집을 나서기를 정말 잘했다는 느낌이 들었지만 한 가지 마음에 걸리는 일이 있었으니 아직 기사 서품을 받지 않았다는 점이었다. 기사로 인정받지 않고서는 정식으로 어떠한 모험도 할 수 없다고 생각했던 것이다.

3

돈키호테가 기사 서품식을 치르는
우스꽝스러운 방법에 대하여

 이런 생각으로 지친 돈키호테는 객줏집의 먹을 것도 없는 식사를 간략하게 마친 후 주인을 불러 마구간으로 같이 가서는 그 앞에 무릎을 꿇고 말했다.
 「귀하신 분이여, 내가 바라는 바를 들어주실 때까지 이 자리에서 일어나지 않겠습니다. 그것은 성주님의 명성을 높이고 인류에게 이익이 되는 일이기도 합니다.」
 주인은 손님이 발밑에 꿇어앉아 이와 같은 말을 하니 어떻게 해야 할지, 무슨 말을 해야 할지 몰라 얼떨떨한 채 그저 그를 바라보고만 있었다. 아무리 일어나라고 사정을 해도 꿈적하지 않자 주인은 결국 부탁을 들어주겠노라고 대답할 수밖에 없었다.
 「위대하신 분이라는 것을 진작 알았습니다, 성주님.」 돈키호테는 말했다. 「관대하시니 내 청을 말씀드리겠습니다. 다름이 아니오라 내일 당장 이 사람의 기사 서품식[76]을 베풀어 주십시오. 오늘 밤 귀하의 성에 있는 예배당에서 밤새워 갑옷을 지키겠습니다. 그리고 말씀드렸다시피 내일은 이 사람이 바라던 소망이 이루어지는 날입니다. 그러한 후 기사로서 모험을 찾아 세상 방방곡곡을 돌아다니겠습니다. 도움이 필요한 사람들을 위한 이 일이야말로 기사의 본분이며, 이렇게 공적을 세우고자 하는 것이 나와 같은 편력 기사들이 해야 할 일이라고 생각합니다.」

앞서 말했듯이 객줏집 주인은 교활한 면이 있는 자로 벌써 자기 손님의 분별력에 문제가 있다는 것을 어느 정도 눈치채고 있던 터였다. 이 말을 듣자 그는 자기 생각이 틀림없다고 단정하고 그날 밤 웃음거리나 만들어 보자는 속셈으로 그의 기분을 맞춰 주기로 했다. 주인은 그대가 원하고 요구하는 일은 아주 지당한 것이고, 그러한 결심은 그대처럼 우아한 외모를 내보이는 아주 훌륭한 기사들이나 할 수 있는 법이라고 말했다. 그리고 자기도 젊었을 때 모험을 찾아 세상을 돌며 그런 명예로운 수행에 몸을 바쳤던 사람이라고 덧붙였다. 그는 악당과 불량배와 떠돌이들의 천국인 말라가의 페르첼레스, 리아란의 섬들, 세비야의 콤파스, 세고비아의 아소게호, 발렌시아의 올리베라, 그라나다의 론디야, 산루카르 해변, 코르도바의 포트로, 톨레도의 벤티야스를 비롯한 여러 다른 곳들을 두루두루 돌아다니며 날쌘 발과 날렵한 손으로 애꾸눈이도 많이 만들고 과부들도 많이 유혹하고 처녀들도 많이 범하고 후견인들에게 맡겨진 미성년자들도 많이 속이고 해서, 결국은 에스파냐에 있는 거의 모든 관청과 법정을 들락거렸다고 말했다. 그러다가 결국 이 성에 틀어박혀 지내기 위해 오게 되었고, 여기서 자기 재산과 남의 재산으로 생활하며 품위와 신분을 가리지 않고 모든 편력 기사들을 받아 주고 있는데, 그렇게 하는 이유는 오직 자기가 그 사람들을 좋아하기 때문이며, 그들이 자신의 호의에 감사하고자 가진 것을 자신과 나누려 하기 때문이라고 말했다.

76 『7부 법전』에 의하면 장난으로나 미친 사람에게 기사 서품을 주어서는 안 된다. 기사 서품식은 가장 엄숙하고 대단한 종교적 열의로 행해져야 함에도 불구하고 여기에서는 객줏집 주인이 서품식을 행하며, 창녀들이 칼을 채우고 박차를 끼운다.

또한 주인은, 새로 지을 생각으로 예배당을 허물어 버렸기 때문에 지금은 밤새워 갑옷을 지킬 수 있는 곳이 없지만, 필요하다면 어디서든 할 수 있는 것으로 알고 있으니 오늘 밤 성 안뜰에서 지키는 것이 좋겠다고 했다. 그리고 아침에 무사히 기사 서품식을 치르고 나면 기사가 될 것이며, 그대라면 이 세상에 다시없을 너무나 훌륭한 기사가 될 것이라고도 했다.

주인은 그에게 돈은 좀 가지고 있는지 물었다. 돈키호테는 일전 한 푼 없으며, 지금까지 자기가 읽은 기사 소설에 돈을 가지고 다니는 편력 기사는 한 사람도 없었다고 했다. 이 말에 주인은 돈키호테가 뭘 잘못 알고 있다면서, 그런 이야기가 책에 없는 것은 편력 기사들이 돈이나 깨끗한 속옷 같은 것을 가지고 다니는 것은 지극히 당연한 일이라 굳이 쓸 필요가 없었기 때문인데, 그걸 보고 편력 기사들이 돈을 가지고 다니지 않는다고 생각하는 것은 큰 잘못이라고 이야기했다. 그 많은 소설을 가득 채운 편력 기사들은 누구나 만약의 일에 대비해서 돈주머니에 돈을 두둑이 넣어 다녔고, 속옷 몇 벌과 상처를 치료하기 위한 연고들로 채운 약품 상자도 가지고 다녔다고 말했다. 들이나 사막에서 결투를 벌이다가 상처를 입게 될 때마다, 영리한 마법사라도 친구로 두어서 그가 한 모금만 마시면 언제 그랬느냐는 듯 단번에 상처가 치료되는 물병을 가진 처자나 난쟁이를 구름에 태워 데리고 와서 구해 주지 않는 이상 치료해 줄 사람이 없기 때문이라는 것이다. 그런 방법이 없을 때는 옛날 기사들도 자기 종자들에게 돈이며 실이며 치료용 연고 같은 필요한 물건들을 준비하게 했는데, 종자가 없을 때는 ─ 이것은 아주 드문 경우이지만 ─ 기사 자신이 아주 얇은 자루에다 이 모든 것들을 넣고 아주 중요한 다른 물품인 것처럼 사람들 눈에 거의 띄지 않는 말 엉덩이에 싣고 다녔다고 했다. 이렇게 하는 이유는 자루를 달고 다니는 일이 편력 기사들 사이에서는 그다지 좋아 보이는 일이 아니기 때문이라는 것이었다. 그리고 자식 같아서 하는 소리인데 앞으로는 돈이나 앞서 말한 준비 없이는 절대 길을 나서지 말라고 충고하며, 생각지도 않은 때에 그것들이 얼마나 유용하게 쓰이게 될지 곧 알게 될 것이라고 했다.

돈키호테는 그의 충고대로 하나도 빠짐없이 이행하겠노라고 약속하고는 객줏집 한쪽에 있는 큰 마당에서 갑옷을 지키는 기사의 도를 수행하기로 했다. 그는 우물 옆에 있던 물통 위에 갑옷을 얹어 놓은 다음 방패를 팔에 끼우고 창을 움켜쥔 채 아주 점잖은 폼으로 물통 앞을 왔다 갔다 하기 시작했다. 보초를 서기 시작했을 때 날은 어두워져 가고 있었다.

객줏집 주인은 그곳에 숙박하고 있는 다른 모든 손님들에게 이 손님이 미쳤다는 것과 갑옷 지키는 일이며 내일 있을 서품식에 대해 이야기했다. 모두들 별난 미치광이를 다 보겠다고 놀라면서 멀리서 구경이나 하자고 몰려갔다. 그들은 돈키호테가 의젓하게 걷기도 하고 때로는 창을 붙든 채 갑옷에서 눈을 떼지 않고 한참 동안 지켜보고 있는 모습을 보았다. 밤은 깊었지만 달빛이 대낮같이 밝아 자기에게 그 빛을 빌려 준 자[77]와 겨룰 수도 있을 정도라서 사람들은 그 새내기 기사가 하는 행동을 하나도 빠짐없이 볼 수 있었다. 이때 객줏집에 머물던 한 마부가 자신의 가축에게 물을 줘야겠다는 생각을 했는데, 그러려면 물통 위에 놓여 있던 돈키호테의 갑옷을 치워야만 했다. 그러나 돈키호테는 마부가 가까이 다가오자 크게 외쳤다.

「오, 그대가 누군지는 모르지만 무모한 기사로군! 아직 한 번도 칼을 찬 적 없는 가장 용감한 기사의 갑옷에 손을 대려 하다니. 조심하시오. 그대 무모함의 대가로 목숨을 내놓을 생각이 없다면 그 갑옷에 손을 대지 마시오!」

---

[77] 태양을 뜻한다.

마부는 그 말에 아랑곳하지 않았다. 그의 말에 신경을 썼더라면 좋았을 것을. 그랬으면 몸은 성했을 텐데 말이다. 마부는 오히려 갑옷 끈을 잡더니 냅다 멀리 던져 버렸다. 이 모습에 돈키호테는 하늘을 우러러보며 아마도 그의 귀부인 둘시네아를 생각한 듯 말했다.

「나의 여인이여, 그대의 충복인 저의 가슴에 일어난 이 최초의 굴욕에서 저를 구해 주소서. 이 최초의 위기에 그대의 은혜와 비호를 거두지 말아 주소서.」

그러고는 이와 비슷한 말들을 계속하면서 방패를 내던지고 두 손으로 창을 쳐들어 마부의 머리를 힘껏 내려치자 마부가 땅바닥에 푹 고꾸라졌다. 한 번만 더 내려쳤더라면 아마 의사도 필요하지 않았을 것이다. 이렇게 마부를 해치운 그는 갑옷을 제자리에 가져다 놓고 조금 전의 의젓한 자세로 돌아가 다시 보초를 서기 시작했다. 얼마 후 다른 마부가 그사이에 무슨 일이 일어났는지도 모르고 — 아까 그 마부는 아직도 정신을 못 차리고 있었던 터였다 — 역시 자기 노새에게 물을 먹일 생각으로 다가와 물통 위의 갑옷을 치우려 했다. 돈키호테는 아무 말도 없이 누구의 가호도 빌지 않고 다시 방패를 내던지고 창을 다시 쳐들었다가 두 번째 마부를, 박살 내지는 않았지만 세 번 이상 내리쳐 머리를 네 쪽으로 만들고 말았다.[78] 이 소란에 주인은 물론 객줏집에 있던 사람들이 모두 달려 나왔다. 돈키호테는 방패에 팔을 끼우고 칼에 한 손을 댄 채 말했다.

「오, 저의 여린 마음에 기력과 용기를 주시는 아름다운 공주여! 지금이야말로 그대 고귀한 눈을 큰 모험에 직면한 그대의 포로인 이 기사에게 돌리실 때입니다.」

이렇게 말하고 나자 그는 세상의 모든 마부가 자기에게 덤벼들어도 물

---

78 〈네 쪽〉은 구체적으로 네 개가 아니라 다수를 의미할 때도 사용된다.

러나지 않을 대단한 용기가 솟구치는 듯한 기분을 느꼈다. 한편 부상당한 마부의 일행은 동료가 당한 것을 보고 멀찌감치 서서 돈키호테에게 빗발치듯 돌을 던져 댔다. 돈키호테는 있는 힘을 다해 방패로 몸을 막으면서 절대로 무기를 버리고 물통에서 떠날 생각을 하지 않았다. 객줏집 주인이 마부들을 향해, 이미 말했듯이 저자는 미치광이로 사람들을 모두 죽인다 하더라도 아무런 죄가 되지 않으니 그냥 내버려 두라고 소리를 질러 댔다. 돈키호테 역시 더 큰 소리로 그들을 향해 배반자와 배신자들이라고 외치면서, 편력 기사에게 이런 무례한 짓을 하게 내버려 두는 이 성의 성주는 겁쟁이며 잘못 태어난 기사로, 자기가 기사 서품을 받았더라면 이 배은망덕한 행동을 반드시 혼내 주었을 거라고 호통쳤다.

「이놈들, 야비하고 천박한 너희들은 문제도 되지 않는다. 던져, 덤벼 봐. 자, 와서 너희들 하고 싶은 대로 다 해봐. 내 너희들의 버릇없고 어리석은 행위에 멋진 보복을 해줄 테니 두고 보라고!」

얼마나 기세등등하게 이 말을 했던지 덤벼들었던 사람들은 크게 겁을 먹고, 또 객줏집 주인이 말리기도 해서 모두 돌팔매질을 멈추었다. 그러자 돈키호테는 그들이 부상자들을 데리고 가도록 내버려 두고 다시 처음처럼 침착하고 조용하게 자기의 갑옷을 지켰다.

객줏집 주인은 이 손님의 장난이 예사가 아니라는 생각에 다른 불행한 일이 일어나기 전에 어서 빨리 재수 없는 그놈의 기사 서품식을 치러 주어 일을 매듭지어야겠다고 마음먹었다. 그래서 돈키호테에게 다가가 자기가 모르는 사이에 천한 자들이 무례를 저질렀다고 변명하고, 그자들은 자기들이 한 무모한 행동에 대한 보복을 이미 단단히 받았다고 말했다. 또 이미 말했듯이 이 성에는 예배당이 없지만 앞으로 남은 일을 하는 데에는 아무런 지장이 없다며 말을 이었다. 기사 서품식에 대해 자기가 알고 있는 바에 따르면 정식 기사가 되기 위해서는 칼등으로 목덜미와 등을 두드리면 되는데 그것은 들판 한가운데에서도 할 수 있으며, 밤새 무기를 지키는 의식도 두 시간이면 되는데 네 시간 이상을 했으니 이제 그만해도 된다고 했다. 돈키호테는 그 말을 곧이곧대로 믿고, 자신은 곧 그의 말을 따를 생각이니 최대한 간단하게 의식을 마쳐 주기를 바란다고 대답했다. 또다시 공격을 당하게 되면 그때는 이미 기사가 된 후이니 성에 목숨 붙은 사람은 하나도 남겨 놓지 않을 생각이라는 것이었다. 물론 자신은 성주님을 존경하므로 성주님이 부탁하는 사람은 살려 주겠다고도 했다.

이런 말을 듣고 겁이 난 성주[79]는 당장 마부들에게 주는 짚과 보리를 적어 놓은 장부를 한 권 챙겨 왔다. 아이 하나가 쓰다 남은 초 한 토막을 가져오자, 그는 앞서 말한 두 여자를 돈키호테가 있는 곳으로 데리고 와서 그에게 무릎을 꿇으라고 명령했다. 그러고서 마치 무슨 경건한 기도문을 암송하듯 그 장부를 읽어 나가다가 중간에 손을 들어 돈키호테의 목덜미를 세게 후려친 후, 기도하는 것처럼 입속으로 뭐라고 중얼거리면서 칼등으로 돈키호테의 등을 지독스레 내려쳤다. 그런 다음 여자들 중 한 명에게 기사에게 칼을 채워 주라고 명령하자 여자는 아주 침착하고 신중하게 그 일을 했다. 의식을 하나하나 행할 때마다 사람들은 터져 나오는 웃음을 참기 힘들었지만, 이미 이 새내기 기사의 용맹함을 보고 난 뒤라 할 수 있는 한 열심히 참았다. 칼을 채워 주며 그 착한 여자는 말했다.

「하느님의 가호로 행운 가득한 기사가 되시고 결투에서 많은 승리를 거두시기를.」

돈키호테는 자기가 어떤 분의 신세를 졌는지 기억하고 있어야 한다면서 여자의 이름을 물었다. 용감하게 얻는 명예의 일부를 그녀에게 주려는

---

[79] 돈키호테는 광기로 인해 객줏집 주인을 〈성주〉라고 부르고 있는데 세르반테스가 그것을 그대로 따르고 있다. 그의 유머를 엿볼 수 있는 부분이다.

생각에서였다. 여자는 아주 겸손하게 자기 이름은 톨로사이고 산초 비에나야 광장 근처에 사는 톨레도 출신 수선공의 딸이며, 앞으로 자기가 어디에 있든지 돈키호테를 주인으로 모시겠다고 말했다. 돈키호테는 감사의 뜻으로 경칭을 붙이는 은혜를 베풀겠으니 앞으로 도냐[80] 톨로사라고 부르도록 하라 했다. 그녀는 그러기로 약속했다. 다른 여자는 그에게 박차를 끼워 주었는데, 칼을 채워 준 여자와 나눈 대화와 거의 똑같은 말이 오갔다. 그녀의 이름을 묻자 그녀는 라 몰리네라라고 하며, 안테켈라의 정직한 방앗간 집 딸이라고 했다. 돈키호테는 이 여자에게도 역시 새로운 봉사와 은혜를 베풀 것이라면서 경칭을 이름 앞에 놓아 도냐 몰리네라로 부르도록 하라 했다.

생전 보지도 못한 의식을 눈 깜짝할 사이에 벼락치기로 끝내자 돈키호테는 한시바삐 말을 타고 모험을 찾아 떠나고 싶어 견딜 수가 없었다. 그리하여 로시난테에 안장을 얹고 올라탄 후 객줏집 주인을 부둥켜안고 자기에게 기사 서품식을 베풀어 준 것에 대해 고마움을 표하며 글로써 옮겨 놓을 수도 없는 아주 이상한 말들을 했다. 이제야 그를 객줏집에서 내보내게 된 주인은 돈키호테보다는 짧게 말했지만 그에 못지않은 미사여구를 써가며 그의 말에 답했고, 숙박비를 받을 생각도 없이 그냥 잘 가라고 내보냈다.

---

80 doña. 남자 이름 앞에 〈돈〉을 붙이듯 여자의 이름 앞에 붙이는 경칭이다.

4

객줏집에서 나온 뒤
우리의 기사에게 일어난 일에 대하여

　이제 정식 기사가 된 돈키호테는 어찌나 기쁘고 만족스러웠는지 아주 늠름하게 객줏집을 나왔으니, 그때가 동이 틀 무렵이었을 것이다. 그는 죽을 정도로 좋아하며 신 나게 말을 몰았다. 하지만 객줏집 주인이 충고한 말, 반드시 몸에 지니고 다녀야 할 물건들, 그중에서도 노자와 속옷 같은 것은 준비해야 한다는 이야기에 생각이 미쳐 일단 집으로 돌아가 모든 준비를 갖추고 종자도 한 명 구해야겠다고 마음먹으며 이웃에 사는 한 농부를 떠올렸다. 그 사람은 가난하고 자식도 딸려 있지만 기사의 종자 일에 아주 적격인 것 같았다. 이런 생각을 하면서 그는 로시난테를 고향 마을 쪽으로 몰았다. 말은 귀소 본능이 발동한 듯 어찌나 신 나게 걷던지 발굽이 땅에 닿지도 않는 것 같았다.
　그렇게 얼마나 달려 왔을까. 오른편의 울창한 숲 속에서 한탄하는 듯한 신음 소리가 들려왔다. 그 소리를 듣자마자 돈키호테는 입을 열어 말했다.
　「이토록 빨리 내 직무에 어울리는 일을 수행할 수 있는 기회를 눈앞에 주셔서 그토록 갈망하던 결실을 거둘 수 있게 하신 하느님의 은혜에 감사드립니다. 이 소리는 분명 나의 호의와 도움을 구하는 사람의 것임이 틀림없도다.」

그는 고삐를 돌려 소리가 난 쪽으로 여겨지는 방향으로 로시난테를 몰아갔다. 숲 속으로 몇 걸음 들어가니 떡갈나무에 말 하나가 매여 있고, 또 다른 떡갈나무에는 열다섯 살쯤 되어 보이는 사내아이가 상반신이 벗겨진 채 묶여 있었다. 신음 소리가 바로 그 아이의 것인 게 틀림없는 것이, 몸집이 좋은 농부가 혁대로 아이를 마구 매질하고 있었다. 그는 때릴 때마다 질책과 충고를 해댔다.

「입은 닥치고 눈은 똑바로 뜨고 지켰어야지.」

그러자 아이는 대답했다.

「다시는 안 그럴게요, 주인님. 정말 다시는 안 그럴게요. 앞으로 정말 조심해서 가축을 돌볼게요.」

이 광경을 지켜본 돈키호테는 성난 목소리로 말했다.

「무례한 기사 양반, 자신을 방어할 수도 없는 자와 싸움을 벌이는 건 당치 않소. 그대는 말에 올라 창을 드시오.」 마침 말고삐가 매여 있던 떡갈나무에는 창 한 자루도 기대어져 있었다. 「그대가 하는 짓이 얼마나 비열한 행동인지 깨닫게 해주겠소.」

농부는 위쪽에서 완전 무장한 채 자신의 얼굴을 향해 창을 휘두르는 형상을 보고 죽었구나 싶어 공손한 말투로 말했다.

「기사님, 제가 벌을 주고 있는 녀석은 제 하인으로, 이 근처에서 제 양떼를 지키는 일을 하고 있습지요. 그런데 이 녀석이 늘 딴 데 정신을 팔고 있어서 매일 양 한 마리씩을 잃어버리고 있습죠. 그래서 이놈의 실수를, 아니 이놈의 교활한 짓을 벌하자, 저더러 밀려 있는 급료를 주지 않으려고 비열한 짓을 한다고 합니다. 하느님을 두고 맹세컨대 이놈은 거짓말을 하고 있는 것입니다.」

「내 앞에서 다른 사람의 말을 거짓이라고 했겠다?[81] 이 돼먹지 못한 놈 같으니라고.」 돈키호테는 말했다. 「우리를 밝히는 태양을 걸고 이 창으로 네놈을 꿰뚫어 놓을 테다. 잔소리 말고 당장 급료를 지불해. 그러지 않으면 우리를 다스리시는 하느님의 이름으로 이 자리에서 네놈을 끝장내고 말 테다. 당장 이 아이를 풀어 줘.」

농부는 고개를 숙이고 한마디 대꾸도 없이 묶었던 하인을 풀었다. 돈키호테가 아이에게 급료를 얼마나 받지 못했는지 묻자 아이는 한 달에 7레알씩 아홉 달치가 밀려 있다고 했다. 계산을 해보니 총 73레알[82]이라, 돈키호테는 농부에게 만일 이런 일로 죽고 싶지 않으면 당장 그 돈을 주라고 했다. 농부는 겁에 질린 채, 일이 돌아가는 상황도 그렇고 맹세도 했으니 — 아직 아무런 맹세도 하지 않았지만 — 돈은 주겠지만 사실 그 정도 금액은 아니라고 했다. 아이에게 준 신발 세 켤레 값과 아팠을 때 두 번 피를 뺀 비용 1레알을 제해야 한다는 것이었다.

「그 말은 맞는군.」 돈키호테는 말했다. 「하지만 신발값과 치료비는 그대가 죄 없는 이 아이에게 가한 매질과 상쇄하도록 하시오. 그대가 지불한 신발의 가죽을 아이가 찢었다면, 그대는 아이의 몸을 찢었으니 말이오. 그리고 아이가 병이 들었을 때 이발사[83]가 저 아이에게서 피를 뽑았다고 했는데, 그대는 병에 걸리지도 않은 이 아이를 때려 피를 뽑은 셈이

---

81 자기보다 신분이 높은 사람 앞에서 다른 사람의 말을 거짓이라고 하는 것은 상대방에게 모욕을 가하는 일이다. 따라서 농부는 돈키호테 앞에서 사내아이의 말이 거짓이라고 함으로써 돈키호테를 모욕한 셈이다.
82 7 곱하기 9는 63이지만 73으로 되어 있는 것은 실수가 아니라 세르반테스의 의도로 보인다. 영특하기 짝이 없는 돈키호테가 산수에서 실수할 일은 없을 거라고 보면 이는 가난한 사람을 돕자는 작가의 생각에서 나온 계산인 듯하다. 혹은 돈키호테를 희화화하려는 의도일 수도 있으나, 작가는 갈수록 우리의 주인공을 더욱 사랑하게 된다.
83 피를 뽑는 것은 당시 병을 치료하는 방법 중 하나였고, 이런 일을 오늘날 의사가 하듯 옛날에는 이발사가 했다.

니, 이렇게 따지면 아이는 그대에게 빚진 게 없소.」

「기사님, 문제는 지금 제게 돈이 없다는 겁니다요. 저와 안드레스를 집에 보내 주시면 다 지불하겠습니다요.」

「제가 이 사람과 다시 집에 가야 한다고요?」 아이가 말했다. 「아니요, 기사님, 상상도 하기 싫습니다. 제가 혼자 남게 되면 이 사람은 바르톨로메오[84]처럼 제 살가죽을 벗겨 버리고 말거예요.」

「그런 짓은 절대로 하지 않을 거다.」 돈키호테는 말했다. 「내 말을 지키도록 명했으니 괜찮을 게야. 이 사람이 받은 기사의 법도를 두고 내게 맹세할 터이니, 놓아주면 반드시 급료를 지불해 줄 것이다.」

「나리, 잘 좀 보고 말씀하세요.」 아이가 말했다. 「저의 주인은 기사가 아니며 어떤 종류의 기사 서품도 받은 적이 없어요. 제 주인은 킨타나르에 사는 부자 후안 알두도예요.」

「그건 중요하지 않다.」 돈키호테가 대답했다. 「알두도 가문에도 기사가 있을 수 있으며, 사람은 저마다 자기 행위의 자식이니라.」

「그건 그래요.」 안드레스가 말했다. 「하지만 제 주인은 대체 어떤 행위의 자식이기에 제 급료와 땀과 수고를 모른 척하는 걸까요?」

「안드레스, 이제 그러지 않으마.」 농부가 말했다. 「제발 부탁이니 함께 가다오. 세상에 있는 모든 기사의 법도를 두고 맹세한다만 아까도 말했듯이 다 쳐서, 아니 더 붙여서 지불해 주마.」

「향수까지 뿌려 줄[85] 필요는 없소.」 돈키호테가 말했다. 「그 돈만 지불해 주시오. 그것으로 족하오. 반드시 맹세한 대로 지키도록 하시오. 만일 어길 경우에는 내가 다시 돌아와 벌할 것을 같은 맹세로 맹세하오. 그대

---

84 Bartholomaeus. 그리스도의 열두 제자 중 한 사람. 산 채로 가죽이 벗겨지는 순교를 당했다.
85 〈더 좋게 쳐준다〉라는 의미이다.

가 아무리 도마뱀처럼 달아나 숨더라도 찾아낼 것이오. 진실로 약속이 이행되기 위해서 그대에게 명령하는 자가 누구인지 밝히자면, 나는 모욕과 불의를 쳐부수는 용맹스러운 돈키호테 데 라만차요. 잘 있으시오. 그리고 약속하고 맹세한 바를 잊지 마시오. 그러지 않을 때엔 앞서 말한 벌이 그대에게 있을 것이오.」

이렇게 말하며 그는 로시난테에 박차를 가해 눈 깜짝할 사이에 두 사람에게서 멀어졌다. 농부는 눈으로 그를 좇다가 돈키호테가 숲을 빠져나가 보이지 않게 되자 하인 안드레스를 보고 말했다.

「이리 와라 애야, 모욕을 쳐부수는 자가 내게 명한 대로 너한테 진 빚을 갚아 주고 싶구나.」

「그러실 줄 알았어요.」 안드레스가 말했다. 「주인님께서 저 훌륭한 기사님의 명령을 지키시겠다니 정말 잘 생각하신 것 같아요. 저 기사님이 천년만년 살았으면 좋겠어요. 용기 있고 훌륭한 판관이시니 주인님이 제게 급료를 지불하지 않으시면 되돌아오셔서 아까 말씀하신 대로 행하실 거예요.」

「나도 그렇게 생각한다.」 농부가 말했다. 「하지만 나는 너를 너무나 사랑하기 때문에 네게 더 많은 돈을 주기 위해서라도 빚을 늘리고 싶구나.」

그러더니 아이의 팔을 붙들어 다시 떡갈나무에 묶고는 죽도록 두들겨 팼다.

「안드레스 님, 이제 그 모욕을 쳐부수는 자를 한번 불러 보시지.」 농부가 말했다. 「그 작자가 이 일을 어떻게 처리하는지 보도록 말이야. 이 정도로 끝난다고 생각한다면 오산이야. 네가 두려워한 대로 산 채로 네놈의 살가죽을 벗겨 주고 싶거든.」

하지만 마침내 그는 아이를 풀어 주고, 그 판관을 찾아가 아까의 선고대로 해달라고 부탁해 보라고 했다. 안드레스는 용감한 돈키호테를 찾아

가서 이 사실을 낱낱이 고해 반드시 일곱 배나 무거운 벌을 받게 하겠노라고 울먹이며 떠나갔고 그의 주인은 남아서 웃고 있었다.

용감한 기사 돈키호테는 이런 식으로 불의를 바로잡았다. 그는 자기가 해결한 일에 아주 만족스러워했고, 기사 생활이 무척이나 행복하고도 멋지게 시작된 것 같아 우쭐해져서는 나지막한 목소리로 중얼거리며 자기 마을로 가고 있었다.

「그대는 오늘 이 지상에 살아 있는 모든 여성 가운데 가장 행복한 여성이라 자부해도 좋습니다. 오, 아름다운 여성들 중에서도 아름다우신 둘시네아 델 토보소여! 그대야말로 지금 돈키호테 데 라만차요, 앞으로도 돈키호테 데 라만차일 용감무쌍하고 아주 고명한 기사를 당신 마음대로 복종시켜 수중에 넣는 행운을 가졌으니 말입니다. 그는 모든 사람이 알듯이 어제 기사 서품을 받았고, 오늘은 이유 없이 저질러진 최악의 모욕과 잔인하게 저질러진 최악의 불의를 해결했습니다. 연약한 아이를 이유 없이 매질한 그 비정한 놈의 손에서 채찍을 빼앗았습니다.」

이때 그는 네 갈래 길에 이르렀으니, 그러자 편력 기사들이 교차로에 이르면 어느 길로 갈 것인지 망설였다는 생각이 났다. 그는 그들의 본을 따르기 위해 잠시 멈추고 로시난테의 고삐를 풀어 말이 가는 대로 따르기로 했다. 말은 처음 의도한 대로 자기 마구간이 나오는 방향으로 갔다.

2마일쯤 갔을 때 돈키호테는 큰 무리를 이룬 사람들을 보았다. 나중에 밝혀진 바에 의하면 그들은 무르시아로 비단을 사러 가는 톨레도 상인들이었다. 여섯 사람으로 각기 양산을 쓰고 있었으며 그들 외에 말을 탄 네 명의 하인과 걸어가는 노새 몰이꾼 세 사람이 같이 있었다. 그 일행을 보자마자 돈키호테는 새로운 모험이 닥쳤다고 생각했다. 책에서 읽은 행적들 중 흉내 낼 수 있는 것은 모두 흉내 내리라 생각하던 차에 마침 딱 맞아떨어지는 기회가 온 듯 보였다. 그래서 그는 의젓하고도 용감하게 발걸이에 발을 딱 붙인 다음 창을 쥐고 방패로 가슴을 가린 채 길 한가운데 서서 그 편력 기사들이 가까이 오기를 기다리고 있었다. 이미 그들을 편력 기사로 판단한 것이다. 그들이 볼 수 있고 들을 수 있을 만한 거리에 다다르자 돈키호테는 소리 높여 당당하게 외쳤다.

「라만차의 왕후이며 비할 데 없이 아름다운 둘시네아 델 토보소보다 더 아름다운 여자는 이 세상에 없다고 고백하지 않을 거라면, 모두 그 자리에 멈추시오.」

상인들은 그의 말을 듣고 멈춰 서서 이런 소리를 한 자의 괴상한 몰골을 보고, 말과 행색으로 미루어 미친 사람임을 곧 알아차렸다. 하지만 자기들에게 고백하라고 한 게 무슨 소리인지 몰라 천천히 알아보고자 했다. 그들 가운데 다소 짓궂은 사람이 아주 점잔을 빼면서 말했다.

「기사 나리, 우리들은 당신이 말하는 그 훌륭한 부인이 도대체 어떤 분인지 모릅니다. 우리에게 그분을 보여 주시구려. 말씀처럼 그분이 그토록 아름다운 분이라면 그런 요구가 없어도 기꺼이 원하시는 대로 고백하겠습니다.」

「부인을 보여 준다면…….」 돈키호테가 대답했다. 「그토록 분명한 사실을 고백하게 하는 게 뭐가 그리 대단한 일이겠소? 그 부인을 보지 않고도 그렇게 믿고 고백하고 확인하며 맹세하고 지키는 게 중요한 것이오. 그것이 싫다면 세상에 다시없을 오만한 그대들은 나하고 결투를 해야 할 것이오. 자, 기사의 법도에 따라 한 사람씩 차례로 덤벼도 좋고, 그대들 같은 무리들의 관례와 악습대로 한꺼번에 덤벼도 좋소. 나는 내 말이 옳다는 것을 믿고 여기서 그대들을 기다리겠소.」

「기사 나리.」 그 장사치가 말을 받았다. 「여기 있는 모든 왕자님의 이름으로 간청하건대, 한 번도 본 적이 없고 들어 본 적도 없는 사실을 고백하여 알칸타라와 엑스트레마두라의 왕후들이나 여왕들의 분노를 살지도 모르는 일을 하는 것은 양심이 허락하지 않으니 그 부인의 초상화를, 비록 그것이 밀알만큼 작은 것이라도 우리들에게 보여 주시기 바랍니다. 실로 실꾸리를 알아맞힌다는 말도 있듯이, 우리는 그것으로 만족하고 확신할 것이며 당신도 만족스럽게 뜻을 이루실 수 있을 것입니다. 비록 그 초상화의 한쪽 눈이 애꾸고 다른 눈에서는 붉은 모래와 유황석이 쏟아진다 해도 우리는 당신을 기쁘게 해드리고자 당신이 원하는 대로 말씀드릴 것입니다.」

「아무것도 쏟아지지 않는다, 이 망할 놈아!」 돈키호테가 화를 내며 소리쳤다. 「다시 말하지만, 네놈이 말하는 그런 것은 쏟아지지 않아. 쏟아지는 것이 있다면 호박 보석과 솜에 싸인 사향뿐이다. 애꾸도 아니고 꼽추도 아니고, 오히려 몸매는 과다라마의 실패[86]보다 더 곧다. 나의 귀부인처럼 그토록 아름다운 부인을 이다지도 모독하니 너희들은 그 대가를 치러야 할 것이다!」

이렇게 말하면서 그는 맹렬한 분노에 휩싸여 창을 아래로 겨누고 입을 놀린 사내를 향해 엄청난 기세로 덤벼들었다. 그때 다행히도 로시난테가 길 중간에서 발이 걸려 넘어지지 않았더라면 그 무모한 장사치는 틀림없이 큰 봉변을 당했을 것이다. 로시난테가 넘어지는 바람에 주인도 한참 동안 들판에 나뒹굴었다. 돈키호테는 일어나려고 했으나 창이며 방패며 박차며 투구며 옛날 갑옷의 무게 때문에 도저히 그럴 수가 없었다. 일어나려고 애를 썼지만 마음대로 되지 않자 그는 소리쳤다.

「도망치지 마라, 이 비겁한 놈들아! 기다려라, 이 노예 같은 놈들아! 나는 내 잘못이 아니라 말의 실수로 여기 이렇게 누워 있는 것이다.」

그런데 일행들 가운데 노새를 몰던 하인 하나가, 처음부터 그러려고 했

---

[86] 당시 마드리드에서는 과다라마 산맥에서 자라는 너도밤나무로 만든 실패를 팔았다.

던 것은 아닌 것 같은데 넘어지고도 허세를 부리고 있는 이 가엾은 기사가 하는 말을 듣다가 그만 참지 못하고 그의 옆구리를 냅다 내질러 버렸다. 그런 다음 더 가까이 다가가 창을 집어 토막 낸 뒤 그중 하나로 우리의 돈키호테를 얼마나 두들겨 팼는지, 갑옷과 투구를 입었다고는 하나 온몸이 맷돌에 갈린 밀처럼 되어 버렸다. 주인들이 너무 그러지 말고 내버려 두라고 소리를 질렀지만 열받은 하인은 화가 풀릴 때까지 그만두려 하지 않았다. 그는 나머지 창 토막들까지 주워 비참하게 쓰러져 있는 돈키호테를 사정없이 두들겨 팼다. 돈키호테는 폭풍처럼 빗발치는 매질을 당하면서도 입은 다물지 않고 하늘과 땅을 두고 자기의 눈에는 악당으로밖에 보이지 않는 그들을 협박했다.

매질을 하던 하인이 지치자 상인들은 매 맞은 그 불쌍한 자를 이야깃거리로 삼으며 가던 길을 계속 갔다. 홀로 남게 된 돈키호테는 다시 일어날 수 있는지 시험해 보았지만, 성했을 때에도 일어날 수가 없었는데 갈리고 거의 망가진 몸으로 어떻게 일어날 수 있었겠는가? 그런데도 돈키호테는 이러한 불행을 편력 기사들에게만 일어나는 일로 여겨 자기는 행복한 사람이라고까지 생각하며 잘못은 모두 말의 탓으로 돌렸다. 하지만 몸은 완전히 녹초가 되어서 도저히 일어날 수가 없었다.

5

우리 기사의 불행한
사건에 대한 이야기가 계속되다

그러니까 정말 자기 몸을 전혀 움직일 수 없다는 것을 알게 되자 그는 늘 쓰던 방법을 써보고자 했다. 그것은 전에 읽은 책들 가운데 어느 한 대목을 생각해 내는 일로, 그의 광기는 발도비노스[87]의 이야기와 카를로토가 상처 입은 그를 산속에 내버려 두었을 때의 만투아 후작에 대한 이야기를 떠올렸다. 이 이야기는 아이들도 알고 있고 젊은이들도 모를 리 없으며 노인들까지 진실이라 믿고 기리고 있지만, 사실은 마호메트의 기적 이상으로 엉터리다. 돈키호테는 지금 자신의 처지와 그 이야기가 꼭 일치한다고 믿고 아주 비통해하면서 땅바닥을 기기 시작하더니 상처 입은 숲의 기사[88]가 했다는 대로 꺼져 가는 숨결로 말했다.

어디에 계시옵니까, 나의 귀부인이여,

---

[87] Valdovinos. 샤를마뉴의 열두 용사 중 한 사람이다. 그의 아내를 유혹한 샤를마뉴의 아들 샤를로트와 산속에서 싸우다가 중상을 입고 쓰러졌는데, 그때 숙부인 만투아 후작이 그곳을 지나다가 그를 보고 복수해 줄 것을 약속한다. 카를로토는 샤를로트의 스페인식 이름이다.

[88] 발도비노스를 말한다.

저의 고통이 느껴지지 않나요?
저의 고통을 모르시는 건지요,
아니면 그대는 거짓되며 불충한 건가요, 부인.

이런 식으로 그 로만세[89]를 읊어 가다가 이런 구절에 이르렀다.

오, 고귀하신 만투아 후작님,
내 핏줄이신 삼촌이시여!

이 부분을 읊조리고 있을 때, 마침 그와 같은 동네에 사는 한 농부가 방앗간에 밀을 져놓고 돌아오는 길에 그곳을 지나게 되었다. 농부는 길바닥에 드러누워 있는 사람을 보고는 가까이 다가와 누구인지, 어디가 아파서 그렇게 슬퍼하는지 물었다. 돈키호테는 이 사람이 틀림없이 자기 삼촌인 만투아 후작이라고 생각해서 다른 말은 않고 로만세만 계속 주절대며 로만세에 나오는 그대로 자신의 불운에 대해, 그리고 황태자와 자기 아내와의 사랑에 대해 이야기했다.

그런 말도 안 되는 이야기를 듣고 농부는 놀랐지만, 그래도 몽둥이질로 산산조각 난 얼굴 가리개를 벗긴 뒤 먼지로 범벅이 된 그의 얼굴을 깨끗하게 닦아 주었다. 얼굴을 닦아 주고 보니 당장 그가 누군지 알게 된 농부는 말했다.

「키하나 님!」 아마 돈키호테가 정신을 잃기 전, 그러니까 얌전한 시골 귀족에서 편력 기사가 되기 전에는 이렇게 불렸던 모양이다. 「누가 나리를 이런 꼴로 만들었습니까?」

---

[89] 스페인에서 개발된 시 형식. 한 행이 8음절, 혹은 16음절로 되어 있으며 모음 운을 이룬다.

그러나 돈키호테는 무엇을 물어도 계속 로만세로 답할 뿐이었다. 이에 마음씨 착한 농부는 그의 몸에 상처가 났는지 보기 위해 온 힘을 다해 가슴받이와 등받이를 벗겼다. 그러나 핏자국이나 상처는 전혀 없었다. 농부는 그를 땅바닥에서 일으켜 죽을힘을 다해 자기 당나귀에 실었다. 당나귀가 기사의 말보다 더 튼튼해 보여서였다. 그런 뒤 갑옷이며 토막 난 창까지 모두 주워 로시난테의 등에 묶고 로시난테와 당나귀를 몰아 마을로 향했다. 그는 돈키호테가 지껄여 대는 황당무계한 말을 들으면서 생각에 잠겨 걸었다. 돈키호테는 갈리도록 두들겨 맞은 몸이라 당나귀 위에 제대로 앉아 있기도 힘들어 이따금 하늘을 보고 한숨을 쉬었다. 그래서 농부는 무엇이 그리 불편하신지 다시 묻지 않을 수 없었다. 그때 그 상황에 딱 맞는 이야기를 돈키호테의 기억에 되살려 놓은 것은 악마의 소행이라고 밖에 생각할 수가 없었으니, 그는 이제 발도비노스는 잊고 안테케라의 성주인 로드리고 데 나르바에스[90]가 포로로 잡아 그의 성채로 데려갔던 무어인 아빈다라에스[91]의 이야기를 떠올렸던 것이다. 그래서 농부가 몸은 어떤지, 어디 아픈 데는 없는지 재차 물었을 때 돈키호테는 호르헤 데 몬테마요르[92]의 『라 디아나』에서 읽은, 포로 아벤세라헤가 로드리고 데 나르바에스에게 한 말을 적혀 있던 그대로 읊으며 대답했다. 자기 처지와 기막히게 맞아떨어지는 이야기를 이용했지만 농부는 그 멍청한 소리를

---

[90] Rodrigo de Narváes. 15세기 스페인의 무사로 무어족과의 싸움에서 공훈을 세우고 안테케라의 성채에 제일 먼저 쳐들어가 성의 영주가 되었다.

[91] Abindarráez. 그라나다 무어 왕국의 권세 있던 아벤세라헤 가문의 한 사람이다. 여인 하리파와 결혼하러 가던 중에 스페인의 포로가 되었다가 나르바에스의 주선으로 사흘 동안 석방된다. 약속대로 신부를 데리고 돌아왔으므로 나르바에스는 두 사람을 놓아준다. 『라 디아나』 제5권에 들어 있는 작자 미상의 단편 「아름다운 하리파 이야기」의 내용이다.

[92] Jorge de Montemayor(1520~1561). 포르투갈 태생의 소설가. 『라 디아나』 중 제7권은 스페인어로 쓴 것인데, 이것이 스페인 목가 소설 유행을 이끌었다. 세르반테스도 목가 소설 『라 갈라테아』를 썼다.

듣는 데 절망하며 걸을 뿐이었다. 그는 이웃이 미쳤다는 것을 알아채고는 돈키호테가 장황한 연설로 자신의 화를 돋울까 봐 걸음을 재촉했다. 돈키호테는 한참 말을 하고 나더니 이렇게 덧붙였다.

「돈 로드리고 데 나르바에스 나리, 제가 말씀드린 그 아름다운 하리파가 지금은 바로 둘시네아 델 토보소로, 저는 단지 이 공주를 위하여 이 세상 사람들이 보았고, 보고 있고, 앞으로도 보게 될 기사도의 가장 혁혁한 공적을 쌓고 있으며 앞으로도 쌓을 생각이라오.」

이 말에 농부는 대답했다.

「아, 죄 많은 이 몸이여. 나리, 저는 로드리고 데 나르바에스도 만투아 후작도 아닌, 같은 마을에 사는 나리의 이웃 페드로 알론소입니다요. 나리께서도 발도비노스나 아빈다라에스가 아니라 착한 키하나 나리란 말씀입니다요.」

「나는 내가 누군지 알고 있소.」 돈키호테가 말했다. 「그리고 아까 말한 사람들은 물론 프랑스의 열두 기사와 라 파마의 아홉 용사 전부도 될 수 있다는 것을 알고 있소. 왜냐하면 그들 모두가 한꺼번에, 혹은 그들 한 사람 한 사람이 이룩한 공적을 모두 합쳐도 내 공적에 미치지 못하기 때문이오.」

이런 말과 비슷한 다른 이야기를 하면서 그들은 해질 무렵 마을에 이르렀다. 그러나 농부는 두들겨 맞아 엉망진창이 된 양반이 꼴사납게 당나귀를 타고 있는 몰골을 사람들이 보지 못하도록 더 어두워지기를 기다렸다. 충분히 기다렸다 싶었을 때 마을로 들어가 돈키호테의 집으로 가보니 집에서는 난리가 나 있었다. 돈키호테의 가장 친한 친구들인 마을 신부와 이발사가 와 있었고, 가정부가 이 두 사람을 향해 큰 소리로 떠들고 있는 중이었다.

「우리 주인님에게 무슨 나쁜 일이라도 생긴 게 아닐까요, 페로 페레스

— 신부의 이름이 그러했다 — 석사님? 사흘 동안이나 나리도 말도 방패도 창도 갑옷도 보이질 않으니 말예요. 아이고, 불쌍한 내 신세! 이건 제가 죽기 위해 태어났다는 사실만큼이나 분명한 건데, 제 생각엔 나리께서 갖고 계시면서 늘 읽으시던 그 몹쓸 기사 소설들이 나리의 분별력을 흐리게 만든 거예요. 지금 생각났는데, 나리께서 혼잣말로 편력 기사가 되어 모험을 찾아 온 세상을 돌아다니고 싶다고 몇 번이나 말씀하신 걸 들은 적이 있어요. 그따위 책은 사탄이나 악마에게 줘버려야 해요. 라만차에서 가장 분별 있는 분의 머리를 돌게 만들어 버렸으니 말이에요.」

조카딸도 같은 말을 하고 덧붙였다.

「이것도 알아야 해요, 니콜라스 — 이것이 이발사의 이름이었다 — 아저씨. 외삼촌께서 그 막돼먹고 재수 없는 기사 소설을 이틀 동안 주무시지도 않고 읽으신 적이 여러 번 있었어요. 그러고 나면 책을 내던진 다음 칼을 들고 벽을 마구 내리치시는 거예요. 그러다가 지치면 당신이 탑만큼이나 큰 거인을 넷이나 죽였다고 말씀하셨죠. 지쳐서 땀이 흐르면 싸움 도중 입은 상처에서 흐르는 피라고 하셨고요. 그러고 나서 큰 물병에 있는 찬물을 다 마시고 좀 진정이 되면, 그 물은 위대한 마법사이자 당신의 친구인 현인 에스키페[93]가 당신에게 가져다준 아주 귀한 물이라고 하셨죠. 외삼촌이 이렇게 될 때까지 알리지 않은 제 잘못이 커요. 미리 말씀드렸더라면 이 지경이 되기 전에 막을 수 있었을 테고, 외삼촌이 갖고 계신 악마 같은 이 많은 책들 모두 이교도를 화형에 처하듯 불살라 버릴 수도 있었을 텐데 말이에요.」

「나도 같은 생각이오.」 신부가 말했다. 「내일은 무슨 일이 있더라도 그

---

[93] 기사 소설에 대해 잘 모르는 조카딸이 『아마디스 데 가울라』에 나오는 마법사 아라키페 Araquife를 잘못 말한 듯하다.

책들을 공개적으로 화형에 처해야겠소. 앞으로 다른 사람이 그것을 읽고 우리 착한 친구가 한 일을 되풀이하지 않도록 말이오.」

농부와 돈키호테는 그들의 말을 모두 듣고 있었다. 농부는 비로소 자기 이웃의 병이 무엇인지 이해하고는 큰 소리로 외쳤다.

「어르신네들, 발도비노스 님과 심한 부상을 당한 만투아 후작님과 안테케라의 성주이신 용감한 로드리고 데 나르바에스가 포로로 데리고 온 무어인 아빈다라에스 님께 어서 빨리 문을 열어 주십시오.」

이 소리에 사람들은 모두 뛰쳐나왔다. 그리고 몸을 움직일 수 없어 그때까지 당나귀에서 내리지 못하고 있던, 누구에게는 친구며 또 누구에게는 주인이며 외삼촌인 돈키호테를 보자 달려가 그를 안았다.

「이보게들.」 돈키호테는 말했다. 「나는 내 말의 실수로 중상을 입었음을 아시게. 나를 침실로 데려가 가능하다면 현명하다는 우르간다를 불러서 내 상처를 보살피게 해주시게.」

「글쎄 좀 보시라니까요!」 가정부가 말했다. 「전 나리께서 당하시리라는 걸 짐작하고 있었다니까요! 자, 조심해서 올라오세요, 나리. 그 우르가다[94]인지 뭔지가 오지 않아도 여기서 저희들이 잘 치료해 드릴 테니까요. 나리를 이 꼴로 만들어 놓은 망할 놈의 기사 소설들, 수백 번 수천 번 저주받아라!」

사람들이 곧 그를 침대로 옮기고 살펴보았으나 상처는 한 군데도 없었다. 돈키호테는 그냥 피곤해서 그렇다고 했다. 이 드넓은 세상 어디를 가도 만나기 어려운 가장 지독하고도 무모한 거인 열 명과 싸우다가 로시난테와 함께 심하게 넘어졌다는 것이었다.

---

[94] 조카딸과 마찬가지로 가정부도 기사 소설에 대해 아는 것이 없다. 그래서 『아마디스 데 가울라』에 나오는 마녀인 〈우르간다〉를 몰라 〈우르가다〉라고 한 것이다.

「저런, 저런!」신부가 말했다. 「춤판에 거인들이 있다고? 기필코 내일 해가 저물기 전에 자네 책들을 불살라 없애겠네.」

사람들은 돈키호테에게 이것저것 물어보았지만 그는 아무 대답도 하지 않고 다만 먹을 것을 부탁한 뒤 잠 좀 자게 내버려 달라고 했다. 그것들이 그에게 가장 중요한 것이었으므로 사람들은 그렇게 해주었다. 신부는 돈키호테를 발견한 경위와 자초지종을 농부에게서 전부 들었다. 농부는 모든 것을 빠짐없이 이야기했다. 그가 그를 발견했을 때, 그리고 돌아오는 길에 돈키호테가 말했던 황당무계한 이야기도 했다. 이야기를 듣고 나니, 신부는 다음 날 자기가 하려는 일에 더욱 큰 확신을 갖게 되었다. 이튿날 그는 친구인 이발사 니콜라스 선생을 불러 함께 돈키호테의 집으로 갔다.

6

우리의 기발한 이달고의 서재에서
신부와 이발사가 행한
멋지고도 엄숙한 검열에 대하여

돈키호테는 아직도 잠들어 있었다. 신부는 돈키호테의 조카딸에게 그 모든 폐해의 원인이 된 책들이 있는 서재 열쇠를 달라고 했다. 조카딸은 두말없이 그것을 내주었다. 모두들 서재로 들어갔고 가정부도 따라 들어갔다. 서재에는 장정이 아주 잘된 커다란 책이 1백 권도 넘었고 몇 권의 소책자들도 있었다. 가정부는 책들을 보자마자 황급히 나가더니 곧 성수가 담긴 나무 그릇과 성수 솔을 들고 들어와 말했다.

「신부님, 이거 받으세요. 이걸 방에 뿌려서 이 책들 속에 있는 그 많은 마술사들을 한 놈도 남기지 말고 내몰아 주세요. 우리가 그들을 세상에서 내쫓고자 했다가 벌을 받아 오히려 마법에 걸리게 되면 큰일 난다니까요.」

가정부의 순진한 말에 신부는 웃으면서 이발사에게 책들을 한 권씩 집어 달라고 말했다. 그것들 가운데 불에 던지지 않아도 될 책이 있을지도 모르기 때문에 어떤 내용인가 확인하려는 것이었다.

「그러실 필요 없어요.」 조카딸이 말했다. 「이 책들은 모두 해를 입히는 것들이니까 하나도 남겨 둘 필요가 없어요. 창밖 마당에 던져 쌓아 놓고 불을 지르면 좋겠어요. 아니면 뒤뜰로 가지고 가서 모닥불을 피우든지요. 거기서라면 연기가 나도 괜찮으니까요.」

가정부도 그렇게 하는 게 좋겠다고 했다. 두 여자들은 이 죄 없는 책들을 너무나 죽이고 싶었지만, 신부는 책의 제목조차 훑어보지 않고서 그렇게 하고 싶지는 않았다.

니콜라스 선생이 제일 먼저 그의 손에 건네준 책은 『네 권의 아마디스 데 가울라』였다.

「이 책은 불가사의지.」 신부가 말했다. 「내가 듣기로 이 책이 에스파냐에서 출판된 첫 기사 소설이라던데. 다른 책들 모두 이 책을 기반으로 하고 있네. 아주 사악한 분파를 만들어 낸 거짓 교리서인 셈이니 당연히 화형에 처해야겠지.」

「안 됩니다, 신부님.」 이발사가 말했다. 「제가 듣기로는 이 책이야말로 지금까지 쓰인 기사 소설 중에서 가장 훌륭하다고 하더군요. 그러니 이런 책 중에서 유일하게 용서해 줘야 할 겁니다.」

「하긴 그것도 그렇군.」 신부가 말했다. 「그렇다면 지금 당장은 살려 두지. 어디 그 옆에 있는 것 좀 보게.」

「이것은…….」 이발사가 말했다. 「아마디스 데 가울라의 합법적인 아들 『에스플란디안 무용담』이네요.」

「그런데 말이지…….」 신부가 받아서 말했다. 「자기 아버지와 같은 대우를 해줄 순 없지 않나. 아주머니, 이 책을 받아서 창문으로 마당에 던지시죠. 모닥불을 많이 피워야 할 테니, 이건 그 불쏘시개요.」

가정부는 아주 만족스러워하며 하라는 대로 했다. 그 알량한 에스플란디안은 마당으로 날아가서 꾹 참고 화형식을 기다릴 수밖에 없었다.

「다음.」 신부가 말했다.

「다음은요…….」 이발사가 받았다. 「『아마디스 데 그레시아』입니다. 그러고 보니 이쪽에 있는 것은 모두 아마디스 가문의 무용담들 같은데요.」

「그렇다면 전부 마당으로 던지게!」 신부가 말했다. 「펀티키니에스트라 여왕과 목동 다리넬[95] 그리고 그가 부른 목가들, 아무튼 그 작자의 알아들을 수 없는 추악한 이야기들은 다 태워 버리게. 나를 낳아 주신 아버지라도 편력 기사의 모습으로 나타나신다면 그것들과 함께 불살라 버릴 테니 말일세.」

「저도 동감입니다.」 이발사가 말했다.

「저도요.」 조카딸도 거들었다.

「그렇다면……」 가정부가 말했다. 「자, 이리들 주세요. 마당으로 가져가게요.」

그것들은 상당한 양이어서 그녀는 계단으로 내려가는 대신 창밖으로 던져 버렸다.

「그 두꺼운 책은 누구의 이야기지?」 신부가 물었다.

「『돈 올리반테 데 라우라』[96]입니다.」 이발사가 대답했다.

「이 책의 작가는……」 신부가 말했다. 「『꽃들의 정원』[97]을 쓴 사람과 같은 인물이지. 아마 이 두 권 중에서 어느 것이 더 사실적인지, 다시 말해 어느 것이 덜 거짓말을 하고 있는지 알기란 어려워. 확실한 건, 말도 안 되는 이야기를 무례하게 떠벌리는 이 책들은 마당으로 가야 한다는 것뿐이지.」

「다음 책은 『플로리스마르테 데 이르카니아』입니다.」 이발사가 말했다.

「플로리스마르테 님이 거기 계신가?」 신부가 대꾸했다. 「그렇다면 당

---

[95] 두 사람 다 『아마디스 데 그레시아』에 나오는 인물이다.
[96] *Don Olivante de Laura*. 스페인의 작가인 안토니오 데 토르케마다 Antonio de Torquemada (1507?~1569)의 1564년 작품.
[97] *Jardín de flores*. 1570년 작품.

장 마당으로 가야겠군. 범상치 않은 탄생 일화와 꿈 같은 모험담은 많지만 문체가 멋이 없고 딱딱하단 말씀이야. 아주머니, 다른 것과 함께 마당으로 던져요.」

「그렇게 하고말고요, 신부님.」 가정부는 신바람이 나서 시키는 대로 했다.

「이것은 『기사 플라티르』[98]입니다.」 이발사가 말했다.

「오래된 책이지.」 신부가 말했다. 「그러나 사면할 이유가 없어. 다른 말 말고 다른 것들과 동행시키세.」

그래서 그렇게 처리됐다. 다른 책이 펼쳐졌는데, 〈십자가의 기사〉라는 제목이 붙어 있었다.

「제목이 성스러워서 좀 무식해도 용서될 수 있었겠지만 여기 〈십자가 뒤에 악마가 있다〉는 말이 있거든. 이것도 불 속으로……」

이발사가 다른 책을 꺼내 들고 말했다.

「이건 『기사도의 거울』[99]이네요.」

「내가 잘 아는 책이군.」 신부가 대꾸했다. 「그 책에는 레이날도스 데 몬탈반이 지난날의 대도둑 카쿠스가 무색할 정도의 대도둑인 자신의 친구들과 동료들과 열두 용사들, 그리고 진실한 역사가인 튀르팽[100] 등과 함께 일을 벌이지. 사실 나는 이들을 이 땅에서 영원히 추방하고자 하고 있었네. 비록 어느 부분에서는 유명한 마데오 보야르도[101]의 창의력을 이어

---

98 *El Caballero Platir*. 1533년 작품으로 작자는 미상.
99 *Espejo de caballerías*. 이 제목으로 세 편의 이야기가 있다.
100 Turpín. 샤를마뉴 서사시 시리즈에 등장하며 전설상의 인물로 화한 종교인으로 프랑스 랭스 지방의 대주교였다. 출생일은 불확실하지만 사망한 날은 800년 9월 2일로 알려져 있다.
101 Matteo Boyardo(1441~1494). 15세기 이탈리아의 시인. 미완성 서사시 「사랑의 오를란도」는 아리오스토의 시 「광란의 오를란도」의 전편으로 여겨진다.

받았고, 기독교인인 시인 루도비코 아리오스토[102]도 여기서 자기 실을 자 아냈지만 말일세. 만일 내가 아리오스토와 이곳에서 만나면, 그리고 그가 자기 나라 말이 아닌 다른 나라 말로 이야기를 한다면, 나는 그에게 조금도 경의를 표할 수가 없지.[103] 그러나 자기 나라 말로 이야기한다면 그를 받들어 모실 거야.」

「지금 내가 가지고 있는 책은 이탈리아 말로 되어 있는데요.」 이발사가 말했다. 「이해는 못 하겠지만요.」

「이해해 봤자 좋을 건 없네.」 신부가 대답했다. 「에스파냐로 데리고 와서 에스파냐어로 바꾸지 않았더라면 아마 이 자리에서 그 대장[104]을 용서했을지도 모르지. 하지만 옮기면서 원래의 가치가 크게 줄어들고 말았단 말일세. 하긴, 시를 다른 말로 옮기려 하는 사람들은 모두 이처럼 할 거야. 아무리 고심하고 솜씨를 발휘해 봐도 원작에는 미치지 못하거든. 그러니까 이 책은 물론이거니와 이와 같이 프랑스의 기사들을 다룬 책들은 어떻게 처리할 것인지 뚜렷한 방침이 설 때까지 마른 웅덩이에 집어넣어 보존해 두라는 걸세. 시중에 돌아다니고 있는 〈베르나르도 델 카르피오〉와 소위 〈론세스 바예스〉라는 시들은 예외로 하고 말일세. 이들은 내 손에 들어오는 즉시 아주머니 손으로 넘어가서 가차 없이 불 속에 떨어지고 말 테니까.」

이발사는 당연히 그렇게 해야 한다고 신부의 말에 동의하면서 적절한 조치라고 했다. 훌륭한 신앙인에 진실을 사랑하는 사람인 신부가 세상일에 대해 틀린 소리를 할 리가 없다고 생각했기 때문이다. 이어 다른 책을 펼쳤는데, 그것은 『팔메린 데 올리바』였으며 그 옆에는 『팔메린 데 잉갈

---

102 Ludovico Ariosto(1474~1533). 이탈리아의 시인.
103 당시 이 작품의 스페인어 번역본이 서너 종 있었는데, 이것들을 경멸하고 있다는 뜻이다.
104 번역자 헤로니모 데 우레아Jerónimo de Urrea를 가리킨다.

라테라』가 있었다. 이것을 보자 신부가 말했다.

「이 올리바는 당장 갈기갈기 찢어서 불 속에 집어넣어 재도 남지 않도록 해야 하네. 그 잉갈라테라는 유일본이니 소중히 보존해 두도록 하고. 알렉산더 대왕이 다리오 왕의 전리품 중에서 발견해 시인 호메로스의 작품을 보관하기 위해 싸워 빼앗았다는 그러한 상자를 이 책을 위해서도 꼭 장만해야 할 걸세. 이 책은 말일세 이발사 양반, 두 가지 점에서 중요하다네. 하나는 작품 그 자체가 뛰어나기 때문이고, 다른 하나는 어느 신중한 포르투갈 왕이 이 작품을 썼다는 말이 있기 때문이지. 미라구아르다 성에서 일어난 모험담들은 모두 아주 훌륭히 잘 쓰였을 뿐 아니라 기교가 넘치지. 고상하고 명료한 구절들은 아주 정확하고 분별력 있는 그 인물의 면모를 유감없이 보여 주고 있다네. 그러니 자네만 좋다면 니콜라스 양반, 이 책과 『아마디스 데 가울라』는 화형에서 제외시키고, 그 밖의 것들은 모두 더 이상 볼 필요 없이 그냥 없애 버리세.」

「아닙니다, 신부님.」 이발사가 대답했다. 「제가 지금 손에 들고 있는 것은 그 이름 높은 『돈 벨리아니스』인걸요.」

「그 책은 말일세…….」 신부가 말했다. 「2, 3, 4부 모두 지나칠 정도로 성을 내는 대목이 많아서 그것을 없애기 위해 약간의 대황[105]이 필요하다네. 〈명성의 성〉에 관한 이야기 몽땅하고, 더 중요하게 다루었지만 말도 안 되는 다른 이야기들은 빼야 마땅하지. 그렇게 하기까지는 엄청난 시간이 들 게야. 고쳐졌을 때야 자비나 정의를 베풀 수 있을 테니, 그때까지 자네 집에 두고 아무도 읽게 해서는 안 되네.」

「그게 좋겠군요.」 이발사가 대답했다.

---

105 뿌리를 약재로 쓰는 마디풀과에 딸린 여러해살이풀. 많이 쓰면 설사약이 되지만 소량을 쓰면 몸을 정화하고 간을 강화하며 화기를 풀어 내릴 수 있다.

그러고는 더 이상 기사 소설들을 살피는 일이 힘들 것 같아서 가정부에게 큰 책들은 모두 마당으로 집어 던지라고 했다. 바보나 귀머거리 여자에게 말한 것이 아니며, 아무리 멋있는 최상품의 천을 짜는 일이라 해도 그보다 책 태우는 일을 훨씬 더 좋아하는 사람에게 시켰으니, 가정부는 한꺼번에 여덟 권을 창문으로 집어 던졌다. 한 번에 많이 집으려다 보니 그중 한 권이 이발사의 발치에 떨어졌다. 누구 작품인지 알고자 살펴보니 그것은 『유명한 티란테 엘 블랑코 기사 이야기』였다.

「이런!」 신부가 큰 소리로 말했다. 「여기 백의의 기사 티란테가 있었다니! 이리 줘보게, 친구. 이 책에 빠져 이게 오락의 전부가 된 적도 있었다네. 이 책에는 용감한 기사 돈 키리엘레이손 데 몬탈반과 그의 동생 토마스 데 몬탈반, 그리고 기사 폰세카가 나오고, 용맹한 티란테가 알라노족과 싸운 이야기며 플라세르데미비다 처자의 재치며 과부 레포사다의 연애며 속임수며 자신의 시종 이폴리토를 사랑한 왕후의 이야기도 있다네. 정말이지 친구여, 특히 문체로 보아 이건 세계에서 제일 잘 쓴 책일세. 다른 모든 기사 소설과 달리 이 책에서는 기사들이 먹고, 잠자고, 자기 침대에서 죽고, 죽기 전에 유언을 하는 등 보통 사람들이 하는 짓을 그대로 하고 있다네. 무엇보다도 이 책을 쓴 작가는 기사를 갤리선[106]에 평생 집어넣는 그런 터무니없는 짓들은 하지 않았다네. 이 책을 집에 가지고 가서 읽어 보게. 그러면 내 말이 사실이라는 것을 알게 될 걸세.」

「그렇게 하지요.」 이발사는 대답했다. 「그건 그렇고, 남은 이 작은 책들은 어떻게 하지요?」

「이 책들은 기사 소설이 아닌 것 같네. 시집이군.」 신부가 말했다.

한 권을 펼쳐 보니 호르헤 데 몬테마요르의 『라 디아나』여서, 나머지 것

---

[106] 중세에 지중해를 항해하던 돛과 노가 있는 대형 선박. 노예나 죄수들이 노를 저었다.

들도 모두 같은 종류의 것이라고 생각하고 말했다.

「이런 종류의 책까지 다른 것들처럼 태울 필요는 없지. 기사 소설들처럼 피해를 준 것도 아니고, 앞으로도 주지 않을 테니까. 다른 사람에게 해를 주지 않는 오락물이거든.」

「어머, 신부님!」 조카딸이 말했다. 「이것도 아까 그 책들처럼 태우라고 하셔도 상관없어요. 삼촌이 기사병에서 다 나으신 다음 이번에는 그런 책을 읽다가 양을 기르는 목동이 되어 노래를 부르고 피리를 불면서 숲이나 초원으로 돌아다닐 생각을 하시게 될까 봐 그래요. 그것보다 더 큰일은, 시인이 되겠다고 하시면 어떡해요. 사람들 말로는 그건 낫기도 어렵고 벗어나기도 힘든 병이라던데요.」

「이 아가씨 말도 맞는구먼.」 신부가 말했다. 「우리 친구에게 앞으로 또 일어날지 모르는 곤란한 일은 제거하는 것이 좋겠어. 그럼 몬테마요르의 『라 디아나』부터 시작하지. 내 생각에, 이 책은 태우는 대신 현명한 여인 펠리시아 이야기와 마법에 걸린 물 이야기와 시들만 없애고, 산문과 이런 종류의 책 중에서 제일 먼저 나왔다는 명예쯤은 남겨 두는 게 좋겠어.」

「다음은……」 이발사가 말했다. 「살라망카 사람이 지은 『라 디아나』 속편이라는 것인데, 제목은 같지만 작가가 힐 폴로네요.」[107]

「살라망카 사람이 쓴 책은……」 신부가 말했다. 「마당으로 던져지는 형벌에 처한 것들을 따라가게 하고, 힐 폴로가 쓴 것은 아폴론이 직접 쓴 작품인 양 소중히 보관되어야 하네. 자, 그다음은? 서둘러야겠어, 늦어지고 있어.」

---

107 몬테마요르가 『라 디아나』를 썼는데 1564년 발렌시아에서 두 종류의 속편이 출판됐다. 하나는 살라망카의 의사 알론소 페레스Alonso Pérez가 쓴 『라 디아나』 속편이고 다른 하나는 발렌시아 사람인 힐 폴로Gil Polo가 쓴 『사랑에 빠진 라 디아나』이다. 후자는 최고의 스페인 목가 문학으로 평가되고 있다.

「이 책은······.」 이발사가 또 다른 책을 펼치면서 말했다. 「사르데냐의 시인 안토니오 데 로프라조가 지은 『사랑의 운명에 관한 열 권의 책』입니다.」

「신부의 명예를 두고 말하지만······.」 신부가 말했다. 「아폴론이 아폴론이고, 예술의 신 뮤즈가 뮤즈며, 시인들이 시인이었던 이래 이 책만큼 재미있으며 그다지 엉터리가 아닌 책은 쓰인 적이 없다네. 그리고 지금까지 이 세상에 나온 이런 종류의 책들 중 그 방면에서 가장 뛰어나고 유일한 작품이기도 하지. 그러니 이 책을 읽지 않은 사람은 결코 재미있는 책을 읽었다는 말을 할 수 없어. 이리 주게, 이 책을 발견한 것은 정말이지 최고급이라는 피렌체 천으로 된 승복을 받는 것보다 훨씬 값진 일이라네.」

그는 아주 만족스러워하며 그것을 받아 따로 놓아두었다. 이발사가 말을 이었다.

「다음으로 『이베리아의 목동』,[108] 『에나레스의 요정』,[109] 『질투의 환멸』[110]인데요.」

「그것들은 더 볼 필요도 없네.」 신부가 말했다. 「아주머니의 저 속세의 팔에 넘겨주게. 이유는 묻지 말게. 말하자면 끝이 없을 테니까.」

「이번 것은 『필리다의 목동』이에요.」

「그자는 목동이 아닐세.」 신부가 설명했다. 「아주 점잖은 궁의 신하일세. 보물처럼 보관하게나.」

---

108 *El Pastor de Iberia*. 베르나르도 데 라 베가Bernardo de la Vega의 1591년 작품.
109 *Ninfas de Henares*. 베르나르도 곤살레스 데 보바디야Bernardo González de Bobadilla의 1587년 작품.
110 *Desengaño de celos*. 바르톨로메 로페스 데 엔시소Bartolomé López de Enciso의 1586년 작품.

「이 큰 책은…….」 이발사가 읽었다. 「제목이 〈다양한 시의 보고〉[111]라고 되어 있는데요.」

「좋은 작품이 되었을 텐데.」 신부가 대답했다. 「그렇게 다양한 종류의 시를 담지만 않았더라면 말이야. 훌륭한 시들 사이에 들어 있는 천박한 몇몇 작품들을 솎아 내야 할 걸세. 작가가 내 친구이기도 하고, 그가 쓴 보다 영웅적이고 고상한 다른 작품들을 존경하는 의미에서 그건 놔두기로 하세.」

「이것은…….」 이발사가 말을 이었다. 「로페스 말도나도의 『가곡집』입니다.」

「이 책의 작가도…….」 신부가 대답했다. 「나와 아주 친한 사람이야. 그 자의 입으로 그의 시를 들으면 감탄하지 않을 사람이 없다네. 목소리가 참으로 부드러워서 사람의 혼을 빼놓거든. 목가가 길긴 한데 좋은 건 그리 많지가 않아. 이 책도 남긴 책들과 같이 두게. 그런데 그 옆에 있는 저 책은 뭔가?」

「미겔 데 세르반테스의 『라 갈라테아』[112]인데요.」 이발사가 말했다.

「세르반테스도 내 오랜 친구지. 내가 알기로, 그 친구는 시 쓰는 일보다 세상 고생에 더 이력이 나 있는 사람이라네. 그 책은 무언가 기발한 구석이 있지만, 제시만 할 뿐 결론은 아무것도 없단 말이야. 속편을 약속했으니 기다릴 수밖에. 약간 손질만 하면 지금은 못 받고 있는 자비를 완벽하게 얻을지도 모르지. 그때까지 자네 집에다 간수해 놓도록 하게.」

「그렇게 하지요.」 이발사가 대답했다. 「자, 이번에는 한꺼번에 세 권입

---

111 *Tesoro de varias poesías*. 세르반테스의 친구 페드로 데 파디야Pedro de Padilla가 1580년에 낸 시집.
112 *La Galatea*. 세르반테스가 1585년 알칼라에서 발표한 첫 번째 작품. 속편을 쓰겠다고 했으나 쓰지 못했다.

니다. 돈 알론소 데 에르시야의 『라 아라우카나』, 코르도바의 심문관 후안 루포의 『라 아우스트리아다』, 그리고 발렌시아의 시인 크리스토발 데 비루에스의 『엘 몬세르라토』이네요.」

「그 책들은······.」 신부가 대답했다. 「모두 에스파냐어로 쓴 영웅 서사시로 최고의 걸작들일세. 이탈리아의 가장 유명한 작품들과 겨뤄도 손색이 없네. 에스파냐가 낳은 가장 값진 보물이니 잘 보관해 두게.」

신부는 지쳐서 더 이상 책을 볼 기운도 없어 나머지는 한꺼번에 몽땅 불태워 버리고자 했다. 그때 이발사가 책 한 권을 펼쳐 들고 있었는데, 『앙헬리카의 눈물』[113]이었다.

「내가 울 뻔했군.」 책 제목을 듣고는 신부가 말했다. 「그 책을 태우라고 했더라면 말일세. 그 작가는 에스파냐뿐 아니라 세계에서도 가장 유명한 시인들 중 한 사람이지. 오비디우스의 우화를 몇 편 번역했는데, 정말 훌륭하더군.」

---

113 *Las lágrimas de Angélica*. 루이스 바라오나 데 소토 Luis Barahona de Soto의 작품으로 「광란의 오를란도」에 나오는 앙헬리카와 메도로의 삼화를 주제로 1586년에 인쇄된 서사시다.

7

우리의 착한 기사
돈키호테 데 라만차가
두 번째로 집을 나서는 이야기

이런 일이 벌어지고 있을 때 돈키호테가 소리를 지르기 시작했다.

「용사들이여, 여기요 여기! 이곳이야말로 그대들의 용감한 무력을 보여 줄 장소요. 궁정의 신하들이 무술 경기에서 좋은 건 다 가져가게 될지도 모르오.」

이 시끌벅적한 소란을 듣고 달려가느라 남은 책들을 계속 검열할 수가 없었다. 결국 카를로스 5세 황제의 승리를 다룬 『라 카롤레아』와 레온 시의 역사를 다룬 『에스파냐의 사자』는 돈 루이스 데 아빌라[114]가 쓴 『황제의 업적들』과 함께 제대로 보여지기도 전에 불 속으로 들어간 듯하다. 이 책들은 틀림없이 남아 있어야 할 것들이었다. 신부가 보았더라면 아마 그렇게 가혹한 판결에 처해지지 않았을 텐데.

그들이 돈키호테가 있는 방에 갔을 때 그는 벌써 일어나 있었다. 전혀 잔적 없는 사람처럼 아주 말짱하게 깨어나서는 계속 미친 듯이 소리를 지르

---

114 Don Luis de Avila. 카를로스 5세의 사적을 쓴 사람 가운데 이런 이름은 없다. 아마도 루이스 사바타Luis Zapata의 『이름난 카를로스』를 언급하고 싶었던 것으로 세르반테스의 실수인 듯하다.

며 사방팔방에 칼질을 해대고 있었다. 모두들 그를 붙들어 강제로 다시 침대에 눕혔다. 약간 진정이 되자 즉시 그는 신부 쪽으로 고개를 돌려 말했다.

「정말이지 튀르팽 대주교님, 열두 용사라는 우리가 이 시합에서 궁중의 기사들에게 이렇게 속수무책으로 승리를 넘겨준다는 것은 말이 안 됩니다. 앞선 사흘 동안에는 우리 용사들이 상을 거머쥐었는데 말입니다.」

「진정하시게나, 친구.」 신부가 말했다. 「운이란 움직이는 것일세. 오늘 잃은 것은 내일 얻을 수 있는 법, 모두 하느님의 뜻이지. 그것보다도 지금은 자네 건강이나 돌보시게. 상처는 없지만 심히 지쳐 있는 것 같으니 말일세.」

「상처는 없습니다.」 돈키호테가 말했다. 「갈리고 부서진 것은 틀림없지만요. 돈 롤단이라는 비열한 자식이 떡갈나무 몽둥이로 나를 마구 두들겨 팼기 때문입니다. 내가 공적에 있어 유일한 적수라 보고 시기심이 발동해서 말이지요. 그가 아무리 요술을 부린다 해도 내가 이 침대에서 일어나자마자 그 빚을 갚지 못한다면 나는 레이날도스 데 몬탈반[115]이 아닙니다. 그런데 지금은 먹을 거나 좀 주십시오. 그게 당장 필요한 일인 것 같으니까요. 그리고 복수는 내게 맡기십시오.」

사람들은 그가 원하는 대로 먹을 것을 가져다주었다. 그는 다시 잠에 빠졌고 사람들은 그의 광기에 새삼 놀랐다.

그날 밤 가정부는 집과 마당에 있는 책들을 모조리 불살라 버렸다. 그 중에는 서고에 영원히 보관되어야 할 책들도 있었지만 검사자의 태만과 책의 운명이 이를 허락지 않았으니, 죄인들 때문에 죄 없는 사람들이 곤욕을 치른다는 속담이 이로써 증명되었다.

돈키호테의 병을 고치기 위하여 신부와 이발사가 내린 처방들 중 하나

---

115 여기서 돈키호테는 스스로를 샤를마뉴 대제의 전설에 나오는 영웅인 레이날도스 데 몬탈반으로 믿고 있다.

는 서재를 벽으로 몽땅 봉해 버리자는 것이었다. 그가 깨어났을 때 책을 못 찾게 하고 — 원인을 제거하면 결과가 생기지 않을 테니까 — 그에게는 마법사가 책과 서재를 비롯한 모든 것을 가져가 버렸다고 할 생각이었다. 그 일은 아주 신속하게 이루어졌다. 이틀 뒤 돈키호테가 일어나 제일 먼저 한 일은 책을 보러 가는 것이었다. 그러나 원래 있던 곳에 서재가 없었기 때문에 이리저리 찾아 헤매야 했다. 그는 문이 있던 곳에 가서 두 손으로 문을 더듬었다. 그러고는 말 한마디 없이 사방을 두리번거리다가 상당한 시간이 흐른 후 가정부에게 자기 책을 넣어 둔 서재가 어느 편에 있었는지 물었다. 이럴 때 어떻게 대답해야 하는지 충분히 들었던 가정부는 그에게 대답했다.

「무슨 서재를 찾으시는데요, 나리? 이 집에는 이제 서재도 책도 없어요. 그놈의 악마가 몽땅 가져가 버렸지 뭐예요.」

「악마가 아니었어요.」 조카딸이 말했다. 「외삼촌이 집을 나가신 후 어느 날 밤 한 마법사가 구름 위로 와서 자기가 타고 온 뱀에서 내리더니 서재로 들어갔어요. 그 안에서 뭘 했는지는 저도 모르겠는데, 잠시 뒤 그가 지붕을 타고 날아가자 집이 온통 연기에 휩싸이더라고요. 무슨 일을 했는지 가보니 책도 서재도 보이지를 않았어요. 저나 아주머니나 생각나는 거라곤 그 사악한 늙은이가 떠날 때 큰 소리로 한 말뿐이에요. 자기는 그 책들과 서재 주인에게 남모르는 적의를 품고 있어 이 집에 해코지를 한 것이니 그 결과는 나중에 알게 될 것이라고 했어요. 그러고는 자기 이름이 현자 무냐톤이라고 했지요.」

「프리스톤116이라고 했을 게다.」 돈키호테가 말했다.

---

116 『돈 벨리아니스』 가상의 원저자는 현자이자 마법사인 프리스톤Fristón이다. 앞으로 보게 될 제9장에서 『돈키호테』의 저자를 시데 아메테 베넹헬리Cide Hamete Benengeli라고 말하는 것과 같은 기법이다.

「프리스톤이라고 했는지 프리톤이라고 했는지는 모르지만, 이름이 〈톤〉으로 끝나는 것만은 알아요.」 가정부가 말했다.

「맞아.」 돈키호테는 말했다. 「그자는 영리한 마법사로 내 막강한 적이지. 내게 원한을 가지고 있어. 내가 어느 때고 와서 자기가 아끼는 기사와 멋진 결투를 펼치리라는 걸 그는 마술과 학문으로 이미 알고 있지. 놈이 어떻게 해볼 수도 없게 내가 그 기사를 이길 거라는 것도 말이야. 그래서 녀석은 나에게 할 수 있는 온갖 짓을 하려고 드는 거야. 하지만 하늘이 정해 놓은 것을 그놈이 거역하거나 피할 수는 없는 법이지.」

「그걸 누가 의심하겠어요?」 조카딸이 말했다. 「하지만 삼촌, 또 누가 삼촌을 그런 싸움에 끼어들게 하겠어요? 불가능한 일을 찾아 세상을 돌아다니지 마시고 집에 편히 계시는 게 낫지 않을까요? 양털 깎으러 갔다가 도리어 털 깎이고 돌아오는 사람이 많다는 걸 모르세요?」

「애야.」 돈키호테가 말했다. 「넌 정말 뭘 모르는구나! 누구든 내 털끝 하나라도 건드리려는 놈이 있다면, 그 전에 내가 그놈의 수염을 죄다 뽑아 버리고 말 테다.」

그가 화를 낼 조짐을 보이자 두 여자는 더 이상 말대꾸를 하지 않기로 했다.

이렇게 해서 그는 보름 동안 아주 조용히 집에 있었다. 이전과 같은 정신 나간 짓을 되풀이할 기미도 보이지 않고 자기의 두 친구, 즉 신부와 이발사와 아주 재미있는 대화를 하며 보냈다. 그는 세상이 가장 필요로 하는 것은 편력 기사들이며 편력 기사의 부활은 자신으로 인해 이루어져야 한다고 했다. 신부는 그의 주장을 반박도 했다가 어떤 때는 수긍도 했으니, 그가 이런 식으로 하지 않았더라면 돈키호테와 내내 불화만 계속되었을 것이다.

이 기간 동안 돈키호테는 이웃에 사는 착한 — 이러한 표현을 가난한 사람에게 붙일 수 있다면 말이다 — 그러나 머리가 약간 모자라는 한 농부에게 간청했다. 돈키호테의 간절한 부탁과 설득과 약속으로 결국 이 가엾은 자는 돈키호테의 종자가 되어 집을 나가기로 결심하게 되었다. 돈키호테가 그에게 한 여러 가지 약속들 중 하나는, 만약 그가 기꺼이 자기를 따라나서 준다면 모험으로 아무리 못해도 어떤 섬을 얻게 되었을 때 그 섬을 다스리게 해주겠다는 것이었다. 이런저런 약속에 끌려 산초 판사는 — 이것이 그의 이름인데 — 마누라와 자식을 버리고 자기 이웃의 종자가 될 것을 승낙했다.

그다음 돈키호테는 돈을 마련하기 시작했다. 어떤 것은 팔고 어떤 것은 저당 잡히며 모든 것을 헐값에 처분하여 적지 않은 돈을 만들었다. 그런 다음 친구에게 방패 하나를 빌리고 부서진 투구도 최대한 잘 손질했다. 종자 산초에게는 가장 필요하다고 생각되는 것들을 챙기라 하고 길 떠날 날과 시간을 일러 주었다. 특히 그가 자루를 챙기라고 당부하자 산초는 그렇게 하겠노라 하면서 자기는 오래 걷는 일에 익숙하지 않으니 자기가 갖고 있는 아주 좋은 당나귀를 타고 갈 생각이라고 했다. 이 말을 듣고 돈키호테는 당나귀를 탄 종자를 데리고 다닌 편력 기사가 있었는지 생각하느라 잠깐 망설였다. 아무리 생각해도 기억이 나지 않았다. 하지만 자기가 처음으로 맞닥뜨리게 될 버릇없는 기사의 말을 빼앗아 산초에게 줘서 가장 어진 기사에게 어울리는 종자로 만들면 되리라 생각하고는 그렇게 하라고 허락했다. 그리고 객줏집 주인이 했던 충고에 따라 속옷이며 기타 필요한 물건들을 할 수 있는 한 모두 챙겼다. 모든 준비가 끝나자 산초 판사는 처자식에게 작별 인사도 없이, 돈키호테는 가정부와 조카딸에게 작별 인사도 없이, 어느 날 밤 아무도 모르게 그곳을 떠났다. 그날 밤 얼마나 걸었던지 새벽녘이 되었을 때에는 누가 그들을 찾아 뒤쫓아 온다 해도 따라잡지 못할 정도가 되었다.

산초 판사는 자루와 술통을 당나귀에 매달고 그 위에 앉아서 주인이 약속한 섬의 통치자가 되리라는 강한 희망에 사로잡힌 채 족장처럼 우쭐대며 가고 있었다. 돈키호테는 처음 길을 떠났을 때의 그 방향과 그 길로 우연히 다시 가게 되었는데 그곳은 바로 몬티엘 들판으로, 이번에는 지난번보다 훨씬 수월하게 나아갈 수 있었다. 아침나절이라 햇살이 비스듬하고 뜨겁지 않아 그들을 지치게 하지 않았던 것이다. 이때 산초 판사가 주인에게 말했다.

「편력 기사 나리, 제게 약속한 섬 이야기를 잊으시면 안 됩니다요. 아무리 큰 섬이라도 전 문제없이 다스릴 수 있거든요.」

이 말에 돈키호테가 대답했다.

「산초 판사여, 옛날 편력 기사들은 자기들이 손에 넣은 섬이나 왕국의 통솔자로 자신의 종자를 앉혔는데, 이는 그들의 관습이었네. 그런 좋은 관습을 나는 확실히 지킨다네. 아니, 오히려 그들보다 더 뛰어나고 싶다네. 옛 기사들은 흔히 종자들이 늙을 때까지 실컷 부려먹고 밤낮을 죽도록 고생시킨 후에야 어떤 산골이나 그와 비슷한 마을의 백작, 혹은 기껏해야 후작 같은 칭호를 주는 게 고작이었으니 말이야. 자네가 살아 있고 나도 살아 있으면 엿새 안에 왕국 하나쯤은 얻을 수 있을 거고, 그 왕국에 딸린 다른 왕국들도 얻을 수 있을 걸세. 그러면 자네를 그 왕국들 중 하나의 왕으로 앉히는 건 당연한 일이지. 내가 허풍이나 떨고 있다고 생각하지 말게. 우리 같은 기사들에게는 결코 보지도 생각지도 못한 방식들로 일이 일어나는 법이라서, 나는 자네에게 약속한 것보다 더한 것도 쉽게 줄 수 있을지 모른다네.」

「그런 식으로……」 산초 판사가 대꾸했다. 「나리께서 말씀하신 여러 기적들 중 하나로 제가 만일 왕이 된다면, 적어도 제 마누라 후아나 구티에레스는 여왕이 되고 제 자식 놈들은 왕자가 되겠네요.」

「아무렴, 그걸 의심할 자가 누가 있겠는가?」 돈키호테가 대답했다.

「제가 의심하죠.」 산초 판사가 대꾸했다. 「아무리 하느님이 땅 위에 왕국을 비처럼 쏟아 놓을지라도 마리 구티에레스[117]의 머리 위에는 하나도 떨어질 것 같지가 않거든요. 나리, 제 마누라가 여왕이 된다는 것은 어림없는 일에요. 백작 부인이 좋겠네요. 그것도 아주 어렵겠지만요.」

「하느님께 맡기게, 산초.」 돈키호테가 대답했다. 「그러면 그분께서 그녀에게 가장 어울리는 것을 주실 것이야. 주눅 들어 변방의 통치자보다 낮은 자리에 만족하려고 하지는 말게.」

「그러지 않겠습니다요, 나리.」 산초가 대답했다. 「제게 알맞고 제가 감당해 낼 수 있는 자리라면 무엇이든 주실 줄 아시는 뛰어난 분을 나리로 모시고 있는걸요.」

---

117 Mari Gutiérrez. 산초 판사의 아내 이름인데 바로 앞에서는 후아나Juana 구티에레스라고 하고 제52장에서는 후아나 판사Panza, 속편 제5장에서는 테레사 카스카호Teresa Cascajo 또는 테레사 판사라고 한다. 세르반테스가 최종적으로 부여한 이름은 테레사 판사이다.

8

굉장히 무섭고 결코 생각조차 해본 적 없는
풍차 모험에서 용감한 돈키호테가 행한
멋진 사건과 좋게 기억할 만한
사건들에 대하여

이런 말을 주거니 받거니 하며 가고 있던 이때 들판에 서 있는 풍차 30~40개를 발견하자, 돈키호테는 즉시 종자에게 말했다.

「우리가 기대했던 것보다 더 좋은 방향으로 행운이 우리 일을 마련해주는구나. 친구 산초 판사여, 저기를 좀 보게! 서른 명이 넘는 어마어마한 거인들이 있네. 나는 싸워 저놈들을 몰살시킬 것이야. 그 전리품으로 부자가 될 걸세. 이것이야말로 정의의 싸움이며, 사악한 씨를 이 땅에서 없앰으로써 하느님께 크게 봉사하는 일인 게지.」

「거인들이라뇨?」 산초 판사가 물었다.

「저기에 있는 저놈들 말이네.」 주인은 대답했다. 「기다란 팔을 가진 놈들 말이야. 2레과[118]나 되는 팔을 가진 놈들도 있군.」

「나리.」 산초가 대답했다. 「저기 보이는 것은 거인이 아닙니다요. 풍차입니다요. 팔로 보신 건 날개인데, 바람의 힘으로 돌아서 방아를 움직이죠.」

---

[118] leguas. 1레과는 약 5,572킬로미터이다.

「보아하니……」 돈키호테가 말했다. 「자네는 이런 모험을 도통 모르는 모양이구먼. 저건 거인이야. 겁이 나면 저만치 물러나서 기도나 하게. 그동안 나는 저놈들과 지금껏 보지 못한 맹렬한 싸움을 벌일 테니까.」

이렇게 말하고 돈키호테는 그가 싸우고자 하는 저것들은 절대 거인이 아니며 풍차라는 종자의 말을 들으려고도 하지 않고 로시난테에 박차를 가했다. 놈들이 거인이라고 굳게 믿고 있었으므로 그에게는 종자 산초의 말이 들리지 않았고 가까이 갈 때까지 상대가 무엇인지 제대로 보이지도 않았다. 오히려 그는 소리를 지르며 돌진했다.

「도망치지 마라, 이 비겁하고 천한 자들아! 너희들을 공격하는 사람은 이 기사 한 명뿐이다.」

이때 바람이 불어와 풍차의 커다란 날개를 움직이기 시작했다. 이 모습을 본 돈키호테는 소리쳤다.

「비록 네놈들이 저 거인 브리아레오스[119]보다 많은 팔을 휘둘러 댄다 할지라도, 네놈들아, 나한테 혼날 줄 알아라!」

이렇게 말하면서 그는 둘시네아에게 이런 위기에 처한 자신을 보호해 달라고 온 마음을 다해 빌었다. 그는 방패로 몸을 가리고 옆구리에 창을 낀 채 전속력으로 로시난테를 몰아 맨 앞에 있는 풍차로 돌진하여 날개에 창을 꽂긴 했으나, 바람이 세차게 불어 날개가 돌아가자 그 창은 박살이 나고 사람과 말도 함께 딸려 가다가 들판으로 사정없이 내동댕이쳐졌다. 산초 판사가 그를 구하려고 당나귀를 급히 몰아 달려가 보니 주인은 꼼짝달싹할 수 없는 상태였다. 로시난테가 함께 넘어지는 바람에 그 충격은 실로 컸다.

---

119 Briareus. 그리스 신화에 나오는 거인. 하늘과 땅의 아들로 쉰 개의 머리와 1백 개의 팔을 가졌다고 한다.

「아이고 맙소사!」 산초 판사는 말했다. 「제대로 살피고 일을 하시라고 제가 말씀드리지 않았나요? 저건 풍차라고요. 머릿속에 그런 해괴한 생각을 담고 있는 사람이 아니라면 누가 그걸 모르겠냐고요!」

「입 다물게, 친구 산초여!」 돈키호테가 대답했다. 「싸움이라는 것은 무엇보다도 변화무쌍한 것이네. 내 생각에, 아니 생각이 아니라 진실인데, 나의 서재와 책을 훔쳐 간 그 현인 프리스톤이 승리의 영광을 내게서 앗아 가려고 거인들을 풍차로 둔갑시킨 게야. 내게 품고 있는 그자의 적의가 이 정도란 말일세. 그러나 그자의 사악한 술법도 내 선의의 칼 앞에는 별 볼 일 없게 될 거야.」

「하느님께 맡깁시다요.」 산초 판사가 대답했다.

그러고는 그를 부축해 일으켜서 등을 반이나 다친 로시난테 위에 다시 올려놓았다. 두 사람은 이 모험을 이야기하면서 푸에르토 라피세로 계속 나아갔다. 돈키호테의 말에 의하면 그곳은 사람들의 왕래가 잦은 곳인 만큼 여러 가지 많은 모험들을 만날 수 있다는 것이었다. 무엇보다 창이 없어진 것이 참으로 안타까웠던 돈키호테는 종자에게 이렇게 말했다.

「내가 책에서 읽어 기억하기로, 디에고 페레스 데 바르가스라는 에스파냐 기사는 싸움 도중에 칼이 부러지자 떡갈나무의 굵은 가지인지 줄기인지를 하나 꺾어 눈부신 활약으로 엄청난 무어인들을 때려눕혔지. 그래서 마추카[120]라는 별명이 붙었는데, 이후 그 사람은 물론 자손들까지 바르가스 이 마추카라는 이름을 갖게 되었다고 하네. 이 말을 하는 이유는, 떡갈나무나 참나무를 발견하게 되면 그런 줄기나 내가 염두에 둔 좋은

---

[120] Machucá. 〈때려눕히다〉, 〈짓이기다〉 등을 의미하는 스페인어 단어 〈machucar〉에서 비롯된 별명. 성왕 페르난도 3세가 통치할 때 페레스의 포위전에서 디에고 페레스 데 바르가스가 이 별명을 얻었던 것은 사실이라 볼 수 있다. 디에고 로드리게스 데 아르메라의 역사책에도 이렇게 적혀 있고, 로만세로도 불렸다.

가지를 꺾어야겠다는 마음이 들어서라네. 그걸로 무훈을 세울 작정이야. 그런 믿을 수 없는 일을 구경하고 그 증인이 될 수도 있으니, 자네는 참으로 행운아일세.」

「하느님의 뜻에 달렸지요.」 산초가 말했다. 「저는 나리께서 말씀하시는 것이면 모두 믿습니다요. 그건 그렇고, 몸을 좀 똑바로 세우세요. 반쯤 기울어져 계십니다요. 굴러떨어지셨을 때 몹시 다치신 모양입니다요.」

「그런 모양이군.」 돈키호테가 대답했다. 「내가 아프다고 하지 않는 이유는, 편력 기사는 다쳐서 창자가 밖으로 삐져나온다 해도 아프다고 신음해서는 아니 되기 때문이라네.」

「그렇다면 제가 드릴 말씀이 없네요.」 산초가 대답했다. 「하지만 아프면 아프다고 말씀해 주셔야 제가 편하겠는데요. 저 같으면 조금이라도 아프면 아프다고 할 텐데 말입니다요. 아파도 아프다는 소릴 하지 말아야 하는 게 편력 기사 종자들의 법도가 아니라면 말입니다요.」

돈키호테는 자기 종자의 순박함에 웃지 않을 수 없었다. 그래서 원하든 원하지 않든, 언제든지 아프면 아프다고 말해도 좋다고 일렀다. 그리고 그때까지 자기가 읽은 기사의 법도 중에 그렇게 하면 기사도 정신에 어긋난다는 내용은 없었다고도 했다. 산초가 점심을 드실 때라고 주인에게 말했지만 그는 생각이 없으니 자네나 먹고 싶을 때 먹도록 하라고 대답했다. 허락을 받은 산초는 당나귀 위에 최대한 편한 자세로 앉아 자루에 넣어 둔 것을 꺼내 먹으며 주인의 뒤를 아주 천천히 따라갔다. 이따금씩 말라가[121] 최고의 양조장 주인도 부러워할 정도로 술통을 입에 대고 맛있게 마시기도 했다. 그런 식으로 술을 홀짝대며 가고 있자니 주인이 자기에게 한 약속은 까맣게 잊었고, 모험을 찾아 돌아다니는 일이 아무리 위험하

---

121 Málaga. 스페인 남부 지역. 포도주의 명산지로 유명하다.

다고들 해도 그에게는 힘들기는커녕 오히려 아주 편안하게 느껴졌다.

결국 그날 밤은 나무들 사이에서 보냈다. 돈키호테는 그 나무들 가운데 창으로 쓸 만한 마른 가지 하나를 골라 꺾은 후 부러진 창의 날을 빼 그 끝에 붙였다. 그날 밤, 돈키호테는 자신의 주인 둘시네아를 생각하느라 온밤을 뜬눈으로 지새웠다. 기사들이 사모하는 여인을 추억하느라 숲이나 황야에서 며칠 밤을 뜬눈으로 지새운다는 내용을 책에서 읽은 그대로 따르기 위해서였다. 산초 판사는 그렇게 하지 않았다. 배추 국물 같은 것이 아닌 든든한 음식으로 배를 채운 까닭에 단번에 잠이 들었다. 주인이 깨우지 않았더라면 얼굴로 떨어지는 햇살도, 새로운 하루를 노래하는 수많은 새들의 즐거운 노랫소리도 그의 잠을 깨우지 못했을 것이다. 그는 일어나자마자 더듬더듬 술통을 찾고선 어젯밤보다 술이 적어진 것을 알았는데, 빠른 시일 안에 그 부족한 것을 채울 방도가 없어 보여 가슴이 아팠다. 돈키호테는 아침 식사도 하지 않으려 했다. 앞서 말했듯이 달콤한 추억으로 배를 채우고자 함이었다. 그들은 다시 목적지인 푸에르토 라피세를 향해 길을 떠나 오후 3시쯤 그곳에 도착했다.

「산초 판사여, 이곳이야말로……」 푸에르토 라피세가 보이자 돈키호테는 말했다. 「사람들이 모험이라 부르는 것에 팔꿈치까지 집어넣을 수 있는 곳이라네. 자네는 내가 아무리 큰 위험에 빠졌다 하더라도 나를 지키기 위해 자네의 칼에 손을 대서는 안 된다는 걸 알아 두게. 물론 나를 공격하는 자들이 막돼먹은 천한 무리라면 도울 수 있지만, 상대가 기사일 경우에 자네는 정식 기사로 서품을 받을 때까지 나를 도와서는 안 되네. 그건 기사의 법도에 어긋나며 인정되지도 않네.」

「걱정 마세요, 나리.」 산초가 말했다. 「저는 그저 나리의 분부대로 하겠습니다요. 더군다나 저는 평화로운 것을 좋아하고 소란이나 싸움에 말려드는 일은 아주 싫어한답니다요. 제 몸을 지켜야 할 경우에는 그런 법칙에 크게 신경 쓰지 않지만요. 하느님이 만드신 법이든 사람이 만든 법이든 자기를 욕보이려는 사람으로부터 자신을 지키는 일은 허락되니까요.」

「나도 그렇게 생각하네.」 돈키호테가 대답했다. 「그러나 기사에게 덤벼들어 나를 돕고자 하는 데 있어서는 자네의 천성적인 과격함을 자제하라는 말일세.」

「그렇게 하겠다니까요.」 산초가 대답했다. 「주일을 지키듯 그 규칙을 지킬 겁니다요.」

이런 이야기를 주고받고 있을 때 성 베네딕트 교단의 사제 두 명이 낙타를 타고 길에 나타났다. 두 사람이 타고 있는 노새가 낙타만큼이나 컸기 때문에 그렇게 보인 것이었다. 그들은 먼지와 햇빛을 막기 위한 가리개를 하고 양산을 받쳐 들고 있었다. 마차 한 대와 네댓 명의 말 탄 사나이들과 노새를 끌면서 걸어오는 두 명의 하인이 그 뒤를 따랐다. 나중에 안 일이지만 마차에 탄 사람은 비스카야[122] 지방의 한 부인으로 남편을 만나기 위해 세비야로 가는 중이었는데, 그 남편은 아주 명예로운 임무를 띠고 인디아스[123]로 부임해 갈 예정이었다. 그들 모두 가는 방향은 같았지만 두 사제와 이 부인은 일행이 아니었다. 그러나 돈키호테는 그들을 보자마자 자기 종자에게 말했다.

「내가 잘못 안 게 아니라면, 이것이야말로 지금까지 보지 못한 가장 위대하고 유명한 모험이 될 것이야. 저기 보이는 시커먼 물체들은 분명 저 마차로 어느 공주를 유괴해 가는 마법사들이 틀림없네. 그러니 내 힘을

---

122 Vizcaya. 스페인 북부 바스크 자치 지역에 속하는 주의 이름. 그곳 사람들을 바스크 사람이라고 부르는데, 이들은 오래된 전통의 독실한 기독교도로서 이달고였다. 이달고의 역사는 이들로부터 시작되었다.

123 Indias. 콜럼버스가 아메리카 대륙을 인도라고 믿었기 때문에 당시에는 중남미를 〈인디아스〉라고 불렀다.

다하여 이 불의를 무찔러야겠다.」

「이번 일은 풍차 사건보다 더 심각하겠는걸.」 산초가 중얼거렸다. 「잘 보십쇼 나리, 저건 성 베네딕트 교단의 사제들이고, 마차를 타고 있는 건 그저 지나가는 사람이 틀림없습니다요. 무엇을 하시든 제대로 좀 보시라는 말씀입니다요. 그렇게 악마한테 홀리셔서 어쩐답니까요.」

「내가 이미 말하지 않았던가, 산초.」 돈키호테가 말했다. 「자네는 모험이 뭔지 제대로 모른단 말이야. 내 말이 틀림없네, 곧 알게 될 걸세.」

이렇게 말하고 돈키호테는 앞으로 나아가 두 사제가 오는 길 한복판에 버티고 섰다. 그리고서 자신의 목소리가 충분히 들릴 만큼 그들이 가까이 이르자 큰 소리로 외쳤다.

「이 천하에 둘도 없는 악마 같은 놈들아, 지금 당장 그 마차에 태워 강제로 데려가는 공주들을 풀어 놓지 못할까. 그러지 아니하면 네놈들의 악행에 대한 정당한 벌로서 죽음을 면치 못할 것이다.」

사제들은 돈키호테의 모습과 그의 말에 놀라 말고삐를 당기고 서서 대답했다.

「기사님, 저희들은 천하에 둘도 없는 악마 같은 이들이 아닙니다. 그저 길을 가고 있는 성 베네딕트 교단의 사제들로, 저 마차에 강제로 납치당한 공주가 있는지조차 모릅니다.」

「그런 말이 내게 통할 것 같은가. 이미 너희들의 정체를 알고 있다, 이 사기꾼아.」 돈키호테가 말했다.

그러더니 그는 더 이상 대답을 기다리지 않고 로시난테에 박차를 가하며 창을 아래로 겨눈 채 사납고 맹렬하게 첫 번째 사제에게 덤벼들었다. 만일 사제가 노새에서 떨어져 버리지 않았더라면 아마 죽지는 않았더라도 크게 다쳐 땅바닥에 곤두박질쳤을 것이다. 자기 동료가 그렇게 당하는 것을 보자 두 번째 사제는 성처럼 크고 건장한 노새를 바람보다도 빠르게 몰아 들판을 내달리기 시작했다.

산초는 땅바닥에 있던 사제를 보고 자기 당나귀에서 가볍게 뛰어내리더니 그에게 덤벼들어 옷을 벗기기 시작했다. 사제의 두 하인이 다가와 왜 옷을 벗기느냐고 묻자, 산초는 자기 주인 돈키호테가 전투에서 승리를 거두었으니 전리품을 챙기는 것이 당연하지 않냐고 대답했다. 농담도 모르고, 전리품이니 싸움이니 하는 말의 뜻도 이해하지 못하는 하인들은 돈키호테가 벌써 저쪽 마차에 타고 있던 여인들과 이야기를 나누느라 자기들 있는 곳에서 잠깐 떨어져 있는 틈을 타 산초에게 덤벼들어 땅바닥에 때려눕힌 뒤 턱수염을 몽땅 뽑고 발길질을 해 그를 기절시키고 말았다. 쓰러져 있던 사제는 하얗게 겁에 질려 덜덜 떨며 잠시도 머뭇거리지 않고 말에 올라 동료의 뒤를 쫓았다. 동료는 멀찌감치 떨어져 사건이 어떻게 되어 가는지 지켜보면서 기다리고 있었다. 그들은 등 뒤에서 악마가 따라오기라도 하는 듯 몇 번이나 성호를 그으며 사건의 결말을 볼 엄두도 내지 않고 가던 길을 재촉했다.

말했듯이 돈키호테는 마차 안의 부인과 대화를 나누고 있었다.

「부인, 아름다우신 당신께서 원하시는 것이라면 어떠한 명령이라도 받들겠습니다. 당신을 납치한 저 오만방자한 자들이 저의 이 튼튼한 팔에 의해 땅바닥에 사지를 뻗어 버렸습니다. 부인을 구해 드린 이 사람의 이름이 궁금하실까 하여 말씀드리오니, 저는 편력 기사이자 모험가로 비할 데 없이 아름다운 둘시네아 델 토보소 님에게 마음을 바친 돈키호테 데 라만차입니다. 제게 은혜를 갚으시겠다면 다른 것은 필요 없고, 엘 토보소로 가셔서 저의 귀부인에게 제가 보냈다고 하시면서 당신의 자유를 위해 제가 한 일을 말씀해 주시면 됩니다.」

마차를 호위하며 가던 하인들 중 하나가 돈키호테가 한 말을 모두 듣고 있었으니 그는 비스카야 사람이었다. 돈키호테가 마차의 행로를 막고서 있을 뿐만 아니라, 엘 토보소로 다시 돌아가라는 소리까지 하자 그는 돈키호테에게로 다가가 그의 창을 움켜잡고 형편없는 에스파냐 말과 더 형편없는 바스크 말[124]로 이렇게 말했다.

「이봐 빌어먹을 기사, 하느님을 두고 말하는데, 만일 마차를 보내 주지 않으면 여기 계신 이 비스카야 님이 확실하게 네놈을 죽여 주지.」

돈키호테는 그의 말을 아주 잘 이해하고는 참으로 침착하게 대답했다.

「네가 기사가 아니었기에 망정이지, 기사였다면 벌써 나는 너의 미련함과 오만함을 벌했을 것이다, 이 불쌍한 인간아.」

이 말에 비스카야 사람이 대답했다.

「내가 기사가 아니라고? 기독교인으로서 하느님을 두고 맹세컨대 네놈은 거짓말쟁이다. 만일 네놈이 창을 버리고 칼로 덤빈다면 누가 원하는 것을 얻을지 보게 될 것이다.[125] 이래 봬도 비스카야 사람이라면 육지에서나 바다에서나 악마에게서나 다 기사님이시다. 이놈아, 이래도 계속 거짓말을 할래?」

「어디 혼 좀 나봐라 ─ 이건 아그라헤스[126]의 말이렷다!」 돈키호테가 응수했다.

돈키호테는 창을 땅에 버리고 칼을 뽑더니 방패를 단단히 움켜쥐고는 상대의 목숨을 끊고야 말겠다는 각오로 비스카야인을 향해 덤벼들었다. 그가 공격해 오자 비스카야인은 빌려 타고 있던 형편없는 노새가 못 미더

---

124 스페인은 열일곱 개 자치 지역으로 되어 있고 지역에 따라 언어가 다른 곳도 있다. 갈리시아의 가예고, 바스크의 에우스케라, 카탈루냐의 카탈란은 카스티야 지역의 언어인 카스테야노 즉, 우리가 알고 있는 스페인어와 함께 공식 언어로 인정되고 있다.

125 직역은 〈고양이를 얼마나 빨리 물에 집어넣는가를 알게 될 것이다〉이다. 예전에 겨루곤 하던 시합에서 유래한 말이다.

126 Agrajes. 〈아마디스 기사〉 시리즈에 등장하는 기사로, 아마디스의 어머니 엘리 센다 여왕의 조카인 아그라헤스는 칼을 들고 일어설 때 반드시 이렇게 말했다.

워 내리려 했지만 그럴 틈이 없어 단지 칼만 꺼내 들 수밖에 없었다. 마침 마차 옆에 있었기에 그는 그곳에서 쿠션 하나를 꺼내 방패로 삼았다. 두 사람은 불구대천의 원수라도 되는 듯 맞붙었다. 나머지 사람들은 그들을 말리고 싶었지만 비스카야인이 그 형편없는 말로, 만일 이 싸움을 끝내지 못하게 방해하는 자가 있다면 주인마님이건 누구건 간에 죽여 버리겠다고 소리쳤기 때문에 그저 지켜보는 수밖에 없었다. 마차 안에 있던 부인은 놀라기도 하도 겁도 나서 마부에게 마차를 거기서 좀 떨어져 세우게 하고는 멀찌감치서 이 치열한 싸움을 바라보았다. 싸움이 시작되자 비스카야인이 칼로 돈키호테의 어깨를 세게 내리쳤다. 만약 방패로 막지 않았더라면 그의 허리까지 갈랐을 터였다. 돈키호테는 그 무자비한 공격에 고통을 느끼고 큰 소리로 외쳤다.

「오, 내 영혼의 주인이자, 아름다움의 꽃인 둘시네아여, 그대의 기사를 구해 주소서. 그대의 훌륭한 뜻을 세우고자 난 곤경에 빠져 있습니다!」

이 외침이 나온 것과 칼을 움켜쥔 것과 방패로 몸을 가린 것과 비스카야인에게 덤빈 것이 모두 한순간에 일어났다. 이 한판으로 모든 것을 끝내자는 작정이었다.

돈키호테의 엄청난 기세를 보고 상대가 여간내기가 아님을 짐작한 비스카야인은 자기도 그와 똑같이 맞붙으리라 결심했다. 그래서 쿠션으로 몸을 단단히 가렸지만 노새를 움직이는 게 마음대로 되지 않았다. 노새는 이미 지쳐 있는 데다 그런 종류의 싸움에 익숙지 않아 한 발짝도 뗄 수 없었던 것이다.

말한 바와 같이 돈키호테는 칼을 높이 들고 상대를 두 동강 낼 결심으로 이 빈틈없는 비스카야인에게로 내달렸으며, 비스카야인도 똑같이 칼을 들고 쿠션으로 몸을 가린 채 그를 기다렸다. 주변에 있는 사람들 모두 그들이 서로 위협하는 가운데 엄청난 싸움이 벌어질 것을 두려움에 떨며 지켜보고 있었다. 마차 안의 부인과 하녀들은 지금 처한 큰 위험으로부터 자신들을 구해 주십사 에스파냐에 있는 모든 성상과 성물에 대고 천만 가지 기도와 봉헌경을 올리기에 바빴다.

그런데 유감스러운 점은, 이 이야기의 작가가 바로 이 순간 이 대목에서 이 싸움 사건에 대한 이야기를 끝맺었다는 사실이다. 지금까지 그가 적어 온 것들 외에는 더 이상 돈키호테의 무훈에 관한 기록을 발견하지 못했다며 용서를 구하고 있는 것이다. 이 작품을 쓴 제2의 작가[127] 또한, 그토록 흥미진진한 이야기가 망각의 법칙에 맡겨져 있다는 것을, 그리고 라만차의 천재들이 이 이야기에 아무런 관심도 가지지 않아 이 유명한 기사를 다루는 그 어떤 서류도 책상이나 문서 보관실에 남겨 두지 않았다는 사실을 믿고 싶지 않았다. 그는 희망을 갖고 이 재미있는 이야기의 결말을 찾아내는 일을 단념하지 않았다. 다행히 하늘이 그를 도왔는지, 제2부에서 보게 될 바와 같은 결말을 발견할 수 있었다.

---

[127] 세르반테스 자신을 가리킨다. 다음 장에서 알 수 있겠지만 첫 번째 작가는 시데 아메테 베넹헬리Cide Hamete Benengeli라는 인물로 설정되어 있다.

제2부

「점점 악습이 늘어나자 그것을 막자고 편력 기사라는 게 생겨난 게지요. 내가 바로 그런 사람이라오, 여러분.」

9

늠름한 비스카야인과
용감한 라만차 사람이 벌인
대단한 싸움의 결말이 나다

이 이야기의 제1부는 용감한 비스카야인과 유명한 돈키호테가 서슬 퍼런 칼을 높이 쳐들고 위에서 아래로 내리쳐, 적어도 명중하기만 하면 서로 석류처럼 갈라놓을 듯 무서운 기세로 싸우던 대목에서 끝났다. 정말 궁금한 대목에서 그 재미있는 이야기를 끊어 버리고도 작가는 나머지 이야기가 어디에 있는지 정보조차 주지 않았다.

이것은 나[128]를 무척 슬프게 했다. 적은 분량이나마 앞부분을 그토록 재미있게 읽었는데, 내가 보기에 훨씬 더 많이 남아 있을 것 같은 그 재미있는 이야기의 나머지 부분을 찾을 길이 없으니, 앞선 즐거움이 오히려 불쾌함으로 바뀌었던 것이다. 그토록 훌륭한 기사의 놀랄 만한 공훈을 기록해 둔 현자가 없었다는 것이 내게는 있을 수 없는 일이며 훌륭하다고 할 수 있는 모든 관습에 어긋나는 일로 보였다.

---

128 앞서 세르반테스는 자기는 이 작품의 제2의 작가이자 계부라 했는데 지금은 작품의 화자로 등장하고 있다.

이들에 대해서 사람들은 말하지요
모험을 찾아 헤매는 사람들이라고요.¹²⁹

편력 기사들은 누구를 막론하고 상례적으로 한두 명 정도의 현자를 곁에 두었다. 현자들은 그들의 무훈뿐만 아니라 숨겨 놓은 이야기들, 유치한 일이나 사소한 생각들까지 기록했다. 그런데 돈키호테 같은 훌륭한 기사가, 플라티르 같은 사람에게까지도 차고 넘쳤던 현자를 두지 못할 정도로 불행해서는 안 되는 법이다. 나는 이렇게 멋진 이야기가 망가진 채 불구로 남았다는 게 믿기지 않아서 모든 것을 삼키고 소비해 버리는 악랄한 시간에 그 잘못을 돌렸다. 시간이 흐르면서 은폐되거나 소멸되어 버렸다고 생각한 것이다.

한편으로는 돈키호테가 읽은 책 가운데『질투의 환멸』이니,『에나레스의 요정과 목동』과 같은 최신작들이 포함되어 있는 것으로 보아 돈키호테에 대한 이야기도 최근에 일어난 일이며, 따라서 아직 글로 옮겨지지 않았다 하더라도 그 마을 사람이나 이웃 마을 사람들의 기억에는 남아 있을지도 모른다고 생각했다. 이렇게 생각하니 우리의 유명한 에스파냐의 용사이자 라만차 기사의 빛이요 거울인 돈키호테 데 라만차의 전 생애와 기적들을 반드시 알아내고자 하는 욕망이 나를 어지럽혔다. 돈키호테야말로 이 재난 많은 시대에 편력 기사의 임무와 그 수행을 위해 분연히 일어난 최초의 인물이었다. 그는 불의를 바로잡고, 과부를 돕고, 채찍을 휘두르고, 말을 타고 산에서 산으로 계곡에서 계곡으로 다니던 처자들이

---

129 이탈리아 시인 페트라르카 Francesco Petrarca(1304~1374)의 「승리」에서 인용한 것으로 언급되나, 사실은 알바르 고메스 Álvaro Gómez가 시를 번역하다가 원작에는 없는 이 구절을 자기 멋대로 기존에 있는 로만세에서 갖다 붙인 것으로 보인다. 속편 제16장과 제49장에서 이 구절이 다시 언급된다.

어느 비열한 놈이나 촌놈이나 가공할 만한 거인들에게 순결을 잃지 않도록 보호해 주었다. 지난날에는 그런 놈들에게 당하는 처자들이 있었다. 그래서 80년 동안 단 하루도 남의 지붕 밑에서 자지 않고 어머니가 낳아 준 그 상태 그대로 무덤으로 간 처자도 있었다. 그러니까 내 말은 우리의 멋진 돈키호테는 이런저런 이유로 기억되고 찬양받아야 마땅하다는 것이고, 나 역시 여기에 들인 노력과 열성을 생각해서라도 이 유쾌하기 이를 데 없는 이야기의 결말을 찾아내야 되는 게 아닌가 하는 것이다. 하늘과 우연과 행운이 나를 돕지 않는다면 세상은 부족한 상태로 남을 것이며, 이 이야기를 주의 깊게 읽을 사람은 두 시간 남짓이나마[130] 누릴 수 있었던 재미와 즐거움을 영원히 잃을 것이었으니 말이다. 여하튼 이러한 이유로 나는 그 책을 찾아나서게 되었다.

어느 날 톨레도의 알카나 시장에 나갔더니 한 소년이 비단 장수에게 잡기장이며 낡은 서류 뭉치들을 팔기 위해 나와 있었다. 나라는 사람은 길바닥에 있는 찢어진 종이라도 읽는 천성을 지닌 인간인지라 그 소년이 팔겠다고 하는 잡기장 한 권을 집어 들어 보았는데 거기에는 아랍 글자가 쓰여 있었다. 아랍 글자인 것은 알겠는데 읽을 수는 없어서 근처에 에스파냐어를 아는 무어인이 없을까 하고 주위를 두리번거렸다. 번역가를 발견하는 건 그리 어려운 일이 아니었다. 더 훌륭하고 더 오래된 다른 언어[131]를 해독해 줄 사람이라 해도 찾을 수 있었을 것이다. 결국 나는 운 좋게도 한 사나이를 찾아내 그에게 내가 원하는 바를 이야기하고 잡기장을 넘겨주었다. 그는 책 중간을 펼쳐 보더니 잠깐 읽다가 웃기 시작했다.

---

130 세르반테스는 『돈키호테』를 쓰면서 자주 자신의 작품을 낮추는 겸손함을 표현하고 있다. 마지막 작품을 쓴 후 20년 만에 다시 세상에 내놓는 책이라 그러한 듯하다.
131 히브리어를 가리킨다. 톨레도에는 번역 학교라는 것이 있어서 그곳에서 기독교도, 유대교도, 이슬람교도가 모여 공부하며 지적 보고를 이루었다.

무엇이 그리 우스운지 물었더니 이 책의 여백에 쓴 주석이 그렇다고 했다. 내가 그것을 좀 읽어 달라고 하자 그는 여전히 웃으면서 읽어 주었다.

「내가 말한 주석은 이것입니다. 〈이 이야기에 자주 언급되고 있는 이 둘시네아 델 토보소라는 여자는 돼지고기를 소금에 절이는 솜씨만큼은 라만차를 통틀어 어느 여자보다도 뛰어났다고 한다.〉」

〈둘시네아 델 토보소〉라는 이름을 듣자 나는 멍해지고 말았다. 이 잡기장에 돈키호테 이야기가 적혀 있다는 생각이 번뜩 스쳤던 것이다. 그래서 나는 그에게 빨리 첫 부분을 읽어 보라고 독촉했다. 그는 시키는 대로 즉석에서 아랍 말을 에스파냐 말로 번역해 읽어 주었다. 〈아라비아의 역사가 시데 아메테 베넹헬리가 쓴 돈키호테 데 라만차의 이야기.〉 이 책의 제목이 내 귀에 와 닿았을 때 나는 주체할 수 없는 기쁨을 감추느라고 무진 애를 써야 했다. 그리고 비단 장수를 제치고 그 소년에게 돈 반 레알을 줘 종이 뭉치와 잡기장을 모조리 사들였다. 만일 소년이 빈틈없는 아이라 내가 얼마나 그 물건들을 원했는지 알았더라면 6레알 이상은 확실히 받아 갈 수 있었을 텐데. 나는 무어인과 함께 성당의 본당 회랑으로 가서 돈키호테를 다루고 있는 이야기를 모조리, 더하거나 빼는 것 하나 없이 에스파냐 말로 고쳐 주면 원하는 대로 돈을 지불하겠다고 말했다. 그러자 그는 건포도 2아로바[132]와 밀 2파네가[133]로 만족하며 짧은 시일 내에 충실하게 잘 번역해 주겠노라고 했다. 하지만 나는 일을 더 쉽게 처리하기 위해, 그리고 이 훌륭한 물건을 손에서 떼어 놓고 싶지 않아서 그를 내 집으로 데리고 갔다. 그는 우리 집에서 한 달 보름 조금 더 걸려 전부 번역했다. 다음 이야기가 바로 그것이다.

---

132 *arroba*. 중량을 재는 단위. 1아로바는 약 9.5킬로그램에 해당한다.
133 *fanega*. 곡물의 용량 단위. 1파네가는 약 55.5리터에 해당한다.

첫 잡기장에는 돈키호테와 비스카야인과의 싸움이 있는 그대로 그려져 있었다. 이야기에 나온 대로 둘 다 칼을 높이 쳐들고 한 사람은 방패로, 다른 한 사람은 쿠션으로 몸을 가린 자세였고, 비스카야인의 노새는 단거리 대여용이라는 점도 생생하게 보여 주고 있었다. 비스카야인의 노새 아래쪽에는 〈돈 산초 데 아스페이티아〉라고 적혀 있었는데 아마 그의 이름인 것 같았다. 그리고 로시난테의 발 아래쪽에는 〈돈키호테〉라고 쓰여 있었다. 로시난테는 놀라울 정도로 잘 묘사되어 있었다. 길고 늘어진 몸뚱이에 가늘고 앙상하게 말라 툭 불거진 등뼈로 폐병에 걸린 말 같아 보이는 게 얼마나 공을 들여 로시난테라는 이름을 붙였는지 적나라하게 보여 주고 있었다. 그 옆에는 자기 당나귀의 고삐를 잡고 있는 산초 판사의 모습이 있었고, 당나귀 발 아래쪽에 〈산초 산카스〉라고 적혀 있었다. 그림이 보여 주는 바에 따르면 그는 커다란 배와 작달막한 키와 긴 다리를 가지고 있어서 〈판사〉[134]니 〈산카스〉[135]니 하는 이름이 붙은 것 같다. 그래서 이 이야기에서는 더러 이 두 이름으로 그를 부른다. 그 밖에 그렇게 중요하지 않고 또 이야기의 줄거리와 직접적인 관련이 없는 자질구레한 것들도 몇 가지 있지만, 모두 사실이라면 나쁠 것은 하나도 없었다.

이 이야기의 진실성에 대해 약간 의심이 가는 구석이 있다면, 작가가 아랍 사람이라는 점이다. 그 민족 사람들은 거짓말쟁이로 정평이 나 있다. 또한 그들은 우리의 불구대천 원수이기 때문에 마땅히 써야 할 것들을 쓰지 않은 경우도 있을 것이라 여겨진다. 그토록 훌륭한 기사를 칭찬하는 데 펜을 더 놀릴 수 있었을 텐데 일부러 그 칭찬거리들을 빠트리고 간 것처럼 보이기 때문이다. 이런 일은 나쁜 행동에 나쁜 생각이다. 역사

---

134 Panza. 〈배불뚝이〉라는 의미.
135 Zancas. 〈긴 다리〉라는 의미.

가란 사실을 정확하게 그대로 기록해야지 사사로운 감정에 사로잡혀 개인의 욕심이나 두려움이나 한이나 편애와 같은 감정으로 진실을 왜곡해서는 안 되는 법이다. 역사는 진리의 어머니요 시간의 경쟁자이자 모든 행위의 창고이며 과거의 증인이고 현재의 본보기이자 깨우침이며 미래를 위한 경고이기 때문이다. 가장 온건한 책에서 기대할 수 있는 그 모든 것을 이 이야기 속에서 발견할 수 있을 것이라고 나는 생각한다. 만일 이 이야기에 무엇인가 좋은 점이 부족하다고 느껴진다면 그것은 인물의 잘못이라기보다는 이 이야기의 작가인 개 같은 무어인[136]의 책임이라고 나는 말하고 싶다. 아무튼 이 이야기의 제2부는 번역에 의하면 다음과 같이 시작되고 있다.

용맹스러운 두 전사가 분노에 휩싸여 날카로운 칼을 높이 쳐든 모습이 마치 하늘과 땅과 지옥을 위협하는 것 같았다. 두 사람의 기세와 의기는 그토록 양양했다. 먼저 일격을 가한 쪽은 화가 머리끝까지 치민 비스카야인이었다. 이 일격은 엄청난 힘과 분노에 찬 것이어서 칼이 빗나가지만 않았더라면 그 한 방으로 격렬한 싸움과 우리 기사의 모든 모험이 종말을 고했을 것이다. 그러나 큰일을 하라고 행운이 우리 기사를 지켜 주었는지 다행히 적의 칼이 빗나갔다. 그럼에도 칼은 왼쪽 어깨를 내리쳐 그 쪽 갑옷이 몽땅 잘려 나가고 투구의 상당 부분과 귀 반쪽이 떨어져 나갔다. 이렇게 돈키호테는 땅에 떨어져 여지없이 비참한 몰골이 되고 말았다.

세상에 이럴 수가, 이런 꼴을 당하게 된 우리의 라만차 기사의 가슴속에 치밀어 오르는 분노를 그 누가 제대로 이야기할 수 있을까! 더 이상 말이 필요 없었다. 우리의 기사는 등자를 밟고 다시 말에 올라 두 손으로 칼

---

136 무어인들에게 하던 이런 욕설을, 세르반테스의 다른 작품인 『알제의 대우-*Trato de Argelia*』에서는 등장인물인 알리마를 통해 기독교인들에게 그대로 하고 있다는 점이 주목할 만하다.

을 더 세게 움켜잡아 맹렬하게 비스카야인을 향해 내리쳤다. 칼은 그 사람의 쿠션과 머리에 그대로 꽂혔다. 그토록 좋은 방패도 소용없이, 마치 머리 위로 산이 무너지는 것 같았다. 비스카야인은 코와 입과 귀로 피를 쏟아 내기 시작했다. 노새의 목을 끌어안지 않았더라면 틀림없이 곧장 노새에서 떨어졌을 것이다. 그러다가 발이 등자에서 빠지고, 팔이 고삐를 놓치고, 노새가 이 무서운 충격에 놀라 들판을 내달리며 단 몇 차례 날뛰자 결국 주인은 땅에 떨어지고 말았다.

돈키호테는 아주 침착하게 이 광경을 지켜보고 있다가 상대가 떨어지자 말에서 뛰어내려 가벼운 발걸음으로 그에게 다가갔다. 그런 다음 상대의 눈앞에 칼을 들이댄 채 항복하지 않으면 목을 베겠다고 했다. 비스카야인은 완전히 혼이 빠져 대답을 할 수 없는 지경이었다. 만일 그때까지 기겁한 채 이 싸움을 구경하고 있던 여인들이 돈키호테에게 와서 제발 크나큰 자비와 은혜로 자기네 하인의 목숨을 살려 달라고 애걸하지 않았더라면, 분노로 눈이 먼 돈키호테에게 그가 어떤 꼴을 당했을지 알 수 없다. 여인들의 부탁에 돈키호테는 목소리를 가다듬고 엄숙하게 말했다.

「아름다운 부인들이시여, 부인들께서 청하시는 바를 기꺼이 들어 드리지요. 그러나 거기에는 하나의 조건이자 약속이 있으니, 그것은 이 기사가 엘 토보소 마을로 가서 비할 데 없이 아름다운 도냐 둘시네아를 찾아 내가 보냈다고 이르고 그분 뜻대로 처분을 기다리겠노라고 약속해야 한다는 것입니다.」

겁에 질려 어찌할 바를 모르던 이 부인들은 돈키호테가 요구한 것이 무엇인지 알려고도 하지 않고 둘시네아가 누군지 물어보지도 않은 채 그저 그가 이르는 대로 자기네 종자에게 시키겠다고 약속했다.

「나한테 단단히 혼이 날 인간이지만, 그 말을 믿고 더 이상 해치지 않겠습니다.」

10

비스카야인과 돈키호테 사이에
일어난 다음 이야기와
양구에스 무리들과의 위험한 이야기[137]

사제들의 하인들에게 엄청 혼이 난 산초 판사는 이때 이미 일어나 있었다. 그는 자기 주인 돈키호테의 싸움을 지켜보면서, 주인이 승리하여 섬을 손에 넣고 약속한 대로 자기가 그 섬의 통치자가 될 수 있도록 해달라고 하느님께 진심으로 빌었다. 그러다가 승부가 나고 돈키호테가 다시 로시난테에 오르려 하자 등자를 받쳐 주러 와서는 주인이 말에 오르기 전에 그 앞에 무릎을 꿇더니 손을 잡아 입을 맞추고는 말했다.

「나의 주인 되시는 돈키호테 나리, 이 혹독한 전투로 얻은 섬을 제게 다스리게 하소서. 그 섬이 아무리 넓다 할지라도 저는 섬을 다스린 일이 있는 세상 어느 누구 못지않게 훌륭히 다스릴 수 있을 것 같습니다요.」

이 말에 돈키호테가 대답했다.

---

[137] 잘못된 제목이다. 보다시피 비스카야 사람과의 모험은 끝났고 양구아스, 즉 갈리시아인들과의 모험은 제15장에야 나온다. 그래서 1738년 런던에서 출간된 『돈키호테』에서 본 장의 부제는 〈돈키호테가 그의 착한 종자 산초 판사와 나눈 이야기에 대하여〉라고 되어 있으며, 1780년 스페인 한림원에서 출간한 판본에는 〈돈키호테와 그의 종자 산초 판사 사이에 일어난 재미있는 이야기에 대하여〉로, 이후에 출간된 책들도 모두 이러한 부제로 되어 있다.

「산초여, 이 모험이나 이와 비슷한 모험들은 섬에서 일어난 게 아니라 네거리에서 일어난 일이라는 걸 알아 두게나. 이런 모험에서는 기껏해야 머리를 깨버리거나 한쪽 귀를 잘라 내는 일밖에는 얻는 게 없다네. 인내를 가지게. 자네에게 통치자 자리뿐만 아니라 더 훌륭한 자리도 줄 모험들이 다가올 것이니 말일세.」

산초는 그 말에 무진장 감사하면서 손과 갑옷 자락에 다시 입을 맞추고 주인이 로시난테에 오르는 것을 도왔다. 그런 다음 자기도 당나귀에 올라타 주인의 뒤를 따랐다. 주인은 마차에 있던 부인네들과 이렇다 할 작별 인사도 없이 말을 재촉하여 그 옆 숲으로 들어갔다. 산초도 당나귀의 걸음을 재촉하여 그를 따랐으나 로시난테가 너무 빨리 걸어 뒤에 처지게 되자 주인에게 좀 기다려 달라고 큰 소리로 외쳐야 했다. 그래서 돈키호테는 고삐를 잡고 지친 종자가 다가올 때까지 기다렸다. 종자는 그에게 다다르자 입을 열었다.

「나리, 제 생각에는 어느 교회라도 가서 잠깐 숨었다가 가는 게 좋을 것 같습니다요. 나리와 싸운 녀석이 그 모양이 됐으니 사람들이 성스러운 형제단[138]에 이 사건을 고발해서 우리를 체포하게 할 수도 있을 겁니다요. 만일 그렇게 되면 감옥에서 나올 때까지 고생깨나 할 겁니다요.」

「무슨 말을 하는 건가.」 돈키호테가 말했다. 「아무리 살인을 저질렀다고 한들 편력 기사가 재판에 넘겨졌다는 이야기를 한 번이라도 보거나 읽은 적이 있단 말인가?」

「아니 저는 원한[139] 같은 건 전혀 모릅니다요.」 산초가 대답했다. 「생전 저는 남을 증오해 본 적이 없거든요. 성스러운 형제단이 들판에서 싸우는

---

138 Santa Hermandad. 들에서 저질러진 범죄를 벌하기 위해 만들어진 조사 기관이자 재판 기관.
139 산초는 〈살인homicidido〉이라는 단어를 몰라 그와 유사한 발음의 〈원한omecillo〉으로 알아들었다.

자들을 가만두지 않는다는 것만 알고 있습니다요. 다른 문제는 제가 끼어들 일이 아니지요.」

그러자 돈키호테가 대답했다.

「그거라면 걱정할 게 없다, 산초. 나는 자네를 칼데아인[140]의 손에서도 구해 줄 것이니 성스러운 형제단의 손아귀에서 꺼내는 일이야 문제 될 게 없지. 그건 그렇고, 사실을 말해 보게. 이 세상 어디에서 나보다 더 용감한 용사를 본 적이 있는가? 책에서 나보다 늠름하게 상대에게 덤벼들고, 더 끈질기게 버티고, 상처 입히는 수완이 보통이 아니며, 상대를 쓰러뜨리는 기교에서 더 뛰어난 인물을 읽은 적이 있는가?」

「솔직히 말씀드리자면요······.」 산초가 말했다. 「저는 글을 읽을 줄 모르고 쓸 줄도 몰라 아는 바가 전혀 없는데요. 하지만 나리보다 더 무모한 주인은 살아생전 한 번도 섬긴 적이 없다는 데 감히 내기를 해도 좋습니다요. 그 무모함으로 인해 아까 제가 말씀드린 그런 곳에서 대가를 치르는 일은 없도록 하느님께서 돌봐 주시면 좋겠습니다요. 그리고 나리께 간곡하게 부탁드리는 것은요, 상처 좀 치료하세요. 귀에서 피가 철철 흐르고 있습니다요. 이 자루에 실과 흰 고약을 좀 넣어 왔는뎁쇼.」

「그런 건 아무 필요가 없었을 텐데.」 돈키호테가 말했다. 「내가 피에라브라스의 향유[141] 한 병을 만드는 법을 생각해 내기만 한다면 말이지. 단

---

140 *caldeo*. 구약 성서 「예레미야」에 나오는 흉악한 종족이다.
141 1170년경 쓰인 프랑스 무용 찬가 「피에라브라스」에 의하면, 올리베로스가 사라센 제국의 거인 피에라브라스와 싸워 깊은 상처를 입었을 때 거인의 안장 앞에 매달려 있던 병 속의 약을 먹어 나았다고 한다. 거인은 로마에서 예수를 미라로 만들고 남은 이 향유를 훔친 것으로 알려져 있다. 이 이야기가 스페인에서는 『샤를마뉴 황제와 프랑스의 열두 기사 이야기 ─ 위대한 제독 발란의 아들 피에라브라스와 올리베로스가 벌인 잔인한 전투에 대한 이야기』라는 산문으로 세비야에서 1525년에 처음으로 출간되어 19세기까지 인기를 누렸다. 『돈키호테』 제17장은 이를 우롱하는 내용이다.

한 방울만으로도 시간과 약이 절약될 텐데.」

「그것이 무슨 약병에 어떤 향유래요?」 산초 판사가 물었다.

「그 향유는 말이지…….」 돈키호테가 대답했다. 「그 사용법을 기억하고 있는데, 이것만 있으면 죽음을 겁낼 필요도 없고 웬만한 상처로 죽을 염려도 없다네. 따라서 내가 이것을 조제하여 자네에게 주는 날이면 어느 전투에서든 내 몸이 반으로 두 동강 나는 것을 볼 경우 — 이런 경우는 흔히 있을 수 있겠지 — 자네는 땅에 떨어진 몸 한쪽을 피가 굳기 전에 안장 위에 남아 있는 나머지 몸에다 정확하게 아주 잘 맞추어 붙이기만 하면 되는 게야. 그리고 나서 내가 말한 향유 두 방울만 나에게 먹여 주면 내가 사과보다 더 싱싱해지는 모습을 보게 될 걸세.」

「그런 것이 있다면…….」 산초가 말했다. 「약속하신 섬은 그만두시고, 제 봉사의 대가로 세상에 보기 드문 그 영약을 만드는 법을 가르쳐 주시면 더 바랄 게 없겠습니다요. 어디를 가나 1온스에 2레알은 받을 테니 그것만 있으면 남은 삶을 영예롭고 편안히 살 수 있겠습니다요. 그런데 그것을 만들려면 돈이 많이 드는지 알고 싶은데요.」

「3레알이 채 못 되는 비용으로 3아숨부레[142]는 만들 수 있을 걸세.」 돈키호테가 대답했다.

「아이고.」 산초가 말했다. 「그렇다면 어째서 제게 가르쳐 주시거나 만들기를 주저하고 계시는 겁니까요?」

「조용히 하게, 이 사람아.」 돈키호테가 대답했다. 「자네에게 더 큰 비밀을 가르쳐 주고 더 큰 은혜도 베풀어 줄 테니. 우선 상처를 치료하세. 귀가 생각보다 많이 아프군.」

산초는 자루에서 실과 고약을 꺼냈다. 그러나 그때 돈키호테는 투구가

---

[142] *azumbre*. 1아숨부레는 2.016리터에 해당한다.

부서진 것을 보더니 미친 듯이 칼을 움켜잡고 하늘을 향해 눈을 치켜뜨며 외쳤다.

「나를 이렇게 만든 자에게 복수할 때까지, 위대한 만투아 후작이 그의 조카 발도비노스의 죽음을 복수하겠노라고 맹세했을 때의 삶, 즉 식탁에서 밥을 먹지 않고 아내와 잠자리도 하지 않으며 그 밖에 내가 기억하지 못하는 여러 가지 일들을 하지 않는 삶을 내가 살 것을 만천하에 천명하노라. 만물의 창조주와 아주 길게 쓰인 네 복음서의 성자들을 두고 맹세하는 바이다.」

이 말을 듣고 산초는 말했다.

「돈키호테 나리, 만일 아까 그 기사가 나리께서 명하신 대로 도냐 둘시네아 델 토보소 님을 뵈러 간다면 그자는 자기가 할 일을 한 셈이 됩니다요. 그러면 새로운 죄를 범하지 않는 한 다른 벌을 내리는 건 마땅치 않습니다요.」

「그 말 한번 옳구나. 정곡을 찌르는 말이로다.」 돈키호테가 대답했다. 「그렇다면 그자에게 새로운 복수를 하겠다는 맹세는 취소하지. 대신 이 투구만큼이나 좋은 것을 힘으로 다른 기사에게서 빼앗을 때까지는 내가 말한 생활을 엄수할 것을 새로이 맹세하는 바이다. 산초여, 내가 경솔하게 이 말을 한다고 생각지 말게. 나보다 먼저 그리한 자가 있다. 사크리판테가 값비싼 대가를 치르고 손에 넣은 맘브리노의 투구에 대해서도 똑같은 일이 일어났었지.」[143]

「그따위 맹세는 악마에게나 줘버리세요.」 산초가 대꾸했다. 「그런 것은 건강에도 좋지 않고 마음만 상하실 텐데요. 그렇지 않다고 하시면, 어디 말씀해 보세요. 만일 며칠이 지나도록 투구를 가진 기사를 만나지 못한

---

143 「사랑의 오를란도」에 나오는 내용이다.

다면 우린 어떻게 해야 합니까요? 지금 나리께서 시험해 보시려는, 그 미친 늙은이 만투아 후작이 맹세한 대로 옷을 입은 채로 자고, 사람이 사는 데서는 자지 않고, 그 밖에 다른 수천 가지 고행 같은 그런 고생과 불편을 감수하면서 맹세를 지키시겠다는 건가요? 나리, 잘 보십시오. 이 길로는 무장한 사람들이 다니지 않습니다요. 마부나 소몰이들뿐이라고요. 투구는 고사하고 살아생전 그런 이름조차 들은 적이 없는 이들입니다요.」

「그건 자네가 모르고 하는 소리네.」 돈키호테가 말했다. 「이 네거리를 지나 두 시간도 되기 전에 우리는 미녀 앙헬리카를 정복하려고 알브라카 성을 공격한 자들보다 더 단단히 무장한 자들을 만나게 될 테니까 말이다.」

「그러시다면 그렇다고 해둡시다요.」 산초가 말했다. 「하느님 덕분에 일이 잘되어서 저에게 아주 비싼 섬을 얻을 기회가 온다면야 당장 죽어도 좋으니 말입니다요.」

「이미 자네에게 말했듯이 산초여, 그 문제는 아무 걱정 말게. 섬이 없을 경우에는 덴마크 왕국도 있고 솔리아디사 왕국도 있으니. 모두 손가락에 반지가 맞듯이 자네에게 꼭 맞을 게야. 더구나 그것들은 섬이 아닌 육지이니 자네에겐 더 좋겠군. 이 얘기는 그때 가서 하기로 하고 그 자루에 먹을 것이 있는지 좀 보게. 오늘 밤 묵으면서 내가 말한 향유를 만들 성을 찾아 곧 떠나야 하니 말일세. 그리고 이거 정말이지 귀가 너무 아파 오는군.」

「양파 한 개하고 치즈 조금하고 빵 몇 조각이 있는뎁쇼.」 산초가 말했다. 「나리 같은 용감한 기사님이 잡수실 만한 것은 못 됩니다요.」

「정말 자네는 아무것도 모르는군!」 돈키호테가 대답했다. 「산초, 자네에게 알려 주네만, 편력 기사들은 한 달 동안 아무것도 먹지 않고 버티며, 설혹 먹는다고 하더라도 손에 넣을 수 있는 것만을 먹는 게 예의라네. 나처럼 수많은 이야기를 읽었더라면 자네도 확실히 알 수 있었을 텐데. 기사 이야기는 무수히 많다만 그러한 이야기 중 어느 하나에서도 편력 기사가 무엇을 먹었다는 대목은 발견하지 못했네. 어쩌다 우연으로 그들에게 베풀어진 성대한 연회 같은 자리에서는 빼놓고 말일세. 그 나머지 날들은 제대로 먹지 못하고 지냈다는 말이지. 하지만 그들도 우리와 같은 사람인 이상 아무것도 먹지 않고 그 밖의 모든 자연적 욕구도 해결하지 않은 채 지낼 수는 없겠지. 삶의 대부분을 숲이나 인가 없는 곳을 헤매는데 그렇다고 요리사를 데리고 다니는 것도 아니니 그들이 일상적으로 먹는 음식은 지금 자네가 내게 권하는 그런 거친 것들이 아니겠는가. 그러니 산초여, 이걸로 나는 족하니 슬퍼하지 말게나. 자네 스스로 새로운 기사도 세상을 만들려 하거나 편력 기사의 정도를 벗어나게 할 생각은 말게.」

「용서하십쇼, 나리.」 산초가 말했다. 「말씀드렸듯이 저는 읽지도 못하고 쓰지도 못하기 때문에 기사도가 무엇인지를 모를 뿐만 아니라 어떤 것이 기사도 법도에 맞는 일인지 맞지 않는 일인지도 모릅니요. 앞으로는 기사이신 나리를 위해서 이런저런 종류의 과일을 말려 자루에 준비해 두기로 하고, 저 자신을 위해서는 새고기 같은 좀 더 영양가 있는 것을 넣어 두기로 하겠습니다요. 저는 기사가 아니니까 말이지요.」

「그렇다고 산초…….」 돈키호테가 말했다. 「편력 기사는 자네가 말한 그러한 과일 이외에 다른 것을 먹지 말아야 된다는 것은 아니네. 내 말은 기사들이 보통 먹었던 음식들이 그런 것들이거나, 그들도 알았고 나 또한 알고 있는, 들판에서 발견했던 어떤 종류의 풀들이 아니었겠느냐는 걸세.」

「그런 풀들을 알고 있으면 좋겠습니요.」 산초가 대답했다. 「제 생각에 언젠가는 그런 지식을 써먹어야 할 날이 올 것 같으니 말입니다요.」

그리고 나서 산초가 가지고 왔다는 음식을 꺼내 두 사람은 다정하게 먹었다. 하지만 그날 밤 묵을 장소를 찾아내야 한다는 생각에 아주 빨리 그들의 보잘것없고 메마른 식사를 마쳐야 했다. 두 사람은 말에 올라 밤이 되기 전에 사람이 사는 마을에 도착하기 위해 길을 재촉했다. 그러나 해가 짧았던 터라 그들의 희망은 산양을 치는 목동들의 오두막 근처에서 사라지고 말았다. 할 수 없이 두 사람은 거기서 하룻밤을 지내기로 했다. 사람이 사는 마을에서 자지 못하게 된 것 때문에 산초가 괴로웠던 만큼이나 주인은 노천에서 밤을 보내게 된 것이 만족스러웠다. 이런 일이 벌어질 때마다 그는 자신의 기사도 수련을 용이하게 해주는 고행의 기회라고 생각했던 것이다.

11

산양치기들과 함께 있을 때
돈키호테에게 일어난 일에 대하여

산양치기들은 돈키호테를 아주 기분 좋게 받아 주었다. 산초는 로시난테와 자기 당나귀를 할 수 있는 한 최대로 편안하게 해주고는 불에 얹어 놓은 냄비에서 끓고 있는 염소 고기 냄새를 쫓았다. 당장 냄비에서 배 속으로 옮겨 놓을 정도가 되었는지 확인하고 싶은 마음이 간절했으나 꾹 참았다. 산양치기들이 냄비를 불에서 내리고 땅바닥에 양가죽 몇 장을 깐 뒤 금방 조촐한 식탁을 마련해 아주 진심 어린 호의로, 자신들이 가지고 있던 것이니 같이 먹자고 두 사람을 식사에 초대했으니 말이다. 먼저 조그맣고 둥근 사료 통을 엎어 놓고는 그 위에 앉으라며 시골식 예의를 다하여 돈키호테에게 권하고 양가죽 주위로 목장에서 지내는 여섯 명이 둘러앉았다. 돈키호테는 자리에 앉았고 산초는 선 채 뿔로 된 잔에 술을 따랐다. 산초가 서 있는 것을 보고 주인이 말했다.

「산초, 편력 기사의 길에 이런 행복도 있다는 것과 편력 기사도의 의무를 다하는 자들이 얼마나 빨리 세상 사람들에게 환대를 받고 존경을 얻는지를 자네가 알 수 있도록, 여기 내 옆에서 이 착한 사람들과 함께 자리를 잡았으면 좋겠네. 그리고 나는 자네의 주인이자 자네보다 어른이지만 자네가 나와 같기를 바라니, 나와 같은 접시로 먹고 내가 마시는 것과 같은 것을 마셨으면 하네. 편력 기사의 도리는 사랑의 도리와 같아서 모든 것이 동등하다고 보니 말일세.」

「황공한 말씀입니다요!」 산초가 말했다. 「하지만 나리, 말씀드리자면요, 저는 먹을 것만 있다면 선 채로 혼자서 먹는 게 황제와 나란히 앉아서 먹는 것만큼이나 좋습니다요. 그뿐만 아니라, 솔직히 말씀드리자면 비록 빵과 양파라도 예의나 범절을 지키지 않고 한쪽 구석에서 혼자 먹는 편이 훨씬 맛이 좋습니다요. 천천히 씹어야 하고, 조심해서 마셔야 하고, 자주 입가를 닦고, 재채기도 기침도 마음대로 할 수 없으며, 그 밖에 혼자 있으면 할 수 있는 모든 것을 체면 차리느라 하지 못하는, 그런 자리에 있는 칠면조 요리보다 말입니다요. 그래서 말씀입니다요 나리, 제가 편력 기사의 부하나 하인이라고 해서 제게 베풀어 주시려는 그런 명예들을 더 편하고 이익이 되는 것들로 바꿔 주시면 고맙겠습니다요. 다 고맙게 받은 걸로 치고 앞으로는 세상 끝날 때까지 사양하겠습니다요.」

「그렇더라도 지금은 앉게나. 하느님은 스스로 낮추는 자를 들어 쓰시는 법이네.」

돈키호테는 산초의 팔을 잡아 자기 옆에 억지로 앉혔다.

산양치기들은 종자니 편력 기사니 하는 말들을 전혀 이해하지 못해 그저 묵묵히 음식을 먹으면서, 손님들이 아주 점잖으면서도 게걸스럽게 주먹만 한 고기를 뜯어 먹는 모습을 쳐다보기만 했다. 고기를 다 먹자 그들은 양가죽 위에 개암나무 열매를 잔뜩 늘어놓더니 석회로 만들었나 싶을 정도로 딱딱한 치즈 반 덩어리도 내놓았다. 그러는 동안 뿔로 만든 잔은 우물의 두레박처럼 찼다 비었다 하며 쉬지 않고 돌았기에 그 자리에 있던 술 두 통 중 하나가 순식간에 바닥나 버렸다. 배가 충분히 부른 돈키호테는 개암을 한 주먹 집어 들어 가만히 들여다보면서 다음과 같이 말했다.

「옛사람들이 황금시대라고 일컬은 그 행복한 시대, 행복한 세기가 있었으니, 이는 황금이 우리가 사는 이 철기 시대에는 아주 비싼 반면 그 행복한 시대에는 힘들이지 않고 손에 넣을 수 있었기 때문에 황금시대라고 불렸던 게 아니라오. 그 시대에 살았던 사람들은 〈네 것〉, 〈내 것〉이라는 이 두 가지 말을 몰랐기 때문이라오. 그 성스러운 시절에는 모든 것이 다 공동 소유였소. 어느 누구도 일용할 양식을 얻기 위하여 애써 일을 할 필요가 없었소. 오직 손을 뻗어, 달콤하고 맛있는 열매를 매달고 관대하게 사람들을 초대하는 우람한 떡갈나무에 닿게만 하면 되었소. 맑은 샘과 졸졸 흐르는 강물은 맛있고 깨끗한 물을 사람들에게 아낌없이 베풀었소. 바위 틈새나 나무 구멍에는 근면하고 빈틈없는 벌들이 자신들의 공화국을 만들어 아무런 대가도 없이 그들의 달콤한 노동으로 거둔 풍부한 수확을 손만 내밀면 제공해 주었소. 커다란 코르크나무들은 예절 말고는 다른 재주가 없어도 그의 넓고도 가벼운 나무껍질을 스스로 벗어 주었소. 사람들은 이것들에 볼품없는 막대기를 받쳐 지붕을 이었으니, 오직 하늘의 혹독함을 막아 내기 위해서였지. 그때는 모든 것이 화평했고 모두가 의가 두터웠고 모든 것이 조화로웠소. 구부러진 쟁기의 무거운 쇠갈퀴도 우리들의 첫째 어머니인 대지의 자애로운 배를 가르거나 방문할 생각을 감히 하지 않았지. 어머니가 순순히 자기를 어머니 삼고 있던 자식들을 물릴 정도로 먹여 키우고 기쁘게 해줄 만한 것을 그 풍요롭고 넓은 가슴 도처로 주었으니 말이오. 그때는 참으로 순진하고 아름다운 처녀 목동들이 머리를 땋거나 풀어 헤친 채 골짜기에서 골짜기로 언덕에서 언덕으로 돌아다녔고, 옷이라고 해봐야 그때나 지금이나 변함없이 가려야 할 곳을 예의상 얌전하게 가리는 것 외에는 없었지요. 요즘 하는 치장이 아니었단 말이라오. 티로[144]의 자줏빛 물감이며, 온갖 방식으로 손질한 비단을 좋아하는 오늘날의 유행과는 달리 푸른 머위 이파리와 담쟁이덩굴로 엮은 것이면 충분했다오. 이렇게만 입어도, 할 일이 없어 생긴 호기심으로 갖가지 희귀한 장식을 유행으로 달고 다니는 궁정의 여인네들만큼이나 화려하고 멋있었지요. 아마도 당시에는 아가씨들이 마음에 품은 연정 그대로 단순하고 소박하게 사랑의 노래를 외워 불렀을 게요. 멋지게 하려고 일부러 말을 돌려 꾸미지도 않았고 사기도 없었으며 속임수도 없었고 진실과 평범을 가장한 사악한 행동도 없었소. 정의도 말 그대로 정의였소. 오늘날처럼 배경과 이해관계가 정의를 교란하고 모욕하는 일은 없었소. 지금은 이것들이 너무나 정의를 무시하고 교란하고 추적하고 있소. 판관이 갖는 자유재량권도 당시 재판관의 머릿속에는 있지 않았다오. 당시에는 재판할 일도 재판받을 이도 없었기에 말이오. 처자들과 부인들은, 앞에서 말했듯이 희롱이나 음탕한 시도로 순결이 더럽혀질 염려 없이 어디든 나다닐 수 있었으며, 정조나 순결을 잃는 일은 어디까지나 본인이 좋아서 자신의 의지하에 일어나는 것이었소. 그런데 지금 이 증오할 만한 우리들의 시대에는 어느 여자 하나 안전하지가 않소. 크레타의 미궁[145]과 같은 새로운 미궁에 여자를 숨겨 놓더라도 말이오. 사랑이라는 악성 전염병이 사악하고 집요한 열정으로 그 미궁의 틈새로 기어들거나 하늘로 날아 들어가, 여자들이 아무리 숨어 있어도 전혀 소용없게 만들어 버리기 때문이라오. 시간이 갈수록 점점 더 악습이 늘어나자 그것을 막자고 편력 기사라는 게 생겨난 게지요. 처자들을 지키고 미망인들을 보호하며 고아와 가난한 사람들을 구제하라고 말이오. 내가 바로 이에 속하는 사람이라오, 산양치기 여러분. 여러분이 나와 내 종자를 반갑게 맞이해 주고 후한 대접을 해주니 진심으로 고맙소. 비록 자연의 법칙에 따라 살아 있는 자는 모두 편

---

144 Tiro. 고대 중동에 있던 나라.
145 그리스 신화에서 나오는 크레타 섬에 있던 지하의 미궁이다.

력 기사에게 잘해 줄 의무를 지고 있기는 하나, 여러분은 이 의무를 알지 못하면서도 내게 잘해 주었으니 내가 할 수 있는 한 진심을 다해 여러분의 마음에 감사해야 하는 건 당연한 이치라고 보오.」

이렇게 긴 설교를 — 하지 않아도 될 것이었지만 — 우리 기사는 했다. 그들이 자기에게 준 개암 열매가 황금시대를 떠올리게 해 산양치기들한테 그 쓸데없는 말을 늘어놓을 기분을 불러일으켰던 것이다. 그들은 대꾸 한마디 없이 그저 얼떨떨해하며 그의 말에 멍하니 귀를 기울이고 있었다. 산초 역시 마찬가지로 말없이 개암 열매를 먹으면서, 차갑게 하려고 코르크나무에 매달아 놓은 두 번째 술통을 아주 자주 방문했다.

돈키호테는 저녁을 먹는 것보다 이야기하는 데 더 많은 시간을 쏟았다. 식사가 끝나자 산양치기 한 사람이 입을 열었다.

「편력 기사 나리, 저희들이 마음을 다해 나리를 대접했다고 진정으로 말씀하실 수 있도록 기쁨과 만족을 드리고 싶습니다. 조금 있으면 여기로 우리 동료 한 사람이 올 텐데, 그에게 노래를 시킬 겁니다. 그놈은 아는 게 많고 사랑에 잘 빠지는 아이죠. 특히 읽고 쓸 줄 알며 라벨[146]을 잘 연주하니 더 바랄 게 없는 놈이랍니다.」

산양치기가 말을 마치기 무섭게 그들 귓전에 라벨 소리가 들렸다. 곧이어 연주하던 자가 나타났는데, 스물두 살쯤 되어 보이는 아주 멋진 청년이었다. 저녁을 먹었느냐고 동료들이 묻자 그는 먹었다고 했다. 아까 노래를 시키겠다고 한 사람이 말했다.

「그렇다면 안토니오, 우리에게 노래 좀 불러 주지 않겠어? 산과 숲에도 음악을 할 줄 아는 자가 있다는 걸 여기 계시는 손님께서 아시도록 말이야. 자네 재주를 이분께 말씀드렸으니 그것을 보여 드려 우리의 말이 사

---

146 rabel. 목동들이 연주하던 새 개의 현으로 된 악기. 〈삼현금〉이라고도 한다.

실이라는 것을 증명했으면 싶은데. 부탁이니 여기 앉아서 자네 삼촌께서 지어 주셨다는, 마을에서 아주 잘 먹힌 그 사랑 노래를 한번 불러 봐.」

「기꺼이.」 청년이 대답했다.

더 이상 부탁할 것도 없이 그는 베어 낸 떡갈나무 그루터기에 앉아 줄을 고르더니 곧 아주 멋지게 노래하기 시작했다. 노랫말은 이러했다.

> 난 알아, 올라, 네가 나를 사랑한다는 것을.
> 비록 내게 사랑한다는 말은 하지 않았어도,
> 눈길로조차 말없는 사랑의 말들을
> 보내지 않았어도 말이야.
>
> 그건 네가 나를 사랑한다는 걸 내가 확신한다는 걸
> 네가 알고 있음을 내가 알기 때문이야.
> 알아준 사랑은
> 결코 불행한 적이 없었어.
>
> 올라, 네가 언젠가 내게
> 네 영혼이 청동으로 되어 있음을,
> 네 가슴은 하얀 바위로 만들어져 있음을
> 넌지시 보였던 건 사실이야.
>
> 그렇지만 네 질책과
> 아주 솔직한 냉담함,
> 그 너머 혹시 희망이
> 그 옷자락 언저리를 보여 줄는지도 몰라.

불러 주지 않는다고 결코 줄어들지 않고,
받아 준다고 결코 커지지 않는
나의 믿음은
미끼를 향해 미끄러져 가고 있어.

사랑이 예의를 다하는 일이라면,
네가 행하는 그 예의로 보아
내 희망의 끝은
내가 생각하는 대로 될 것이야.

정성을 다하여 섬기노라면
단단한 마음도 풀어지리니,
내가 한 몇 가지 일들이
나의 승부를 장담하게 할 것이야.

만일 네가 그것을 보았다면
한 번 이상 알았으리,
일요일에 자랑스럽게 입었던 옷을
월요일에도 입었다는 것을.

사랑과 나들이옷은
같은 길을 가는 법이라,
나들이옷 입은 내 모습
늘 너에게 보이고 싶었지.

너 때문에 나는 춤추는 것도 그만두고
새벽 첫닭이 울 때 갑자기 네가 들었던
음악들에 대해서도
나는 네게 말 안 해.

네 아름다움에 대해
내가 한 찬사도 이야기하지 않겠어.
비록 진실한 것들이라 해도
어떤 말들은 남의 원망을 사니까.

너를 찬양하자
테레사 델 베로칼이 내게 말했지.
〈그렇게 천사를 사랑한다고 하더니
결국은 원숭이를 사랑하더라.

숱한 말을 내뱉고
가발로 꾸미고
아름다운 척 위선을 떨다 보면
사랑 그 자체를 속이게 되는 법.〉

그렇지 않다고 내가 말하니 그녀는 화를 냈지.
그녀의 사촌이 그녀를 옹호하며 나를 욕했어.
그리고 이미 너는 알아,
내가 한 일과 그가 한 일을 말이야.

네게 많은 걸 원하지 않으며,
네게 구애하고 너를 섬기는 건
너를 장난감 삼으려는 게 아냐.
내 뜻은 훨씬 선량한 것.

교회는 연을 맺는 끈,
부부로 맺는 비단 끈.
네가 굴레에 목을 매면
나도 내 목을 맬게.

네가 싫다면
가장 축복받은 성자의 이름으로 맹세컨대
탁발승이 되지 않고서는
이 산에서 나가지 않을 것이야.

 목동은 이렇게 노래를 끝마쳤다. 돈키호테는 몇 곡 더 해달라고 부탁했으나 산초 판사는 이에 동의하지 않았다. 그는 노래를 듣는 것보다 자고 싶은 마음이 간절했기에 주인에게 이렇게 말했다.
 「나리께서는 오늘 밤 쉬실 자리를 빨리 잡으셔야지요. 이 착한 친구들은 하루 종일 일을 했기 때문에 노래 부르며 밤을 전부 보낼 수는 없답니다요.」
 「알겠네, 산초.」 돈키호테가 대답했다. 「술통에 자꾸 손이 가는 걸 봤는데, 음악보다 잠이 더 절실할 법하지.」
 「누구든 잠자는 게 제일이죠, 신이시여 축복받으소서.」 산초가 대답했다.

「그 말이 틀렸다고 하지는 않겠네.」 돈키호테가 받았다. 「자네는 원하는 데서 쉬게. 나 같은 직업의 사람들은 자는 것보다 밤을 새우는 편이 좋을 듯하네. 그건 그렇고 산초, 귀가 필요 이상으로 아파 오니 다시 한 번 봐주지 않겠나?」

산초는 시키는 대로 했다. 산양치기 중 하나가 그 상처를 보더니 걱정할 것 없다면서 자기에게 금방 낫게 할 처방이 있다고 했다. 그는 주변에 널려 있는 로즈메리 잎 몇 개를 뜯어 씹은 뒤 소금과 섞어 돈키호테의 귀에 붙이고 붕대로 잘 감았다. 그러고는 다른 약이 필요 없다고 장담했는데 사실이었다.

12

돈키호테와 함께 있던 사람들에게
산양치기가 들려준 이야기에 대하여

 이러고 있을 때 마을에서 이들에게 식량을 배달해 주는 한 산양치기 젊은이가 와서 말했다.
 「자네들, 마을에서 일어난 일 알고 있어?」
 「우리가 어떻게 알겠어?」 그들 중 한 사람이 대답했다.
 「글쎄 말이야…….」 젊은이는 말을 이었다. 「그리소스토모라는 그 유명한 학생 출신 목동이 오늘 아침에 죽었대. 소문에 의하면 부자 기예르모의 딸, 그 악마 같은 마르셀라를 사랑하다 죽었다네. 양치기 복장을 하고 이 근처 숲길을 돌아다니던 그 젊은 처자 말이야.」
 「마르셀라 때문이라고?」 한 사람이 물었다.
 「그 여자 때문이래.」 그 산양치기가 대답했다. 「그런데 재미있는 일은, 그가 유언으로 무어인처럼 들판에 묻어 달라고 했다는 거야. 그것도 코르크나무 샘이 있는 그 바위 밑에다 말이야. 사람들 얘기로는 거기가 그 사람이 처음 그 여자를 본 곳이래. 그가 그렇게 말했다는 거야. 그것 말고도 다른 유언을 남겼는데, 마을 신부님 말씀에 따르면 이교도의 관습으로 보이는 일들이라 들어주지 않겠다더군. 들어줘서 좋을 게 없다는 거지. 그런데 그와 아주 친했던 암브로시오라는 사람은 ─ 그와 같이 목동이 되었던 그 학생 친구 말이야 ─ 무슨 일이 있더라도 그리소스토모가 원하는 대로 하나도 빠짐없이 해줘야 한다는 거야. 이 사건으로 온 마을이 시끌벅적해. 결국은 암브로시오와 죽은 친구의 동료 목동들이 원하는 대로 될 거라더군. 그래서 내일은 아까 말한 그곳으로 성대하게 그를 묻으러 온다는 거야. 아주 볼만한 구경거리가 될 것 같아. 그곳에 볼일이 없어도 이걸 구경하러 내일 꼭 가야겠어.」

「우리도 모두 가야지.」 산양치기들이 말했다. 「누가 남아서 산양을 지킬 것인지 제비뽑기를 하자고.」

「그 말은 맞는데, 페드로······.」 한 사람이 말했다. 「그런 부지런 떨 필요 없어. 내가 모두를 대신해 남을게. 그렇다고 내가 잘나서라거나 호기심이 없어서 이런다고 생각하지는 마. 지난번에 나뭇가지에 발을 찔린 것 때문에 걸을 수가 없거든.」

「어쨌든 우리 모두 고마워할 일이군.」 페드로가 대답했다.

돈키호테는 페드로에게 그 죽었다는 사람이 누구이며, 산양 치는 여자는 어떤 여자였는지 이야기해 달라고 했다. 페드로는 자기가 알기에 죽은 사람은 이 산악 마을에 사는 부자 양반으로 살라망카[147]에서 오랫동안 공부하고 학업을 마치자 고향으로 돌아왔는데 책도 많이 읽고 아주 현명한 자라는 소문이 있다고 했다.

「사람들 말을 들어 보면, 주로 별에 대한 지식이 많았고 저 하늘에서 일어나는 태양과 달에 관한 것을 잘 알았대요. 우리한테 해와 달의 왈식[148]에 대해 정확하게 알려 줬거든요.」

「왈식이 아니라 일식이나 월식일세, 이 친구야. 두 개의 큰 발광체가 어

---

147 Salamanca. 1218년에 세워진 대학이다. 이 대학이 있는 도시 이름 역시 살라망카이다.

두워지는 그거 말이지.」 돈키호테가 말했다.

그러나 페드로는 그런 사소한 잘못에는 개의치 않고 이야기를 계속했다.

「그뿐 아니라 그 사람은 언제 풍년이 드는지, 언제 횡년이 드는지도 알아맞혔어요.」

「횡년이 아니라 흉년을 말하는 거겠지, 친구.」 돈키호테가 말했다.

「흉년이건 횡년이건…….」 페드로가 말을 이었다. 「시골에서는 다 그래요. 여하튼 이 사람의 말을 믿은 그의 아버지와 친구들은 큰 부자가 되었다고요. 그 사람이 충고한 대로 했거든요. 〈올해는 밀을 심지 말고 보리를 심어라, 이곳에는 보리 말고 완두콩을 심어라, 내년에는 올리브유가 잘될 거고, 다음 3년 동안은 한 방울도 못 건질 거다〉라고 했대요.」

「그런 학문을 점성학이라고 한다네.」 돈키호테가 말했다.

「어떻게 부르는지 제가 알 게 뭐예요.」 페드로가 대답했다. 「하지만 그가 그런 것들을 알았다는 건 알아요. 그것 말고도 아는 게 많았어요. 그런데 그 사람이 살라망카에서 돌아온 지 몇 달 되지 않은 어느 날 그때까지 입고 있던 기다란 학생복을 벗어 버리고, 목동이 되겠다며 지팡이에 양가죽으로 된 옷을 입고 다시 나타난 거예요. 그 사람의 아주 친한 친구로 같이 공부했던 암브로시오도 똑같이 목동으로 나섰어요. 죽은 그리소

148 스페인어로 〈일식〉이나 〈월식〉을 〈에클립세 *eclipse*〉라고 하는데 산양치기가 무식한지라 제대로 이 단어를 몰라 〈크리스 *cris*〉라고 했다. 이를 번역하면 단도처럼 생긴 〈칼〉을 뜻하지만 그러면 문맥상 재미가 없어지므로 〈왈식〉으로 표기했다. 세르반테스는 시골에서의 삶을 산양치기들과 목동들로 나눠 두 가지 관점에서 그 모습을 보여 주고 있다. 산양치기들은 촌스럽고 무식하게, 목동들은 학문적 소양이 있고 부유한 이들로 그려 목가 소설의 주인공으로 소개하기도 했다. 여기서도 그리소스토모는 목동으로 대학에서 공부한 학생이자 시인이었던 반면, 페드로는 산양치기로 제대로 된 어법도 몰라 돈키호테가 바로잡아 주고 있는데 그것에 대해 관심조차 없다.

스토모는 시도 잘 짓는 사람이었다는 걸 잊고 있었네요. 성탄절 밤에 부르는 노래도 그가 만들 정도였고요. 성체 축일을 위한 종교극도 만들었어요. 그러면 우리 마을의 젊은이들이 무대에 올리곤 했는데 그걸 보고 모두들 완벽하다고 했답니다. 마을 사람들은 그 아는 것 많은 두 사람이 전혀 예기치 않게 양치기 복장을 한 것을 보고 모두 놀랐지요. 두 사람이 그렇게 이상할 정도로 모양을 바꾸게 된 이유를 도무지 짐작할 수가 없었어요. 이 무렵에 이미 그리소스토모의 아버지는 돌아가셨고, 그는 엄청난 재산을 물려받았어요. 부동산이며 적지 않은 양의 크고 작은 가축이며 돈도 상당히 많이요. 그래서 대단한 재산을 부릴 수 있는 절대적인 힘을 가진 젊은이가 된 건데, 사실 그는 그만한 가치가 있었죠. 좋은 동료에 인정도 많고 착한 사람들 편이고 축복받은 얼굴을 하고 있었거든요. 그가 복장을 바꾼 이유는 다름이 아니라 아까 우리 동료가 말한 그 여자 목동 마르셀라를 따라 이 벌판을 돌아다니고 싶었기 때문이라는 게 나중에 알려졌어요. 그 죽어 버린 가엾은 그리소스토모가 그 여자한테 홀딱 반했거든요. 아무래도 아시는 게 좋을 것 같으니 그 여자가 어떤 여자인지 말씀드려야겠군요. 아마, 아니 틀림없이 이런 얘기는 나리 생전 처음 들으실 거예요. 설사 나리가 사르나[149]보다 오래 사셨더라도 말이지요.」

「사르나가 아니고 사라.」 돈키호테는 산양치기가 말을 자꾸 틀리는 것을 참지 못하고 받아쳤다.

「아니, 사르나도 꽤 오래 살아요.」 페드로가 대답했다. 「그런데 나리, 나리께서 그렇게 제 말끝마다 붙잡고 따지시다가는 1년이 가도 얘길 다 못 끝냅니다요.」

---

[149] sarna. 120세까지 살았다는 아브라함의 부인인 〈사라Sarra〉를 얘기한다는 걸 〈옴〉이라는 뜻의 〈사르나〉로 말하고 있다.

「미안하이, 친구.」 돈키호테가 말했다. 「옴과 사라는 달라도 너무 달라서 그렇게 말한 거네. 그런데 자네 대답은 명답이었어. 사르나는 정말 사라보다 오래 살지. 계속 이야기하게. 더 이상 아무 말 하지 않겠네.」

「그럽죠, 나리.」 산양치기는 다시 말을 계속했다. 「우리 마을에 그리소스토모의 아버지보다 훨씬 부자인 농부가 있었지요. 기예르모라는 사람으로, 하느님한테서 엄청난 재산 말고도 딸 하나를 얻었답니다요. 아내는 이 딸을 낳다가 죽었는데, 이 근처에서 가장 어진 여자였지요. 지금 그분을 보고 있는 듯 눈에 선하네요. 이리 보면 해님, 저리 보면 달님 같은 얼굴이었어요. 무엇보다 그분은 부지런하셨고, 가난한 사람들의 친구셨지요. 이 때문에 지금 그분의 영혼은 저승에서 분명 하느님의 축복을 받고 계실 거예요. 이분의 남편 되신 기예르모 씨는 이렇게 훌륭한 아내가 죽자 그 슬픔에 돌아가시고 말았어요. 돈 많고 어린 딸 마르셀라를 신부이자 우리 마을에 많은 도움을 주신 아이 삼촌에게 맡겨 놓고 말이에요. 딸아이는 미인으로 자랐지요. 아이를 보면 아주 미인이셨던 아이 엄마의 모습이 떠오를 정도였어요. 엄마의 아름다움을 물려받은 게 분명했어요. 아니나 다를까 아이가 열네 살인가 열다섯 살이 되자 그 아이를 보는 사람은 모두 그토록 곱게 아이를 기르신 하느님의 은혜에 감사하지 않을 수 없을 정도였고, 대부분이 아이에게 반해 정신을 잃었죠. 아이 삼촌은 정성을 다해 아이를 돌보며 남의 눈에 띄지 않도록 꼭꼭 숨겨 놓고 길렀어요. 하지만 아무리 그렇게 했어도 아이가 대단한 미인이라는 소문은 널리 퍼졌고, 그 아이와 재산 때문에 우리 마을 사람들뿐 아니라 몇십 킬로미터나 떨어진 곳에 사는 쟁쟁한 집안의 사람들이 아내로 달라고 삼촌에게 부탁하고 졸라 댔지요. 독실하고 훌륭한 기독교인이었던 삼촌은 아이 나이로 봐서 당장 결혼을 시켜 주고 싶었지만 아이의 동의 없이 그럴 생각은 없었지요. 아이의 결혼을 늦춰 가면서 그 아이의 재산으로 이익을 보자는 마음으로 그랬던 건 아닙니다. 정말이지 마을에서는 그 착한 신부님에 대한 칭찬이 자자했어요. 이런 작은 마을에서는 무슨 일이든 모두 사람들 입방아에 오르내리는데요, 저도 그렇지만 나리께서도 아셔야 할 일은, 그분이 신도들에게 자신에 대한 칭찬을 조심시키는 걸 보면 ─ 특히 마을에서요 ─ 아주 훌륭한 분임이 틀림없다는 거예요.」

「그건 그렇지.」 돈키호테가 말했다. 「자, 계속하게. 이야기가 아주 재미있군. 페드로, 자네 이야기 솜씨가 보통이 아니야.」

「하느님의 은혜가 그렇게 하는 것이니 제게 그 은혜가 부족하지 않기만을 바랍니다. 어쨌든 그다음 이야기는요, 삼촌이 구혼자들에 대해 한 사람 한 사람 알려 주면서 마음에 드는 사람을 골라 결혼하라고 했지만, 조카딸은 자기는 아직 어려 결혼이라는 무거운 짐을 질 자신이 없다는 말밖에는 하지 않았죠. 듣고 보니 매우 합당한 이유인지라 삼촌은 더 이상 권하지 않고 아이 나이가 차서 자기 마음에 드는 상대를 고를 수 있게 될 때까지 기다리기로 했어요. 그 까닭은, 이건 그분의 말씀인데 정말 지당하신 말씀으로, 부모는 자식의 의지에 반하는 결혼을 시켜서는 안 되기 때문이죠. 그런데 생각지도 못한 일이 일어난 거예요. 어느 날 그 새침하던 마르셀라가 목동이 된 거예요. 물론 삼촌을 비롯한 마을 사람들이 말렸지만 그 마을의 다른 산양 치는 아가씨들과 들로 나가 자기 산양들을 지키기 시작한 거예요. 이렇게 이 아가씨가 세상 속으로 나가 그녀의 아름다움이 만천하에 드러나게 되었으니 얼마나 많은 부잣집 도련님들과 양반 자식들과 젊은 농사꾼들이 목동의 복장을 하고 들판을 돌아다니며 아가씨 뒤를 쫓아다녔는지 말로 다 할 수 없을 정도랍니다. 앞서 말씀드렸듯이 죽은 그 친구도 이들 중 하나로, 사람들 말을 들어 보면 그 아가씨를 사랑하는 정도가 아니라 존경까지 했다고 하더군요. 하지만 마르셀라가 거의, 아니 전혀 들어박혀 살 기미 없이 그렇게 마음 내키는 대로 자유롭게 사는 삶을 택했다고 해서 자신의 정조를 망치는 그런 기미나 낌새를 보였다고 생각해서는 안 됩니다요. 오히려 그녀는 훨씬 더 조신하고 신중하게 자신의 명예를 지켜서, 그녀를 따라다닌 사람들 가운데 자기 뜻을 이룰 만한 조그마한 희망이라도 얻었다고 자랑할 수 있는 사람은 하나도 없었지요. 그런 이야기 자체가 있을 수 없었어요. 목동들과 함께 다니는 일이나 말을 나누는 일은 피하거나 거부하지 않았고 그들을 아주 친절하고 정답게 대해 주었지만 그들 중 누군가 자기 속셈을 드러내면, 그것이 결혼을 하고자 하는 아주 정당하고 성스러운 마음이라 할지라도 마치 총으로 쏴버리듯 쫓아냈지요. 그래서 이 마을에 무서운 전염병보다 더 나쁜 피해를 줬어요. 상냥하고 아름다운 그녀를 섬기고 사랑하고 싶은 마음을 갖는 건 당연한 이치인데 그렇게 냉정하고도 무정하게 굴면서 남자들을 절망하게 만드니 다들 무슨 말을 해야 할지 몰라 저마다 잔인하다느니 은혜를 모른다느니 하면서 그녀의 태도를 단정 짓는 말들을 큰 소리로 내뱉는 거예요. 만일 나리께서 이곳에 잠시 계셔 보시면 그 여자를 쫓아다니다가 환멸을 맛본 남자들의 한탄이 이 산과 계곡에 울려 퍼지는 것을 듣게 되실 거예요. 여기서 그리 멀지 않은 곳에 거의 스물네댓 그루나 되는 높다란 너도밤나무 숲이 있는데, 그 매끈한 나무껍질에 마르셀라의 이름이 새겨져 있거나 적혀 있지 않은 나무는 하나도 없어요. 어떤 데는 이름 위쪽에 왕관이 새겨져 있는데, 이건 그녀를 연모하는 남자가 마르셀라 그 뛰어난 미모로 왕관을 얻는 것이 합당하다고 확실하게 표시하려한 거죠. 여기서 한 놈이 한숨을 쉬면 저기서는 다른 놈이 신음하고, 다른 쪽에서 사랑의 노래가 들리는가 하면 이쪽에선 절망의 노래가 들려요. 떡갈나무나 바위 아래 앉아 아침이 될 때까지 그녀 생각에 취해 눈물로 범벅이 된 채 뜬눈으로 밤을 지새우는 자가 있는가 하면, 낮잠을 자야 할 가장 더운 여름의 열기 속에 타는 듯한 모래사장에 누운 채 계속 한숨을 쉬어 대며 자비로운 하늘에 대고 하소연하는 자도 있답니다. 아름다운 마르셀라는 이런 놈이나 저런 놈이나 상관없이 어느 누구에게도 전혀 마음을 열지 않으니 그 여자를 알고 있는 우리들은 모두 그녀의 오만함이 어떤 결말을 가지고 올지, 그리고 누가 그녀의 그 지독한 고집을 꺾고 최고의 아름다움을 즐기게 될 행운아가 되는지 지켜보고 있는 중이지요. 제가 말씀드린 것은 모두 사실이니, 아까 우리 동료가 전해 준 그리소스토모가 죽은 원인에 대한 소문 역시 사실이라고 생각해요. 그러니 나리께 말씀드리고 싶은 것은, 내일 꼭 그 사람의 장례식에 가보시라는 거예요. 아주 구경할 만할 거예요. 그리소스토모는 친구도 많으니까요. 그 사람이 묻어 달라고 한 장소까지는 여기서 불과 반 레과도 안 되고 말이에요.」

「명심하지.」 돈키호테가 말했다. 「이렇게 재미있는 얘기로 나를 즐겁게 해줘서 고맙네.」

「아! 그런데 말이에요…….」 산양치기가 말했다. 「제가 아는 마르셀라의 애인들 이야기는 아직 절반도 못 했어요. 내일 길에서 목동들을 만나게 되면 다른 이야기를 듣게 되실 거예요. 지금은 지붕 밑으로 들어가 주무시는 게 좋을 것 같네요. 밤이슬에 상처가 덧날 수도 있으니까요. 아까 제가 발라 드린 약이 좋아 부작용이 날 걱정은 하지 않으셔도 되지만요.」

산초 판사는 이미 그 산양치기의 끝없는 이야기에 넌덜머리를 내고 있었기에 얼른 주인에게 페드로의 움막에서 주무시도록 권했다. 돈키호테는 시키는 대로 들어가 마르셀라를 사랑하는 사람들을 흉내 내 그의 여인 둘시네아를 그리워하며 남은 밤을 보냈다. 산초 판사는 로시난테와 자기 당나귀 사이에 몸을 누이고 이루지 못하는 사랑에 빠진 자가 아니라, 마구 걷어차여 녹초가 된 자로 곯아떨어졌다.

13

여자 목동 마르셀라 이야기의 결말과
다른 사건들에 대하여

    해가 동쪽 발코니로 모습을 드러내자마자 산양치기 여섯 명 중 다섯 명이 일어나 돈키호테를 깨우러 와서는, 아직도 그 유명한 그리소스토모의 장례식을 보러 가고 싶은 생각이 있다면 모시고 가겠노라고 했다. 돈키호테는 다른 일을 할 생각이 없었던 터라 일어나서 산초에게 즉시 말을 준비하고 안장을 얹으라고 일렀다. 산초가 부지런히 채비를 끝내자 모두 서둘러 길을 나섰다. 4분의 1레과도 못 가 오솔길을 가로지를 때쯤, 그들을 향해 검은 모피 조끼를 입고 머리에 삼나무와 맛이 쓴 협죽도 꽃으로 화환을 만들어 쓴 목동 대여섯 명이 오고 있는 것이 보였다. 모두 호랑가시나무로 만든 굵은 지팡이를 들고 있었다. 그들과 함께 여행복을 아주 잘 차려입고 품위 있어 보이는 두 사람이 말을 탄 채, 그리고 그들을 모시는 세 명의 하인들은 걸어서 오고 있었다. 그들은 서로 정중하게 인사를 나누면서 어디로 가는 길인지 묻고 모두가 그 장례식에 가는 것임을 알았다. 그래서 모두 함께 가게 되었다.
    말을 탄 사람 중 한 명이 자기 동행에게 말을 건넸다.
    「이봐요 비발도 씨, 우리가 좀 늦더라도 이 장례식을 보고 가는 건 잘

하는 일 같소. 목동들이 우리에게 이야기한 그 죽은 목동이나, 그를 죽인 여자 목동 같은 진기한 얘기로 미루어 보아 이 장례식은 분명 대단할 것 같으니 말이오.」

「저도 그렇게 생각합니다.」 비발도가 대답했다. 「장례식을 본다면야 하루가 아니라 나흘이 늦어지더라도 상관없습니다.」

그러자 돈키호테가 그들에게 대체 마르셀라와 그리소스토모에 관해서 어떤 얘기를 들었느냐고 물었다. 한 사람이 대답하기를, 오늘 새벽에 이 목동들을 만났는데 모두 이런 슬픈 복장들을 하고 있었다고 했다. 무슨 연유로 그렇게 입고 가는지 물었더니, 그들 중 한 사람이 마르셀라라는 여자 목동의 기행과 아름다움 그리고 이 여자에게 구애한 많은 사내들의 사랑 이야기와 그리소스토모의 죽음을 이야기해 주더라는 것이었다. 그래서 자기들은 그 장례식에 가는 길이라고 하면서 끝으로 페드로가 돈키호테에게 들려주었던 이야기도 다시 해줬다.

이 이야기가 일단락되자 다른 이야기가 시작되었다. 그건 비발도라는 사람이 돈키호테에게 이토록 평화로운 땅을 그런 식으로 무장을 한 채 다니게 된 이유가 무엇이냐고 물었기 때문이다. 이 질문에 돈키호테는 대답했다.

「본인이 수행하고 있는 직업이 이와 다른 모습으로 다니는 것에 동의하지 않고 허락도 하지 않는다오. 안락하고 즐거운 생활과 선물과 휴식은 저 겁 많은 궁정의 신하들을 위해서나 있을 뿐, 노고와 불안과 무기는 오직 세상 사람들이 편력 기사라고 부르는 이들을 위해 개발되고 만들어진 것이라오. 미천한 이 몸은 가장 미흡하나마 그 편력 기사들 중 하나라오.」

이 말을 듣자마자 모두 그가 미쳤다는 것을 알았다. 정말 미쳤는지 좀 더 확인해 보고 싶기도 하고, 그 사람의 광기가 어떤 종류의 것인지 궁금하기도 해서 비발도가 그 편력 기사라는 게 무슨 뜻이냐고 물었다.

「그대들은……」 돈키호테가 대답했다. 「영국의 역사나 사료들을 읽어 본 적이 없소? 거기에 보면 아서 왕의 유명한 업적이 쓰여 있다오. 우리 에스파냐 로만세에는 아르투스라는 이름으로 계속 등장하는 그 왕 말이오. 대영 제국에서는 이 왕이 죽지 않고 마법으로 까마귀로 변했으며, 때가 이르면 자기의 왕관을 찾고 왕국을 다스리러 돌아온다는 이야기가 예전부터 공공연히 알려져 있소. 그때부터 지금까지 영국 사람들 중 어느 누구도 까마귀를 죽이지 않는 것을 보면 그 말이 사실이라는 것 아니겠소? 이 왕이 다스리던 시기에 그 유명한 원탁의 기사라는 기사 제도가 생겨났고, 돈 란사로테 델 라고와 히네브라 여왕의 사랑 이야기[150] 또한 조금도 틀림없이 실제로 일어난 일이라오. 이 두 사람을 중매해 준 사람이 바로 정직하고 현명한 시녀 킨타뇨나였소. 여기서 우리 에스파냐에서는 널리 알려져 많이들 부르는 ─

영국에서 왔던
란사로테만큼
귀부인들의 섬김을 받은
기사는 아무도 없었다,

이런 로만세가 탄생된 것이라오. 이 노래는 이 기사의 사랑이 얼마나 부드럽고 달콤했는지, 또 무훈은 얼마나 혹독하게 이루어져 나갔는지를

---

150 Ginebra. 아서 왕의 부인으로 기네비어라는 이름으로도 알려져 있다. 여왕과 돈 란사로테 델 라고don Lanzarote del Lago(랜슬럿Lancelot)의 사랑 이야기가 처음 나온 것은 12세기 후반이다. 이어서 언급되는 시녀 킨타뇨나Quintañona는 스페인에서 각색한 이야기에 등장하는 새로운 인물이다.

보여 주고 있소. 그때부터 기사도라는 게 손에 손을 거쳐 세상 여러 곳으로 널리 퍼져 나간 것이라오. 이 기사도로 업적을 쌓아 유명해진 분들이 있으니, 용감한 아마디스 데 가울라와 그 뒤 5대까지 이어지는 아들 손자들이라오. 그리고 용사 펠릭스마르테 데 이르카니아와 그 어떤 칭찬으로도 모자랄 티란테 엘 블랑코, 오늘날에도 우리가 보고 말하고 듣는 무적의 용사 돈 벨리아니스 데 그레시아가 있소. 이것이 편력 기사라는 것이고, 내가 말한 수행이 기사도라는 것이라오. 아까도 말했지만 본인은 보잘것없는 인간이오만 이 기사도를 업으로 삼은 자이며, 내가 하는 일은 앞서 이름한 기사들이 한 것과 같은 일이라오. 약한 자, 가난한 자를 돕기 위해 운명이 부여하는 그 어떤 모험에도 내 힘과 내 한 몸을 내던질 굳은 결의를 품고, 모험을 찾아 이런 인적 없는 고적한 들판을 헤매고 있는 것이라오.」

그의 말을 듣자 일행은 돈키호테가 미쳤다는 것을 완전히 확신했으며 그를 지배하는 광기가 어떤 종류의 것인지도 확실히 알게 되었다. 그가 이야기하는 내용에 그들은 놀랐고, 그의 광기에 다시 한 번 놀랐다. 신중하면서도 명랑한 기질이 있는 비발도는 얼마 남지 않은 길을 즐겁게 가자는 생각이 들었다. 장례식이 거행될 언덕에 이르자 그는 돈키호테에게 미친 소리를 더 지껄일 기회를 주고 싶었다.

「제가 보기에 편력 기사님, 기사님께서는 지상에서 가장 힘든 직업들 중 하나를 수행하고 계신 듯합니다. 저 카르투호파[151]의 사제들도 그렇게까지 힘든 일은 하지 않을 것 같은데요.」

「아주 힘들 수 있소.」 우리의 돈키호테는 대답했다. 「하지만 세상이 이

---

151 *cartujos*. 성 부르노St. Bruno가 알프스 산에 창설한 샤르트르회Chartreux로, 계율이 엄하기로 이름난 종파이다.

를 필요로 하고 있다는 사실은 절대 틀림이 없다오. 사실 병사가 대장이 명령한 것을 실행에 옮긴다고 해서, 그 병사가 명령하는 대장보다 못하다는 법은 없지요. 그러니까 내 말은, 성직자들은 지극히 평화롭고 고요하게 이 세상에 복을 내려 주십사 하느님께 빌지만, 군인들과 기사들은 성직자들이 요구하는 것을 실행에 옮긴다는 얘기요. 지붕 아래에서가 아니라 노천에서 견디기 힘든 한여름의 햇살과 살을 에는 한겨울의 얼음을 온몸으로 이겨 내며, 우리들의 칼과 팔로 땅을 지켜 낸다는 거요. 그러니 우리는 신의 사도들이자 이 땅에서 신의 정의를 실행하는 힘이라오. 그리고 전쟁이나 싸움과 관련한 모든 일은 땀 흘리고 애쓰며 노력하지 않고서는 실현될 수 없으므로, 이 일을 직업으로 삼는 자들은 고요한 평화와 휴식 속에서 〈힘없는 자를 돌봐 주소서〉 하고 하느님께 기도하는 사람들보다 더 고생할 수밖에 없소. 그렇다고 편력 기사라는 직분이 은둔 생활을 하는 성직자의 직분만큼 좋다는 의미는 아니며, 또 그런 건 생각할 수도 없는 일이오. 다만 내가 그 고통을 겪고 있기 때문에, 결론을 말씀드리자면 그들이 훨씬 힘들고 훨씬 애먹고 훨씬 배고프고 목마르고 비참하며 누더기에 이도 득실거리는 삶을 산다는 것이오. 지난날 편력 기사들이 기사로 사는 동안 숱한 불운을 겪은 건 분명하다오. 어쩌다가 어느 기사가 자기 팔의 힘으로 황제 자리까지 올랐다면 그건 그 사람이 흘린 엄청난 피와 땀의 대가인 것이오. 그렇게 높은 지위에 오른 사람이 만일 마법사나 현자들의 도움을 받지 못한다면 그들의 소망은 무너지고 희망까지 사기당하는 꼴이 된다오.」

「제 생각도 그렇습니다.」 그 사람이 말을 받았다. 「그런데 모든 것을 다 제쳐 놓고라도 편력 기사들이 아주 잘못하고 있다고 여겨지는 것이 딱 한 가지 있답니다. 그건 목숨을 잃을 만큼 위험하고 엄청난 모험을 해야 할 상황이 되어 돌진하는 그 순간에, 절대로 하느님께 자신을 보호해 달라고 빌지 않는다는 겁니다. 기독교인이라면 그와 같은 위험에 처했을 때 하느님의 가호를 비는 게 의무인데도 말입니다. 오히려 그들은 귀부인들이 자기들의 신이라도 되는 듯이 그 여인들에게 진심으로 가호를 빈단 말입니다. 제가 보기에는 이건 아무래도 무슨 이단적인 냄새가 나는 행동 같습니다.」

「천만의 말씀이오.」 돈키호테가 대답했다. 「그건 어쩔 수 없는 일이라오. 다른 식으로 가호를 청한다면 그건 편력 기사의 도리에서 벗어나는 일이니 말이오. 편력 기사가 대접전을 벌여야 할 때 사랑하는 여인이 자기 앞에 있는 듯 그녀에게, 어려운 상황에 빠진 자기에게 도움과 보호를 내려 주십사 부탁이라도 하듯이 부드럽고도 사랑스러운 눈길을 돌린다는 것은 이미 편력 기사의 관습과 상례가 되어 있다오. 그 말을 들을 사람이 없다 할지라도 기사는 입속말로라도 진심으로 가호를 비는 말을 하지 않으면 안 되게 되어 있소이다. 이런 예는 기사 이야기에 무수히 나온다오. 하지만 이것을 두고 기사들이 하느님께 가호를 빌지 않는다고 해석해서는 아니 되오. 모험을 수행하면서도 기도할 시간과 장소는 충분히 있으니까 말이오.」

「그런데도……」 그 사람이 다시 말을 받았다. 「납득이 잘 안 되는 게 있어요. 저도 기사 소설에서 수없이 읽은 내용입니다만, 두 기사가 서로 말을 주고받던 중 한마디에 분노가 끓어오르면 말머리를 돌려 서로 거리를 두고 멀찍이 섰다가 다짜고짜 전속력으로 말을 달려 다시 만나러 옵디다. 달리는 와중에 그들의 귀부인에게 가호를 빌더군요. 이런 대결에서 한쪽은 상대의 창에 찔려 말 궁둥이 위로 쓰러져 죽고, 상대편은 말갈기에 매달려 땅에 떨어지는 것을 간신히 면하더군요. 그렇게 절박한 상황에서 죽은 자가 어떻게 하느님의 가호를 청할 여유를 가진다는 것인지 도무지 저는 모르겠다는 말씀입니다. 말을 달리고 있을 때 자기의 귀부인에게 가호를 청하는 대신 기독교인으로서 당연히 해야 할 일을 하는 게 더 마 땅할 거라는 것이죠. 게다가 저는 편력 기사 모두에게 일신의 가호를 청할 귀부인이 있다고 생각하지도 않습니다. 모든 이들이 다 사랑에 빠져 있는 건 아니거든요.」

「그렇지 않소.」 돈키호테가 대답했다. 「내 말은, 사랑하는 귀부인이 없는 기사는 있을 수 없다는 거요. 왜냐하면 그들에게 사랑하는 사람이 있다는 것은 하늘에 별이 있는 것과 같이 지극히 당연하고 자연스러운 일이며, 사랑 없는 편력 기사에 대한 이야기는 전혀 없기 때문이라오. 만일 사랑 없는 기사가 있다면 그는 정식 기사가 아니라 가짜로 취급받았을 것이오. 문을 통해 기사도의 성으로 들어온 게 아니라 날치기나 도둑인 양 담을 넘어 들어온 듯 말이오.」

「그렇다고 해도······.」 그 사람이 말했다. 「제 기억이 틀리지 않는다면, 용감한 아마디스 데 가울라의 동생 돈 갈라오르는 가호를 청할 만한 뚜렷한 귀부인이 없었다고 읽은 것 같은데요. 귀부인 같은 것이 없었는데도 아쉬워하지 않았고 아주 용감하고 유명한 기사였다지요.」

거기에 대해서 우리의 돈키호테는 이렇게 대답했다.

「여보시오, 제비 한 마리가 왔다고 여름이 되는 것은 아니오. 그뿐만 아니라 그 기사는 비밀리에 사랑한 사람이 있었던 것으로 나는 알고 있소. 자기에게 좋아 보이면 몇 명의 여자든 사랑할 수 있는 건 자연스러운 일로, 그 사람도 어쩔 수가 없었던 모양이지. 여하튼, 그 기사는 마음의 주인으로 한 여인을 모시고 있었고 그 여인에게 아주 은밀하게 자주 가호를 빌었다는 연구가 있소. 그는 은밀한 기사가 되는 게 좋았다고 하더이다.」

「모든 편력 기사가 사랑하는 사람을 가져야 되는 게 기사도의 원칙이라면······.」 그 남자가 말했다. 「나리께서도 기사 수행을 하고 계시니 그럴 수 있겠네요. 나리께서 돈 갈라오르처럼 은밀한 기사가 되는 것을 자랑으로 삼고 있지 않으시다면, 저희 일행과 제게 그 귀부인의 이름과 고향과 신분과 아름다움을 밝혀 주시기를 진심으로 부탁드립니다. 그 귀부인께서도 나리 같은 훌륭한 기사의 사랑과 섬김을 받고 있다는 사실이 세상에 알려지는 것을 행복하게 생각하실 겁니다.」

여기서 돈키호테는 크게 한숨을 쉬고 말했다.

「달콤하면서도 나를 아프게 하는 그분이, 내가 그분을 섬기고 있다는 사실이 세상에 알려지는 것을 과연 좋아하실지 어떨지는 분명히 말할 수가 없소. 다만 그토록 정중한 질문에 답하자면, 그분의 성함은 둘시네아이고 고향은 라만차에 있는 엘 토보소이며, 신분은 나를 지배하시고 나의 주인 되시니 두말할 것도 없이 공주요. 그 공주의 아름다움은 인간의 것이 아니오. 시인들이 자기 여인들에게 부여하는 불가능하고도 가공적인 아름다움의 자질들이 그녀에게는 실제로 있으니 말이오. 그녀의 머리카락은 황금이며 이마는 엘리세오[152]의 들, 눈썹은 하늘의 무지개, 눈은 태양, 볼은 장미, 입술은 산호, 이는 진주이며, 목은 하얀 석고요, 가슴은 대리석, 손은 상아에, 피부는 눈처럼 희다오. 그리고 사람들의 눈에 띄지 않게 그분의 정결함이 감추고 있는 부분들은, 내가 생각하고 이해하는 바로는 오직 신중함만이 찬양할 수 있는 것으로, 무엇과도 비교할 수가 없소이다.」[153]

「혈통과 가문을 알고 싶은데요.」 비발도가 말했다.

이 말에 돈키호테가 대답했다.

「옛 로마 명문가인 쿠르티우스나 가이우나 스키피오는 아니고, 지금

---

152 Elíseo. 신화에 등장하는 낙원. 낙원으로 들어갈 만한 삶을 산 자들의 영혼이 머무는 곳이라고 한다.
153 마지막 문장은 1624년 포르투갈 종교 재판에 의해 검열당했다.

카탈루냐의 몽카다나 레케센도 아니며, 발렌시아의 레베이야나 비야노바나 아라곤의 팔라폭스나 누사, 로카베르티, 코레이야, 루나, 우르레아, 포스 또는 구르레아, 카스티야의 세르다, 만리케, 멘도사 또는 구스만, 포르투갈의 알렝카스트로, 파이야, 메네스는 더욱 아니오. 라만차의 엘 토보소 가문으로, 앞으로 올 시대에 가장 이름 있을 가문의 시작이 될 것이오. 이에 대해 내게 반론을 제기하지 마시오. 세르비노[154]가 오를란도 군대의 전승 기념비 밑에 써놓은 ㅡ

> 아무도 이것을 옮기지 마라,
> 롤단과 결투할 자가 아니라면.

이와 같은 조건을 안다면 말이오.」

「제 가문은 라레도의 카초핀[155]인데…….」 그 사람이 말했다. 「라만차의 엘 토보소 집안과 비교하려고 드리는 말씀은 아닙니다. 하지만 솔직하게 말씀드려서 지금까지 그런 성은 들어 본 적이 없는데요.」

「아니, 어찌 그런 성을 들어 본 적이 없다는 말이오!」 돈키호테가 반문했다.

다른 사람들도 모두 이 두 사람이 주고받는 말에 귀를 기울이며 가고 있었고, 그래서 산양치기들과 목동들까지 우리의 돈키호테가 얼마나 돌았는지 알게 되었다. 단지 산초만이 태어날 때부터 그와 그에 대한 모든 것을 알고 있었기에 주인이 한 말을 모두 사실이라고 생각했다. 믿기에 망설여졌던 점이 있다면, 그건 그 아름답다는 둘시네아 델 토보소에 관한

---

154 Cervino. 「광란의 오를란도」 제24곡에 나오는 스코틀랜드의 왕자.
155 Cachopines. 〈벼락부자〉라는 뜻.

것이었다. 그는 토보소 아주 가까이 살고 있었지만 한 번도 그런 이름이나 그런 공주가 있다는 말을 들어 본 적이 없었던 것이다.

이렇게 이야기를 나누며 걸어가다가 그들은 높다란 산 두 개 사이로 난 골짜기에서 스무 명쯤 되는 목동들이 내려오는 것을 보았다. 그들은 모두 검은 양가죽 조끼를 입고 화관으로 장식하고 있었는데, 나중에 알았지만 어떤 것은 송백으로 또 어떤 것은 삼나무로 엮은 것이었다. 그들 중 여섯 명은 여러 가지 꽃과 나뭇가지로 덮은 관을 들고 왔다.

산양치기 중 하나가 그것을 보고 말했다.

「저기 오는 사람들이 그리소스토모의 시신을 운반하는 자들입니다. 저 산의 발치에 묻어 달라고 했거든요.」

그러자 이들은 좀 더 빨리 도착하려고 걸음을 재촉했는데, 도착했을 때에는 마침 관을 땅에 내려놓고 그들 중 네 명이 날카로운 곡괭이로 단단한 바위 옆에 무덤을 파는 중이었다.

그들은 서로 정중하게 인사를 나누었다. 그런 다음 돈키호테 일행은 관을 들여다보았는데, 관에는 목동 복장을 한 서른 살쯤 되어 보이는 남자의 시신이 갖가지 꽃으로 덮여 있었다. 비록 죽었지만 살았을 때는 미남에 몸매도 멋졌을 것으로 보였다. 관에는 그를 빙 둘러 책 몇 권이 펼쳐져 있거나 덮여 있었고 종이들이 많이 있었다. 이를 보는 사람들이나 무덤을 파는 사람들이나 그 자리에 있던 다른 사람들도 모두 기묘한 침묵을 지키고 있었다. 이 침묵은 시신을 운반해 온 사람들 중 하나가 동료에게 말을 건넬 때까지 계속되었다.

「암브로시오, 잘 보게. 여기가 그리소스토모가 말한 장소인지 말일세. 자네가 고인이 유언으로 남긴 말을 어김없이 지키고 싶다고 했으니 말이야.」

「이곳이 맞네.」 암브로시오가 대답했다. 「여기서 내 가엾은 친구는 자신의 불행을 내게 이야기하곤 했네. 여기서 인간 종족의 불구대천 원수인 그 여자를 처음으로 봤다고 했어. 여기가 또한 정직한 사랑의 마음을 처음으로 그 여자에게 고백했던 곳이었다고 했네. 그리고 마르셀라가 그 친구를 무시하고 환멸을 안겨 준 곳이며, 그가 비극적이고 비참한 삶의 종지부를 찍은 마지막 장소이기도 했네. 그래서 여기에다 그 많은 불운을 기리고자 영원한 망각의 심연에 자기를 묻어 달라고 한 게지.」

그러고서 그는 돈키호테 일행을 바라보며 말을 이었다.

「여러분, 여러분이 동정 어린 눈길로 바라보고 계시는 이 육체는 하늘이 자신의 부를 끝없이 채웠던 영혼이 들어 있던 곳입니다. 바로 그리소스토모의 몸입니다. 그 친구는 재주가 유별했고, 예의범절에서는 독보적이었으며, 용모는 출중했고, 우정에 있어서는 불사조였습니다. 한없이 관대하고, 교만함 없이 진중했으며, 명랑하나 천박하지 않았습니다. 마지막으로 선행에 있어서는 일인자였으며, 불행에 있어서는 비교할 자가 없었습니다. 그는 진정으로 사랑했지만 증오를 받았고, 존경했지만 멸시를 받았습니다. 맹수에게 구애했고 대리석에게 정을 구했으며 바람을 좇아 달렸고 고독에게 외쳤으며 배은망덕한 자를 섬겼던 것입니다. 이에 대한 보상으로 얻은 것은 한창나이에 죽음의 먹잇감이 되는 것이었습니다. 그의 목숨을 앗아 간 건 한 여자 목동이었습니다. 그는 사람들의 기억 속에 그녀가 영원히 살아남도록 무척 애를 썼습니다. 지금 여러분이 보고 계시는 그 종이들이 그 사실을 분명히 알려 줄 것입니다. 자신을 땅에 묻은 뒤에 그것들을 모두 태워 달라고 제게 부탁하지만 않았더라면 좋았을 것을 말입니다.」

「그것을 태운다면 그대는 그 종이의 주인보다 더 혹독하고 잔인한 행동을 하는 셈이 될 거요.」 비발도가 말했다. 「도리에 어긋난 일을 유언으로 남긴 자의 뜻을 그대로 따르는 것은 정당한 일이 아니며 해서도 안 될 일이오. 만일 아우구스투스 황제가 만투아의 시성[156]이 유언으로 남긴 것을 그대로 실행했더라면 그것은 큰 실수였을 거요. 그러니 암브로시오, 그대 친구의 몸은 땅에 묻을지라도 그분이 써놓은 것들을 망각 속에 묻어서는 아니 되오. 친구가 상처를 받아 그런 유언을 남겼는데, 신중하지 못하게 곧이곧대로 해버리는 건 말이 안 되지. 그보다는 그 글들을 살려 두고 본보기로 삼아 살아 있는 사람들에게 마르셀라의 잔인함을 알게 하여 그와 같은 낭떠러지에 두 번 다시 떨어지는 일이 없도록 하는 게 어떻소? 나와 여기 우리 일행은 사랑하다 절망한 그대 친구의 이야기를 이미 알고 있고, 그대의 우정이 깊다는 것도 알며, 죽게 된 사연과 목숨을 끊을 때 남긴 유언 또한 알고 있소. 이 통곡할 만한 이야기로 마르셀라가 얼마나 잔인했는지, 그리소스토모의 사랑은 어땠는지, 그대의 우정이 얼마나 돈독했는지를 알 수 있었지. 그리고 사랑에 미쳐 고삐 풀린 듯이 눈앞에 있는 길만 달리다 보면 결말이 어찌 되는지도 알 수 있었소. 우리는 어젯밤에 그리소스토모가 죽었다는 것과 이 자리에 묻히리라는 걸 알았지. 그래서 호기심 반 동정심 반으로 가던 길을 돌려, 듣기만 해도 가슴이 아픈 이야기를 눈으로 직접 보기 위해 이렇게 오게 된 거요. 이러한 우리의 애도와 선의의 대가로서, 오, 진중한 암브로시오, 간청컨대 그 종이들을 태우지 말고 그중 몇 장만이라도 내게 줄 수는 없겠소?」

그러고는 목동의 대답을 기다리지 않고 손을 내밀어 제일 가까이 있는 몇 장을 집어 들었다. 그것을 보고 암브로시오가 말했다.

「이미 집은 것들은 예의상 드리기로 하지요. 그러나 남은 것들을 태우지 않을 거라는 생각은 부질없는 것입니다.」

---

[156] 베르길리우스를 가리킨다. 그는 자기가 죽은 뒤 자신의 「아이네이스」를 태워 버리라고 했다.

비발도는 무엇이 쓰여 있는지 보려고 얼른 종이 한 장을 펼쳤다. 거기에는 〈절망의 노래〉라는 제목이 적혀 있었다. 암브로시오가 그 제목을 듣더니 말했다.

「그게 이 불행한 친구가 쓴 마지막 글입니다. 그걸 들으면 이 사람이 그때 얼마나 불행했는지 알 수 있을 겁니다. 무덤을 파려면 시간이 걸리니 읽어도 되겠습니다.」

「기꺼이 읽겠소.」 비발도가 말했다.

그 자리에 있던 사람들도 모두 같은 마음이었으므로 그를 빙 둘러섰다. 비발도는 분명한 목소리로 읽어 내려갔다.

14
죽은 목동의 절망에 찬 시들과
예기치 않았던 다른 사건들에 대하여

그리소스토모의 노래

잔인한 사람아, 무정한 네 마음이
이 입에서 저 입으로, 이 사람에서 저 사람으로
알려지게 되기를 너는 원하니
평소와 다른, 지옥 같은 고통으로 뒤틀린
이 목소리에서 나오는 아픈 노랫소리를
나의 슬픈 가슴에 전하도록 하리라.
내 고통과 너의 행실들을
이야기하려는 마음과 함께
내 가공할 목소리에는 격정으로 인해
비참한 애간장의 파편들이 섞여 전달되리라.
그러니 귀 기울여 잘 들으라.
듣기 좋은 소리가 아니라,
내가 좋아 어쩔 수 없이 사랑에 미친 까닭에

너의 경멸로 인해 상처 입은
내 가슴 깊은 곳으로부터
나오는 소음을.

사자의 부르짖음,
사나운 늑대의 무서운 외침,
비늘 가진 뱀의 소름 끼치는 휘파람 소리,
어느 괴물의 절규,
까마귀의 불길한 울음소리,
불안한 바다로 증명된 바람의 윙윙대는 소리,
이미 쓰러진 소의
누그러뜨릴 수 없는 울음소리,
홀로 된 산비둘기 암놈의 애끓는 소리,
시샘받는 부엉이[157]가 구슬피 울어 대는 소리,
어두운 지옥에 우글대는 군상들의 통곡 소리여
이 아픈 영혼과 함께 밖으로 나오라.
모두 한소리로 섞여
모든 감정이 혼란을 일으키니
내게 있는 잔인한 고통을 이야기하려거든
새로운 방법들이 필요하구나.

이러한 혼란스러운 마음에서 나오는 슬픈 메아리를
아버지인 타호 강변의 모래알이나

---

157 새들이 부엉이의 눈을 시기한다는 믿음이 있었다.

이름난 베티스 강가의 올리브 나무는 듣지 못하리라.
이 혹독한 아픔은 저기
높은 바위와 깊은 동굴로 퍼뜨려지리라.
죽은 혀와 살아 있는 말로
어두운 골짜기나,
인적 없고 해마저
빛을 드리우지 않는 황량한 해변이나,
리비아의 들판이 먹여 살리는
표독스러운 야수들 사이로 퍼뜨려지리라.
황량한 황무지에서 내 고통의
거친 메아리들이 세상에 다시없을
너의 매정함을 알리며, 확실치 않게 울린다 할지라도,
짧은 운명을 가진 내 특권으로
세상에 널리널리 퍼뜨려지리라.

매정함은 사람을 죽이고, 인내는 두려움을 주니
의혹은 진실이거나 거짓,
질투는 가장 참혹하게 사람을 죽인다.
오래 보지 못하면 인생은 엉망이 된다.
잊힐까 두려운 마음이
행운의 확실한 희망을 이용하지 못한다.
인정머리 없는 죽음은 어디에나 있다.
그러나 나는 믿기지 않는 기적으로 살아남아
내가 죽지 않았나 하는 의혹 속에서
버림받은 몸으로 부재자로 열심히 살아간다.

그녀가 나를 잊어도 나는 그녀에게 나의 불을 지피고
그 많은 고통 속에서 나의 눈길은
어둠에 잠겨 끝내 희망을 보지 못하여
이제 나도 절망하여 희망조차 찾으려 하지 않으니
아예 불평이나 하면서
그녀 없이 영원히 살 것을 맹세하노라.

두려움의 원인이 이토록 확실한데
한순간이나마 기대하고 두려워하는 일이
설마 잘하는 짓이랴.
지독한 질투가 눈앞에 있어
그것을 봐야 하는데도
영혼에 뚫린 수천의 상처 때문에
나는 두 눈을 감아야 한단 말인가.
여자의 경멸이 드러남을 보고
의혹이, 아 쓰라린 전환이여, 진실로 밝혀지고
순결한 진실이 거짓으로 바뀜을 보고도
불신의 문을 활짝 열지 않을 자 누구인가.
오, 사랑의 왕국의 사나운 폭군인 질투여,
나의 손에 칼을 쥐여 다오!
무정함이여, 목을 맬 밧줄을 다오.
그러나 불쌍한 나! 너에 대한 생각이
잔인하게 승리하여 고통을 질식시키는구나.

결국 나는 죽고 말리라. 살아서도 죽어서도

결코 좋은 일은 바랄 수 없기에
나는 나의 환상 속에 끈덕지게 있을 것이로다.
진심으로 사랑하는 자가 옳다고 말할 것이며
오랜 폭군인 사랑의 영혼에
완전히 굴복한 영혼이 보다 자유롭다 알리리라.
영혼도 몸도 아름다웠던 그녀가
나의 영원한 적이었다고 말하리라.
그녀가 나를 잊는 것은 나의 잘못 때문이며
우리에게 저지르는 나쁜 짓들로 사랑은
자신의 제국을 정당한 평화로 유지한다 말하리라.
이러한 의견과 단단한 밧줄로
나 그녀의 무정함에 의해 이끌려 온
비참한 기한을 독촉해 가면서
도래할 행복의 월계수나 야자수[158]도 없이
나의 영혼과 육신을 바람에 날려 버리리라.

증오스럽고 피곤한 삶
내게 강요하는 이유를
그토록 무분별하게 보여 주는 너,
기꺼이 너의 냉혹함에 바치는
이 깊은 상처의 분명한 모습을 이제 볼 수 있을지니,
우연히 내 죽음 앞에 아름다운 두 눈의
맑은 하늘이 흐려진다 할지라도

---

158 월계수는 영광을 상징하고 야자수는 박수를 의미한다.

그러지 말기를 바라노라.
내 영혼의 찌꺼기들을 네게 주는 일에
네가 만족해야 할 이유가 아무것도 없음을 알라.
오히려 가슴 아픈 순간을 웃음으로,
나의 종말이 너의 축제임을 알라.
이렇듯 이것을 네게 알리는 것도 미련한 짓,
누구나 다 아는 너의 영광은
내 목숨을 이토록 빨리 끊게 만들었다는 데 있음을
나는 알기 때문이노라.

자, 때가 되었으니
탄탈로스는 그대 목마름을 가지고 심연으로부터 오라.
시시포스는 그대 노래의 엄청난 무게를 지고 오라.
티티오스는 그대 매를 데리고 오라.
익시온은 그대 바퀴를 멈추지 말라.
죽어라 일하는 자매들도 일을 멈추지 말라.[159]
이 모든 이들이여, 그대들의 치명적인 아픔들을
나의 가슴에 옮겨 놓기를 원하노라.
그러고는 낮은 목소리로 — 절망한 자에게 당연하듯 —
수의마저 거부하는 육신을 향해
슬프고 고통에 찬 곡을 하기를 원하노라.
세 개의 얼굴을 한 지옥의 문지기와

---

[159] 모두 신화에서 지옥의 고통을 당하는 자들이다. 〈자매들〉은 밑 빠진 용기에 물을 채우는 형벌에 처해졌다.

다른 수천의 요괴들과 괴물들이
가슴 아픈 노래의 경연을 하기를 원하노라.
사랑으로 죽은 자에게
이보다 좋은 의식은 당치 않을지니.

절망의 노래여, 슬픈 내 곁을 떠난다고
한탄하지 말라.
오히려 그대 태어난 이유가 나의 불운으로
더욱 행운을 얻을 테니, 무덤에서조차 슬퍼 말라.

그리소스토모의 시를 듣고 있던 사람들은 시가 참 좋다고 칭찬했으나, 막상 시를 읽은 비발도는 아무래도 그 내용이 마르셀라의 얌전함과 착한 마음씨와는 맞지 않는 것 같다면서, 자신이 들은 것과 달리 시에서는 그리소스토모가 마르셀라의 평판과 명성을 해치며 질투니 의심이니 버림받은 것에 대한 불평을 하고 있다고 했다.[160] 그러자 암브로시오가 자기 친구의 숨겨진 생각까지 알고 있는 자로서 대답했다.

「그 의심을 덜어 드리지요. 이 불행한 친구가 이 시를 썼을 때는 마르셀라로부터 떨어져 있었습니다. 여인과 떨어져 있으면 보통 생기는 일들이 자기에게도 일어나는지 시험해 보려고 했던 거죠. 하지만 그렇게 떨어져 있으니 모든 고통과 두려움이 나타나, 그리소스토모는 마치 사실인 것처럼 질투를 상상하고 의혹을 두려워했던 것입니다. 그러니 얌전하다고 소

---

[160] 「그리소스토모의 노래」의 내용이 실제 그리소스토모가 마르셀라에 대해 친구에게 이야기한 내용과 다르게 표현되어 있다는 말인데, 사실 세르반테스는 이 시를 『돈키호테』를 쓰기 전에 써놓았다가 이후 삽입한 것으로 알려져 있다. 이 부분은 이러한 사실을 변명하기 위한 세르반테스의 변으로 이해하면 좋을 듯하다.

문난 마르셀라의 평판은 사실입니다. 약간 잔인하고 조금 오만하고 아주 인정이 없다는 점을 빼놓는다면 아무리 시기심으로 평가한다 해도 그 여자에게서 흠잡을 데는 전혀 없답니다.」

「그렇군요.」 비발도가 대답했다.

그리고는 불에 넣지 않고 놓아 두었던 종이들 중 다른 한 장을 읽으려 했는데, 갑자기 그들 눈앞에 불가사의한 광경이 ― 그 모습이 그렇게 보였다 ― 펼쳐졌다. 무덤을 파고 있던 바위 꼭대기에 미인이라는 평판을 능가할 정도로 아름다운 여자 목동 마르셀라가 나타난 것이다. 그때까지 그녀를 본 적이 없는 사람들은 입을 다문 채 황홀하게 바라보았고, 이미 여러 번 보아 왔던 사람들 역시 한 번도 그녀를 본 적 없는 사람들 못지않게 넋을 놓고 있었다. 암브로시오만이 그녀를 보자마자 불만스러운 표정으로 소리쳤다.

「오, 이 산중의 지독한 독사께서는 혹시 그대의 잔인함 때문에 목숨을 버린 이 불쌍한 자가 그대를 보고 상처에서 피를 쏟는 것을 확인하러 오셨는가, 아니면 그대의 타고난 성격이 저지른 잔인한 소행을 으스대러 오셨는가, 아니면 인정머리 없는 또 다른 네로처럼 그 높은 자리에서 불타고 있는 로마를 구경하러 오셨는가, 그것도 아니면 아버지 타르키니우스에게 불효녀가 했던 것처럼 이 불쌍한 시체를 오만하게 짓밟아 주려고 오셨는가? 무슨 생각으로 왔는지, 무엇을 바라는지 빨리 말하라. 살아생전 그리소스토모의 생각이 한 번도 그대의 말대로 되지 않은 적이 없다는 것을 내가 알고 있으니, 이 친구는 비록 죽었지만 그의 친구라 자칭하는 이 자리의 모든 사람들이 그대 말에 복종하도록 할 것이다.」

「암브로시오, 저는 지금 말씀하신 그런 생각으로 온 것이 아닙니다.」 마르셀라는 대답했다. 「저는 저 때문에 온 겁니다. 그리소스토모의 죽음과 그의 고뇌가 모두 제 탓이라고 하시는 말씀들이 얼마나 이치에 어긋나는지를 이해시키려 온 겁니다. 여기 계시는 모든 분들에게 간청하오니, 제가 드리는 말씀을 주의 깊게 들어 주시기 바랍니다. 신중한 자들에게 진실을 설득시키는 데는 많은 시간도 많은 말도 필요 없을 것입니다. 여러분께서 말씀하신 대로 하늘은 저를 아름답게 만들어 주셨습니다. 그래서 제가 사랑해 달라 하지 않아도 저의 아름다움이 여러분들의 마음을 움직였습니다. 제게 보여 주신 사랑 때문에 저 역시 여러분을 사랑할 의무가 있다는 말씀을 하시며, 그렇게 해주기를 바라셨습니다. 저는 하느님이 제게 주신 타고난 이해력으로 무릇 아름다운 것은 사랑스럽다는 것을 알고 있습니다. 하지만 아름답기 때문에 사랑을 받는다고 해서 그 역시 자기를 사랑하는 상대를 사랑하지 않으면 안 된다는 것은 납득할 수 없습니다. 더군다나 아름다운 것을 사랑하는 자가 못날 수도 있고, 못난 것은 싫은 것이 당연한 일인데도 〈나는 네가 미인이라서 너를 좋아한다. 나는 비록 못생겼지만 너는 나를 사랑하지 않으면 안 된다〉라고 하는 것은 있을 수 없는 법입니다. 만일 양쪽이 똑같이 아름답다고 하더라도 마음까지 같아야 되는 법은 없습니다. 아름답다고 다 사랑하게 되는 것도 아니니까요. 어떤 아름다움은 눈을 기쁘게 하지만 마음까지 움직이지는 않습니다. 만일 아름답다고 다 사랑하게 된다면 어느 쪽에 마음을 둘지 몰라 헤매고 다닐 것입니다. 아름다운 사람들이 수없이 많으니 사랑하고 싶은 마음도 수없이 많을 수밖에 없을 테니 말입니다. 제가 들은 바로는 진정한 사랑은 결코 나누어지지 않고, 본인의 의사에 따라 결정되며, 강요되는 것이 아닙니다. 이치가 이러하고 저도 그렇게 믿고 있는데, 왜 여러분은 사랑한다는 말 한마디로 제 의지를 굴복시키고자 강요하시는 겁니까? 말씀해 보세요. 하늘이 저를 아름답게 태어나게 해주시는 대신 혹시 못생긴 여자로 만들어 주셨더라면, 저는 여러분들이 저를 사랑해 주지 않는다고 불평을 해도 되는 건가요? 무엇보다 저의 아름다움은 하늘이 베풀어 주신 은혜로, 제가 요구하고 선택했던 것이 아님을 알아주시기 바랍니다. 마치 독사가 독을 갖고 있어서 그 독으로 사람을 죽인다고 하더라도, 그것은 자연이 준 것이니 죄가 되지 않는 것과 마찬가지입니다. 저 역시 아름답다 해서 비난받을 까닭이 없는 것입니다. 정숙한 여자의 아름다움이란 홀로 떨어져 있는 불이나 예리한 칼과 같습니다. 가까이 가지 않는 한 태우지도 않고 상처를 입히지도 않지요. 정조와 미덕은 영혼의 장식물로, 이것이 없으면 비록 육체가 아름답다 하더라도 결코 그렇게 보일 수 없습니다. 정조가 사람의 몸이나 영혼을 장식해 한층 더 아름답게 하는 미덕의 하나일진대, 아름답다고 사랑받는 그 여자가 그 정조를 버려야 할까요? 단지 자신의 쾌락을 위해 모든 힘과 수단을 써서 여자의 정조를 짓밟으려는 자의 뜻에 맞추기 위해서요? 저는 자유롭게 태어났고 자유롭게 살고자 들과 산의 고독을 선택했습니다. 이 산의 나무들이 제 친구들이고 시내의 맑은 물이 제 거울입니다. 저는 나무들과 물에게 제 생각과 아름다움을 이야기합니다. 저는 혼자 떨어져 있는 불이며 멀리 놓아 둔 칼입니다. 저를 보고 사랑을 느낀 사람들에게 저는 말로써 정신을 차리게 했습니다. 사랑하는 마음이 희망으로 지탱된다면, 저는 그리소스토모뿐만 아니라 어느 누구에게도 희망을 준 적이 없으므로 저의 무정함보다도 오히려 그분의 집념이 그분을 죽였다고 말할 수 있을 것입니다. 그런데도 그분의 생각은 순결했다고, 그러니 그분의 생각에 응했어야 했다고 제게 짐을 지우신다면, 말씀드리지요. 지금 그분의 무덤을 파고 있는 바로 그 자리에서 그분이 순수한 뜻을 제게 고백하셨을 때 저는 그분에게 말씀드렸습니다. 제 뜻은 언제까지나 혼자 사는 것이며 땅만이 은둔의 열매와 제 아름다움의 부산물들을 즐길 수 있다고 말입니다. 희망이 없는데도 불구하고 그분이 끝내 고집을 부리고 바람에 대항하여 항해하셨던 거라면, 결국 자기의 정신 나간 짓으로 바다 한가운데 빠져 버린 게 아니고 뭐겠습니까? 제가 그분과 놀아났다면 그건 거짓이었을 것이고 그분을 만족시켜 드렸다면 그건 제 뜻과 의도에 반하는 행동이었을 것입니다. 그분은 제가 분명히 거절했는데도 단념하지 않으셨고, 제가 증오하지 않았는데도 혼자 절망하신 겁니다. 이래도 그분의 고통이 저의 잘못인가요? 속았다면 불평해도 좋고, 분명히 약속한 희망에 배신당했다면 얼마든지 절망해도 좋습니다. 제가 부른 자라면 믿어도 좋고, 제가 받아들인 자라면 우쭐해도 좋습니다. 그러나 제가 약속도 하지 않았고 속이지도 않았고 부르지도 않았으며 받아들이지도 않은 사람에게서 잔인하다느니 살인자라느니 하는 말을 듣고 싶지는 않습니다. 하늘은 아직까지 제가 운명으로 사랑을 하기를 원하지 않으시며, 사람을 골라 사랑해야겠다는 마음도 제게는 없습니다. 이렇게 말씀드리는 이유는, 자신의 사욕을 채우고자 제게 사랑을 구애할 분들이 모두 들어 주셨으면 해서입니다. 그리고 앞으로 저 때문에 죽는 사람이 있더라도 질투나 불운으로 인한 것이 아니라는 것을 알아주셨으면 합니다. 누구도 사랑하지 않는 자는 누구에게도 질투를 일으키지 않기 때문입니다. 현실을 제대로 인식한 사람이라면 스스로 버림받았다고 생각할 수 없습니다. 저더러 야수나 치명적인 뱀이라고 하시는 분은, 저를 그냥 해되는 나쁜 여자로 치부해 버리십시오. 제가 배은망덕하다고 하시는 분은 제게 잘해 주지 마십시오. 제가 감사할 줄 모르는 여자라고 말하는 분은 저를 알려고 하지 마십시오. 제가 잔인하다고 하시는 분은 제 뒤를 따라다니지 말아 주십시오. 야수에, 치명적인 뱀에, 은혜를 모르고, 무정하고 감사할 줄 모르는 이 여자는 무슨 일이 있어도 당신들을 찾지 않고, 섬기지도 않으며, 알려고도 하지 않고, 따라다니지도 않을 것입니다. 그리소스토모를 죽인 것은 그의 초조함과 무모한 욕망이었거늘, 어찌하여 저의 정결한 행동과 신중함을 죄라고 하시는 겁니까? 저는 나무들을 벗 삼아 순결을 지키려 하는데, 남자들에게서 순결을 지키기를 요구하면서, 또 그것을 잃도록 하는 건 도대체 무엇 때문입니까? 아시다시피 전 재산이 있으며 남의 것을 욕심내지 않습니다. 저는 자유로워 남에게 속박되는 것이 싫습니다. 아무도 사랑하지 않으며 아무도 증오하지 않습니다. 이자를 속이고 저자에게 구애하지도 않습니다. 누구를 우롱하지도 다른 사람과 놀아나지도 않습니다. 이 근처 마을에 사는 아가씨들과 정겨운 대화를 나누고, 제 산양을 돌보는 것으로 소일합니다. 제가 원하는 것은 이 산 주위에 다 있습니다. 제가 이곳 밖에서 원하는 일이 있다면 그건 하늘의 아름다움을 바라보는 것, 즉 태초의 거주지로 향하는 영혼의 발걸음뿐이랍니다.」

이 말을 마치는 즉시 그녀는 어떤 대답도 들으려 하지 않고 등을 돌려 그곳에서 가까운 산, 가장 우거진 곳으로 들어가 버렸다. 거기 있던 사람들 모두 그녀의 아름다움과 조신함에 감탄했다. 그중 몇 사람, 그녀의 아름다운 눈빛이 쏜 강력한 화살에 상처 입은 사람들은 그때까지 들은 명백한 선언에 아랑곳없이 그녀의 뒤를 쫓아갈 기미를 보였다. 그러한 모습을 본 돈키호테는 이번이야말로 기사도를 발휘하여 곤경에 빠진 처자를 구해야 할 때라 생각하고 칼자루를 잡으며 크고 분명하게 외쳤다.

「어떤 신분이나 직분의 고하를 막론하고 누구라도 아름다운 마르셀라의 뒤를 쫓을 생각은 마시오. 그러지 않을 경우 나의 분노를 각오하시오. 저 처자는 분명하고도 충분하게 그리소스토모의 죽음과 자기는 아무런 상관이 없음을 밝혔소. 자신을 사랑하는 어느 누구의 욕망도 전혀 거들떠보지 않을 것임을 분명히 말했소. 그러므로 그녀는 누군가에게 쫓기기는커녕 세상의 모든 착한 사람들로부터 추앙받고 존경받아야 마땅하오. 세상에서 오직 그녀만이 그토록 정결한 마음으로 살고 있음을 보여 주기 때문이오.」

돈키호테의 위협 때문이었는지, 아니면 좋은 친구에 대한 의무를 다하자고 암브로시아가 이야기했기 때문이었는지 목동들 중 어느 누구도 그 자리를 뜨지 않았다. 무덤을 다 파고 그리소스토모의 종이들을 모두 태운 뒤, 사람들의 통곡 속에 그들은 친구의 몸을 무덤에 내려놓았다. 비석이 완성될 때까지는 임시로 큰 바위로 무덤을 덮어 두었는데, 암브로시오가 말한 바에 의하면 비석에는 다음과 같은 비문을 새길 예정이었다.

이곳에 사랑한 자의
차갑고 가엾은 육신이 누워 있노라.
목동이었으나
냉정함에 목숨을 잃은 사람.
정을 모르는 아름다운 여인의
가혹하고 무정한 손에 죽었으니,
이자로 인해 폭군인 사랑의 신은
자신의 제국을 넓혔노라.

사람들은 무덤 위로 꽃과 꽃다발을 수없이 뿌린 다음 고인의 친구 암브로시오에게 조의를 표하고 헤어졌다. 비발도와 그의 일행도 그렇게 했고, 돈키호테 또한 자기를 환대해 준 사람들과 길 가던 사람들에게 작별을 고했다. 길 가던 사람들은 돈키호테에게 자기들과 함께 세비야로 가지 않겠느냐고 제안했다. 세비야는 모험을 하기에 다른 어떤 곳보다 좋은 장소로, 길마다 모퉁이마다 사건이 일어난다면서 말이다. 돈키호테는 정보를 주고 용기도 준 데 감사하다고 하고서는, 이곳 산악 지대에 득실거리기로 유명한 사악한 산적들의 손아귀로부터 이곳을 탈환할 때까지는 당분간 세비야에 갈 생각이 없으며, 가서도 안 된다고 말했다. 돈키호테의 훌륭한 결심을 알자 사람들도 더 이상 그를 조르지 않았다. 그들은 다시

작별 인사를 하고 돈키호테를 뒤에 남겨 놓은 채 길을 떠났다. 마르셀라와 그리소스토모의 사연에서 돈키호테의 광기에 이르기까지, 가는 동안 그들에게는 이야기할 거리가 많았다. 한편 돈키호테는 여자 목동 마르셀라를 찾아가서 힘닿는 대로 그녀를 도와주겠다는 제의를 할 마음을 먹었다. 하지만 이 진실된 이야기에 실린 내용을 보면 그가 생각한 대로 일은 벌어지지 않았다. 여기서 이야기는 제2부를 맺고 있다.

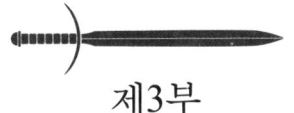

제3부

돈키호테와 산초는 당나귀와 로시난테를 풀어 그 근처에 무성하게 자라고 있던 풀을 실컷 뜯어 먹게 했는데……

「나는 혼자 1백 명이라도 당해 낼 수 있네.」 돈키호테는 칼을 뽑아 갈리시아인들에게 덤벼들었지만……

「편력 기사에게 이런 일이 자주 일어나는지, 아니면 일정한 기간에만 일어나는지 말씀 좀 해주세요, 나리.」

사랑에 빠진 돈키호테와 한 여인, 거기에 마부까지 가세하자 침대는 그만 견디지 못하고 무너져 내렸다.

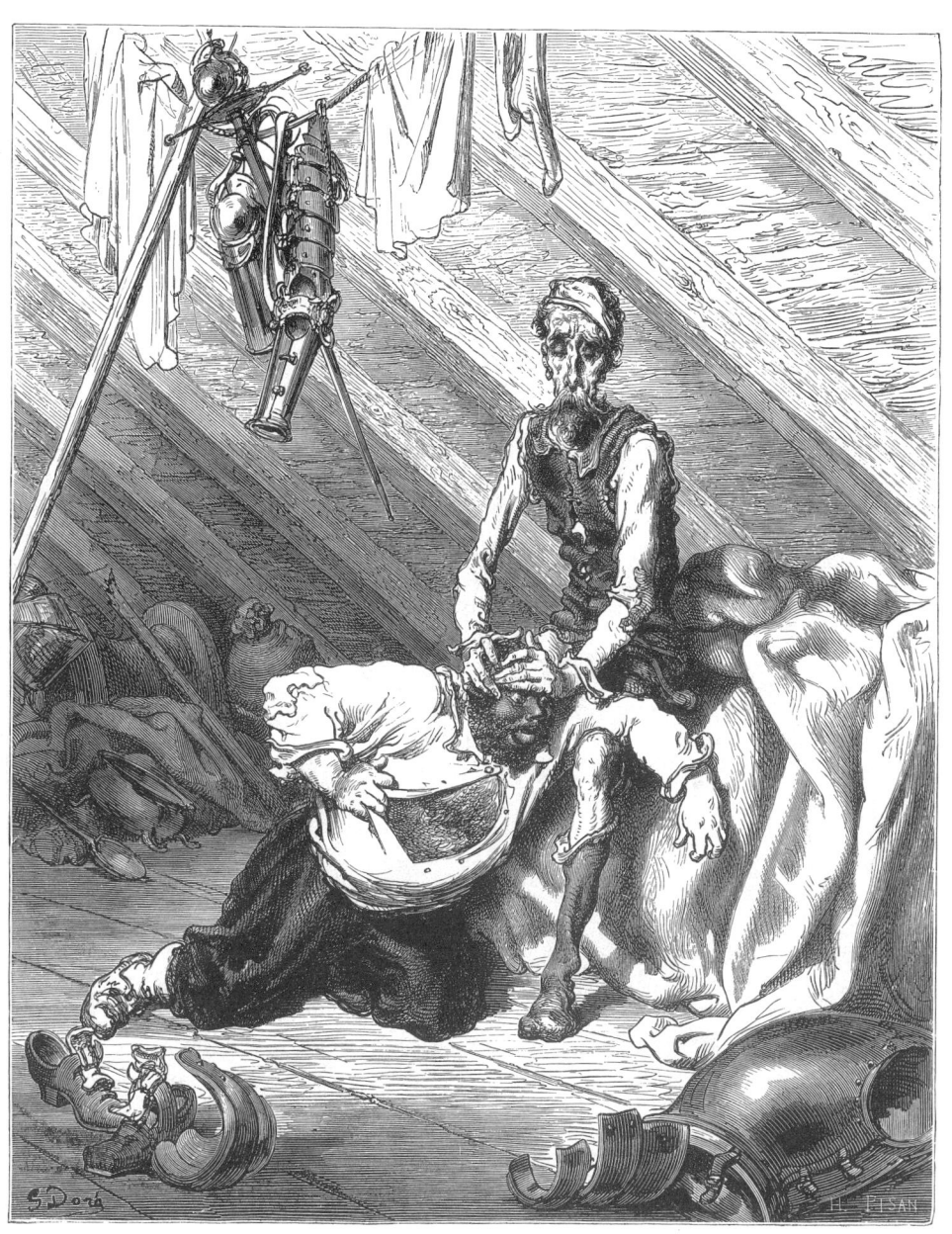

「내가 보건내 산초, 자네는 아직 정식 기사가 아니라서 그런 고통을 겪는 것 같네.」

「여기가 성이 아니고 객줏집이라면, 지금 할 수 있는 일은 계산에 대해서 눈감아 달라고 부탁하는 것뿐이오.」

집 주위를 돌던 논키호테는 그다지 높지 않은 마당의 담 너머로 자기 종자를 장난감 삼아 하고 있는 괘씸한 놀이를 목격하고 말았다.

「제발 돌아오세요, 나리. 상대는 군대가 아니라 양 떼입니다요! 이게 무슨 미친 짓입니까요?」

그날 밤, 정말 거짓말 하나 보태지 않은, 그야말로 진짜 모험 같은 모험이 그들에게 일어났다.

오, 독자여! 부디 실망하시거나 화내지 않으시길!
그 광경을 본 돈키호테는 말문이 막히고 머리끝에서 발끝까지 온몸이 굳어 버렸다.

「각자 저지른 죄에 대해서는 저세상에서 벌을 받으면 되는 것이니 이들을 풀어 주시오.」

「천한 인간들에게 잘해 주는 것은 바다에 물을 붓는 격이라더니, 자네의 말을 들을 걸 그랬군.」

산으로 들어간 돈키호테는 그 비슷한 곳에서 편력 기사들에게 일어났던 기막힌 사건들을 떠올리며 황홀해했다.

돈키호테와 산초는 자그마한 산 위에서 한 남자가 온통 찢어진 옷을 입고 머리를 산발한 채 이상할 정도로 가볍게 뛰어다니는 모습을 발견했다.

「나리, 우리 둘이서 한 미친놈을 찾겠다고 이 길도 절도 없는 산속을 헤매는 게 그 훌륭한 기사의 법도란 말씀입니까요?」

「편력 기사가 이유가 있어서 미친다면 감사할 일이 뭐가 있겠나. 핵심은 아무런 이유도 없이 미치는 데 있는 것이야.」

15

돈키호테가 포악무도한 양구에스[161]들과 만났을 때 당한 불행한 모험에 대한 이야기

현자 시데 아메테 베넹헬리의 이야기에 따르면, 돈키호테는 자기들을 손님으로 받아 준 사람들 그리고 목동 그리소스토모의 장례식에서 만났던 사람들과 작별을 하자 곧이어 산초와 함께 여자 목동 마르셀라가 사라진 그 숲 속으로 들어갔다고 한다. 두 시간 이상 그녀를 찾아 온통 헤맸으나 결국 찾아내지 못하고 싱싱한 풀이 가득한 풀밭에 이르게 되었다. 옆에는 시원한 시냇물이 조용히 흐르고 있었다. 그 장소가 썩 마음에 드는 데다 엄청 더워지기 시작한지라 그곳에서 낮잠 시간을 보내야겠다는 마음이 강렬하게 일었다.

돈키호테와 산초는 말에서 내린 다음 당나귀와 로시난테를 풀어 그 근처에 무성하게 자라고 있던 풀을 실컷 뜯어 먹게 했다. 그들도 자루를 뒤져 예의 같은 건 차릴 것 없이 거기 있던 것을 사이좋은 주인과 하인으로

---

161 *yangües*. 현재 스페인의 소리아와 세고비아 지역에 사는 사람들을 이르는 말이다. 이어지는 내용에서 보게 되겠지만 『돈키호테』 초판에서는 이들을 〈갈리시아인〉이라고 부르며 제10장과 제15장의 부제에서만 〈양구에스〉라고 표현했다. 두 번째 판부터 〈갈리시아인〉이라는 말은 사라지고 〈양구에스〉로만 부르고 있다.

평화롭게 먹었다.

　로시난테가 아주 순할 뿐만 아니라 코르도바 목장의 암말들이 전부 몰려들어도 불길한 일이 일어나지 않을 정도로 도무지 색정이라는 것을 모르는 놈이라는 것을 알고 있던 산초는 말을 매어 둘 생각도 하지 않은 채 마음 놓고 있었다. 그런데 재수가 없었는지, 늘 잠만 자고 있지는 않은 악마가 그쪽 계곡으로 갈리시아의 마부들을 보내 갈리시아 조랑말 무리를 풀어 풀을 뜯게 하고 말았다. 풀과 물이 있는 곳에서 말과 함께 낮잠을 자는 것이 이 마부들의 습관이었기 때문이다. 우연히도 돈키호테가 있던 장소가 갈리시아 마부들의 목적에 제대로 맞아떨어진 곳이었다.

　그런데 로시난테에게 문득 이 조랑말 부인들과 재미를 봐야겠다는 생각이 떠오른 것이다. 암말 냄새를 맡자마자 그는 원래의 걸음걸이와 습관을 깨뜨리고 주인의 허락도 없이 총총걸음으로 자기의 욕망을 그녀들에게 전하러 갔다. 하지만 보아하니 암말들은 다른 일보다 풀 뜯는 일이 더 좋았던지 발굽으로 로시난테를 걷어차고 이빨로 물어뜯어, 순식간에 뱃대끈이 찢어지고 안장이 날아가 로시난테는 발가숭이가 되고 말았다. 게다가 훨씬 더 유감스러운 일이 벌어지고 말았으니, 마부들이 자기들 암말에게 행한 무례함을 보고는 말뚝을 들고 와서 로시난테를 사정없이 두들겨 패 땅바닥에 만신창이로 쓰러뜨려 놓은 것이다.

　그제서야 로시난테가 맞고 있는 것을 발견한 돈키호테와 산초는 숨을 헐떡이며 달려갔다. 돈키호테는 산초에게 말했다.

　「내가 보건대 산초, 이들은 기사가 아니네. 비천한 인간에 형편없는 가문의 사람들이야. 내가 이렇게 말하는 것은 우리 눈앞에서 로시난테에게 가해진 이 모욕에 대한 마땅한 보복에 자네도 도움을 줄 수 있다는 것을 알리고자 함이네.」

　「아니, 무슨 놈의 보복이래요? 이자들은 스무 명이 더 되고 우리는 둘

밖에 안 되는데. 아니, 어쩌면 한 사람 반밖에 안 되는데 말이지요.」

「나는 혼자 1백 명이라도 당해 낼 수 있네.」 돈키호테가 대답했다.

그런 다음 더 이상 말을 않고 칼을 뽑아 갈리시아인들에게 덤벼들었다. 산초 판사도 주인의 본보기에 용기를 얻어 그와 같이 행동했다. 돈키호테는 느닷없이 한 사람을 칼로 후려쳐 그가 입고 있던 가죽옷을 갈라 등에 상당히 큰 상처를 입혔다.

갈리시아인들은 자기편이 많은데도 두 사람한테 당하고 있다는 것을 알자 말뚝을 들고 둘을 에워싸 사정없이 마구 때리기 시작했다. 사실, 몽둥이 두 방에 산초는 땅에 쓰러졌고 돈키호테도 같은 꼴이 되었다. 그의 수완과 용기는 아무 쓸모가 없었다. 운명은 그를 아직도 쓰러진 채 일어나지 못하고 있는 로시난테의 발치에 나가떨어지도록 했다. 화가 난 촌사람들이 그들에게 얼마나 격렬하게 말뚝을 휘둘렀는지 알 만하다.

갈리시아 사람들은 자신들이 저지른 행패를 깨닫고 서둘러 말에 짐을 실은 다음 형편없이 처참한 몰골의 두 모험가를 남겨 놓은 채 가던 길을 재촉했다.

먼저 고통을 호소한 쪽은 산초 판사였다. 그는 주인 옆으로 기어가서는 아파 끙끙대는 목소리로 말했다.

「돈키호테 나리! 아이고, 돈키호테 나리!」

「왜 그러는가, 산초?」 돈키호테 역시 산초와 같이 연약하고 고통스러운 목소리로 대답했다.

「될 수만 있다면, 나리⋯⋯.」 산초가 말했다. 「그 못생긴 브라스의 물약[162]을 두 모금만 주셨으면 합니다요. 나리께서 갖고 계시다면 말이죠. 아마

---

[162] 제10장에서 돈키호테가 얘기했던 피에라브라스의 향유를 말한다. 산초는 이 이름을 제대로 기억하지 못해 〈피에라〉 대신, 못생겼다는 의미의 〈페오 *feo*〉로 발음한 것이다.

상처에 잘 듣듯이 뼈가 부러진 데도 잘 듣겠지요.」

「내가 지금 그것을 갖고 있다면야 무슨 문제가 있겠는가?」 돈키호테가 대답했다. 「그러나 산초 판사여, 나는 편력 기사의 명예를 걸고 운명이 다른 일을 만들지 않는 한 이틀 안에 그 약을 손에 넣을 것을 자네에게 맹세하지. 그러지 않으면 나는 아주 얼빠진 놈이 되는 게야.」

「그럼 나리, 우리 발은 며칠이 지나야 움직일 수 있을 거라고 생각하시나요?」 산초 판사가 물었다.

「내가 알 수 있는 것은……」 녹초가 된 돈키호테가 대답했다. 「그것은 알 수가 없다는 거네. 하지만 모든 게 내 잘못이라는 건 알고 있네. 나와 달리 기사 서품을 받지 않은 자들을 상대로 칼을 잡아서는 아니 되었던 게야. 기사도의 규칙을 어긴 죄로 전투를 관장하시는 신이 내게 이런 벌을 내리신 것이 틀림없네. 그러니 산초 판사여, 지금 내가 하는 말을 명심해 두는 게 좋을 걸세. 우리 두 사람의 건강을 위해 아주 중요한 것이니 말이지. 앞으로는 이처럼 천박한 자들이 우리를 모욕하거든 내가 칼을 뽑기를 기다리지 말고 자네가 칼을 빼서 신물이 날 정도로 벌을 주도록 하게. 나는 그놈들을 상대하지 않을 것이니 말일세. 만일 그들을 돕고 보호해 주고자 기사들이 온다면 그때는 나도 온 힘을 다하여 자네를 보호하고 그놈들에게 욕을 보일 것이네. 자네는 이미 나의 이 강한 팔의 용기가 어디까지 미치는지를 수천 가지 증거나 경험으로 보지 않았나.」

이 불쌍한 기사는 용감한 비스카야인을 이기고 나서 이렇게 오만해져 있었다. 하지만 산초 판사는 자기 주인의 경고가 썩 마음에 들지 않았기에 잠자코 있을 수가 없었다.

「나리, 저는 평화롭고 온순하고 조용한 사람입니다요. 그리고 어떤 모욕도 참을 줄 압니다요. 그건 먹여 살려야 하는 처자가 있기 때문이죠. 그래서 말씀인데요, 제가 나리께 명령을 드릴 수 있는 입장은 아니고 그저 충고가 되었으면 싶어 드리는 말씀인데요. 저는 상대가 천한 자든 기사든 어떠한 일이 있어도 절대로 칼에 손을 대지 않겠다는 겁니다요. 이 순간부터 하느님 앞에 설 때까지, 여태까지 당한 모욕과 당할 모욕과 당할지도 모를 모욕과 당했을지도 모를 어떤 종류의 모욕이건, 상대의 신분이 높건 낮건, 부자건 가난뱅이건, 귀족이건 평민이건, 신분이나 지위 고하에 관계없이 모두 용서해 줄 거라는 겁니다요.」

주인은 이 말을 듣고 대답했다.

「좀 더 편안하게 말할 수 있도록 숨 좀 돌리고 싶군. 자네가 무슨 실수를 하고 있는지 가르쳐 주려면 갈비뼈의 통증이 좀 가라앉아야 할 테니 말이야. 이리 좀 와보게, 죄 많은 사람아. 지금까지 역으로 불던 운명의 바람이 방향을 틀어서 희망에 돛을 단 듯 우리를 데리고 가 자네에게 약속한 섬들 중 어느 한 섬의 항구에 아무런 어려움 없이 닿게 한다면, 그리고 내가 그 섬을 얻어 자네를 그곳 주인으로 앉히면, 자네는 어떻게 할 것 같은가? 자네는 기사가 아니고 기사가 되고 싶지도 않고, 자네가 당한 모욕을 복수할 뜻도 자네의 영지를 지킬 용기도 없으니 그렇게 하지 않겠다는 건가? 새로 정복한 왕국이나 영지의 사람들은 마음이 결코 그리 평화롭지 않고, 새로 온 주인의 편도 아니라는 걸 알아야 되네. 그들은 세상을 바꾼다며 새로운 일을 하려는 데 대한, 말하자면 다시 운명을 시험하는 것에 대한 두려움이 있다네. 그러니 새로운 통치자에게는 다스릴 줄 아는 지혜와 함께 어떤 일이 일어나더라도 공격하고 방어할 수 있는 용기가 필요하다는 말일세.」

「방금 저희한테 일어난 이 일에서는요…….」 산초가 대답했다. 「나리께서 말씀하시는 그런 지혜니 그런 용기를 저도 갖고 싶습니다요. 하지만 진정 불쌍한 이 사람이 맹세하는데요, 제게는 말씀보다 약이 더 필요합니다요. 나리께서는 일어나실 수 있으신지 한번 보세요. 로시난테를 도와줘야 할 것 같거든요. 이 모든 괴로움의 주된 원인이 저놈인지라 실은 그럴 가치도 없지만 말입니다요. 로시난테가 그런 놈인 줄 저는 정말 몰랐습니다요. 저처럼 평화롭고 순진한 놈으로 봤거든요. 여하튼 누굴 제대로 알려면 오랜 시간이 걸린다느니, 이 세상에 확실한 것은 아무것도 없다느니 하는 말이 맞네요. 정말이지 나리께서 그 불행한 편력 기사에게 엄청난 칼질을 한 다음, 이어서 부랴부랴 우리 등판에 이런 무시무시한 몽둥이질이 태풍처럼 올 줄 누가 알았겠습니까요?」

「산초, 그래도……」 돈키호테가 대답했다. 「자네의 등판은 그런 태풍을 버틸 수 있게 되어 있겠지만 내 등판은 옥양목과 네덜란드산 천[163]에 싸여 자란 탓에 이 재앙의 고통을 한층 예리하게 느낄 것이 분명하네. 만일 이러한 고생들이 기사도 수행에 없어서는 안 될 일이라고 생각하지 않는다면 ─ 이건 생각이 아니라 분명한 사실이긴 하지만 ─ 아마 나는 분통이 터져 이 자리에서 죽고 말았을 걸세.」

이 말에 종자가 대답했다.

「나리, 이런 불행들이 기사도 수행 때문이라면, 이런 일이 아주 자주 일어나는 것인지, 아니면 일정한 기간에만 일어나는 것인지 말씀 좀 해주세요. 하느님께서 한없는 자비로 저희들을 구해 주지 않으시면 세 번째는커녕 두 번의 수행만으로 아예 쓸모없는 인간들이 될 것 같아서 말입니다요.」

「산초여, 자네가 알아 둘 게 있네.」 돈키호테가 대답했다. 「편력 기사의 삶은 수천 가지 위험과 불행에 노출되어 있다네. 그래야 편력 기사들이 왕이나 황제가 될 수 있는 게야. 내가 익히 알고 있는 이야기 속의 기사들이 행한 많고도 다양한 체험담이 그런 사실을 보여 주고 있지. 이렇게 아

---

163 부자들이 두르던 고급 천.

프지만 않았어도, 단지 자기 팔의 힘 하나로 내가 말한 높은 지위에 오른 기사들에 대해 이야기해 줄 수 있을 텐데 말일세. 그런 사람들 역시 그런 지위에 오르기 전이나 후에 많은 재난과 고통을 겪었지. 용감한 아마디스 데 가울라가 그의 철천지원수인 마법사 아르칼라우스의 포로가 되었을 때, 마법사는 그를 뜰 기둥에 묶어 놓고 말고삐로 2백 대를 넘게 때렸다고들 하네. 그리고 익명의 작가가 한 믿을 만한 이야기로, 기사 페보는 어떤 성에서 발밑에 파놓은 함정에 떨어져 손발이 꽁꽁 묶인 채 땅속 깊은 구덩이에 있었다는군. 그런데 거기에다 사람들이 눈 녹인 물과 모래를 부어 대는 통에 하마터면 목숨을 잃을 뻔했다지 뭔가. 만일 그 위급한 순간에 그의 친구인 현자가 구해 주지 않았더라면 이 가련한 기사는 못 볼 꼴을 당했을 거라는 말이네. 그 정도니 나야 지금은 좋은 사람들 틈에서 잘 지내고 있는 셈이지. 그 기사들이 받은 모욕은 우리들이 지금 여기서 받은 것과는 비교할 수 없을 정도로 컸으니 말이야. 산초여, 자네가 알았으면 하는 것은, 어쩌다 손에 들린 도구에 입은 상처로는 결코 모욕을 받았다고 할 수 없다는 것일세. 이런 사실은 결투 규정에 분명하게 쓰여 있네. 따라서 구두 만드는 사람이 손에 들고 있던 구두칼로 다른 사람을 때렸다면, 사실 그것이 몽둥이로 사용된 것이 틀림없다고 해도 맞은 사람이 몽둥이질을 당했다고는 하지 않지. 이 말을 하는 이유는, 우리가 이번 싸움으로 죽사발이 되었어도 우리가 모욕을 당한 것이라고 생각하지 말라는 거라네. 그들이 우리를 짓이긴 무기들은 다름 아닌 그들이 쓰는 말뚝이었을 뿐, 어느 누구도 대검이나 칼이나 단검을 가지고 있지 않았던 것으로 기억하니 말일세.」

「저는 거기까지 살펴볼 겨를이 없었습니다요.」 산초가 대꾸했다. 「칼에 손을 대자마자 소나무로 제 어깨를 후려치는 바람에 앞이 깜깜해지고 다리 힘도 풀려 지금 제가 누워 있는 이 자리에 쓰러지고 말았습니다요. 그 말뚝 찜질이 모욕이었는지 아니었는지 전혀 생각할 필요가 없는 이 자리로 말입니다요. 두들겨 맞은 게 너무 아파서 매질은 제 등판만이 아니라 기억에도 확실하게 새겨질 겁니다요.」

「그렇다 하더라도 자네가 알아 둬야 할 것은, 판사여……」 돈키호테가 말했다. 「세월과 함께 잊히지 않는 기억은 없고, 죽음과 함께 끝나지 않는 고통은 없다는 걸세.」

「아이고, 그렇게 불행할 수가!」 판사가 대답했다. 「기억이 잊히도록 세월을 기다려야 하고 고통을 끝내 주는 죽음을 기다려야 한다니 말입니다요. 우리의 이 불행이 고약 두어 개로 나을 만한 것이라면 그렇게 나쁠 것도 없지만, 제가 보기에는 의원에 있는 고약을 다 써도 이 불행을 제대로 잡기는 힘들 것 같습니다요.」

「이제 그 얘기는 그만하세. 힘이 없겠지만 힘을 내게, 산초.」 돈키호테가 대답했다. 「나도 그렇게 할 테니 말일세. 그리고 로시난테가 어떤지 보자고. 불쌍한 녀석, 이놈은 이런 재난을 당할 아무런 잘못도 하지 않았는데.」

「그러실 필요 없습니다요.」 산초가 대답했다. 「그놈은 아주 훌륭한 편력 기사니까요. 다만 놀라운 건, 우리는 갈빗대가 부러졌는데 제 당나귀 놈은 아무 일 없이 무사하다는 겁니다요.」

「운이라는 것은 불행 속에서도 빠져나갈 문을 항상 열어 놓지. 불행을 해결하라고 말일세.」 돈키호테가 말했다. 「내가 이런 말을 하는 것은, 이 못난 짐승이 지금 로시난테를 대신할 수 있을 것이기 때문이지. 내 상처를 치료할 어느 성으로 나를 태워 가도록 말일세. 더군다나 나는 이런 짐승을 타고 가는 것을 불명예로 여기지 않을 걸세. 쾌활한 웃음의 신[164]을 양

---

164 웃음과 술의 신인 바쿠스, 즉 디오니소스를 말한다.

육하고 가르친, 사람 좋은 노인인 실레노스도 1백 개의 문을 가진 도시[165]로 들어갈 때 아주 아름다운 당나귀를 타고 무척 즐거워하며 갔다고 읽은 기억이 있거든.」

「나리께서 말씀하신 대로 그 사람이 당나귀를 타고 갔다는 건 사실이겠지만요…….」 산초가 대답했다. 「기사답게 버젓이 타고 가는 것과 쓰레기 부대처럼 옆으로 얹혀 가는 것과는 큰 차이가 있습니다요.」

이 말에 돈키호테가 대답했다.

「전투에서 얻은 상처는 명예를 떨어뜨리기는커녕 오히려 더하는 법이지. 그러니 판사여, 이제 말대꾸 그만하고 내가 아까 말한 대로 어떻게든 일어나서, 자네가 보기에 가장 좋은 방법으로 나를 자네 당나귀에 좀 태워 주게. 밤이 되어 인적 없는 이런 곳에서 강도나 당하기 전에 어서 여기를 떠나도록 하세.」

「하지만 제가 나리께 듣기로는…….」 산초가 말했다. 「편력 기사들은 1년의 대부분을 황무지와 사막에서 자는 게 지극히 당연한 일이며 그렇게 지내는 것을 무엇보다도 행복하게 생각한다고 하셨는데요.」

「그것은 말이지…….」 돈키호테가 말했다. 「달리 방도가 없다거나 사랑에 빠져 있을 때나 그렇게 한다고 했던 게야. 그리고 실제 그런 일이 있었지. 2년 동안 하늘의 무자비를 견뎌 내며 해가 나나 흐리나 바위에서 보낸 기사가 있었네. 그가 사랑하는 귀부인은 이런 사실을 알지도 못했지. 그들 중 한 사람이 아마디스인데 그는 자기 이름을 벨테네브로스로 바꾸고는 포브레 바위에서 8년인지 8개월인지 잘 모르겠지만 여하튼 있었다는 거야. 오리아나 공주가 어떤 일로 그의 마음을 상하게 했는지는 몰라

---

[165] 호메로스가 이집트의 테바 시를 가리켜 〈1백 개의 문을 가진 도시〉라고 했다. 아마 세르반테스는 디오니소스의 조국인 베오치아의 테바와 헷갈린 듯하다.

도 중요한 건 그가 거기서 속죄를 위한 고행을 했다는 거지. 하지만 이제 이 이야기는 그만두고 산초, 이 당나귀에게도 로시난테에게 일어났던 불상사가 일어나기 전에 일을 마치도록 하세.」

「그러면 또 큰일 나는 거죠.」 산초가 말했다.

그러고는 서른 번의 〈아이고〉와, 예순 번의 한숨과, 자기를 이런 곳에 데리고 온 사람에 대한 백스무 번의 저주와 욕을 내뱉으면서 일어났지만, 몸을 곧게 펼 수가 없어서 마치 터키의 활[166]처럼 등을 구부정하게 굽힌 채로 길 한가운데 서 있었다. 그러다가 그는 젖 먹던 힘까지 내서 자기 당나귀에 안장을 얹었다. 당나귀는 그날 자유롭게 딴 데 정신을 팔고 실컷 나돌았던 터였다. 그리고 나서 그는 로시난테를 일으켰는데, 말에게 만일 혀가 있었더라면 산초나 주인에게 뒤지지 않을 만큼 투덜댔을 것이다.

결국 산초는 돈키호테를 당나귀 위에 얹고 로시난테는 그 뒤에 밧줄로 묶은 뒤 당나귀의 고삐를 잡고 큰길이 나올 만한 곳으로 얼마쯤 걸어갔다. 행운이 따랐는지 얼마 걷지도 않았을 때 길을 만날 수 있었다. 산초는 길가에서 객줏집 하나를 발견했는데, 산초에게는 괴로운 일이었지만 돈키호테에 따르면 그것은 성이어야만 했다. 산초는 객줏집이라고 고집을 피웠고, 주인은 그게 아니라 성이라고 고집을 피웠다. 서로의 주장이 끝장을 보기 전에 그들은 그곳에 도착했다. 산초는 더 알아볼 필요도 없이 당나귀와 말을 이끌고 안으로 들어갔다.

---

166 터키 활은 아주 많이 굽고 굉장히 길어 활을 쏘기 위해서는 한쪽을 바닥에 대야 한다.

16

기발한 이달고가 성이라고 상상한 객줏집에서 당한 사건에 대하여

당나귀 위에 쓰러져 있는 돈키호테를 본 객줏집 주인은 어디가 아파서 그러느냐고 산초에게 물었다. 산초는 그냥 바위에서 떨어져 갈비뼈가 약간 주저앉았을 뿐이라고 대답했다. 객줏집 주인에게는 아내가 있었는데, 객줏집을 하는 여느 여자들과는 달리 천성적으로 정이 많고 자기 이웃의 재난에 가슴 아파하는 그런 여자였다. 그래서 곧장 돈키호테의 상처를 치료하러 왔을 뿐만 아니라 자기의 딸인 아주 예쁘고 젊은 아가씨도 손님을 치료하는 일을 거들게 했다. 그리고 그 객줏집에는 얼굴이 넓고 목덜미가 짧고 코가 납작하고 한쪽 눈은 사팔뜨기이고 다른 한쪽 눈은 별로 건강해 보이지 않는, 아스투리아스[167]에서 온 처녀가 일하고 있었다. 그녀의 멋진 몸매가 그녀의 다른 부족한 점들을 보완해 준 건 사실이다. 그녀는 발바닥에서 머리까지 7팔모[168]도 안 되는 데다가 너무나 짐이 되는 등

---

167 Asturias. 스페인 열일곱 개의 자치 지역 가운데 하나로 스페인 북쪽 중앙에 자리 잡고 있다.
168 *palmo*. 1팔모는 약 21센티미터이다. 그로테스크한 과장과 반어법을 통한 희극성이 두드러지는 대목이다.

짝은 그녀로 하여금 필요 이상으로 땅바닥을 쳐다보게 했다. 이 세련된 하녀 역시 주인의 딸을 거들어, 두 사람은 예전에 오랫동안 짚을 넣어 두는 곳으로 사용했던 흔적이 역력한 다락방에다 돈키호테를 위한 아주 형편없는 잠자리를 마련해 주었다. 이 방에는 마부도 묵고 있었는데, 그의 잠자리는 우리의 돈키호테의 것보다 조금 안쪽에 마련되어 있었다. 마부의 잠자리는 말의 안장과 덮개들로 되어 있긴 했으나, 돈키호테 것보다는 훨씬 훌륭했다. 돈키호테의 잠자리는 서로 짝이 맞지 않는 두 개의 장의자 위에 걸쳐 놓은 울퉁불퉁한 판자 네 개와 시트로 보이는 요와 두 장의 홑이불과 털 담요가 전부였으니 말이다. 찢어진 틈새로 양털이 보이지 않았다면, 더듬어 만지기만 해서는 그냥 돌이라고밖에 생각할 수 없을 정도로 요에는 털이 조금 채워져 있었고, 홑이불은 방패 가죽으로 만든 것이었으며, 담요로 말하자면 마음만 먹으면 그 털실 수를 한 올도 놓치지 않고 헤아릴 수 있을 정도였다.

이 형편없는 잠자리에 돈키호테는 누웠다. 그러자 객줏집 안주인과 딸이 그의 몸 위에서 아래까지 연고를 발라 주었다. 마리토르네스는 — 이것이 아스투리아스 여자의 이름이었다 — 두 사람에게 불을 비춰 주었다. 이렇게 약을 바르다가 안주인은 돈키호테의 몸 군데군데 엄청난 멍이 들어 있는 것을 보고 이것은 떨어진 게 아니라 두들겨 맞아 생긴 상처 같다고 말했다.

「두들겨 맞은 게 아니에요.」 산초가 말했다. 「바위가 온통 튀어나와서 부딪치는 부분이 많았거든요, 거기에 부딪혀서 이런 멍이 든 거예요.」 그러고서 덧붙였다. 「저, 부인, 어떻게든 그 약 좀 남겨 주세요. 필요한 사람이 또 있으니까요. 저도 등이 좀 아파서요.」

「그러니까…….」 객줏집 안주인이 그 말에 물었다. 「당신도 떨어졌나요?」

「전 떨어지지 않았어요.」산초 판사가 말했다. 「제 주인 나리께서 떨어지시는 걸 보고 얼마나 깜짝 놀랐는지 제 몸이 다 아파요. 수천 번 매질을 당한 것 같아요.」

「그럴 수 있어요.」딸이 말했다. 「저는 탑에서 아래로 떨어지는 꿈을 자주 꾸는데 땅에 닿는 일은 한 번도 없었어요. 그런데도 꿈에서 깨보면 정말 땅에 떨어진 듯이 녹초가 되고 온몸이 부서진 것 같다니까요.」

「바로 그겁니다요, 아가씨.」산초 판사가 말했다. 「저는 꿈을 꾸기는커녕 지금보다 더 깨어 있었는데도 돈키호테 나리 못지않게 멍이 들었거든요.」

「이분 이름이 뭐라고요?」아스투리아스 여자 마리토르네스가 물었다.

「돈키호테 데 라만차로……」산초 판사가 대답했다. 「모험을 찾는 기사랍니다요. 먼 옛날부터 지금까지 세상에서 둘도 없이 훌륭하고 가장 힘센 기사님 중 한 분이십니다요.」

「모험을 찾는 기사라는 게 뭐예요?」아스투리아스 여자가 물었다.

「그것도 모르니 세상을 전혀 모르는 모양입니다요.」산초 판사가 대답했다. 「그렇다면 잘 알아 둬요, 아가씨. 모험을 찾는 기사라는 것은 두 마디 말에 몽둥이로 두들겨 맞고, 그다음엔 황제가 되는 사람이랍니다요. 오늘은 세상에서 가장 불행하고 가장 가난하고 가장 큰 어려움에 처한 인간이지만, 내일은 자기 종자에게 왕국의 관을 두세 개라도 주실 수 있는 분이시지요.」

「그렇다면 당신은 이렇게 훌륭한 나리의 하인인데도……」객줏집 안주인이 말했다. 「보아하니 영지 같은 건 하나도 안 갖고 계시는 것 같은데, 그건 어찌 된 일이래요?」

「아직은 시일이 좀 이른 거죠.」산초가 대답했다. 「저희들이 모험을 찾아 떠나온 지가 아직 한 달밖에 안 되었고, 오늘까지 아직 운 좋은 모험은 겪지 못했거든요. 그리고 어떤 일을 찾던 중 생각지도 않게 다른 일을 만나게 되는 일도 있을 수 있지요. 사실 제 나리이신 돈키호테 님이 이 부상에서, 아니 떨어져서 입은 상처에서 나으시고 또 제가 이 부상으로 병신이 되지 않는다면, 저는 저의 희망을 에스파냐 최고의 직함과도 절대 바꾸지 않을 겁니다요.」

이들이 주고받는 말을 모두 주의 깊게 듣고 있던 돈키호테는 있는 힘을 다하여 잠자리에서 일어나 앉아 안주인의 손을 잡고 말했다.

「아름다운 부인, 부인은 나를 이 성에 묵게 해주신 것만으로 스스로를 행운아라 부르셔도 좋을 것입니다. 내가 스스로 자랑하지 않는 이유는, 자신을 자랑하는 자는 자신을 천하게 만드는 것이라는 말이 있기 때문이지요. 내가 누군지는 내 종자가 설명해 드릴 겁니다. 다만 이 목숨이 붙어 있는 한 부인에게 감사하기 위해 내게 베푸신 호의를 기억 속에 영원히 기록해 둘 것을 그대에게 말하지요. 그리고 내가 사랑에 굴복당하지 않고 사랑의 법도와 입속으로 되뇌는 그 아름답고 무정한 여인의 눈동자에 매여 있지 않았다면, 이 아리따운 아가씨의 눈동자가 내 자유의 주인 되기를 높은 하늘에게 간청했을 겁니다.」

편력 기사의 이러한 말을 듣고 안주인과 딸과 착한 마리토르네스는 그저 당황스러울 뿐이었다. 그의 말이 헌신이나 구애라는 것은 이해할 수 있었지만 마치 그리스어로 지껄이는 것 같았던 것이다. 그녀들은 그런 말에 익숙하지 않았던 터라 그를 바라보며 그저 놀라고 있었다. 평소에 알고 지내는 사람들과는 전혀 다른 종류의 사람 같았다. 그래서 객줏집 사람들이 흔히 하는 말투로 돈키호테의 호의에 감사한다는 말을 남기고 그의 곁을 떠났다. 아스투리아스 여자 마리토르네스는 산초를 치료했다. 그 역시 주인 못지않게 치료가 필요했다.

마부는 그날 밤 마리토르네스와 즐기기로 약속이 되어 있었다.[169] 손님들이 조용해지고 주인들이 잠들고 나면 그녀가 그를 찾아가 원하는 바를 모두 만족시켜 주기로 했던 것이다. 이 착한 아가씨는 약속을 하면 지키지 않은 적이 없다고들 한다. 산에서 증인 없이 한 약속이라 해도 그 여자는 자신이 이달고 집안 출신이라는 데 엄청난 자부심을 가지고 있기 때문에 반드시 지켰고, 객줏집에서 그런 서비스를 하는 것도 모욕으로 여기지 않았다. 그녀의 말에 따르면, 재수 없게 꼬인 사건 때문에 객줏집에서 일하게 되었다고 한다.

돈키호테의 딱딱하고 비좁고 초라하고 부실한 잠자리는 별들이 가득한 헛간[170] 한가운데, 입구에서 가장 가까운 곳에 있었다. 그 바로 옆에 산초가 자기 잠자리를 마련했는데, 부들로 된 멍석과 양모라기보다는 투박한 삼베로 된 것으로 보이는 담요 한 장이 전부였다. 이 두 잠자리에 이어 그 마부의 잠자리가 있었으니, 이것은 말했듯이 그가 데리고 온 윤기가 흐르고 살이 찐 이름 있는 열두 마리 노새 중 가장 훌륭한 두 마리의 장식품들과 안장으로 되어 있었다. 이야기의 작가가 이 마부에 대해 특히 상세하게 기술한 바에 따르면 그는 아레발로의 돈 많은 마부들 중 하나라는데, 그들은 서로 잘 아는 사이였다고 한다. 먼 친척뻘이라고까지 말하는 사람도 있다.[171] 시데 아메테 베넹헬리는 모든 면에 무척 호기심이 많고 매사에 아주 정확한 것을 좋아하는 역사가였을 뿐 아니라, 자세히 보면 정말 사소하고 천박한 것이라도 일단 기술된 것들을 그냥 잠자코 넘어가는 법이 없었다. 거드름 피우는 역사가들은 일어난 사건을 지극히 간단명료하게 기술하여 작품의 가장 핵심적인 부분을 부주의나 고의로, 또

---

169 이 부분부터 1624년 포르투갈 종교 재판소의 검열을 받았다.
170 마구간 천장이 구멍투성이에 갈라져 있다는 의미이다.
171 당시 마부 일은 스페인에 남아 기독교로 개종했던 무어인들이 주로 해서 그러했는지 이들을 무어인으로 단정하는 경우가 많았다.

는 무지로 잉크병에 남겨 놓은 채 우리들의 입에는 거의 닿지도 않게 하니, 이런 점에서 이들은 베넹헬리를 모범으로 삼을 수 있을 것이다. 기사 소설 『타블란테 데 리카몬테』의 작가나 토미야스 백작의 행적을 기록한 작가 같은 사람들이 수천 번 있을지어다! 얼마나 정확하게 모든 사실을 묘사하고 있는가!

그건 그렇고, 마부는 자기 짐승들을 둘러본 뒤 두 번째 사료를 넣어 주고는 안장으로 만든 자기 잠자리에 누워 절대로 약속을 어기지 않는 마리토르네스를 기다리고 있었다. 산초도 이미 약을 다 바르고 자리에 누웠는데 아무리 애를 써도 아픈 갈비뼈 때문에 잠을 이룰 수가 없었다. 돈키호테 역시 갈비뼈가 아파 두 눈을 토끼처럼 뜨고 있었다. 객줏집은 절대적인 침묵 속에 잠겼고 불빛이라고는 현관 한가운데 달린 등잔에서 흘러나오는 것뿐이었다.

이 놀랄 정도의 고요함과 더불어, 우리의 기사가 재난의 장본인인 책 여기저기에 기록되어 있는 사건들로부터 늘 끌어내곤 하는 이야기들이 그의 환상으로는 쉽게 상상 가능한 미친 망상을 떠오르게 했다. 그는 자기가 어느 유명한 성에 도착했다고 생각한 것이다. 말했듯이 그의 눈으로 볼 때 그가 머무는 객줏집은 모두 성이었다. 객줏집의 딸은 성주의 딸로, 그 딸이 늠름한 자기한테 반해 사랑하게 되어 그날 밤 부모님 몰래 잠시 그와 같이하러 올 것을 약속했다고 그는 생각해 버렸다. 그는 자기가 만든 이 망상을 확실한 사실로 여기고 근심하기 시작했다. 자신의 정조가 처하게 될 위험한 상황도 생각했다. 그래서 그는 아서 왕의 부인 히네브라가 몸소 그의 시녀 킨타뇨나를 데리고 자기 앞에 나타난다 하더라도, 자신의 귀부인 둘시네아 델 토보소를 배반하는 일은 결코 없을 거라고 굳게 다짐했다.

이런 터무니없는 생각을 하고 있을 때, 돈키호테에게는 너무나 이르게 아스투리아스 여자가 올 시간이 되었다. 그녀는 속옷과 맨발 바람에 무명천으로 만든 망으로 머리카락을 모아 묶고는 발소리를 죽이며 조용히 마부를 찾아 세 사람이 자고 있는 곳으로 들어왔다. 여자가 문 앞에 나타나자 즉시 돈키호테는 인기척을 느꼈으니, 약을 바른 갈비뼈의 통증에도 불구하고 침대에 앉아 두 팔을 벌려 그 아름다운 아가씨를 맞이했다. 아스투리아스 여자는 몸을 움츠리고 입을 꼭 다문 채 자기 애인을 찾으려고 두 손을 앞으로 내밀며 다가오다가 돈키호테의 팔에 부딪쳤다. 그러자 돈키호테는 여자의 손목을 꼭 잡고 뭐라 말할 사이도 없이 자기 앞으로 끌어다 침대에 앉혔다. 그리고 나서 여자의 속옷을 더듬었다. 그것은 거친 싸구려 삼베로 된 것이었으나 그에게는 아주 질이 좋은 얇은 비단인 것처럼 느껴졌다. 그녀는 손목에 유리로 된 염주를 끼고 있었으나 그에게는 동양의 귀한 진주로 여겨졌다. 머리카락은 어떻게 보면 말갈기 같았으나 그에게는 태양도 어둡게 만드는 아라비아의 빛나는 황금 실타래처럼 보였다. 그리고 그녀가 내뿜는 숨결은 저녁에 만들어 하룻밤을 넘긴 샐러드 냄새를 풍겼으나 그에게는 부드러운 향내 같았다. 한마디로, 그는 자기가 책에서 읽은 공주로 그녀를 상상했다. 사랑에 굴복한 공주가 온갖 장식으로 치장하고 크게 다친 기사를 보러 온 것이다. 이 불쌍한 기사는 얼마나 눈이 멀었던지 그 착한 아가씨가 몸에 두르고 온 것들이나 감촉이나 숨결로도 현실을 제대로 인식하지 못하고 있었다. 마부가 아닌 다른 사람이었더라면 구역질이 나 토하고 말았을 텐데 말이다. 오히려 자기 팔에 아름다움의 여신을 안고 있는 것 같아, 그는 그녀를 꼭 붙들고 사랑을 가득 담아 나지막하게 말했다.

「아름답고 고귀한 공주여, 그대의 위대한 아름다움을 보여 주신 이 큰 은혜에 제가 호응할 수 있는 처지라면 얼마나 좋겠습니까만, 착한 사람을 끊임없이 박해하는 운명은 저로 하여금 갈리고 깨진 만신창이의 몸으로 이 잠자리에 누워 있기를 원하였습니다. 그러니 아무리 그대의 뜻을 만족시키려 해도 불가능할 것 같군요. 그뿐만 아니라 그것이 불가능한 데는 더 큰 이유가 있습니다. 나는 내 숨겨진 마음의 유일한 주인인, 비할 데 없는 둘시네아 델 토보소에게 모든 것을 바치기로 약속이 되어 있습니다. 그대와 나 사이에 이런 문제만 끼어들지 않았다면 그대가 내게 한없는 선의를 베푸시려는 이 행운의 기회를 놓칠 만큼 나는 어리석은 기사가 아닙니다.」

이렇게 돈키호테에게 붙잡힌 마리토르네스는 땀을 뻘뻘 흘리며 무척 난처해하고 있었다. 자기에게 하는 말이 무슨 뜻인지도 알 수가 없었다. 그녀는 굳이 이해하려 하지 않고 그저 말없이 그의 손에서 빠져나오려는 생각뿐이었다. 더러운 욕망에 잠을 이루지 못하고 있던 마부는 여자가 문에 들어왔을 때부터 그걸 알아차렸던 참이라, 귀를 쫑긋 세운 채 돈키호테의 말을 모두 듣고 있었다. 그러다가 아스투리아스 여자가 다른 남자 때문에 자기와의 약속을 저버릴까 하는 마음에 질투심에 휩싸여 돈키호테의 잠자리 가까이로 다가가 도무지 이해할 수 없는 그 말이 어떻게 끝나는지 가만히 지켜보았다. 그러다가 여자는 손을 빼려고 안간힘을 쓰고 돈키호테는 놓지 않으려고 기를 쓰고 있는 것을 보자 상황이 이상하게 돌아간다고 생각해 팔을 높이 들어 사랑에 빠진 기사의 좁은 턱뼈를 사정없이 갈겨 버렸다. 기사의 입은 피투성이가 되었으나 그것으로 모자랐는지 그는 기사의 갈비뼈 위에 올라가 달리는 말의 발걸음보다 더 잦은 발길질로 하나하나 밟아 댔다.

튼튼하지 못한 받침대 위에 만들어져 약간 허술했던 침대는 마부의 무게까지 더해지자 그만 견디지 못하고 바닥으로 무너져 내렸다. 이 요란스러운 소리에 객줏집 주인은 잠에서 깨 큰 소리로 마리토르네스를 불렀다. 그러나 대답이 없자 마리토르네스가 난동을 피우고 있는 게 틀림없다고 생각하여 일어나 등잔을 켜고는 일이 벌어진 쪽으로 갔다. 하녀는 주인의 포악한 성격을 알고 있었으므로 그가 오는 것을 보자 무서워 와들와들 떨면서 아직 자고 있는 산초 판사의 침대로 허둥지둥 도망가 몸을 둥근 실꾸리처럼 웅크렸다. 객줏집 주인이 소리를 지르면서 들어왔다.

「어디 있어, 이 창녀야! 틀림없이 이건 네년의 짓이렷다!」

이 소리에 잠에서 깬 산초는 자기 위로 무게를 느끼고는 악몽을 꾸는 줄 알고 사방팔방 주먹을 날리기 시작했다. 그 주먹질에 몇 대를 맞은 마리토르네스는 너무 아파 체면일랑 던져 버리고 산초에게 마구 주먹질을 되돌려 주었다. 이 바람에 산초는 유감스럽게도 잠에서 완전히 깨어났다. 누구인지도 모르는 사람에게 두들겨 맞자 그는 있는 힘을 다해 일어나 마리토르네스를 힘껏 붙들었다. 이렇게 하여 이 둘 사이에 세상에서 가장 격렬하면서도 우스꽝스러운 실랑이가 벌어졌다.

객줏집 주인의 등잔불 덕분에 자기 여자가 어떤 상황에 처했는지 알게 된 마부는 돈키호테를 내버려 두고 그녀를 도우러 갔다. 객줏집 주인도 그랬지만 의도는 달랐다. 그는 이 모든 일이 마리토르네스 하나 때문에 일어났다고 믿었기 때문에 그녀를 혼내 주러 간 것이다. 그래서 어린이 동화에 나오는 〈고양이는 쥐에게, 쥐는 밧줄에게, 밧줄은 몽둥이에게〉라는 말처럼 마부는 산초에게, 산초는 하녀에게, 하녀는 산초에게, 객줏집 주인은 하녀에게, 모두 숨 돌릴 틈도 없이 서로 마구 주먹질을 해댔다.[172] 그러다가 객줏집 주인의 등잔불이 꺼지자 온통 캄캄해졌고, 그럼에도 그들은 무턱대고 사정없이 주먹을 날려 그야말로 손이 닿는 데는 어디 하나 멀쩡한 곳이 없었다.

마침 그날 밤 객줏집에는 톨레도의 성스러운 형제단 단장이 묵고 있었

---

[172] 종교 재판소의 검열을 받은 대목은 여기에서 끝난다.

다. 그는 이 심상치 않은 소란을 듣자 권한을 보여 주는 배지와 여행 중 신분을 알리는 양철로 된 개인 서류함을 들고 소리를 지르며 이 캄캄한 방에 들어갔다.

「정의에 따르도록! 성스러운 형제단에 복종하라!」

그가 제일 먼저 맞닥뜨린 것은 주먹에 맞아 무너진 침대 위에 반듯이 누운 채 정신을 잃은 돈키호테였다. 그는 돈키호테의 수염을 손으로 더듬어 보고 계속 소리쳤다.

「정의 실현을 도우시오!」

그러나 그가 손을 댄 사람이 소란도 떨지 않고 꼼짝하지 않자, 이 사람은 죽었으며 여기 있는 다른 사람들이 바로 살인자라고 생각하고는 목소리에 힘을 주며 외쳤다.

「이 객줏집 입구를 닫아라! 한 사람도 밖에 나가지 못하게 해라. 사람이 죽었다!」

이 말을 들은 사람들은 모두 놀랐고, 그 심각한 목소리에 싸움을 그쳤다. 객줏집 주인은 자기 방으로 돌아갔고 마부는 자기의 안장으로, 하녀는 그녀의 초라한 방으로 돌아갔다. 불행한 돈키호테와 산초만이 그 자리에서 움직일 수 없었다. 이때 단장은 돈키호테의 수염을 놓고 범인을 찾아 체포할 생각으로 등불을 찾으러 나갔다. 그러나 찾을 수 없었으니, 객줏집 주인이 자기 방으로 돌아가며 일부러 등불을 꺼버렸기 때문이다. 할 수 없이 그는 화덕으로 가서 오랜 시간과 노력을 들인 끝에 겨우 다른 등잔불을 밝힐 수 있었다.

17

용사 돈키호테와 그의 훌륭한 종자
산초 판사가 불행하게도
성이라고 생각한 객줏집에서 겪은
수많은 고난이 계속되다

 이때 돈키호테는 이미 실신 상태에서 깨어나 전날 〈몽둥이의 골짜기〉[173]에 쓰러졌을 때 그의 종자를 불렀던 것과 똑같은 목소리로 그를 부르기 시작했다.
 「산초 이 사람아, 자네 자는가? 자?」
 「아니, 어찌 잠을 잘 수 있겠습니까요? 아이고, 나는 지지리 복도 없지.」 산초가 괴로움과 원망으로 가득 찬 목소리로 대답했다. 「오늘 밤 세상의 악마는 모두 저한테 왔던 것 같습니다요.」
 「자네가 그렇게 생각할 법도 하구먼.」 돈키호테가 대답했다. 「내가 잘 모르거나 아니면 이 성이 마법에 걸려 있거나, 둘 중에 하나일 거란 말일세. 왜냐하면 자네가 알아 둘 것은……. 우선, 지금부터 내가 자네에게 하려는 이야기는 내가 죽은 후에도 비밀로 하겠다고 맹세해야 하네.」
 「맹세합죠.」 산초가 응했다.
 「내가 이렇게 말하는 것은…….」 돈키호테가 말했다. 「나는 그 누구의

---

[173] 엘 시드를 노래한 유명한 로만세에서 인용한 것.

명예도 훼손하는 사람이 아니기 때문이야.」

「맹세한다니까요.」 산초가 다시 대답했다. 「나리의 날들이 다 끝나고 난 뒤에도 입 다물고 있겠다니까요. 당장 내일이라도 폭로할 수 있다면야 좋겠지만요.」

「그렇게 빨리 죽기를 바랄 정도로, 내가 자네에게 그토록 못 할 짓을 했단 말인가, 산초?」 돈키호테가 말했다.

「그래서 그런 게 아니고요.」 산초가 대답했다. 「저는 무슨 일이든 오래 간직할 줄을 몰라서 그럽니다요. 간직하다가 썩기라도 할까 봐서요.」

「어떻든 간에……」 돈키호테가 말을 이었다. 「나는 자네의 사랑과 예의를 더 믿네. 그러니 자네가 알아 둘 일은, 찬양하고도 남을 이상야릇한 일이 오늘 밤 내게 일어났다는 게야. 간단하게 말하자면 방금 전에 이 성주의 따님이 나한테 왔었다네. 이 넓은 지상에서 볼 수 있는 가장 맵시 있고 아름다운 아가씨였어. 아가씨가 한 단장에 대해 뭐라고 말할 수 있을까? 그 아가씨의 훌륭한 이해심에 대해서는 뭐라고 말해야 좋을까? 내 귀부인 둘시네아 델 토보소에게 바친 약속을 지키기 위해 전혀 거론하지 않고 침묵으로 일관해야 하는 아가씨의 그 숨겨진 부분들에 대해서는 무슨 말을 할 수 있을까? 자네에게 말하고 싶은 것은, 행운이 내 앞에 놓아 준 비할 데 없이 훌륭한 선물을 하늘도 시기한 것인지, 혹은 이쪽이 더 확실한데, 앞에서도 말했듯이 이 성이 마법에 걸려 있기 때문인지, 내가 그분과 아주 달콤한 사랑의 속삭임을 나누고 있을 때 어디에선가 보이지도 않고 알 수도 없는 손이 날아왔다는 거네. 어느 엄청난 거인의 팔에 붙어 있던 그 손이 내 턱뼈에 한 방을 먹여 턱이 온통 피투성이가 되어 버렸다네. 그러고는 나를 얼마나 두들겨 팼는지, 자네도 알다시피 로시난테의 무모함 때문에 갈리시아인들이 우리에게 그런 무례한 짓을 했던 어제보다 더 형편없는 몰골이 된 게야. 이것으로 미루어 보면 보물 같은 이 아가씨의 아름다움은 마법에 걸린 어느 무어인이 지키고 있는 게 분명하네. 그녀는 내게 오면 안 되었던 게지.」

「제게 와도 안 되었던 것 같습니다요!」 산초가 대답했다. 「4백 명이 넘는 무어인들이 저를 마구 팼거든요. 그러니 그 말뚝으로 맞은 찜질은 아무것도 아닌 거죠. 그런데 나리, 그 결과로 이런 꼬락서니가 되었는데도, 나리는 이것을 훌륭하고 진기한 모험이라고 하시는 겁니까요? 하기야 나리께서는 방금 말씀하신 그 비할 데 없는 미인을 두 팔에 안고 계셨으니 그나마 괜찮았죠. 저한테는 평생을 두고 맞을 만한 이 엄청난 매질 말고는 뭐가 있대요? 저도, 저라는 인간을 낳아 준 우리 엄마도 참 불쌍합니다요! 저는 편력 기사도 아니고 그런 게 될 생각은 죽어도 없습니다요. 그런데도 재수 없는 일이란 일은 모두 제게 일어나니 말이죠!」

「그럼, 자네도 두들겨 맞았단 말인가?」 돈키호테가 물었다.

「그렇다고 말씀드리지 않았습니까요. 제 신분도 아랑곳하지 않더라고요.」 산초가 대답했다.

「너무 마음 아파하지 말게.」 돈키호테가 말했다. 「내가 금방 귀한 향유를 만들 테니. 그것만 있으면 우리는 눈 깜짝할 사이에 나을 걸세.」

이때 등잔에 겨우 불을 붙인 성스러운 형제단 단장이 아까 죽었다고 생각한 사람을 보러 들어왔다. 셔츠 바람으로 머리에 두건을 쓰고 손에 등잔을 든 아주 험악한 얼굴을 한 사람이 들어오는 것을 보고 산초는 자기 주인에게 물었다.

「나리, 이거 혹시 그 마법에 걸린 무어인이 우리를 혼내 주러 다시 온 게 아닐까요? 무언가 남겨 놓은 일이 있나 보러 말입니다요.」

「그 무어인일 수는 없네.」 돈키호테가 대답했다. 「마법에 걸린 자들은 누구에게도 자신의 모습을 보이지 않거든.」

「모습은 보이지 않지만 느끼게는 하던데요.」 산초가 대꾸했다. 「그런지 아닌지는, 제 등짝이 알려 줄 겁니다요.」

「내 등도 말할 수 있을 걸세.」 돈키호테가 답했다. 「허나 그것만으로는 저기 보이는 게 마법에 걸린 무어인이라고 믿을 만한 충분한 증거가 못 되네.」

단장은 들어오다가 이런 식으로 태평스럽게 대화를 나누고 있는 두 사람을 보고 그 자리에 멈추어 서 버렸다. 돈키호테는 두들겨 맞고 연고를 바른 몸을 여전히 움직이지 못하고 반듯하게 누워 있었다. 단장은 가까이에 가서 말을 건넸다.

「이봐, 좀 어떤가?」

「내가 당신이라면 좀 더 예의 있게 말할 텐데.」 돈키호테는 대답했다. 「편력 기사에게 그런 식으로 말하는 게 이 마을 풍습인가? 이 멍청한 인간아!」

단장은 그토록 처참한 몰골을 한 남자에게 그런 형편없는 취급을 당하자 참을 수 없어 기름이 가득 든 등잔을 치켜들어 돈키호테의 머리를 후려쳐 버렸고, 돈키호테의 머리통은 심한 상처를 입었다. 사방이 캄캄해지자 단장은 밖으로 나가 버렸다. 산초 판사가 말했다.

「틀림없습니다 나리, 저건 분명 마법에 걸린 무어인입니다요. 암만해도 보물은 다른 사람들한테 주려고 지키고 있고, 우리들한테는 주먹이나 등잔으로 때리는 것만 준비해 둔 것 같습니다요.」

「그 말이 맞네.」 돈키호테가 말했다. 「그리고 마법에 걸린 이런 사건에는 신경 쓸 필요도 없고 원통해할 것도, 화를 낼 일도 없네. 마법에 걸린 일들은 눈에 보이지 않는 환상 같은 것이라 아무리 복수하려고 해도 복수할 상대를 찾을 수가 없거든. 그런데 산초, 자네 일어설 수 있으면 일어서서 이 성의 성주더러 기름과 포도주와 소금, 그리고 로메로[174]를 조금

---

174 romero. 스페인 북부를 제외한 전역에 걸쳐 널리 분포되어 있는 야생 식물. 2미터 길이에 잎이 가늘고 많으며 향기도 좋아 음용이나 약용으로 사용된다.

씩만 달라고 하게. 몸에 좋은 향유를 만들어야겠네. 그놈의 유령이 입힌 상처에서 피가 많이 나니 지금이야말로 그것이 필요한 때인 것 같군.」

산초는 뼈 마디마디가 쑤셨지만 일어나 객줏집 주인이 있는 쪽을 향해 어둠 속을 더듬어 나아갔는데, 그러다가 자기가 때린 사람이 어떻게 되었는지 엿듣고 있던 단장과 마주쳤다. 산초는 그에게 말했다.

「나리, 누구시든지 간에 저희에게 로메로와 기름과 소금과 포도주를 조금씩만 주시는 은혜를 베풀어 주시길 바랍니다요. 이 세상에서 가장 훌륭한 편력 기사들 중 한 분을 치료하는 데 필요해서 그럽니다요. 그분은 이 객줏집에 있는 마법에 걸린 무어인에게 심한 상처를 입고 저쪽 침대에 누워 계십니다요.」

단장은 이 말을 듣고 그가 좀 모자라는 사람이라고 생각했으나, 이제 날도 밝기 시작하고 있었으므로 객줏집 문을 열고 주인을 불러서 그 얼빠진 놈이 원하는 바를 전해 주었다. 객줏집 주인은 원하는 것을 모두 준비해 주었고 산초는 그것을 돈키호테에게 가져갔다. 돈키호테는 머리를 두 손으로 감싸 쥐고는 등잔에 맞은 고통을 호소하고 있었는데, 사실 머리에는 좀 큼직한 혹이 두 개 생긴 것뿐이고, 그가 피라고 생각한 것은 아까 난리 통에 고생하면서 흘린 땀이었다.

드디어 산초에게서 약재를 받자 그는 그것들을 모두 함께 섞어 다 되었다고 여겨질 때까지 얼마간 끓여 혼합액을 만들었다. 그러고 나서 그것을 넣을 유리병 같은 것을 찾았으나 이 객줏집에는 그런 것이 없었으므로 주인이 공짜로 준 기름병, 다시 말해 양철로 된 기름통에 넣기로 했다. 그는 그 기름통에 대고 여든 번 이상 주기도문을 외고, 또 그만큼의 아베 마리아와 성모 찬가와 사도 신경을 외고, 말 한 마디 한 마디 할 때마다 성체 강복식인 양 성호를 그었다. 그러는 동안 산초와 객줏집 주인과 단장은 그를 지켜보고 있었다. 이미 평정을 찾은 마부는 자기 짐승들을 돌보는 데 여념이 없었다.

 이렇게 하고 나자 돈키호테는 자기가 고안한 영약의 효력을 당장 시험해 보고 싶었다. 그래서 기름통을 채우고 냄비에 남아 있던 것을 거의 반 아숨부레가량 들이켰다. 다 마시자마자 토하기 시작했고 그 결과 배 속에는 아무것도 남지 않았다. 구토로 속이 뒤집혀 얼마나 애를 먹었는지 땀이 비 오듯 흘렀다. 그는 자기에게 이불을 덮어 주고 혼자 있게 해달라고 부탁했다. 사람들이 그렇게 해주자 그는 그대로 세 시간이 넘도록 잠을 잤는데, 깨어났을 때는 몸이 아주 가벼워진 것을 느꼈고 부러진 곳도 다 나은 것 같았다. 그는 정말 피에라브라스의 향유를 만들어 냈다고 믿었으니, 그 약이 있는 이상 앞으로 어떤 위험한 재앙이나 전투가 일어난다 할지라도 두려움 없이 대처할 수 있다고 생각했다.

 산초 판사 역시 주인의 회복을 기적이라 믿고 아직 냄비에 남아 있던 적지 않은 양의 향유를 달라고 간청했다. 돈키호테가 그걸 주자 두 손으로 냄비를 들어 강한 믿음을 가지고 경건한 자세로 마셨다. 주인보다 적지 않은 양이었다. 불쌍한 산초의 위는 주인의 것 같지 않았는지 토하기 전 지독한 구역질과 메스꺼움 증상이 일었고 식은땀이 비 오듯 쏟아지면서 몇 번이고 졸도할 지경이 됐던지라 그는 정말 마지막 순간이 왔다고 생각할 정도였다. 너무 고통스럽고 힘이 들어 그는 그 약을 저주하고 그것을 준 사람은 도둑놈이라며 욕설을 퍼부었다. 이런 모습을 보고 돈키호테가 말했다.

 「내가 보건대 산초, 자네는 아직 정식 기사가 아니라서 그런 고통을 겪는 것 같네. 이 약은 기사가 아닌 사람에게는 효험이 없는 것으로 알고 있다네.」

 「나리께서는 그걸 아시면서…….」 산초가 말했다. 「나와 내 혈족 모두에게 벼락을 내려도 유분수지, 어찌 그걸 제가 맛보게 내버려 두셨습니까요?」

 이때 약이 반응하여 불쌍한 종자는 위와 아래로 토하고 싸기 시작했는데, 얼마나 상황이 급박했는지 그가 드러누웠던 부들로 된 멍석과 덮고 있던 나무껍질 같은 담요가 모두 엉망이 되고 말았다.
 이렇듯 발작이 심한 데다 식은땀이 비 오듯 쏟아지니 본인뿐 아니라 같이 있던 사람들 모두 그가 죽겠구나 생각했다. 이런 폭풍우와 비운은 거의 두 시간이나 계속되었는데, 진정이 되고 나서도 주인과는 달리 산초의 몸은 완전히 망가지고 녹초가 되어 일어나지도 못할 지경이었다.
 그러나 앞서 말했듯이 돈키호테는 몸이 가벼워지고 다 나은 기분이 들어 당장 모험을 찾아 출발하고 싶었다. 거기서 지체하는 시간이 이 세상은 물론 그를 필요로 하는 사람들로부터 자신의 은혜와 보호를 앗아 버리는 것 같았다. 더군다나 그는 약에 대한 확신과 믿음까지 가지게 되었으니, 이런 희망의 힘으로 손수 로시난테에 안장을 얹고 종자의 당나귀에도 길마를 지운 다음 종자를 도와 옷을 입혀 당나귀에 태웠다. 그리고 그도 말에 올라 객줏집 한쪽 구석으로 가서 거기 있는 가늘고 짧은 쇠꼬챙이를 집어 들었는데 창으로 사용하기 위함이었다.
 객줏집에 있던 스무 명이 넘는 사람들이 모두 그를 지켜보고 있었다. 객줏집 딸도 그를 바라보았는데, 그 역시 이 아가씨에게서 눈을 떼지 않으면서 이따금 마치 몸속 가장 깊은 곳에서 뽑아내는 듯한 한숨을 내쉬었다. 그러나 전날 밤 그가 연고를 바르는 것을 본 사람들은 그저 갈비뼈가 아파서 그러는 것이라고 생각했다.
 두 사람 모두 탈것에 몸을 실은 후 돈키호테는 객줏집 문간에 서서 주인을 불러 아주 침착하고 엄숙한 목소리로 말했다.
 「성주 나리, 그대의 성에서 내게 베풀어 준 환대는 참으로 지극했소. 평생 그대에게 감사할 것이오. 만일 어느 거만한 자가 그대를 모욕하여 복수가 필요하게 된다면 은혜에 대한 보답으로 내가 복수해 드릴 수 있소. 내 일은 바로 약한 자를 돕고 모욕당한 자들의 복수를 해주며 불신을 응징하는 것이라는 걸 알아주시오. 기억을 되살려서 그러한 일이 떠오르거든 나에게 말씀해 주시오. 내가 받은 기사의 법도를 두고 맹세컨대 그대를 만족시키며 전적으로 그대의 뜻대로 하겠소.」

객줏집 주인 역시 침착하게 대답했다.

「기사님, 저는 당신이 모욕의 복수를 대신 해줄 필요가 전혀 없는 사람입니다. 누군가 저를 모욕한다고 생각하면 제가 복수할 수 있거든요. 저는 다만 간밤에 여기서 사용한 비용을 주십사 하는 겁니다. 당신의 두 마리 짐승에게 준 짚과 보리, 그리고 당신들의 저녁 식사와 침대 사용료 말입니다.」

「그렇다면, 여기가 객줏집이란 말인가?」 돈키호테가 물었다.

「아주 평판이 좋은 객줏집이죠.」 주인이 대답했다.

「지금까지 내가 속고 있었군!」 돈키호테가 대답했다. 「나는 정말 그리 나쁘지 않은 성인 줄 알고 있었소. 그러나 성이 아니고 객줏집이라면, 지금 할 수 있는 일은 계산에 대해서 눈감아 달라고 부탁하는 것뿐이오. 나는 편력 기사의 법도를 어길 수가 없소. 이에 대해서 확실히 알고 있는바, 지금까지 이와 반대되는 일은 읽은 적이 없소. 편력 기사는 어떤 객줏집에서 자든 숙박비는 물론이고 그 외 어떤 비용도 지불하지 않소. 기사도의 법칙과 권리를 보면, 기사들은 견디기 어려운 고행을 하는 대가로 어떠한 환대도 받을 수 있게 되어 있소. 이들은 밤낮을 가리지 않고, 겨울에나 여름에나, 걸어서나 말을 타거나, 목마름과 굶주림에 시달리고 추위와 더위를 견뎌 내며 하늘의 무자비와 땅의 불편함을 모두 무릅쓴 채 모험을 찾아다니기 때문이라오.」

「그런 것은 내 알 바가 아닙니다.」 객줏집 주인은 대답했다. 「빚진 거나 갚으시고, 기사도니 뭐니 하는 신소리는 그만합시다. 나는 내 것 챙기는 것 말고는 다른 아무 생각이 없으니까요.」

「그대는 멍청하고 나쁜 숙박업자로다.」 돈키호테가 대꾸했다.

그런 다음 창을 비스듬히 치켜들고 로시난테에 박차를 가하여 객줏집을 나섰는데 아무도 그를 막는 자가 없었다. 그는 종자가 자기를 따라오는지 보지도 않고 상당히 멀리까지 갔다.

그가 돈을 주지 않고 가버리자 객줏집 주인은 산초 판사에게 가서 돈을 내라고 했다. 산초 판사는 자기 주인이 지불하려 하지 않았으니 자기도 지불할 생각이 없다고 했다. 자기는 편력 기사의 종자이기 때문에, 주인과 마찬가지로 같은 규칙과 같은 이유가 적용되어 식당에서든 객줏집에서든 돈을 지불해서는 안 된다는 것이었다. 이 말을 듣자 객줏집 주인은 아주 불쾌해져서, 만일 돈을 내지 않으면 혼을 내주고서라도 받아 내고 말겠다고 협박했다. 이에 산초는 자기 주인이 받은 기사의 법도를 걸고, 설혹 목숨을 잃는 한이 있더라도 일전 한 푼 지불할 생각이 없다고 대답했다. 옛날부터 내려오는 편력 기사들의 훌륭한 관습이 자기로 인해 훼손되어서는 안 되며, 앞으로 이 세상에 나타날 편력 기사들의 종자들이 이런 정의로운 법도를 깼다고 자기를 비난하면서 원망해서도 안 되기 때문이라는 얘기였다.

팔자가 나쁜 산초인지라, 그는 이때 객줏집에 머물던 사람들 사이에 있었는데 그중에는 세고비아에서 온 방적꾼 네 명과 코르도바의 엘 포트로 광장[175]에서 온 바늘 장수 세 명, 그리고 세비야의 에리아에서 온 사람 둘

---

[175] 코르도바의 구아달키비르 강 근처에 있는 광장으로 세르반테스는 이 광장 근처에서 어린 시절을 보냈고, 〈엘 포트로El Potro〉라는 이름의 여인숙에서 묵기도 했다. 중세 시대 그 광장 주변에서 말 시장이 열렸기 때문에 광장 중앙에 있는 공동 수도를 망아지(포트로*potro*)상으로 장식해 놓았다. 그래서 광장 이름이 〈엘 포트로〉이다.

이 있었다. 모두 쾌활하고 착한 마음씨를 지녔으나 성깔이 있는 데다 장난을 좋아하는 사람들이었다. 그들은 비슷한 생각으로 부추겨지고 동요되어 산초에게 다가가 그를 당나귀에서 끌어내렸다. 그중 한 사람이 손님용 침대에서 담요를 가지고 와 거기에다 산초를 올려놓았다. 그런데 눈을 들어 보니 마음먹은 일을 하기에는 천장이 약간 낮아서 하늘이 지붕인 마당으로 나가기로 했다. 거기서 그들은 산초를 담요 한가운데 올려놓고 사육제 때 개를 갖고 장난치듯 그를 높이 던져 올리면서 즐기기 시작했다.

담요로 던져지고 있는 불쌍한 산초의 비명이 어찌나 컸는지 그의 주인의 귀에도 들어갔다. 그 소리를 들은 돈키호테는 처음에는 뭔가 새로운 모험이 닥친 것이라고 생각했다. 그런데 듣다 보니 비명을 지르고 있는 사람이 자기 종자라는 것을 알고는 말고삐를 돌려 괴로운 심정으로 객줏집으로 향했다. 대문이 닫혀 있어 들어갈 곳을 찾으러 집 주위를 돌던 그는 그다지 높지 않은 마당의 담 너머로 자기 종자를 장난감 삼아 하고 있는 괘씸한 놀이를 목격하게 되었다. 만일 그때 화만 나 있지 않았더라면 아주 우스꽝스럽고도 날렵하게 공중으로 올라갔다 내려왔다 하는 종자의 모습을 보고 그도 웃고 말았을 것이다. 돈키호테는 말 위에서 흙담으로 기어 올라가려 해보았으나 워낙 몸이 녹초가 되고 부서져 있던 터라 말에서 내리는 것조차 할 수가 없었다. 그래서 그대로 말에 탄 채, 산초를 던져 올리고 있는 사람들에게 글로 옮길 수 없을 정도의 온갖 욕설과 면박을 퍼붓기 시작했다. 하지만 그들은 웃어 대기만 할 뿐 하던 짓을 그만두지 않았다. 하늘로 오르내리고 있던 산초도 협박과 애원이 뒤섞인 비명을 멈추지 않았다. 결국 그들이 지쳐 그만둘 때까지 그런 것은 아무런 소용도 없었지만 말이다. 그들은 산초의 당나귀를 끌어다가 그를 올려놓고 외투를 입혔다. 동정심 많은 마리토르네스는 그가 몹시 지쳐 있는 것을 보고 물 한 주전자를 가져다주면 좋을 것 같아 우물로 가서 차가운 물을 길어다 주었다. 산초는 그것을 받아 입으로 가져가다가 주인이 외치는 소리에 동작을 멈추었다.

「산초, 이 사람아 그 물을 마시지 말게! 그 물은 자네를 죽일 물이니 마시지 말란 말이네! 알겠나? 자, 여기 성스럽기 그지없는 향유가 있잖은가!」 그는 약물이 든 병을 보여 주었다. 「이거 두 방울만 마시면 틀림없이 회복될 걸세!」

이 말을 듣고 산초는 흘기듯 주인을 돌아보며 더 큰 소리로 말했다.

「나리께서는 제가 기사가 아니라는 것을 잊으셨나요? 아니면 지난밤에 토하다 남은 내장까지 토하란 말씀이십니까요? 나리의 그 약물은 악마 놈들을 위해 간직하시고 저는 그냥 내버려 두세요.」

이 말을 마치자마자 물을 입에 댔는데 첫 모금으로 그것이 그냥 물이라는 것을 알 수 있었다. 그는 마리토르네스에게 포도주를 가져다 달라고 부탁했고 그녀는 기꺼이 자기 돈을 써서 포도주를 대령했다. 그 여자에 대해 말하자면, 비록 객줏집에서 일하고 있기 하지만 바탕은 선한 기독교인이었던 것이다.

포도주를 다 마시자 산초는 당나귀에게 발길질을 해 활짝 열린 객줏집 문을 나섰다. 그는 자기 뜻대로 일전 한 푼 지불하지 않게 된 것이 아주 만족스러웠다. 비록 늘 그러하듯 자기 등짝의 희생 덕분이었지만 말이다. 사실 객줏집 주인은 받아야 할 돈 대신 그의 자루를 챙긴 터였지만 산초는 정신없이 나가는 바람에 그것이 없어진 것도 모르고 있었다. 산초가 밖으로 나가자마자 객줏집 주인이 문에 빗장을 걸려 하자 산초를 담요 위에 놓고 헹가래 친 사람들은 그럴 필요가 없다고 말했다. 만약 돈키호테가 진짜 원탁의 기사들 가운데 하나라고 하더라도 그들은 돈키호테를 서푼 가치도 안 되게 볼 그런 친구들이었다.

18

산초 판사가 주인 돈키호테와 나눈 이야기와 그 밖에 이야기 될 만한 모험들에 대하여

산초는 지쳐서 축 늘어진 채 당나귀도 몰 수 없는 상태로 주인에게 왔다. 그런 그를 보고 돈키호테가 말했다.

「착한 산초여, 이제야 확실히 알겠네. 저 성인지 객줏집인지가 틀림없이 마법에 걸려 있다는 것을 말일세. 자네를 그토록 거칠게 가지고 놀았던 그놈들은 유령이나 저승의 귀신이 아니고 무엇이겠는가? 확신하는 이유는 내가 직접 보았기 때문이네. 아까 마당의 담장 밖에서 자네의 처참하고 비극적인 모습을 바라보면서도 담을 올라갈 수 없었을 뿐 아니라 로시난테에서 내릴 수조차도 없었는데, 그것은 분명 내게 마법을 걸었기 때문인 게야. 내 명예를 걸고 맹세하지만 내가 담에 올라가거나 말에서 내릴 수만 있었어도 자네 복수를 해주었을 걸세. 그 비겁한 악당들이 두고두고 그 장난질을 기억할 수 있도록 말이야. 비록 그러는 것이 기사도에 어긋나는 일이라는 것은 알고 있지만 말일세. 이미 몇 번이나 자네에게 말했듯이, 기사는 위급한 상황에서 자신의 목숨과 인격을 방어하기 위한 게 아니면 기사가 아닌 자에게는 손을 대지 못하게 되어 있으니 말일세.」

「저도 복수할 수만 있었다면 정식 기사건 아니건 간에 원수를 갚을 생각이었습니다요. 하지만 할 수가 없었습니다요. 저를 갖고 장난친 놈들은 나리께서 말씀하시는 것처럼 유령도 아니고 마법에 걸린 인간도 아닙니다요. 저희들과 똑같이 살과 뼈로 된 인간들입니다요. 놈들이 저를 헹가래 칠 때 서로 이름을 부르는 것을 들었거든요. 한 놈은 페드로 마르티네스라고 했고, 또 한 놈은 테노리오 에르난데스라고 했고, 객줏집 주인은 왼손잡이 후안 팔로메케라고 했습니다요. 그러니 나리, 나리께서 담을 넘지도 못하시고 말에서 내리지도 못하신 것은 마법 때문이 아니라 뭔가 다른 이유 때문이라는 거죠. 이 모든 일에서 제가 분명하게 얻은 결론은요, 우리는 우리가 찾아다니는 모험들 때문에 결국 어느 쪽이 오른쪽 다리인지도 모를 만큼 수많은 불행을 당하게 될 거라는 겁니다요. 저의 변변치 못한 이해력으로 봐도 고향으로 돌아가는 게 옳고 잘하는 일인 것 같습니다요. 때마침 추수철이고 농사도 바쁠 테니까, 사람들이 말하듯이 여기저기 광장에서 술집으로 전전하는 것보다야 그게 낫지요.」

「산초, 자네는 기사도에 대해 몰라도 너무 모르는군!」 돈키호테가 대꾸했다. 「잔소리 말고 인내를 가지게. 이렇게 수행하고 다니는 것이 얼마나 명예로운 일인가를 자네 눈으로 똑똑히 볼 날이 올 걸세. 싸워 이기고 적을 무찔러 얻는 만족보다 더 큰 기쁨이 세상 어디 있겠는가? 아무것도 없지, 분명 아무것도 없어.」

「그럴 수도 있겠죠.」 산초가 대답했다. 「저는 그걸 모르니까 말입니다요. 다만 제가 알고 있는 것은 우리가 편력 기사가 된 이후로 ─ 아니, 저는 그런 명예로운 자리에 낄 자격이 없지만요 ─ 아무튼 나리께서 기사가 되신 후로 한 번도 이긴 적이 없다는 겁니다요. 비스카야인과 싸운 것 말고요. 거기서도 나리 귀가 절반은 날아가고 투구도 절반이 사라졌지요. 그 이후로 지금까지 우리는 항상 몽둥이로 두들겨 맞고 또 맞고, 주먹으로 터지고 또 터지기만 했습죠. 담요로 공중에 던져진 사건으로 제가 앞서고 있네요. 그것도 마법에 걸린 놈들에게 당한 것이라 복수를 할 수도 없으니 나리께서 말씀하신, 그 적을 무찌르는 기쁨이 얼마나 큰지 알 길이 없습니다요.」

「내가 유감으로 생각하는 게 바로 그것이고 자네도 그걸 유감으로 여겨야 할 것일세, 산초여.」 돈키호테가 대답했다. 「하지만 앞으로 나는 아주 기묘하게 만들어진 칼 하나를 손에 넣을 작정인데, 그 칼을 차고 있는 자에게는 어떤 종류의 마법도 먹히지 않을 걸세. 그리고 어쩌면 아마디스가 〈불타는 칼의 기사〉라고 불렸을 때 찼던 그 칼도 손에 넣을 수 있을지 모르네. 세상의 기사가 찼던 가장 훌륭한 칼들 중 하나였지. 아까 말한 점 말고도 그 칼은 면도칼처럼 잘 베어진다네. 아무리 마법을 걸고 강력한 무장을 했어도 그 칼 앞에서는 당할 수가 없고 말일세.」

「저는 어찌나 운이 좋은 사람인지…….」 산초가 말했다. 「마침내 나리께서 그런 칼을 발견하시더라도, 아까 그 향유와 마찬가지로, 오직 정식 기사가 된 사람들에게만 소용이 있고 유용할 뿐 그 종자들은 괴롭기만 할 겁니다요.」

「그런 걱정은 말게나, 산초.」 돈키호테가 말했다. 「하늘이 자네 일을 더 잘되게 도와줄 걸세.」

이런 말을 주고받으면서 돈키호테와 종자는 가고 있었다. 그때 돈키호테는 그들이 가고 있던 길 저쪽에서 크고 자욱한 모래 먼지가 자기들 쪽으로 몰려오는 것을 보았다. 그것을 보자 그는 산초를 돌아보며 말했다.

「오 산초여, 오늘이야말로 운명이 나를 위해 마련해 놓은 행운을 보게 될 것이야. 내가 말하노니 오늘이야말로 결코 다시없을 내 팔의 용기를 보여 줄 날이며, 오늘이야말로 대대로 명성의 책에 기록될 업적을 세울 날이네. 산초여, 자네는 저기 일어나고 있는 저 모래 먼지가 보이는가? 저

것은 다양하면서도 수많은 사람으로 이루어진 엄청난 군대가 행진해 오면서 일으키는 것이네.」

「그렇다면 군대가 두 개네요.」 산초가 말했다. 「반대쪽에도 똑같이 모래 먼지가 일고 있거든요.」

돈키호테가 그쪽을 돌아보니 사실이었다. 그는 대단히 기뻐하며, 저것은 분명 두 군대가 광활한 들판 한가운데서 서로 맞붙어 싸우기 위해 오는 것이라고 생각했다. 어느 때고 어느 순간이고, 기사 소설에 나오는 전투며 마법이며 사건이며 황당무계한 일이며 연애 사건이며 도전이며 하는 환상으로 그의 머리는 가득 차 있었으니, 그가 말하는 것이나 생각하는 것이나 행동하는 것은 모두 그런 쪽으로 나아가게 되어 있었다. 사실 그가 본 모래 먼지는 그 길을 향해 서로 다른 쪽에서 마주 오고 있던 수많은 양 떼 두 무리가 일으킨 것으로, 먼지 때문에 가까이 올 때까지는 양들이 보이지 않았던 것이다. 그걸 보고 돈키호테가 하도 열심히 군대라고 하니까 산초도 그 말을 믿게 되어 이런 질문을 하기에 이르렀다.

「나리, 그럼 우린 어떻게 해야 되나요?」

「어떻게 하느냐고?」 돈키호테가 말했다. 「도움이 필요하고 의지할 곳 없는 쪽을 편들어서 도와줘야지. 산초, 자네가 알아야 할 것은, 우리 앞쪽에서 오고 있는 군대는 트라포바나 섬의 주인인 알리판파론 황제가 지휘 통솔하고 있다는 것일세. 그리고 우리 뒤쪽에서 오고 있는 군대는 그의 적인 가라만타족의 왕, 소매를 걷어붙인 펜타폴린이 이끄는 것으로 그는 전투에 임할 때마다 오른쪽 옷소매를 걷어 올려서 그런 별명을 얻었지.」

「저 두 왕은 왜 그리 서로를 미워한대요?」 산초가 물었다.

「그 이유는 말일세……」 돈키호테가 대답했다. 「저 알리판파론이란 자는 성질이 포악한 이단자인데 그놈이 아주 아름답고 애교 많은 기독교인인 펜타폴린의 딸에게 반했다는 거야. 그런데 아버지는 이 이교도의 왕이 먼저 그 거짓 예언자 마호메트를 버리고 자기와 같은 기독교로 개종하지 않으면 딸을 줄 수 없다고 했지.」

「맹세코……」 산초가 말했다. 「만일 펜타폴린이 잘 싸우지 못하면 전 힘닿는 데까지 펜타폴린을 돕겠습니다요.」

「그렇게 자네의 의무를 다하게, 산초.」 돈키호테가 말했다. 「정식 기사가 아니라도 이런 싸움에는 가담할 수 있으니 말일세.」

「그건 저도 잘 알겠는데 말이죠……」 산초가 대답했다. 「이 당나귀는 어디에 놔둬야 싸움이 끝나고 난 뒤 확실하게 찾을 수 있을까요? 당나귀를 타고 싸움에 나가는 일은 지금까지 없었던 것 같아서 말입니다요.」

「그건 그렇지.」 돈키호테가 대답했다. 「나중에 찾을 수 있든지 없든지 그 당나귀는 그냥 내버려 두는 게 좋을 듯하네. 우리가 이기게 되면 말이야 얼마든지 얻을 수 있으니까. 로시난테도 다른 말로 바뀔지 모르는 위험이 있으니 그렇게 되지 않도록 해야겠군. 내 말 잘 듣게, 산초. 이 두 군대에서 가장 주요한 기사들에 대해 자네에게 일러 줄 테니 말일세. 그들을 잘 볼 수 있도록 저기 저 높은 곳으로 물러남세. 저기라면 양쪽 군대가 제대로 드러날 테니까.」

그들은 언덕으로 올라갔는데, 만일 먼지 구름이 그들의 시야를 막지 않았더라면 거기서는 돈키호테도 군대로 착각했던 두 무리의 짐승 떼를 제대로 볼 수 있었을 것이다. 하지만 돈키호테에게는 여전히 그것이 보이지 않아, 그는 있지도 않은 군대를 자기 상상 속에서 보며 큰 소리로 외쳤다.

「저기 노란 갑옷 차림에 방패에는 왕관을 쓰고 처녀의 발밑에 꿇어앉아 있는 사자를 그려 넣은 기사 말이지, 저 기사가 푸엔테 데 플라타의 영주이신 용감한 라우르칼코이네. 저 황금빛 꽃문양 갑옷을 입고 하늘색 바탕에 세 개의 은빛 왕관이 그려진 방패를 들고 있는 기사는 키로시아의 대공작, 공포의 미코콜렘보라네. 그 오른쪽에 있는 커다란 몸집의 기사는 아라비아 세 왕국을 다스리는 자로 천하에 겁이 없는 브란다바르바란 데 볼리체지. 이 사람은 뱀 가죽으로 된 갑옷을 입고 방패로는 유명한 문짝을 들고 있는데, 그것은 삼손이 죽음을 불사하고 원수를 갚았을 때 무너뜨린 사원의 문짝 중 하나라고 하더군. 이번에는 다른 쪽으로 눈을 돌려 보세. 이 군대의 선두에는 새로운 비스카야의 왕자, 늘 승리하고 결코 지는 것을 모르는 티모넬 데 카르카호나가 바로 앞에 보일 걸세. 이 사람은 파란색, 초록색, 흰색, 노란색 네 부분으로 나뉜 갑옷을 입고 갈색 바탕 방패에는 금빛 고양이가 그려져 있는데 방패에 〈미아우 Miau(야옹)〉라는 글자를 써넣었다네. 기사가 모시는 귀부인의 이름 첫 부분이지. 사람들 말이, 그 여자는 알페니켄 델 알가르베 공작의 딸인 천하의 미울리나라는 걸세. 그리고 풍만하고 튼튼하고 기름기가 쫙 흐르는 말에 앉아 무게로 누르고 있는 자는 프랑스 국적의 새내기 기사로 우트리케 남작령의 영주인 피에르 파핀일세. 아직 무훈이 없어 눈처럼 새하얀 갑옷에 문장도 없는 방패를 들고 있는 걸세. 또 파란 은으로 된 종이 달린 갑옷을 입고 박차를 단 발뒤꿈치로 날렵한 얼룩말 옆구리를 차고 있는 사람은 네르비아의 막강한 공작 에스파르타필라르도 델 보스케일세. 그는 방패에 표식으로 아스파라거스 하나를 그려 놓고 에스파냐어로 〈나의 운명을 좇아라〉라고 써놓았지.」

이런 식으로 돈키호테는 자기가 상상한 대로 이쪽과 저쪽 군대에 속한 숱한 기사들의 이름을 열거해 갔고 갑옷, 색깔, 문장, 표장 등을 세상에 다시없는 광기로 상상해 즉석에서 그들에게 부여하며 쉬지 않고 말했다.

「이 앞에 있는 군대는 여러 나라 사람들로 이루어져 있다네. 그 유명한 한토 강의 달콤한 물을 마시는 사람들이 있고, 마실로스인들의 마을을 짓밟는 산악 지대의 사람들이나, 행복한 아라비아의 고운 사금을 체로 거르는 사람들, 물 맑은 테르모돈테 강의 저 시원하기로 유명한 강변을 노니는 사람들, 많고도 다양한 지류로 황금의 팍톨로 강물[176]을 뽑아내는 사람들 그리고 약속을 의심하는 누미디아 사람과 활 잘 쏘기로 유명한 페르시아 사람, 도망치면서 싸우는 파르디아 사람과 메디아 사람, 이동식 집을 가지고 다니는 아라비아의 유목민, 백인처럼 잔인한 스키타이인, 입술에다 구멍을 뚫은 에티오피아인 등 수를 헤아릴 수 없이 많은 나라의 사람들이 있다네. 나라 이름들은 다 기억하지 못하지만 얼굴을 보면 알 수가 있지. 그리고 이쪽 편 군대에는 올리브 나무가 우거진 베티스 강의 맑은 물을 마시고 사는 사람들과 늘 수량이 풍부한 황금빛 타호 강의 물로 얼굴을 씻고 윤기를 내는 사람들, 성스러운 헤닐의 유용한 물을 즐기는 사람들, 목초가 풍부한 타르테소의 평야를 누비는 사람들, 낙원 같은 헤레스 지방의 목장을 즐기는 사람들, 황금빛 이삭을 화관으로 쓴 부자 만차인들, 고도족의 피를 받은 오래된 유물과 철로 무장한 사람들, 물의 흐름이 완만하기로 이름난 피수에르가 강에서 목욕하는 사람들, 숨은 물줄기로 유명한 굴곡진 과디아나 강변의 광활한 목장에서 가축을 치는 사람들, 숲으로 우거진 피레네 산맥의 추위와 우뚝 솟은 아페니노 산맥의 하얀 눈송이에 떠는 사람들 등, 유럽 전역에 있는 모든 나라의 사람들이 있지.」

세상에, 이렇게 많은 지역과 이렇게 많은 나라들의 이름을, 놀라울 정도로 재빨리 그 특징들을 기술하며 늘어놓다니! 그동안 거짓말투성이의 책에서 읽은 것에 정신이 홀딱 빠지고 흠뻑 젖어서 말이다.

산초 판사는 주인의 이야기에 완전히 빠져들어 아무 말 없이 들으면서

---

[176] 에게 해에서 터키 쪽 해안에 있는, 고대 그리스 신화에 나오는 마이다스 왕이 목욕을 해 금이 섞여 나온다는 리디아 강을 말한다.

가끔 주인이 설명하는 기사나 거인들의 모습을 찾으려고 고개를 돌리곤 했다. 하지만 아무도 보이지 않자 말했다.

「나리, 제 눈에 악마가 씌었는지 들판을 아무리 둘러봐도 나리께서 말씀하신 거인이나 기사나 사람은 하나도 보이지 않습니다요. 아마도 어젯밤의 유령처럼 마법에 걸려 있는 게 틀림없습니다요.」

「어찌 그런 소리를……!」 돈키호테는 말했다. 「자네 귀에는 말들이 울부짖는 소리와 나팔 소리와 북소리가 들리지 않는단 말인가?」

「양들이 요란하게 울어 대는 소리 말고 다른 것은 들리지 않는뎁쇼.」 산초가 대답했다.

이 말은 사실이었다. 이미 양쪽의 양 떼들이 서로 꽤 가까이 다가오고 있었다.

「자네의 두려움이…….」 돈키호테가 말했다. 「자네로 하여금 제대로 보지도 듣지도 못하게 하는 걸세. 두려움이 미치는 영향 중에는 모든 감각을 혼란스럽게 하여 사물을 있는 그대로 보지 못하게 하는 게 있다네. 그렇게 겁이 나면 산초, 한쪽으로 물러나 있게. 나 혼자 내버려 두게. 나 하나로도 내가 돕는 쪽이 이기도록 하기에 충분하니 말일세.」

이렇게 말하면서 그는 창을 창 집에 꽂은 채 로시난테에 박차를 가하여 번개처럼 비탈길을 달려 내려갔다. 산초가 큰 소리로 말했다.

「나리, 돈키호테 님, 돌아오세요. 나리께서 싸우시려는 상대는, 하느님께 맹세합니다만 바로 양 떼입니다요! 제발 돌아오시라니까요. 나를 낳아 주신 아버지는 운도 없으시지! 이게 무슨 미친 짓입니까요? 거인도 기사도 고양이도 갑옷도 쪼개진 방패도 온전한 방패도 푸른빛 종 문장이고 뭐고 아무것도 없단 말입니다요. 아이고, 내 팔자야!」

이런 말을 해도 돈키호테는 돌아오지 않았고 오히려 큰소리를 치면서 돌진해 갔다.

「어이, 기사들이여, 용감한 황제 펜타폴린 델 아레망가도 브라소의 깃발 아래 복종하며 싸우는 자들이여, 모두 나를 따르시오. 내가 그대들의 적인 알리판파론 데 라 트라포바나에게 얼마나 간단하게 복수해 주는지 보게 될 것이오!」

이렇게 말하면서 양 떼 한복판에 들어간 그는 얼마나 용맹하고 대담하게 양들을 찌르기 시작했는지 정말로 불구대천의 원수를 창으로 찌르는 것 같았다. 양 떼를 몰고 오던 목동과 목장주들은 그러지 말라고 고함을 쳐대다가 아무런 효과가 없음을 알자 무릿매[177] 끈을 풀어 그의 귀에다 주먹만 한 돌멩이를 던져 대기 시작했다. 돈키호테는 돌은 거들떠보지도 않고 오히려 이리저리 돌아다니면서 소리쳤다.

「오만한 알리판파론, 네놈은 어디 있느냐? 썩 나오지 못할까! 나는 단신의 기사로 너와 일대일로 붙어 너의 힘을 시험하고 네가 용감한 펜타폴린 가라만타에게 저지른 짓에 대한 벌로 네 목숨을 없애 버리려 한다!」

이때 돌멩이 하나가 날아와 그의 옆구리에 명중하여 그의 갈비뼈 두 대가 내려앉아 버렸다. 이렇게 혼이 나자 돈키호테는 자기가 죽거나 큰 부상을 입었다고 생각했다. 그는 가지고 있는 향유를 떠올리고는 병을 꺼내 입에다 대고 부어 넣기 시작했다. 그러나 충분히 마셨다고 생각하기도 전에 다른 돌멩이가 날아와 손목과 병을 맞혔다. 병은 정통으로 맞아 산산조각 났고, 그의 앞니와 어금니 서너 개가 빠지고 손가락 두 개가 여지없이 뭉개져 버렸다.

이렇듯이 첫 번째 돌멩이만큼이나 만만치 않은 두 번째 돌멩이에 불쌍한 기사는 말에서 떨어질 수밖에 없었다. 그에게 다가와 살펴본 목동들은

---

[177] 돌을 던질 때 사용하는 도구로, 보통 넓은 가죽 양 끝에 끈이 달려 있다. 성서에서 다윗이 무릿매로 골리앗을 물리쳤다.

자기들이 사람을 죽였다고 생각해 황급하게 양 떼를 모으고 죽어 쓰러져 있던 예닐곱 마리의 양을 실은 후 뒤도 돌아보지 않고 가버렸다.

이런 일이 벌어지는 동안 언덕 위에 서서 주인의 미친 짓을 지켜보고 있던 산초는 주인과 자신을 만나게 한 운명을 저주하면서 수염을 쥐어뜯었다. 주인이 땅바닥에 굴러떨어지고 목동들이 가버리자 그는 언덕에서 내려와 주인에게 다가갔다. 주인은 기절하지는 않았지만 형편없는 몰골을 하고 있었다. 산초는 주인에게 말했다.

「제가 되돌아오시라고 하지 않았던가요, 돈키호테 나리? 나리께서 덤벼들려고 하신 것은 군대가 아니라 양 떼라고 말입니다요.」

「그 같은 일들은 내 적인 그 악당 마법사가 사라지게도 하고 둔갑을 시킬 수도 있는 거야. 산초여, 자기들이 원하는 모습으로 우리 앞에 등장하는 짓은 그런 놈들에게 아주 쉽다는 걸 알아 둬야 하네. 나를 추적하는 그 악당이 내가 이 싸움에서 영광을 얻을 것을 알고 시기심에 적의 군대를 양 떼로 둔갑시킨 게야. 그게 아니라면 산초여, 제발 한번 당나귀를 타고 저놈들의 뒤를 눈치 못 채게 쫓아가 보게. 그러면 내 말이 사실이라는 걸 제대로 알 수 있을 테니 말일세. 조금만 가다 보면 그놈들이 어떻게 양의 모습에서 내가 자네에게 묘사한 인간의 모습으로 돌아오는지를 보게 될 걸세. 하지만 지금은 가지 말게. 자네의 시중과 도움이 필요하니까 말일세. 내게 와서 내 앞니와 어금니가 몇 개나 빠져나갔는지 봐주게. 입안에 한 개도 안 남은 것 같군.」

산초는 가까이 다가가서 자기 눈을 그의 입에 거의 넣다시피 했다. 마침 이때 돈키호테의 위 속에서 향유의 효력이 발동하고 있었기 때문에, 산초가 그의 입을 들여다보려는 순간 안에 들어 있던 것들이 총알보다도 더 세차게 뿜어져 나와 동정심 많은 산초의 수염은 토사물로 범벅이 되고 말았다.

「어이구야!」 산초가 외쳤다. 「이게 무슨 일이래? 이 죄 많은 나리께서 죽을 정도로 상처를 입으신 게로군. 입에서 피를 토하시니 말이야.」

그러나 좀 더 살펴보니, 그 색깔과 맛과 냄새로 보아 피가 아니라 아까 주인이 마신 병에 든 향유라는 것을 알게 되었다. 그러자 위가 뒤집힐 것 같은 구역질이 나서 배 속에 있는 것을 주인 나리에게 토하고 말았으니, 두 사람 몰골이 흠잡을 데가 없었다. 산초는 자루에서 닦을 것과 주인을 치료할 것을 꺼내려고 당나귀한테 갔으나 자루가 보이지 않자 머리가 돌아 버릴 것만 같았다. 다시 자기 자신을 저주하고, 지금까지 주인을 섬긴 것에 대한 노임이며 약속한 섬의 통치자가 될 희망을 버리는 한이 있더라도 그를 떠나 고향으로 돌아가야겠다고 마음을 먹었다.

이때 돈키호테가 일어나 이빨이 빠져나올까 봐 왼손으로 입을 막고 다른 손으로는 로시난테의 고삐를 잡았다. 로시난테는 한시도 주인 곁에서 떠나지 않고 있었다. 이토록 이 말은 충실하고 순했다. 돈키호테가 종자 있는 곳으로 가보니 그는 당나귀에 기댄 채 손을 볼에 대고는 아주 깊은 생각에 빠져 있는 것 같았다. 이렇게 자못 슬픔에 잠겨 있는 모습을 본 돈키호테는 종자에게 말했다.

「산초, 남보다 더 노력하지 않으면 남을 앞설 수 없다는 것을 알게나. 우리에게 일어난 이 모든 폭풍우는 곧 날씨가 잔잔해져 우리 일들이 잘 풀릴 징조라네. 좋은 일이든 나쁜 일이든 언제까지나 지속되는 건 아니니까 말일세. 지금까지 줄곧 나쁜 일만 많았다는 것은 이제부터는 벌써 좋은 일이 가까이 있다는 걸 의미한다네. 그러니 자네는 내가 겪은 불행 때문에 슬퍼하지 말게나. 자네하고는 별 상관이 없는 일이니까 말일세.」

「별 상관이 없다뇨?」 산초가 대답했다. 「어제 담요로 헹가래 쳐진 사람이 제 아버지의 자식이 아닌 다른 사람이었던가요? 그리고 오늘 보니 자루가 없어졌네요. 저의 모든 보물이 들어 있는 그 자루 말입니다요. 그건 제 것이 아니고 다른 사람 것이란 말씀입니까?」

「뭐? 자루가 없어졌다고, 산초?」 돈키호테가 물었다.

「네, 없어졌습니다요.」 산초가 대답했다.

「그렇다면 오늘 먹을 게 없겠구먼.」 돈키호테가 말했다.

「그렇습니다요. 나리처럼 재수 없는 편력 기사가 먹을 것을 대신한다는, 나리께서 아신다는 그런 풀을 이 초원에서 찾을 수 없다면 말입니다요.」 산초가 말했다.

「무엇보다도 말일세…….」 돈키호테가 말했다. 「지금 나는 디오스코리데스[178]가 묘사하고 라그나 박사가 해설한 모든 풀들보다 빵 2리브라,[179] 혹은 거칠지만 큰 빵 하나와 정어리나 청어 대가리 두 개면 정말 좋겠네. 어쨌든 착한 산초여, 당나귀를 타고 내 뒤를 따라오도록 하게. 모든 것을 준비해 주시는 하느님께서 설마 우릴 저버리시지는 않으실 게야. 우리는 하느님을 섬기기 위해 이렇게 방랑하며 다니고 있으니 말일세. 하늘을 나는 모기에게도, 땅의 구더기에게도, 물속의 올챙이에게도 부족한 게 없잖은가. 한없이 자비로우셔서 착한 사람에게나 악한 사람에게나 똑같이 빛을 내려 주시고, 바르지 못한 사람에게나 바른 사람에게나 똑같이 비를 내려 주시지 않던가.」

「나리는 편력 기사보다 설교사가 되시는 게 더 좋을 뻔했습니다요.」 산초가 말했다.

「편력 기사란 모르는 것이 없는 법이고, 또 모르는 것이 있어서도 안 되는 법일세, 산초.」 돈키호테가 말을 이었다. 「옛날에는 왕 소유의 들판 한복판에서 파리 대학을 나온 학자처럼 설교나 대화를 하고자 멈춰 선 기

---

[178] Pedanius Dioscorides(40~90). 로마의 식물학자이자 군의관으로 네로 황제 밑에서 복무했다.

[179] *libra*. 1리브라는 약 460그램에 해당한다.

사도 있었으니까 말일세. 이것을 보면 창이 펜을 무디게 한 적 없고, 펜이 창을 무디게 한 적도 없음을 짐작할 수가 있지.」

「나리 말씀은 그렇다 치고요…….」 산초가 대답했다. 「이제 여기를 뜹시다요. 오늘 밤 묵을 곳을 찾으러 가야죠. 이번에는 제발 담요도 없고 담요로 사람을 공중에 던져 올리는 인간도 없고 유령이라든지 마법에 걸린 무어인도 없는 곳이기를 바랍니다요. 그런 것이 있으면 그야말로 모든 게 다 망하고 말테니까요.」

「자네가 하느님께 그렇게 부탁드려 보게.」 돈키호테가 말했다. 「그리고 자네 마음대로 인도하게. 이번에는 자네에게 우리가 머물 곳을 맡겨 보겠네. 그건 그렇고, 손 좀 주게나. 오른쪽 여기, 어금니와 이빨이 몇 개나 빠졌는지 손가락으로 잘 만져 보게. 거기가 아프군.」

산초는 손가락을 넣어 만져 보면서 물었다.

「나리, 이쪽 어금니가 몇 개였나요?」

「네 개였지.」 돈키호테가 대답했다. 「사랑니만 빼고 모두 온전하고 튼튼했다네.」

「정확하게 말씀해 주세요.」 산초가 대꾸했다.

「네 개라고 하지 않았는가, 다섯 개가 아니면…….」 돈키호테가 대답했다. 「내 평생 앞니든 어금니든 뽑힌 적이 없고 빠진 적도 없으며 치석으로 상한 일도, 풍치도 없었네.」

「아래쪽 이빨은…….」 산초가 말했다. 「어금니가 두 개 반밖에 없는뎁쇼. 위쪽은 반쪽이 아니라 아예 하나도 남아 있지 않고 말입죠. 제 손바닥처럼 완전히 편편합니다요.」

「지지리 복도 없도다!」 돈키호테는 종자가 전한 슬픈 소식을 들으면서 말했다. 「차라리 팔이 잘려 나가는 편이 나았을걸. 칼을 드는 팔이 아니라면 말이지. 산초, 자네에게 말하지만, 어금니가 없는 입이란 돌 없는 맷돌과 같아서 이빨 한 개는 다이아몬드 한 알보다 더 귀하게 다루어야 하는 법이라네. 하지만 기사도의 엄격한 규칙을 수행해야 하는 우리 같은 사람들에게 이런 건 당연한 일이지. 자, 친구여 나귀를 타게. 그리고 인도하게. 자네가 가는 대로 따라갈 테니 말일세.」

산초는 그 말대로 했다. 곧장 뻗은 큰길에서 벗어나지 않으면서 머무를 만한 곳을 찾으러 나아갔다.

돈키호테는 턱뼈가 아파 마음이 편치 않은 데다 빨리 가지도 못할 상황이라서 천천히 걷고 있었다. 산초는 무슨 얘기라도 들려줘서 그를 재미있게 해주고 싶었다. 다음 장에서는 산초가 한 말들 중 하나를 이야기하기로 한다.

19

산초가 주인과 나눈 진중한 이야기와
시체의 모험과
다른 유명한 사건에 대해서

「나리, 요즘 우리에게 일어난 이런 불행은 분명 나리께서 기사의 법도를 어겨 받는 벌 같습니다요. 말란드리노라던가 뭐라던가 잘 기억은 안 나지만 그 무언가의 투구를 빼앗을 때까지 식탁에서 식사를 하는 일은 없을 것이며, 여인과 즐길 일도 없으며, 그 밖에 이에 따르는 모든 일을 반드시 수행하겠다고 맹세하셨잖습니까요.」

「과연 자네 말이 지당하도다.」 돈키호테가 말했다. 「하지만 사실을 말하자면 난 그 약속을 까맣게 잊어버리고 있었다네. 자네가 내게 그 맹세를 기억할 수 있도록 제때 일러 주지 않아 그 잘못으로 그 담요 소동도 일어난 것이 분명해. 앞으로는 나도 고치도록 하겠네. 기사도에는 무슨 일이든 복구할 수 있는 방법이 있으니 말일세.」

「저도 혹시 무슨 맹세를 했었나요?」 산초가 물었다.

「맹세를 하지 않았어도 상관없네.」 돈키호테가 말했다. 「자네가 아주 고약한 놈들과 관계 있는 사람이 아니라는 걸 내가 아는 것만으로 충분하지. 여하튼, 우리가 우리의 실수를 복구할 방편을 마련한다는 것은 나쁜 일이 아니잖은가.」

「일이 그렇다면 말입니다요······.」 산초가 말했다. 「그전 맹세처럼 이번 맹세를 잊어버리는 일은 없도록 하세요, 나리. 그 유령들이 다시 저를 데리고 장난을 치거나 나리가 고집불통인 것을 보고 나리에게도 그런 짓을 할까 봐 그럽니다요.」

이런저런 대화를 나누다 보니 길 위에서 밤을 맞이하게 되었다. 그날 밤 몸을 누일 곳을 찾아내지도 못했는데, 더 괴로운 것은 배가 고파 죽을 지경이었다는 것이다. 자루가 없어지는 바람에 식량을 포함해 나머지 짐들이 모두 사라져 버렸으니 말이다. 이 불행에 종지부를 찍으려는 듯 정말 거짓말 하나 보태지 않은, 그야말로 진짜 모험 같은 모험이 그들에게 일어났다. 칠흑같이 어두워졌으나 그들은 그 상태로 계속 길을 걸어가고 있었다. 산초는 길이 넓으니 1~2레과쯤 가면 당연히 객줏집 하나는 나타나겠지 생각했다.

이렇게 어두운 밤길을 허기진 종자와 주인이 가고 있자니, 가고 있던 길 맞은편에서 움직이는 별 같은 많은 불빛이 그들 쪽으로 오고 있는 것이 보였다. 이것을 보자 산초는 기겁을 했고 돈키호테도 불안해했다. 종자는 당나귀의 고삐를, 주인은 자기 말의 고삐를 꽉 잡아당기고는 그것이 무엇인지 가만히 지켜보고 있었다. 불빛이 가까이 다가올수록 점점 더 커지자 산초는 수은 중독에 걸린 사람처럼 사시나무 떨듯 떨기 시작했다. 돈키호테 역시 머리카락이 곤두섰지만 가까스로 용기를 내어 말했다.

「이것이야말로 산초여, 엄청나게 위대하고도 위험한 모험임이 틀림없네. 이번에야말로 나의 모든 용기와 힘을 보여 줘야 할 것 같네.」

「아이고, 내 팔자야!」 산초가 대꾸했다. 「제가 보기에 이건 아무래도 유령의 짓 같은데, 만일 그렇다면 제 갈비뼈가 또 이 모험을 견뎌 내야 할 텐데, 남아날 게 있을까요?」

「아무리 유령이라 할지라도······.」 돈키호테가 말했다. 「자네 옷자락 하나 건드리지 못하게 할 것이네. 지난번에 자네를 가지고 장난질을 쳤을 때는 내가 담을 뛰어넘지 못해 그저 내버려 둘 수밖에 없었지만, 이번에는 평지에 있으니 마음껏 칼을 휘두를 수 있을 게야.」

「지난번처럼 나리에게 마법을 걸어 꼼짝 못하게 한다면요, 나리?」 산초가 말했다. 「들판이든 아니든 무슨 소용이 있겠습니까?」

「여하튼 간에…….」 돈키호테가 대답했다. 「산초, 기운을 내게. 자네도 겪어 보면 내 용기를 이해하게 될 걸세.」

「그럽죠, 하느님이 원하신다면요.」 산초가 대답했다.

두 사람은 길 한쪽으로 비켜서서 가까이 다가오고 있는 그 불빛의 정체가 무엇인지 주의 깊게 살펴보았다. 그러자 잠시 후 하얀 셔츠를 입은 사람들이 무더기로 오고 있는 것이 보였으니, 산초 판사는 그 무시무시한 모습에 완전히 기가 질려 사일열에 걸린 사람처럼 이빨이 서로 맞부딪칠 정도로 덜덜 떨기 시작했다. 그것의 정체가 뚜렷해졌을 때는 떨림의 정도와 이빨 부딪치는 소리가 더 커졌다. 스무 명이나 되는 사람들이 모두 흰 셔츠를 입고 말을 탄 채 손에는 횃불을 들었으며, 그 뒤로 검은 천을 씌운 들것이 따르고, 또 그 뒤로는 여섯 사람이 올라탄 노새 — 걸음이 느린 것으로 미루어 말은 아닌 것 같았다 — 발치까지 오는 상복을 입고 따라오고 있었다. 흰 셔츠를 입은 사람들은 다정다감하고 낮은 목소리로 자기들끼리 무언가 중얼거리며 오고 있었다. 이런 시간, 사람 하나 없는 이런 장소에서 보게 된 이렇듯 이상한 광경은 산초는 말할 것도 없고 그의 주인까지 겁을 먹게 하기에 충분했다. 돈키호테는 몰라도 산초의 용기는 이미 바닥나 있었다. 그런데 사실 주인에게는 반대의 일이 일어났다. 이 순간 이 광경이 자기가 책에서 읽은 모험 중 하나로 상상 속에 생생하게 그려졌던 것이다.

돈키호테는 그 들것이 부상을 당했거나 살해당한 기사를 실어 가는 관이며, 자기가 그 복수를 하지 않으면 안 된다고 생각했다. 그래서 더 이상 아무 말 없이 창을 올리고 안장 위에 똑바로 앉아 흰 셔츠를 입은 사람들이 지나가야 할 길 한가운데 아주 늠름하고 씩씩하게 버티고 섰다. 그들이 가까이 다가오는 것을 보자 그는 소리를 높여 외쳤다.

「기사 양반들, 아니 뭘 하는 분이시든지 간에 그 자리에 멈추시오. 그대들이 누구인지, 어디서 와서 어디로 가는지, 그 관에는 무엇이 들어 있는지 밝히시오. 보아하니 여러분들은 뭔가 무례한 짓을 했거나 혹은 무례한 짓을 당한 것 같소. 여러분들이 나쁜 짓을 했다면 벌을 주고 모욕을 받았다면 복수를 해드려야 하니, 나는 내막을 알 필요가 있고 마땅히 알아야 하오.」

「우리는 갈 길이 바쁜 사람들입니다.」 흰 셔츠를 입은 사람 중 하나가 대답했다. 「객줏집이 아직 멀어서 당신이 요구한 내막을 말씀드리기 위해 멈출 수가 없답니다.」

그러고는 노새에 박차를 가하여 그를 지나쳤다. 이 대답에 아주 불쾌해진 돈키호테는 노새의 재갈을 붙들며 소리쳤다.

「멈추시오, 좀 더 예의를 지켜 내 물음에 답하시오. 그러지 않으면 당신들 모두 나와 결투를 벌여야 하오.」

그 노새는 무척 예민한 놈이라 재갈이 잡히자 놀라서 뒷발로 섰고 그 바람에 타고 있던 주인은 땅바닥에 엉덩방아를 찧고 말았다. 흰 셔츠를 입은 사람이 떨어지는 것을 보고 걸어가던 한 시종이 돈키호테에게 욕을 퍼부어 대기 시작했다. 이미 화가 나 있던 돈키호테는 더 기다릴 필요도 없이 창을 치켜들더니 상복 입은 한 사람에게 달려들어서는 심한 상처를 입혀 땅바닥에 쓰러뜨렸다. 그러고는 나머지 사람들을 공격하는데 얼마나 민첩하게 아수라장을 만들어 놓았는지 정말 볼만했고, 가볍고도 자신만만하게 움직이는 로시난테는 그 순간 날개가 돋은 것 같았다.

흰 셔츠를 입은 사람들은 겁이 많고 무기도 가지고 있지 않았다. 그래서 순식간에 싸움을 그만두고 횃불을 든 채 들판으로 줄행랑을 치기 시작했으니, 마치 환희의 밤이나 축제의 밤에 가면을 쓰고 달리는 모습 같았다. 상복 입은 사람들도 그렇게 하려고 했지만 소매 없는 긴 가운에 휘감겨 움직일 수가 없었다. 그러니 돈키호테는 편안하게 그들을 두들겨 패서 그 자리를 뜨게 만들었다. 그들은 돈키호테가 사람이 아니라 들것에 실어온 시체를 빼앗기 위해 지옥에서 온 악마라고 생각하고 도망간 것이다.

산초는 이 모든 것을 지켜보다가 주인의 용기에 감탄하여 혼잣말로 중얼거렸다.

「우리 주인 나리는 말씀하시는 것처럼 정말 강하고 용감한 분이시잖아.」

노새가 떨어뜨린 첫 번째 사람 옆에 횃불이 하나 타고 있어서 그 빛으로 돈키호테는 그를 볼 수 있었다. 그에게 다가가 창끝을 얼굴에 대고 항복하지 않으면 죽이겠다고 하자 쓰러져 있던 사람이 대답했다.

「저는 더 이상 항복할 수 없을 정도로 항복하고 있습니다. 꼼짝할 수가 없으니까요. 한쪽 다리가 부러진 모양입니다. 제발 저를 살려 주십시오. 그러지 않으시면 엄청난 신성 모독을 저지르게 되시는 겁니다. 저는 학위가 있으며, 제1계급 품급의 성직자입니다.」

「아니, 대체 어떤 악마가 성직에 계신 분을 여기로 데리고 왔단 말이오?」 돈키호테가 물었다.

「어떤 악마냐고요?」 넘어진 남자가 대꾸했다. 「저 자신의 불운이지요.」

「그렇다면 그보다 더 큰 불운을 만나게 될 것이오.」 돈키호테가 말했다. 「내가 아까 물었던 말에 만족스러운 대답을 못 하면 말이오.」

「만족시켜 드리리다.」 학위 있는 자가 말했다. 「조금 전에 학위가 있다고 했지만 저는 아직 학사일 뿐이고 이름은 알론소 로페스라고 합니다.

알코벤다스 출신이죠. 아까 횃불을 들고 달아난 열한 명의 사제들과 함께 바에사에서 오던 길이었습니다. 그 들것에 실린 시신과 함께 세고비아로 가게 되어 있지요. 시신은 바에사에서 죽은 어느 기사의 것인데, 그곳에 모셨었거든요. 지금은 그분의 유골을, 말씀드린 대로 그분 고향인 세고비아의 묏자리로 가지고 가는 중이랍니다.」

「그런데, 그를 죽인 자가 누구요?」 돈키호테가 물었다.

「하느님이시지요. 말하자면, 페스트 열을 매개로 하느님이 취하신 거지요.」 학사가 대답했다.

「그렇다면…….」 돈키호테가 말했다. 「하느님이 나의 수고를 덜어 주시는군. 누군가 그를 죽였다면 마땅히 내가 복수를 해야 하는데, 죽여야 할 분이 죽이신 것이니 잠자코 어깨나 한번 으쓱하는 수밖에. 나를 죽여도 그럴 수밖에 없듯이 말이오. 그런데 당신이 알아 두었으면 하는 건, 나는 라만차의 기사 돈키호테로, 세상을 돌아다니며 애꾸눈을 바로잡고 모욕을 쳐부수는 일이 나의 수행이자 직업이라는 거요.」

「애꾸눈을 바로잡는다니, 어떻게 그럴 수 있는지 이해가 안 됩니다.」 학사가 말했다. 「저는 아주 멀쩡한 사람이었는데 당신이 제 다리를 부러뜨려 이렇게 만들어 놓지 않았습니까? 평생 다리가 똑바로 되지 않을 것입니다. 그리고 모욕을 쳐부수어 준 일이라는 게 저를 영원히 모욕당한 자로 남도록 모욕한 일밖에 없습니다. 모험을 찾아다닌다는 당신을 만난 게 제게는 지독하게 재수 없는 일이었죠.」

「모든 일이 같은 방식으로 일어나는 것은 아니오.」 돈키호테가 말했다. 「잘못은, 알론소 로페스 학사, 당신들이 한밤중에 흰 셔츠 차림에 횃불을 들고 기도문을 외면서, 게다가 시커먼 상복까지 입고 왔다는 데 있소. 그 모습이 얼마나 불길했는지 내겐 바로 저세상에서 온 것들 같았다오. 그러니 당신들을 공격하여 내 임무를 수행하지 않을 수가 없었소. 당신들이 지옥에서 온 끔찍한 사탄들이었다 해도 나는 공격했을 것이오. 사실 나는 당신들을 그렇게 생각했고 줄곧 그렇게 믿고 있었소.」

「내 운이 그래서 이렇게 된 것이니…….」 학사가 말했다. 「내게 지독한 비운을 준 편력 기사 나리, 당신께 간청하오니 이 노새 밑에서 나가게 좀 도와주시죠. 안장과 등자 사이에 다리가 끼었습니다.」

「내일까지 이야기만 하고 있을 뻔했구려!」 돈키호테가 말했다. 「그런 부탁을 하기 위해 언제까지 기다릴 작정이었소?」

그는 산초에게 오라고 소리 질러 불렀으나 산초의 신경은 온통 딴 곳에 가 있었다. 아까 그 착한 사람들이 예비로 데리고 온 짐 노새에 먹을 것이 가득 실려 있었는데 그것을 약탈하느라 정신이 없었던 것이다. 산초는 외투를 자루로 만들어서는 넣을 수 있는 대로 넣어 가득 채운 뒤 자기 당나귀에 실었다. 그런 다음에야 자기 주인이 부르는 소리에 달려가 노새에 깔려 있는 학사를 꺼내는 일을 도왔다. 그러고는 그를 노새에 태우고 횃불을 건네주었다. 돈키호테는 그에게, 자신에게 대패한 일행 뒤를 쫓아가 자신이 어쩔 수 없이 그들을 모욕할 수밖에 없었던 것에 대해 용서를 구한다는 말을 전해 달라고 했다. 산초도 역시 그에게 말했다.

「혹시 그분들이 자기들을 그 지경으로 만든 용감한 자가 누구냐고 물으시면, 그분은 그 유명한 돈키호테 데 라만차, 다른 이름으로 〈슬픈 몰골의 기사〉라고 한다고 말씀해 주세요.」

이리하여 학사가 떠나자, 돈키호테는 대체 어떤 연유로 자기를 〈슬픈 몰골의 기사〉라고 했는지 산초에게 물었다.

「이유를 말씀드리죠.」 산초가 대답했다. 「제가 그 불쌍한 사람이 들고 있던 횃불에 잠깐 나리 얼굴을 보았더니, 지금까지 한 번도 본 적이 없는 슬픈 얼굴을 하고 계셨기 때문입니다요. 아마 이번 싸움으로 피로하신 탓이거나 아니면 앞니와 어금니가 없기 때문에 그렇게 보인 것 같습니다요.」

「그래서 그런 게 아니야.」 돈키호테가 대답했다. 「나의 무훈을 기록해야 할 책임을 지고 있는 현자가 생각하기를, 옛날의 기사들이면 누구나 갖고 있었던 별칭을 나도 하나 갖는 게 좋을 거라고 여긴 것이겠지. 사실 이전 기사들 중 어떤 이는 〈불타는 칼의 기사〉라고 불렸고, 어떤 이는 〈유니콘의 기사〉, 또 어떤 이는 〈처녀의 기사〉, 어떤 이는 〈불사조의 기사〉, 다른 이는 〈그리포[180]의 기사〉, 또 다른 이는 〈죽음의 기사〉라고 불렸네. 이들은 이러한 이름과 문장으로 둥근 땅덩어리 구석구석에 알려져 있다네. 내가 말한 그 현자가 자네의 혀와 생각으로 하여금 나를 〈슬픈 몰골의 기사〉라고 부르도록 한 것이라면, 지금부터 나를 그렇게 부를 생각이네. 그리고 이 이름이 내게 더 어울리도록, 기회가 닿는 대로 내 방패에 아주 슬퍼 보이는 얼굴을 하나 그려 넣게 해야겠네.」

「뭐 굳이 그런 얼굴을 그리는 데 시간과 돈을 낭비하실 건 없습니다요.」 산초가 말했다. 「그것보다 먼저 나리의 얼굴을 보려고 하는 자에게 나리께서 직접 얼굴을 돌려 보여 주시면 됩니다요. 그러면 방패나 그림은 전혀 필요 없이 사람들은 〈슬픈 몰골의 기사〉라고 나리를 부를 겁니다요. 제 말이 사실이니 믿어 보세요. 게다가 나리, 이건 맹세코 농담인데요, 아까도 말씀드렸듯이 배가 고프시고 어금니가 없어서 얼굴이 그 모양이니, 슬픈 그림을 그리지 않아도 오해는 전혀 없을 것 같습니다요.」

돈키호테는 산초의 구수한 말을 듣고 웃었다. 그러나 여하튼 그는 생각한 대로 방패나 둥근 방패에 그림을 그려 넣어 이 이름으로 부르리라 결심했다.

이때 학사가 돌아와 돈키호테에게 말했다.

「제가 잊은 게 있습니다. 나리께서는 성스러운 것에 난폭하게 손을 댔

---

[180] Grifo. 그리스 신화에서 사자의 몸에 독수리 머리와 날개를 가지고 황금을 지켰던 괴수.

기 때문에 파문당하셨습니다. 교리에 의하면, *juxta illud: Si quis Suadente diabolo, etc*(누군가 악마에 의해서 사주된다면, 등등)…….」[181]

「난 라틴어를 모르지만…….」 돈키호테가 대꾸했다. 「내가 손이 아니라 이 창을 댔다는 것은 분명히 아오. 더군다나 나는 신실한 기독교인으로서 성직자라든지 교회에 속하는 것들을 존경하고 사랑하면 했지, 그들이나 그 물건들을 모욕할 생각은 전혀 없었소. 나는 당신들이 저세상에서 온 유령이나 요망한 마귀라고 생각했기에 공격했던 것이오. 그러고 보니 엘 시드가 교황 앞에서 왕의 사절의 의자를 부수었을 때 그에게 일어난 일이 떠오르는구려. 그 때문에 그 사람은 파문을 당했으나, 그럼에도 착한 자 로드리고 데 비바르는 아주 명예롭고 용맹스러운 기사로서 돌아다녔지.」

이 말을 듣자 학사는 아무 말도 못 하고 그대로 떠났다. 돈키호테는 들것 안에 있는 것이 유골인지 아닌지 확인하려고 했지만 산초가 찬성하지 않았다.

「나리, 나리께서는 제가 본 모험 중에서 가장 무탈하게 이 위험한 모험을 마치셨습니다요. 저 사람들이 대패하고 깨진 것이 창피해 달아나기는 했습니다만, 자신들이 단 한 사람한테 당했다는 걸 깨닫게 되면 다시 기운을 찾아 우리를 혼내 주려고 되돌아올는지도 모릅니다요. 당나귀도 준비가 됐고 산도 가깝고 배도 고프니 품위 있는 발걸음으로 물러나 주는 게 나을 것 같은데요. 속담에 〈죽은 사람은 무덤으로, 산 사람은 빵으로〉[182]라는 말이 있잖습니까요.」

그러고 나서 산초는 앞서 당나귀를 몰며 주인에게 따라오라고 했다.

---

181 이탈리아 트렌토 공의회에서 결정된 규정의 첫 구절. 신부나 성직자들을 보호하기 위한 것으로 사제를 때리면 파문한다는 요지다.
182 이제부터 산초라는 인물의 특징을 확실하게 보여 주는 수많은 속담들이 시작된다.

주인은 산초의 말이 옳다고 생각해 아무 대꾸도 하지 않고 그 뒤를 쫓았다. 두 개의 작은 산 사이로 걷기 시작한 지 얼마 되지 않아 인간의 발길이 닿지 않은 널찍한 골짜기가 나왔다. 거기서 두 사람은 내리고, 산초는 당나귀의 짐을 내렸다. 그들은 푸른 풀 위에 누워 배고픔을 반찬 삼아 한꺼번에 아침을 먹고 점심을 먹고 새참을 먹고 저녁을 먹었다. 한 끼 도시락 이상으로 배를 든든히 채웠던 것이다. 이것은 그 유골을 따라오던, 거의 고생이라고는 하지 않고 사는 사제들이 예비 노새에 실어 왔던 것들이었다.

그러나 또 다른 불행이 새롭게 그들에게 닥쳤으니, 그건 산초에게는 최악의 사건으로 포도주는커녕 입술을 적실 물조차 없었다는 것이다. 두 사람이 목이 말라 괴로워하고 있던 차에 산초가 자기들이 있던 초원이 파릇파릇한 작은 풀로 덮여 있는 것을 본 다음 이어서 일어난 이야기는 다음 장에서 계속된다.

20

아무런 위험 없이 끝낸
세상 유명한 기사의 모험처럼 안전하게 끝난
용감한 돈키호테 데 라만차의
듣도 보도 못한 모험에 대하여

「나리, 이 풀들을 보니 이 근처에 여기 물을 대주는 샘이나 냇물이 있을 것 같습니다요. 조금 더 앞으로 가보는 게 좋을 것 같은뎁쇼. 우리를 괴롭히는 이 무시무시한 갈증을 덜 수 있는 곳이 나올 것 같으니 말입니다요. 정말 갈증이 배고픔보다 더 힘듭니다요.」

돈키호테가 듣기에도 아주 그럴듯한 제안 같았다. 그는 로시난테의 고삐를 잡았고 산초는 먹다 남긴 음식을 당나귀 등에다 싣고서 고삐를 잡았다. 밤이 깊어 무엇 하나 제대로 보이지 않았기 때문에 그들은 더듬더듬 초원 위쪽으로 가기 시작했다. 2백 걸음도 채 가기 전에 아주 거대하고 우뚝 솟은 바위 위에서 떨어지는 것 같은 요란스러운 물소리가 두 사람의 귀에 들려왔다. 큰 물소리에 신이 난 그들은 그 소리가 어느 쪽에서 나는지 알아보기 위해 가만히 귀를 기울이고 섰다. 그러자 뜻밖에 전혀 다른 소리가 들려와 물소리를 듣고 기뻐했던 그들의 마음에, 특히 타고난 겁쟁이에다 소심한 산초의 기쁨에 찬물을 끼얹었다. 쇠와 쇠사슬이 마찰하는 소리와 함께 박자에 맞춰 무언가를 두들기는 소리, 거기에 요란스러운 물소리까지 가세해서 돈키호테는 고사하고 누구라도 두려워할 만한 소리가 들렸던 것이다.

 말했듯이 밤이라 깜깜했고 어쩌다 보니 그들은 높다란 나무들 사이로 들어와 있었는데, 그 나뭇잎들도 부드러운 바람에 일렁이면서 무서운 소리를 내고 있었다. 적막한 그 장소와 어둠과 물소리와 나뭇잎의 수런거리는 소리가 모두 공포와 놀라움을 자아냈다. 두들기는 소리도 그치지 않고, 바람도 잠들지 않으며, 아침이 되려면 아직 멀었다는 것을 알았을 때 그들의 공포와 두려움은 더 커졌다. 게다가 그들은 자신들이 어디에 있는지조차 도통 알 수가 없었다. 그러나 돈키호테는 용감하게 로시난테에 뛰어올라 방패를 팔에 고정시키고는 창을 비스듬히 든 채 소리쳤다.

 「나의 벗 산초여, 나는 하늘의 뜻으로 이 시대, 우리 철의 시대에 흔히들 말하는 황금시대를 부활시키려고 태어났음을 알아주게. 위험이나 위대한 공훈이나 용감한 사건들은 바로 나를 기다리고 있네. 다시 말하지만 나야말로 원탁의 기사, 프랑스의 열두 기사들과 명성의 아홉 기사를 다시 부활시킬 자이며, 플라티르와 타블란테와 올리반테와 티란테와 페보와 벨리아니스 기사들과 기타 무수한 유명 기사들을 망각 속에 묻을 자라네. 지금 이 순간 그들이 이룩한 위대한 무훈의 빛을 가릴, 전례 없이 위대한 무훈을 이룸으로써 말일세. 나의 충실하고 정의로운 종자여, 이 밤의 암흑과 이 기이한 정적, 이 나뭇잎들의 호젓하고도 알 수 없는 소리, 우리가 찾으러 온 물이 높다란 달의 산[183]으로부터 무너져 내리는 무시무시한 소리와 우리의 귀를 괴롭히는 저 쉴 새 없이 두드리는 소리를 잘 기억해 두게. 그것들은 모두 동시에든 각자 따로든 마르테[184]의 가슴에도 두려움과 공포와 놀라움을 불러일으키기에 충분한 것인데, 하물며 이런

---

183 나일 강은 에티오피아에 있는 달의 산에서 발원한다는 믿음이 있었다.
184 Marte. 그리스·로마 신화에 등장하는 전쟁의 신 마르스Mars를 가리킨다.

사건이나 모험에 익숙하지 않은 사람에게는 더더욱 그럴 것이네. 그러나 지금 내가 자네에게 말한 이 모든 것들은 나의 용기를 부채질하고 일깨워 준다네. 아무리 어려운 모험일지라도 이 일에 도전해야겠다는 욕망으로 내 심장은 가슴속에서 터질 것 같네. 그러니 로시난테의 뱃대끈을 좀 더 졸라 주게. 자네는 하느님과 함께 여기서 사흘만 나를 기다리게. 사흘이 지나도 내가 돌아오지 않거든 고향으로 돌아가 해줄 일이 있네. 내게 은혜를 베풀 좋은 일을 하고 싶다면 토보소로 가서 나의 비할 데 없는 귀부인 둘시네아에게, 그녀의 포로가 된 기사가 그대의 것이라고 부를 만한 일에 도전하다가 목숨을 잃었다고 전해 주게.」

산초는 주인의 말을 듣고 세상에서 가장 슬피 울기 시작했다.

「나리, 어쩌자고 또 나리께서 이토록 위험한 모험을 하려고 하시는지 저는 도무지 알 수가 없습니다요. 지금은 밤이고 우리를 보고 있는 사람은 아무도 없으니 다른 길로 가면 위험에서 벗어날 수 있습니다요. 사흘 동안 마시지 못하더라도 말입니다요. 우리를 보고 있는 사람이 아무도 없으니 우리를 겁쟁이라고 할 사람도 없을 거고요. 그뿐 아니라 나리께서도 잘 아시는 우리 마을의 신부님이요, 위험을 찾는 자는 위험으로 죽는다고 설교했던 적이 있습니다요. 그러니까 기적이 일어나지 않으면 도저히 달아날 수 없을 이런 터무니없는 일에 모험을 걸어 하느님을 시험하는 일은 좋지 않습니다요. 하늘이 도와 제가 당한 담요로 헹가래 쳐지는 일을 나리는 당하지 않으신 것이나, 송장을 따라가던 그렇게 많은 적들을 이기고 무사히 빠져나오시게 된 것만으로도 충분합니다요. 그런데도 그 완고한 마음을 바꾸거나 누그러뜨리지 못하시겠다면, 나리께서 이곳을 떠나시자마자 저는 겁에 질려 제 영혼을 원하는 아무에게나 줘버릴 거라 생각하시고 제발 생각을 고쳐 잡수세요. 저는 나리를 섬기는 일이 더 가치 있고 절대 나쁘지 않을 거라 생각해서 처자를 남겨 놓고 고향을 떠나왔습니다요. 하지만 욕심이 자루를 찢듯이, 제 희망이 저를 찢는 것 같습니다요. 나리께서 그토록 약속해 주신 그 불행한 애물단지 섬이 드디어 내 손에 들어온다는 희망으로 들떠 있었는데, 섬은 고사하고 오히려 지금 이런 인적 없는 외진 곳에 저를 혼자 내버리시겠다니 말씀입니다요. 나리, 제발 간구하오니 그런 횡포는 제게 부리지 말아 주세요. 그 일을 깡그리 단념하기를 원치 않으시면 적어도 아침까지라도 미뤄 주세요. 제가 양치기였을 때 배운 바로는, 지금부터 동이 틀 때까지는 세 시간도 남지 않았습니다요. 큰곰자리의 주둥이가 머리 위에 있고 왼쪽 팔 선에 한밤중이 걸려 있는 걸 보니 말입니다요.」[185]

「산초여, 자네는…….」 돈키호테가 말했다. 「어디에 선이 있는지, 어디에 그 주둥이인가 후두부인가가 있는지, 어떻게 볼 수 있지? 하늘을 다 뒤져도 별 하나 보이지 않을 정도로 깜깜한 이 밤에 말일세.」

「맞는 말씀입니다요.」 산초가 말했다. 「하지만 무서우면 못 볼 것도 보인답니다. 땅속에 있는 것들도 잘 보이니 그러니 하늘에 있는 것이야 말할 것도 없지요. 잘 따져 보기만 해도 날이 샐 때까지 얼마 남지 않았다는 걸 알 수 있지만요.」

「얼마 남지 않았건 말건…….」 돈키호테가 대답했다. 「지금은 물론이거니와 언제라도 눈물이나 애원 때문에 내가 기사로서 당연히 해야 할 의무를 저버렸다는 말은 듣고 싶지 않네. 그러니 산초여, 내가 자네에게 간청하니, 아무 말도 하지 말게. 하느님이 나로 하여금 지금 이 전례 없는 무시무시한 모험을 하도록 마음먹게 하셨으니 그분이 나를 보살펴 주실 것이며 자네의 슬픔을 위로해 주실 것일세. 자네가 할 일은 로시난테의 뱃대끈을 잘 조여 주고 여기에 남아 있는 것일세. 나는 죽든 살든 빨리 돌아

---

185 목동들이 시간을 계산할 때 사용하던 방법이다.

보겠네.」

주인의 마지막 결심을 본 산초는 아무리 울고 충고하고 애원해도 소용이 없다는 것을 알았다. 그래서 꾀를 내어 날이 샐 때까지 할 수 있는 한 주인을 못 가게 하려고 말의 뱃대끈을 조일 때 몰래 자기 당나귀의 고삐로 로시난테의 양발을 묶었다. 그래서 돈키호테가 떠나려 해도 말은 앞으로 나갈 수가 없어 제자리에서 팔짝팔짝 뛰어오르기만 했다. 산초 판사는 자신의 속임수가 멋지게 성공하자 이렇게 말했다.

「세상에 나리, 하늘이 제 눈물과 기도에 감동하여 로시난테가 움직이지 못하도록 하셨습니다요. 그래도 고집을 피우셔서 박차를 가하시는 것은 운명의 여신을 화나게 하는 일이며, 속담에도 있듯이 가시에 뒷발질하깁니다요.」

일이 이렇게 되자 돈키호테는 그만 절망하고 말았다. 아무리 박차를 가해도 말을 움직일 수가 없었다. 양발이 묶여 있는 줄은 꿈에도 모른 채, 이건 틀림없이 산초의 눈물이나 기도가 아닌 다른 어떤 이유로 인한 것이라 믿었고 그래서 날이 샐 때까지, 아니면 로시난테가 움직일 수 있을 때까지 마음을 가라앉히고 기다리는 수밖에 없다고 생각했다. 그는 산초에게 말했다.

「산초여, 보다시피 로시난테가 움직일 수 없으니 동이 틀 때까지 기다리는 수밖에 없겠구나. 그렇게 기다려야 하니 눈물이 날 지경이지만 말이야.」

「눈물까지 흘리실 건 없죠.」 산초가 대답했다. 「제가 지금부터 날이 샐 때까지 나리께 재미있는 이야기를 해드릴게요. 날이 밝은 후 나리를 기다리고 있을 그 전례 없는 모험을 위해 좀 더 에너지를 비축하실 수 있도록 말에서 내려 편력 기사들이 하듯이 풀밭에 누워 눈 좀 붙이실 생각이 없으시다면 말입니다요.」

「말에서 내리라니? 아니, 눈을 붙이다니? 그게 무슨 소리인가?」 돈키호테가 말했다. 「혹시 내가 위험을 눈앞에 두고 휴식이나 취하는 그런 기사라고 생각했단 말인가? 자네나 자게. 자네는 잠자기 위해서 태어났으니 말일세. 아니면 하고 싶은 일을 하게. 나는 내 뜻에 가장 합당해 보이는 일을 할 테니.」

「그렇게 화내지 마세요, 나리.」 산초가 대답했다. 「그렇게 화내시라고 드린 말씀은 아닙니다요.」

그러고는 주인에게로 가서 한쪽 손은 안장틀의 앞부분에, 다른 손은 뒷부분에 놓더니 주인의 왼쪽 넓적다리를 두 팔로 안았다. 그는 아직도 번갈아 가며 무언가 두드리며 울리는 소리가 너무나 무서워 돈키호테에게서 손가락 하나도 뗄 수가 없었던 것이다. 돈키호테는 산초에게 약속한 대로 재미있는 이야기를 해달라고 했다. 그 말에 산초는 자기가 듣고 있는 것에 대한 무서움이 가시면 그렇게 하겠노라고 대답했다.

「하지만 어쨌든 간에 얘기 하나를 해보도록 하죠. 제가 잘만 이야기하고 중간에 방해만 받지 않는다면 이야기 중에서도 가장 재미있는 이야기일 겁니다요. 자, 잘 들으세요, 나리. 시작합니다요. 〈옛날 옛적에, 좋은 일은 오려거든 모든 사람에게 오고, 나쁜 일은 오려거든 나쁜 일을 찾는 자에게나 오라……〉 나리, 옛날 사람들이 이야기를 이런 식으로 시작한 건 이유가 있습니다요. 로마의 카톤 손소리노[186]가 〈나쁜 일은 나쁜 일을 찾는 이에게〉라고 한 격언 때문입니다요. 바로 손가락에 낀 반지처럼 나리의 경우에 꼭 들어맞는 말이지요. 재앙을 찾아갈 생각은 마시고, 딴 길로 돌아가십시다요. 이토록 무서운 길로 가라고 누가 떠민 것도 아니잖

---

[186] Catón Zonzorino. 속담과 격언으로 유명한 자로 〈카톤 센소리노〉라 하기도 한다. 『카톤 명언집』은 워낙 유명해서 학교 독본을 이렇게 부르기도 했다. 각주 17 참조.

습니까요.」

「하던 얘기나 계속하게.」 돈키호테가 말했다. 「우리가 가야 할 길은 내가 알아서 할 테니.」

「그러니까, 말씀은요…….」 산초는 계속했다. 「엑스트레마두라의 어느 마을에 양을 치는 목동이 있었는데요, 그러니까 양을 돌보는 사람이라는 거죠. 이 목동인지 양치기인지, 여하튼 제 얘기의 그 사람 이름은 로페 루이스라고 했는데 이 로페 루이스가 토랄바라는 여자 목동에게 반해 버렸답니다. 이 토랄바란 여자 목동은 돈 많은 목장 주인의 딸이었는데, 이 돈 많은 목장 주인은 ─」

「산초여, 그런 식으로 이야기를 하다가는…….」 돈키호테가 말했다. 「그러니까, 그렇게 이야기를 두 번씩 되풀이해서 하다가는 이틀이 걸려도 다 끝내지 못할 게야. 그냥 죽 이어서 하게. 분별 있는 사람답게 이야기하란 말일세. 그러지 않을 거라면 그만두고.」

「제 고향에서는 늘 저처럼 이런 식으로 이야기합니다요.」 산초가 대꾸했다. 「저는 다른 식으로는 얘기할 줄을 모르고, 나리께서 저더러 새로운 방법으로 하라고 하시는 것도 좋지 않습니다요.」

「자네 좋을 대로 하게.」 돈키호테는 말했다. 「운명이 내가 자네 이야기를 듣도록 원하니 계속하도록 하게.」

「그럼, 제 영혼의 주인이신 나리…….」 산초는 이야기를 계속했다. 「아까 말씀드린 것처럼 그 목동은 여자 목동인 토랄바에게 반했는데 이 여자는 뚱뚱하고 고삐 풀린 망아지에, 조금이긴 하지만 수염까지 난 마치 남자 같은 처자였습니다요. 지금 눈으로 보고 있는 것처럼 떠올릴 수 있습니다요.」

「그럼, 자네는 그 처자를 알고 있는가?」 돈키호테가 말했다.

「아니요, 모릅니다요.」 산초가 대답했다. 「하지만 제게 이 얘기를 해준 사람이 이건 확실한 사실이니 다른 사람에게 얘기해 줄 때 직접 눈으로 봤다고 단언하고 맹세해도 된다고 했습니다요. 그런데 날이 가면서, 잠도 자지 않고 일만 꾸미는 악마 녀석이 이 목동이 여자 목동에게 품고 있던 사랑을 증오와 미움으로 바꿔 버렸다는 거 아닙니까요. 남 험담하기 좋아하는 사람들 말에 따르면, 그 이유는 여자가 남자에게 약간 질투를 불러일으켰는데 그만 도가 지나쳐서 돌이킬 수 없게 되어 버린 것이랍니다요. 그 이후로 양치기는 그 여자가 얼마나 싫었는지 다시는 그 여자를 안 보려고 그곳을 떠나서 그 여자가 눈에 절대로 띄지 않는 곳으로 갈 생각을 하게 됐답니다요. 그런데 토랄바는 로페에게 버림을 받자, 한 번도 그 남자를 좋아해 본 적이 없었는데도 불구하고 갑자기 그 남자를 너무 좋아하게 되었습죠.」

「그것이 바로 여자들의 본성이라네.」 돈키호테가 끼어들었다. 「자기를 좋아하는 남자를 버리고 싫어하는 남자를 좋아하는 것 말일세. 계속하게나, 산초.」

「그래서…….」 산초가 말을 이었다. 「목동은 드디어 그의 결심을 행동으로 옮기기로 했습니다요. 그래서 산양 떼를 앞으로 몰아 포르투갈로 가려고 엑스트레마두라의 들판으로 길을 떠났습니다요. 그것을 알게 된 토랄바는 남자 뒤를 쫓아 그 먼 길을 맨발로 따라갔지요. 손에는 지팡이를 들고, 목에는 자루 몇 개를 걸고요. 그 안에는 거울 조각 하나, 빗 하나 그리고 얼굴에 바를 화장품을 넣은 병이 있었다고 합니다요. 무엇을 갖고 있었든 제가 지금 그런 것을 알아볼 생각은 없지만요. 이야기를 계속하자면, 목동이 양 떼를 몰고 과디아나 강에 이르러서 강을 건너려고 했는데 마침 그때 물이 불어 강둑으로 넘칠 지경이 되었다고 합니다요. 그런데 이 목동이 닿은 곳에는 배도 한 척 없고 그와 양 떼를 건너편으로 데려다 줄 사람도 없어 목동은 무척 슬퍼하고 있었대요. 토랄바가 바로 가까이까지 따라오고 있는 것이 보였는데, 그 여자가 와서 울고불고 애원을 해대면 몹시 괴로울 것 같았으니 말입니다요. 그런데 목동이 한참 두리번 거리고 있자니 한 어부가 배 한 척을 옆에 두고 있는 게 보였답니다요. 배는 하도 작아서 양 한 마리와 사람 하나가 겨우 탈 정도였지요. 여하튼 그는 이 어부에게 이야기를 했고, 어부는 그와 그가 끌고 온 3백 마리의 산양을 모두 건네다 주기로 했습니다요. 어부는 배를 타고 양 한 마리를 건네 주었지요. 되돌아와서 한 마리를 또 건네 주었지요. 다시 돌아와서 또 한 마리를 건네 주었지요. 나리, 이 어부가 건네다 주는 양의 수를 잘 세어 주세요. 한 마리라도 놓치면 이 얘기는 끝난답니다. 놓치면 제대로 셀 수가 없거든요. 이야기 계속합니다요. 그런데 강 건너편 나루터는 진흙탕에 바닥이 미끄러워 어부가 오가는 데 무척 시간이 걸렸습니다요. 그래도 어부는 다음 양을 데리러 돌아왔고 다시 다음 놈을, 또 다음 놈을, 또 다음 놈을 —」

「양은 모두 건넨 것으로 하세.」 돈키호테가 말했다. 「그런 식으로 왔다 갔다 하다가는 1년이 걸려도 다 못 건네겠네.」

「여태까지 몇 마리를 건네다 주었습니까요?」 산초가 물었다.

「내가 그걸 어찌 알겠나?」 돈키호테가 말했다.

「제가 바로 이 점을 말씀드린 겁니다요. 잘 세시라고요. 맙소사, 이야기가 끝났네요. 더 얘기할 수가 없습니다요.」

「어째서 그런고?」 돈키호테가 물었다. 「강을 건넌 그 많은 양의 수를 알아야 하는 게 이 이야기의 그렇게 중요한 핵심인가? 수를 하나라도 틀리면 이야기를 계속할 수 없을 만큼이나?」

「그럼요, 그렇고말고요, 나리.」 산초가 대답했다. 「그래서 제가 나리에게 양이 몇 마리나 건너갔느냐고 여쭙지 않았습니까요. 나리께서는 모른다고 하셨잖아요. 바로 그 순간에 앞으로 얘기하려던 것이 몽땅 제 기억에서 빠져나가 버렸거든요. 정말 훌륭하고 재미있는 얘기였는데 말씀입니다요.」

「그러니까……」 돈키호테가 말했다. 「이야기는 이제 다 끝났다는 건가?」

「제 어미가 끝난 것처럼 끝났다마다요.」 산초가 말했다.

「내 자네에게 진실로 말하겠는데……」 돈키호테가 대꾸했다. 「자네는 세상에서 아무도 생각할 수 없었던 말인지 이야기인지, 아무튼 가장 새로운 얘기들 중 하나를 들려주었네. 그런 식으로 이야기하고 그런 식으로 끝내는 건 평생 본 적도 없고 앞으로도 볼 수 없을 것이야. 비록 자네의 멋진 이야기에서 다른 걸 기대하지는 않았지만 말일세. 하긴 끊임없이 들려오는 저 두들기는 소리가 자네 분별력을 흐리게 할 만도 하니까.」

「그럴 수 있을지도 모르겠습니다요.」 산초가 대답했다. 「하지만 제 얘기에 더 말씀드릴 게 없다는 건 압니다요. 건너간 양의 숫자가 틀리는 순간 거기서 이야기는 끝나는 거거든요.」

「끝내고 싶은 데서 좋을 대로 끝내라지 뭐.」 돈키호테가 말했다. 「어디, 로시난테가 움직일 수 있는지 보기나 하세.」

그는 다시 박차를 가했다. 그러나 말은 여전히 뛰어오르기만 할 뿐 제자리에서 움직이지 못했다. 그 정도로 단단히 묶여 있었던 것이다.

바로 이때, 벌써 다가오고 있던 아침 녘의 추위 때문이었는지 아니면 산초가 저녁으로 먹은, 장을 완화시키는 음식들 때문이었는지 아니면 ― 이것이 가장 자연스러운 이유일 것 같은데 ― 단순한 생리적 현상 때문이었는지, 다른 사람이 도저히 대신해 줄 수 없는 일에 대한 욕구와 소망이 산초에게 일었다. 하지만 산초의 심장은 공포로 가득 차 있었으므로 주인에게서 손톱의 때만큼도 떨어질 생각이 없었다. 그렇다고 하고 싶은 것을 그냥 참을 수도 없었으니 그는 아주 평화롭게 해결하는 방법을 생각해 냈다. 산초는 안장틀 뒷부분을 잡고 있던 오른손을 놓고 그 손으로 살며시, 아무런 소리도 나지 않게, 헐거운 바지 끈을 풀었다. 그러자 끈만으로 지탱되고 있던 바지가 금방 밑으로 내려가 마치 두 발목에 채운 족쇄처럼 되었다. 그런 다음 그는 셔츠를 최대한 위로 올렸다. 그러고는 결코 작지 않은 양쪽 엉덩이를 밖으로 쑥 내밀었다. 그 무시무시할 정도로 절박한 곤경과 고뇌에서 벗어나기 위해 할 수 있는 최선의 방책이라고 생각한 이 일을 여기까지 하고 나니 더 큰 문제가 생겼다. 큰 소리를 내지 않고는 배설할 수가 없는 것이었다. 그는 이를 악물며 양쪽 어깨를 오므려 기를 쓰고 숨을 죽였다. 하지만 너무나도 재수 없게 이런 모든 노력에도 불구하고 결국 그를 두렵게 했던, 무언가를 두들기는 듯한 소리와는 전혀 다른 자그마한 소리를 내고야 말았다. 그 소리를 들은 돈키호테가 말했다.

「무슨 소리인고, 산초?」

「모르겠는뎁쇼, 나리.」 산초는 대답했다. 「무슨 새로운 일인가 봅니다요. 모험이나 불행은 결코 자잘한 일로 시작되는 법이 없으니까요.」

그러고 나서 그는 다시 한 번 운을 시험해 보았는데, 이번에는 이전처럼 소리를 내거나 소란을 일으키지 않고 자기를 그토록 괴롭게 했던 짐을 벗어던질 수 있었다. 하지만 돈키호테의 후각은 청각만큼 민감했고 산초는 돈키호테와 실로 꿰맨 듯 꼭 붙어 있었기 때문에, 곧장 위로 올라온 김이 주인의 코에 몇 가닥 닿지 않을 수 없었다. 닿자마자 돈키호테는 사람 살리라는 듯 얼른 손가락으로 코를 잡고 코맹맹이 소리로 말했다.

「산초, 자네는 어지간히도 무서운 모양일세.」

「그렇습니다요.」 산초가 대답했다. 「그런데 나리께서는 왜 하필 지금 그런 말씀을 하십니까요?」

「지금 자네 냄새가 더 지독하기 때문일세. 물론 향수 냄새는 아닌 냄새 말일세.」

「물론 그럴 수도 있겠습니다요.」 산초가 말했다. 「하지만 제 잘못이 아니라 이런 시간에 전혀 와본 적도 없는 길로 저를 데려오신 나리의 잘못입니다요.」

「서너 걸음쯤 뒤로 좀 물러나 있게.」 아직도 코에서 손가락을 떼지 않고 돈키호테가 말했다. 「그리고 앞으로는 처신에 좀 더 신중하고 내게 마땅한 예의를 지켰으면 하네. 내가 자네와 너무 말을 많이 해서 이렇게 나를 무시하게 된 모양일세.」

「나리께서는……」 산초가 대꾸했다. 「제가 하지 말아야 할 일을 했다고 하시는 게지요.」

「산초, 잠자코 있는 게 현명한 걸세.」

이런 말을 주고받으면서 주인과 종자는 밤을 보냈다. 산초는 전속력으로 아침이 오고 있는 것을 깨닫고 아주 조심스럽게 로시난테에게 묶었던 끈을 풀고 자기 바지 끈을 묶었다. 그리 기백 있는 놈은 아니었지만 자유로운 몸이 되고 보니 묶여 있었던 것이 원통했던지 로시난테는 앞발로 땅을 차기 시작했다. 뒷발로는 ― 로시난테에게는 미안하지만 ― 할 줄 몰랐기 때문이다. 돈키호테는 로시난테가 이제 움직이는 것을 보고 좋은 징조라 여기며 드디어 그 무시무시한 모험을 감행해야 할 때라고 생각했다.

이때 동이 훤히 터 사물들이 뚜렷이 자기의 모습을 드러냈다. 돈키호테는 자신들이 높은 나무들이 우거진 숲 속에 있다는 것을 알게 되었다. 이 나무들은 밤나무였고 아주 짙은 그림자를 드리웠다. 무엇을 두들기는 소리는 그치지 않고 계속되는 듯했는데 누가 그런 소음을 만들어 내는지는 여전히 알 수가 없었다. 그래서 돈키호테는 더 이상 주저하지 않고 로시난테에 박차를 가하며 다시 한 번 산초에게 작별을 고하고 앞에서 말한 것처럼 사흘만 그 자리에서 자기를 기다리라고 했다. 만일 사흘이 지나도 돌아오지 않으면 하느님의 뜻에 따라 저 위험한 모험에서 그의 생을 끝냈다고 확실히 믿으라고도 일렀다. 또한 그의 귀부인 둘시네아에게 대신 전해 주어야 할 전갈과 소식을 되풀이해서 일러 주었다. 산초가 자기를 섬겨 준 대가에 대해서는 걱정할 것 없으니, 자기가 마을을 떠나오기 전에 유언장을 만들어 두었는데 거기에 그의 봉급과 관련한 모든 것이 지불되도록 해놓았으며, 봉사한 시간에 비례해서 사례금을 주도록 적어 놓았다고 했다. 그러나 만일 하느님께서 그 위험에서 자기를 아무 탈도, 걱정도 없이 꺼내 주신다면 약속한 섬은 틀림없이 받게 될 것이라고 말했다.

산초는 이 착한 주인의 말을 가슴 아프게 듣고 또다시 울었다. 그러면서 이번 모험이 어떻게 되든 결말을 볼 때까지 주인을 내버려 두지 않으리라 결심했다.

산초 판사의 이 같은 눈물과 대단히 훌륭한 결심으로 미루어 이 이야기의 작가는 산초가 좋은 집안에서 태어났고 적어도 오랜 전통을 가진 기독교인이라 생각했다. 산초의 이 고운 마음씨에 주인의 마음도 얼마간 부드러워졌지만, 부드러워진 마음이 연약해질 정도는 아니었다. 오히려 그는 할 수 있는 한 마음을 감추고 의연한 태도로 물소리와 무언가를 두들기는 소리가 나는 쪽으로 걸어가기 시작했다.

산초는 늘 그러하듯이, 좋은 일에서든 힘든 일에서든 변함없는 동반자인 당나귀의 고삐를 잡은 채 걸어서 그를 쫓아갔다. 그늘이 짙은 밤나무 숲과 나무들 사이로 한참을 걸어가니 높은 바위 자락에 작은 풀밭이 나왔고, 이 높은 바위에서 엄청난 폭포가 쏟아져 내리고 있었다. 그 발치에는 허름한 집이 몇 채 있었는데, 집이라기보다는 건물의 잔해 같았다. 무언가 두들기는 소리는 바로 그 집들 사이에서 아직도 쉬지 않고 계속 크게 나오고 있었다.

돈키호테는 이 물과 무언가를 두들기며 나는 큰 소리에 놀란 로시난테를 진정시키며 조금씩 조금씩 집들이 있는 쪽을 향해 다가갔다. 그러면서 자기 귀부인에게 이 무시무시한 여정과 시험에서 자신을 도와 달라고 온 마음을 다해 빌었다. 내친김에 하느님에게도 자신을 잊지 말아 달라고 부탁했다.[187] 산초는 주인 곁에서 떨어지지 않은 채 목을 뺄 수 있는 한 최대로 빼고, 눈을 뜰 수 있는 한 최대로 크게 뜬 채 자기를 그토록 무섭게 하고 긴장시켰던 것의 정체를 이제는 알 수 있지 않을까 기대하며 로시난테의 다리 사이로 앞을 내다보았다.

그렇게 또다시 1백 걸음쯤 걸어갔을까, 모퉁이를 돌자 그 무서운 소리의 원인이 만천하에 분명하게 드러났다. 밤새도록 그들을 그토록 긴장시키고 무서움에 떨게 했던, 그들이 보기에는 굉장하게 울려 퍼졌던 소리의 원인은 — 오, 독자여! 부디 실망하시거나 화내지 않으시길! — 바로 물통에 있는 빨래의 기름때를 돌아가며 두들겨서 빼는 여섯 개의 방망이었다. 그것들이 번갈아 내리치면서 그런 굉장한 소리를 냈던 것이다.

그 광경을 본 돈키호테는 말문이 막히고 머리끝에서 발끝까지 온몸이 굳어 버렸다. 산초가 그를 바라보자 돈키호테는 참으로 무안한 표정으로 고개를 가슴 쪽으로 숙이고 있었다. 돈키호테 역시 산초를 보았다. 그의 양쪽 볼이 부풀어 오르고 입은 웃음으로 가득 차 곧 터져 버리고 말 것 같았다. 돈키호테는 우울했으나 그러한 산초의 모습을 보자 웃지 않을 수가 없었다. 자기 주인이 웃기 시작하는 것을 보자 산초는 터져 버릴까 봐 주먹으로 옆구리를 조이면서 참았던 웃음을 분출했는데, 네 번 진정되었다가 다시 네 번을 처음처럼 격렬하게 웃어 댔다. 이렇게 웃고 보니 돈키호테는 이미 마음이 상해 있었고 더군다나 산초가 놀리듯이 이렇게 말하

---

187 앞 문장의 〈자기 귀부인에게〉에서부터 여기까지 1624년 포르투갈 종교 재판소의 검열을 받았다.

는 것을 듣자 더더욱 부아가 치밀었다.

「오, 나의 벗 산초여! 난 우리의 철의 시대에 황금시대를, 아니 금의 시대를 부활시키려고 하늘의 뜻에 의해 태어났다는 것을 알아주기 바란다. 위험과 큰 공로와 용감한 사건들은 나를 위해서 남겨 놓은 것이다…….」

산초는 처음 그 무시무시한 소리를 들었을 때 돈키호테가 했던 말을, 그대로는 아니지만 거의 비슷하게 그 자리에서 되풀이했다.

이렇게 산초가 자기를 놀리자 돈키호테는 머리로 피가 오르고 몹시 화가 나 창을 쳐들어 산초를 두 번 내리쳤다. 만일 그것을 등이 아닌 머리로 맞았더라면 돈키호테는 산초에게 봉급을 지불할 필요가 없었을 것이다. 물론 산초의 상속인에게는 주어야 하겠지만 말이다. 산초는 자기의 농담이 주인을 그토록 기분 나쁘게 한 것을 알게 되자 더 이상 그의 화를 돋우지 않도록 아주 겸손한 태도로 말했다.

「나리, 그렇게 화내지 마세요. 그저 농담이었습니다요.」

「자네에게는 농담인지 모르지만, 내게는 농담이 아니네.」 돈키호테가 대답했다. 「즐거운 양반, 이리 와보시게. 자네는 만일 저것이 빨랫방망이가 아니고 무언가 다른 위험한 모험이었다면, 그것을 끝장낼 정도의 용기가 내게 없다고 보는 건가? 기사인 내가 저런 소리를 다 알아듣고 빨랫방망이 소리인지 아닌지를 구별해야 한단 말인가? 정말이지 나는 생전 그것들을 본 적이 없어. 오히려 자네야말로 평민으로서 이런 물건들 속에서 태어나고 자랐으니 한 번쯤 저런 것을 본 적이 있을 것 아닌가. 아니라면 저 여섯 개의 방망이를 여섯 명의 장사들로 바꾸어서 한 사람씩이건 한꺼번이건 나한테 덤벼들게 해보게. 내가 그놈들을 모두 때려눕히지 못한다면 그땐 나를 마음껏 조롱해도 좋네.」

「더 이상 말씀 마십시오, 나리.」 산초가 말했다. 「제가 좀 지나칠 정도로 웃었습니다요. 하지만 나리, 좀 보세요. 지금 우리가 평화를 찾은 마당에 ─ 앞으로 어떤 모험이 나리께 일어나더라도 하느님께서 이번처럼 아무런 불상사 없이 무사히 나리를 지켜 주셨으면 좋겠습니다요 ─ 우리가 그렇게 무서워했던 게 우습고 이야깃거리가 되지 않겠습니까요? 적어도 저는 무서웠습니다요. 나리께서는 무서워하지 않으셨다는 것을 저는 알고 있고 무서움이나 놀라움이 뭔지도 모르신다는 것 또한 알고 있습니다요.」

「내가……」 돈키호테가 말했다. 「우리에게 일어난 일이 웃을 만한 일이 아니었다고 하는 게 아니야. 하지만 이야깃거리까지는 아니지 않은가. 사람들이 모두 사건을 제대로 파악할 만큼 신중하지는 않으니까 말일세.」

「아무튼……」 산초가 대답했다. 「나리께서 창 하나는 제대로 꽂을 줄 아셨습니다요. 제 머리를 겨누시고 등을 내리치셨으니까 말입니다요. 다 하느님과 제 순발력 덕분입죠. 그러나저러나 왜 그렇게 하셨는지는 분명하게 밝혀지겠지요. 저는 〈너를 무척 사랑하는 자 너를 울게 한다〉라는 속담을 들은 적이 있습니다요. 그리고 또 높으신 양반들은 자기 종에게 심한 말씀을 하신 뒤에 바지를 주신다는 말도 들었습니다요. 그 양반들이 종에게 몽둥이질을 한 뒤에는 무엇을 주는지 모르겠지만, 편력 기사님들은 몽둥이질 뒤에 섬이나 육지의 왕국을 주시지나 않을까 모르겠습니다요.」

「운이 닿으면 그럴 수도 있지.」 돈키호테가 말했다. 「자네가 하는 말 모두 사실이야. 지난 일은 용서하게. 자네는 신중한 사람이니 알겠지. 사람이 처음 하는 행동은 그 사람 손에서 나오는 게 아니라는 것을 말일세. 그리고 앞으로 한 가지만 알아 두게. 나와 말을 너무 많이 하는 것은 좀 삼가 주고 참아 주었으면 하네. 여태까지 내가 읽은 수많은 기사 소설에서 자네가 내게 하듯이 주인에게 그토록 말을 많이 한 종자는 단 한 번도 본 적이 없네. 이것은 정말이지 자네와 나의 큰 실수라네. 자네의 잘못은 나를 존경하지 않는다는 것이고, 나의 실수는 좀 더 존경받을 짓을 못 했다는 것일세. 존경하는 모습이란 이런 걸세. 아마디스 데 가울라의 종자 간달린은 피르메 섬의 백작이었는데, 이 사람에 관한 것을 읽어 보면 자기 주인에게 말을 할 때는 늘 손에 모자를 들고 고개를 숙이고 몸을 터키식으로 완전히 굽혔다고 하네. 그리고 돈 갈라오르의 종자 가사발은 어떤 인물이었을 것 같은가? 그 사람은 참으로 말이 없었네. 그 놀랄 만한 침묵이 얼마나 훌륭했는지는, 그 진실하고 위대한 이야기 속에 그 사람의 이름이 단 한 번밖에 나오지 않는다는 걸 보면 알 수 있지. 산초, 자네는 이 얘기에서 주인과 종, 군주와 부하, 기사와 종자를 구분해야 할 필요가 있다는 점을 알아야 하네. 그러니 앞으로 우리 서로 좀 더 존경심을 갖고 대하며, 함부로 놀리거나 하는 일은 없도록 하세. 내가 어떤 식으로든 자네에게 화를 내면 항아리가 깨지는 일이 되지 않겠는가.[188] 내가 자네에게 약속한 선물이나 대가는 때가 되면 받게 될 것이고, 그렇게 되지 않는다면 내가 이미 자네에게 말한 대로 급료를 지불할 테니 그리 알게.」

「나리의 말씀은 모두 훌륭하십니다요.」 산초가 말했다. 「하지만 제가 알고 싶은 것은요, 혹시 그 선물을 받을 때가 오지 않아 급료를 받아야 하게 될 때입니다요. 편력 기사의 종자는 그 당시에 얼마나 받았나요? 월급으로 받았습니까요? 아니면 미장이 조수들처럼 일당으로 받았나요?」

「내가 생각하기로는…….」 돈키호테가 대답했다. 「그 당시 기사들의 종자는 한 번도 급료를 받지 않았네. 대신 선물을 하사받았지. 내가 집에 두고 온 밀봉된 유서에 자네를 언급해 둔 것은 만일의 경우를 생각해서였

---

188 항아리가 돌에 맞든, 돌이 항아리에 맞든 결국은 항아리가 깨지는 법이므로 항아리가 손해를 본다는 뜻의 속담. 결국 산초가 피해를 본다는 의미이다.

네. 이 같은 재난의 시기에 기사도가 어떤 시험에 빠질는지 모를 일이고, 저세상에 가서 그런 사소한 일로 내 마음이 괴롭고 싶지 않아서였네. 왜냐하면 산초여, 자네도 알아 둬야 할 것은, 세상에서 모험가들의 일신보다 더 위험한 것은 없기 때문이라네.」

「그건 그렇습니다요.」 산초가 말했다. 「빨랫방망이 소리 따위가 나리처럼 용감하신 편력 기사의 심장을 뒤흔들어 안절부절못하게 했으니까요. 앞으로는 나리를 저의 주인님, 저의 어르신으로 존경하는 일이 아니면 결코 나리의 행적에 대해 구구절절 입을 떼는 일은 없을 것이니 믿어 주십시오.」

「그렇게 하면……」 돈키호테가 대답했다. 「자네는 이 땅에서 잘 살 수 있을 걸세. 부모님이 세상을 뜨신 후에는 주인을 부모님인 양 존경해야 되는 걸세.」

21

맘브리노 투구를 획득한 대단한 모험
그리고 질 줄 모르는 우리의
기사에게 일어난 여러 가지 일에 대하여

이때 비가 조금씩 내리기 시작했다. 그래서 산초는 빨래 빠는 물방앗간에 들어가고 싶었지만 이 혐오스러운 사건으로 우롱을 당한 돈키호테는 무슨 일이 있어도 그 안에 들어가려 하지 않았다. 그래서 그들은 오른쪽으로 방향을 틀어 전날 왔던 길과 비슷한 다른 길로 들어섰다. 얼마 가지 않아 돈키호테는 말을 타고 오는 한 사나이를 보았는데, 그는 마치 황금처럼 번쩍거리는 물건을 머리에 쓰고 있었다. 그것을 보자마자 돈키호테는 산초를 돌아보고 말했다.

「산초여, 진실이 아닌 속담은 없는 것 같네. 전부 모든 학문의 어머니인 경험에서 나온 금언들이기 때문 아니겠는가. 특히 〈한쪽 문이 닫히면 다른 쪽 문이 열린다〉가 그렇다네. 이 말을 하는 이유는 말일세, 운명이 지난밤에 빨랫방망이로 우리를 속여 우리가 찾던 모험의 문을 닫았다면 지금은 그보다 나은 더 확실한 모험으로 나갈 다른 문을 활짝 열어 주고 있기 때문이라네. 그러니 만일 내가 그 문으로 들어가지 않으면 그것은 내 잘못이 되는 게지. 그 잘못은 빨랫방망이에 대해 잘 몰랐다든가 어두워서였다든가 하는 탓으로 돌릴 수도 없는 것일세. 이 말을 하는 것은, 내가 잘못 본 것이 아니라면 지금 우리 쪽으로 맘브리노 투구를 쓴 사람이 오고 있기 때문이네. 자네도 알다시피 내가 반드시 손에 넣겠다고 맹세했던 그 투구 말일세.」

「나리, 조심해서 말씀하시고 더 조심해서 행동하셔야지요.」 산초가 말했다. 「그것이 또 다른 빨랫방망이가 되어서 우리의 영혼을 두들겨 패고 골탕 먹이는 일은 없었으면 좋겠습니다요.」

「무슨 소리!」 돈키호테가 야단쳤다. 「투구와 빨랫방망이가 무슨 상관이 있다는 겐가?」

「전 아무것도 모릅니다만……」 산초가 대답했다. 「제가 지금까지 했던 것처럼 말씀을 드려도 좋다면요, 나리의 말씀이 틀렸다는 것을 아시도록 설명을 드리겠습니다요.」

「내 말이 어째서 틀렸다는 건가, 이 의심 많은 불충한 자여!」 돈키호테가 말했다. 「저기 머리에 황금 투구를 쓴 기사가 둥근 얼룩무늬에 거무스레한 말을 타고 우리 쪽으로 오고 있는 것이 보이지 않는단 말인가?」

「제 눈에 보이는 것은……」 산초가 말했다. 「제 당나귀와 비슷하게 생긴 잿빛 당나귀를 타고 번쩍거리는 물건을 머리 위에 얹고 오는 사람인데요.」

「그것이 바로 맘브리노의 투구라는 거다.」 돈키호테가 말했다. 「나하고 저 사람만 있도록 자네는 한쪽에 비켜서 있게나. 시간을 절약하기 위해 말 한마디도 필요 없이 어떻게 내가 이 모험을 끝내고 그토록 원하던 투구를 차지하는지 보게 될 테니.」

「저는 그럼 비켜서는 일에만 신경 쓰겠습니다요.」 산초가 대답했다. 「하지만 다시 말씀드리는데, 저게 제발 빨랫방망이가 아니라 꽃박하이기를[189] 바랍니다요.」

---

[189] 원래의 속담은 〈제발 또다시 미나리가 아니라 꽃박하이기를〉이다. 미나리보다 꽃박하가 더 가치 있는 식물이다.

「산초여, 내가 이미 그 빨랫방망이 얘기는 두 번 다시 하지 말고, 생각지도 말라고 하지 않았더냐.」 돈키호테가 말했다. 「여러 말 않겠네. 맹세코, 자네의 영혼을 두들겨 패줬으면 좋겠군.」

산초는 입을 다물었다. 주인이 자기한테 한, 공처럼 두루뭉술한 맹세가 이루어지지 않을까 봐서였다.[190]

돈키호테가 투구니 얼룩말이니 기사니 했던 것들의 진상은 이러했다. 근처에 마을이 두 개 있었는데 그중 하나는 너무 작아서 약을 파는 곳이나 이발사도 없었다. 그래서 가까이 있는 큰 마을의 이발사가 작은 마을을 돌봐 주고 있었다. 그런데 작은 마을에 피를 뽑아야 할 환자[191]가 생겼고, 또 면도를 하고 싶다는 손님도 있어서 이발사가 놋쇠로 된 대야를 가지고 오던 길이었다. 그러던 중 비가 오기 시작하자 이발사는 새로 장만한 모자가 얼룩지지 않도록 그 대야를 머리에 덮어썼다. 워낙 깨끗해서 반 레과 떨어진 곳에서 보니 그게 번쩍거렸던 것이다. 그는 산초의 말대로 잿빛 당나귀를 타고 있었는데, 이것이 돈키호테의 눈에는 얼룩이 있는 검은 말을 타고 황금 투구를 쓴 기사로 보였다. 이처럼 돈키호테는 보는 것마다 모두 자기가 읽은 허황된 기사도 이야기와 불행한 망상에 아주 쉽게 갖다 붙였다. 이 가엾은 기사가 가까이 다가오자 돈키호테는 말 한마디 걸지 않고 다짜고짜 로시난테를 전속력으로 몰아 그를 꿰뚫을 작정으로 창을 낮게 들고 돌진했다. 그에게 점점 가까워져도 질주를 멈추지 않은 채 외쳤다.

「방어하라, 나의 포로여, 아니면 마땅히 내가 가져야 할 것을 자진해서 내놓아라!」

---

190 주인에 대한 산초의 비아냥이다.
191 이 시절에는 이발사가 의술도 겸하고 있었다.

이런 일이 일어나리라고 걱정은커녕 상상조차 못 했던 이발사는 웬 유령이 내지르는 창을 피하기 위해 당나귀에서 굴러떨어지는 수밖에 없었다. 그는 땅에 발이 닿자마자 사슴보다도 가볍게 몸을 일으켜 바람도 따라잡지 못할 만큼 빠르게 들판을 냅다 달려 도망치기 시작했다. 대야는 바닥에 떨어져 있었으므로 돈키호테는 만족했다. 그는 그놈이 워낙 신중해서 비버를 흉내 냈다고, 비버는 사냥꾼에게 쫓기면 본능적으로 사냥꾼들이 원하는 물건이 무엇인지 알고 그것을 이빨과 손톱으로 떼어 놓는다는 이야기[192]가 있다고 말하며 산초에게 투구를 주우라고 했다. 산초는 대야를 양손으로 잡으며 말했다.

「이런, 훌륭한 놋대야네요. 돈으로 따진다면 1마라베디 정도인데 8레알[193] 가치는 되겠는데요.」

그가 주인에게 놋대야를 건네주자 돈키호테는 그것을 받아 머리에 쓰고 이리저리 돌리면서 얼굴 가리개를 찾았으나 결국 발견되지 않자 이렇게 말했다.

「이 유명한 머리 가리개를 처음 맞춘 놈은 머리가 엄청 컸던 모양일세. 그런데 불행하게도 반쪽이 없구먼.」

산초는 놋대야를 가리켜 머리 가리개라고 하는 말을 듣자 웃음을 참을 수 없었다. 그러나 주인이 화낼 것 같다는 생각이 들어 중간에 멈췄다.

「뭐가 우스운가, 산초?」 돈키호테가 물었다.

「제가 웃은 것은요…….」 산초가 말했다. 「이 철모 임자의 큰 머리통이 생각나서 그랬습니다요. 그런데 이건 이발사의 놋대야하고 아주 비슷한데요.」

---

192 비버가 갖고 있는 향유 주머니를 말하며, 그 시대에는 그렇게 믿었다.
193 마라베디는 당시 가장 가치가 없던 화폐 단위이다. 또다시 산초는 비아냥거리고 있다.

「산초여, 내가 무슨 상상을 하는지 아는가? 마법에 걸린 이 유명한 물건은 그 어떤 이상한 사건으로 인하여 이것의 가치를 알지 못하고 판단도 못 하는 자의 손에 들어간 게야. 그 사람은 자기가 무슨 짓을 하는지도 모르는 채 순금으로 된 그것의 한쪽을 녹여 돈으로 바꾸고 남은 반으로는 바로 자네가 말한 대로 이발사의 놋대야처럼 보이는 이것을 만든 걸세. 일이 어찌 되었든 간에 나는 이 투구를 잘 아니까 모양이 변했어도 상관없네. 대장장이만 만나면 곧 이것을 손질하여, 대장간의 신이 전쟁의 신을 위해 벼르고 만든 투구도 따라잡지 못하게 할 걸세. 일단 아무것도 없는 것보다는 나으니 그때까지는 적당히 손질해서 쓰고 다녀야겠군. 돌멩이가 날아들어도 막기에 충분하지 않겠나.」

「그럴 겁니다요.」 산초가 말했다. 「무릿매로 돌을 날리지만 않는다면 말이죠. 두 편으로 나뉘어 싸웠을 때 나리의 어금니를 후려치고 물약이 들어 있던 기름병을 깨뜨렸던 것처럼 말입니다요. 그 병에는 제 오장을 다 토하게 만든 맛대가리 없는 물이 들어 있었습죠.」

「그 향유를 잃어버린 건 그리 애석하지 않네.」 돈키호테가 말했다. 「이미 자네도 알다시피, 어떻게 만드는지 내가 기억하고 있으니 말일세.」

「저도 기억하고 있습니다요.」 산초가 대답했다. 「하지만 혹시 제가 그것을 만든다 해도 마시지는 않을 겁니다요. 마시는 날이 제 제삿날이니까요. 아니, 그것보다 전 그것이 필요할 일을 만들지 않을 겁니다요. 제 모든 오감을 동원해서 부상을 입히지도, 입지도 않도록 저를 지킬 겁니다요. 다시 한 번 담요로 공중에 쳐올려지는 일에 대해서는 말할 필요도 없고 말입니다요. 그런 불행은 예방하기도 어렵고, 당하게 되면 별수가 없더라고요. 어깨를 오므리고 숨을 멈추고 눈은 감은 채 운과 담요가 가는 대로 모든 걸 맡기는 수밖에 말입니다요.」

「자네는 훌륭한 기독교인이 못 되는구먼, 산초.」 그 말을 들은 돈키호테가 말했다. 「자네는 한 번 당한 모욕을 도무지 잊을 줄 모르는군. 귀족적이고 관대한 마음을 가진 사람은 그런 유치한 일에 신경을 쓰지 않는다는 것을 알게나. 그 장난이 잊히지 않을 정도로 자네가 절름발이가 되기라도 했는가, 갈빗대가 부러지기라도 했는가, 아니면 머리가 깨지기라도 했는가? 잘 생각해 보면 그 일은 장난이나 심심풀이 오락에 지나지 않았던 게야. 그게 장난이 아니라고 생각했다면 나는 이미 그곳으로 되돌아가서 자네의 복수로 더 많은 피해를 줬을 걸세. 그리스인들이 도난당한 헬레나[194]때문에 준 피해보다 더 큰 것으로 말일세. 만일 그녀가 지금 이 시대에 산다면, 아니 나의 둘시네아가 그 당시에 살았다면, 헬레나는 그렇게 미녀로 이름나지 못했을 테지만.」

여기서 돈키호테가 한숨을 쉬어 구름으로 날리자 산초가 말했다.

「장난이라고 해둡시다요. 어차피 실제로 복수를 할 수 있는 것도 아니니까요. 하지만 그것이 장난이든 아니든, 일에는 정도가 있다는 것쯤은 저도 알고 있습니다요. 그리고 제 등짝이 결코 잊지 않듯이 제 기억에서도 그 장난은 사라지지 않을 거라는 것도 알고 있고요. 그건 그렇고요, 나리께서 내동댕이치신 그 마르티노[195]가 버리고 간, 잿빛 당나귀로 보이는 이 얼룩점이 있는 거무스레한 말은 어떻게 할까요? 그자가 먼지를 일으키며 비야디에고의 긴 양말을 신은 것[196]을 보면 이놈을 찾으러 되돌아올 리는 절대로 없습니다요. 정말 좋은 당나귀네요!」

「나는 결코……」 돈키호테가 말했다. 「내게 패한 자의 물건을 빼앗아 본 적이 없네. 패배자의 말을 빼앗아 패자가 걸어서 돌아가게 하는 것도 기사의 법도가 아니니까. 승리를 거둔 자가 싸움 도중에 자기 말을 잃었

194 트로이 전쟁의 발단이 된 그리스의 절세미인.
195 맘브리노를 잘못 말한 것.
196 〈줄행랑을 치다〉라는 뜻. 각주 38 참조.

을 경우에는 할 수 없지만 말이야. 그런 경우에는 정당한 싸움에서 전리품으로 취하는 것이니 패배한 자의 말을 가져도 된다네. 그러니 산초여, 그 말, 아니 당나귀인지 뭔지로 자네가 부르고 싶은 그것은 놔두게. 그 주인이 우리가 이곳에서 멀리 떠나는 것을 보면 찾으러 올 테니 말일세.」

「저는 이놈을 꼭 데리고 가고 싶은데요.」 산초가 대답했다. 「못 데리고 간다면 하다못해 제 당나귀하고 바꾸기라도 하고 싶습니다요. 제 당나귀는 그리 좋은 놈이 못 되거든요. 기사도 규율이란 게 정말 빡빡하네요. 이 당나귀를 저 당나귀로 바꿔치기도 못 하게 하니 말입니다요. 마구들만이라도 바꿀 수는 없을까요?」

「그런 경우는 어떨지 잘 모르겠다만……」 돈키호테가 말했다. 「이렇게 확신이 서지 않으니 내가 분명히 알게 될 때까지 바꾸도록 하게. 자네가 꼭 필요하다면 말이야.」

「정말로 필요합니다요.」 산초가 대답했다. 「이 마구들을 제가 갖게 된다면 더 이상 바랄 게 없습니다요.」

그는 허락을 받자 교환식[197]을 거행했다. 산초가 자기 당나귀를 예쁘게 꾸미고 나니 절반 정도 더 돋보이게 되었다.[198]

이 일을 마치고 나서 그들은 이발사의 당나귀에게서 빼앗은 전리품 중 남은 것으로 아침과 점심 사이의 식사를 하고 빨랫방망이가 있던 곳으로부터 내려온 시냇물을 마셨다. 그들은 그쪽 방향으로는 눈길도 주지 않았으니, 그들에게 겁을 주었던 그것들에 대한 증오가 그 정도나 되었던 것이다.

---

[197] 원문은 라틴어 〈무타티오 카파룸 *Mutatio Caparum*〉으로 되어 있다. 이것은 부활절에 추기경들이 행했던 망토 바꾸기를 뜻한다.

[198] 원문을 직역하면 〈3분의 1과 5분의 1만큼 좋아 보였다 *dejándole mejorado en tercio y quinto*〉이다. 이것을 계산하면 15분의 8이 나오니 절반 정도 더 좋아진 셈이다.

요기도 했겠다, 기분이 좀 좋아져서 그들은 말을 타고 정처 없이 길을 떠났다. 길을 정하지 않는 것이 무릇 편력 기사다운 일이므로 그들은 로시난테가 원하는 대로 길을 가기 시작했다. 로시난테의 뜻에 주인의 뜻도 따르고 당나귀의 뜻 역시 따랐는데, 당나귀는 로시난테가 어디로 인도하든 사랑과 동료애로 그를 쫓아다녔다. 이렇게 해서 그들은 다시 큰길로 나오긴 했으나 뚜렷한 계획 없이 그냥 걷고 있었다.

이렇게 길을 가던 중 산초가 주인에게 말했다.

「나리, 제게 나리와 잠깐 이야기를 나눌 수 있도록 허락해 주시겠습니까? 나리께서 제게 입을 다물라고 엄하게 명령하신 후 제 뱃속에서는 네 가지가 넘는 일이 썩고 있습니다요. 그중 하나가 혀끝까지 나와 있는데 잘못될까 봐 입을 못 열겠습니다요.」

「말해 보게.」 돈키호테가 말했다. 「짧게 하게. 길어서 좋은 건 하나도 없네.」

「그럼 말씀드리겠습니다요, 나리.」 산초가 대답했다. 「나리께서는 모험을 찾으시려고 이렇게 인적 드문 곳이나 네거리에서 헤매시는데, 그래 봐야 얻는 것도 없고 버는 것도 없다고 요 며칠 동안 저는 생각해 왔습니다요. 이런 곳에서 아무리 위험한 모험을 끝내고 승리를 해봤자 그것을 보는 사람도, 아는 사람도 없으니 나리께서 마땅히 받으셔야 할 대가도 없을 테고 오히려 나리의 의도와는 반대로 영원히 침묵 속에 묻히게 될 것입니다요. 그래서, 나리의 생각은 어떤지 모르겠지만요, 제 생각으로는 어느 황제님이나 또는 전쟁을 하고 있는 위대한 왕자를 섬기러 가는 게 더 나을 듯싶습니다요. 거기서 나리의 용기며 엄청난 힘이며 뛰어난 분별력을 보여 주시면 되잖습니까요. 우리들이 섬길 분이 그걸 보시면 어쩔 수 없이 업적에 따라 상을 내리실 테고, 거기에는 나리의 업적을 글로 기록하여 영원히 남길 사람도 있을 테니 말입니다요. 제 업적이야 종자의 한계를 벗어날 일이 없으니 별로 할 말이 없겠지만요, 그래도 종자의 업적 또한 기록하는 것이 기사도의 관습이라면 그것 역시 잊힐 거라고는 생각하지 않습니다요.」

「자네 말도 틀린 건 아니네, 산초.」 돈키호테가 대답했다. 「그러나 그런 곳에 가기 전에 인정을 받으려면 모험을 찾아 세상을 돌아다닐 필요가 있다네. 몇몇 모험을 치러야 명성과 그에 걸맞은 명예를 얻을 수 있기 때문이니. 무훈으로 이미 알려진 기사가 되어 있어야 어느 군주의 궁으로 가더라도 우리가 성문으로 들어서는 것을 보자마자 아이들이 〈이자가 태양의 기사야!〉라든가 〈뱀의 기사야!〉라든가 또는 우리가 위대한 업적을 세웠을 때 일컫는 그런 이름으로 떠들고 말하면서 뒤를 줄줄 따라오고 주위를 둘러쌀 것 아닌가. 이렇게들 말하겠지. 〈이 사람이 그 대단한 싸움에서 장사 브로카브루노를 쓰러뜨린 용맹한 사람이야〉, 〈이 사람이 페르시아의 위대한 마멜루코를 거의 9백 년 동안 걸려 있던 긴 마법에서 풀어준 기사야〉 하고 말일세. 이렇게 손에서 손으로, 입에서 입으로 업적이 알려지면서 아이 어른 할 것 없이 떠들어 대면, 그 요란한 소리를 듣고 왕국의 왕이 궁정 창가에 서시게 되지 않겠나. 그러면 그 기사를 보시게 될 것이고, 보시자마자 갑옷이나 방패의 문장을 알아보시고는 틀림없이 이렇게 말씀하시겠지. 〈여봐라! 나의 궁전에 있는 기사들은 모두 나가서 저기 오는 기사도의 꽃을 영접하도록 하라.〉 이 명령에 사람들은 밖으로 뛰쳐나올 것이고, 왕은 계단 중간까지 마중 나와 기사를 포옹하며 우정의 표시로 얼굴에 입을 맞춘 다음 손을 잡고 왕비가 있는 거실로 데리고 갈 걸세. 거기서 기사는 왕비와 함께 그분의 따님인 공주를 만나게 되는 게야. 그 공주는 세상 어디에서도 좀처럼 찾아볼 수 없는, 정말 나무랄 데 없는 가장 아름다운 공주들 중의 한 분이어야 하네. 그러고 나면 공주는 아주 조신하게 기사에게 눈길을 줄 것이고 기사는 공주의 눈을 바라보며 서로 상대편을 인간이라기보다 좀 더 성스러운 존재로 여기고, 어떤 영문인지도 모른 채 복잡한 사랑의 밧줄에 묶인 포로가 되어 자기들의 애달픈 마음과 열망을 어떻게 전해야 할지 몰라 가슴 아파할 걸세. 그곳에서 사람들은 기사를 화려하게 꾸민 다른 방으로 안내할 것이 분명한데, 그곳에서 기사의 갑옷을 벗긴 후 대신 걸치라고 진홍빛 고급 망토를 가져다줄 걸세. 갑옷을 입은 모습도 멋졌지만 갑옷 안에 입은 옷차림은 더 멋질 게야. 밤이 되면 왕과 왕비와 공주와 함께 만찬에 참석하게 되니, 거기서 그는 주위 사람들 몰래 공주를 바라보며 그녀에게서 잠시도 눈을 떼지 않을 게야. 그건 공주도 역시 마찬가지인데, 아까도 말한 것처럼 공주는 아주 조신한 여자라 기사 못지않게 신중하게 행동할 걸세. 식탁을 치우고 나면 생각지도 않게 그 홀의 문으로 못생기고 체구도 작은 난쟁이 한 명이 양쪽 뒤편에 거인들을 거느린 한 아리따운 귀부인을 모시고 들어올 걸세. 그리고 이 난쟁이는 오래전 한 현인이 고안해 낸 어떤 모험을 내놓을 것이니, 그것을 수행하는 자는 세계 제일의 기사로 인정받을 거라는 걸세. 그래서 왕은 그 자리에 참석한 모든 사람들에게 그 모험을 수행해 보라고 하시지만 손님으로 온 기사 외에는 누구 하나 결말을 내고 완성을 시키는 자가 없어, 기사는 더 많은 명예를 얻고 공주는 그것으로 아주 기뻐할 걸세. 자기가 그토록 높은 곳에 마음을 둔 것을 아주 만족스러워하면서 말일세. 그런데 왕은, 아니 왕자는, 어쨌든 그런 신분의 누군가는 마침 자기와 비슷한 권력을 가진 다른 왕과 아주 큰 싸움 중이었다네. 손님으로 온 기사는 궁정에 있은 지 며칠 만에 그 싸움에 참전하여 왕을 위해 봉사할 수 있게 해달라고 청한다네. 왕은 기꺼이 그 청을 허락하고 기사는 이 은혜에 감사하며 왕의 손에 공손하게 입을 맞추게 될 걸세. 그리하여 그날 밤 그는 공주의 침실이 있는 정원의 쇠창살 틈으로 자신의 귀부인인 공주와 작별을 나누게 된다네. 그는 이미 이 쇠창살을 사이에 두고 공주와 수차례 이야기를 나누었다네. 공주에 대해 모든 것을 알고 있는 그녀의 심복 몸종이 중간에 잘 알아서 주선해 준 덕분이었지. 기사는 한숨을 쉴 것이고 공주는 졸도할 걸세. 그러면 몸종은 물을 가져올 것이고, 드디어 아침이 오고, 공주의 명예를 위해서도 두 사람이 발각되기를 바라지 않는 몸종은 애간장을 태우며 마음을 졸이게 될 걸세. 드디어 공주는 정신을 차리고 쇠창살 틈으로 기사에게 새하얀 두 손을 내밀 걸세. 그러면 기사는 그 손에 수천 번 입을 맞추고 손을 온통 눈물로 적실 걸세. 두 사람은 좋은 일이건 나쁜 일이건 서로 소식을 알리자는 약조를 하고, 공주는 가능한 한 빨리 돌아오라고 애원한다네. 기사는 수차례 맹세하며 그렇게 하겠노라 거듭 약속할 것이네. 그러고는 다시 한 번 공주의 손에 입을 맞추며 작별을 하는데, 당장이라도 목숨이 끊어질 정도로 가슴이 아프다네. 기사는 자기 방으로 가서 침대에 눕지만 이별의 아픔 때문에 도무지 잠을 이룰 수가 없다네. 그는 다음 날 아침 일찍 일어나서 왕과 왕비와 공주에게 작별을 고하러 간다네. 그런데 그가 왕과 왕비에게 작별인사를 하고 있을 때 사람들이 공주님은 몸이 안 좋아 방문을 받을 수 없다는 소식을 전해 준다네. 자기가 떠나는 것 때문이라고 생각하니 기사는 가슴이 아파 자칫 그 고통을 겉으로 드러낼 뻔한다네. 중간에서 심부름을 하던 그 몸종이 기사 앞에 있어서 상황을 모두 알아 두었다가 공주에게 아뢰러 갈 걸세. 공주는 눈물로 몸종을 맞이하고 자기 마음이 너무 아픈 이유 중 하나는 그 기사님이 누구신지, 어느 왕가의 혈통인지, 혹은 그런 혈통이 아닌지 등에 대해 아무것도 모르고 있는 것이라고 말한다네. 그러면 몸종은 그 기사님처럼 그토록 예의 바르고 멋지고 용맹하신 분이 왕가나 명문가의 사람이 아닐 수가 없다고 확신시켜 준다네. 이 말로 공주는 위로를 받고, 부모님께서 자기를 의심하지 않도록 하려고 애써 마음을 달래 이틀만에 사람들 앞에 모습을 드러낸다네. 기사는 이미 떠나 전쟁에서 싸워 왕의 적을 이기고 수많은 도시를 함락시키고 수많은 전투에서 승리를 거두어 다시 궁정으로 돌아가, 늘 보던 장소에서 공주를 만나 자신의 봉사에 대한 대가로 그녀를 아내로 주십사 공주 아버지에게 청하기로 한다네. 그런데 왕은 기사가 어떤 사람인지 모르기 때문에 공주를 주고 싶지 않으신 게야. 하지만 훔치든 아니면 다른 방법으로든 결국 공주는 기사의 아내가 되는데, 왕도 결국 이 일을 큰 다행으로 여기게 된다네. 그건 내가 생각하기에, 그 기사가 지도에는 분명히 나와 있지 않은 어느 왕국의 용감한 왕의 아들로 밝혀졌기 때문일 게야. 왕이 돌아가시고 공주가 그 뒤를 이으니, 이 단 두 마디로 그 기사는 왕이 되는 게지. 그러자 그는 즉각 자기의 종자와 그런 높은 지위에 오르기까지 자기를 도와준 사람들에게 은사를 내리기 시작하는데, 종자는 공주의 몸종과 결혼시킨다네. 이 몸종은 그들 사랑에 중개 역할을 했던 여자로, 고관대작인 어느 공작의 따님이라네.」[199]

「제가 바라는 것이 바로 그겁니다요. 아무 속임수 없이 말입죠.」 산초가 말했다. 「그게 바로 제가 바라는 거라니까요. 모든 게 그대로 〈슬픈 몰골의 기사〉라는 나리에 의해 이루어져야 합니다요.」

「걱정하지 말게, 산초.」 돈키호테가 대답했다. 「내가 지금껏 말한 방법과 같은 과정으로 편력 기사들은 왕이나 황제의 자리에 올랐고 또 오르고 있으니 말일세. 지금은 단지 기독교인들의 어떤 왕이, 또는 이교도들의 어떤 왕이 전쟁을 하고 있으며 누가 어여쁜 딸을 갖고 있는지를 살펴보는 것이 필요할 뿐이네. 하지만 이것에 대해서는 생각할 시간이 더 있을 걸세. 내가 말했듯이 왕궁으로 가기 전에 다른 여러 곳에서 먼저 명성

---

[199] 이 이야기는 당시 기사 소설에서 가장 보편적으로 다루어지던 내용으로, 특히 『티란테 엘 블랑코 Tirante el Blanco』라는 스페인 카탈루냐 기사 소설의 줄거리와 아주 비슷하다.

을 떨쳐야 하기 때문이지. 내게는 부족한 게 한 가지 더 있다네. 전쟁 중에 있으며 아리따운 공주도 있는 왕을 발견하고 전 세계를 통틀어 믿기지 않을 명성을 얻었다고 해도, 내가 왕족의 혈통이거나 적어도 황제의 육촌이라도 된다는 증거를 어떻게 찾아내야 할지 모르겠다는 거야. 내가 아무리 드높은 업적을 세웠다 한들 왕이 먼저 나의 혈통을 제대로 모르면 따님을 주려 하지 않을 거란 말일세. 이 결점 때문에 내 팔이 마땅히 받아야 할 것을 놓칠까 걱정이라네. 사실 나는 땅도 있고 재산도 있으며 5백 수엘도의 보상[200]도 받는, 남들에게 제법 알려진 전통 있는 집안의 자식[201]이긴 하네. 그리고 내 이야기를 쓸 현자가 나의 친척이나 후손들을 자세히 파고들다 보면 내가 왕의 5대 아니면 6대 손자가 될지도 모르는 일일세. 자네가 알아 두어야 할 것은 산초여, 세상에는 두 가지 가문이 존재한다는 거야. 하나는 왕자나 군주를 조상으로 삼고 있지만 세월과 함께 조금씩 몰락해 가서 거꾸로 세운 피라미드의 꼭짓점처럼 되는 가문, 다른 하나는 처음에는 천민이었으나 차츰차츰 위로 올라가서 끝내는 위대한 영주가 되는 가문이네. 그러니까, 훌륭했으나 이제는 아닌 가문과 지금은 훌륭하지만 이전에는 아니었던 가문이 있다는 뜻이지. 이러니 나도 잘 살펴보면 내 조상의 시작은 위대하고 유명했을 수도 있으니 내 장인이 되실 왕이 틀림없이 만족스러워하실 것이네. 내 신분이 그렇지 않은 경우라 하더라도, 즉 내가 천한 직업인 물장수의 자식이었고 그것을 공주가 분명히 안다 할지라도, 그녀는 아버지의 뜻을 거역해서라도 나를 주

---

200 수엘도 sueldo는 옛날 화폐의 단위로 시기에 따라 그 가치가 달랐다. 스페인 옛 법령에 따르면 이달고가 유형 혹은 무형의 손해를 입었을 때 그 보상으로서 5백 수엘도를 받게 되어 있었다고 한다. 이달고가 아닌 자는 3백 수엘도를 받았다.
201 〈이달고〉는 〈정신적, 물질적으로 무엇인가를 가진 자식〉이라는 의미의 〈이호스달고 hijosdalgo〉를 줄인 말이다.

인이자 남편으로 섬기려 할 만큼 나를 사랑하게 될 것일세. 그러하지 않을 경우에는 공주를 납치해서 내가 좋아하는 곳으로 데려가는 일이 벌어지겠지. 시간이 지나거나 죽음이 오면 부모의 화도 풀릴 것 아니겠는가.」

「거기에도 딱 맞네요.」 산초가 말했다. 「양심 없는 놈들이 하는 말, 〈힘으로 빼앗을 수 있는 것을 부탁해서 얻을 필요는 없다〉는 얘기 말입니다요. 아니, 그보다는 〈착한 사람들에게 간청하기보다 덤불 뛰어넘는 게 더 낫다〉는 말이 더 맞는군요. 그러니까 제 말씀은요, 나리의 장인어른이라는 그 왕께서 공주님을 나리에게 주려 하지 않으신다면 나리 말씀대로 공주님을 훔쳐서 다른 데로 데리고 가는 방법밖에는 없기 때문입죠. 그런데 한 가지 문제는요, 나리께서 왕과 화해를 하셔서 평화롭게 왕국을 다스리게 될 때까지 불쌍한 종자 놈은 은사를 받을 날만 기다리며 아무것도 모르고 그저 가만히 있어야 된다는 겁니다요. 만일 종자의 아내가 될, 중개를 한 그 몸종이 공주님과 함께 집을 나와서 하늘이 다른 일을 명할 때까지 종자와 함께 고생을 하며 살아 주지 않는다면 말입니다요. 같이 살아 주기만 한다면 종자의 주인은 분명 그 여자를 종자의 합법적인 아내로 주실 수 있다고 저는 믿거든요.」

「그걸 반대할 자는 없지.」 돈키호테가 말했다.

「그렇다면요…….」 산초가 대답했다. 「하느님한테 모두 맡기고 운이 더 바람직한 길로 가게 내버려 두는 수밖에 없겠습니다요.」

「하느님의 뜻에 맡겨야지…….」 돈키호테가 대답했다. 「내가 원하고, 산초 자네가 필요로 하는 대로 되게 말일세. 그리고 사람이 자기 자신이 스스로를 귀하게 여기지 않으면 어느 누구도 그를 귀하게 생각하지 않는다네.」

「하느님 뜻대로 되게 하소서.」 산초가 말했다. 「저는 오랜 전통을 가지고 대대로 하느님을 섬겨 온 기독교 신자이니 이것만으로도 백작은 문제

없지요.」

「없고말고.」 돈키호테가 말했다. 「그렇지 않더라도 자네가 걱정할 건 전혀 없네. 내가 왕이니 자네에게 귀족 작위를 줄 수 있거든. 자네가 돈으로 살 일도 없고, 나를 위해 봉사를 할 일도 없네. 내가 자네를 백작으로 만들어 주면 그때 자네는 기사가 되는 것인데, 사람들이 뭐라고 한들 신경 쓸 것 없네. 자네를 〈영주님〉이라고 불러야 하니 당연히 다들 배는 아프겠지만 말일세.」

「저런, 제가 잭위의 권위를 손상시킬까 봐 그런가 봅니다요!」 산초가 말했다.

「〈잭위〉가 아니고 〈작위〉라고 해야 되는 게야.」 주인이 고쳐 주었다.

「어쨌든 말씀입니다요……..」 산초 판사가 대답했다. 「저는 그 작위에 잘 맞출 수 있습니다요. 제가 한때 난생처음 어느 종교 단체의 심부름꾼으로 일한 적이 있는데요, 그때 심부름꾼이 입는 옷이 얼마나 잘 어울렸던지 모두들 제가 그 교단의 단장이 될 만한 풍채라고 했거든요. 그러니 제가 공작들이 입는 담비 털로 된 품위 있는 망토를 걸치거나 외국 백작들처럼 금이나 진주로 치장을 하면 그 모습이 얼마나 멋지겠습니까요? 1백 레과도 멀다 하지 않고 저를 보러들 올 겁니다요.」

「무척 멋지겠지.」 돈키호테가 말했다. 「하지만 그 수염은 자주 깎아 줘야 할 걸세. 텁수룩하고 어수선한 게 제멋대로 나서, 적어도 이틀에 한 번씩 면도를 하지 않으면 총 한 발 거리에만 들어와도 자네가 어떤 사람인지 알 수 있을 걸세.」

「그거야……..」 산초가 말했다. 「이발사 하나 월급 주며 집에 데리고 있으면 되지 않겠습니까요? 필요하다면야 마부의 우두머리 삼아 제 뒤를 따라다니게 하겠습니다요.」

「그런데, 자네는 어떻게 아는가?」 돈키호테가 물었다. 「대관들이 마부들을 데리고 다닌다는 것 말일세.」

「말씀드립죠.」 산초가 대답했다. 「예전에 제가 도시에 한 달간 머물렀던 적이 있는데요, 거기서 다들 위대한 사람[202]이라고 하지만 제가 보기에는 아주 쬐꼬만 사람이 지나가는데, 한 사람이 말을 타고 그 사람을 따라가는 모습을 보았거든요. 그 쬐꼬만 사람이 몇 바퀴를 돌아도 그 사람은 무슨 꼬리마냥 그 뒤를 졸졸 따라다닙디다요. 그래서 제가 저 사람은 왜 옆으로 나란히 가지 않고 늘 저렇게 뒤만 따라가느냐고 물었습죠. 그랬더니 사람들이 그가 마부 대장이며 높은 사람들은 늘 뒤에 그들을 거느리고 다니는 게 관습이라고 말해 줬습니다요. 그때부터 저는 그런 사실을 절대 잊지 않고 기억하고 있었습니다요.」

「자네 말이 옳네.」 돈키호테가 말했다. 「자네도 그렇게 자네 이발사를 거느리고 다니게. 관습이란 것이 한 번에 오는 것도 아니고 순식간에 만들어지는 것도 아니니 자네가 처음으로 뒤에 이발사를 데리고 다니는 백작이 될 수도 있는 게야. 더군다나 말안장을 얹는 것보다야 수염을 깎는 일이 주인에게 더 신뢰받을 만한 일이지.」

「이발사 문제는 제게 맡겨 두십시요.」 산초가 말했다. 「나리가 하실 일은 왕이 되시는 것이며, 그래서 저를 백작으로 만들어 주시는 겁니다요.」

「그렇게 될 걸세.」 돈키호테는 대답했다.

그러고는 눈을 들어 다음 장에서 이야기할 것을 보았다.

---

[202] 〈위대한〉은 원문에 〈*grande*〉로 되어 있는데, 이 형용사는 명사 앞에 붙으면 〈위대한〉, 뒤에 붙으면 〈큰〉이라는 의미가 된다. 그래서 산초는 이어 〈쬐꼬만〉이라고 한 것이다.

22

가고 싶지 않은 곳으로 할 수 없이
끌려가는 수많은 불행한 사람들에게
돈키호테가 베풀어 준 자유에 대하여

 아랍어 작가이자 라만차 사람인 시데 아메테 베넹헬리는, 아주 엄숙하고 울림이 좋으며 세밀하고 달콤하며 상상력으로 가득 찬 이 이야기의 제21장 마지막에 유명한 돈키호테 데 라만차와 그의 종자 산초 판사가 주고받은 대화를 기록한 뒤, 이어서 다음과 같이 쓰고 있다. 돈키호테가 눈을 들어 보니 자기들이 가는 길로 열두 명쯤 되는 남자들이 걸어오고 있었다. 이들은 모두 굵은 쇠사슬에 목이 염주처럼 꿰여 있었고 손에는 수갑을 찬 모습이었다. 이들과 함께 두 사람이 말을 타고, 또 다른 두 사람은 걸어서 오고 있었다. 말을 탄 사람들은 총[203]을 들었고, 걸어오는 사람은 투창과 칼을 들고 있었다. 산초 판사가 그들을 보고 말했다.
 「저건 왕의 강요로 배에서 노를 저으러 가는 죄인들입니다요.」
 「어떻게 강요당한 사람이 있을 수 있지?」 돈키호테가 물었다. 「왕이 사람들에게 강요한다는 게 가능한 일인가?」

---

 203 *escopeta de rueda*. 원문에는 〈바퀴가 부싯돌을 돌면서 점화되면 발사하는 총〉으로 되어 있다. 당시 불을 붙여 사용하던 화승총보다 조금 더 발전한 형태의 총이다.

「그 말씀이 아니고요…….」 산초가 대답했다. 「죄를 지어서 배에서 노 젓는 형을 받아 왕에게 봉사하기 위해 억지로 끌려가는 사람들이라는 말씀입니다요.」

「결론적으로…….」 돈키호테가 대답했다. 「이유야 어떻든 간에 자기들의 의사와 상관없이 억지로 가고 있다는 말이 아닌가.」

「그렇습니다요.」 산초가 말했다.

「그렇다면…….」 주인이 말했다. 「지금이야말로 힘 있는 자를 꺾고 불쌍한 사람들에게 달려가 돕는 나의 임무를 행할 때이니라.」

「나리, 잘 아셔야 합니다요.」 산초가 말했다. 「왕 자체가 법인데, 법은 저런 사람들을 이유 없이 강압하거나 모욕을 주지 않는단 말씀입니다요. 저 사람들이 저지른 죄에 대한 벌을 주는 것뿐입니다요.」

이때 죄수 일행이 다가왔다. 그러자 돈키호테는 아주 공손한 말투로, 사람들을 그런 식으로 호송해 가는 이유나 동기를 알려 달라고 간청했다.

말을 타고 가던 호송원 중 하나가, 이들은 전하의 죄인들로 노를 저을 배로 가고 있는 중이며 더 이상 말할 것도 없고 당신이 더 알아야 할 것도 없다고 대답했다.

「아무리 그렇다고는 해도…….」 돈키호테가 대답했다. 「이 사람들이 이런 불행한 일을 겪게 된 이유를 하나하나 자세히 알고 싶소이다.」

이 말에 덧붙여 돈키호테가 그 이유를 알아내기 위해 아주 정중한 말을 늘어놓자, 말을 타고 있던 다른 호송원이 그에게 대답했다.

「여기 이 불운한 자들 각각에 대한 판결 기록과 증서를 가지고 있긴 합니다. 그러나 지금은 이들을 세워 놓고 그것들을 꺼내어 읽을 때가 아닙니다. 당신이 직접 이들에게 물어보시지요. 마음이 내키면, 아니 반드시 말해 줄 겁니다. 망나니짓을 하고도 그런 얘기를 지껄이길 좋아하는 놈들이니까요.」

허락을 얻어 — 사실 허락하지 않았더라도 돈키호테는 듣고 싶은 것을 들었겠지만 — 그는 염주처럼 꿰여 있는 죄수들에게 다가가서 첫 번째 사람에게 무슨 죄를 지었기에 그토록 비참한 꼴로 가고 있느냐고 물었다. 그는 사랑 때문에 이렇게 되었다고 대답했다.

「단지 그것 때문에?」 돈키호테가 되물었다. 「사랑했기 때문에 배에 노를 저으러 가야 한다면, 나는 벌써 노를 젓고 있어야겠군.」

「나리가 생각하시는 그런 사랑이 아니지요.」 죄수가 말했다. 「저는 흰 옷들로 가득 찬 표백용 바구니를 너무 사랑한 나머지 그것을 꼭 껴안아 버렸지요. 제게서 그것을 법으로 억지로 빼앗아 가지 않았다면 아직까지 저 스스로 내놓지는 않았을 겁니다. 현행범으로 잡혔으니 고문당할 새도 없었어요. 판결이 나서, 등짝에 매 1백 대와 구라파 꼬박 3년. 이렇게 일이 끝난 거죠.」

「그 〈구라파〉라는 게 뭐요?」 돈키호테가 물었다.

「우리 같은 인간들이 쓰는 은어인데요, 배에서 노 젓는 일을 말하지요.」 죄수가 대답했다.

그자는 스물네 살쯤 되어 보이는 젊은이로 피에드라이타 출신이라 했다. 돈키호테는 두 번째 죄수에게도 똑같은 질문을 했으나, 슬프고 우울해 보이는 그 사람은 한마디도 대답하지 않았다. 대신 첫 번째 사나이가 말해 줬다.

「이 녀석은 나리, 음악가이자 가수인데 카나리아[204]로 통합니다.」

「뭐라고?」 돈키호테가 되물었다. 「음악을 하고 노래한다는 이유로 벌을 받아 노를 저으러 간다고?」

---

[204] canario. 새인 카나리아를 가리키는 동시에 죄를 자백하는 것을 의미한다. 스페인어로 〈노래하다cantar〉라는 단어에는 〈자백하다〉라는 뜻도 있다. 돈키호테는 불량배 사회에서 이 단어가 갖는 의미를 계속 이해하지 못해 결국 호송원이 설명해 준다.

「그렇습니다, 나리.」 그 첫 번째 죄수가 말했다. 「고뇌 중에 노래하는 것만큼 나쁜 건 없지요.」

「전에 내가 듣기로는……」 돈키호테가 말했다. 「노래하면 불행이 사라진다고 하던데.」

「저희 세상에서는 반대지요.」 죄수가 말했다. 「한번 노래하면 평생 울어야 한답니다.」

「난 도무지 이해가 안 되는군.」 돈키호테가 말했다.

그러자 호송원 한 사람이 말했다.

「기사 나리, 이런 성스럽지 못한 인간들 사이에서 〈고뇌 중에 노래한다〉는 말은 고문 중에 자백하는 것을 뜻합니다. 이 녀석은 고문을 못 이겨 자신이 말 도둑, 즉 가축을 훔치는 놈이라고 불었습니다. 이 때문에 등에 매 2백 대를 맞고 거기에다 6년 동안 노 젓는 형에 처해진 것입니다. 이자가 늘 생각에 잠긴 채 슬퍼하고 있는 이유는, 그곳에 남은 도둑놈들이나 여기 같이 가고 있는 도둑놈들이 자기를 못살게 굴고 업신여기고 조롱하며 무시하기 때문이죠. 자백했다고, 〈아니〉라고 말할 용기가 없었다고 말입니다. 그 인간들은 〈아니〉나 〈그래〉나 글자 수는 똑같다며, 범죄라는 게 증인이나 증거물이 아니라 오히려 범죄자의 혀에 사느냐 죽느냐가 놓여 있으니, 범죄자로 낙인찍히는 것은 모두 운에 달린 거라고들 합니다. 제가 보기에도 아주 틀린 말은 아닌 것 같습니다.」

「나도 그렇게 생각하오.」 돈키호테가 대답했다.

그는 세 번째 사람에게 다가가서 다른 사람들에게 물은 것과 같은 질문을 했다. 그러자 그자는 재빨리 아주 쾌활하게 대답했다.

「나는 10두카도가 없어서 5년 동안 배에서 일하게 되었죠.」

「그대를 그 고통에서 구할 수만 있다면 내 기꺼이 20두카도를 주겠소.」 돈키호테가 말했다.

「그것은 마치……」 죄수는 대답했다. 「풍랑이 이는 바다에서 돈을 갖고 있는 자가 필요한 것을 살 곳이 없어 굶어 죽어 가고 있는 것과 같네요. 내 말은, 지금 나리께서 내게 주신다는 그 20두카도를 그때 내가 갖고 있었더라면, 그 돈으로 서기에게 뇌물을 먹이고 변호인의 기지를 살려 지금쯤은 톨레도 소코도베르 광장 한가운데 있을 거란 얘깁니다. 개처럼 묶여 이 길바닥에 있는 대신 말이에요. 그러나 하느님은 위대하시니, 참으면 그만이지요.」

돈키호테는 네 번째 사나이에게로 갔는데, 그는 가슴 아래까지 내려오도록 흰 수염을 기르고 덕망 있어 보이는 얼굴을 하고 있었다. 그에게 여기까지 오게 된 이유를 묻자 울기 시작할 뿐 아무런 대답도 하지 않았다. 그러자 다섯 번째 죄수가 대신해서 대답해 주었다.

「이 착한 양반은 4년 형을 살기 위해 간답니다. 그것도 사람들 앞에서 창피를 당하도록 화려한 차림으로 말에 태워져 이리저리 끌려다닌 끝에 말입니다.」[205]

「그건……」 산초 판사가 말했다. 「제가 보기에도 대단히 창피했겠는데요.」

「그래요.」 죄수가 받았다. 「무슨 죄를 지었기에 그런 벌을 받았느냐면요, 돈을 빌려 주는 데 중개인[206] 역할을 했을뿐만 아니라 몸뚱이 전체 중개도 했기 때문이죠. 그러니까 이 양반은 뚜쟁이 짓을 하며 마법사 냄새가 나는 목걸이를 걸고 수실 달린 옷차림으로 다닌 게 죄가 된 거예요.」

「그놈의 목걸이와 수실 달린 옷만 아니었더라면……」 돈키호테가 말

---

205 그 당시 죄인들을 공개적으로 벌주는 방법 중의 하나. 앞에는 그 죄를 사람들이 듣도록 큰 소리로 외쳐 알리는 사람도 있었다.
206 원문에는 〈중개인〉을 〈corredor de oreja(귀의 중개인)〉으로 표현했다. 따라서 다음 문장은 〈몸뚱이 전체〉로 번역한다.

했다. 「다만 순수하게 뚜쟁이 짓만 했더라면 배에 노를 저으러 갈 것까지는 없었을 텐데. 오히려 노 젓는 배를 지휘하는 제독이 될 만했겠지. 뚜쟁이 일이라는 게 아무나 하는 게 아니니 말이오. 신중한 사람들이 할 일이며, 질서가 아주 제대로 잡힌 나라에서 극히 필요한 일이라 태생이 좋은 사람이 아니면 할 수가 없는 게지. 또 일을 감시하는 감찰관과 시험관이라는 직업이 있듯이 중개인도 꼭 필요한 일이라 선발할 인원수를 정해 놓고 뽑을 필요가 있다는 얘기요. 그렇게 해야 생각이 짧고 바보 같은 인간들이 이런 일을 한답시고 저지르는 많은 폐해를 막을 수 있을 거란 말이지. 쓸모없고 주제넘은 여자들이나 경험이 별로 없고 나이도 어린 건달과 시동들은 가장 필요한 순간이나 중요한 계획을 세워야 할 때 손에서 입으로 음식을 가져가는 동안 식혀 버리기도 하고, 심지어 어느 게 자기 오른손인지조차 모르니 말이오. 더 나아가 나라에 반드시 필요한 직무를 맡을 사람들을 선거로 뽑아야 하는 이유를 설명하고 싶다만, 이 자리는 그러기에 적합한 장소가 아니니 언젠가 이 일을 해결하고 고칠 수 있는 사람에게 설명하기로 하겠소. 지금은 다만 백발의 존경할 만한 얼굴을 가진 이런 사람이 뚜쟁이라는 이유로 험한 꼴을 당하고 있는 것을 보니 마음이 아플 뿐이오. 하지만 마법사라는 죄가 추가되니 그 아픈 마음이 사라지고 마는군. 비록 몇몇 바보들이 생각하는 것처럼 사람의 마음을 움직이거나 생각을 강요하는 마법 따위는 없다는 것은 잘 알고 있지만 말이오. 우리의 의사는 자유로운 것으로, 억지로 마음을 바꾸게 하는 풀도 마술도 존재하지 않소. 머리가 모자라는 쓸데없는 여자들 혹은 망나니 사기꾼들이 혼합액인지 독약인지를 만들고 그것으로 사람들을 미치게 해서 사랑하게 하는 힘을 가진 것처럼 보이게 하는 거지. 말했듯이 사람의 마음을 마음대로 할 수는 없는 법이오.」

「그렇습니다.」 그 착한 늙은이가 말했다. 「정말로 나리, 마법사라는 죄

목에 있어서 난 결백합니다. 뚜쟁이라는 것에 대해서는 부인할 수 없습니다만 말이죠. 하지만 나는 그것이 잘못이라고 생각한 적이 없습니다. 모든 사람들이 싸우지 않고 아프지 않고 편안하고 즐겁고 조용하게 살기를 바랐을 뿐이에요. 하지만 이 선의의 희망이 아무런 소용도 없게 됐습니다. 돌아올 수 있을 것 같지도 않은 곳으로 가게 되었으니까요. 이제는 나이도 많고 오줌 누는 것도 쉽지 않아 한순간도 편안하지가 않습니다.」

이렇게 말하고 그는 다시 처음처럼 울먹였다. 그가 어찌나 불쌍했던지 산초는 은화 4분의 1레알을 품에서 꺼내 적선했다.

돈키호테는 앞으로 나가 다음 사람에게 죄를 물었다. 그러자 이 사람은 저번 사람 못지않게, 아니 훨씬 더 씩씩하게 대답했다.

「내가 그곳으로 가는 이유는 사촌 누이 두 사람과 친척이 아닌 두 자매를 심하게 농락했기 때문이랍니다. 그 여자들을 모두 우롱한 결과 악마도 구별하지 못할 만큼 아주 복잡하게 친척들이 불어났습니다요. 결국 모든 죄가 발각되었는데, 도와주는 사람도 없고 돈도 없어서 교수형에 처해질 뻔했지만 6년 동안 노를 젓는 형이 떨어져서 받아들였습니다요. 지은 죄에 대한 벌이지요. 아직 젊으니까 살아만 있으면 뭐든 할 수 있습니다요. 기사 나리, 이 불쌍한 인간들을 구해 주실 뭔가를 갖고 계시다면, 하느님이 하늘에서 보상해 주실 것이고 우리는 이 땅에서 나리의 건강과 목숨을 위해 하느님께 기도할 겁니다. 나리께서 그 훌륭한 모습에 걸맞도록 장수하시고 건강하시도록 말이죠.」

이 사람은 학생 복장을 하고 있었는데 호송원이 말하기를 그가 아주 말이 많은 데다 라틴어도 잘 안다고 했다.

이런 사람들 뒤로 서른 살쯤 된 아주 훌륭한 용모의 남자가 있었는데, 다만 쳐다볼 때 한쪽 눈이 다른 쪽 눈으로 약간 쏠리는 것 같았다. 그는 다른 사람들과 다르게 묶여 있었다. 발에 채워진 사슬은 너무 커서 온몸에 얽혀 있었고, 목에는 두꺼운 금속 고리가 두 개 걸려 있는데 하나는 아까 그 사슬과 연결되어 있고 다른 하나는 버팀 기둥, 소위 〈친구 발〉[207]이라고 하는 것으로 거기서 두 개의 쇠사슬이 허리까지 내려와 있었으며, 수갑 두 개도 걸려 있어서 그의 두 손은 그곳에 묶인 채 단단한 자물쇠로 채워져 있었다. 그래서 두 손을 입에 가져갈 수도, 얼굴에 가져갈 수도 없는 형편이었다. 돈키호테는 무슨 연유로 이 남자만 다른 사람들보다 더 요란스럽게 묶여 있느냐고 물었다. 그러자 호송원이 대답하기를, 그 작자 혼자서 다른 사람의 죄를 전부 합친 것보다 더 많은 죄를 지었기 때문이라고 했다. 얼마나 무모하고 교활한지 그렇게 데려가도 마음을 놓을 수 없을 뿐만 아니라 달아날까 봐 두렵기까지 하다고 했다.

「대체 어떤 죄를 저지른 거요?」 돈키호테가 물었다. 「그래 봐야 노 젓는 형일 뿐인데 말이오.」

「이자는 10년 형을 살러 갑니다.」 호송원이 말했다. 「말하자면 시민으로서의 모든 권리를 빼앗는, 죽음이나 같은 벌이죠. 이 인간이 바로 저 악명 높은 히네스 데 파사몬테로, 히네시요 데 파라피야라는 이름으로도 불리는 자입니다.」

「호송관 나리.」 이때 그 죄수가 말했다. 「작작 좀 합시다. 이름과 별명을 막 끌어다 붙이지 말자고요. 내 이름은 히네스이지 히네시요[208]가 아닙니다. 내 가계는 파사몬테이지 당신이 말하는 파라피야[209]가 아니라고요. 각자 남을 욕하기 전에 자기 자신이나 살펴봅시다요. 그러지 않으면 별로 이로울 것이 없을 테니까.」

---

207 효수장에서 범죄자가 얼굴을 숨기려고 숙이는 것을 막기 위해 턱 밑에 끼우는 쇠로 된 고리이다.
208 Ginesillo. 히네스Ginés에 축소사가 붙은 것으로, 굳이 해석하면 〈히네스 새끼〉가 된다.
209 Parapilla. 〈약탈, 강탈을 위한〉이라는 뜻이 된다.

「목소리 좀 낮춰.」 관리가 말했다. 「이 도둑 양반아, 따끔한 맛을 보고 나서야 입을 다물고 싶지 않으면 말이야.」

「그러는 게 낫겠군.」 죄수가 대답했다. 「사람은 하느님이 시키는 대로 사는 거니까요. 하지만 언젠가는 내가 히네시요 데 파라피야인지 아닌지를 알겠지.」

「사람들이 너를 그렇게 부르고 있잖아, 이 사기꾼아.」 호송관이 말했다.

「그렇게 부르죠.」 히네스가 대답했다. 「하지만 그렇게 부르지 않도록 만들 겁니다. 이 몸이 조용한 자리에서 게거품을 무는 한이 있더라고 말입니다. 기사 양반, 우리한테 줄 게 있거든 빨리 주고 가보시지요. 남의 인생사를 듣는 것도 이제 지겹지 않습니까. 내 인생을 알고 싶으면, 이 손가락으로 다 써놓았으니 내 이름이 히네스 데 파사몬테라는 거나 알아두시고요.」

「사실입니다.」 관리가 말했다. 「이놈은 이야기를 썼는데, 정말 자기 이야기밖에 없어요. 그 책은 지금 2백 레알에 감옥에 저당 잡혀 있습니다.」

「되찾을 거예요.」 히네스가 말했다. 「2백 두카도를 무는 한이 있더라도 말이지요.」

「그토록 훌륭하오?」 돈키호테가 물었다.

「훌륭하고말고요.」 히네스가 대답했다. 「그 유명한 『라사리요 데 토르메스』와 같은 장르로 지금까지 쓰인 것이나 앞으로 쓰여질 그 모든 것들 중에 내 이야기에 견줄 만한 게 없지요. 나리께 말씀드릴 수 있는 것은, 이건 사실을 다루고 있는데 허구와는 비교가 되지 않을 만큼 빼어나고 구성지다는 겁니다.」

「책 제목이 뭐요?」 돈키호테가 물었다.

「히네스 데 파사몬테의 일생.」 히네스 본인이 대답했다.

「완성된 거요?」 돈키호테가 되물었다.

「어떻게 완성이 됐겠습니까?」 상대가 대답했다. 「내 인생이 아직 끝나지 않았는데요. 내용은 내가 태어나서부터 이번에 마지막으로 노 젓는 형에 처한 시점까지올시다.」

「그럼, 전에도 그 형을 받았단 말이오?」 돈키호테가 말했다.

「하느님과 왕에게 봉사하느라 4년간 있었죠. 그래서 이미 빵 맛도 가죽 채찍 맛도 잘 알고 있어요.」 히네스가 대답했다. 「거기 가는 게 그리 고통스럽지도 않습니다. 거기서 내 책을 끝낼 수 있을 테니까요. 아직 쓰고 싶은 것들이 많거든요. 에스파냐 배에는 필요 이상으로 여유가 있답니다. 하기야 글을 쓰는 데 시간이 많이 필요한 것도 아닙니다. 내 이야기라 이미 내가 다 알고 있으니 말이죠.」

「재주 있어 보이는군.」 돈키호테가 말했다.

「재수 없는 놈이기도 합죠.」 히네스가 대답했다. 「재주 있는 놈한테는 늘 재수 없는 일이 따라다니거든요.」

「망나니들을 따르지.」 관리가 말했다.

「관리 나리, 이미 내가 말했잖아요.」 파사몬테가 대답했다. 「작작 좀 하자고요. 높은 양반들이 여기 우리처럼 불쌍한 놈들을 때리라고 그 지휘봉을 준 게 아니라, 전하께서 명하신 곳으로 우리를 인도해 가라고 주신 거잖아요. 아니라면, 정말…… 관두죠! 어차피 객줏집에서 저지른 그 부끄러운 일들이 언젠가 밝혀질 테니. 자, 모두 입 다물고 잘 살고 말 잘하고 가던 길이나 갑시다요. 이제 충분히 즐기지 않았나요?」

관리는 협박에 대한 대답으로 파사몬테를 갈겨 주려고 몽둥이를 쳐들었다. 하지만 돈키호테가 끼어들어 그런 식으로 함부로 다루지 말라고 간청했다. 그렇게 두 손이 묶인 채 가는 사람이 혓바닥 좀 놀린 게 그리 큰일이냐고 말렸다. 그러고는 죄수들을 돌아보며 말했다.

「사랑하는 형제들이여, 여러분이 내게 이야기해 준 것을 모두 들어 보고 내가 분명히 깨달은 사실은, 그대들은 그대들이 지은 잘못으로 벌을 받았으나 그대들이 겪어 내야 할 형벌이 그대들에게 전혀 달갑지 않아 참으로 본의 아니게 그대들의 의사에 반해서 끌려가고 있다는 것이오. 그리고 이 친구는 고문을 이겨 낼 용기가 부족했고, 저 친구는 돈이 부족했고, 저 친구는 도와줄 사람이 없었고, 결국 판관의 비뚤어진 판단이 파멸의 원인으로 그대들은 정당한 판결을 받지 못한 것이오. 지금 그대들이 말한 모든 것들이 내 기억에 생생하게 남아 나를 설득하고 강요까지 하면서 명령하고 있소. 하늘이 나를 이 세상에 보내 기사도에 내 몸을 바치게 하신 목적, 그러니까 도움이 필요한 사람들과 힘 있는 자로부터 억압받는 사람들을 도와주라는 기사도의 맹세를 지금 그대들을 위해 발휘하라고 말이오. 하지만 나도 알고 있소. 좋게 할 수 있는 일을 나쁜 방법으로 하지 말라는 것이 신중함의 한 요소라는 것을 말이오. 그러니 호송하는 분들과 관리분에게 이분들의 포박을 끌러 편하게 가게 내버려 두라고 부탁드리고 싶소. 더 좋은 기회로 왕을 섬길 다른 사람들이 없지는 않을 테니 말이오. 왜냐하면 하느님과 자연이 자유롭게 한 자를 노예로 삼는 것은 무자비한 행위로 여겨지기 때문이라오. 더군다나, 호송원 여러분······.」 돈키호테는 덧붙였다. 「이 불쌍한 인간들은 여러분들에게 나쁜 짓을 한 게 하나도 없지 않소. 각자 저지른 죄에 대해서는 저세상에서 벌을 받으면 되는 것이오. 악한 자를 벌하시고 착한 자에게 상을 주시는 데 빈틈이 없으신 하느님이 하늘에 계시잖소. 그리고 정직한 사람들이 자기들과 아무런 상관도 없는 다른 사람들의 형 집행자가 된다는 것은 별로 좋은 일이 아니오. 내가 이렇게 부드럽고 안온하게 부탁을 드리니, 들어만 주신다면 여러분에게 얼마간의 감사의 표시를 하고 싶소. 그러나 만일 여러분들이 자진해서 풀어 주지 않는다면, 이 창과 이 칼이 나의 팔의 용기와 더불어 억지로라도 그렇게 하도록 만들겠소.」

「말은 좋지만 그런 말도 안 되는 소리가 어딨습니까!」 관리가 대답했다. 「좋은 얘기를 하는가 싶었는데 결국 저런 소리가 나오는구먼! 우리가 왕의 죄수를 놓아줄 힘이라도 있거나 자신이 우리에게 그것을 명령할 권리라도 있는 양, 왕의 죄수들을 우리더러 풀어 주라고 하다니! 나리, 가던 길이나 잘 가시지요. 머리에 얹어 놓은 그 요강이나 똑바로 쓰고 말입니다. 세 발 가진 고양이 찾는 짓일랑 마시고요.」[210]

「너야말로 고양이고 쥐다, 이 고약한 놈아!」 돈키호테가 대꾸했다.

이 말을 하면서 그가 얼마나 재빨리 몸을 날려 덤벼들었는지, 관리는 몸을 막을 겨를도 없이 그만 창에 맞아 부상을 입고 땅바닥으로 굴러떨어졌다. 이것은 아주 잘 맞아떨어진 공격이었으니, 바로 이자가 총을 갖고 있는 사람이었던 것이다. 다른 호송원들은 이 생각지도 못한 사건에 놀라고 당황했으나 간신히 정신을 차려, 말을 탄 사람들은 칼을 꺼내고 걸어가던 사람들은 창을 들어 돈키호테에게 덤벼들었다. 돈키호테는 침착하게 그들을 기다리고 있었는데, 만일 이때 죄수들이 자유를 얻을 수 있는 이 좋은 기회를 보고 염주 알처럼 꿰어 있던 사슬을 끊으려 하지만 않았다면 분명 혼쭐이 났을 것이다. 호송원들은 사슬을 끊으려는 죄수들에게 가느라, 자기들에게 덤벼드는 돈키호테를 막아 내느라, 난리법석 속에서 도무지 정신을 차릴 수가 없었다.

산초는 자기대로 히네스 데 파사몬테를 거들어 그를 풀어 주었다. 맨처음 풀려나 자유로운 몸이 된 그는 싸움에 뛰어 들어 땅바닥에 쓰러져 있던 관리를 덮치더니 칼과 총을 빼앗았다. 그는 그 총으로 이 사람을 겨누고 저 사람을 가리키고 하면서, 단 한 방도 쏘지 않은 채 호송원들을 한 사람도 남기지 않고 쫓아 버렸다. 이 파사몬테의 총과 이미 풀려난 죄수

---

210 공연히 남의 일에 나서서 참견하지 말라는 뜻.

들의 엄청난 돌멩이 세례에 모두 달아나 버린 것이다.

이 사건으로 산초는 한없이 우울해졌다. 달아난 인간들은 틀림없이 성스러운 형제단에 이 일을 알릴 것이고, 그러면 그들이 경종을 울려 죄인들을 잡으러 출동할 것이라는 생각이 들었기 때문이다. 그래서 주인에게 이런 상황을 알리고 빨리 거기서 나와 가까이 있는 산속에 몸을 숨기자고 간절하게 부탁했다.

「자네 말이 맞네.」 돈키호테가 말했다. 「하지만 나는 지금 해야 할 일을 알고 있네.」

그런 다음 그가 죄수들을 모두 불러 모으자, 소란스럽게 돌아다니면서 떨어진 관리를 벌거숭이가 되도록 벗긴 그들은 돈키호테가 무슨 소리를 하려는지 보려고 주위를 둘러쌌다. 돈키호테가 입을 열었다.

「태생이 훌륭한 사람은 자기가 받은 은혜에 감사할 줄 알며, 하느님을 가장 노엽게 하는 죄 중의 하나가 은혜를 모르는 것이오. 내가 이런 말을 하는 것은 여러분, 여러분은 나에게서 받은 은혜를 이미 몸소 경험했기 때문이오. 그러니 이 은혜에 대한 보답으로 해주어야 할 일이 있소. 내가 여러분의 목에서 제거해 준 사슬을 가지고 당장 길을 떠나 엘 토보소 마을의 둘시네아 델 토보소 귀부인에게 가시오. 그 귀부인 앞에서 그녀의 기사, 〈슬픈 몰골의 기사〉가 보내서 왔노라고 말하시오. 그리고 여러분들이 갈망하던 자유의 몸이 될 때까지 내가 했던 모험을 빠짐없이 상세하게 말씀드리시오. 그런 다음 여러분들은 어디든 원하는 곳으로 가도 좋소.」

히네스 데 파사몬테가 모두를 대신해서 대답했다.

「우리의 구세주이신 나리, 나리께서 우리에게 명하신 일을 이행하기가 도저히 불가능합니다. 왜냐하면 틀림없이 우리를 찾아나설 그 성스러운 형제단에 발각되지 않으려면 각자 따로따로 흩어져서 땅속에라도 숨어가야 할 판인데, 이 마당에 모두 함께 그리로 갈 수는 없지 않습니까. 그러니 나리께서 하실 수 있고 그렇게 하시는 게 마땅한 방법은, 그런 봉사와 귀부인 둘시네아 델 토보소에게 바칠 희생을 성모경과 사도 신경을 몇 번 외는 것으로 바꾸는 것입니다요. 이것이면 우리들도 나리의 뜻을 받들 수 있습니다요. 그거라면 밤이고 낮이고, 도망칠 때나 쉴 때나, 평화로울 때나 전쟁이 일어났을 때나 이행할 수 있는 것이니까요. 하지만 우리가 지금 다시 지난날의 괴로운 삶으로 돌아가야 한다는 것[211]은, 다시 말해 우리의 사슬을 짊어지고 엘 토보소 길로 걸어가야 한다는 것은 아직 아침 10시도 안 됐는데 한밤중이라고 생각하는 것과 같고, 그런 것을 우리에게 요구한다는 것은 느릅나무에서 배를 따다 달라는 것이나 마찬가지입니다요.」

「빌어먹을!」 이미 화가 치밀어 오른 돈키호테가 말했다. 「후레자식, 돈 히네시요 데 파로피요인지 뭔지, 네놈만은 다리 사이에 꽁지를 넣고 사슬을 등에 진 채 그분을 찾아가야 할 게다.」

파사몬테는 전혀 참을성 있는 친구가 아니었고, 자기들을 풀어 주는 그 어처구니없는 과정을 지켜본 마당이라 돈키호테가 그리 제정신인 사람은 아니라는 것도 이미 알고 있었다. 그래서 돈키호테가 그렇게 나오자 동료들한테 눈짓으로 신호했고, 모두 함께 그 자리에서 멀어지며 방패로 몸을 가릴 겨를조차 없는 돈키호테에게 돌멩이를 퍼붓기 시작했다. 하필 불쌍한 로시난테는 아무리 박차를 가해도 마치 청동으로 만든 말처럼 꿈쩍도 하지 않았다. 산초는 자기 당나귀 뒤에 숨어 두 사람 위로 비처럼 쏟아져 내리는 돌팔매로부터 몸을 피했다. 제대로 피할 수 없었던 돈키호테는 얼마나 많은 돌을 맞았는지 마침내 땅바닥에 쓰러지고 말았다. 그러자 학생복을 입은 아까의 그 죄수가 즉각 그를 깔고 앉아 머리에서 대야

---

211 원문에는 〈이집트의 냄비로 돌아가는 것〉이라고 되어 있다.

를 벗기더니 그것으로 서너 번쯤 그의 등을 때리고 서너 번쯤 바닥에 내리쳐 거의 박살을 내고 말았다. 그들은 돈키호테가 갑옷 위에 입은 반코트를 벗겨 냈는데, 만약 갑옷의 무릎받이에 걸리지 않았더라면 긴 양말까지 벗겼을 것이다. 산초도 외투를 빼앗겨 속옷 바람으로 내버려졌다. 그들은 이 전투에서 얻은 나머지 전리품들을 나누어 갖고는 각자 제 갈 길을 갔다. 사슬을 걸머진 채 귀부인 둘시네아 델 토보소 앞에 나가는 것보다 그들에게 더 두렵고 신경이 쓰인 것은 성스러운 형제단으로부터 도망가는 일이었던 것이다.

당나귀와 로시난테와 산초와 돈키호테만이 남았다. 당나귀는 고개를 숙인 채 생각에 잠겨, 자기 귀를 때리던 돌팔매의 폭풍이 아직 그치지 않은 줄 알고 이따금씩 귀를 흔들고 있었다. 로시난테는 주인 옆에 뻗어 있었다. 로시난테 역시 돌에 맞아 쓰러진 것이다. 산초는 속옷 바람으로 성스러운 형제단을 두려워하고 있었고, 돈키호테는 자기가 그렇게 잘해 준 사람들에게 이런 지독한 변을 당해 우거지상이 되어 있었다.

23

이 진실된 기록에서 이야기되는
가장 희한한 모험들 중 하나인,
시에라 모레나에서 그 유명한
돈키호테에게 일어난 사건에 대하여

이렇듯 큰 낭패를 당한 돈키호테가 자기 종자에게 말했다.

「내가 늘 듣기로 산초여, 천한 인간들에게 잘해 주는 것은 바다에 물을 붓는 격이라 하더군. 자네의 말을 들었더라면 이렇게 괴롭지는 않았을 텐데. 그러나 이미 저질러진 일이니, 꾹 참고 앞으로의 교훈으로 삼아야겠네.」

「나리께서 앞으로의 교훈으로 삼으신다니…….」 산초가 대답했다. 「제가 꼭 터키 사람인 것 같습니다요.²¹² 그래도 제 말씀을 들으셨다면 이런 변을 당하지는 않았을 거라고 하시니, 이제부터라도 저를 믿어 주시면 더 큰 재앙을 피하게 되실 겁니다요. 나리, 그 성스러운 형제단에게는 기사도에 대해 아무리 이야기해 봤자 아무 소용이 없습니다요. 편력 기사들이 아무리 많아도 두 푼어치도 봐주지 않을 겁니다요. 나리, 저는 벌써 그 사람들의 화살 소리가 귀에 들리는 듯합니다요.」

「자네는 타고난 겁쟁이구먼, 산초.」 돈키호테가 말했다. 「그러나 내가

---

212 〈있을 수 없는 일〉이라는 뜻이다.

고집불통이라서 자네의 충고를 무시한다는 말은 듣고 싶지 않으니, 이번에는 그 충고를 받아들여 자네가 두려워하고 있는 보복의 여신으로부터 피하기로 하지. 하지만 한 가지 조건이 있네. 살아서나 죽어서나 자네는 어느 누구에게도 결코 내가 두려움 때문에 이 위험에서 물러났다고 말해서는 안 되네. 단지 나는 자네의 소원을 들어주기 위해서 이러는 것뿐일세. 만일 자네가 다른 말을 한다면 자네는 거짓말을 하는 것이며, 지금부터 그때까지, 그때부터 바로 지금까지, 나는 자네의 말이 모두 거짓이라고 할 것이야. 자네는 무엇을 생각하고 무엇을 말하든 모두 거짓말을 하고 있는 것이며, 거짓말을 할 것이라고 말이네. 더 이상 내게 말대꾸 말게. 그런데 말일세, 어떤 위험에서, 특히 그저 위험해 보이는 게 아니라 정말로 위태로울 수 있는 이러한 상황에서 내가 피해 물러난다는 건 생각하기조차 싫어서 난 이미 이곳에 남아 있을 작정을 했네. 여기 머물며 자네가 무서워 떨며 말한 그 성스러운 형제단은 물론이거니와 이스라엘의 열두 부족의 형제들이건, 7인의 마카베스 동포건, 쌍둥이 캐스터르와 폴럭스건, 이 세상에 있는 모든 형제들이나 형제단들까지도 혼자 기다리며 있겠다는 말일세.」

「나리.」 산초가 대답했다. 「물러나는 것은 달아나는 것이 아니며, 위험이 희망을 앞지를 때 그저 기다리고만 있는 것은 분별 있는 행동이 아닙니다요. 지혜로운 자는 내일을 위해 오늘을 삼갈 줄 알고, 하루에 모든 것을 모험하지 않습니다요. 저는 촌것에 천한 놈이긴 하지만요, 사람들이 말하는 처신이라는 것이 어떤 것인지는 아직 알고 있다는 것을 알아주십쇼. 그러니 제 조언을 받아들이기로 한 생각을 바꾸지 마시고, 타실 수 있다면, 아니면 제가 도와 드릴 테니 로시난테에 오르셔서 저를 따라오세요. 눈치로 보아하니 지금부터는 손보다 발이 더 필요합니다요.」

돈키호테는 더 이상 아무 대답도 하지 않고 말에 올랐다. 당나귀를 탄 산초가 이끄는 대로, 두 사람은 그 옆에 있던 시에라 모레나 산맥의 한 줄기로 들어갔다. 산초는 이 산맥을 넘어 비소나 알모도바르 델 캄포로 나가, 성스러운 형제단이 찾더라도 들키지 않도록 그 험준한 곳에서 며칠 숨어 있을 생각을 하고 있었다. 죄수들과 벌인 난장판 와중에서도 자기 당나귀에 싣고 오던 음식은 무사한 걸 확인했기 때문에 그는 그러한 생각을 하며 힘을 낼 수 있었다. 죄수들이 무엇이든 뒤져 몽땅 가져간 것을 생각하면 이건 기적이었다.[213]

213 『돈키호테』 제2판은 초판본과 같은 해인 1605년 단 몇 달 뒤에 후안 데 라 쿠에스타에 의해 발간되었는데, 여기에서 당나귀를 도둑맞은 이야기로 이어지고 있다. 이 대목 역시 세르반테스가 쓴 것이지만 본 번역에 넣으면 바로 뒤에 당나귀를 도둑맞지 않은 것으로 나오기 때문에 논리상 맞지 않는다. 이에 대해 세르반테스는 1615년 『돈키호테』 속편 제3장에서 〈어떤 사람들은 작가의 기억력에 착오가 있거나 잘못이 있다고 말하지요. (……) 당나귀를 도둑맞았다고 써놓고 조금 뒤에 당나귀를 타고 가는 대목이 나오니까요〉라는 대사로 설명한다. 이 부분이 초판에서 누락된 일에 대해서도, 역시 속편 제4장에서 산초는 〈나도 무슨 대답을 해야 할지 모르겠는데요. 이야기를 쓴 사람이 잘못 알았거나, 아니면 인쇄한 사람이 신경을 덜 썼거나 했기 때문일 겁니다요〉라고 말한다. 누락에 대해 가장 설득력 있는 주장은, 세르반테스가 쓴 당나귀 도난 이야기 부분이 실수로 다른 종이에 섞여 들어가는 바람에 인쇄가 되지 않았고, 그래서 제2판에 삽입했다는 내용이다. 후에 스태그G. Stagg는 제22장 끝 부분에 이 내용을 넣어야 한다고 주장했고, 하르첸부쉬J. E. Harzenbusch는 제25장 중간에 삽입하여 정리하였다. 문제의 대목은 다음과 같다. 〈그날 밤, 시에라 모레나 산중에 이르렀을 때 산초는 이곳에서 하룻밤만 묵을 것이 아니라 양식이 떨어질 때까지 며칠이고 머물러야겠다고 마음먹었다. 일단 그들은 코르크나무가 무성한 두 개의 바위산 사이에서 그날 밤을 보내기로 했다. 참된 신앙의 빛을 지니지 못한 사람들이 하는 말에 따르면, 운명이 모든 것을 인도하고 조리하고 자기 방식대로 만든다고 한다. 그런데 바로 이러한 운명이 돈키호테의 덕과 광기에 의해 쇠사슬에서 벗어난 그 유명한 사기꾼이자 도둑인 히네스 데 파사몬테를 마침 그 산에 숨어들게 했던 것이다. 응당 무서워할 수밖에 없는 성스러운 형제단을 피해 이 산중에 몸을 숨기자는 생각을 하게 되었으니, 그런 운명과 공포가 그로 하여금 돈키호테와 산초 판사가 도착한 같은 장소에, 두 사람의 얼굴 모양을 분간할 수 있는 시간에, 그것도 두 사람이 한창 곯아떨어져 있던 그 시점에 오게 한 것이다. 악한 자는 배은망덕하고, 궁핍이란 마음먹은 일에 손을 대게 하는 계기이며, 현재의 책략이란 미래의 것을 이기는 법이라서, 애초부터 은혜도 모르거니와 착한 마음도 없는 히네스는 산초 판사의 당나귀를 훔치기로 했다. 로시난테는 전당포에 맡기거나 팔기에는 너무 부실했기 때문에 그것에는 신경을 쓰지 않았다. 그리하여 그는 산초 판사가 자는 사이에 당나귀를 훔쳐 날이 새기 전에 들킬 염려가 없는 아주 먼 곳으로 달아나 버렸다. 이윽고 아침

산으로 들어간 돈키호테는 그곳이 자기가 찾던 모험에 적합한 장소인 것 같아 흐뭇했다. 그와 유사한 고적하고 험준한 곳에서 편력 기사들에게 일어났던 기막힌 사건들이 떠오르기 시작했다. 그러한 사건들에 취해 황홀해하며 그것들을 생각하느라 다른 일은 아무것도 머리에 들일 겨를이 없었다. 산초 또한 안전한 장소에 들어섰다는 생각이 들자, 이제는 사제들로부터 빼앗아 먹고 남은 것들로 위를 채우는 일밖에는 다른 걱정이 없었다. 그래서 여자가 당나귀를 타는 식으로 한쪽으로 두 발을 모아 타고 주인 뒤를 따라가면서 자루에서 먹을 것을 꺼내 배에 채워 넣었다. 그렇게 가노라니 세상 부러울 것이 없었다.

　이때 산초가 눈을 들어 보니 주인이 멈추어 서서는 창끝으로 땅에 떨어져 있는 뭔지 모를 물건을 들어 올리려 하고 있었다. 그는 주인을 돕기 위해 재빨리 달려갔다. 그가 당도했을 때 마침 주인은 창끝에 물건을 걸어 올리고 있었는데, 그것은 손가방 하나와 거기에 같이 묶여 있는 커다란 가방이었다. 둘 다 완전히 썩어 망가져 있었지만 꽤 무거운 터라 산초가 당나귀에서 내려 들어 주어야만 했다. 주인은 큰 가방에 무엇이 들어 있는지 살펴보라고 일렀다.

　산초는 아주 잽싸게 주인이 시키는 대로 했다. 가방은 쇠줄과 자물쇠로

이 밝아 와 대지에는 기쁨을 던져 주고 산초 판사에게는 슬픔을 던져 주었다. 그는 당나귀가 사라진 것을 알자 이 세상에서 가장 슬프고도 고통스럽게 통곡하기 시작했다. 그 통곡 소리가 어찌나 컸던지 돈키호테는 산초가 울면서 지껄이는 말을 듣고 잠에서 깨지 않을 수 없었다. 《오, 내 집에서 태어나 내 아이들과 같이 뛰놀고, 내 마누라의 기쁨이고, 이웃들이 부러워하고, 내 짐을 덜어 주고, 한마디로 내 몸의 반을 지탱해 주던, 내 오장육부와 같은 자식아, 네가 매일 벌어 주는 26마라베디는 우리 살림의 절반이었는데!》 그가 탄식하는 것을 보고 그 까닭을 알게 된 돈키호테는 최대한 좋은 말로 산초를 달랬다. 집에 남겨 두고 온 다섯 마리 당나귀 중에서 세 마리를 그에게 주라는 양도 증서를 써주겠다고 약속하며 제발 참으라고 말했다. 이 말에 위로를 얻은 산초는 마침내 눈물을 멈추고 흐느낌을 진정시키며 돈키호테가 베푼 은혜에 고마워했다.〉

잠겨 있었지만 썩고 망가져서 그 안에 있는 것을 쉽게 볼 수 있었다. 안에는 얇고 질 좋은 옥양목으로 된 셔츠 네 벌과 깨끗하면서도 신기한 리넨 제품들이 들어 있었다. 그리고 손수건에 금화 더미가 싸여 있었으니, 이것을 본 산초가 말했다.

「하늘이시여, 축복받으소서. 저희들에게 이런 훌륭한 모험을 베풀어 주시다니요!」

그러면서 가방을 더 뒤져 보니 화려하게 장식된 메모장이 나왔다. 돈키호테는 그 메모장을 달라 하고 돈은 산초더러 잘 간직하라고 했다. 산초는 은혜에 감사하며 주인의 손에 입을 맞추고 가방의 리넨 제품들을 몽땅 꺼내어 식량 자루에 집어넣었다. 그 모습을 지켜보던 돈키호테가 말했다.

「내가 보기엔, 산초여, 길을 잃은 어느 나그네가 이 산으로 지나가다가 강도들의 습격으로 죽임을 당했고, 그놈들이 그 사람을 이런 호젓한 곳에 묻어 버린 것 같네. 다른 일일 수는 없잖은가.」

「그럴 리가 없지요.」 산초가 대답했다. 「만일 강도라면 돈을 이렇게 남겨 둘 까닭이 없잖습니까요.」

「그렇구먼.」 돈키호테가 말했다. 「그렇다면, 어찌 된 사정인지 추측도 납득도 못 하겠군. 잠깐, 혹시 그 메모장에 우리의 궁금증을 풀어 줄 만한 것이 쓰여 있을지도 모르겠네.」

그는 메모장을 펼쳤다. 가장 먼저 눈에 띈 것은 아주 잘 쓴 글씨체로 초고를 잡아 놓은 한 편의 소네트였다. 그는 산초도 들을 수 있도록 큰 소리로 읽었는데 내용은 이러했다.

사랑의 신이 몰라서인지,
아니면 잔인함이 넘쳐서인지,

그것도 아니면 내 몫의 괴로움이 아니라서
나를 가장 가혹한 종류의 고문으로 내몰았는지.

그러나 사랑의 신이 신이라면 모르는 것 없을 것이고,
신은 잔인할 수 없다는 말 당연한데,
내가 사랑하고 또 아파하는
이 무시무시한 괴로움은 대체 누구 때문이란 말인가?

그것이 당신, 필리 때문이라면 말이 안 되는 소리.
그 많은 행복 속에 그 많은 불행 있을 수 없고,
하늘에서도 이런 재앙은 오지 않는 법이니.

곧 나는 죽게 되겠지, 이게 가장 확실한 일.
스스로 이유를 모르는 이 병을
낫게 할 약이 있다면 그것은 기적이려니.

「그 노래로는 아무것도 모르겠습니다요.」 산초가 말했다. 「그 속에 나오는 실로 실꾸리를 끌어낸다면 모를까요⋯⋯.」
「실이라니? 무슨 실 말인가?」 돈키호테가 물었다.
「나리께서 거기서 실[214]이라고 말씀하신 것 같은뎁쇼.」 산초가 말했다.
「실이 아니고, 필리라고 했네.」 돈키호테가 대답했다. 「분명 이 소네트의 작자를 탄식하게 만든 여인의 이름일 것이야. 그 사람은 상당한 시인

---

214 스페인어로 실은 〈일로 *hilo*〉라고 한다. 산초는 〈필리 Fili〉를 잘못 듣고 그렇게 말한 것이다.

임이 틀림없네. 아니면 내가 시를 모르는 게지.」

「그렇다면 말입니다요.」 산초가 말했다. 「나리께서도 시라는 것을 아신단 말씀입니까요?」

「자네가 생각하는 이상으로 알다마다.」 돈키호테는 대답했다. 「내가 내 귀부인 둘시네아 델 토보소에게 처음부터 끝까지 시로 쓴 편지를 전하게 될 때면 자네도 알게 될 걸세. 산초, 옛날의 편력 기사들은 모두가, 아니 대부분이 위대한 시인이자 음악가였다는 걸 알아 두게나. 이 두 가지 능력은, 정확하게 말하자면 이 두 가지 천부적인 재능은 사랑에 빠진 기사들이 부속으로 지녀야 했던 것이었네. 지난 세기 기사들의 노래는 아름답다기보다 그 정신이 더 좋았던 게 사실이지만.」

「나리, 더 읽어 보세요.」 산초가 말했다. 「혹시 우리가 알고 싶은 것을 발견할 수 있을지도 모르죠.」

돈키호테는 메모장의 페이지를 넘기고는 말했다.

「이건 산문인데, 편지 같구먼.」

「무슨 사연을 전하려고 쓴 편지인가요?」 산초가 물었다.

「시작 부분을 보니 아무래도 사랑의 편지 같네.」 돈키호테가 말했다.

「그럼 큰 소리로 읽어 보세요.」 산초가 말했다. 「저는 그런 사랑 이야기가 참 좋습디다요.」

「그러지.」 돈키호테는 대답했다.

산초의 부탁대로 돈키호테는 큰 소리로 읽었는데, 거기에는 이렇게 쓰여 있었다.

당신의 거짓 언약과 나의 확실한 불행이 나를 여기까지 오게 하였소. 당신의 귀에는 내 사랑의 하소연보다 내 죽음의 소식이 먼저 들리게 될 것이오. 아, 무정한 당신이여, 당신은 나보다 훌륭한 사람이 아니라 나보다 더 많이 가진 자 때문에 나를 버렸소. 하지만 미덕이야말로 존경받아야 할 재산이라는 걸 알기에 나는 남의 행복을 시기하지 않을 것이며 나 자신의 불운 때문에 울지도 않을 것이라오. 당신의 아름다움이 이루었던 것을 당신의 행실이 무너뜨렸소. 아름다웠기에 나는 당신을 천사로 보았고, 당신의 행실로 나는 당신이 여자임을 깨달았소. 나를 전쟁의 소용돌이로 몰아넣었던 당신은 편히 있으시오. 당신 남편이 당신을 속인 것을 하늘이 영원히 감추어 주시기를 바라오. 이는 당신이 한 일을 당신이 후회하는 일 없고, 나는 내가 원하지 않는 복수를 하지 않기 위해서라오.

편지를 다 읽고 나서 돈키호테는 말했다.
「이 편지를 보니, 아까 그 시를 읽었을 때보다 더 모르겠구먼. 어느 실연당한 연인이 썼다는 것밖에는 말일세.」
메모장을 거의 다 뒤적이며 그는 다른 시들이며 편지들을 발견했는데, 읽어 볼 수 있는 것도 있고 그렇지 않은 것도 있었다. 내용은 모두 호소와 한탄과 의심, 그리고 기쁨과 쓰라림, 사랑과 경멸에 관한 것들로, 어떤 것은 엄숙하고 어떤 것은 눈물 젖은 사연들이었다.
돈키호테가 메모장을 훑어보는 동안 산초는 가방들을 살펴보았으니, 부주의나 게으름으로 놓치는 것이 하나도 없도록 큰 가방과 손가방 구석구석을 빈틈없이 다 뒤지고 철저하게 조사하느라 실밥은 모조리 뜯어보고 양모의 술도 죄다 풀어 놓았다. 우연찮게 발견했던 금화 더미가 산초를 그렇게 욕심나게 한 것이다. 그 물건 말고는 더 이상 아무것도 나오지 않았지만 산초는 그것으로 충분히 보상받았다는 생각에, 이 훌륭한 주인을 모시면서 겪어 온 담요로 헹가래 쳐진 사건도, 약물 먹고 토한 일도, 말뚝 세례도, 마부의 주먹질도, 자루를 잃어버린 일이나 외투를 빼앗긴 일도, 그리고 그토록 배고프고 목마르고 피곤했던 일도 모두 보람 있는 일이라고 여기게 되었다.

〈슬픈 몰골의 기사〉는 이 가방의 주인이 누구인지 정말 궁금했다. 소네트와 편지, 금화와 훌륭한 셔츠 등으로 미루어 보건대 사랑하는 여자의 냉정하고 매몰찬 행동으로 절망적인 상황에 빠진 아주 귀한 가문의 연인일 것이라 짐작할 뿐이었다. 하지만 인적도 없는 험한 곳이라 물어볼 만한 사람이 나타날 리가 없었으므로 로시난테가 원하는 대로, 말이 걸어갈 수 있는 바로 그 길로 나아가는 데만 신경을 썼다. 그런 풀숲이 우거진 곳이라면 반드시 무슨 야릇한 모험이 있을 거라는 상상을 한순간도 멈추지 않으면서 말이다.

이런 생각에 잠겨 가고 있는데 눈앞에 나타난 자그마한 산 위에 웬 남자가 바위에서 바위로, 덤불에서 덤불로 이상할 정도로 가볍게 뛰어다니는 모습이 보였다. 보기에 그는 거의 알몸이었고, 검고 짙은 수염에다 숱 많은 머리를 산발한 채 맨발과 다리를 그대로 드러내고 있었다. 허벅지에는 황갈색 벨벳으로 만든 반바지 같은 것을 걸쳤는데 너무 많이 찢어져서 여러 군데로 살이 드러나 보였다. 머리에는 아무것도 쓰고 있지 않았다. 앞서 말한 것처럼 그는 날렵하게 지나갔지만 〈슬픈 몰골의 기사〉는 이것들을 죄다 보았던 것이다. 그는 그를 쫓아가려 했으나 그럴 수가 없었다. 이런 험준한 길을 걷기에 로시난테는 너무 약했을 뿐 아니라 무엇보다 보폭이 짧고 동작이 굼떴기 때문이다. 돈키호테는 그 남자가 가방과 손가방의 주인이리라 생각하고, 그 산을 1년 동안 헤매고 다니는 한이 있더라도 반드시 그를 찾아내고야 말겠다고 마음먹었다. 그는 산초더러 당나귀에서 내려 산 이쪽으로 미리 가로질러 가라고 시키며, 자신은 다른 쪽을 살피겠다고 했다. 이렇게 부지런을 떨면 그렇게 빨리 눈앞에서 사라진 그 남자를 만날 수 있을 것 같았다.

「저는 못 할 것 같습니다요.」 산초가 대답했다. 「나리 곁에서 떨어지면 즉각 무서워지고 수천 가지 질겁할 일과 헛것이 제게 나타납니다요. 이 말씀을 잘 기억해 두셨다가 앞으로는 제 손가락 하나도 떼어 놓을 생각 일랑 마세요.」

「그럼 그렇게 하겠네.」 슬픈 몰골의 주인이 대답했다. 「자네가 나의 용기를 믿는다니 아주 기분이 좋구먼. 자네 영혼이 자네 몸을 떠난다 해도 내 용기는 자네를 버리지 않을 것이야. 자, 그럼 살살, 아니 힘닿는 대로 내 뒤를 따라오게. 눈에는 불을 켜고 말일세. 우리가 본 그 사람을 다시 만날 수 있을지 모르니 이 작은 산을 돌아보세. 그 사람이 바로 우리가 발견한 물건의 주인인 게 틀림없어.」

이 말에 산초가 대답했다.

「그 사람은 찾지 않는 게 훨씬 더 낫겠습니다요. 그를 찾아 그 사람이 돈의 주인이라는 게 밝혀지면 저는 그 돈을 돌려줘야 합니다요. 그러니 이 쓸데없는 고생은 집어치우고 덜 고생스럽고 더 편한 방법으로, 진짜 주인을 만날 때까지 제가 확실하게 갖고 있는 편이 더 낫겠습니다요. 그때가 되면 이걸 다 써버린 뒤라 왕께서 이 빚을 탕감해 주실 겁니다요.」

「산초, 그것은 자네가 잘못 알고 있는 걸세.」 돈키호테가 대답했다. 「우리는 주인이 누구일까 이미 궁금해하고 있던 차에 그 주인을 거의 바로 앞에서 보았다네. 그러니 무슨 일이 있어도 그 사람을 찾아 물건을 돌려줘야 하네. 만일 우리가 그 사람을 찾지 않는다면 그 사람이 주인이 아닐까 하는 의심이 점점 더 강렬해지다가 마치 그 사람이 정말 주인인 것처럼 되어서 엄청난 죄의식이 생겨날 걸세. 그러니 내 친구 산초여, 그 사람을 찾는 일을 고통스러워하지 말게. 고통은 그 사람을 찾으면 사라진다네.」

이렇게 말하고 나서 돈키호테는 로시난테에게 박차를 가했고 산초도 늘 그러하듯 자기 당나귀와 함께 그 뒤를 따랐다.[215] 산을 어느 정도 돌았을 때 그들은 개울에서 재갈을 물고 안장도 그대로 진 채로 죽어 있는 노새를 발견했다. 몸뚱이 절반이 개에게 물어뜯기고 까마귀에 쪼여 물에 빠져 있었다. 이 모든 것으로 달아난 그자가 이 노새와 가방의 주인일거라는 그들의 짐작이 확실해졌다.

두 사람이 노새를 바라보고 있는데 목축 떼를 지키는 목동들이 부는 휘파람이 들려왔다. 그러더니 갑자기 왼쪽으로 산양 무리가 나타났고, 이 산양들을 돌보는 노인이 산꼭대기에 모습을 드러냈다. 돈키호테는 노인을 향해 커다란 소리로 자기들이 있는 곳으로 내려와 달라고 부탁했다. 노인 역시 큰 소리로, 산양이나 늑대나 또 다른 짐승들 이외에는 거의 발을 들여놓지 않는 이런 곳에 대체 누가 당신들을 데려왔느냐고 고함쳐 물었다. 산초가 이리 내려오면 모든 것을 잘 말씀드리겠노라고 대답하자 산양치기는 산에서 내려와 돈키호테 쪽으로 다가와서 말했다.

「그 웅덩이에 죽어 있는 임대용 노새를 보고 계시는구려. 그곳에 있은 지 여섯 달이나 됐지요. 어디, 이 근처에서 그 주인과 마주쳤나요?」

「아무도 만나지 못했소이다.」 돈키호테가 대답했다. 「다만 여기서 멀지 않은 곳에서 큰 가방과 손가방을 보았소.」

「그건 나도 보았어요.」 산양치기가 말했다. 「하지만 사람들이 도둑으로 몰까 봐 겁이 나기도 하고 부정 탈까 봐 들춰 보기는커녕 그 옆에 가지도 않았지요. 악마란 놈은 참 묘해서 어찌 된 영문인지도 모르게 발밑에서 벌떡 일어나 인간이 걸려 넘어지게 하거든요.」

「내 말이 바로 그 말이랍니다요.」 산초가 말했다. 「나도 그걸 봤지만 돌

---

215 후안 데 라 쿠에스타의 1608년 판에는 〈히네스 데 파사몬테 덕분에 등에 짐을 지고 걸어서 그 뒤를 따랐다〉로 되어 있다.

맹이를 한번 던져 보고는 그냥 피해 버렸답니다요. 거기 놔뒀으니 놔둔 그대로 있을 겁니다요. 난 내게 해가 되는 물건은 싫습니다요.」[216]

「그런데 노인장.」 돈키호테가 말했다. 「그 물건의 주인이 누구인지 아시오?」

「내가 들려줄 수 있는 것은……」 산양치기가 말했다. 「한 6개월 되었을까, 여기서 3레과쯤 떨어진 곳에 있는 목동들 막사로 훌륭한 용모와 차림새를 한 젊은 양반이 저기 죽어 있는 노새를 타고 왔는데, 댁들이 보고서도 손을 안 댔다는 그 큰 가방과 손가방을 들고 있었지요. 이 산속에서 제일 험하고 후미진 곳이 어디냐고 묻더군요. 우리는 지금 우리가 있는 이곳이 그렇다고 했지요. 사실이 그렇고요. 여기서 안쪽으로 반 레과만 더 들어가면 나오는 길을 못 찾을 정도거든. 여기로 난 길이나 샛길 하나 없는데 댁들이 어떻게 여기까지 왔는지 나도 놀랍소. 아무튼 그 젊은 양반은 우리 얘기를 듣더니 노새를 돌려서 가르쳐 준 쪽으로 가버렸답니다. 그때 우리는 그 젊은 양반의 훌륭한 용모에 넋이 나갔고, 그가 요구했던 바에 놀랐으며, 잽싸게 고삐를 돌려 산으로 들어가던 그 날렵함에 역시 놀라고 있었지요. 그 후로는 아무도 그를 못 보았는데 며칠이나 지났을까, 그 사람이 우리 동료 하나가 가고 있던 길에 나타나 아무 말도 없이 다가가서는 마구 때리더니 짐 나르는 당나귀에 실려 있던 빵이며 치즈를 몽땅 빼앗고 아주 잽싸게 산속으로 다시 숨어 버렸답니다. 우리 양치기들 몇 명이 이 이야기를 듣고 그 사람을 찾느라 거의 이틀을 이 산 가장 깊숙한 곳까지 뒤지고 다녔는데, 이틀째 되는 날 우람하고 두꺼운 코르크나무에 파인 구멍에 들어앉아 있는 그를 발견했지요. 우리를 보고는 아주 순하게 걸어 나오더군요. 옷은 이미 다 찢어지고 얼굴도 햇볕에 까맣

216 원문을 직역하면, 〈나는 방울 달린 개를 싫어한다〉이다.

게 타서 거의 알아 볼 수도 없을 지경이었어요. 비록 찢어지기는 했지만 우리가 알고 있던 옷에 대한 정보로 바로 그 사람이라는 걸 알았답니다. 그는 우리에게 아주 공손하게 인사를 하더니 짧지만 훌륭한 말씀씨로 자기가 그런 몰골로 다니는 걸 보더라도 이상하게 생각지 말라고 하더군요. 지은 죄가 많아 그런 식으로 고행하는 수밖에 없다고 말입니다. 우리는 당신은 도대체 누구냐고 물었지만 끝내 듣지 못했어요. 우리가 그에게 또 요구한 게 있는데, 먹을 것이 없이 지낼 수는 없을 테고 그것이 필요하면 우리가 사랑과 정성으로 기꺼이 가져다줄 테니 어디로 가면 만날 수 있는지 가르쳐 달라고 했지요. 이것도 싫으면 적어도 먹을 것을 가지러 나오든가 할 것이지, 절대로 양치기들한테서 강제로 빼앗지 말아 달라고 부탁했답니다. 그 사람은 우리의 제안을 고맙게 받아들이고 억지로 빼앗았던 지난 일에 대해 용서를 구하면서, 앞으로 아무도 괴롭히지 않고 음식을 부탁하겠다고 합디다. 거처 문제에 대해서는, 그때 자기가 있던 그곳이 밤에는 바로 잠자리라고 하면서 흐느끼며 말을 마치더군요. 우리들도 돌덩이로 된 심장을 가진 게 아닌지라, 처음 만났을 때의 그 사람 모습과 당시의 모습을 비교해 보고는 같이 울어 버리고 말았답니다. 아까 말했듯이, 그 젊은이는 아주 품위 있고 호감이 가는 인물에다 예의 바르고 이치에 맞는 말씀씨로 보아 좋은 가문에서 태어난, 아주 고상한 인품이 그대로 드러나는 사람이었기 때문입니다. 듣고 있던 우리는 모두 촌놈이었는데 그 사람의 고상함이 워낙 특출해서 우리의 촌티가 더욱 돋보일 정도였지요. 그런데 그렇게 잘 이어 가던 이야기를 멈추더니 갑자기 그가 입을 다물어 버렸어요. 그러고는 꽤 오랫동안 땅바닥을 쳐다보았지요. 그러는 동안 우리는 모두 그 무아경이 어떤 결과를 가져오려나 하고 적잖이 딱한 마음으로 가만히 숨을 죽인 채 지켜보고 있었습니다. 눈을 뜬 채 한 번도 깜빡이지 않고 오랫동안 땅바닥을 쏘아보고 있는가 하면, 눈을 감고는 입술도 꽉 다문 채 눈썹을 찌푸리기도 했기에 우리는 그 사람이 어떤 미칠 것 같은 사건을 겪었음을 쉽게 알 수 있었습니다. 우리의 생각이 사실이라는 것은 곧 밝혀졌으니, 그가 누워 있던 자리에서 갑작스럽게 일어나서는 무모하고도 끔찍한 기세로 바로 자기 옆에 있던 사람한테 덤벼든 것이지요. 만일 우리가 제때 떼어 놓지 않았더라면 아마 그를 때려 죽이거나 물어 죽이거나 했을 겁니다. 덤비면서 그는 〈아, 거짓말쟁이 페르난도! 여기, 바로 여기서 네놈이 내게 저지른 정신 나간 짓에 대한 벌을 받으리라. 모든 죄악의 집이자, 특히 사기와 속임이 거주하는 네놈의 심장을 바로 이 손이 끄집어내리라〉 하고 외쳤답니다. 이것 말고도 여러 말을 했는데 모두가 그 페르난도라는 자에 대한 나쁜 말이었고, 그 사람을 배반자이며 거짓말쟁이라고 욕하는 것이었어요. 우리도 상당히 괴로워하며 우리 동료를 그 사람 손에서 떼어 내자 그 사람은 한마디 말도 없이 우리로부터 떨어지더니 이 풀과 덤불 사이로 뛰어들어 숨어 버렸답니다. 우리가 따라갈 수 없을 정도로 순식간에 말이죠. 이런 일로 추측해 보건대, 그 사람은 가끔씩 정신이 나가고, 그 이유는 그 페르난도라는 사람이 그에게 아주 못 할 짓을 했기 때문이라는 겁니다. 그가 페르난도에게 퍼부은 말들이 그걸 증명해 주고 있죠. 그때 이후로 지금까지 수차례에 걸쳐 그가 그렇다는 것이 확인됐답니다. 몇 번은 목동들에게 먹을 것을 달라고 부탁하러 길에 나왔을 때였고요, 몇 번은 강제로 빼앗으러 나왔을 때였죠. 그 사람이 발작을 일으킬 때면 목동들이 기분 좋게 음식물을 내밀어도 순순히 받지 않고 때려서 빼앗는답니다. 그런데 제정신일 때는 공손하고 예의 바르게, 제발 자비를 베풀어 달라고 애원하면서, 몇 번이나 감사 인사를 하고 눈물까지 흘려요. 그런데 사실은…….」 산양치기는 말을 이었다. 「어제 나와 젊은이 네 명이 — 둘은 하인이고 둘은 내 친구인데 — 그를 찾을 때까지 찾아보자고 했지요. 찾아내면 억지로든 설득해서든 여기서 8레과쯤 되는 알모도바르 마을로 데리고 가서, 그 사람의 병이 고쳐질 수 있는 것이라면 거기서 치료를 받게 하고, 아니면 그 사람이 제정신일 때 그가 누구인지, 그리고 그 사람의 불운에 대해 알려 줄 가족이 있는지 알아볼 작정으로 말이죠. 이게 댁들의 질문에 내가 대답할 수 있는 전부랍니다. 댁들이 발견하신 그 물건들의 주인은 두 분이 보셨다는, 알몸으로 날렵하게 달아난 그 사람이죠.」 돈키호테는 그 사람이 어떤 식으로 산을 뛰어가는지를 봤다고 산양치기에게 이미 이야기했던 터였다.

 산양치기의 말을 듣고 완전히 감동한 돈키호테는 그 가엾은 미친 사람이 도대체 누구인지를 알고 싶은 마음이 강하게 들어 이미 생각했던 바를 꼭 실행하리라 마음먹었다. 그자를 찾을 때까지 동굴 구석구석이며 온 산을 샅샅이 뒤질 작정이었다. 그런데 운이 그가 생각하고 바랐던 바를 더 수월하게 해결해 주었다. 마침 그때 그들 쪽으로 나 있는 계곡 사이에 그 젊은이가 모습을 드러냈던 것이다. 그는 혼자 무언가를 중얼거리면서 왔는데 가까이에서도 이해하지 못할 소리였으니 멀리서는 당연히 알아들을 수가 없었다. 복장은 묘사되었던 그대로였고, 그가 가까이 다가옴에 따라 위에 걸치고 온 찢어진 가죽옷에서 용연향 냄새가 났다. 그런 옷을 입고 다니는 사람이 비천한 신분일 리는 없었다.

 젊은이는 그들 가까이 다가와 거칠고 쉰 목소리이기는 하지만 아주 정중하게 인사를 했다. 돈키호테도 그에 못지않게 정중하게 인사한 다음 로시난테에서 내려 점잖고 우아한 몸짓으로 다가가 그를 껴안았다. 마치 오래전부터 잘 아는 사람이라도 되는 듯 그는 한참을 그러고 있었다. 돈키호테를 〈슬픈 몰골의 기사〉라고 부른다면, 〈흉한 몰골의 누더기 기사〉라고 부르는 게 어울릴 법한 이 젊은이는 한참 동안 그대로 있다가 조금 몸을 뒤로 물리더니 돈키호테의 양쪽 어깨에 양손을 얹고 자기가 아는 사람인지 확인하려는 듯 그를 들여다보았다. 돈키호테의 몰골이며 자태며 갑옷 따위를 보았을 때 그는 아마도 돈키호테가 그를 보고 놀랐을 때와 거의 비슷하게 놀랐을 것이다. 결국 포옹을 마치자 먼저 말을 한 사람은 〈누더기 기사〉로, 그는 앞으로 계속될 다음과 같은 이야기를 해주었다.

24

시에라 모레나 산맥에서의
모험이 계속되다

 돈키호테가 이 구질구질한 산맥의 기사가 하는 말에 진지하게 귀를 기울였다고 이야기는 적고 있다. 젊은 기사는 이야기를 시작했다.
「당신들이 어떤 분들인지는 모르겠습니다만, 누구시든지 간에 저에게 보여 주신 호의와 예절에 감사드립니다. 제가 이토록 극진한 호의에 상응하는 보답을 해드릴 수 있는 처지에 있다면 얼마나 좋겠습니까만, 저의 운명은 그 호의에 상응할 것을 제게 주고자 하지 않으니 마음으로 감사드릴 수밖에 없군요.」
「나는 다만……」 돈키호테는 대답했다. 「당신을 도와 드리고 싶은 마음뿐이라오. 어떤 수를 써서라도 당신을 찾아내어 이토록 이상한 생활을 하게 한 당신의 고통이 무엇인지 듣고 뭔가 해결할 수 있는 방법을 찾을 때까지 이 산을 떠나지 않을 작정이었소. 해결 방법을 찾을 필요가 있다면 마음을 다해 찾을 것이오. 당신의 불운이 어떤 종류의 위안도 받아들이지 않는 그런 종류의 것이라면 힘이 미치는 한 그 불운을 같이 탄식하고 울어 드릴 생각이오. 불운을 같이 아파해 주는 사람이 있다는 것은 불행 가운데서도 위안이 되는 일이지요. 만약 이런 나의 호의가 어떤 종류의 예의로써 감사받을 만한 것이라면 당신 몸에 아주 잘 배어 있는 것으로 보이는 그 예의를 두고 간청하는바, 덧붙여 당신이 이 세상에서 가장 사랑하셨고 사랑하고 있는 것을 두고 청원하는바, 당신이 누구인지를, 또 당신이 입은 옷이나 인품이 보여 주는 것과는 너무나 먼 이런 고독 속에서 마치 야생 동물처럼 살다 죽으려고 하는 이유가 무엇인지를 내게 말해 주십사 하는 것이오. 그리고 맹세컨대……」 돈키호테는 덧붙였다. 「당신이 그렇게만 해주신다면, 나는 죄 많고 보잘것없는 사람이기는 하지만 기사의 법도와 편력 기사라는 천직을 두고 정말 성심껏 당신께 봉사할 것이라오. 당신의 불운을 고칠 방편이 있다면 그 방편을 찾을 것이며, 아니면 아까 말씀드렸듯이 당신과 함께 그 불운을 슬퍼할 것이라오.」

〈슬픈 몰골의 기사〉가 하는 말을 들은 숲의 기사는 그의 얼굴을 보고 또 보고, 다시 머리 꼭대기에서 발끝까지 살펴보기만 할 뿐이었다. 그렇게 자세히 본 뒤 그가 말했다.

「혹시 먹을 거라도 있으면 제발 제게 좀 주십시오. 뭐라도 좀 먹은 뒤에 제게 보여 주신 친절에 대한 보답하는 의미에서 요구하시는 대로 모두 해드리겠습니다.」

그러자 산초는 자기 자루에서, 산양치기는 자기의 큰 주머니에서 먹을 것을 꺼내 주었다. 〈누더기 기사〉는 그것으로 허기를 채웠다. 마치 얼이 나간 사람처럼 한 입을 먹고 다음 한 입을 기다릴 여유도 없이 어찌나 급하게 먹던지, 먹는다기보다는 차라리 그냥 삼키는 것 같았다. 그가 그렇게 먹는 동안 당사자는 말할 것도 없고 그를 지켜보고 있던 사람들도 말 한마디 하지 않았다. 먹기를 다 마치자 그는 사람들에게 따라오라는 신호를 주었고 모두들 그를 따라갔다. 그는 거기서 약간 떨어져 있던 바위를 돌아 풀밭으로 사람들을 데려갔다. 그곳에 닿자 그는 풀밭에 누웠다. 따라간 사람들도 그를 따라 했는데, 이런 행동을 하는 내내 누구 하나 입을 여는 사람이 없었다. 드디어 편안하게 자리를 잡은 〈누더기 기사〉가 입을 열었다.

「여러분, 저의 엄청난 불행을 짧게나마 듣기를 원하신다면, 어떤 질문이나 행동으로도 저의 슬픈 이야기의 실을 끊지 않겠다고 약속해 주셔야 합니다. 여러분이 이야기를 끊는 순간 바로 그 자리에서 제 얘기는 중단되고 말 것입니다.」

〈누더기 기사〉의 이런 말을 듣자 돈키호테는 산초가 들려준, 강을 건너간 산양의 수를 제대로 세지 못해 그 순간 그만 끝나고 말았던 이야기가 생각났다. 〈누더기 기사〉를 돌아보자 그는 말을 이어 나갔다.

「이렇게 미리 주의를 드리는 것은 저의 숱한 불행에 대한 이야기를 간단히 끝내고자 해서입니다. 그 많은 불행을 떠올리다 보면 다른 이야기들을 새롭게 덧붙이게 되니까요. 여러분이 이야기 도중에 질문을 적게 할수록 빨리 제 말을 끝낼 수 있을 겁니다. 그러나 여러분이 충분히 만족하실 수 있도록 중요한 것은 모두 말씀드릴 겁니다.」

돈키호테는 다른 사람들을 대표해서 그렇게 하겠다고 약속했다. 그는 약속을 믿고 이렇게 이야기를 시작했다.[217]

「제 이름은 카르데니오이고, 제 고향은 안달루시아에서 가장 훌륭한 도시 중 하나이며, 제 집안은 부유한 귀족 가문의 혈통입니다. 하지만 제 불행이 돈으로도 해결할 수 없을 만큼 워낙 컸던 탓에 제 부모님은 많이도 우셨을 것이고 가슴 아파하셨을 것입니다. 하늘이 내린 불행은 재산으로 치유할 수 없는 법이지요. 바로 같은 마을에 하늘같이 아름다운 여인이 살았는데, 그 하늘에 사랑의 신은 제가 갈구할 만한 모든 영광을 놓

---

[217] 세르반테스의 이 이야기로 셰익스피어가 「카르데니오 이야기」라는 희곡을 썼다고 하나 지금은 분실되고 없다.

아 주셨습니다. 루스신다의 아름다움이 그 정도였습니다. 저처럼 귀족 가문에 부자인 아가씨이지만 저보다 운이 좋고 저의 순정을 받아들이기에는 지조가 좀 부족했지요. 어린 시절부터 저는 이 루스신다를 사랑하고 원하고 동경했습니다. 어린 나이였지만 그녀 역시 그 나이에 가질 수 있는 천진한 마음으로 저를 사랑했습니다. 저희 부모님도 저희 둘의 마음을 아셨고 거기에 대해 아무런 걱정도 없으셨습니다. 그것을 좋게 보셨거든요. 세월이 흐른 후 저희를 결혼시키면 된다고 생각하셨으니 말입니다. 저희의 가문이나 재산이 서로 거의 비슷했으니 문제 될 것도 없었고요. 나이가 차고 그와 함께 두 사람의 사랑도 익어 갔습니다. 그런데 루스신다의 아버지께서 세상의 평판 때문에 제가 당신 집에 찾아오는 것을 막아야겠다는 작정을 하시게 되었지요. 어쩌면 시인들이 과할 정도로 읊어 댄 저 티스베[218]의 부모를 모방해서 그랬던 건지도 모릅니다. 그 집에 갈 수 없게 된 것은 불에 불을 더하고 그리움에 그리움을 더하는 결과를 낳았지요. 비록 혀에는 침묵을 강요할 수 있겠지만 펜에는 그럴 수가 없었기에 혀보다 더 자유롭게 영혼 속에 갇혀 있던 것을 사랑하는 이에게 알릴 수가 있었습니다. 사람들은 대개 사랑하는 이 앞에 서면 확고하게 마음먹었던 바를 횡설수설하는가 하면 아주 무모한 혀도 벙어리가 되는 경우가 다반사거든요. 아, 얼마나 많은 편지를 그녀에게 썼는지! 얼마나 다정하고 조신한 답장을 받았는지! 얼마나 많은 노래와 얼마나 많은 사랑의 시를 지었는지! 그것으로 영혼은 얼마나 많이 자기의 감정을 토로해 전달하고, 자기의 불같은 열망을 묘사하고, 추억을 음미하며, 마음을

---

218 Tisbe. 피라모를 연인으로 두었던 신화의 여주인공. 집안의 반대로 연인과 몰래 만나다가 결국 모두 죽고 만다. 스페인 시인들이 두 주인공을 주제로 많은 시를 썼는데 그중 공고라 Luis de Góngora y Argote(1561~1627)가 로만세 형식으로 쓴 장시가 대표적이다. 어린 시절부터 벽의 갈라진 틈으로 사랑을 속삭이던 이야기, 그리고 죽은 후의 이야기까지 묘사하고 있다.

즐겼는지! 결국 그녀를 보고자 하는 열망으로 너무 괴로운 나머지 제 영혼이 사위어 가게 되자, 저는 제가 갈망하는 일이자 제게 합당한 상을 얻기 위해 가장 알맞다고 생각되는 바를 단번에 행동으로 옮길 결심을 하게 되었습니다. 그것은 루스신다의 아버지께 가서 그녀를 합법적인 아내로 맞이하길 원하니 따님을 달라고 청혼하는 일이었고, 실제로 그렇게 했습니다. 이에 대해 그분은, 당신 여식으로 저 자신을 명예롭게 하고 당신의 명예를 존중하고자 하는 그 뜻에 감사한다고 했습니다. 그러나 제 부친께서 살아 계시니 그런 청혼은 부친께서 해주시는 것이 옳지 않겠냐고 하셨지요. 만약에 제 부친께서 마음에 들지 않아 하시거나 탐탁하게 여기지 않으신다면 루스신다는 몰래 아내로 삼거나 내줄 수 있는 여자가 아니라고 하셨습니다. 루스신다 부친의 말씀에 일리가 있어 보였고 또 저의 아버지께 말씀드리면 승낙해 주실 것 같아서 저는 그분의 호의에 감사했습니다. 그리하여 그 길로 곧장 아버지께 제가 바라던 바를 말씀드리러 갔습니다. 아버지 방에 들어갔을 때 마침 아버지는 편지를 읽고 계시다가 제가 말을 꺼내기 전에 편지를 제게 주시며 말씀하셨습니다. 〈카르데니오, 이 편지를 보면 리카르도 공작께서 네게 은혜를 베풀고 싶어 하시는 것을 알 수 있을 게다.〉 이 리카르도 공작이라는 분은, 여러분도 알고 계시겠지만 에스파냐의 대귀족으로 안달루시아에서 가장 좋은 땅을 영지로 갖고 계시지요. 그 편지를 받아 읽어 보니, 만일 아버지께서 편지에 적힌 부탁을 들어주지 않으시면 제게도 옳지 않은 행동으로 보일 만큼 참으로 정중한 내용이었습니다. 부탁이란 저를 그분이 계신 곳으로 빨리 보내 달라는 것이었습니다. 제가 공작님 큰아들의 시종이 아닌 친구가 되어 주었으면 하며, 제가 마음에 드니 그에 상응하는 자리에 앉혀 주겠다고 했습니다. 이 편지를 읽으면서 저는 말문이 막히고 말았습니다. 아버지께서 이런 말씀을 하셨을 때는 더더욱 그랬지요. 〈카르데니오, 공작님의 뜻을 받들어 모시기 위해 이틀 안에 떠나는 것이 좋겠다. 내가 생각하기에 너는 네게 마땅한 그 자리에 오를 길을 열어 주신 하느님께 감사를 드려야 한다.〉 아버지께서는 조언자로서 다른 말씀도 해주셨습니다. 출발할 날이 다가오던 날 밤, 저는 루스신다를 찾아가 모든 사정을 이야기했습니다. 그녀의 부친에게도 똑같은 말씀을 드리고, 리카르도 공작께서 제게 무엇을 원하시는 지를 알고 돌아올 때까지 며칠만 참고 결혼 문제를 좀 연기해 주십사 부탁드렸습니다. 그녀의 부친은 제 말에 동의해 주셨고, 루스신다 역시 수천 번 맹세하고 수천 번 기절하면서 그렇게 하겠노라고 했답니다. 마침내 저는 리카르도 공작이 계시는 곳으로 갔습니다. 그분은 저를 친절히 맞이하고 극진히 대접해 주셨습니다. 그러자 시기심이 자기의 일을 하기 시작하더군요. 오래전부터 그곳에서 지내던 하인들이 공작님이 제게 베푸신 은혜를 저들에 대한 손해라고 생각하여 저를 시기하기 시작한 것입니다. 그러나 제가 그곳에 온 것을 가장 기뻐한 사람은 공작의 둘째 아들 페르난도였습니다. 잘생기고 세련되고 자유분방하며 여자를 좋아하는 젊은이로, 그는 짧은 시간 안에 여러 사람들의 입에 오르내릴 만큼 저와 친해지고자 했지요. 큰아들도 저를 무척 아끼고 잘해 주셨지만 돈 페르난도가 저를 좋아해 주고 잘해 준 것만큼은 아니었습니다. 친구 사이라면 서로 감추는 것이 없게 되는 법이라, 저와 돈 페르난도도 그만큼이나 친해졌기 때문에 그 사람은 자기 생각을 우정으로 제게 모두 털어놓았지요. 특히 그를 초조하게 만들고 있던 사랑 문제도 다 얘기해 주었습니다. 그는 자기 아버지의 신하 되는 사람의 여식인 농갓집 처녀를 무척이나 사랑하고 있었습니다. 그녀의 부모도 상당한 부자였지요. 그녀는 매우 아름답고 얌전하고 신중하고 정직했습니다. 이 여자를 아는 사람들 중 이러한 자질들 가운데 어떤 것이 더 뛰어나고 더 훌륭한지 단언할 수 있는 사람은 아무도 없을 정도였지요. 그 아름다운 농갓집 처녀의 훌륭한 자질들에 완전히 매료된 돈 페르난도는 그녀를 손에 넣고 그 완벽함을 정복하기 위하여 그녀의 남편이 되겠다는 약속을 할 결심을 하기에 이르렀답니다. 다른 방법으로는 도저히 뜻을 이룰 수 없었기 때문이지요. 저는 우정으로 제가 아는 가장 좋은 말과 제가 할 수 있는 가장 생생한 예를 들면서 어떻게든 그를 말려 그러한 의도를 단념시키려 했습니다. 하지만 아무런 소용이 없는 것을 알고 그의 아버지인 리카르도 공작님께 이 사실을 알리려 했지요. 돈 페르난도는 약고 빈틈없는 사람이라서, 제가 그런 짓을 할까 봐 이미 걱정하며 두려워하고 있었습니다. 제가 공작님의 보호를 받고 있는 자의 의무로 주인의 명예를 해칠지도 모를 일을 숨기지 않을 것임을 알았던 거죠. 그래서 저의 관심을 다른 데로 돌려 속이려고 이렇게 말했습니다. 자기가 단단히 목매고 있는 그 여인을 머릿속에서 떨쳐 버릴 수 있도록 몇 달간 어디로 떠나가 있는 게 최상의 방법인 것 같다, 그러니 우리 둘이서 내 아버지 집에 가 있는 게 좋겠다고 말입니다. 제 고향은 제일가는 말의 명산지이니, 공작께서 명마들을 보고 구입하기 위해 방문할 기회도 될 것이라며 말입니다. 그의 결심이 그리 바람직한 것은 아니었지만 루스신다를 다시 볼 수 있는 대단히 좋은 기회라는 사실에 저는 마음이 동해 상상할 수 있는 가장 훌륭한 제안이라고 찬성했습니다. 이런 생각과 소망으로 저는 그 제안에 찬성하고 가능한 한 빨리 행동에 옮기라고 하면서 그의 의도에 부채질을 했던 것입니다. 사실 아무리 마음이 확고하다 해도 눈에 보지 않으면 그만한 효과는 나타나는 법이기도 하니까요. 나중에 안 일입니다만, 그가 저한테 이런 말을 꺼냈을 때는 이미 남편이 되어 준다는 구실로 그 처녀를 농락한 뒤였으며, 그는 이 터무니없는 일이 드러났을 때 아버지인 공작님이 반응하실 일이 두려워 발각을 대비할 겸 몸을 피할 기회를 엿보고 있던 것이었습니다. 사실 젊은 사람들의 사랑이라는 건 많은 경우 욕망에 지나지 않고, 욕망의 궁극적인 목적은 쾌락인데, 이 쾌락을 얻고 나면 사랑은 그치고 마는 법입니다. 또한 사랑으로 보였던 것도 뒤돌아 가기 마련이지요. 그런 사랑은 자연이 정해 놓은 한계를 넘어 더 나아갈 수가 없거든요. 진정한 사랑에는 그런 한계가 없지만요……. 그러니까 돈 페르난도가 농갓집 처녀를 농락한 순간 그의 욕망은 가라앉고 집착도 식어 버렸다는 겁니다. 처음에 자기의 욕망과 집착을 가라앉히기 위하여 떠나가 있겠다고 짐짓 꾸며 댄 거라면, 이제는 그녀와의 약속을 지키고 싶지 않아서 진심으로 떠나려 한 것입니다. 공작은 그렇게 하라고 허락하시며 저더러 동행하라고 명령하셨습니다. 저희들은 함께 제 집으로 왔고 아버지는 그를 신분에 맞게 영접해 주셨습니다. 저는 즉각 루스신다를 만났습니다. 그녀에 대한 저의 희망들이 다시 살아나기 시작했지요. 물론 그때까지 죽지도 줄어든 것도 아니었지만 말입니다. 일이 잘못되려고 그랬는지, 저는 그녀에 대한 저의 소망들을 돈 페르난도에게 털어놓았답니다. 진정한 우정의 도리로 친구에게는 아무것도 숨겨서는 안 된다고 생각했기 때문이었습니다. 저는 그에게 루스신다의 아름다움과 우아함과 신중함을 자랑했습니다. 얼마나 자랑했는지 그 또한 그렇게 좋은 점만 가지고 있는 그녀를 보았으면 하는 생각을 품게 되었지요. 그래서 어느 날 밤 저는 늘 우리가 만나 사랑을 속삭였던 창문으로 촛불에 비친 루스신다를 보여 줌으로써 친구의 소원을 풀어 주었는데, 그것이 바로 제 불행의 시작이었습니다. 가운을 걸친 그녀를 보자마자 그는 그때까지 본 여자들의 아름다움은 모두 다 잊고 말았습니다. 말없이 넋을 잃은 채 멍하니 있더니 결국 사랑에 빠지고 말았던 겁니다. 제 불행한 이야기가 진행됨에 따라 그가 어느 정도로 그녀를 사랑하게 되었는지 아시게 될 것입니다. 게다가 제게는 감추고 오직 하늘에만 속마음을 드러내고 있던 그자의 소망에 운명이 불을 지피려고 그랬는지, 루스신다가 제게 보낸 편지를 그가 발견한 겁니다. 자기를 아내로 달라고 아버지에게 청혼해 달라는, 신중하면서도 지극히 정결하고 사랑에 찬 편지였습니다. 그자는 이 편지를 읽더니 제게 말하더군요. 세상에 있는 모든 여자들이 조금씩 나누어 가지고 있는 아름다움과 슬기로움의 은혜를 이 여자는 혼자서 독차지했다고 말입니다. 맞는 말이기는 하지만 이 자리에서 고백하고 싶은 것은, 돈 페르난도가 루스신다를 칭송하는 것은 당연한 일인데도 그자의 입에서 그런 소리가 나오니 두려움이 생기고 그를 의심하기 시작하게 되었다는 겁니다. 그자는 한순간도 우리가 루스신다에 대한 이야기를 하지 않고 넘어가기를 바라지 않았으며, 루스신다와 아무런 상관이 없는 일에도 그녀를 끌어와 화젯거리로 삼곤 했거든요. 그것이 저에게 왠지 모를 질투를 부추겼습니다. 물론 루스신다의 정조나 성실성이 변할까 봐 걱정했던 것은 아닙니다. 하지만 그럼에도 그녀가 제게 확신시켜 준 믿음만큼이나 운명은 저를 두렵게 하더군요. 돈 페르난도는 제가 루스신다에게 보내는 편지와 루스신다가 제게 주는 답장을 읽어 보려 했습니다. 저희 둘이 그렇게 몰래몰래 하는 짓이 무척 마음에 든다는 구실로 말입니다. 그러던 어느 날 루스신다가 제게 기사 소설을 읽고 싶다며 빌려 달라고 했습니다. 그 여자는 『아마디스 데 가울라』를 아주 좋아했지요.」

기사 소설이라는 말을 듣자 그 즉시 돈키호테가 끼어들었다.

「이야기를 시작한 처음부터 루스신다 양이 기사 소설을 좋아한다는 말을 했더라면, 그분이 얼마나 총명한지 구태여 다른 찬사들을 늘어놓지 않았어도 나는 이해했을 것이오. 그렇게 재미있는 책에 흥미를 가지지 않았다면, 당신이 아무리 훌륭하다고 그 여인을 칭찬해도 난 그렇게 보지 않았을 것이오. 그러니 내겐 그 여자분이 아름답다느니 귀하다느니 총명하다느니 할 필요가 없소이다. 그 여자분이 좋아하는 것을 아는 것만으로 그분이 세상에서 가장 아름답고 가장 신중한 여성이라는 것을 확신하오.

나는 『아마디스 데 가울라』와 함께 저 훌륭한 『돈 루헬 데 그레시아』를 같이 보내 드렸더라면 좋았을 것이라고 생각하오. 루스신다 양은 다라이다와 헤라야의 이야기를 무척 좋아할 것이오. 목동 다리넬의 신중한 행동들과, 그가 지어 아주 우아하고 점잖으면서도 유쾌하게 직접 읊고 연극으로 보여 주는 목가시들도 좋아할 겁니다. 책을 못 보냈더라도 언젠가는 보내 드릴 수 있을 것이오. 당신이 나와 함께 내 고향으로 가겠다는 마음만 먹으면 금방 해결될 문제라오. 거기에서 내 영혼의 선물이자 내 인생의 위안인 3백 권 이상의 책을 줄 수가 있소이다. 지금은 비록 사악하고 시기심 많은 마법사들의 적의로 한 권도 남아 있지 않은 것 같지만 말이오. 그런데, 당신의 말을 방해하지 않겠다고 약속해 놓고 그만 어긴 것을 용서해 주시오. 기사도니 편력 기사니 하는 말을 들으면 햇빛에 데워지고 달빛에 습해지듯이 아무리 말을 하지 않으려 해도 그럴 수가 없기 때문이오. 그러니 용서하시고 계속 이야기해 주시오. 지금은 이게 우리에게 더 중요한 일이니까 말이오.」

돈키호테가 이렇게 말하는 동안 카르데니오는 고개를 가슴으로 떨구고 깊은 생각에 잠겨 있었다. 돈키호테가 이야기를 계속해 달라고 두 번이나 청했는데도 고개를 숙인 채 대답하지 않다가 한참 뒤에야 얼굴을 들고 입을 열었다.

「아무리 해도 나는 이 생각을 떨쳐 버릴 수가 없단 말입니다. 나에게서 그런 생각을 떨쳐 내줄 사람, 다른 생각으로 나를 납득시켜 줄 사람은 세상 어디에도 없을 겁니다. 그 교활한 엘리사바트[219] 선생이 마다시마 여왕과 불륜 관계였다는데도 그렇지 않다고 생각하거나 믿거나 하는 인간은 멍청이가 틀림없습니다.」

219 Elisabat. 아마디스의 외과 의사.

「아니, 그건 아니오, 절대로 그렇지 않소!」 돈키호테는 엄청나게 화를 내면서, 늘 그러듯이 맹세하듯 말했다. 「그것은 너무 저질스러운 악의요. 아니 파렴치한 일이오. 다시 말해 마다시마 여왕은 정말 훌륭한 귀부인이었소. 그런 고귀한 분이 내장이나 꺼내는[220] 의사 놈과 정을 통했다는 말은 생각도 못 할 억지요. 그게 사실이라 우기는 놈은 파렴치한으로 거짓말을 하고 있는 게요. 그런 놈은 내가 걸어서든 말을 타고든, 무장을 하든 아니든, 밤이든 낮이든, 그놈이 뭘 어떻게 하기를 원하든, 아주 혼쭐을 내줄 테요.」

카르데니오는 돈키호테를 아주 주의 깊게 바라보고 있었는데, 이미 광기가 도진 터라 더 이상 자기 이야기를 계속할 형편이 아니었다. 돈키호테 역시 그 마다시마 여왕 이야기에 마음이 상해 버려 더 들을 기분이 아니었다. 참 이상한 일은, 마치 그 여왕이 자기의 진짜 귀부인으로 실제 존재하는 듯 돈키호테가 그 여자 편에 서서 그녀를 옹호하고 나섰다는 점이다. 그가 읽은 그 사악한 기사 소설들이 그를 그 정도까지 만들었다니! 그러니까, 이미 머리가 돌아 있는 카르데니오는 거짓말쟁이라느니 파렴치한이라느니 그 밖에 이와 비슷한 모욕들을 듣자 굉장히 우롱당하고 있다는 기분에 자기 옆에 있던 돌멩이를 들어 돈키호테의 가슴팍에다 있는 힘을 다해 던졌고, 그 바람에 돈키호테는 뒤로 벌렁 나자빠져 버렸다는 이야기다. 주인이 그런 꼴을 당하자 산초 판사는 주먹을 불끈 쥐고 그 미친 사람에게 덤벼들었지만, 〈누더기 기사〉 역시 그런 식으로 그를 맞아 단 한 방으로 산초를 자기 발아래 때려눕히고 그 위에 올라타서는 갈비뼈를 신물이 날 정도로 짓이겨 버렸다. 그를 말리려던 산양치기도 같은

---

[220] 당시 치과 의사를 비하해서 부를 때 〈어금니를 빼는 자〉라고도 했는데, 이는 이가 아프면 무조건 이를 빼버린 것 때문에 붙은 경멸조의 용어다. 머리가 아프다고 머리를 잘라 버리는 식의 처방이라고 많은 비난을 받았다. 그처럼 외과 의사를 〈내장을 꺼내는 자〉라고도 불렀다.

변을 당했다. 이렇게 그는 돈키호테 일행 모두를 짓이겨 녹초로 만든 다음 그들을 내버려 둔 채 유유히 산속으로 돌아가고 말았다.

아무 죄도 없이 얻어맞은 것이 분했던 산초는 일어나 분풀이를 하려고 산양치기에게 다가갔다. 그러고는 저 인간이 가끔씩 미친다는 것을 미리 알려 주지 않은 것은 당신 잘못이라는 둥, 그걸 알고 있었더라면 방어할 준비라도 했을 거라는 둥 하며 대들었다. 그러자 산양치기는 자기는 이미 그 얘기를 했으며, 그러니 말을 듣지 않은 자의 잘못이지 자기 잘못이 아니라고 대꾸했다. 산초 판사가 되받아 따지고 산양치기가 다시 대꾸하여 둘 사이에 입씨름이 오가더니 결국 서로 수염을 움켜쥐고 주먹질을 해댔는데, 만일 돈키호테가 말리지 않았더라면 그들은 모두 박살이 났을지도 모른다. 산초는 산양치기를 붙잡은 채 돈키호테에게 말했다.

「〈슬픈 몰골의 기사〉 나리, 절 내버려 두세요. 이자는 기사도 아니고 저와 똑같은 촌놈이니, 제가 받은 모욕을 제대로 갚아 주어야겠습니다요. 명예로운 인간답게 주먹으로 싸우겠습니다요.」

「그건 그렇지만…….」 돈키호테는 말했다. 「내가 보기에 이번 일에 저 사람은 아무런 잘못이 없네.」

이렇게 말하며 두 사람을 진정시킨 돈키호테는 산양치기에게 카르데니오를 다시 찾아낼 수 없는지 물었다. 그 사람 이야기의 결말이 무척 궁금하다는 것이었다. 산양치기는 처음에 말했듯이 그 사람의 거처는 확실히 모르지만, 이 주위를 샅샅이 뒤져 보면 미친 상태로건 혹은 제정신이 돌아온 상태로건 그를 찾을 수 있지 않겠느냐고 대답했다.

25

시에라 모레나 산맥에서 라만차의 용감한 기사가 겪은 기이한 일들과 벨테네브로스의 고행을 흉내 내어 그가 한 일에 대하여

돈키호테는 산양치기와 작별하고 다시 로시난테에 오르면서 산초에게 따라오라고 했다. 산초는 몹시 내키지 않는 기분으로 당나귀를 타고 그를 따랐다. 둘은 점점 험한 산속으로 들어갔다. 산초는 주인에게 이야기를 하고 싶어 죽을 지경이어서 주인이 먼저 말을 걸어 주기만을 바라고 있었다. 주인이 내린 금지령을 어길 수가 없어서였다. 하지만 주인은 도통 먼저 입을 열지 않았고, 그는 더 이상 그런 침묵을 참을 수 없어 마침내 먼저 말을 꺼냈다.

「돈키호테 나리, 제발 저에게 축복을 내리사 허락해 주시기 바랍니다요. 저는 이 길로 집으로 돌아가 마누라와 애들과 적어도 하고 싶은 말이라도 실컷 다 하면서 살고 싶습니다요. 낮이고 밤이고 이런 고독 속에 나리만 모시고 가는데 제가 말하고 싶을 때 말도 못 하게 하시니, 이건 저를 생매장하는 것이나 다름이 없습니다요. 운이 닿아 기소페테[221]의 시절처럼 짐승들이 말이라도 한다면 다행이겠네요. 하고 싶은 말을 제 당나귀

---

[221] 이솝Esopo을 잘못 말한 것.

와 할 수 있고 그러면 조금은 나을 테니 말씀입니다요. 평생 모험을 찾아 다니면서 걷어차이고, 담요 위에 누워 헹가래나 당하고, 돌멩이에 터지고, 주먹으로 얻어맞기만 하는데 벙어리처럼 가슴속에 있는 말도 하지 못한 채 입까지 꿰매고 다녀야 하니 보통 힘든 일이 아닙니다요. 참을 수가 없단 말입니다요.」

「잘 알겠네, 산초.」 돈키호테가 대답했다. 「자네는 내가 그 혀에 내린 금지령을 해제해 주지 않아서 죽겠다는 게 아닌가. 그럼 이제 해제해 줄 테니 하고 싶은 말을 하게. 단 우리가 이 산속을 돌아다니는 동안만일세.」

「그러죠.」 산초가 말했다. 「지금은 제가 말해도 된다고 하시고 이후의 일은 하느님만 아시니, 우선 이 해제령을 즐겨 볼까 합니다요. 대체 나리께서는 뭣 때문에 그 마히마사 여왕인지 뭔지 하는 여자 편을 들려고 하셨습니까요? 아니, 그 사제가 여왕의 애인이건 말건 그게 나리께 무슨 상관이 있습니까요? 뭐 나리께서 그 사건의 판관도 아니시니 그 일을 그냥 지나치셨더라면 그 미친놈은 자기 이야기를 계속했을 것이고, 돌멩이로 두들겨 맞고 발에 차이고 여섯 번 이상이나 머리를 맞는 일도 없었을 텐데 말입니다요.」

「정말이지, 산초…….」 돈키호테가 대답했다. 「만일 자네가 마다시마 여왕이 얼마나 명예롭고 훌륭한 부인인지를 나만큼 알았더라면, 내가 많이 참았다고 했을 것을 난 아네. 그런 말도 안 되는 소리를 내뱉는 입을 내가 부수어 버리지 않은 게 어디인가. 여왕이 외과 의사와 정을 통한다는 말을 하거나 생각한다는 자체가 아주 큰 모독이기 때문일세. 그 이야기의 실상은 이러하다네. 그 미친 사람이 말한 엘리사바트 선생은 아주 사려 깊은 사람으로 훌륭하고도 건전한 조언으로 여왕을 양육한 의사였네. 그러니 여왕을 그자의 정부로 생각하는 것은 큰 벌을 받아 마땅한 터무니없는 일이지. 그리고 카르데니오 그자는 자기가 무슨 말을 하고 있는지도 모르고 있지 않던가. 그 사람이 그 말을 했을 때 이미 제정신이 아니었다는 것을 알아야 하네.」

「제 말씀이 바로 그겁니다요.」 산초가 말했다. 「미치광이가 하는 말에 신경 쓸 필요가 없었다는 말씀입죠. 만일 나리의 가슴에 맞았던 그 돌멩이가 운수 나쁘게도 머리에 맞았더라면, 그 부인 편을 든 것 때문에 하느님도 헷갈리셔서 나리는 아주 끝장날 뻔했다는 거죠. 만일 그렇게 되었다면 아무리 미쳤다 하더라도 카르데니오는 제 손에 무사하지 못했을 겁니다요!」

「어떤 여성이든 간에 여성의 명예를 지켜 주기 위해서라면 상대가 제정신이든 미친 상태든 대응해 줘야 할 의무를 편력 기사는 가지고 있다네. 하물며 마다시마 여왕처럼 고매한 인격을 갖춘 훌륭한 여왕의 경우라면 더욱 그렇지. 나는 그분이 갖고 있는 여러 가지 훌륭한 점 때문에 특히 그분을 좋아한다네. 그분은 아름다웠을 뿐 아니라, 수많은 재난 속에서도 아주 진중하셨으며 참으로 놀라운 인내심을 보여 주셨다네. 그런 고난이 있을 때마다 엘리사바트 선생이 옆을 지키면서 유익한 조언을 해준 덕분에 신중하고도 참을성 있게 일들을 잘 수행할 수 있었던 것일세. 이런 걸 가지고 무지한 천민이 나쁜 마음으로 여왕을 그분의 정부라고 생각하고 이야깃거리 삼았던 게지. 다시 말하지만, 그 말들은 모두 거짓말이네. 그렇게 생각하고 말하는 사람들은 또 다른 수천 가지 거짓말을 할 것이야.」

「저는 그렇게 생각지도 말하지도 않습니다요.」 산초가 대답했다. 「그건 그 인간들 일이니 마음대로 하라지요. 우리가 알 바 아니죠. 정분이 난 사이인지 아닌지 하느님은 알고 계실 테니까요. 저는 제 포도밭에서 와서 아무것도 몰라요.[222] 저는 남의 일에 관심 없는 사람입니다요. 물건을 사

---

[222] 진실이든 거짓이든, 어떠한 책임도 지지 않기 위한 변명으로 사용하던 경우.

고 거짓말하는 사람은 자기 주머니가 그걸 알지요.[223] 더군다나 저는 맨몸으로 태어났고 여전히 맨몸입니다요. 잃은 것도 얻은 것도 없습니다요. 그 사람들이 그러건 말건 저와 무슨 상관이 있겠습니까요? 소금에 절인 돼지고기는 있는데 그걸 받치는 말뚝이 없다고 생각하는 사람이 많습니다요.[224] 하지만 누가 허허벌판에 문을 세울 수 있습니까요?[225] 한술 더 떠 하느님을 두고 이러쿵저러쿵했다지 않습니까요.」

「아이고 맙소사!」 돈키호테가 말했다. 「무슨 바보 같은 소리를 줄줄이 꿰고 있는 건가, 산초! 자네가 끌어들인 속담들이 우리가 지금 이야기하고 있는 것과 무슨 관계가 있단 말인가? 산초여, 제발 부탁이니, 입 좀 다물게. 이제부터 자네는 당나귀 모는 일이나 신경을 쓰고 상관없는 일에 끼어들지 말게. 그리고 자네의 모든 감각을 동원해서 내가 지금까지 한 일과, 하고 있는 일과, 앞으로 하게 될 일은 모두 도리에 맞고 기사의 법도에 따라 하는 것임을 알아 두게. 나는 세상에서 기사로 살다 간 그 어떤 사람보다도 기사의 법도를 잘 알고 있다네.」

「나리.」 산초가 대답했다. 「그렇다면 우리 둘이서 한 미친놈을 찾겠다고 이 길도 절도 없는 산속을 헤매는 게 그 훌륭한 기사의 법도란 말씀입니까요? 게다가 그 미친놈을 찾으면, 그놈이 아까 시작하다가 말았던 일을 이번에는 끝장낼 생각을 하게 될는지도 모르는데요. 자기가 하던 이야기가 아니라, 나리의 머리와 제 갈비뼈를 완전히 끝장내면 어떡하냐는

---

[223] 싸게 샀다고 우쭐대는 사람을 책망할 때 사용되기도 하고, 남을 속일 수는 있어도 자신을 속일 수는 없음을 뜻하기도 하는 속담.

[224] 당연히 있어야 한다고 생각하는 것이 없는 경우에 사용하는 속담으로, 산초는 이후에도 여러 번에 걸쳐 이 속담을 인용한다. 반면 아무런 징조도 보이지 않지만 예기치 않게 좋은 일이 있을 수 있음을 의미할 때에는 〈말뚝은 없는데 소금에 절인 돼지고기가 있다〉고 한다.

[225] 인간의 능력 밖에 있는 일들이 있다는 뜻. 〈누가 손바닥으로 해를 가릴까?〉 혹은 〈누가 하늘의 별을 셀까?〉 등과 유사한 표현이다.

겁니다요.」

「입 다물게. 다시 말하지만, 산초……」 돈키호테가 말했다. 「자네가 알아주었으면 하는 것은, 내가 이곳을 헤매는 이유가 단지 그 미친 사람을 찾고자 하는 것만은 아니라는 걸세. 여기에서 무훈을 세우고자 하는 뜻도 있다는 말이지. 나는 그 무훈으로 세상에서 영원한 이름과 명성을 얻게 될 걸세. 한 편력 기사를 완벽하고도 유명한 기사로 만들 수 있는 그런 일을 모두 마무리 지을 정도로 대단한 무훈이지.」

「그 무훈은 아주 위험한 건가요?」 산초 판사가 물었다.

「아닐세.」〈슬픈 몰골의 기사〉가 대답했다. 「비록 운에 달린 문제이기는 하지만 불운 속에서 행운을 얻을 수도 있네. 그러나 모든 건 자네가 얼마나 열심히 하느냐에 달려 있다네.」

「제가 얼마나 열심히 하느냐에 달려 있다고요?」 산초가 말했다.

「그렇다네.」 돈키호테가 말했다. 「내가 자네를 보내려는 곳으로 갔다가 빨리 돌아오면 나의 고통은 빨리 끝나고, 영광 또한 빨리 시작될 테니 말일세. 내 말이 어떻게 끝나는지 기다리느라 자네를 더 초초하게 만드는 건 바람직한 것 같지 않으니, 이제 잘 들어 보게나 산초. 그 유명한 아마디스 데 가울라는 가장 훌륭한 편력 기사들 중 하나였네. 아니, 〈중 하나〉가 아니라 독보적인 사람이었지. 그 시대 세상에 있던 모든 기사들의 수장이자 일인자에 유일한 사람이었단 말일세. 돈 벨리아스를 비롯해서 아마디스와 견줄 데가 있다고 자부했던 기사들은 불행했던 게지. 내가 보기에는 맹세코 그들이 실수한 거거든. 화가는 자기 예술로 유명해지고 싶으면 자기가 아는 가장 뛰어난 화가들의 원화를 모방하려 한다네. 이와 같은 법칙이 나라에 장식될 가장 중요한 업무와 수행에도 모두 적용되지. 그래서 신중하고 인내심이 있다는 평을 얻고 싶은 자는 율리시스를 모방하여 그렇게 하면 되고, 또 그렇게들 하고 있다네. 호메로스가 율리시스의 인품이나 그가 겪은 모험들을 통하여 신중함과 인내가 어때야 하는지를 생생하게 그려 놓고 있으니 말일세. 마찬가지로 베르길리우스는 아이네이아스의 사람됨으로 인정 많은 자의 가치와 용감하며 명철한 수장의 노련함을 보여 주고 있다네. 하지만 이들은 그들을 있는 그대로 묘사해 놓은 것이 아니라, 다음 세대의 사람들에게 그들의 미덕이 본보기가 되도록, 마땅히 그래야 된다는 식으로 그려 놓았다네. 아마디스도 이렇게 해서 용감하고 사랑을 아는 기사들의 지표이자 샛별이요 태양이 되었고, 사랑과 기사도의 깃발 아래 싸우는 우리 모든 기사들이 모방해야 할 사람이 된 걸세. 보다시피 이치가 이러하니, 나의 친구 산초여, 나는 생각한다네. 아마디스를 가장 잘 모방하는 편력 기사야말로 기사도를 완벽하게 성취하는 데 가장 가까이 갈 수 있으리라고 말일세. 이 기사가 한 일들 중에서 자기의 신중함이나 가치와 용기와 인내와 지조와 사랑을 가장 잘 보여 준 것이, 바로 자기가 사랑하는 귀부인 오리아나에게서 버림받자 속죄할 목적으로 페냐 포브레 산으로 들어갔던 일이네. 그는 이름도 벨테네브로스로 바꿨는데, 자기 스스로 택한 삶에 딱 들어맞는 아주 의미 있는 이름이었지.²²⁶ 따라서 아마디스의 이런 면을 모방하는 것이 거인들을 두 갈래로 갈라 버린다거나 뱀들의 머리를 잘라 버린다거나 괴물들을 죽인다거나 군대를 무찌른다거나 함대를 부수어 버린다거나 마법을 푼다든가 하는 일보다 훨씬 쉽단 말일세. 그리고 이곳이 그런 일을 하기에 참으로 안성맞춤이라서 나는 이 기회를 놓칠 수가 없네. 지금이야말로 행운의 여신이 자기의 앞 머리카락을 아주 편하게 잡을 수 있도록 내게 내놓고 있단 말이지.」

226 스페인어 〈에네브로*enebro*〉는 측백나뭇과의 상록 교목인 두송(杜松)을 의미하는데, 벨테네브로스Beltenebros는 이 단어와 운을 맞추기 위해 만든 이름이다. 페냐 포브레 산중에서의 삶과 어울리는 이름이라고 세르반테스는 생각했던 듯하다.

「그러니까……」 산초가 말했다. 「나리께서 이 먼 곳에서 하시겠다는 일이 대체 뭡니까요?」

「이미 내가 말하지 않았나?」 돈키호테가 대답했다. 「아마디스를 모방하여 여기서 절망한 채 어리석고 분노에 찬 자로 지내겠다고 말이야. 그리고 곁들여 용감한 돈 롤단도 모방할 걸세. 그자가 샘에서 미녀 앙헬리카가 메도로와 추잡한 짓을 저지른 증거를 발견했을 때 했던 것처럼 말일세. 지독한 고통으로 머리가 돌아 나무를 뿌리째 뽑고 맑은 샘물을 탁하게 만들고 목동들과 가축들을 죽이고 오두막에 불을 지르고 사람들이 사는 집들을 무너뜨리고 말을 쓰러뜨리는 등, 이 밖에도 이름과 기록으로 길이길이 남길 만한 오만 엉뚱한 일들을 저지르지 않았나. 물론 나는 롤단, 혹은 오를란도, 혹은 로톨란도가 ─ 이자는 이 세 가지 이름을 갖고 있었다네[227] ─ 행하고 말하고 생각한 것들을 하나하나 세세하게 모두 흉내 낼 생각은 없네. 그중에서 제일 핵심적이라고 생각되는 것들을 큰 틀에서라도 할 수 있는 데까지 해볼 작정이네. 남에게 피해를 주는 미친 짓은 안 하고 통곡과 비탄으로 누구보다도 높은 명성을 얻은 아마디스를 흉내 내는 것으로 만족할 수 있을 걸세.」

「제가 보기에는요, 나리……」 산초가 말했다. 「그런 짓을 한 기사들은요, 그런 바보짓이나 고행을 할 이유가 있었거나 그렇게 할 수밖에 없는 상황이었거든요. 그런데 나리께서는 일부러 그렇게 미쳐야 할 이유가 있나요? 어느 귀부인이 나리를 멸시했나요? 아니면 둘시네아 델 토보소 님이 무어인이나 혹은 기독교인하고 무슨 유치한 장난이라도 했다는 증거라도 잡으셨나요?」

---

[227] 롤단은 스페인어, 롤랑은 프랑스어, 오를란도는 이탈리아어, 로톨란도는 라틴어 루오틀란두스에 가장 가까운 이름으로 모두 동일인이다.

「바로 그거야.」 돈키호테는 대답했다. 「그게 내 일의 절묘한 점이네. 편력 기사가 이유가 있어서 미친다면 감사할 일이 뭐가 있겠나. 핵심은 아무런 이유도 없는데 미치는 데 있는 것이야. 내 귀부인으로 하여금, 아무런 이유도 동기도 없는데 저만한 일을 하시는 분이니 무슨 이유가 있을 경우에는 어떤 일을 하실지 모른다는 생각을 하게 하는 거지. 더군다나 나의 영원한 귀부인 둘시네아 델 토보소와 이렇게 오래 떨어져 있는 게 충분한 이유가 되고도 남지 않겠나. 저번에 만났던 목동 암브로시오가 한 말을 자네도 들었겠지만, 헤어져 있으면 모든 아픔이 오고 두렵다고 하지 않던가. 그러니 내 친구 산초여, 지금껏 보지 못한 참으로 희귀한 짓이지만 나를 진정 행복하게 만드는 이 흉내 내려는 일을 말리느라 시간을 낭비하지 말게나. 나는 미친 사람이고, 내가 나의 귀부인 둘시네아에게 보내려는 편지를 자네가 그분께 전해 드리고 그분의 답장을 받아 다시 돌아올 때까지 나는 미쳐 있어야 하네. 그리고 그 답장이 나의 믿음에 걸맞은 그런 것이라면 그 어리석은 짓도 고행도 끝이 나지만, 만일 그렇지 않을 경우라면 나는 진짜 미친 사람이 되어 버릴 걸세. 그렇게 되면 나는 아무것도 느끼지 못하겠지. 그분이 어떤 식의 답장을 주든 나는 자네가 나를 떠날 때 가지고 있던 고뇌와 수고에서 벗어날 걸세. 제정신으로 자네가 가져올 행복을 즐기든가, 아니면 미쳐서 자네가 가져올 불행을 느끼지도 못하든가 말일세. 그런데 산초여, 맘브리노의 투구는 잘 간수해 놓았나? 그 천벌을 받을 놈이 박살 내려고 할 때 자네가 땅바닥에서 주워 올리는 것을 봤는데, 그놈이 그걸 아주 박살 내지는 못했지. 그것만 봐도 내 투구가 얼마나 훌륭한지 알 수 있고말고.」

이 말에 산초가 대답했다.

「세상에, 〈슬픈 몰골의 기사〉 나리, 나리께서 하시는 말씀 중에는 참고 들을 수 없는 것들이 있습니다요. 그런 것을 듣고 있자니 나리께서 말씀하시는 기사도에 관한 것이며, 왕국과 제국을 손에 넣는 일이며, 섬을 저한테 주신다는 약속이며, 편력 기사들의 관습대로 다른 여러 가지 은사나 높은 직위를 주신다는 말씀이 모두 바람에 날려 가는 거짓이요 허풍이나 하여튼 그런 종류의 말이라는 생각이 듭니다요. 이발소의 대야를 맘브리노의 투구라 하시고 나흘이 더 되도록 그 실수를 모르고 계신다는 것을 아는 사람이라면, 그런 말을 하거나 확신하는 사람은 분별력이 꽝이라고 누구나 생각하지 않겠습니까요? 그 대야라면 다 찌그러진 채 제 자루 안에 들어 있습니다요. 집에 가져가 제대로 펴서 수염 깎을 때 쓰려고 넣었지요. 하느님이 제게 은혜를 베푸시어 언젠가 처자식을 만날 수 있게 되면 말입니다요.」

「산초여, 자네가 앞서 맹세한 그분을 두고 나도 맹세하겠는데…….」 돈키호테가 말했다. 「자넨 세상에서 어떤 종자도 못 따라올 만큼 이해력이 부족한 사람이구먼. 자네가 나와 모험을 찾아 돌아다닌 지 꽤 되었는데도, 편력 기사들의 일을 모두 망상이며 어리석고 정신 나간 일로만 생각할 뿐 사실은 모든 게 그 반대라는 사실을 아직 깨닫지 못하다니 어찌 된 일인가? 그것이 원래 그래서 그런 것이 아니고, 우리들 사이로 마법사들이 늘 무리 지어 다니면서 우리 일들을 자기들 기분대로 변화시키기도 하고 다르게 바꾸기도 하기 때문이라네. 마음먹기에 따라 우리 편이 되어 주기도 하고 우리를 망치기도 한다네. 그래서 자네 눈에 이발사 대야로 보이는 것이 내 눈에는 맘브리노의 투구로 보이는 걸세. 다른 사람에게는 또 다른 것으로 보일 수 있겠지. 정말로 진짜인 맘브리노의 투구를 다른 사람들에게는 대야로 보이게 한 것은 내 편을 들어 준 현자의 드문 가호 덕분인 게야. 투구는 아주 귀한 물건이니 너나없이 모두 그걸 빼앗으려고 나를 추적할 것 아닌가. 이발사의 대야로만 봤기 때문에 그것을 가지려 하지 않는단 말일세. 투구를 부수려고 했던 그 사람이 그것을 가져가지 않고 땅바닥에 그냥 내버려 두고 간 것만 봐도 알 만하지. 그것이 투구인 줄 알았더라면 결코 그대로 버리고 가지 않았을 게 분명하네. 그러니 친구여, 지금은 내가 그것을 필요로 하지 않으니 자네가 잘 간직하게. 그보다 먼저 무장을 모두 벗어야 되겠어. 태어났을 때처럼 완전히 발가숭이가 되어야겠네. 이번 고행에서는 아마디스보다 롤단을 따르고 싶은 기분이 든단 말이야.」[228]

이런 이야기를 하면서 두 사람은 높다란 산의 발치에 닿았는데, 깎아지른 큰 바위 같은 그 산은 주위에 다른 많은 산들을 거느리면서 혼자 우뚝 서 있었다. 산자락으로는 시냇물이 조용히 흐르고 있었고 그 둘레에 새파란 잎들로 무성한 초원이 둥그렇게 펼쳐져 있어 눈을 즐겁게 했다. 야생 나무들과 식물들과 꽃들이 많이 자라 그곳을 평온하게 만들어 주고 있었다. 〈슬픈 몰골의 기사〉는 이곳을 고행의 장소로 선택하기로 하고선 그곳을 바라보며 마치 정신 나간 사람처럼 큰 소리로 말하기 시작했다.

「오, 하늘이시여! 내게 내린 불운을 한탄하기 위해 내가 골라 선택한 장소가 바로 이곳이라오. 여기서 나의 상처 입은 가슴이 견뎌 내고 있는 고뇌의 증표이자 증거인 내 눈물이 이 작은 시냇물의 물을 불릴 것이며, 내 끝없는 깊은 한숨이 산의 나뭇잎들을 움직이게 할 것이오. 오, 이 인적 없는 장소를 거주지로 삼은 전원의 신들이여, 그대들이 어떤 신이든지 이 불행한 연인의 한탄에 귀 기울여 주오! 이 연인은 긴 이별과 상상 속의 질투로 인하여 이 험한 산중에 들어와 탄식하고, 인간적 아름다움

---

228 하르첸부쉬Hartzenbusch가 아르가마시야 데 알바Argamasilla de Alba에서 1863년에 발간한 『돈키호테』에는 이 대사 다음에 산초가 당나귀를 도난당한 이야기가 삽입되어 나온다. 앞서 제23장에서 보았듯이 이 이야기는 후안 데 라 쿠에스타가 두 번째로 발간한 돈키호테에서 처음으로 이야기된다. 본 번역 작품의 원본은 후안 데 라 쿠에스타의 초판본으로, 다음 페이지에 산초의 당나귀가 도난당한 것으로 나오는데, 이렇게 보면 하르첸부쉬가 제대로 책을 정리한 셈이다.

의 극치인 매정하고도 아름다운 그 여인의 박절한 성품을 불평하려 하오! 오, 무성한 산중에 거주하고 있는 계곡의 요정들이여, 숲의 요정들이여! 여러분들의 쓸데없는 애인들, 경박하고 음탕한 숲의 신들이 그대들의 달콤한 안식을 결코 방해하지 말게 하여 내가 이 불행을 탄식할 수 있도록 도와주오! 아니면 적어도 나의 탄식을 피곤하다 하지 말아 주오! 오, 둘시네아 델 토보소여! 내 밤의 빛, 내 고통의 영광, 내 길의 지표, 내 운명의 별이여! 그대가 하늘에 비는 모든 일에 하늘이 복을 내릴 때면, 그대가 없어 이 몸이 찾아온 이 장소와 이 상황을 헤아려 나의 믿음에 마땅한 좋은 말로 답해 주시오! 오, 오늘부터 내 고독의 동반자가 되어 줄 쓸쓸한 나무들이여! 내가 여기 있는 게 싫지 않다는 증표로 그대들의 가지를 부드럽게 흔들어 주오! 오, 자네, 나의 종자여, 좋은 일에나 나쁜 일에나 늘 함께하는 기분 좋은 동반자여! 여기에서 내가 하는 것들을 잘 기억해 두었다가 이 모든 일의 전적인 원인이 된 그 사람에게 얘기하고 읊어 주게나.」

이렇게 말하고 돈키호테는 로시난테에서 내려 순식간에 재갈과 안장을 벗기고 풀더니 손바닥으로 말의 엉덩이를 치면서 말했다.

「자유 없이 남겨진 자가 네게 자유를 준다. 오, 활약으로는 훌륭함의 극치를 보였으나 운으로는 불행하기 짝이 없었던 말이여! 어디든 가고 싶은 데로 가거라. 아스톨포[229]의 이포그리포[230]도, 브라다만테에게 너무나 비싼 대가를 치르게 한 프론티노[231]도, 날렵함에 있어서는 네게 견주지

---

229 Astolfo. 아리오스토의 「광란의 오를란도」에 나오는 인물. 이포그리포는 이자가 탄 전설의 날개 달린 말이다.
230 Hipogrifo. 사자의 몸에 독수리 머리와 날개를 가지고 황금을 지켰던 그리스 신화의 그리포와 암말 사이에서 난 가공의 동물.
231 Frontino. 「광란의 오를란도」에 나오는 그라나다산 명마로 레이날도스의 누이인 브라다만테가 소유했다.

못한다고 네 이마에 쓰여 있구나.」

이것을 본 산초가 말했다.

「지금 제 당나귀의 안장을 푸는 수고를 덜어 준 그 도둑놈에게 고맙다고 인사를 해야 할 판이네요.[232] 그 녀석을 손바닥으로 칠 일도 찬양해 줄 일도 덜어 줬으니 말입니다요. 하지만 제 당나귀가 여기 있다면 어느 누구도 안장을 벗기게 하지 않을 겁니다요. 그렇게 할 이유가 없거든요. 제 당나귀는 사랑에 빠진 자나 절망한 자들과 아무런 연고가 없으니 말입죠. 하느님이 원하셨을 때 그 녀석의 주인은 저였는데, 저는 사랑에 빠지지도 절망에 울지도 않거든요. 그런데요, 〈슬픈 몰골의 기사〉 나리, 정말로 제가 떠나고 나리가 미친 짓을 하셔야 한다면, 로시난테에 다시 안장을 얹는 것이 좋겠습니다요. 제 당나귀가 없어졌으니 대신 로시난테라도 타고 가야 오가는 시간을 절약할 수 있지 않겠습니까요. 제가 걸어서 갔다가는 언제 도착했다가 언제 돌아올는지 기약할 수 없습니다요. 결론적으로 말하면, 저는 걷는 데 무척 서툴거든요.」

「내 말은, 산초…….」 돈키호테가 대답했다. 「자네 좋을 대로 하라는 걸세. 자네 생각도 나쁘진 않은 것 같네. 오늘로부터 사흘 안에 출발하게. 그동안 내가 그분 때문에 하는 행동과 말을 잘 보고 들어 두었다가 그분에게 그대로 전해 주었으면 하네.」

「아니, 제가 뭘 또 봐야 하는 겁니까요.」 산초가 물었다. 「지금까지 본 것 말고 또 있다는 말씀입니까요?」

「말 한번 잘했네!」 돈키호테가 대답했다. 「아직 나는 옷을 찢어야 하고, 무기들을 팽개쳐야 하고, 이 바위에다 머리를 찧어야 하고, 그 밖에 이와 비슷한 행동들을 해야 하는데, 자네도 보면 놀랄 걸세.」

---

232 돈키호테 초판에서 처음으로 당나귀를 도난당했다는 것을 알 수 있는 대목이다.

「제발요, 나리.」 산초가 말했다. 「그 머리 찧는 일은 조심하셔야 합니다요. 저런 바위에 찧었다가는 그 한 번으로 이 고행이고 뭐고 다 끝장날 테니까요. 제 생각에는 말입니다요, 나리께서 무슨 일이 있어도 여기서 머리를 찧어야겠고 그 절차 없이는 이 일을 할 수가 없다 하신다면, 어차피 이 모든 게 꾸민 일이고 만들어 낸 상황이고 장난이니까요, 그냥 물이나 솜 같은 부드러운 것에 찧는 것으로 만족하시면 안 될까요. 그런 다음 저한테 모든 걸 맡기시는 겁니다요. 제가 귀부인에게는 나리께서 금강석 모퉁이보다 더 딱딱한 바위 끝에 머리를 찧으셨다고 말씀드리겠습니다요.」

「자네의 좋은 뜻은 고맙네, 내 친구 산초여.」 돈키호테가 대답했다. 「하지만 내가 하는 이 모든 일은 장난이 아니라 지극히 진지하다는 것을 알아주면 좋겠네. 만일 장난이라면, 그건 기사도 법칙에 어긋나는 것이네. 기사도 법칙에 의하면 어떠한 거짓말도 해서는 안 되거든. 거짓말은 죄를 두 번 짓는 걸세. 그리고 어떤 일을 다른 일로 대신하는 것도 거짓말을 하는 것과 마찬가지지. 그러니 내가 머리를 찧는 일은 실제로 그렇게 해야 되는 것이며 확실하고 효력이 있는 것이야 한다네. 겉만 그럴듯하게 보이거나 상상만의 것이어서는 안 되는 거지. 그러니 상처를 치료하기 위해 붕대 같은 거나 좀 놔두고 갈 필요가 있을 걸세. 재수 없게 그 향유를 잃었으니 말이야.」

「그보다 더 재수 없는 일은 당나귀를 도둑맞은 일입니다요.」 산초가 대답했다. 「거기에 붕대며 모든 것을 놔뒀는데 잃어버렸으니까요. 그런데 나리, 그 저주받을 맛없는 물 이야기는 그만 잊어버리시길 부탁드립니다요. 저는 그 말만 들어도 내장뿐 아니라 영혼까지 뒤집힐 것 같거든요. 그리고 더 간곡하게 부탁드릴 일은, 나리께서 하신다는 미친 짓을 보기 위해 제가 기한으로 받은 사흘이 벌써 지나가 버린 것으로 해주십사 하는 것입니다요. 저는 그 짓들을 다 본 것으로 하고 틀림없이 일어난 일로 귀부인에게 멋지게 말씀드리겠습니다요. 그러니 얼른 편지를 써서 저를 보내 주세요. 저는 나리가 혼자 계시게 될 이 연옥에서 나리를 다시 꺼내고 싶은 간절한 마음뿐입니다요.」

「자네는 이것을 연옥이라 부르는가, 산초?」 돈키호테가 말했다. 「지옥이라 부르는 편이 나을 걸세. 지옥보다 심한 다른 것이 있다면, 훨씬 더 나쁜 것으로 불러도 될 걸세.」

「지옥에 떨어진 사람은…….」 산초가 대답했다. 「액류에서 나가지 못한다고 하는 말을 들었습니다요.」

「〈액류〉가 무슨 뜻인고?」 돈키호테가 물었다.

「액류란…….」 산초가 대답했다. 「지옥에 떨어진 자는 결코 빠져나올 수 없다는 뜻입니다요.233 하지만 제가 로시난테를 재촉하기 위해 박차를 가하면 나리의 경우에는 그게 반대로 되겠네요. 아니면 말을 몰지 못할 정도로 제 발이 고장 나든지요. 아무튼 제가 실제로 엘 토보소에서 둘시네아 님 앞에 나갔다고 칩시다요. 제가 그분께 나리께서 하셨던 일과 하고 계신 바보짓과 미친 짓거리들을 — 이건 같은 말이지만요 — 아무튼 들려 드리면, 제아무리 그분이 코르크나무보다 단단하다 할지라도 장갑보다 더 부드럽게 되실 거고, 그러면 저는 그분의 꿀같이 달콤한 답장을 받아 들고 마법사처럼 공중을 날아 돌아와서, 지옥 같아 보이지만 지옥이 아닌 이 연옥에서 나리를 구해 드리겠습니다요. 여기서는 빠져나갈 희망이 있으니까 말입니다요. 말씀드렸듯이, 지옥에 떨어진 인간은 거기서 나올 희망이 없습니다요. 나리께서도 다른 말씀은 하시지 않으리라 믿습니다요.」

---

233 교회에서 교인들에게 하는 말인 〈억류에서 나가지 못한다 *Quia in inferno nulla est redemptio*〉를 산초는 많이 들어서 알고 있다. 하지만 〈억류〉를 뜻하는 〈*redemptio*〉를 〈*retencio*〉로 발음했기 때문에 돈키호테가 이해하지 못했다.

「자네 말이 맞네.」〈슬픈 몰골의 기사〉는 인정했다. 「한데, 편지는 어떻게 쓴다지?」

「그리고, 당나귀 새끼 양도 명령서도요.」 산초가 덧붙였다.

「모든 걸 써넣도록 할 걸세.」 돈키호테는 말했다. 「종이가 없으니 옛날 사람들이 한 것처럼 나뭇잎이나 초를 입힌 작은 판자에 쓰면 좋겠지만 지금은 그런 것도 종이 못지않게 찾기 어렵겠구먼. 어디에 쓰면 좋을지 이제 생각이 났네. 카르데니오의 메모장에다 쓰면 안성맞춤이겠어. 그럼 자네가 제일 처음 도착하게 되는 마을의 학교 선생에게 종이에다 정자로 옮겨 써달라고 하게. 선생이 없으면 아무 성당지기라도 옮겨 줄 수 있을 걸세. 그러나 무슨 일이 있더라도 법원 서기에게는 부탁하지 말게. 악마도 읽을 수 없을 정도로 마구 갈겨쓰니까 말일세.」

「서명은 어떻게 하지요?」 산초가 물었다.

「아마디스의 편지에는 서명이란 게 없네.」 돈키호테는 대답했다.

「그럼 됐어요.」 산초가 말했다. 「하지만 양도 명령서에는 반드시 서명이 있어야 합니다요. 서명을 옮겨 적으면 서명이 가짜라고 할 것이고 그러면 전 당나귀 새끼를 못 받게 되는 겁니다요.」

「양도 명령서는 메모장에다 내가 사인해 놓으면 되겠군. 그러면 내 조카딸이 보고 틀림없이 내줄 걸세. 그리고 사랑의 편지에는 서명 대신〈죽을 때까지 그대의 기사, 슬픈 몰골의 기사〉라고 쓰게. 다른 사람이 써도 별일 없을 게야. 내가 기억하기로 둘시네아는 글을 쓸 줄도, 읽을 줄도 모르고 지금까지 내 글씨나 편지를 본 적이 없다네. 나의 사랑과 그분의 사랑은 늘 정신적인 것이라 그저 순수하게 바라보는 것 이상은 해본 게 없네. 그조차도 아주 가끔 있는 일이라서, 내가 언젠가는 흙으로 돌아갈 내두 눈의 빛보다도 그분을 더 사랑한 지 12년이 되지만 그분을 바라본 것은 진실로 맹세컨대 불과 네 번밖에 되지 않는다네. 더군다나 이 네 번 중에서 내가 그분을 보고 있다는 것을 그분이 안 것은 아마도 한 번밖에 안 될 걸세. 그 정도로 그분의 아버지 로렌소 코르추엘로와 어머니 알돈사 노갈레스는 그분을 가둬 놓고 금이야 옥이야 키웠던 게야.」

「잠깐, 잠깐만요!」 산초가 말했다. 「로렌소 코르추엘로의 딸이 바로 둘시네아 델 토보소 귀부인이란 말씀인가요? 알돈사 로렌소라는 그분요?」

「그분이시네.」 돈키호테가 말했다. 「전 우주의 여왕으로 마땅하신 분이지.」

「그 여자라면 제가 잘 압니다요.」 산초가 말했다. 「마을에서 제일 힘센 젊은이만큼이나 몽둥이를 잘 던진다고 말씀드릴 수 있습니다요. 그 여자를 주신 자에게 복 있으라! 그 여자는 근엄하고 완벽하며 가슴에 털이 난 처자랍니다. 세상의 어떤 편력 기사든, 혹은 어떤 방랑자든 그 여자를 귀부인으로 모시고 있는 한 그분이 모든 곤경에서 구해 줄 수 있을 겁니다요. 오, 씩씩하고 목소리 큰 건 끝내주지요! 한번은 그 처자가 마을 종탑에 올라가서 자기 아버지의 휴경지에서 얼쩡거리고 있던 젊은이들을 불렀는데, 거기서 반 레과가 넘는 거리임에도 불구하고 그 탑 발치에서 듣는 듯 들렸다니까요. 그리고 그 여자의 제일 좋은 점은 예쁜 척하는 애교가 전혀 없다는 겁니다요. 아무하고나 장난치고 뭐든 보면 찡그리고 입담도 좋으면서 예의는 아주 발라요. 그래서 제가 지금 말씀드립니다요, 〈슬픈 몰골의 기사〉 나리. 그 처자 때문이라면 나리는 미친 짓을 할 수 있고 그렇게 하셔야 할 뿐만 아니라, 혹시 절망하시어 목매달아 죽으셔도 전 할 말이 없습니다요. 누구든 그걸 알면 악마가 나리를 데려간다 해도 나리께서 저 지경이 될 수밖에 없었다고 말할 겁니다요. 전 그 처자를 보러 이제 길을 떠나고 싶네요. 단지 그 여자를 보러만요. 못 본 지 오래되었으니 많이 변해 있을 겁니다요. 늘 밭일을 하다 보면 여자 얼굴은 햇빛과 바람에 많이 상하거든요. 그런데 나리께 고백할 게 있는데요, 돈키호테 나리, 저는 지금까지 전혀 몰랐습니다요. 저는 나리께서 연모하고 계시는 둘시네아 귀부인이 어디의 공주님이거나 아니면 나리께서 보내신 그 값진 선물들을 받을 만한 그런 지체 높은 분이라고만 생각하고 있었습니다요. 나리께서는 비스카야인 건이라든가 노 젓는 형을 받은 사람들 건이라든가 그 밖의 모험에서 거두신 승리가 있고, 제가 나리의 종자가 되기 전에 이루신 승리도 많을 텐데, 지금까지 그 많은 패자와 전리품들을 그분에게 다 보내시지 않았겠습니까요. 그런데 잘 생각해 보면, 나리께서 여태까지 보내셨고 앞으로도 보내실 패자들이 그 처자 앞에 가서 무릎을 꿇어 봤자, 그게 그 알돈사 로렌소에게, 아니 둘시네아 델 토보소 님에게 무슨 소용이 있다는 겁니까요? 패자들이 찾아갔을 때 그 처자는 아마를 긁어 모으고 있거나 탈곡장에서 탈곡을 하고 있었을 텐데 그 사람들이 뵙자고 하면 그 처자는 그런 선물을 비웃고 화를 낼 수도 있지 않았을까요.」

「지금까지 이미 여러 번 말했네, 산초.」 돈키호테가 말했다. 「자네는 너무 말이 많고 머리가 둔하지만, 때때로 예리하단 말일세. 하지만 자네가 얼마나 미련하고 내가 얼마나 사려 깊은지 알 수 있도록 짤막한 이야기 하나 들려줌세. 아름답고 젊고 자유분방하고 부자에 무엇보다 시원시원한 한 과부가 살찌고 작달막한 한 젊은 평수도사를 사랑했다네. 이것을 알게 된 수도원장이 어느 날 그 착한 과부에게 형제애로 나무라듯 이렇게 말했다네. 〈부인, 나는 부인같이 그토록 지체 높고 아름다우시고 부자이신 분이, 아무개같이 그렇게 천박하고 키도 작고 바보 같은 이를 사랑하시게 된 게 참으로 놀랍습니다. 이 수도원에는 교사나 신학생이나 신학자들이 많아, 부인께서는 마치 배를 고르듯이 이건 좋고 저건 싫다 하며 고르실 수도 있었을 텐데 말입니다. 그러자 그 여자는 아주 애교 있고 활달하게 대답했다네. 〈원장님은 아주 잘못 생각하고 계시는 것 같네요. 원장님이 보시기에 그 사람이 바보 같기 때문에 제가 잘못 선택했다고 하시는 건 참 낡은 생각이에요. 그분은 제가 사랑할 수밖에 없을 만큼 철학을 아세요. 아리스토텔레스보다 더 많이요.〉 산초여, 이처럼 내가 둘시네아 델 토보소를 사랑하는 것은 지상의 가장 고귀한 공주로서 그만한 가치가 있기 때문이네. 그래, 시인들이 자기들 멋대로 이름을 붙여서 찬양하는 여성들이 모두 실제로 있는 인물들은 아니지. 자네는 아마릴리스니 필리스니 실비아니 디아나니 갈라테아니 알리다스니, 그 밖에 책이나 로만세나 이발소나 극장들을 가득 채우고 있는 여성들이, 모두 살과 뼈를 가진 정말로 살아 있는 여자들이며, 그녀들을 기렸고 기리고 있는 그 사람들의 진짜 연인이라고 생각하는가? 물론 아니지. 다들 시의 소재로 쓰기 위해 만들어 낸 인물들인 게야. 자기들을 사랑에 빠져 있거나 그럴 만한 가치가 있는 인물로 만들기 위해서 지어낸 여인들이란 말일세. 그러하기에 나도 저 알돈사 로렌소라는 그 착한 여자가 아름답고 정숙한 여자라고 생각하고 그렇게 믿으면 되는 거라네. 가문 따위는 중요하지가 않아. 의복을 내리기 위해 가문을 수소문하러 갈 것도 아니잖은가.[234] 그러니 내가 그녀가 세상에서 가장 고귀한 공주라고 간주하고 있으면 되는 게야. 왜냐하면 산초, 만일 자네가 모른다면 알아 두어야 할 것은 말이야, 다른 어떤 것보다도 사랑을 부추기는 두 가지가 있다는 점일세. 대단한 아름다움과 좋은 평판이 그것이지. 그런데 이 두 가지를 둘시네아는 완벽하게 지니고 있다는 걸세. 그녀와 아름다움을 겨룰 사람이 없고 평판에서도 그녀를 따라갈 사람이 별로 없다네. 이로써 결론을 내리자면, 내가 말하는 것들이 모두 실제로 그러하다고 나는 상상한다는 것이네. 넘치는 것

---

[234] 스페인에는 산티아고Santiago나 칼라트라바Calatrava 같은 기사단이 있었다. 이 기사단에 입단하려는 자, 즉 의복을 받기를 원하는 자는 조상이 귀족이었는지, 유대교나 이슬람교에서 개종하지 않은 순수 혈통의 기독교인인지 조사를 받았다.

도 모자라는 것도 없이 바로 말 그대로 말일세. 나는 아름다움에 있어서나 고귀함에 있어서 내가 원하는 모습 그대로 그녀를 상상해 본다네. 헬레네도 미치지 못하고 루크레시아도 따라오지 못하며, 그리스, 게르만, 라틴 등 옛날 시대의 그 유명했던 여자들 중 어느 누구도 범접하지 못할 그녀로 말일세. 사람들이야 저 좋을 대로 말하라고 하게. 내가 이런다고 해도, 무지한 사람들은 나를 책망할는지 모르지만 준엄한 사람들이 벌을 내리지는 않을 걸세.」

「나리의 말씀은 모두 지당하십니다요.」 산초가 대답했다. 「저는 당나귀입죠. 이런, 제가 왜 제 입으로 당나귀란 소리를 하는지 모르겠네요. 목매달아 죽은 사람 집에서는 밧줄 이야기를 하지 말아야 하는데 말입죠. 여하튼 편지를 주세요, 그럼 〈안녕, 나는 이사 간다〉[235]입죠.」

돈키호테는 메모장을 꺼내 한쪽으로 떨어져 앉아 아주 차분하게 편지를 쓰기 시작했다. 편지를 다 쓰자 산초를 불러 길 도중에 편지를 잃어버릴 경우를 생각하여 기억해 두라며 읽어 주겠노라고 했다. 모든 불운에 대비해야 한다는 것이었다. 이에 대해 산초가 대답했다.

「나리, 그 메모장에다 두세 번 써서 제게 주세요. 잘 가지고 갈게요. 제가 그걸 기억할 수 있다고 생각하시는 건 말도 안 되는 일입니다요. 저는 기억력이 아주 나빠 제 이름까지 까먹을 때가 있다니까요. 하지만 어쨌거나 읽어는 주세요. 듣다 보면 기분이 정말 좋아질 것 같은데요. 틀림없이 멋지게 적혀 있을 것 같습니다요.」

「그럼 들어 보게. 내용은 이러하네.」 돈키호테가 말했다.

---

[235] 어느 집에 들어간 도둑이 이불을 훔쳤는데 그 속에 말려 있던 노파가 집을 나서는 순간 했다는 말에서 유래한 것으로, 작별할 때 쓰는 표현이다.

돈키호테가 둘시네아 델 토보소에게 보내는 편지

존귀하고 지고하신 분에게

정답기 한이 없는 둘시네아 델 토보소여, 떨어져 있는 아픔의 칼날에 부상당하고, 마음 구석구석 상처 입은 자가 자신은 갖지 못한 안식을 당신께 전합니다. 당신의 아름다움이 저를 무시하고, 당신의 가치가 저를 위한 것이 아니며, 당신의 무정함이 저의 고뇌라면, 이 몸 비록 참고 견디는 일에 이력이 나 있으나, 혹독할 뿐 아니라 그칠 줄 모르는 이 괴로움 속에서 스스로를 더 지탱할 수가 없을 것 같습니다. 오, 무정하고 아름다운, 나의 사랑하는 적이여! 당신으로 인해 제가 어떻게 지내고 있는지 저의 훌륭한 종자 산초가 다 전해 드릴 것이니, 저를 구하고 싶으시다면 저를 당신 것으로 삼으시고, 그러고 싶지 않으시다면 당신 마음대로 하소서. 이 목숨 끝내는 것으로 당신의 잔인함과 저의 소원을 만족시킬 것입니다.

죽는 날까지 당신의 사람,
슬픈 몰골의 기사[236]

「분명……」 편지를 듣고 나서 산초가 말했다. 「제가 지금까지 들어 본 것 중에서 제일 훌륭합니다요. 아니, 어쩌면 그렇게 하고 싶은 말을 다 하실 수가 있답니까요. 게다가 〈슬픈 몰골의 기사〉라는 서명에 어찌 그리도 잘 들어맞는지요! 나리는 정말 귀신 그 자체이신가 봐요. 모르시는 게 하나도 없잖습니까요.」

---

236 원문에는 고어가 많다. 이 편지는 세르반테스가 기사 소설에 들어가 있던 연애편지들을 조롱하기 위해 그대로 모방한 것이다.

「모든 것이 필요하다네.」 돈키호테는 대답했다. 「기사 수행을 하려면 말이지.」

「자, 그럼!」 산초가 말했다. 「그 뒤쪽에 당나귀 새끼 세 마리에 대한 증서를 쓰시고, 금방 알아볼 수 있도록 명확하게 서명도 하시고요.」

「알았네.」 돈키호테가 대답했다.

다 쓰고 나서는 산초에게 읽어 주었는데, 내용은 이러했다.

본 증서는 내가 집에 두고 와서 귀하의 관리하에 있는 노새 다섯 마리 중 세 마리를 내 조카인 귀하가 나의 종자 산초 판사에게 주라는 명령서이다. 나는 이 세 마리 당나귀 새끼를 현물로 그에게 양도함으로써 내가 이곳에서 받은 많은 것들에 대한 대가로 갚고자 하니, 본 양도 증서에 따라 제대로 이행되기를 바란다. 금년 8월 22일, 시에라 모레나 산중에서.

「잘 쓰셨는데요.」 산초가 말했다. 「여기에 나리께서 서명하셔야지요.」

「서명할 필요는 없네.」 돈키호테가 말했다. 「붉은 인장이면 되네. 서명과 같아서 당나귀 세 마리 정도가 아니라 3백 마리라도 줄 수 있을 만큼 충분하다네.」

「나리를 믿습니다요.」 산초가 대답했다. 「저는 로시난테에게 안장을 얹으러 가겠습니다요. 나리께서는 저를 축복해 주실 채비를 하셔야지요. 저는 나리가 하실 어리석은 짓거리들을 안 보고 곧장 떠날 생각입니다요. 가서는 더 이상 보고 싶지 않을 정도로 많이 봤다고 전하겠습니다요.」

「적어도 산초, 내가 바라는 건 말이지 — 그것이 필요해서 바라는 것인데 — 내가 발가벗고 열 번이나 스무 번 정도 미친 짓을 할 테니 좀 보고 가게. 길어야 30분도 안 걸릴 걸세. 자네가 직접 두 눈으로 봐야지 자네가 덧붙이고 싶을 것들이 있어도 확실하게 덧붙일 수 있지 않겠나. 장담컨대, 자네는 내가 하려고 하는 그 많은 짓들을 다 이야기하지 못할 걸세.」

「제발 나리, 저는 나리의 발가벗은 몸을 보고 싶지 않습니다요. 그걸 보면 너무 불쌍해서 울고 말 겁니다요. 어젯밤에 당나귀 일로 울어 머리가 그렇고 그런 마당이라 또다시 울 기운도 없습니다요. 제가 꼭 나리의 미친 짓 몇 가지를 보기를 원하신다면 옷은 입으시고 가장 생각나는 것들로 짧게 보여 주시면 좋겠습니다요. 사실 그런 건 제겐 아무 소용없는 일이기도 하고, 말씀드렸다시피 돌아올 시간을 절약해야 하니까요. 돌아올 때는 나리께서 원하시는, 그리고 나리께 합당한 소식을 갖고 올 겁니다요. 그렇게 안 될 때는 둘시네아 님도 준비를 하셔야겠죠. 당연한 답을 안 주시면, 하느님께 맹세코 발로 걷어차고 뺨을 후려갈겨서라도 그 뱃속에서 좋은 답장을 끌어내고야 말겠습니다요. 나리처럼 훌륭한 편력 기사가 아무런 이유도 목적도 없이 한 여자 때문에 미쳐 가는데 그걸 참아 낼 재간이 어디 있답니까요? 그 귀부인이 제 입에서 그런 말이 나오지 않게 해야죠. 왜냐하면 제기랄, 입에서 나오는 대로 지껄여서 결과야 어찌 되든 간에 일을 모두 망치게 될까 봐 걱정이란 말입니다요. 제가 그런 일을 가만히 보고 있을 사람인가요? 저를 모르는 게죠! 제가 어떤 사람인지를 안다면 알아서 모셔야죠!」

「그러고 보니, 산초…….」 돈키호테는 말했다. 「내가 보기에 자네가 나보다 더 제정신이 아닌 것 같군.」

「나리만큼 돈 건 아닙니다요.」 산초가 대답했다. 「화는 나리보다 더 났지만요. 그런데 이 문제는 제쳐 두고, 제가 돌아올 때까지 나리는 대체 뭘 잡수시고 지내실 겁니까요? 카르데니오처럼 목동들한테서 먹을 것을 빼앗으려 길로 나갈 작정이십니까요?」

「그런 건 신경 쓸 것 없네.」 돈키호테는 대답했다. 「먹을 것이 있다 하더라도 나는 이 초원과 나무들이 주는 풀과 열매밖에는 먹지 않을 생각이니까. 내 수행의 치밀함은 먹지 않고 그와 같은 다른 고행들을 한다는 데 있네. 그럼 잘 가게.」

「하지만 나리는 제가 걱정하는 게 뭔지 아십니까요? 제가 지금 떠나는 이 자리로 다시 돌아올 수 있을까 하는 겁니다요. 워낙 외진 곳이라서 말입니다요.」

「표적들을 잘 보게. 나도 이 근처를 떠나지 않도록 하겠네.」 돈키호테가 말했다. 「그리고 자네가 돌아올 때 볼 수 있도록 이 근처 가장 높은 바위 위에 올라가 있겠네. 그것보다 더 확실하게 하려면, 자네가 나를 못 찾고 길을 잃어버리는 일이 없도록 이 주변에 지천으로 있는 금작화 가지들을 몇 개 꺾어다가 평지가 나올 때까지 곳곳에 놔두면서 가면 되겠지. 그러면 돌아올 때 나를 찾을 수 있는 이정표이자 표적이 될 걸세. 페르세우스가 미궁에서 빠져나올 때 사용했던 실을 모방해서 말일세.」[237]

「그렇게 하겠습니다요.」 산초가 대답했다.

그러고는 금작화 가지를 몇 개 꺾어 들고 주인에게 축복을 청한 다음 서로 상당한 눈물을 흘린 뒤 작별을 했다. 산초는 돈키호테가 자기를 섬기듯 잘 돌보아 주라고 간곡하게 부탁한 로시난테에 올라타고 주인이 충고한 대로 곳곳에 금작화 가지를 뿌리면서 평지가 나오는 길로 가기 시작했다. 적어도 미친 짓을 두 가지만이라도 보고 가라고 돈키호테는 여전히 졸랐으나 산초는 그냥 그렇게 떠나더니, 1백 걸음도 못 가고 되돌아와서는 말했다.

「나리, 나리 말씀이 지당했네요. 나리의 미친 짓을 보았다고 양심에 가

---

[237] 실제로는 페르세우스Perseus가 아니라 테세우스Theseus다. 그는 미궁 속에서 소의 머리에 사람의 몸을 한 미노타우로스Minotauros를 죽이고 미리 준비해 둔 실을 따라 빠져나왔다.

책을 느끼지 않고 맹세할 수 있으려면 한 가지만이라도 보고 가는 게 좋을 것 같습니다요. 나리께서 이런 곳에 계시겠다는 그 자체가 엄청난 미친 짓이기는 하지만 말씀입니다요.」

「그러게 내가 뭐라더냐.」 돈키호테는 말했다. 「잠깐만 기다려라, 산초, 잠깐이면 해보일 테니.」

그리고는 급하게 바지를 벗어 던져, 맨살에 윗옷 자락만이 아래를 가리게 되었다. 그다음 무작정 공중에 발길질을 두 번 하더니 머리를 아래로 하고 두 다리를 높이 쳐드는 공중제비를 두 번 넘느라 물건을 고스란히 드러내 놓았다. 산초는 다시 그 물건이 보고 싶지 않아 로시난테의 말고삐를 돌렸다. 그러고는 이만하면 주인이 미쳤다고 맹세할 수 있기에 충분하다고 생각했다. 이렇게 되었으니 우리는 산초가 돌아올 때까지 그의 길을 가도록 내버려 두기로 하자. 오래 걸리지는 않을 것이다.

26

사랑으로 말미암은
돈키호테의 몸부림이
시에라 모레나 산속에서 계속되다

〈슬픈 몰골의 기사〉가 혼자 남아서 했던 일로 돌아가면, 이야기는 이렇게 전하고 있다. 아래는 발가벗고 위에는 옷을 걸친 채 공중제비를 넘기도 하고 물구나무를 서기도 하다가 산초가 더 이상 그 어처구니없는 짓을 지켜보고 싶지 않아 가버리자 돈키호테는 높은 바위 꼭대기로 올라갔다. 그리고 그동안 몇 번이나 생각했지만 한 번도 해결할 수 없었던 문제를 또다시 생각하기 시작했다. 그것은 롤단이 했던 엉뚱한 미친 짓을 흉내 내는 것이 좋을지 아니면 아마디스의 우울한 미친 짓을 따르는 게 알맞을지를 고민하는 것이었다. 그는 혼자서 중얼거렸다.

「사람들이 말하듯 그렇게 훌륭하고 용감한 기사였던 롤단이 결국 마법에 걸렸다는 건 얼마나 대단한 일인가? 구리로 된 바늘로 발끝을 찌르지 않는 한 아무도 그를 죽일 수 없었지. 그래서 그는 늘 쇠 깔창을 일곱 개나 깐 신발을 신고 있지 않았던가. 하기야 그런 조치도 베르나르도 델 카르피오에게는 먹히지 않았지만 말이야. 이 사람은 그런 사실을 알고 론세스바예스에서 자기 팔로 그를 질식시켜 버렸거든. 여하튼 그의 용맹성에 대해서는 그만 이야기하고 그가 정신을 잃은 문제로 가보자고. 운명의 신에게서 찾은 증거들과 목동이 그에게 전해 준 사실 때문에 그가 정신줄을 놓은 건 확실해. 앙헬리카가 아그라만테의 시동인 곱슬머리 무어인 메도로와 두 번 이상이나 낮잠을 잤다고 목동이 그랬거든. 롤단이 그것을 사실로 받아들이고 자기가 사랑하는 귀부인이 무례를 저질렀다고 믿었다면 머리가 돌 만도 하지. 그런데, 롤단을 미치게 만든 그 원인이 내게는 없는데 어떻게 그의 미친 짓을 흉내 낼 수 있을까? 나의 둘시네아 델 토보소는 이 세상에 태어나서 한 번도 무어인을 본 적이 없고 그 비슷한 복장을 한 사람도 본 일이 없어서, 그녀의 어머니에게서 나온 그대로라고 감히 맹세할 수도 있는데 말이야. 그러니 내가 그분과는 상관없는 일을 상상하여 분노의 롤단이 보인 광기와 같은 종류의 미치광이가 된다면 그분을 모욕하는 일이 될 거야. 반면 아마디스 데 가울라로 말할 것 같으면, 그는 이성도 잃지 않고 미친 짓도 하지 않은 채 사랑에 빠진 사람으로 최고의 명성을 얻었지. 그 사람에 대한 이야기를 보면 자기의 귀부인 오리아나가 마음이 바뀔 때까지 자기 앞에 나타나지 말아 달라고 하자 공주에게 버림받은 줄로 알고 한 은자와 함께 라 페냐 포브레 계곡으로 들어가 거기서 실컷 울고 오로지 하느님께 매달린 게 전부였어. 결국 하늘이 지독한 고민과 배고픔으로부터 구출해 줄 때까지 말이야. 이게 그대로 사실이라면 나는 무엇 때문에 옷을 다 벗어 던지고 내게 아무런 피해도 주지 않는 이 나무들을 괴롭히려고 하는 거지? 목이 마를 때 마실 물을 주는 이 맑은 시냇물을 흐려 놓을 이유도 없잖은가. 아마디스를 떠올린 게 정말 다행이야. 돈키호테 데 라만차가 모방할 수 있는 데까지 모방해야 할 자는 바로 그야. 그렇게 하면 그자에 대해 한 말들을 나에 대해서도 하겠지. 위대한 일을 마치지는 않았으나 위대한 일을 하려다가 죽었노라고 말이야. 나는 둘시네아 델 토보소한테 버림받지도 모멸당하지도 않았지만, 내가 말한 대로 그분과 떨어져 있는 것만으로도 이유는 충분해. 그러면 이제 행동으로 옮겨야지. 아마디스가 한 일들이여, 내 기억 속에 되살아나 어디서부터 내가 너희들을 흉내 내야 할지 가르쳐 다오. 그런데 그가 가장 많이 한 일은 기도하며 하느님의 가호를 청한 것인데, 묵주가 없어서 어쩐다?」

이때 묵주를 만들 방법이 생각났다. 축 늘어진 셔츠 자락을 널찍하게 찢어 매듭을 열 개 만들고 그중 한 개는 좀 더 굵게 만드는 것이었다. 이것을 그는 산에 있는 동안 묵주로 사용하여 성모송을 1백만 번이나 올렸다.[238] 그런데 그를 가장 괴롭힌 것은 자기의 고백을 들어 주고 위로해 줄 은자가 근처에 없다는 점이었다. 그래서 풀밭을 산책하기도 하고, 자기 슬픔에 어울리는 시와 둘시네아를 찬양하는 시들을 숱하게 지어 고운 모래에 쓰거나 나무껍질에 새기기도 하면서 소일했다. 하지만 그를 거기서 발견한 후 사람들이 읽을 수 있거나 제대로 된 시는 여기 계속되는 이것들밖에 없었다.

    이곳에 있는
드높고 초록인
무수한 나무며, 풀이며, 식물들이여,
나의 아픔이 달갑잖다면
나의 성스러운 하소연을 들어 다오.
    나의 고통이 그토록 끔찍하다 할지라도
그대들을 심란하게 하지는 않으리,
그대들에게 분담금을 내고자

---

238 〈축 늘어진······〉부터 〈······올렸다〉까지 1624년 종교 재판의 검열을 받았다. 이를 미리 예견했는지 1605년 제2판을 찍을 때 인쇄업자인 후안 데 라 쿠에스타는 이 부분을 이렇게 바꾸었다. 〈코르크나무에 있는 큰 마디 열 개를 줄줄이 꿰어 묵주로 사용했다.〉

돈키호테는 여기서
둘시네아
　델 토보소가 없음에 울었노라.

　이곳은 가장
충실한 연인이
자기의 여인으로부터 숨은 곳이니
어디로, 어떻게 온지도 모르는 채
그 많은 고통에 처해졌노라.
　그의 안식을 앗는 사랑은
아주 고약한 성질의 것이라
나무통을 다 채울 때까지
돈키호테는 여기서
둘시네아
　델 토보소가 없음에 울었노라.

　험준한 바위 사이로
모험을 찾고
매정한 마음을 저주하다가
암석과 바위 사이의 거친 땅 사이에서
그 슬픈 자는 불행들을 발견하였으니,
　사랑은 부드러운 가죽끈 대신
채찍으로 그에게 상처를 입혀
고통이 목덜미에 이르니
돈키호테는 여기서

둘시네아
  델 토보소가 없음에 울었노라.

이런 시를 발견한 사람들은 둘시네아의 이름에 〈델 토보소〉라는 장소를 덧붙여 넣은 것을 보고 적잖이 웃었다. 돈키호테가 둘시네아를 부를 때 〈델 토보소〉라고 덧붙이지 않으면 시가 이해되지 않을까 봐 그렇게 했다고 생각했기 때문이다. 그리고 그것은 그가 나중에 고백했듯이 사실이었다. 이 밖에도 그는 많은 시를 썼으나, 말한 것처럼 이 세 편 말고는 제대로 읽을 수 있는 것도 완성된 것도 없었다. 이렇게 그는 시를 쓰기도 하고 한숨을 쉬기도 하며 숲의 신과 강의 요정과 고통스러워 흐느끼는 메아리의 신을 불러 자기에게 대답해 주고 위로해 주고 이야기를 들어 달라고 하거나 산초가 돌아올 때까지 목숨을 부지할 풀을 찾아다니면서 시간을 보냈다. 산초가 돌아오기까지는 사흘이 걸렸는데, 만일 3주쯤 걸렸더라면 〈슬픈 몰골의 기사〉는 그를 낳아 준 어머니조차 알아보지 못할 만큼 그 몰골이 일그러져 있었을 것이다.

돈키호테는 한숨과 시에 싸서 내버려 두고, 심부름을 간 산초 판사에게 일어난 일을 이야기하는 게 좋을 것 같다. 그는 큰길로 나가 엘 토보소로 가는 길을 찾아나섰고, 다음 날에는 담요로 공중에 헹가래 쳐진 불운을 당했던 객줏집에 도착했다. 객줏집을 보자마자 그는 또다시 공중에 던져질 것 같아 안으로 들어가고 싶지 않았다. 하지만 마침 들렀다 갈 시간이기도 하고, 식사 때라 몇 날 며칠을 찬 음식만 먹어 온 차에 따뜻한 것으로 요기를 하고 싶은 마음도 있었다.

여하튼 이런 욕구로 인해 산초는 객줏집 옆으로 다가갔다. 여전히 들어갈까 말까 망설이고 있는데 객줏집에서 두 사람이 걸어 나오다가 금방 산초를 발견했다. 한 명이 다른 사람에게 말했다.

「저, 석사님, 저기 말을 타고 오는 사람은 산초 판사가 아닙니까? 우리 모험가 댁 가정부가 말한, 그 주인의 종자가 되어 함께 집을 떠났다는 그 사람 말입니다.」

「맞네, 그 사람이군.」 석사가 말했다. 「게다가 저건 우리 돈키호테의 말이야.」

이 두 사람은 바로 돈키호테의 책을 정밀하게 조사해서 화형에 처했던 같은 마을의 신부와 이발사로 산초를 아주 잘 알고 있었다. 이렇게 산초 판사와 로시난테를 알아보자 돈키호테의 소식이 무척이나 궁금했던 그들은 산초에게로 다가갔다. 신부가 그의 이름을 부르며 물었다.

「이봐, 산초 판사, 자네 주인은 어디 계시는가?」

산초 판사도 즉각 두 사람을 알아보았고, 주인이 있는 장소와 주인의 상태를 숨겨야겠다고 마음먹었다. 그래서 주인은 지금 어떤 곳에서 아주 중요한 일을 하고 계시는데, 얼굴에 있는 두 눈을 걸고 맹세하지만 그것이 무슨 일인지는 밝힐 수 없다고 했다.

「아니지, 그건 아니지, 산초 판사.」 이발사가 말했다. 「만약 자네가 주인이 어디에 계신지 알려 주지 않으면, 이미 우리가 염두에 두고 있듯이 자네가 그분을 죽이고 도둑질을 했다고 생각할 수밖에 없네. 보다시피 자네가 주인 양반의 말을 타고 있잖은가. 그 말의 주인에 대해 우리에게 사실대로 알려 주어야 될 걸세. 아니면 자네 큰일 난다네.」

「왜 저를 협박하시는지 모르겠네요. 전 도둑질을 하거나 사람을 죽일 사람이 아닙니다요. 인간은 모두 제 운수나 인간을 만드신 하느님 뜻으로 죽고 사는 겁니다요. 제 주인은 산중에서 자기 기분 내키는 대로 속죄를 하고 계십니다요.」

그러고 나서 쉬지 않고 돈키호테가 지금 어떻게 하고 있는지, 그동안에는 어떤 모험들이 일어났는지, 그리고 어쩌다가 주인이 간을 빼줄 정도로 반한 로렌소 코르추엘로의 딸인 둘시네아 델 토보소 귀부인에게 자기가 편지를 전해 주게 되었는지 그 경위를 두 사람에게 술술 다 얘기했다.

산초 판사의 말을 들은 두 사람은 입을 떡 벌리고 말았다. 돈키호테가 미쳤다는 것은 이미 알고 있었고 그게 어떤 종류의 것인지도 알고 있었으나, 산초의 이야기가 하나씩 튀어나올 때마다 새삼 놀라지 않을 수 없었다. 그들은 둘시네아 델 토보소 귀부인에게 가져간다는 편지를 보여 달라고 산초 판사에게 부탁했다. 산초가 그 편지는 메모장에 적혀 있으며 처음 도착할 마을에서 종이에다 옮겨 쓰라고 주인이 말했다고 하자 신부는 자기가 아주 멋진 글씨로 옮겨 줄 테니 보여 달라고 했다. 산초는 가슴팍에 손을 넣어 메모장을 찾았으나 찾을 수가 없었다. 지금까지 찾아도 찾아낼 수 없었을 것이다. 메모장은 돈키호테가 가지고 있었고, 산초에게 주지 않았으며, 산초 역시 달라고 할 생각을 못 했던 것이다.

메모장이 없는 것을 안 산초는 죽을상이 되었다. 다시 온몸을 다급하게 더듬어 봤지만 메모장이 없다는 것만 거듭 확인했을 뿐이었다. 그러자 그가 다짜고짜 두 손으로 자기 수염을 쥐어뜯는 바람에 수염의 절반이 뽑혔고, 곧이어 자기 얼굴과 코를 여섯 번 갈기는 바람에 온통 피투성이가 되고 말았다. 신부와 이발사가 그 모습을 보고는 대체 무슨 일이 있기에 얼굴을 그 지경으로 만들어 놓느냐고 물었다.

「무슨 일이냐고요?」 산초가 대답했다. 「이 손에서 저 손으로 옮기다가 한순간에 당나귀 세 마리를 잃어버렸다고요. 한 마리 한 마리가 모두 성만 한 건데요.」

「그건 어째서?」 이발사가 물었다.

「메모장을 잃어버렸잖습니까요.」 산초가 대답했다. 「거기에는 둘시네아에게 보내는 편지와 주인 나리가 서명한 증서가 있는데, 그 증서엔 집에 있는 당나귀 네 마리인지 다섯 마리인지 그중에서 세 마리를 저에게 내주라고 조카딸에게 지시한 글이 적혀 있단 말입니다요.」

이렇게 말하고 산초는 당나귀 잃어버린 이야기를 했다. 신부는 그를 위로하면서, 주인을 만나면 자기가 그 지시 사항이 유효토록 할 것이며 양도서를 종이에다 다시 작성하게 할 것이라고 했다. 양도서는 관례에 따라 종이에 써야지 메모장에 쓴 것은 받아 주지도 않고 효력도 없다는 것이었다.

이 말에 산초는 안심하고 말하기를, 그렇다면 둘시네아에게 줄 편지가 없어진 것은 그다지 걱정할 일이 아니라고 했다. 자기가 그 편지를 거의 다 외우고 있으니 언제 어디서나 옮겨 쓸 수 있다며 말이다.

「그럼 어디 말해 보게, 산초.」 이발사가 말했다. 「그러면 우리가 그걸 옮겨 적도록 하지.」

산초 판사는 편지 내용을 생각해 내려고 머리를 긁적이며 한 발로 섰다가 다른 발로 섰다가 했다. 몇 번인가 땅을 내려다보고 하늘을 올려다보기도 하면서 이제나저제나 그 내용을 말해 주기를 기다리고 있던 사람들을 멍하게 만들어 놓더니, 손가락 끝 부분을 절반쯤 물어뜯고 나서야 그는 한참 만에 입을 열었다.

「하느님 맙소사, 석사님, 악마들이 편지 내용을 가로채 갔나 봐요. 하지만 이렇게 시작됐던 것 같습니다요. 〈지고하시고 마구 주물러진 부인.〉」

「설마.」 이발사가 말했다. 「〈마구 주물러진〉이 아니라, 〈존귀하신〉이라든가 〈초인적인〉쯤 되겠지.」[239]

「그렇습니다요.」 산초가 말했다. 「그러고는 제 기억이 틀리지 않는다

---

[239] 〈존귀하다〉라는 뜻의 〈soberana〉를 산초는 〈마구 주물러진〉이라는 뜻의 〈sobajada〉로 기억하고 있다.

면, 이렇게 계속됐어요······. 제 기억이 틀리지 않는다면 말입니다요, 〈평민[240]에 잠이 부족하고 상처를 입은 자가 무정하며 아주 알려지지 않은 아름다운 그대의 두 손에 입 맞추오〉, 그러고는 당신께 보내는 무슨 건강인지 병인지 모를 것을 쓴 다음에, 또 뭔가 있은 다음에, 마지막은 〈죽을 때까지 당신의 사람, 슬픈 몰골의 기사〉라고 되어 있어요.」

두 사람은 산초 판사의 그 좋은 기억력이 적잖이 마음에 든다고 극구 칭찬하면서 두어 번 더 외워 달라고 부탁했다. 때가 되면 그 내용을 옮겨 적어야 하니 자기들도 그대로 외워야겠다며 말이다. 그래서 산초는 다시 세 번을 되풀이했고, 또다시 세 번을 되풀이하면서 다른 3천 가지 말도 안 되는 이야기들을 지껄여 댔다. 그런 다음 그는 주인에 대한 이야기도 그런 식으로 늘어놓았으나, 자기가 들어가지 않으려고 했던 객줏집에서 당한 담요로 헹가래 쳐진 이야기에 대해서는 한마디도 꺼내지 않았다. 그리고 또 말하기를, 자기가 둘시네아 델 토보소 귀부인으로부터 좋은 소식을 가지고 오기만 하면 주인은 황제나 적어도 왕이 될 길로 출발하게 되어 있는데, 이 일은 자기 둘 사이에 이미 약속되어 있으며 주인의 됨됨이나 훌륭한 용기로 보아 아주 쉽게 이룰 수 있는 일이라는 것이었다. 그뿐만 아니라 주인이 황제나 왕이 되면 자기는 이미 홀아비가 되어 있을 수밖에 없으니, 그런 자기에게 왕후의 몸종을 부인으로 주어 결혼시키기로 했으며 그 몸종은 자기가 더 이상 섬을 바라지 않아도 될 정도로 풍요롭고 큰 영지를 물려받을 거라는 이야기를 늘어놓았다.

이 이야기를 산초는 이따금씩 코를 닦아 가며 어찌나 침착하게 이어 가는지, 두 사람은 당황스럽고도 새삼 놀라 돈키호테의 광기가 얼마나 지독

---

[240] 〈평민, 속인〉을 의미하는 스페인어 〈lego〉를 산초는 〈llego〉라고 발음하고 있는데, 이는 시골식 발음이다.

한 것이었으면 이 불쌍한 자의 판단력마저 가져가 버렸을까 생각했다. 그렇다고 그들에게 산초의 잘못을 깨닫게 해주려고 애쓸 생각이 들었던 건 아니었다. 그것이 그자의 양심을 해칠 일은 전혀 아니기 때문에 그대로 놔두는 편이 나을 것 같았고, 심지어 그의 바보 같은 이야기를 듣는 것이 재미있기도 했다. 그래서 두 사람은 그에게 주인어른이 건강하시기를 하늘에 빌라고 일렀다. 시간이 가면 그의 말대로 주인은 황제가 될 수 있고, 적어도 대주교나 혹은 그와 비슷한 위엄 있는 자리에는 충분히 오를 수 있을 것이라며 말이다. 이 말에 산초가 대답했다.

「어르신들, 만일 운이 우리 주인 나리께서 황제는 싫고 대주교가 되고 싶도록 상황을 바꾼다면, 제가 알고 싶은 게 있는데요, 편력하는 대주교는 자기의 종자들에게 무엇을 주나요?」

「그 사람들이 주는 건……」 신부가 말했다. 「수당인데, 신도를 맡을 경우와 맡지 않을 경우에 따라 다르지. 성구(聖具) 관리직을 줄 수도 있네. 그 자리에 있으면 정기적으로 급료를 받고 그에 맞먹는 수당도 나오지. 무슨 보직을 맡느냐에 달렸다네.」

「그런 일을 하려면……」 산초가 대답했다. 「종자는 결혼을 하지 말아야 하고 적어도 미사 거드는 일에 대해서는 알아야 하잖아요. 그렇다면 저는 결혼을 했고 ABC의 A 자도 모르니 정말 지지리도 복이 없네요! 만일 주인 나리께서 편력 기사들의 관례대로 황제가 되지 않고 대주교가 될 마음을 가지시면 전 어떻게 되는 거죠?」

「걱정 말게, 산초.」 이발사가 말했다. 「우리가 자네 주인에게 대주교가 되지 말고 황제가 되시라고 부탁도 하고 충고도 하고 또 그분의 양심에 호소도 해볼 테니 말일세. 그분은 학식보다는 용기가 훨씬 뛰어난 분이니 그 편이 더 쉬울 걸세.」

「제 생각도 그래요.」 산초가 말했다. 「물론 뭐든지 잘할 수 있는 분이라고 말씀드릴 수 있습니다만요. 제가 나름대로 할 수 있는 일은 우리 주인 나리께서 가장 쓸모 있는 곳이자 제게 더 많은 은혜를 베풀 수 있는 그런 분야로 그분을 인도해 주십사 주님께 기도하는 것입니다요.」

「말하는 걸 보니 신중한 자 같구먼.」 신부가 말했다. 「훌륭한 기독교인답게 기도를 드리게. 하지만 당장 할 일은, 지금 자네의 주인 양반이 행하고 있다는 그 쓸데없는 고행에서 그분을 꺼내 주는 것일세. 어떤 방법을 쓰면 좋을지 생각도 하고 점심때가 됐으니 식사도 할 겸 이 객줏집으로 들어가는 게 좋겠군.」

산초는 두 분만 들어가시라고, 자기는 밖에서 기다리겠노라고 했다. 자기는 그곳에 들어가지 않을 것이며 그렇게 하는 게 합당한데 그 이유는 나중에 말씀드리겠다는 것이었다. 하지만 자기에게 무언가 먹을 것을, 되도록이면 따뜻한 것으로 가져다주시고 더불어 로시난테에게 줄 보리도 좀 가져다주시면 좋겠다고 부탁했다. 그들은 산초를 밖에 남겨 둔 채 안으로 들어갔고, 잠시 후 이발사가 먹을 것을 가져다주었다. 그러고 나서 두 사람은 목적을 달성하기 위해 어떤 방법을 써야 할지 곰곰이 생각했는데, 신부가 돈키호테의 마음에 딱 들 만하면서도 자기들이 원하는 바를 이룰 수 있는 묘안을 떠올렸다. 그가 이발사에게 이야기한 방법은 이런 것이었다. 신부가 편력하는 처녀의 옷차림을 하고 이발사는 최대한 종자로 보이도록 꾸며 둘이서 돈키호테가 있는 곳으로 가는 것이다. 그러고서 비탄에 젖어 곤경에 빠진 처녀처럼 행세하여 돈키호테에게 도움을 청하면 용감한 편력 기사로서 그는 그 부탁을 들어줄 거라는 얘기였다. 돈키호테에게 구하고자 하는 도움이란, 처녀가 가는 곳으로 함께 가서 나쁜 기사로부터 받은 모욕을 복수해 달라는 것이다. 그리고 당부할 것은, 그 나쁜 기사에게 제대로 된 복수를 할 때까지는 자기의 가리개를 벗으라거나 자기 재산의 일부를 달라거나 하는 얘기는 말아 달라고 하자는 것이다. 이런 식이라면 돈키호테는 어떤 부탁이든 들어줄 것이 틀림없으므로, 그렇게 그를 그곳에서 끌어내 고향으로 데려가 듣도 보도 못한 그의 광기를 고칠 무슨 방법이 있는지 알아보자고 했다.

27

신부와 이발사가 어떻게
자기들의 목적을 이루었는지,
그리고 이 위대한 이야기에 어울리는
다른 일들에 대하여

이발사는 신부의 기발한 발상이 나쁘기는커녕 아주 그럴듯하다고 생각했고, 따라서 두 사람은 즉각 행동에 옮기기로 했다. 그들은 객줏집 안주인에게 신부의 새 법의를 담보로 남기며 치마와 두건을 부탁했다. 이발사는 객줏집 주인이 빗을 매달아 두었던 잿빛과 붉은빛이 나는 쇠꼬리로 큼직한 턱수염을 만들었다. 이것을 보고 안주인이 그런 것들을 어디에 쓰려고 그러느냐고 물었다. 신부는 돈키호테의 광기에 대해 짤막하게 이야기하고, 지금 그가 산속에 있는데 그곳에서 그를 데리고 나오려면 이런 변장이 필요하다고 대답했다. 그러자 객줏집 부부는 즉시 그 미치광이가 자기의 손님이자 향유를 만든 장본인에 담요로 헹가래 쳐진 종자의 주인임을 알아차려, 자기들이 돈키호테와 겪은 일들을 몽땅 신부에게 고해바치며 산초가 그렇게 입 다물고 있던 것에 대해서도 떠벌렸다. 결국 안주인은 눈 뜨고는 볼 수 없을 복장을 신부에게 입혀 주었다. 한 뼘 폭으로 갈기갈기 찢어진 검은 벨벳을 잔뜩 매단 모직 치마와, 흰색 융단으로 테를 둘러 장식한 초록색 벨벳 조끼를 걸치게 했는데 이것들은 왐바 왕[241] 시대에나 만들어졌을 법한 것들이었다. 머리를 장식하는 일만은 신부가 동의하지 않아서, 밤에 잘 때 사용하는 솜을 넣은 삼베 두건을 쓰고 검은 호박직 붕대로 이마를 동여맨 다음 다른 붕대로 가리개를 만들어 수염과 얼굴을 잘 덮기로 했다. 그리고 나서 양산으로 써도 될 만큼 큰 모자를 깊숙이 눌러쓰고 짧은 망토로 몸을 감춘 다음 노새에 올라 여자들이 하듯 한쪽으로 다리를 모아 비스듬히 앉았다. 그러자 이발사도 불그레한 쇠꼬리로 만들어 붉은 것도 같고 흰 것도 같은 턱수염을 허리까지 늘어뜨리고 자기 당나귀에 올라탔다.

그들은 모두와 작별을 했는데, 그 착한 마리토르네스는 비록 자신이 죄인이기는 하나 그들이 하려는 대단히 힘들고 기독교적인 일에 좋은 결과가 있기를 하느님께 기도드리겠노라고 약속했다.

하지만 객줏집을 나서자마자 신부는 문득 제아무리 중요한 일이라 해도 성직에 있는 사람이 그렇게 품위 없는 몰골을 하고 있는 것은 잘못된 일이라고 생각하게 되었다. 그래서 그는 이발사에게 복장을 바꾸자고 했다. 이발사가 곤경에 처한 처자가 되고 자기가 종자 역할을 하는 게 더 나을 것 같다면서 말이다. 그래야 자기 품위가 덜 손상된다는 것이었다. 만일 이발사가 그렇게 하지 않겠다고 하면 악마가 돈키호테를 데려간다 해도 이 이상 일을 계속할 수 없다고 했다.

그때 산초가 왔는데, 그런 복장을 하고 있는 두 사람을 보자 그는 웃음을 참을 수가 없었다. 결국 이발사는 신부가 원하는 대로 역할을 바꿔 주기로 했다. 신부는 이발사에게 돈키호테를 만나면 그 쓸데없는 고행 장소로 택한 곳을 버리고 자기들과 함께 갈 수 있도록 마음을 움직이기 위해 무슨 말을 해야 하는지 가르쳐 주면서 갔다. 이발사는 가르쳐 주지 않아도 그런 건 알아서 제대로 잘할 수 있을 거라고 대답했다. 그러면서 그는

241 Wamba(?~688). 스페인에 서고트족이 머물던 시대(411~711)의 왕.

돈키호테가 있는 곳 가까이 갈 때까지는 그런 복장을 하고 싶지 않다며 옷을 접어 들었고, 신부도 신부대로 수염을 정리하고는 산초 판사가 이끄는 대로 길을 갔다. 산초는 산에서 만난 미치광이와 그들 사이에 있었던 일을 두 사람에게 이야기했지만 가방과 그 안에 있던 물건에 관해서는 밝히지 않았다. 산초가 비록 미련하기는 하지만 욕심은 약간 있는 인간이었던 것이다.

 다음 날 그들은 산초가 주인을 두고 온 장소를 알아보기 위해 금작화 가지를 놓아두었던 자리에 도착했다. 가지를 보자 그는 여기가 입구이므로 주인을 해방시켜 주기 위해 변장하는 것이라면 이제 옷을 갈아입는 것이 좋을 거라고 했다. 이렇게 가는 것과 이런 식으로 변장하는 것은 모두 주인이 선택한 곤경에서 그를 꺼내기 위해 해야만 하는 일이라고 그들이 산초에게 미리 말을 해놓았던 것이다. 그러면서 자기들이 누군지 말해서는 안 되고 아는 체를 해서도 안 된다고 단단히 일러 놓았다. 또한 주인이 분명히 묻겠지만 둘시네아에게 편지를 전했느냐고 하거든 전해 주었다고 대답하고, 그러나 둘시네아는 글을 읽을 줄 몰라 말로 답장을 줬다 하라고 일렀다. 둘시네아가 말하기를, 지금 자기가 불행하고 고통스러우니 돈키호테는 곧장 자기를 만나러 와야 하며, 이것은 아주 중요한 일이라고 전하라 했다고 시켰다. 이런 일과 자기들이 돈키호테에게 얘기하려고 마음먹은 내용은 주인을 더 나은 삶으로 돌아가게 하여 확실하게 그를 곧 황제나 왕이 되도록 하는 길에 들도록 할 것이라고 말하며, 그가 대주교가 될 마음을 품는 것에 대해서는 걱정할 게 전혀 없다고도 했다.

 산초는 이 모든 이야기를 귀담아듣고 머리에 단단히 기억해 두었을 뿐만 아니라, 두 사람이 자기 주인에게 대주교가 아닌 황제가 되도록 충고해 주겠다는 뜻을 대단히 고맙게 생각한다고 말했다. 산초도 자기 나름대로 편력 대주교보다는 황제가 종자에게 더 많은 은혜를 베풀 수 있을 거라고 생각했기 때문이다. 산초는 또 그들에게 자기가 먼저 주인을 만나 보고 귀부인의 답장을 전하는 것이 좋을 것 같다고 했다. 굳이 두 분이 그런 수고를 하지 않더라도 귀부인의 답장만으로도 주인을 그곳에서 데리고 나오기에 충분할 것이라고 하면서 말이다. 산초가 한 이 말이 지당한 것 같아 그가 주인을 찾았다는 소식을 가지고 돌아올 때까지 그들은 거기서 기다리기로 했다.

산초는 두 사람을 어느 골짜기에 남겨 두고 산골짜기 사이로 들어갔다. 신부와 이발사가 남아 기다리고 있는 그곳에는 작은 시냇물이 조용히 흘렀고, 주위에 있는 바위와 나무들이 그들에게 시원하고 기분 좋은 그늘을 만들어 주었다. 그곳에 도착한 날은 8월이라 날씨가 더웠는데 특히 그곳은 유난히 무더운 지역이었고, 게다가 시간은 더위가 한창인 오후 3시였다. 그래서 그 장소가 더 기분 좋게 느껴져 그들은 그곳에서 산초가 돌아오기를 기다리기로 한 것이다.

그렇게 두 사람이 나무 그늘에서 편안하게 기다리고 있는데 어떤 목소리가 그들의 귓가에 들려왔다. 반주라고는 없는데 달콤하고도 완벽한 노래인 데다, 그곳은 그렇게 노래를 잘하는 사람이 있을 것 같지 않은 장소로 보였기에 그들은 상당히 놀랐다. 비록 숲과 들판에 아주 고운 목청을 가진 목동들이 있다는 이야기는 들었지만 그것은 사실이라기보다 시인들의 희망 사항일 뿐이었다. 게다가 들려오는 소리가 시골 목동들의 노랫말이 아니라 점잖은 궁정 시라는 것을 알았을 때 그들의 놀라움은 더욱더 커졌다. 이 사실이 틀림없는 것은 이들이 들은 시가 다음과 같았기 때문이다.

나의 행복을 앗아 가는 자 누구냐?
매정함.
그리고 나의 비탄을 늘리는 자 누구냐?
질투.
그리고 나의 인내심을 시험하는 자 누구냐?
부재.
그래서 나의 고통에는
아무런 처방이 없노라.
매정함, 질투 그리고 부재가
나의 희망을 죽이기에.

　　이 고통을 나에게 주는 자 누구냐?
사랑.
그리고 나의 영광을 혐오하는 자 누구냐?
운명.
그리고 나의 비탄에 동의하는 자 누구냐?
하늘.
그래서 나는 이 알지 못할
병으로 죽을까 걱정하노라.
사랑, 운명 그리고 하늘이
나를 해치기에.

　　나의 운명을 달랠 자 누구냐?
죽음.
그리고 사랑의 행복을 갖는 자 누구냐?

변덕.
그리고 사랑의 괴로움을 치유하는 자 누구냐?
광기.
그래서 열정을 고치려 하는 자는
제정신이 아니노라.
죽음, 변덕 그리고 광기가
치유의 처방이기에.

  때와 시간과 그곳의 호젓함과 훌륭한 목소리와 노래하는 자의 기교가 듣고 있던 두 사람에게 경탄과 만족을 불러일으켰다. 그들은 다른 노래가 더 들려오지 않을까 가만히 기다렸다. 하지만 한참 동안 아무 소리가 들려오지 않아, 그렇게 훌륭한 목소리로 노래한 음악가를 찾아나설 마음을 먹었다. 생각을 실행에 옮기려고 하고 있던 그때 다시 목소리가 들려와 그들을 움직이지 못하게 했는데, 그것은 이런 소네트였다.

소네트

성스러운 우정이여, 지상에는 그림자만 남기고,
가벼운 날갯짓으로
축복받은 영혼들 사이로 즐거이
장대한 하늘의 거처로 올라가 버렸구나.

거기서 네가 원할 때 베일에 싸인
정당한 평화를 우리에게 보여 주니,
그로 인해 가끔 좋은 일을 하고자 하는 마음이

어렴풋이 보여도 결국은 나쁜 결과를 낳는구나.

오, 우정이여 하늘을 두고 내려오든지, 아니면 거짓이
너의 옷을 입도록 내버려 두지 마라,
그런 모습으로 진실한 마음을 파괴하나니.

거짓에게서 너의 옷을 벗기지 않으면
세상은 곧 태초 혼돈의 불협화음 속
싸움장이 될 것이니.

　이 노래는 깊은 한숨으로 끝났고, 두 사람은 다시 노래가 들려오지 않을까 싶어 귀를 기울이며 기다렸다. 그러나 들리는 것은 노래가 흐느낌과 괴로운 탄식으로 바뀌는 소리였다. 아름다운 목소리를 가진 자가 어찌 또 그토록 고통스러운 신음 소리를 내는지 의아해하며 그들은 슬퍼하는 자가 누군지 알아보기로 했다. 그리고 얼마 안 가 바위 귀퉁이를 돌자, 앞서 산초 판사가 카르데니오에 대해 들려주며 묘사했던 그 미치광이와 똑같은 몸집과 몰골을 지닌 사람을 보게 되었다. 그 사람은 느닷없이 나타난 두 사람을 보고도 놀라기는커녕 한 번 흘깃 쳐다보더니 생각에 잠긴 사람처럼 고개를 숙인 채 더 이상 눈을 들지 않았다.
　신부는 말주변이 좋은 사람이었다. 그의 얼굴과 몰골을 본 그는 상대가 누구인지 알아차리고는 그의 불행을 잘 알고 있는 터라 옆으로 가서 짤막하지만 아주 그럴싸한 말로 이런 비참한 생활을 그만두라고 설득하고 부탁했다. 이런 곳에서 그러한 삶을 산다는 것은 그야말로 불행 중 최대의 불행이라며 말이다. 그때는 마침 카르데니오의 정신이 돌아온 상태여서 그렇게 자주 정신을 잃게 하던 격렬한 분노에서 해방되어 있었다.

그는 이런 인적 드문 곳으로 다니는 사람들에게서는 좀체 볼 수 없는 복장을 한 두 사람의 모습에 상당히 놀랐다. 그런 데다 그런 그들이 자기 일에 대해서 세상이 다 알고 있는 것처럼 말을 하니 ― 왜냐하면 신부가 한 말이 그렇게 생각하도록 만들었으니 말이다 ― 더 놀라면서 이렇게 대답했다.

「어르신들, 당신들이 누구시든지 간에, 착한 사람을 구제하는 데 열심을 다하듯 흔히 나쁜 사람들도 돕는 하늘이 그럴 가치도 없는 저 같은 사람에게 당신들을 보내신 것 같군요. 제가 하고 있는 이런 삶을 살아가는 데는 정말 필요 없는 여러 가지 그럴싸한 이치들을 제 눈앞에서 들먹이며 열심을 다해, 흔히 하는 사람들과의 접촉도 없는 이토록 멀고 외진 이곳에서 저를 더 나은 곳으로 끌어내리려던 사람들이 있었습니다. 하지만 그들은 제가 이 고통에서 벗어나면 더 큰 고통에 빠진다는 걸 스스로 알고 있기 때문에 이런 생활을 한다는 사실을 몰랐으므로 아마 저를 생각이 부족한 사람으로 여겼을 것입니다. 그보다 더 나쁜 일은, 더 나아가 저를 완전히 정신줄을 놓은 사람으로 보았던 겁니다. 사실 그렇게 본들 이상하지도 않은 게, 제 생각에도 불행에 대한 제 상상이 너무 강력해서 저의 파멸을 가져올 듯 여겨졌고, 저 자신은 그것을 제지할 줄 몰라 아무 느낌이나 의식이 없는 돌처럼 되어 버렸기 때문입니다. 이런 사실을 깨닫게 되는 경우는, 제가 무시무시한 발작을 일으키는 동안 저질렀던 일들에 대해 사람들로부터 여러 가지 이야기를 듣고 제시된 증거들을 볼 때랍니다. 그럴 때 제가 할 수 있는 일이란 제 불운을 부질없이 아파하고 저주하며 제가 미치게 된 원인을 알고 싶어 하는 분들께 사연을 말씀드리면서 용서를 구하는 것뿐이랍니다. 정신이 말짱한 분들은 그 원인이 무엇인지를 알게 되면 이러한 결과에 별로 놀라지 않으실 것이고, 제게 처방은 내려 주지 못할 지라도 적어도 책망은 하지 않으실 것이며, 저의 난폭한 행위로 인해 일었던 분노도 저의 불행에 대한 연민으로 바뀔 것입니다. 만일 어르신들께서도 지금까지 왔던 다른 사람들과 같은 마음으로 오셨다면 어르신네들의 사려 깊은 설득을 시작하시기 전에 제 불행에 관한 끝이 없는 이야기를 들어 주시기를 간청합니다. 그것을 들어 보시면 아마 어떤 위안도 소용이 없다는 것을 알게 되시고, 저의 불행을 달래 보려던 수고도 절약하게 되실 것입니다.」

두 사람은 카르데니오의 입으로 직접 그 고통의 원인을 듣고 싶었으므로 이야기해 달라고 했다. 그를 고칠 방법이든 위로든, 그가 원하는 것이 아니면 아무것도 하지 않겠다고 하면서 말이다. 그러자 그 슬픈 기사는 얼마 전에 돈키호테와 산양치기에게 이야기했을 때와 똑같은 말과, 똑같은 순서로 자신의 가엾은 이야기를 하기 시작했다. 엘리사바트 의사 일을 이야기하다가 돈키호테가 기사도의 품격을 지키기 위해 너무 고지식하게 구는 바람에 중단하여 불완전한 상태로 남아 있던 바로 그 내용이었다. 그러나 지금은 다행히도 광기가 멈추어서 이야기를 끝까지 들을 수 있었다. 돈 페르난도가 『아마디스 데 가울라』 책갈피 사이에서 편지를 발견한 대목에 이르자, 카르데니오는 아직도 자기는 잘 기억하고 있는바, 거기에 이렇게 적혀 있었다고 말했다.

루스신다가 카르데니오에게 보내는 편지

날이 갈수록 점점 더 당신을 존경하지 않고는 견딜 수 없게 만드는 가치들을 당신에게서 발견하게 됩니다. 그러니 저의 명예를 훼손하지 않으시면서 이 빚에서 저를 꺼내기를 원하신다면 당신은 얼마든지 하실 수 있을 것입니다. 제겐 당신을 잘 아시고, 저를 지극히 사랑하시는 아버지가 계십니다. 당신이 제 뜻을 강요하지 않더라도 아버지는 당신에게 합당할 일을 수행하실 것입니다. 당신이 말씀하시고 제가 믿는 것처럼, 당신이 저를 소중히 생각하신다면 말입니다.

「이 편지를 읽고, 이미 말씀드렸듯이 저는 루스신다에게 청혼할 생각을 했습니다. 그리고 이 편지로 말미암아 돈 페르난도는 루스신다를 이 시대의 가장 신중하고 슬기로운 여자 중 하나로 생각했을 뿐 아니라 제 뜻이 이루어지기 전에 저를 망쳐 놓을 마음을 먹게 되었던 것입니다. 저는 루스신다의 아버지께서 제게 하신, 저의 아버지께서 루스신다를 당신께 청하길 바라신다는 그 말씀을 돈 페르난도에게 이야기해 주었습니다. 하지만 아버지께서 허락하시지 않을 것 같아 아직 그 말을 감히 드리지 못했다고도요. 아버지께서 루스신다의 자질이며 선한 성품이며 덕스러움과 아름다움을 몰라서가 아니었습니다. 루스신다는 에스파냐의 어떤 가문도 명예롭게 할 만한 자질들을 지니고 있었으니까요. 그보다 아버지께서 리카르도 공작이 저를 어떻게 할 것인지를 아시게 될 때까지는 결혼을 너무 서두르지 않기를 바라셨음을 제가 알고 있었던 까닭입니다. 결국 저는 이런 문제와 더불어 제가 원하는 것을 결코 이룰 수 없을 것 같은, 저를 겁쟁이로 만드는 뭔지 모를 여러 장애물들로 인해 아버지에게 그런 말씀을 차마 드릴 수 없었다고 돈 페르난도에게 말했습니다. 이 말을 듣자 돈 페르난도는 자기가 제 아버지에게 얘기해서 루스신다의 아버지에게 청혼하시도록 돕겠다고 하더군요. 오, 야망의 마리오[242]여! 오, 잔인한 카탈리나[243]여! 오, 악랄한 실라[244]여! 오, 사기꾼 갈랄론이여! 오, 배

---

242 Caro Mario(B.C. 157~B.C. 86). 로마 시대 장군이자 정치가.
243 Lucio Sergio Catalina(B.C. 108~B.C. 62). 로마 공화정을 무너뜨리려는 음모를 주도했던 로마 귀족. 키케로 최대의 적수였다.
244 Lucio Cornelio Sila(B.C. 138?~B.C. 78). 로마의 독재자.

신자 베이도²⁴⁵여! 오, 복수의 화신 훌리안²⁴⁶이여! 오, 탐욕스러운 유다여! 배신자, 잔인한 복수의 화신에 사기꾼아, 내 마음의 비밀과 기쁨을 너무나 솔직하게 털어놓은 이 슬픈 친구가 대체 네게 어떤 몹쓸 짓을 했단 말인가? 어떤 모욕을 주었단 말인가? 네 명예와 네 이익에 유익한 조언 외에 어떤 다른 말을 했으며, 어떤 충고를 주었단 말인가? 하지만 불평한들, 아 불행한 나여, 무슨 소용이 있겠는가? 불행이 별의 흐름을 위에서 아래로 사납고 거칠게 굴러떨어지게 할 때면 그것을 제지할 힘은 지상에 없으며 그 일을 사전에 조치할 재간이 인간에게는 분명 없지 않은가. 저 명하고 사려 깊고 제 섬김에 보답해야 할 신사이자, 사랑하고 싶은 마음이 생기면 언제 어디서든 원하는 것을 손에 넣을 수 있을 정도로 큰 힘을 가진 돈 페르난도가 제가 아직 갖지 못한 양 한 마리를 빼앗기 위해 흔히 말하듯 교활하게 굴 줄 누가 상상이나 했겠습니까? 하지만 이런 푸념도 이제 와서는 아무 소용이 없고 득이 되는 일도 아니니 그만두고, 제 불행한 이야기의 끊어진 실이나 이어 나가기로 합시다. 그러니까, 돈 페르난도는 제가 그곳에 있는 게 자기의 그 거짓되고도 사악한 생각을 실행하는 데 방해가 된다고 생각하여 일부러 자기 형에게 말 여섯 필 값을 지불할 돈을 받아 오라고 저를 보내기로 했습니다. 그 음흉한 뜻을 더 잘 이루기 위하여, 단지 제가 그곳에 없도록 하기 위한 목적으로, 제 아버지께 이야기해 주겠다고 한 바로 그날 그 말들을 샀던 것입니다. 그러고는 저더러 돈을 받아 오도록 했던 것이지요. 제가 이 배신을 미리 알 수 있었을

---

245 Vellido Dolfos. 1072년 카스티야의 왕 산초 2세를 살해했던 자로, 중세 스페인 무용 찬가, 로만세, 연대기 등에 자주 등장한다.
246 Don Julián. 스페인 남부 안달루시아 세우타의 성주. 딸 플로리다 라 카바가 고트족 왕인 돈 로드리고에게 능욕당하자 그에 대한 복수로 무어인들이 스페인으로 들어올 수 있도록 성문을 열어 주었고, 그로 인해 고트족 치하의 스페인은 막을 내리고 스페인 내 무어인의 역사가 시작되었다.

까요? 그가 그렇게 배신할 거라고 상상이나 할 수 있었을까요? 아니요, 천만에요. 오히려 저는 아주 잘 샀다고 만족스러워하며 당장 출발하겠노라고 흔쾌히 나섰답니다. 그날 밤 저는 루스신다와 만나 그녀에게 돈 페르난도와 약속한 바를 얘기하고, 저희들의 아름답고도 올바른 소망이 이루어진다는 희망을 확고히 가지라고도 일렀습니다. 루스신다도 저와 다름없이 돈 페르난도의 배신을 전혀 눈치채지 못한 채 빨리 돌아와 달라고 말했죠. 제 아버지께서 그녀의 아버님께 말씀만 하시면 저희의 희망은 곧 실현될 거라고 그녀 또한 믿었으니 말입니다. 그런데 왜 그랬는지 모르겠으나 이런 말을 마치면서 루스신다는 눈에 눈물이 가득 고이고 목이 메이는 것 같았습니다. 무언가 저한테 하고 싶은 말이 더 많이 있는 듯했으나 하지 못하더군요. 그때까지 한 번도 그런 그녀를 본 적이 없었던 터라 저는 그 모습에 놀랐습니다. 행운과 저의 근면함 덕에 그녀와 제가 만났을 때는 언제나 기쁘기만 했고 만족스럽게 이야기를 나누었을 뿐, 눈물이니 한숨이니 질투니 의심이니 두려움 같은 것은 섞여 든 일이 없었거든요. 모든 것이 하늘이 제게 루스신다를 아내로 주신 행운을 극대화할 뿐이었죠. 저는 그녀의 아름다움을 찬양하며 그녀의 소중함과 영리함에 감탄했고, 그녀는 사랑에 빠진 여자답게 칭찬할 만하다고 생각되는 제 말에 찬사를 보내면서 제게 그 모든 것을 되돌리곤 했답니다. 이렇게 저희들은 이웃들이나 아는 사람들의 일에 대한 이야기와 수천 가지 어린애 같은 이야기를 서로 주고받곤 했습니다. 제가 한 행동 가운데 가장 대담했던 것은 저희 두 사람을 갈라놓고 있던 낮은 쇠창살의 좁은 틈으로 그녀의 아름답고 하얀 손을 억지로 잡아 제 입술로 가져간 것이었답니다. 하지만 제가 출발하기로 한 슬픈 그날의 전날 밤, 그녀는 울고 신음하며 한숨을 쉬더니 안으로 들어가 버렸습니다. 루스신다가 그렇게 아파하고 슬퍼하는 모습을 본 적이 없었던 저로서는 무척이나 혼란스럽고 놀라 어찌할 바를 모를 정도였죠. 하지만 희망을 깨고 싶지 않아, 그녀가 그러는 것을 모두 제게 품고 있는 사랑의 힘과 무척이나 사랑하는 사람들 사이에 일어나는 이별의 고통에 돌렸습니다. 드디어 저는 슬픈 상념에 잠긴 채 출발했는데 제 영혼은 무엇을 상상하는지, 무엇을 의심하는지도 모르면서 상상과 의구심으로 가득 차 있었습니다. 그것들은 저를 기다리고 있던 분명한 불행과 슬픈 사건의 징후였던 것입니다. 저는 돈 페르난도가 보낸 곳에 도착해서 그의 형에게 편지를 전달했습니다. 진심으로 영접을 받았습니다만, 일은 잘 처리되지 않았습니다. 여드레를 기다리라고 하더군요. 물론 제 마음에 안 드는 일이었죠. 더군다나 동생이 공작, 그러니까 아버지 몰래 돈을 보내 달라고 편지에 썼기 때문에 저는 공작의 눈에 띄지 않는 곳에 있어야 했습니다. 모든 게 거짓말쟁이 돈 페르난도가 꾸며 낸 일이었습니다. 당장 제 편으로 보낼 돈이 형에게 없었던 것이 아니었으니까요. 저는 그러한 명령이자 지시를 따르기 힘든 형편이었습니다. 그 많은 날을 루스신다와 떨어져 살아갈 수 있을 것 같지가 않았고, 더군다나 여러분께 말씀드렸듯이 슬픈 예감을 지닌 채 그녀를 놔두고 왔기 때문이었지요. 하지만 이 모든 것에도 불구하고 훌륭한 심복으로서 명령에 복종했습니다. 비록 제 건강을 희생한 일이기는 했지만 말입니다. 그런데 제가 그곳에 도착한 지 나흘째 되던 날 어떤 사람이 저를 찾아와서 편지 한 통을 건네주었는데, 겉봉을 보니 루스신다의 것이었습니다. 그녀의 글씨체였거든요. 같이 있을 때도 그리 자주 편지를 쓰지 않았던 그녀가 이렇게 떨어져 있는데 편지를 쓴 것을 보면 분명 무슨 큰일이 일어났을 것 같아 떨리고 놀라운 마음으로 봉투를 뜯었지요. 저는 편지를 읽기 전에 그 사람에게, 누가 이 편지를 주었으며 오는 데 며칠이나 걸렸느냐고 물었습니다. 그는 대답하기를, 한낮에 시내 길을 걷고 있는데 아주 아름다운 여성 한 분이 창문에서 자기를 불러 세우더니 눈물을 글썽이며 급하게 이렇게 말했다고 했습니다. 〈이봐요, 제가 보기에 댁은 기독교인 같으신데, 부탁 하나 들어주세요. 제발 곧장 길을 떠나셔서 이 편지를 겉봉에 쓰여 있는 분에게 빨리 좀 전해 주세요. 누구나 다 아는 분이세요. 그렇게만 해주신다면 우리 주님께 큰 봉사를 하시는 일이 될 겁니다. 그 일을 하시는 데 불편함이 없도록 이 손수건에 싼 것을 받으세요.〉 그러고서 그는 말을 이었습니다. 〈그분은 그렇게 말하더니 창문에서 손수건을 던졌는데 그 안에는 지금 전해 드린 편지와 함께 여기 가지고 온 백 레알과 금반지가 들어 있었습니다. 그러더니 그 여인은 제 대답을 기다리지 않고 창문에서 사라져 버렸습니다. 물론 그 전에 제가 편지와 손수건을 집어 들고 손짓으로 분부대로 하겠다는 표시를 했는데 그분이 그 모습을 보기는 했습니다. 전 당신께 편지를 전하는 수고로 이렇게 큰 대가를 받았으며, 겉봉에 있는 이름으로 편지의 수취인이 당신이라는 것을 알았습니다. 당신을 잘 알고 있는 데다 아름다운 그분의 눈물에 감동해 다른 사람을 시키지 않고 제가 직접 전해 드리기로 한 겁니다. 출발한 지 열여섯 시간 만에 이곳에 도착했습니다. 아시다시피 18레과나 되는 거리니까요.〉

소식을 전해 준 배달꾼이 고마워하며 제게 이런 말을 전하는 동안 저는 그의 이야기에 완전히 목을 매고 있었습니다. 다리가 후들거려 거의 서 있을 수도 없을 지경이었죠. 저는 편지를 뜯어 이런 내용이 쓰여 있는 것을 보았습니다.

돈 페르난도가 당신 아버님께 말해서 제 아버지께 청혼을 하시도록 돕겠다고 한 약속은 당신을 위해서가 아니라 그 자신을 위한 것이었습니다. 그자가 제게 청혼을 했답니다. 제 아버지는 돈 페르난도가 당신보다 더 낫다고 생각하시어 그 사람이 원하는 대로 동의하시고 말았습니다. 그리하여 오늘부터 이틀째 되는 날에 결혼식을 올리게 되었습니다. 결혼식은 비밀리에 이루어져 단지 하늘과 집안의 몇 사람들만이 증인이 될 것입니다. 제가 어떤 상황에 놓여 있는지 헤아려 주세요. 돌아오실 수 있을지 잘 살펴 주세요. 제가 당신을 진심으로 사랑하고 있는지 없는지는 이 일이 어떻게 진행되는지 보시면 알게 될 것입니다. 제 손이 약속한 바를 전혀 지킬 줄 모르는 자의 손과 합쳐져야 할 상황에 처해지기 전에 이 편지가 당신의 손에 닿기를 하느님께 빕니다.

요약하자면 이것이 그 편지의 내용이라서 저는 회답이고 돈이고 기다리지 않고 당장 길을 나섰습니다. 돈 페르난도가 저를 자기 형에게 보낸 것은 말이 아니라 자신의 욕망을 사기 위한 것이었다는 사실을 그제서야 분명히 알게 되었던 것입니다. 돈 페르난도에 대한 저의 분노는 오랜 세월의 봉사와 소망으로 제 것이 된 선물을 잃지 않을까 하는 걱정과 합쳐져 제게 날개를 달아 주었습니다. 저는 거의 날다시피 달려 이튿날 고향에 닿았는데, 마침 루스신다와 만나 이야기하기에 알맞은 시간이었습니다. 제가 타고 온 노새는 편지를 전해 준 그 착한 사람 집에 맡겨 두고 아무도 모르게 들어갔습니다. 그때는 운이 좋았던지 루스신다가 저희들 사랑의 증인인 창문의 쇠창살 앞에 서 있었습니다. 루스신다는 저를 금방 알아봤고 저도 루스신다를 알아보았습니다. 그러나 그녀나 저나 예전처럼 서로를 알아본 것은 아니었습니다. 여자의 혼란스러운 생각과 변덕스러운 마음을 속까지 꿰뚫어 보았다고 자랑할 자 세상에 누가 있겠습니까? 분명 한 사람도 없을 것입니다. 제 말은, 그러니까 루스신다는 저를 보자 이렇게 말했습니다. 〈카르데니오, 난 결혼식 복장을 하고 있어요. 홀에서 배신자 돈 페르난도와 욕심쟁이 아버지가 다른 증인들과 함께 벌써 나를 기다리고 있어요. 그들은 내 결혼이 아니라 내 죽음의 증인들이 될 거예요. 그러니 흥분하지 말고 이 희생에 입회해 줘요. 말로써 결혼식을 막을 수 없다면 나는 품고 있는 비수로 목숨을 끊어 이 완강한 힘을 거부할 거예요. 나의 삶에 종말을 고하는 일이자, 내가 당신을 얼마나 사랑했고 사랑하고 있는지 내 마음을 알리는 일의 시작이죠.〉 저는 대답할 겨를이 없을까 두렵기도 하고 혼란스럽기도 하여 얼른 말했습니다. 〈당신의 말이 진심임을 행동으로 보여 주오. 당신이 당신 자신을 믿기 위한 비수를 갖고 있다면 나는 당신을 지키기 위한 칼을 갖고 있소. 또한 만일 운명이 우리를 도와주지 않는다면 스스로 목숨을 끊기 위해서 말이오.〉 루스신다는 이 같은 제 말을 모두 듣지 못한 것 같았습니다. 신랑이 기다리고 있다며 급히 불러 대는 소리가 들렸거든요. 이것으로 제 슬픔의 밤은 닫혔으며, 제 기쁨의 태양은 지고 말았습니다. 눈은 빛을 잃고 이해력은 생각을 잃어버렸습니다. 그녀의 집에 들어갈 수도, 그렇다고 다른 어디로 갈 수도 없었지요. 하지만 일어날지도 모를 상황에 제가 있어 주는 것이 필요할 것 같다는 생각이 들어 기운을 내 그녀의 집으로 들어갔습니다. 그 집의 모든 출입구는 제가 다 꿰고 있었고, 비밀리에 하는 결혼이라지만 집 안은 소란스러워 아무도 저를 보지 못했습니다. 그리하여 두 장의 태피스트리 모서리와 끝자락으로 덮인 홀의 창문 틈으로 아무에게도 들키지 않은 채 결혼식이 거행되고 있는 것을 전부 다 지켜볼 수 있었습니다. 그곳에 있는 동안 얼마나 제 가슴이 두근거렸으며 얼마나 많은 생각이 일어났으며 얼마나 많은 궁리를 했는지 누가 지금 다 말할 수 있겠습니까? 너무나 많고 복잡해서 말할 수도 없고, 말로 하려는 것 자체가 잘못이겠지요. 어르신들, 신랑이 별 장식 없는 평상복 차림으로 그 방에 들어왔다는 것만 아시면 됩니다. 대부로는 루스신다의 사촌 오빠를 데리고 왔더군요. 홀에는 외부 손님은 일절 없고 그 집 하인들만 있었습니다. 조금 있으니 대기실에서 루스신다가 자기 어머니와 몸종 둘을 동반하고 나왔습니다. 그녀의 품격과 미모에 어울리며, 궁정의 화려함과 예복의 완성을 보여 주는 차림으로 치장하고 있더군요. 저는 멍하니 넋을 잃고 있어서 그녀가 무엇을 입고 나왔는지 눈여겨볼 여유도 없었습니다. 다만 색깔만 눈에 띄었는데 붉은색과 하얀색이었죠. 옷에 매달린 치장용 보석과 장신구에서는 빛이 났습니다. 이 모든 것보다 더 황홀했던 것은 눈부신 그녀의 독보적으로 아름다운 금발이었습니다. 얼마나 아름다운지, 보석이나 그 홀에 있던 커다란 네 자루의 촛불과 겨루어도 훨씬 눈이 부실 정도였죠. 오, 내 안식의 적 기억이여! 그토록 사랑했던 내 원수의 비길 데 없는 아름다움을 지금 생각해서 어쩌겠다는 건가? 잔인한 기억이여, 그보다는 그때 그 여자가 한 짓을 기억하여 다시 떠올려 보는 편이 낫지 않겠는가? 그토록 노골적인 모욕을 되새겨 복수는 못 하더라도 최소한 내 목숨을 끊을 수 있도록 해주지는 않겠는가? 어르신들, 핵심에서 벗어난 저의 이런 서설들을 지겨워하지 마십시오. 저의 괴로움은 간단하게 지나가는 말로 얘기할 수 있는 성질의 것이 아니고, 또 그렇게 얘기해야 할 것도 아닙니다. 사건 하나하나가 모두 길게 이야기할 만한 것들입니다.」

이 말에 신부는 지겹기는커녕 세세하게 이야기하는 게 훨씬 재미있다고 하면서, 본줄거리와 똑같이 집중하여 들을 가치가 있으니 아무리 사소한 것이라도 그냥 지나치지 말라고 대답했다.

「그럼 말씀드리지요.」 카르데니오는 계속했다. 「사람들이 모두 홀에 모였을 때 그 지역 교회의 신부가 들어와 결혼 예식에서 요구되는 것을 행하기 위하여 두 사람의 손을 잡고 말했습니다. 〈루스신다 양, 당신은 성모 교회의 명에 따라 여기 있는 돈 페르난도를 합법적인 남편으로 맞이하시겠습니까?〉 저는 태피스트리 사이로 목까지 내민 채 심란한 상태에서 루스신다가 뭐라고 대답하는지 들으려고 귀를 기울였습니다. 그 대답이

제 죽음의 선고가 될지 아니면 삶의 선고가 될지 기다리면서 말입니다. 오, 그 순간 뛰쳐나가 소리칠 수 있는 사람이 누가 있을까요! 〈오, 루스신다, 루스신다! 무엇을 하려는지 잘 생각해 주오! 나에 대한 의무를 고려해 주오! 당신은 내 것으로 다른 사람의 것이 될 수 없다는 것을 살피시오! 당신이 《예》라고 대답하는 그 순간 내 목숨도 같이 끝난다는 것을 알아 주오. 오, 배신자 돈 페르난도, 내 영광을 훔쳐 간 놈, 내 생명을 앗은 자여! 뭘 원하는 게냐? 뭘 어쩌자는 게냐? 네가 진정한 기독교인이라면 네 욕망의 끝을 볼 수 없다는 것을 생각해라! 루스신다는 내 아내이고, 나는 그녀의 남편이니!〉라고 말입니다. 아, 미치고 팔짝 뛸 일이지요! 그곳에서 떠나 위험에서 멀리 떨어진 지금에서야 그때 못 했던 일을 해야 했다며 원통해하고 있으니 말입니다! 나의 귀한 선물을 훔쳐 가게 내버려 둔 지금에서야 그 도둑놈을 저주하고 있으니 말입니다! 지금 이렇게 불평하는 것처럼 그때 내게 용기가 있었더라면 그놈에게 복수할 수도 있었을 텐데요! 결국 저는 그때 비겁했고 바보였으니, 지금 부끄러워하고 후회하고 미쳐 죽어도 놀랄 일이 아니랍니다. 신부는 루스신다의 대답을 기다리고 있었습니다. 그녀는 한참 동안 대답하지 않더군요. 그때 저는 생각했죠. 명예를 위해 비수를 뽑느냐, 아니면 제게 유리하게 될 어떤 진실이나 일이 그 지경까지 오게 만든 속임수를 밝히기 위해 입을 여느냐 하고 말입니다. 그런데 그녀는 죽어 가는 듯 가냘픈 목소리로 〈예, 맞이하겠습니다〉라고 하더군요. 돈 페르난도도 그렇게 말했습니다. 그리고 반지를 끼워 주어 두 사람은 풀 수 없는 매듭으로 맺어지고 말았습니다. 신랑이 신부를 안으려고 다가갔을 때 신부는 가슴에 손을 얹은 채 기절하여 자기 어머니 팔에 쓰러져 버렸습니다. 그 모습을 보고 제가 어떻게 했는지를 말씀드리는 일이 남았군요. 제가 들은 〈예〉라는 대답으로 제 희망은 우롱당하고 루스신다의 말과 약속은 거짓이 되었으니, 그 순간 저는 잃어버린 저의 행복이 회복될 길은 당분간 없으리라는 것을 알았습니다. 제겐 아무런 조언도 필요치 않았습니다. 하늘로부터 완전히 버림받고, 저를 지탱해 주던 대지의 적이 되며, 공기는 제 한숨마저 거부하고, 물은 제 눈의 눈물마저 거부하는 것 같았습니다. 오직 분노와 질투의 불길만이 활활 타올랐습니다. 루스신다가 기절하는 바람에 난리가 났지요. 그녀가 수월하게 숨을 쉴 수 있도록 그녀의 어머니가 그녀의 가슴 단추를 풀자 접힌 종이 한 장이 나왔는데, 그것을 돈 페르난도가 급히 집어 들고 커다란 촛불 빛에 읽기 시작했습니다. 다 읽고 나자 그는 의자에 주저앉아 손을 뺨에 대고 깊은 생각에 잠긴 듯했습니다. 기절한 아내를 깨우기 위해 사람들이 손쓰고 있는 일은 거들떠보지도 않더군요. 집안사람들이 야단법석을 떠는 것을 보고 저는 사람들 눈에 띄든 말든 상관없이 용감하게 나왔습니다. 만일 그렇게 나오는 제 모습이 사람들 눈에 띈다면 미친 짓거리를 벌여 거짓말쟁이 돈 페르난도를 벌하고, 가슴에 이는 이 당연한 분노를 온 세상 사람들이 알게 하자는 배짱이었답니다. 하지만 저의 운명은 더 큰 불행을 ─ 혹 그런 불행이 있다면 말입니다만 ─ 보관해 두었던 모양입니다. 그 이후로는 제게서 사라지고 없는 사리 분별을 그때만은 차고 넘치도록 했거든요. 저는 제 최대의 원수들에게는 복수할 생각을 못 했습니다. 그들은 저의 존재를 생각지도 않고 있었으니 복수할 마음만 먹었다면 일도 아니었을 텐데 말입니다. 저는 그들이 마땅히 받아야 할 고통을 제 손으로 저 자신에게 주기로 했던 겁니다. 그들에게 하는 것보다 더 가혹하게 말입니다. 만일 그때 제가 그들을 죽였더라면 순식간에 당하는 죽음인지라 고통도 쉽게 끝났겠죠. 하지만 고통 속에서 끝없이 지연되는 죽음이란 목숨이 끊어지지 않은 채 계속 죽임을 당하는 것이나 마찬가지입니다. 결국 저는 그 집을 나와 노새를 맡겨 뒀던 그자의 집으로 갔습니다. 노새에 안장을 얹게 하고 그 사람에게는 작별 인사도 없이 노새에 올라 또 다른 롯[247]처럼 감히 얼굴을 돌려 그 도시를 쳐다보지도 못하고 도시 밖으로 나갔습니다. 들판에 혼자 있게 되었을 때, 그리고 밤의 어둠이 절 덮고 밤의 적막함이 누가 듣거나 알아볼까 하는 걱정이나 두려움 없이 한탄할 수 있도록 해주었을 때, 저는 루스신다와 돈 페르난도가 제게 준 모욕을 갚기라도 하려는 듯 목 놓아 소리 내어 두 사람을 저주했습니다. 그녀를 잔인하고 은혜를 모르고 거짓말쟁이에 배은망덕한 여자라고 했으며, 무엇보다 욕심에 눈이 먼 여자라고 했습니다. 제 원수가 부자라는 데 마음의 눈이 어두워져서 제게서 마음을 돌리고 운명이 더 관대하고 더 자유롭게 대해 준 그자에게 마음을 줬으니 말입니다. 이렇게 저주하고 욕을 퍼부으며 도망을 가는 와중에는 그 여자를 이해하려고도 해봤습니다. 부모님 밑에서 자라며 늘 부모님이 시키는 대로 따르도록 교육을 받아 그게 습관이 되어 온 아가씨가 자기 마음대로 할 수 있는 일은 많지 않다고 하면서 말입니다. 부모님이 그렇게 지체 높은 부자에 멋진 신사를 남편으로 주겠다는데 그것을 싫다고 한다면 사람들은 그녀의 머리가 돌았거나 다른 사람을 마음에 두고 있다고 여길 테니 그녀의 명예와 평판은 훼손되었을 거라고 말입니다. 그다음에는 이런 생각도 했습니다. 만일 그녀가 그때 자기 남편은 돈 페르난도가 아닌 저라고 말했다 하더라도, 그녀의 부모님께서는 당신 딸이 용서할 수 없을 만큼 나쁜 선택을 했다고는 여기지 않았을 것이라고 말입니다. 돈 페르난도가 청혼하기 전에 부모님이 딸의 마음을 제대로 간파했다면, 딸의 배우자로서 저보다 더 좋은 사람을 바랄 수는 없었을 것이라고 말입니다. 또한 그 사람의 청혼을 받아들여야 하는 어쩔 수 없는 곤란한 상황에 빠지기 전에 제

---

[247] Lot. 성서에 나오는 인물로 소돔을 탈출한 아브라함의 조카. 그의 아내는 소돔을 빠져나올 때 뒤돌아보지 말라고 했는데 참지 못하고 보는 바람에 소금 기둥이 되었다.

가 이미 청혼을 했다고 말할 수도 있었을 것이고, 그랬을 경우 그녀가 적당히 둘러댔다면 저도 그것에 맞추어 줄 수 있었을 것이라는 생각도 했습니다. 결국 저는 이렇게 결론을 내렸습니다. 부족한 사랑과 분별력, 그리고 야망과 권세에 대한 강력한 동경이 그녀로 하여금 저를 속이며 적당히 가지고 놀게 했고, 저의 변함없는 희망과 정직한 소원을 지탱해 주었던 약속도 잊게 만들었다고 말입니다. 이런 말을 뇌까리며 의혹에 휩싸인 채 그날 밤 내내 걸어 동이 틀 무렵 이 산 입구에 도착했습니다. 다시 사흘 동안 길도 없는 산속을 헤맨 뒤 목초지에 닿았는데, 저는 그것이 이 산의 어느 편에 있는 것인지도 몰랐습니다. 그래서 목장 사람들에게 이 산에서 제일 험한 곳이 어디냐고 물었지요. 이곳이라고 말해 주더군요. 저는 목숨을 끊을 작정으로 이쪽으로 와 험한 곳에 이르렀는데, 그때 제 노새가 피로와 굶주림으로 죽어 버렸습니다. 아니, 제가 보기엔 제가 지고 가는 그 쓸데없는 고통의 짐을 자신에게서 떨쳐 내기 위해 죽어 버린 것이 틀림없습니다. 저는 제게 도움을 줄 사람을 찾을 생각도 없이, 자연에 지치고 배고픔에 시달리며 걸어야만 했습니다. 그러다가 땅바닥에 쓰러져 얼마나 있었을까요, 배고픔을 잊고 일어나 보니 산양치기들이 옆에 있었습니다. 물론 제게 필요한 것을 해결해 준 사람들이었지요. 그들이 저를 발견했을 때의 제 상태며, 제가 정신을 잃었다는 확실한 증거로 터무니없는 소리들을 얼마나 해댔는지를 말해 주더군요. 그 이후로 저는 정신이 너무 쇠약해져서 늘 온전한 상태로 있지 못하고 수천 가지 미친 짓을 하는 걸 느낀답니다. 옷을 찢고, 이 조용한 곳에서 고함을 지르며 저의 불운을 저주하고, 제 적인 연인의 이름을 공연히 반복해서 뇌까린답니다. 소리를 박박 지르면서 죽고 싶다는 생각으로 그렇게 하겠다는 말밖에 하지 않는 거죠. 그러다가 정신을 차리고 보면 완전히 지쳐서 거의 움직일 수조차 없습니다. 제가 가장 자주 머무는 곳은 이 비참한 몸을 감출 수 있는 코르

큰나무의 빈 공간이랍니다. 이곳으로 다니는 소몰이꾼들이나 산양치기들은 저를 불쌍히 여겨서 제가 지나가다가 발견할 수 있을 만한 길가나 바위에 먹을 것을 놔둬 저를 먹여 살리고 있습니다. 그래서 저는 정신이 모자랄 때라도 자연적인 욕구로 음식물을 찾고, 먹고 싶다는 욕구를 느끼고, 그것을 먹자는 마음을 갖게 되지요. 어떤 때는 제가 길로 나와 억지로 먹을 것을 빼앗아 간다고도 합니다. 제가 제정신으로 돌아왔을 때 그 사람들이 해준 이야기죠. 그들은 먹을 것을 가지고 마을에서 자기들 숙소로 가는 길이었는데, 제게 그냥 주려고 했는데도 그랬답니다. 이런 식으로 저는 비참하고도 극단적인 삶을 살고 있습니다. 하늘이 제 목숨에 마침표를 찍거나, 루스신다의 아름다움과 배신과 돈 페르난도에게서 받은 모욕을 제 기억에서 완전히 없앨 때까지 말입니다. 만일 하늘이 제 목숨을 앗아 가지 않고 기억만을 없애 준다면 생각을 더 바람직한 쪽으로 돌릴 수 있을 것입니다. 그게 아니라면, 그저 제 영혼을 불쌍하게 여겨 주십사 기도할 수밖에요. 제가 원해서 선택한 이 곤경에서 나갈 힘도 용기도 이젠 없기 때문입니다. 오, 어르신들! 이것이 저의 쓰라린 불행에 관한 이야기랍니다. 사연이 이러하니, 이 감정이 어르신들이 저를 보고 생각하신 것보다 별것 아닌 것이라고 할 수 있는지 말씀해 보세요. 그리고 저를 설득하신다든지, 저를 구할 수 있겠다고 이성적으로 생각하신 바를 충고하려고 애쓰지 마세요. 유명한 의사가 처방한 약이라도 받아들이기 싫어하는 환자에게는 쓸모가 없듯이 제게 주시려는 방책도 마찬가지일 테니까요. 전 루스신다가 없는 건강은 원하지 않습니다. 그 여자는 제 사람이었는데, 아니 제 사람이 되어야 했는데 다른 사람의 것이 되고자 했으니, 저도 행복한 사람이 될 수 있었지만 기꺼이 불행한 사나이가 되어야지요. 그녀가 변심함으로써 저의 파멸을 확실히 할 생각이었으니, 저도 스스로를 망쳐 그 여자의 뜻을 만족시켜 줄 것입니다. 그래야 앞으로 올 사람들에게 본보기가 되겠지요. 모든 불행한 사람들에게는 넘쳐 나는 위로가 저에게만은 없었다고 말입니다. 불행한 사람들은 위안을 가질 수 없다는 것을 위로로 삼기도 하지요. 제게도 위안이 더 큰 아픔과 불행의 원인이 됩니다. 이런 아픔과 불행은 죽어도 끝나지 않겠죠.」

이것으로 카르데니오는 그의 길고도, 사랑의 이야기로는 너무나 불행한 이야기를 끝마쳤다. 신부가 뭔가 위로의 말을 건네려고 하는데, 문득 어느 목소리가 들려와 말을 막았다. 목소리는 비탄에 잠긴 것으로, 그 이야기는 이 책 제4부에서 다룰 것이다. 여기서 현명하고 신중한 역사가 시데 아메테 베넹헬리는 제3부를 끝내기로 했다.

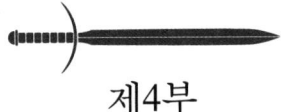

제4부

발을 씻던 젊은이의 머리카락이 풀어져 흩어지자, 사람들은 그가 실은 남자가 아닌 아주 아름다운 여자임을 알 수 있었다.

「나리의 권력은 제게 아무런 힘도 못 쓸 것이고, 나리의 재산도 제게 아무런 가치가 없으며, 나리의 말씀 또한 저를 속일 수 없으며, 나리의 한숨과 눈물 역시 저의 마음을 움직일 수 없을 것입니다.」

「좋은 뜻은 그냥 지나치시는 법이 없는 정의로운 하늘이 제 뜻을 살펴 주셨습니다.
제 약한 힘으로도 그다지 어렵잖게 하인을 벼랑으로 밀어 버리도록 해주셨거든요.」

그들은 복잡하게 얽혀 있는 바위 사이에서 미친 짓을 하다가 지쳐 한탄하고 있던 돈키호테를 발견했다.

「신의 도움과 내 팔의 힘으로 그대는 곧 그대의 왕국을 되찾고 그대의 위대한 자리에 다시 앉게 될 것입니다.」

「이 디에고 가르시아 데 파레데스는 아주 용감한 기사로, 다리 입구에 선 채 수많은 군대가 그 다리를 지나가지 못하도록 막기도 했다오.」

「그는 단지 칼 한 번 비스듬히 내려친 것만으로 거인 다섯 명의 허리를 인형 자르듯 두 동강 내버렸다고요.」

카밀라는 그토록 실감 나게 그 기이하고 추악한 속임수를 꾸며 내고 있었으니,
사실이라는 색깔을 입히기 위해 자기 자신의 피로 색을 배합하고자 했다.

「개종자가 눈물을 펑펑 쏟고 진심으로 회개하는 모습으로 비밀을 지킬 것을 다짐했기 때문에 결국 그에게 이 사건의 진상을 모두 털어놓기로 했답니다.」

「아버지에게 들키자 지혜로운 그녀는 오히려 제게 더 가까이 와 머리를 기대고 무릎을 굽혀 기절한 척했지요.」

「이것으로 저는 그들과 헤어졌습니다. 그녀는 영혼이 빠져나가는 듯한 모습으로 아버지와 가더군요.」

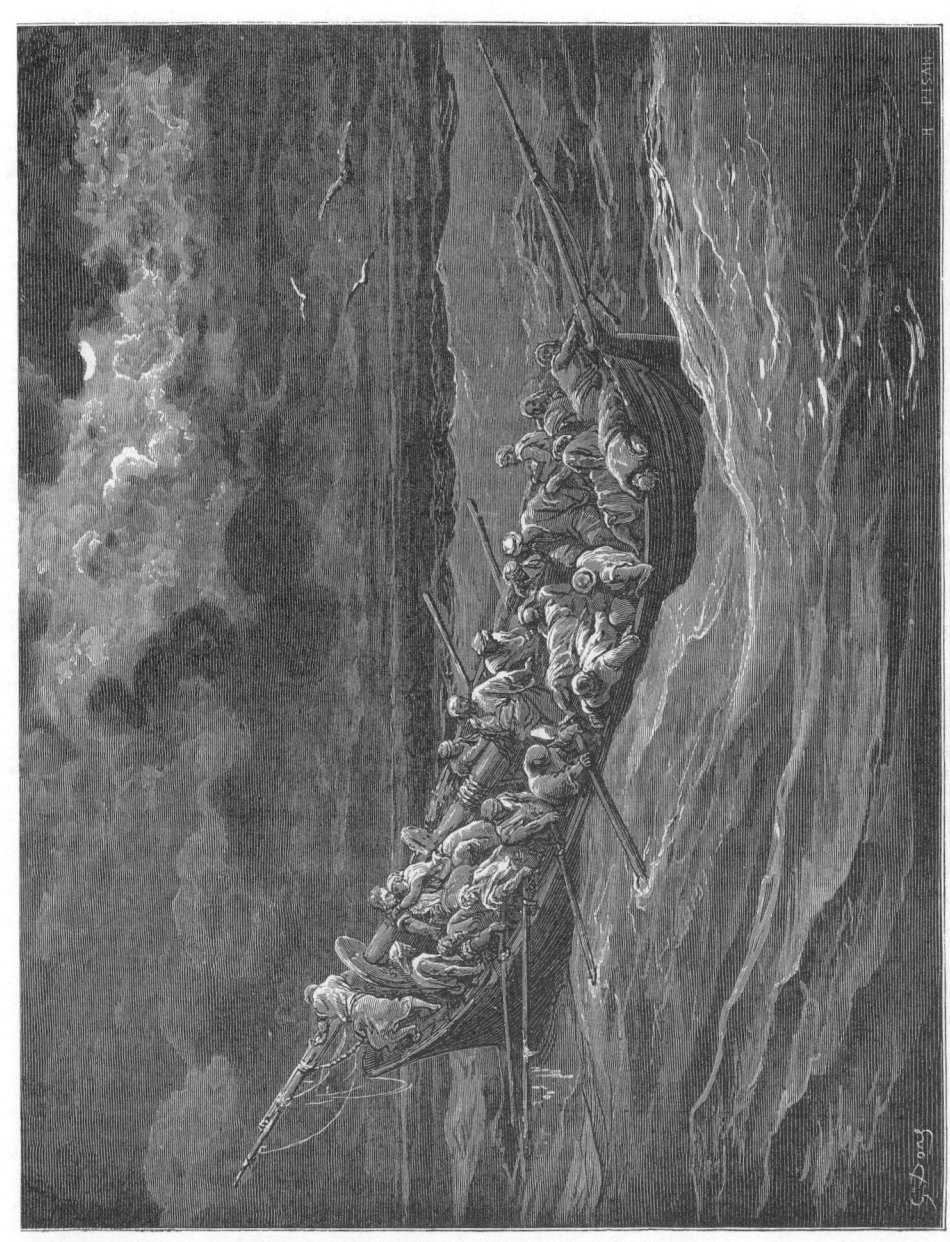

우리의 용감한 뱃사공들은 각자의 노를 잡고 즐거운 침묵과 기쁜 마음으로
가장 가까운 기독교인들의 땅, 마요르카 섬으로 돌아가기 위한 항해를 시작했습니다.

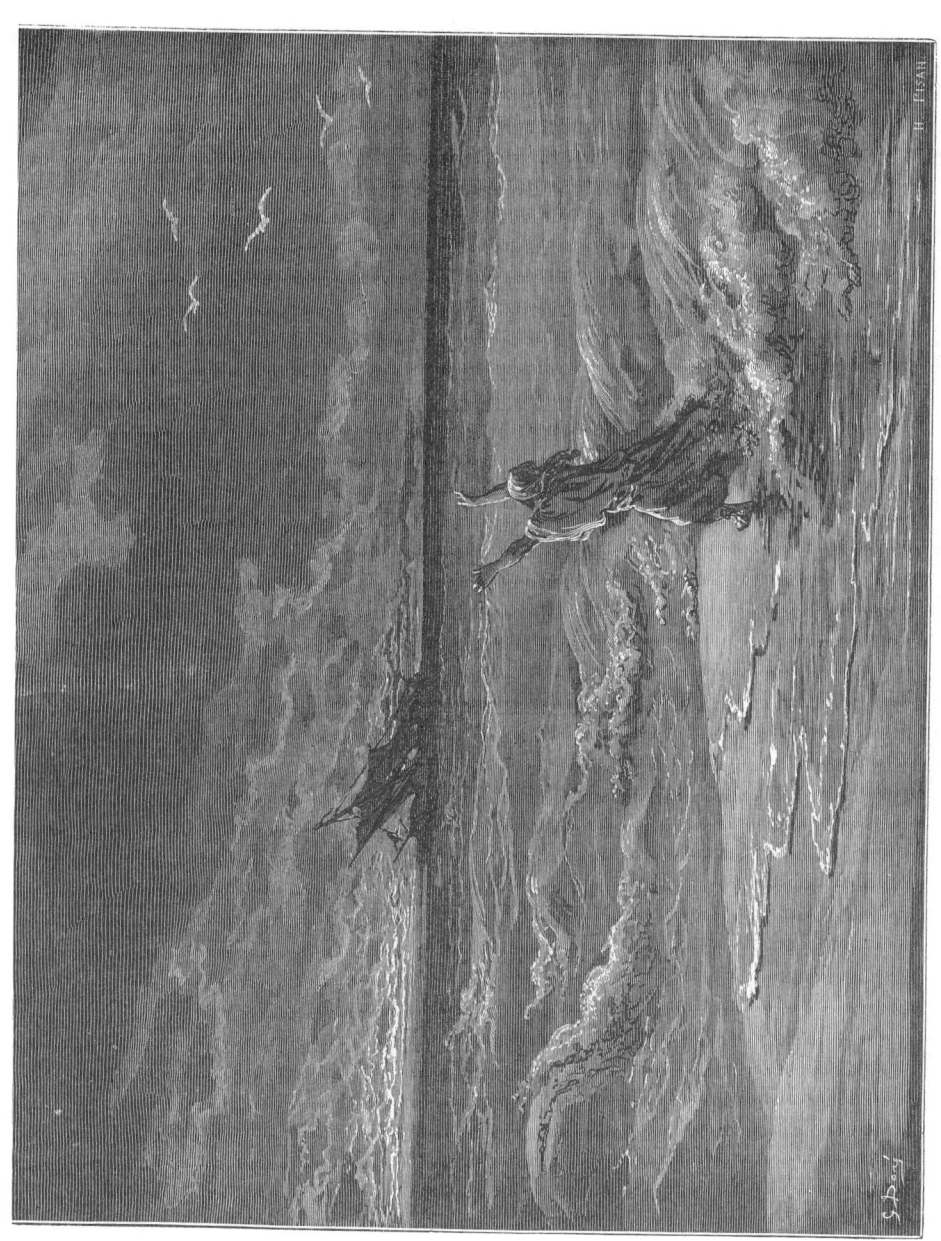

「내가 너를 낳게 한 날에 저주 있으라! 너를 키울 때의 기쁨과 애정에 저주 있으라!」

손이 묶인 돈키호테는 마법에 걸려 있는 것이 틀림없다고 믿고, 자기가 없어서 세상이 입게 될 손실을 생각하며 절망했다.

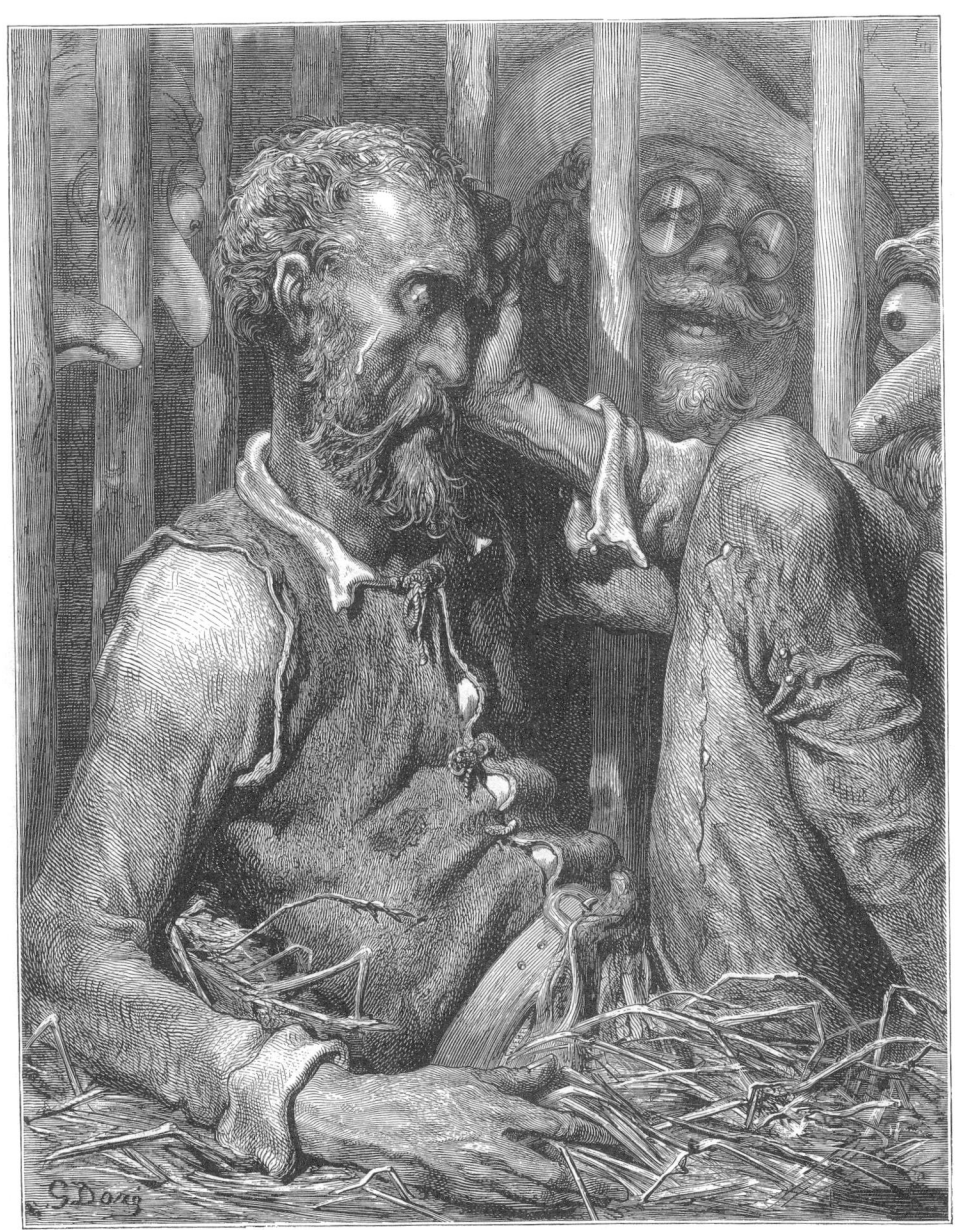

「오, 슬픈 몰골의 기사여! 이렇게 갇혀 가는 것을 슬퍼하지 마시오. 이것이 알맞은 방법이라오.」

「그대, 기사여, 만일 검은 물 밑에 숨겨진 보물을 얻고 싶다면, 그대 강한 심장의 용기를 발휘하여 이 검게 불타고 있는 액체 속으로 몸을 던지시오.」

「그의 무훈담은 우리 모두의 입을 쩍 벌어지게 만드는 것들이었답니다.
지구 상에 그가 보지 못한 땅은 없고, 그가 없었던 전투는 없었습니다.」

산초는 주인이 죽어 버렸다고 생각하여 그의 몸 위에 엎드려 세상에서 가장 가슴 아프면서도 우스꽝스러운 통곡을 시작했다.

그들은 돈키호테를 우리에 가둔 채 느릿느릿하게 소를 몰아 엿새 만에 돈키호테의 마을에 도착했다.

28

같은 산중에서 신부와 이발사에게 일어난 새롭고 즐거운 모험에 대하여

대담하기 그지없는 기사 돈키호테 데 라만차가 세상에 나온 시대는 참으로 행복하고 운이 좋은 시절이었다. 이미 이 땅에서 사라지고 거의 멸망해 가는 편력 기사도를 부활시키고 세상에 그것을 되돌려 주고자 하는 아주 존경할 만한 결심을 했으니, 즐길 소일거리가 필요한 우리들의 시대에 그의 진실된 이야기뿐만 아니라 그 안에 담긴, 본줄거리에 못지않을 정도로 재미있고 기발하며 그럴싸한 단편들이나 일화들을 우리는 지금 즐길 수 있는 것이다.[248] 그러니 실패에 꼬인 채 감겨 있는 이 이야기 실을 빗질하여 계속해 보자면, 신부가 카르데니오를 위로하려고 하는 순간 어떤 목소리가 들려와 말을 중단했는데 그 목소리는 슬픈 어조로 이렇게 말했다고, 진실만을 적고 있는 이 이야기는 기록하고 있다.

「아이고! 내 의지와는 전혀 상관없이 내가 지탱하고 있던 이 몸의 무거운 짐을 파묻을 만한, 아무도 모를 장소를 드디어 발견한 것 같구나! 이

---

[248] 이 대목을 통해 세르반테스는 『돈키호테』에 여러 가지 다른 사건들을 끼워 넣은 것을 정당화하고 있다. 1615년에 발간된 속편에는 본줄거리에 다른 이야기들을 끼워 넣지 않았다.

산들이 약속하는 고독이 내게 거짓말을 하는 것이 아니라면 분명 그럴 만한 장소인 게지. 아, 불행한 내 운명! 이 바위와 덤불들이 내가 하고자 하는 일에 얼마나 좋은 동반자가 되어 줄까! 어떤 인간도 줄 수 없는, 내가 나의 불운을 한탄하면서 하늘에 호소할 수 있는 장소를 그들이 내게 줄 거야! 망설일 때 충고해 줄 사람도, 한탄할 때 위로해 줄 사람도, 괴로울 때 구원해 줄 사람도 이곳에는 없으니 말이야!」

신부와 그와 함께 있었던 사람들은 이러한 내용을 알아듣고, 그 소리가 바로 옆에서 나는 것 같아 — 사실이 그러했다 — 목소리의 주인공을 찾으려고 일어섰다. 스무 걸음도 채 걷지 않아 그들은 큰 바위 뒤 물푸레나무 아래 농부 차림의 한 젊은이가 앉아 있는 것을 보았다. 그는 고개를 숙인 채 거기 흐르는 시냇물에 발을 씻고 있던 터라 얼굴이 보이지 않았다. 사람들은 인기척을 느낄 수 없을 정도로 쥐 죽은 듯 조용히 다가갔고 젊은이는 여전히 발 씻는 데만 온통 정신이 팔려 있어서 다른 것은 신경을 쓰지 못했다. 젊은이의 발은 마치 시냇물의 돌멩이들 사이에서 태어난 두 개의 하얀 수정 조각 같았다. 얼마나 하얗고 아름다운지 사람들은 저도 모르게 거기에 정신이 팔려 숨을 죽이고 바라보았는데, 농부 차림새와는 달리 발은 흙을 밟고 쟁기와 소 뒤를 따라다니는 사람의 것 같지 않았다. 그가 아직 그들을 눈치채지 못한 듯하여 앞장섰던 신부는 다른 두 사람에게 몸을 숙이거나 거기 있는 바위 뒤에 숨으라고 손짓을 했다. 그들은 모두 그렇게 몸을 숨긴 채 그 젊은이가 하는 짓을 유심히 지켜보았다. 젊은이는 두 자락으로 된 거무스레한 짧은 망토를 흰 수건으로 몸에 꽉 동여매어 걸치고 있었다. 그리고 거무스레한 천으로 만든 반바지 차림에 각반을 차고 머리에도 역시 거무스레한 두건을 쓰고 있었다. 각반을 무릎까지 걷어 올리자, 영락없는 하얀 석고 같은 다리가 드러났다. 그 예쁜 발을 다 씻고 나서는 두건 안쪽에서 수건을 꺼내어 닦았다. 그가 수건을 꺼내느라 고개를 드는 순간 그를 지켜보고 있던 사람들은 무엇과도 비길 수가 없을 정도로 아름다운 얼굴을 볼 수 있었다. 카르데니오가 신부에게 나직이 이렇게 말할 정도였다.

「저 사람은, 루스신다가 아니라면 인간이 아닐 겁니다. 인간의 몸을 한 신입니다.」

젊은이가 두건을 벗고 머리를 좌우로 흔들자 머리카락이 풀어져 흩어지니, 햇살이 부러워할 정도였다. 그것을 본 그들은 농부로 알고 있던 그 젊은이가 실은 여자이고 아주 여리다는 것을 깨달았다. 신부나 이발사가 느끼기에는 자기들이 그때까지 본 여자들 중에서 가장 아름다운 여인이었고, 카르데니오도 루스신다를 보지 않았던들 그가 본 여자 중에서 제일 아름답다고 했을 것이다. 나중에 카르데니오는 이 여자의 아름다움과 겨룰 수 있는 여자는 오직 루스신다뿐이라고 말한 바 있다. 그녀의 긴 금발은 등만 덮은 게 아니라 온몸을 감싸고 있어서 발만 빼고는 몸의 어느 부분도 보이지 않았다. 그토록 아름답고 숱이 많은 머리채였다. 이때 여자가 손으로 머리를 빗어 내렸는데, 물에 담갔던 발이 수정 조각 같았다면 머리에 있는 두 손은 눈을 뭉쳐 만든 조각 같았다. 이런 그녀의 모습에 감탄을 금치 못하고 지켜보던 그들은 그녀가 누군지 정말 궁금해졌다.

그래서 그들이 모습을 드러내기로 하고 일어서자, 그 기척에 아름다운 아가씨는 고개를 들더니 눈을 덮고 있던 머리카락을 양손으로 치우면서 소리가 난 쪽을 돌아다보았다. 그녀는 사람들을 보자마자 벌떡 일어나더니 신을 신거나 머리를 묶을 겨를도 없이 옆에 있던 보따리를 — 아마 옷 보따리 같은데 — 급하게 집어 들고는 크게 당황하고 놀란 모습으로 달아나기 시작했다. 그러나 그 여린 발이 거친 돌들을 견뎌 내지 못해 여섯 발자국도 못 가서 땅에 넘어지고 말았다. 그 모습을 본 세 사람은 그녀에게 다가갔고, 신부가 먼저 말을 건넸다.

「아가씨, 누구신지는 모르겠으나 잠깐만 기다리시오. 여기 있는 사람들은 오직 당신을 도와 드리고자 할 뿐이라오. 무엇 때문에 그렇게 쓸데없이 달아나시는 거요? 당신의 그 발이 견뎌 내지도 못할 것이고, 또 우리로서도 달아나도록 그냥 내버려 둘 수도 없는 일인데 말이오.」

이 말에 그 여자는 어리둥절하기도 하고 혼란스럽기도 하여 한마디도 대답할 수 없었다. 그들은 그녀 가까이 다가갔고, 신부는 그녀의 손을 잡으면서 다시 말을 이었다.

「아가씨, 아가씨가 입은 옷은 아가씨가 여자가 아니라 하지만 아가씨의 머리칼이 진실을 말해 주는군요. 그것으로 보아 아름다운 당신이 그런 터무니없는 옷으로 위장하여 인적도 드문 이런 곳에 들어오게 된 사연은 분명 보통 일이 아닐 것이오. 이곳에서 당신을 만난 것은 행운이라 할 수 있으니, 우리가 당신의 불행에 해결책은 못 준다 하더라도 적어도 충고는 해드릴 수 있을 것이기 때문이오. 목숨이 끝나지 않는 한 어떤 고통도 그 고통을 겪고 있는 자에게 좋은 의도로 해주는 충고조차 듣고 싶지 않다며 거절하게 만들 정도로 사람을 지치게 하거나 극단적인 것일 수는 없다오. 그러니 아가씨, 아니 젊은이, 아니 어느 쪽이든 간에 우리를 보고 놀라지 말고, 당신의 그 행운이든 불행이든 그 이야기나 좀 들어 봅시다. 우리 모두가, 아니면 각자가 당신의 불행을 같이 아파한다는 것을 알게 될 것이오.」

신부가 이런 말을 하는 동안 남장을 한 이 아가씨는 혼이 빠져 입 한 번 벙긋하지 않고 말 한마디 없이 한 번도 본 적 없는 희귀한 물건들을 예기치 않게 보게 된 촌사람처럼 모두를 바라보고만 있었다. 하지만 신부가 같은 뜻으로 다시 한 번 이야기하자 그녀는 깊은 한숨을 쉬면서 침묵을 깨고 말했다.

「아무도 없는 이 산에서조차 저는 숨어 살 수가 없군요. 저의 풀어 헤친 머리칼 때문에 제 혀가 거짓말을 할 수도 없고, 이제 와서 새삼 아닌 척해도 아무 소용 없겠죠. 여러분께서 믿어 주신다 해도 그건 다른 어떤 이유에서보다 그저 예의상 그러는 것일 테니 말이에요. 그러니 여러분, 여러분의 고마운 마음에 감사드리는 뜻에서 제게 요구하신 모든 것을 말씀드릴 수밖에 없군요. 그렇지만 지금부터 말씀드리는 저의 불행한 이야기가 여러분의 동정과 함께 고민까지 불러일으키지나 않을까 걱정이 됩니다. 제 불행을 치유할 방도도, 불행을 달랠 위로도 없다는 것을 아시게 될 테니까 말입니다. 하지만 여러분은 이미 제가 여자라는 것을 아셨고, 젊은 여자 혼자서 이런 차림으로 있는 것을 보셨습니다. 이런 모습들은 전체로든 각기 하나하나로든 어떠한 정직한 믿음도 해칠 수 있으니, 여러분들이 저의 명예를 의심하지 않도록 할 수 있는 한 입을 다물고 있고자 했던 바를 말씀드리겠습니다.」

이런 식으로 보기에도 아름다운 여자가 말솜씨까지 유창하고 목소리 또한 지극히 부드러우니, 그들은 미모 못지않은 그녀의 신중함에 감동했다. 그들은 다시 그녀에게 도움이 되어 주겠다고 말하면서 약속한 대로 이야기를 들려 달라고 거듭 간청했다. 그러자 그녀는 아주 얌전하게 신을 신고 머리카락을 묶더니 바위에 자리를 잡고 앉았다. 그 주위로 남자들이 둘러앉자 그녀는 고이기 시작하는 눈물을 억지로 참으면서 맑고 차분한 목소리로 자기 인생 이야기를 이렇게 시작했다.

「이 안달루시아[249]에 공작의 이름을 딴 어떤 마을이 있습니다. 그 공작은 에스파냐의 대귀족 중 한 분으로 알려져 있지요. 이분에게는 아들이 둘 있는데 큰아들은 영지를 물려받을 후계자이자 공작의 좋은 품행도 물

---

249 Andalucía. 스페인 열일곱 개 차지 지역 가운데 남부에 위치한 지방. 시에라 모레나 산맥이 이곳에 있다.

려받은 것 같은 사람이고, 작은아들은 베이도의 배신과 갈랄론의 속임수 이외에는 무엇을 물려받았는지 모를 그런 사람이지요. 저의 부모님은 공작의 신하로 가문은 볼 것 없지만 상당한 재산가셔서 만일 출생의 복이 재력만큼만 되었더라면 더 바랄 것이 없었을 것이고, 저 또한 지금 이렇게 불행에 처할 리 없었을 것입니다. 왜냐하면 제 불행은 아마도 저의 부모님이 이름 있는 가문에서 태어나지 못하신 데서 야기된 것인지 모르니까요. 부모님의 신분이 모욕을 느낄 만큼 낮은 것은 아니지만 불행의 이유가 그분들의 낮은 신분에 있다는 생각을 떨쳐 버릴 만큼 높지도 않다는 건 명백한 사실이거든요. 결론적으로 부모님은 농사꾼이며 평판이 나쁜 다른 인종의 피가 섞이지 않은 평범한 서민으로 세상에서 흔히 말하는 오래된 기독교인들이십니다.[250] 하지만 아주 부자이셨기에 재산과 훌륭한 교제를 통해 차츰 〈이달고〉로 불리게 되셨고 나중에는 기사 작위까지 받게 되셨지요. 그러한 부모님께서 당신들의 가장 큰 재산으로 귀하게 여기셨던 것이 바로 딸인 저였답니다. 그분들을 이을 사내아이나 다른 딸이 없었기에, 자식에 대한 사랑이 각별하셨던 부모님께 저는 가장 소중한 선물이었죠. 저는 부모님이 당신들을 비춰 보시는 거울이었고, 노후에 의지할 지팡이였습니다. 그분들의 소망은 모두 저를 향한 것이었고, 저는 그

[250] 스페인 역사상, 특히 17세기 〈명예〉라는 가치가 사회를 지배하던 시기에 가장 중요하게 평가되던 신분의 기준은 조상 4대 위로 이슬람교나 유대교에서 개종한 사람이 없는 순수한 기독교 혈통을 가진 농부였다. 스페인에서는 수백 년간 아랍인들과 유대인들과 기독교인들이 공존하면서 유럽 최고의 문명을 누렸지만, 종교적으로 나라를 통일하겠다는 카스티야의 이사벨 여왕과 아라곤의 페르난도 왕(이 두 왕을 가리켜 가톨릭 양왕이라함)이 15세기에 종교 재판소를 만들고 이후 왕들까지 기독교도가 아닌 자들을 계속 스페인에서 추방하고 기독교로 개종한 자들을 감시하면서 전통적인 기독교인들이 스페인 사회를 대표하는 가치로 부상한 반면 나라의 운세는 기울기 시작했다. 아이러니하게도 스페인의 대귀족들은 대부분 개종한 유대인 조상의 피를 갖고 있었다. 유대인들은 부자였고, 귀족들은 가난했지만 순수 혈통의 기독교인으로, 혼인을 통해 서로에게 필요한 점을 취했다. 이들은 이단을 추적하는 종교 재판소의 재판장이 되기도 했다.

분들을 하늘과 같은 존재로 생각했습니다. 그분들의 소망은 모두 훌륭한 것들이어서 제 소망은 거기서 한 치도 벗어난 적이 없었지요. 제가 부모님 마음의 주인이었으니 그분 재산의 주인이기도 했습니다. 하인들을 고용하고 내보내는 일도 제가 했습니다. 씨를 뿌리는 일도, 거둬들인 것을 계산하고 지불하는 일도 제 손을 거쳤습니다. 기름을 짜는 일과 포도를 압착하는 일과 크고 작은 가축들 수를 세고 벌통 수를 관리하는 일 등, 제 아버지 같은 부농이나 가질 수 있고 또 가지고 있는 그 모든 것들을 관리했습니다. 저는 집사이자 안주인으로 열심히 일했고 그것을 부모님께서는 아주 마음에 들어 하셨습니다. 자랑하려고 이런 말씀을 드리는 건 아니지만요. 저는 목동의 우두머리나 일꾼 감독이나 다른 품팔이들에게 각기 할 일을 시켰고, 남는 시간에는 젊은 처자에게 당연히 필요한 바느질이며 방석 만드는 일을 하거나 물레질을 하며 소일했지요. 때로는 마음을 즐겁게 하기 위해 이런 일은 놔두고 신앙심을 키우는 책을 읽거나 하프를 켜기도 하면서 즐겁게 보냈답니다. 제 경험으로 음악은 흐트러진 마음을 바로잡고 정신에서 비롯된 근심을 잊게 해주거든요. 부모님 집에서 저는 이렇게 살았습니다. 이런 생활을 세세하게 말씀드리는 건 잘난 척하려거나 제가 부자라는 것을 알리기 위해서가 아닙니다. 말씀드린 그런 행복한 생활을 하던 중, 그야말로 아무 죄도 없는데 어떻게 지금과 같은 이런 불행한 처지가 됐는지를 알아주십사 하고 드리는 말씀일 뿐입니다. 그러니까, 저는 늘 그 많은 일들을 하면서 수도원 생활에 견줄 만큼 틀어박혀 살았기 때문에 저의 집 하인들을 빼놓고 어느 누구도 저를 볼 수가 없었다고 생각했습니다. 미사를 드리러 갈 때에도 이른 아침에 어머니와 하녀들과 함께 다녔고, 얼굴을 완전히 가린 채 몹시 조심해서 가느라 제가 밟는 땅만 겨우 보일 정도였지요. 그런데도 사랑의 눈이, 아니 더 정확히 말해 살쾡이의 눈도 못 당할 어떤 한가한 인간의 눈이 저를 보고 말았습니다. 바로 돈 페르난도의 간절한 눈이었습니다. 돈 페르난도는 이미 말씀드린 그 공작의 작은아들의 이름이랍니다.」

이야기를 들려주던 여자가 돈 페르난도라는 이름을 말하자마자 카르데니오는 안색이 변하고 크게 동요하면서 식은땀을 흘리기 시작했다. 그 모습을 본 신부와 이발사는 가끔 그 사람이 일으킨다는 그 광기가 도진 것이 아닌가 싶어 겁이 났다. 그러나 카르데니오는 식은땀만 흘렸을 뿐이었고, 농부의 딸을 자세히 바라보며 이 여자가 누굴까 조용히 생각하고 있었다. 여자는 카르데니오의 그런 움직임을 깨닫지 못한 채 자기 이야기를 계속했다.

「나중에 그 사람이 한 말에 따르면 저를 보자마자 그는 그만 사랑의 포로가 되고 말았다는데, 그가 제게 보여 준 것들이 그 사실을 알게 하기에 충분했습니다. 하지만 끝이 없는 제 불행한 이야기를 빨리 끝내려 하니, 돈 페르난도가 자기 마음을 전하기 위해 썼던 방법들은 말씀드리지 않고 그냥 넘어가겠습니다. 그는 저의 집 식구 모두를 매수하였고, 제 친척들에게는 선물을 주고 은혜를 베풀었습니다. 낮이면 제가 사는 동네 길이 온통 축제고 여흥이었습니다. 밤이면 음악 소리로 아무도 잠을 잘 수 없었지요. 어떻게 해서 왔는지 모를 편지들이 수없이 제 손에 들어왔는데 그것들은 온통 사랑의 말과 제안들로 가득했고, 글자란 글자는 죄다 약속과 맹세였습니다. 그러나 그 모든 것들은 제 마음을 녹이기는커녕, 불구대천의 원수인 양 제 마음을 더 굳게 만들었습니다. 저의 환심을 사려고 했던 모든 행동들이 역효과를 낸 것으로 봐야겠지요. 돈 페르난도의 친절이 싫어서도 아니고 그 사람의 구애가 지나쳐서도 아니었습니다. 그렇게 지체 높은 신사에게 그렇게 사랑받고 대우받는 것이, 잘은 모르겠지만 그런대로 기분 좋았고 저를 잔뜩 칭송해 놓은 편지를 보는 것도 그리 나쁘지 않았습니다. 아무리 못생긴 여자라도 예쁘다는 소리를 들으면 기분이 좋거든요. 하지만 이런 것은 모두 제 정결함과 부모님께서 끊임없이 해주시던 충고에 어긋나는 것들이었습니다. 돈 페르난도는 세상 사람들의 생각은 전혀 아랑곳하지 않았기에 이미 모두가 그자의 마음을 알고 있었지요. 부모님은 제게 부모의 명예와 평판은 오로지 제 덕과 선함에 있으며 돈 페르난도와의 신분 차이도 생각하라고 말씀하셨습니다. 그 사람은 아마 아니라고 하겠지만, 신분의 차이에도 불구하고 그렇게 구애하는 걸 보면 저를 위한다기보다 자신의 재미를 생각하고 있는 것 아닌가 싶으니 잘 살펴보라고요. 따라서 이런 온당치 못한 구애를 그만두게 할 어떤 구실이 필요하다면, 제 마음에 드는 사람과 당장이라도 결혼시키겠노라고도 하셨습니다. 저희 마을이나 이웃 동네에 사는 제일 잘난 젊은이와 말입니다. 당신들의 재산과 저의 평판으로 모든 게 가능하다면서요. 이렇듯 부모님의 확실한 약속과 진실된 말씀으로 제 결심은 더 확고해졌고, 돈 페르난도에게 희망을 줄 만한 어떠한 답도 절대로 주고 싶지 않았답니다. 저의 이런 조신한 태도가 그 사람에게는 자기를 경멸하는 것으로 여겨졌을 뿐 아니라, 아마 더욱더 부채질한 것 같습니다. 그 음탕한 욕망을 말이에요. 예, 제게 보여 준 그 사람의 마음을 이렇게 이름하고 싶네요. 그 사람의 마음이 올바른 것이었다면 여러분께 제가 이런 말씀을 드릴 계기는 없었을 테고, 여러분도 그의 그릇된 마음을 알지 못했을 테니까요. 저에 대한 그 사람의 마음을 단념시키려고 그러셨는지, 아니면 저를 지킬 보호자가 생기기를 원하셨는지 마침내 부모님은 저를 결혼시키리라 결심하셨고 돈 페르난도도 그 사실을 알게 되었답니다. 그자는 이 소식에 몸이 달아 지금 제가 말씀드리려는 일을 저지르고 말았습니다. 어느 날 밤, 저는 시중을 드는 몸종과 단둘이 제 방에 있었습니다. 혹시 잘못해서 제 정절이 위험에 처하는 일이 생길까 봐 문이란 문은 모두 꼭꼭 닫아 두고 있었지요. 그런데 그렇게 조심하고 경계하며 죽은 듯이 들어박혀 있는 제 앞에 그 사람이 나타날 줄 상상이나 했겠습니까. 그 사람을 보자 눈앞이 캄캄해지고 혀가 굳어 말도 나오지 않을 정도로 혼이 나갔답니다. 소리도 지르지 못했지요. 소리를 질렀어도 아마 그 사람이 내버려두지 않았을 겁니다. 다짜고짜 제게 다가와서는 저를 껴안았거든요. 말씀드렸듯이 전 정신이 없어서 방어할 힘이 없었습니다. 그 사람은 말을 늘어놓기 시작했죠. 거짓말에 그런 재주가 있는 줄은 몰랐습니다. 거짓말을 진짜로 여겨지게 하더군요. 그 배신자는 눈물로 자기 말을 믿게 하고 한숨으로 자기 뜻을 알아 달라고 했지요. 가엾게도 저는 식구들 사이에서 무남독녀로 자란 데다 이런 경우에 처해 본 적이 없었던 터라 어찌해야 할지 몰라 그런 거짓말들을 진실로 여기기 시작했답니다. 하지만 그 사람의 눈물과 한숨을 동정해서 그런 건 아닙니다. 그래서 처음의 놀라움이 가시고 잃어버렸던 정신을 얼마간 되찾은 후에는 내게 이런 용기가 있었나 하고 싶을 정도로 용감하게 말했습니다. 〈나리, 당신의 팔에 안겨 있는 게 사나운 사자의 팔 안에 있는 것 같습니다. 그 팔에서 벗어나기 위해서는 제가 정조를 망치는 행동이나 말을 해야 할 것입니다. 하지만 지금 이 일을 없었던 것으로 돌릴 수도 있겠지요. 나리께서 두 팔로 제 몸을 둘러매고 계시니, 저는 저의 바른 소망으로 제 마음을 단단히 묶어 놓겠습니다. 저의 소망이 나리의 뜻과 얼마나 다른지는, 계속 힘으로 밀어붙이시면 알게 되실 겁니다. 저는 나리의 아랫사람일 뿐 노예는 아닙니다. 나리의 혈통이 귀족이라 해서 저의 비천함을 업신여기고 욕보일 권리는 없으며, 있어서도 안 됩니다. 나리께서 신분이 높은 신사라고 자만하시는 것만큼 저도 평범한 농사꾼으로서의 그만한 자부심이 있습니다. 나리의 권력은 제게 아무런 힘도 못 쓸 것이고, 나리의 재산도 제게 아무런 가치가 없으며, 나리의 말씀 또한 저를 속일 수 없으며, 나리의 한숨과 눈물 역시 저의 마음을 움직일 수 없을 것입니다. 하지만 제가 말씀드린 이러한 것들 중 어떤 점이라도 부모님께서 제 남편으로 골라 주신 남자분에게서 발견된다면, 저는 그분을 따를 것입니다. 저의 뜻이 남편의 뜻에서 벗어나는 일은 절대로 없을 것입니다. 그렇게 되면 일이 명예롭게 이루어지는 셈이니 나리께서 지금 힘으로 억지로 얻고자 하는 것을 그분께, 제 마음에 안 들어도 기꺼이 드릴 수 있을 것입니다. 이런 말씀을 드리는 것은, 저의 합법적인 남편이 아닌 자는 저로부터 무엇 하나 얻을 생각을 말아야 한다는 뜻에서입니다.〉 그러자 이 불충한 신사가 말했습니다. 〈그대가 걱정하는 일이 바로 그것이라면, 아름다운 도로테아 ─ 이것이 이 불행한 여자의 이름이었다 ─ 여기서 이렇게 당신의 남편이 되고자 청혼하오. 모든 것을 다 아시는 하늘과 여기 당신이 가지고 있는 성모상이 증인이오.」

카르데니오는 도로테아라는 이름을 듣자 새삼스레 놀라며 결국 처음 자신이 생각한 것이 맞았다고 확신했다. 하지만 자기가 거의 알고 있는 이 이야기가 어떻게 끝날지 궁금하여 이야기를 끊지 않고 단지 이렇게만 말했다.

「아가씨, 아가씨 이름이 도로테아라고요? 저는 같은 이름을 가진 아가씨의 일을 알고 있습니다만, 그 여자분도 불행에 있어서는 아마 당신께 뒤지지 않을 겁니다. 계속 이야기하시지요. 저도 당신에게 상처가 될 만큼 놀라운 일들을 말씀드릴 시간이 있겠지요.」

도로테아는 카르데니오의 말을 듣고 그 이상하고도 형편없는 복장을 살펴보았다. 그러고는 자기 집안에 일어난 일에 대해 알고 있는 게 있다면 당장 말해 달라고 부탁했다. 운명이 뭔가 자기에게 좋은 것을 남겨 주었다면 재난이 닥쳐도 견뎌 낼 수 있는 용기가 될 것이며, 누가 와서 무슨 말을 해도 이 상황이 더 나빠지지는 않을 것을 확신한다고 했다.

「아가씨……」 카르데니오는 대답했다. 「제가 생각한 바를 말씀드릴 기회가 있을 것입니다. 제가 생각하고 있는 게 맞는다면 말입니다. 지금까지의 내용으로 보면 맞아떨어지고 있으니 듣지 않으셔도 괜찮을 것 같지만 말입니다.」

「그러시지요.」 도로테아가 대답했다. 「제 이야기로 돌아가면, 돈 페르난도는 그 방에 있던 성모상을 집어 혼인의 증인으로 내세웠습니다. 제 남편이 되겠노라는 달콤한 말로 구슬리고 수없이 맹세했지요. 저는 그의 말을 중간에 막고, 지금 하고 있는 행동을 잘 생각해 보라고 했습니다. 나리가 자기 아랫사람인 평민의 딸과 결혼한 것을 나리 아버님께서 아시면 얼마나 화를 내실지도 고려해 보라고요. 아무리 아름답다 하더라도 저의 아름다움에 눈이 멀어서는 안 되며, 아름다움은 잘못에 대한 변명이 될 수 없다고도요. 저에 대한 사랑으로 조금이라도 저를 행복하게 해주실 생각이라면, 제 분수대로 살아가게 내버려 두어 달라고도 했습니다. 아주 다른 신분끼리 결혼을 하면 절대로 행복하지 않으며 시작할 때의 마음도 오래갈 수도 없다고 말입니다. 이 자리에서 말씀드린 이 모든 말들과 지금은 기억하지 못하는 다른 많은 말들을 그분께 드렸습니다. 하지만 그분의 뜻을 꺾기엔 역부족이었습니다. 그는 구매자에게 부당한 거래를 하면서도 개의치 않고, 보상하지도 않으려는 판매자 같았죠. 이때 저는 잠깐 혼자 이런 입속말을 했습니다. 〈그래, 결혼으로 낮은 신분에서 높은 지위에 오르는 여자가 내가 처음도 아니고, 또 여자의 아름다움이나 맹목적인 사랑 때문에 ─ 이쪽이 확실하겠지 ─ 자기 신분에 맞지 않는 여자를 동반자로 삼은 남자도 돈 페르난도가 처음은 아니야. 내가 세상을 만들거나 새로운 관습을 만드는 것도 아니니까 운명이 내게 준 이 명예를 받아들여도 괜찮을 거야. 설사 자기 욕망을 이룰 때까지만 내게 마음을 준다고 한들 결국 나는 하느님 앞에서 그의 아내인걸. 그리고 만일 내가 이 사람을 냉정하게 내쫓아 버리려 하면 정당한 방법 대신 폭력을 쓸 것이고 그러면 나는 불명예스럽게 남아, 아무런 잘못도 없이 어떻게 하여 이 지경까지 오게 된 것인지 모르는 사람들이 내 잘못으로 인한 것이라고 오해를 해도 아무런 변명조차 할 수 없게 될 거야. 이분이 내 허락 없이 이 방에 들어온 것에 대해 부모님이나 다른 사람들을 어떤 말로 납득시킬 수 있겠어?〉 그 짧은 순간 저는 머릿속으로 이런 모든 질문과 대답을 했습니다. 그러자 특히 돈 페르난도가 한 맹세며, 그가 내세운 증인이며, 흘린 눈물이며, 제 마음처럼 그렇게 자유롭고 조신한 다른 마음도 굴복시킬 수 있을 정도로 잘난 그 사람의 용모며, 수많은 모습으로 진실된 사랑임을 보여 준 그 친절함으로 인해 제 생각은 뜻밖에도 스스로를 타락시키는 쪽으로 기울고 말았습니다. 하늘의 증인과 더불어 땅의 증인도 함께해야 할 것 같아 전 제 몸종을 불렀습니다. 돈 페르난도는 다시 한 번 맹세의 말을 하고 다짐했습니다. 증인으로 새로운 성자들을 덧붙이며, 만일 제게 약속한 바를 지키지 않는다면 자신은 수천 가지 저주를 받을 것이라고 하면서 다시 눈물을 글썽이고 더 깊은 한숨을 쉬었습니다. 저를 한시도 놓지 않은 채 껴안고 있던 팔에 더욱더 힘을 주더군요. 몸종이 방에서 나간 후, 저는 더 이상 처녀가 아니었고 그자는 거짓말쟁이에 배신자가 되어 버렸습니다. 저의 불행한 밤을 잇는 다음 날 아침은 돈 페르난도가 바라는 만큼 빨리 오지 않았던 것 같습니다. 욕망을 충족시킨 후 가장 하고 싶은 일은 욕망을 채운 곳에서 떠나는 것이니까요. 이 말은, 돈 페르난도가 제 곁에서 떠나려고 서둘렀으며, 그를 제 방으로 들어오게 한 바로 그 몸종의 지략으로 날이 새기도 전에 이미 거리에 있었다는 뜻입니다. 저와 헤어질 때 그는, 찾아왔을 때만큼 열성적이거나 간절하지는 않았지만 자기의 성실함과 맹세들이 진실하며 변하지 않는 것임을 믿어 달라면서, 자기 말을 더 확신시키려고 손가락에서 귀해 보이는 반지를 빼 제 손가락에 끼워 주었습니다. 결국 그는 떠났고 남겨진 저는 슬픈지 기쁜지 알 수가 없었습니다. 분명한 사실은, 혼란스러웠고 생각이 많았으며 이 새로운 사건으로 제정신이 아니었다는 것입니다. 돈 페르난도를 제 방에 들여보낸 엄청난 배신을 저지른 몸종을 나무랄 기력도 없었고 그럴 생각도 나지 않았습니다. 그때까지 제게 일어난 일이 좋은 것이지 나쁜 것인지 분간할 수가 없었던 겁니다. 돈 페르난도가 떠날 때 저는 말했죠. 이제 나는 당신의 아내이니, 이 사실을 공공연히 알려도 괜찮다고 생각하실 때까지는 어젯밤과 같은 길을 통해 밤에 나를 만나러 오실 수 있다고 말입니다. 그러나 그다음 날 말고는 전혀 오지 않았을 뿐만 아니라, 한 달 이상을 거리에서나 성당에서도 그의 모습을 볼 수 없었습니다. 그자가 마을에 머물면서 거의 매일 좋아하는 사냥을 하러 다닌다는 것을 저는 알고 있었기에 와달라고 간청해 보기도 했지만, 그건 모두 쓸데없이 기력만 낭비하는 일이었고 저는 지쳐 갈 뿐이었습니다.[251] 얼마나 불길하고 암울한 시간이었는지 생생합니다. 그가 왜 그렇게 구는지 의심하기 시작하면서 돈 페르난도의 성실함을 믿지 않게 되어 갔던 일도 잘 기억하고 있지요. 또한 그때 저지른 무모한 짓 때문에 제 몸종이 전에는 듣지 못했던 질타를 제게서 들었다는 것도 잘 압니다. 저는 어쩔 수 없이 눈물에 의지해야 했지만, 혹여 부모님께서 무슨 좋지 않은 일이 있느냐고 물으시거나 어떻게든 거짓말을 꾸며 내야 할 일이 생길까 싶어 얼굴을 잘 관리해야만 했습니다. 그런데 이 모든 것이 한순간에 끝나 버리고 말았습니다. 존경이 짓밟히고 명예로운 말이 끝나는 곳에 이르렀으니, 저의 비밀스러운 생각들이 인내를 잃고 저잣거리로 나돌기 시작한 것입니다. 일이 이렇게 된 것은 그로부터 며칠 뒤 돈 페르난도가 가까운 도시에서 아주 지체 높은 집안의 최고로 아름다운 여자와 결혼했다는 말이 동네에 들려왔기 때문입니다. 그녀의 부모는 그런 귀족 집안과의 혼인을 바랄 수 있을 만큼 지

---

251 439면의 〈어느 날 밤……〉부터 이 부분까지 포르투갈 종교 재판소의 검열에 걸렸다.

참금을 가진 부자는 아니었다지만 말입니다. 루스신다라는 그 여자의 이름과 결혼식에서 일어난 놀랄 만한 여러 가지 이야기들이 들려왔답니다.」

루스신다라는 이름을 듣자 카르데니오는 어깨를 움츠리고 입술을 깨물며 미간을 찌푸리더니, 얼마 안 있어 그의 눈에서 두 줄기 눈물이 흘러내렸다. 그러나 도로테아는 그런 일로 자기의 이야기를 그만두지 않고 계속했다.

「이 슬픈 소식이 제 귀에 들어왔어요. 그 소식을 듣자 심장이 얼어붙는 게 아니라 오히려 너무나 화가 나고 분노가 끓어올라 하마터면 길로 뛰쳐나가 저를 속이고 배신한 사실을 모두 밝히며 고래고래 소리를 지를 뻔했답니다. 하지만 그때 저는 그날 밤 실천하려고 작정한 일을 생각하며 화를 가라앉혔습니다. 그 일이란 바로 지금의 이러한 복장을 하는 것이었습니다. 이 옷은 제 아버지의 하인으로 농사꾼의 집에서 지내는 한 젊은이에게서 얻었습니다. 저는 그 사람에게 제 불행을 모두 이야기하고 원수가 있으리라 생각되는 곳까지 같이 가달라고 부탁했지요. 하인도 처음에는 저의 무모함을 질책하고 결심을 비난했지만 제 단호함을 보고, 그의 말을 빌리자면 세상 끝까지 같이 가주겠다고 했습니다. 그래서 당장 삼베로 된 베갯잇에 여자 옷 한 벌과 만일을 대비해 몇 가지 보석이며 돈을 쌌습니다. 그러고는 그날 밤 조용해졌을 때 저를 배신한 몸종 모르게 하인을 데리고 많은 생각을 하면서 집을 나와 그 도시로 가는 길을 걷기 시작했지요. 빨리 가고 싶은 마음에 걸음은 나는 듯했습니다. 이미 다 끝난 일을 망치려는 것이 아니라, 적어도 무슨 마음으로 그런 짓을 했는지 돈 페르난도에게 직접 묻고 싶었기 때문입니다. 이틀 반이 걸려 목적지에 도착하여 시내로 들어서면서 루스신다의 부모가 사시는 집을 물었습니다. 처음 물어본 한 남자가 제가 듣고 싶어 하는 것 이상을 알려 주었습니다. 그 집을 가르쳐 주고, 도시에 온통 알려져 사람들이 쑥덕대고 있는 그 집

딸 이야기와 결혼식 때 일어난 일을 모두 얘기해 주더군요. 얘기인즉슨, 돈 페르난도가 루스신다와 결혼한 날 그녀가 그 사람의 아내가 되겠다며 〈예〉 하고 대답한 다음 완전히 정신을 잃고 말았다는 겁니다. 신랑이 달려가서 숨을 쉬게 하려고 가슴 단추를 끄르니 루스신다 필체로 된 편지가 있었답니다. 자기는 이미 카르데니오의 아내이므로 돈 페르난도의 아내가 될 수 없다고 분명하게 쓰여 있었대요. 그 남자 말에 따르면, 카르데니오라는 사람은 같은 도시에 사는 아주 지체 높으신 신사라고 했습니다. 여자가 돈 페르난도에게 〈예〉라고 대답한 것은 부모님께 복종하기 위한 것이었답니다. 편지에 쓰인 내용을 요약하자면 그 여자는 결혼식이 끝나자마자 자살할 마음을 갖고 있었으며, 목숨을 끊으려고 한 이유도 적혀 있었습니다. 그 여자의 옷 어느 곳에선가 발견되었다는 비수가 이것을 확인시켜 주었답니다. 모든 걸 알게 된 돈 페르난도는 루스신다가 자기를 우롱하고 조롱하고 무시했다는 생각에, 아직 기절한 상태에서 깨어나지도 않은 신부에게 덤벼들어 그 비수로 찌르려 했다더군요. 만일 부모님들과 그 자리에 있던 다른 사람들이 말리지 않았더라면 분명히 그렇게 했을 거래요. 그 밖에도 돈 페르난도가 곧 사라져 버렸다는 것과, 그다음 날 깨어난 루스신다가 어떻게 자신이 아까 말씀드린 카르데니오의 진짜 아내가 되었는지에 대해 부모에게 말씀드렸다는 이야기를 들었지요. 제가 더 알게 된 사실이 있는데, 사람들 말에 의하면 카르데니오도 결혼식장에 와 있다가 루스신다가 결혼해 버리는 것을 보고 결코 생각조차 하지 않았던 그 일에 절망하여 도시를 떠났다고 합니다. 그 전에 여자에게 편지 한 장을 남겨 놓았는데, 거기에는 루스신다가 자신에게 가한 모욕과 자신이 왜 사람들의 눈에 띄지 않는 곳으로 가는지 적혀 있었답니다. 이 모든 것이 온 도시에 알려져 사람들마다 이 일에 대한 이야기뿐이었대요. 더 말이 많았던 건 루스신다마저 부모 집에서 사라져 도시에서 잠적해 버렸다는 소식이 알려졌기 때문이랍니다. 도시를 온통 뒤져도 루스신다가 보이지 않자 부모는 정신을 잃었고 어떻게 딸을 찾아야 할지 방법도 모른다고 하더군요. 이 모든 것을 알게 되자 제겐 다시 희망이 생겼습니다. 전 돈 페르난도가 결혼한 것보다 차라리 그를 찾을 수 없게 된 편이 더 낫다고 생각했거든요. 저를 구원해 줄 문이 아직 완전히 닫히지는 않은 것 같았습니다. 하늘이 그 두 번째 결혼을 막아 준 것일 수도 있겠다는 생각도 들었고요. 첫 번째 결혼에 대한 의무를 알려 주고 스스로가 기독교인이라는 것을 깨닫게 해주려고 말입니다. 인간의 체면보다 영혼을 더 소중히 해야 한다는 것을 알게 하기 위해서 말이죠. 이런 모든 생각이 머릿속에 들더군요. 그렇게 이 증오스러운 삶을 위로하고자 아득하게 꺼져 가는 희망이라도 생긴 것이라 여기며 위안할 길 없는 스스로를 위로했답니다. 돈 페르난도를 찾지 못해 어찌할 바를 모르고 그냥 도시에 있었는데, 제 귀에 큰 소리로 외치며 알리고 다니는 소리가 들렸습니다. 제 나이와 제 옷차림을 알리면서 저를 찾아 주는 사람에게는 큰 사례금을 주겠다는 내용이었습니다. 그리고 저와 함께 나온 하인이 저를 부모님 댁에서 데리고 나왔다는 소리를 하는데, 그 말을 들으니 제 평판이 이 정도로 땅에 떨어진 것인가 싶어 영혼까지 아팠습니다. 집을 나온 것만으로도 이미 이름에 먹칠을 했는데, 제 의도와는 도무지 맞지 않는 비열하고 저급한 소문, 그러니까 제가 하인과 함께 나갔다는 이야기가 덧붙다니 말입니다. 그 소리를 듣자마자 저는 하인을 데리고 도시를 빠져나왔습니다. 그러자 이제는 제게 약속한 하인의 충성심이 흔들리는 것 같더군요. 그날 밤 저희들은 발견될 것이 두려워 이 깊은 산속으로 들어왔습니다. 불행이 또 다른 불행을 부르고 불행의 끝은 더 큰 불행의 시작이라고 하더니, 말 그대로 제게 그런 일이 일어났습니다. 그때까지만 해도 충실하고 믿음직스럽기만 했던 착한 하인이 이런 호젓한 곳에 저와 단둘이 있게 되자, 저의 아름다움 때문이라기보다는 자신의 교활함을 못 이겨 아무도 없는 이 장소가 제공하는 기회를 이용하려고 했던 것입니다. 하느님이 무섭지도 않은지 저에 대한 존경심이고 뭐고 다 버리고 뻔뻔스럽게 사랑을 구걸하더군요. 제가 그 뻔뻔스러운 의도를 꾸짖었더니 처음에 보여 주었던 구걸하는 듯한 태도를 버리고 폭력을 쓰려 했습니다. 하지만 좋은 뜻은 그냥 지나치시는 법이 없는 정의로운 하늘이 제 뜻을 살펴 주셨습니다. 제 약한 힘으로도 그다지 어렵잖게 하인을 벼랑으로 밀어 버리도록 해주셨거든요. 하인을 그곳에 그냥 내버려 뒀는데 죽었는지 살았는지는 모르겠습니다. 저는 너무 놀라고 지쳐 있었지만 최대한 빨리 이 산속으로 들어왔지요. 이곳에 숨어서 부모님의 부탁으로 저를 찾아다니는 사람들과 아버지로부터 피해야 한다는 마음밖엔 다른 생각이 없었거든요. 이런 마음으로 이 산속에 들어온 지 몇 달이 지났는지 모르겠습니다. 이곳에서 한 목장 주인을 만났는데, 그 사람이 저를 하인 삼아 이 산중에 있는 장소로 데려가 저는 줄곧 가축 지키는 일을 했습니다. 조금 전 무심코 제 정체를 밝혀 버린 이 머리칼을 숨기느라고 언제나 들에 나와 있으려 했습니다만, 그 모든 작전도 경계도 아무 소용이 없었습니다. 주인이 제가 남자가 아니라는 것을 알고는 하인과 마찬가지로 나쁜 마음을 먹게 된 것이지요. 운명이 늘 곤경에 처한 사람을 구해 주는 것은 아니었는지, 이번에는 하인 때처럼 주인을 밀어 떨어뜨릴 절벽도 벼랑도 없었습니다. 제 힘으로 주인에게 맞서거나 다른 핑계를 대느니 차라리 그를 떠나 다시 험악한 산속에 숨어 사는 편이 나을 것 같았답니다. 이렇게 저는 다시 산속에 숨고, 누구의 방해도 받지 않은 채 한숨과 눈물로 하늘에 기도할 장소를 찾았던 겁니다. 저의 불행을 가엾이 여기시고, 이 불행에서 나갈 수 있는 지혜와 은총을 주십사 하고요. 그게 안 된다면, 아무런 죄도 없이 고향에서뿐만 아니라 타지에서도 사람들의 입방아에 오르내리게 된 이 슬픈 여자에 대한 기억이 남지 않도록 아무도 없는 이 산속에서 죽을 수 있는 능력과 은혜를 베풀어 주십사 하고요.」

29

사랑에 빠져 혹독한 고행에 들어갔던
우리 기사를 꺼내기 위한
재미있는 속임수와 명령에 대하여

「여러분, 이것이 제 비극에 대한 진실된 이야기입니다. 여러분께서 들으신 제 한숨이며 제 말이며 제 눈에서 흘러내린 눈물이 그렇게 많아야 할 이유가 있었는지에 대해서는 알아서 판단해 주십시오. 그리고 제 불행의 성질을 고려해 보시면 달리 치유할 방도가 없으니 어떠한 위로도 소용이 없다는 것을 아시게 될 것입니다. 다만 여러분께 부탁드리고 싶은 것은 — 이것은 쉽게 하실 수 있으며 꼭 하셔야 하는 일인데 — 제가 어디로 가야 저를 찾는 사람들에게 들킬 두려움이나 불안 없이 살아갈 수 있을지 조언해 주십사 하는 것입니다. 저를 유별나게 사랑하시는 제 부모님께서는 저를 기꺼이 맞아 주시겠지만, 그분들이 생각하시는 그 모습 그대로 스스로를 보여 드릴 수 없다는 사실은 생각만 해도 참으로 부끄럽습니다. 제 순결을 반드시 지키겠노라 약속드렸는데 그것을 지키지 못한 채 부모님의 얼굴을 뵙느니 차라리 영원히 제 모습을 보시는 일이 없도록 저 스스로를 추방시키는 게 더 나을 것 같습니다.」

이렇게 말하고 그녀는 입을 다물었는데 얼굴에 마음 깊은 곳에서 우러나온 부끄러움과 회한의 기색이 역력했다. 여자의 말을 듣고 있던 사람들은 그녀의 불행에 대한 연민만큼이나 영혼의 감동을 느꼈다. 신부가 곧바로 그녀를 위로하고 조언하려 했지만 그보다 먼저 카르데니오가 그녀의 손을 잡고 말했다.

「그러니까 아가씨, 당신이 저 부자 클레나르도의 외동딸, 아름다운 도로테아라는 거죠?」

도로테아는 자기 아버지의 이름을 듣자 놀랐고, 그 이름을 말한 자의 너무나 형편없는 몰골을 보고 다시금 놀랐다. 이미 말했듯 카르데니오의 차림새는 한심스러울 정도였기 때문이다. 그래서 그녀는 그에게 물었다.

「제 아버지 이름을 아시다니 당신은 누구시죠? 지금까지 제 불행한 이야기를 하면서 한 번도 아버님 이름을 말한 적이 없었는데 말이에요.」

「제가…….」 카르데니오는 대답했다. 「운이 없다던 바로 그 사람입니다. 아가씨 말대로라면 루스신다가 자기 남편이라고 했다는 그 사람 말입니다. 제가 불행한 카르데니오랍니다. 당신을 지금 그런 처지로 만든 그자의 못된 행동이 보시다시피 저를 이렇게 만들었습니다. 다 떨어진 옷을 걸친 채 거의 헐벗고 있으며, 어떤 인간적인 위로도 못 받고, 무엇보다 가장 나쁜 것은 정신까지 놓고 말았다는 겁니다. 정신이 돌아오는 경우는 하늘이 잠깐 동안 그것을 주고 싶을 때뿐이지요. 도로테아 아가씨, 저는 돈 페르난도의 터무니없는 행동들을 지켜본 사람입니다. 루스신다가 그자의 아내가 되겠다며 〈예〉라고 대답하는 것을 듣기를 기다렸던 자가 바로 저였습니다. 루스신다가 기절한 후 어떻게 됐는지 지켜볼 용기가 없었던 자이기도 하고요. 나중에 그녀의 품에서 발견된 편지로 인해 일어난 일을 볼 용기도 없었던 자가 바로 저입니다. 한꺼번에 그 모든 불행을 감당할 만한 영혼을 갖지 못했기에 저는 집과 인내를 버린 채 편지 한 통을 제 손님에게 맡겨 루스신다에게 전해 줄 것을 부탁하고는 이 외진 곳으로 와서, 그 순간부터 불구대천의 원수처럼 증오하게 된 내 목숨을 여기서 끝장내려 했지요. 그러나 운명은 내 목숨 대신 내 정신을 앗고 싶어 했으니, 아마도 당신을 만나는 행운을 주려고 목숨을 부지시켰나 봅니다. 당신이 한 말이 사실이라면 ― 제가 보기에 사실 같지만요 ― 하늘은 이 재난 끝에 우리가 생각한 것보다 훨씬 좋은 일을 당신과 나를 위해 마련해 놓았는지도 모릅니다. 루스신다는 나의 아내로 돈 페르난도와 결혼할 수 없고, 돈 페르난도는 당신의 남편으로 루스신다와 결혼할 수 없을 테니까요. 그녀가 그렇게 내놓고 말했다 하니, 이제 하늘이 우리에게 우리의 것을 돌려주시기를 기다리기만 하면 되겠습니다. 남에게 주어지지도 몸을 망치지도 않은 채, 모두가 온전하게 남아 있으니 말입니다. 우리의 이 위로는 실현 불가능한 희망에서 나온 것이 아니고 터무니없는 상상으로 생긴 것도 아닙니다. 그러니 아가씨, 나도 좋은 쪽으로 마음을 먹을 생각이니 당신도 좋은 마음으로 새로운 결심을 하시고 더 나은 운명을 기다리도록 하세요. 기사도와 기독교인의 이름으로 맹세컨대, 당신이 돈 페르난도의 손에 들어갈 때까지 내가 당신을 보호하겠습니다. 당신에 대한 의무를 말로써 그자에게 납득시키지 못한다면, 기사의 자격으로 주어진 자유를 발휘하여 정당한 명목으로 결투를 신청할 것입니다. 내가 받은 모욕은 잊고 당신에게 한 비이성적인 처사만을 들어서 말이지요. 나의 복수는 하늘에 맡기고, 이 땅에서는 당신의 복수를 할 것입니다.」

카르데니오의 말에 도로테아는 감격해 버렸다. 그녀는 그렇게 크고 고마운 제의에 대해 어떻게 감사해야 할지 몰라 그의 발에 입을 맞추려 했지만 카르데니오가 허락하지 않았다. 그러자 신부가 두 사람 대신 입을 열어 카르데니오의 생각을 칭찬했다. 그리고 무엇보다 자기와 함께 마을로 돌아가자고 그들을 향해 권하고 충고하고 설득했다. 거기서 자신이 두 사람이 필요한 것을 마련해 줄 수 있고, 돈 페르난도를 찾거나 도로테아를 부모에게 데려다 주거나 혹은 그들에게 가장 바람직한 일에 도움을 줄 수도 있을 것이라고 했다. 카르데니오와 도로테아는 고마워하며 그 은혜를 받아들였다. 그때까지 말없이 이야기만 듣고 있던 이발사 또한 신부 못지않게 그들을 도울 수 있는 일이라면 무엇이든 하겠다고 나섰다.

그러면서 이발사는 자기들이 그곳에 오게 된 이유를 간단하게 들려주었다. 돈키호테의 희한한 광기에 대해 이야기하고, 지금은 그를 찾으러 나간 종자를 기다리고 있는 중이라고 했다. 카르데니오는 문득 전에 꿈속에서인지 돈키호테와 싸운 듯한 일이 떠올라 그것을 사람들에게 이야기했다. 하지만 무슨 이유로 싸우게 됐는지는 말하지 못했다.

이때 어떤 목소리가 들려왔는데, 소리를 지른 사람은 산초 판사였다. 헤어진 장소에 그들이 보이지 않아 큰 소리로 찾고 있었던 것이다. 그들이 산초를 맞으러 가 돈키호테에 대해 묻자 그는 대답하기를, 돈키호테는 속옷 윗도리만 걸친 채 굶어서 비쩍 마르고 얼굴은 누렇게 떠서는 배가 고파 죽어 가면서도 자기의 귀부인 둘시네아 때문에 한숨짓고 있다고 했다. 그리고 둘시네아가 돈키호테에게 이곳에서 나와 자기가 기다리고 있는 엘 토보소 마을로 돌아오시라 했다고 전하니 부인의 호의에 어울릴 만한 업적을 세울 때까지는 그 아름다운 분 앞에 나타나지 않을 작정이라고 대답했다는 것이다. 그대로 두었다가는 꼭 되어야 하는 황제는 고사하고 자칫 잘못하면 최소한은 되어 주어야 할 대주교 자리마저 놓칠 위험이 있다는 얘기였다. 그러니 그를 그곳에서 끌어낼 수 있는 방법을 생각 좀 해보시라고 산초는 애원했다.

신부는 산초에게 걱정하지 말라면서 돈키호테가 싫다 해도 그를 그곳에서 끌어낼 작정이라고 했다. 그리고 돈키호테를 구해 내기 위해, 적어도 집으로 데려가기 위해 자기들이 계획했던 일을 카르데니오와 도로테아에게 이야기해 주었다. 그 말을 들은 도로테아는, 도움이 필요한 아가씨 역할이라면 이발사보다 자기가 더 잘할 수 있다고 나섰다. 그 역할을 아주 자연스럽게 해낼 수 있는 의상도 가지고 있다는 것이었다. 그리고 자기는 기사 소설을 많이 읽은 터라 고민에 빠진 아가씨가 어떤 식으로 편력 기사에게 도움을 청하는지도 잘 알고 있다면서 계획을 진행시키는 데 필요한 역할은 모두 잘해 낼 수 있으니 맡겨 달라고 했다.

「그렇다면 더 바랄 게 없소.」 신부가 말했다. 「당장 일을 시작하기만 하면 되겠소. 행운이 우리 편을 들고 있는 게 분명하오. 생각지도 못했는데 당신들 두 분에게는 당신들을 구제할 문이 열리기 시작하더니, 우리에게는 우리가 필요로 했던 문이 열리니 말이오.」

도로테아는 당장 자기 베갯잇에서 고급 천으로 만든 긴 치마와 화려한 녹색 스카프를 꺼내고 상자에서 목걸이며 다른 보석류를 꺼내더니 순식간에 돈 많고 기품 있는 귀부인의 모습으로 치장했다. 이 모든 것들과 그 밖의 것도 만일의 경우를 대비해 집에서 들고 나온 것인데 그때까지는 써 볼 기회가 없었다고 했다. 모두가 도로테아의 넘치는 우아함과 품위와 아름다움에 마음을 빼앗겨, 이토록 아름다운 사람을 버린 돈 페르난도는 머리가 좀 모자라는 인간이라고 단정해 버렸다.

그중에서도 제일 감탄한 것은 산초 판사였다. 이토록 아름다운 여인을 생전 본 적이 없었던 듯했는데, 사실 그랬다. 그래서 그는 신부에게 저토록 아름다운 여인은 누구이며, 이런 길도 없는 곳에서 무엇을 찾아다니고 있었는지 말해 달라고 열심히 졸랐다.

「이 아름다운 분은 말일세, 산초…….」 신부가 대답했다. 「말할 필요도 없이, 대(大)미코미콘 왕국의 직속 여성 후계자로 도움을 청할 일이 있어서 자네 나리를 찾아오셨다네. 어느 사악한 거인이 이분에게 행한 모욕인가 잘못인가를 쳐부수어 달라고 말일세. 이 공주님은 만천하에 알려진 그대의 훌륭한 기사 나리의 명성을 좇아 기니에서부터 찾아오셨다네.」

「제대로 찾아오셔서 운 좋게 발견하셨군요.」 산초 판사가 말했다. 「우리 나리께서도 운 좋게 방금 말씀하신 그 빌어먹을 거인 놈을 죽여 모욕을 되갚고 잘못을 바로잡으시기만 한다면야 금상첨화지요. 그놈이 유령만 아니라면 만나자마자 죽여 버리실 겁니다요. 우리 나리는 유령한테는 힘을 못 쓰시거든요. 하지만 신부님, 무엇보다 부탁드리고 싶은 것은요, 우리 나리께서 대주교가 되시고 싶은 마음이 들지 않도록, 일을 해결하고 난 뒤 이 공주님과 결혼하시라고 말씀드려 주세요. 저는 나리께서 대주교가 되고 싶어 하실까 봐 그게 걱정입니다요. 결혼하시면 대주교직을 받을 수가 없게 되니 제국 쪽으로 쉽게 마음이 가서 제 희망도 이루어지지 않겠습니까요. 그 문제를 잘 생각해 보고 제 나름대로 내린 결론은요, 우리 나리께서 대주교가 되시면 제겐 안 좋다는 겁니다요. 저는 교회에 아무 쓸모가 없거든요. 저는 결혼한 몸이고, 이제 와서 교회 연금 때문에 허가를 받으러 돌아다니는 일도 처자식이 있는 제게는 끝이 없을 것 같습니다요. 그러니 신부님, 가장 좋은 해결 방법은요, 우리 나리께서 이 공주님과 결혼하시는 겁니다요. 아직 존함을 몰라 어떻게 불러야 하는 건지는 모르지만요.」

「존함은…….」 신부가 대답했다. 「미코미코나 공주님이시네. 그분의 왕국 이름이 미코미콘이니 당연히 그렇게 불러야지.」

「당연히 그렇고말고요.」 산초가 대답했다. 「저도 자기가 태어난 장소를 가문과 성의 이름으로 붙인 사람들을 많이 보았습니다요. 페드로 데 알칼라, 후안 데 우베다, 디에고 데 바야돌리드라고 부르던데 기니에서도 그렇게 하고 있나 봅니다요. 여왕들이 왕국 이름에서 자기 이름을 취하는 것 말입니다요.」

「그런 모양일세.」 신부가 말했다. 「그리고 자네 주인을 결혼시키는 일에 대해서는 말이지, 내가 할 수 있는 한 모든 노력을 다하겠네.」

455

이 말을 듣고 산초가 어찌나 좋아하는지 신부는 산초의 단순함, 그리고 그의 환상 속에 주인 못지않은 황당한 생각들이 있는 것을 알고 무척 놀랐다. 자기 주인이 황제가 될 거라고 철석같이 믿고 있는 것을 보니 말이다.

이때쯤 도로테아는 이미 신부의 노새에 타고 있었고 이발사는 얼굴에 쇠꼬리 턱수염을 붙이고 있었다. 그런 다음 그들은 산초에게 돈키호테가 있는 곳으로 안내해 달라고 했다. 물론 신부와 이발사를 아는 척하지 말라고도 일렀다. 그들을 모르는 척하는 것이 주인이 황제가 되는 데 결정적인 계기가 되기 때문이라고 했다. 신부와 카르데니오는 그들과 함께 가지 않을 생각이었다. 카르데니오는 돈키호테가 자기와 싸운 일을 기억할까 봐서였고, 신부는 그때 그 자리에 있을 필요가 없었기 때문이다. 그래서 다른 사람들을 앞서 가게 하고 두 사람은 그들을 따라서 천천히 걸어갔다. 신부가 도로테아에게 해야 할 일을 일러 주자, 그녀는 기사 소설에 있는 내용에서 한 치도 어긋남이 없이 할 테니 다들 걱정 마시라고 했다.

4분의 3레과쯤 걸었을 때, 그들은 복잡하게 얽혀 있는 바위 사이에서 갑옷은 입지 않았지만 이미 옷을 걸친 돈키호테를 발견했다. 도로테아는 그를 보았고, 산초가 저 사람이 돈키호테라고 가르쳐 주자 노새[252]에 채찍질을 했다. 턱수염을 단 이발사가 그 뒤를 따라가다가 돈키호테 가까이에 다다랐을 때 노새에서 뛰어내려 도로테아를 안아 내리려고 갔으나 그녀는 아주 가뿐히 내리더니 돈키호테 앞으로 가서 무릎을 꿇었다. 그러고는 돈키호테가 아무리 일으키려 해도 일어나지 않고 무릎을 꿇은 채 이렇게 말했다.

---

252 원문에는 〈순하며 느릿느릿 걷는 말〉을 뜻하는 〈*palafrén*〉으로 되어 있다. 기사 소설에서 귀부인들이 주로 타는 말이다. 신부의 노새에 그러한 말의 명칭을 준 것은 세르반테스의 유머라 할 수 있다.

「오, 용맹하시고 막강하신 기사님, 선하시고 친절하신 기사님께서 먼저 제게 자비를 베풀어 주실 때까지 이 자리에서 일어나지 않을 것입니다. 그 자비는 기사님의 명예와 가치를 넘쳐 나게 할 것이고, 세상에서 가장 철저히 모욕당한 여인을 구원하는 일이 될 것입니다. 만일 기사님의 강한 팔 힘이 기사님 불멸의 명성에 버금가는 것이라면, 기사님의 유명한 이름의 평판을 좇아 먼 나라에서부터 불운을 치유할 방편을 찾기 위해 온 이 불행한 여인을 꼭 도와주셔야 합니다.」

「아름다운 여인이여.」 돈키호테가 대답했다. 「그대가 땅에서 일어나기 전에는 한마디도 대답하지 않겠으며 그대 일에 대해 더 듣지도 않을 것입니다.」

「나리.」 고통받는 아가씨가 말했다. 「먼저 제가 청한 바를 예의 바른 기사님께서 들어주겠다고 하시지 않는다면 저는 일어나지 않을 것입니다.」

「그대의 청을 받아들이겠습니다.」 돈키호테가 대답했다. 「본인의 왕과 조국, 그리고 내 마음과 내 자유의 열쇠를 쥐고 있는 그분을 불명예스럽게 하거나 그분에게 폐를 끼치는 일이 아니라면 말이지요.」

「착한 나의 기사님, 말씀하신 그분을 불명예스럽게 할 일도, 그분께 폐를 끼칠 일도 아닙니다.」 고통에 찬 아가씨가 말했다.

일이 이렇게 되자 산초 판사가 주인의 귀에 대고 아주 낮은 소리로 말했다.

「나리, 이분의 청을 들어 드리세요. 별거 아니니까요. 거인 한 놈 죽이는 일인데요, 뭐. 나리께 청하고 있는 이분은 에티오피아의 대국 미코미콘 왕국의 여왕이신 고명한 미코미코나 공주님이시라고요.」

「누구시든 간에……」 돈키호테가 대답했다. 「나는 나에게 주어진 의무와 내가 신조로 삼는 법도에 따라 양심이 시키는 대로 할 것이다.」

그러고는 아가씨에게 고개를 돌려 말했다.

「대단히 아름다운 아가씨, 일어나시지요. 본인에게 부탁하고자 하는 일을 들어 드리겠습니다.」

「제가 부탁드릴 일은…….」 아가씨가 말했다. 「위대하신 기사님께서 제가 안내하는 곳으로 곧장 가주시는 것이며, 신의 법과 인간의 법을 무시하며 저의 왕국을 약탈해 간 반역자에게 복수해 주실 때까지 다른 어떤 모험이나 요구에 개입하지 않겠다고 약속하시는 것입니다.」

「그러지요.」 돈키호테가 대답했다. 「그러니 이제부터 아가씨, 그대를 괴롭히는 우울한 마음을 버리십시오. 그대의 꺼져 가던 희망에 새로운 힘과 용기를 불어넣을 수 있을 것입니다. 신의 도움과 내 팔의 도움으로 그대는 곧 그대의 왕국을 되찾고 그대의 위대한 자리에 다시 앉게 될 것입니다. 유감스럽게도 비겁한 자들이 그렇게 되는 것을 방해한다 해도 말입니다. 자, 일을 시작하지요. 늦장 부리면 위험이 따른다고 하니 말입니다.」

도움이 필요했던 아가씨는 그의 손에 입을 맞추려 무진 애를 썼으나 돈키호테는 모든 면에서 예의 바르고 정중한 기사였으므로 절대 그것을 허용하지 않았다. 오히려 아가씨를 일으켜 세워 예의를 다해 아주 정중하게 포옹하고는, 산초에게 로시난테의 뱃대끈을 살피고 즉시 자기에게 갑옷을 입히라고 명령했다. 산초는 마치 전리품처럼 나무에 걸려 있던 갑옷을 내리고 뱃대끈을 살핀 다음 순식간에 주인에게 갑옷을 입혔다. 갑옷을 입은 돈키호테는 말했다.

「자, 신의 이름으로 이 위대하신 분을 돕기 위해 출발하기로 하자.」

여태 무릎을 꿇은 채로 있던 이발사는 웃음을 참느라, 그리고 수염이 떨어지지 않도록 하느라 무척이나 애를 쓰고 있었다. 수염이 떨어졌다가는 좋은 뜻을 이루지 못하고 모든 게 수포로 돌아갈 것 같았기 때문이다. 그러다가 아가씨의 청이 받아들여져서 돈키호테가 부지런히 실행에 옮기려 하자 자기도 일어나서 아가씨의 다른 쪽 손을 잡고 기사와 둘이서 그녀를 노새에 태웠다. 그런 다음 돈키호테도 로시난테에 올라탔고 이발사도 자기의 탈것에 탔으니 산초만이 걸어가게 되었는데, 그는 새삼 당나귀 잃은 것을 떠올리며 이렇게 필요할 때 없는 것에 아쉬움을 느꼈다. 그래도 자기의 주인이 황제가 되려고 이미 길을 나섰으며 곧 그렇게 될 것으로 보였으므로 모든 것을 즐겁게 받아들이기로 했다. 그는 주인이 저 공주와 결혼해 적어도 미코미콘 왕국의 왕이 될 것이라고 확실히 믿었던 것이다. 다만 그 왕국이 흑인들의 땅에 있는 터라 자기 신하가 모두 흑인들로 이루어질 것이라고 생각하니 그것이 유감스러웠다. 하지만 그 문제에 있어서도 그는 멋진 해결책을 생각해 내고 혼자서 중얼거렸다.

「신하들이 흑인인 게 무슨 상관이야? 그들을 싣고 에스파냐로 데려와 팔아 버릴 수도 있으니, 현금으로 주는 곳으로 실어 가면 되는 게지. 그 돈으로 평생 편하게 살 수 있는 직함이나 일을 살 수도 있지 않겠어? 그래, 잠이나 자라고. 서른 명, 아니 1만 명이나 되는 신하들이라 해도 한순간에 팔아 치우는 데는 지혜나 기술이 필요 없지! 하느님께 맹세코, 닥치는 대로 한꺼번에 모두 헐값에 팔아 치울 거야 뭐. 아무리 검더라도 희거나 노랗게[253] 바꾸어 놓아야지. 자, 이리 가까이들 오라고, 나는 바보거든!」[254]

이런 생각을 하며 아주 즐거운 기분으로 열심히 가서인지 산초는 걷는 고통도 잊었다.

카르데니오와 신부는 바위 사이로 이 광경을 모두 지켜보고 있었는데, 어떻게 그들과 합류하면 좋을지 알 수가 없었다. 하지만 신부는 상당히

---

253 은화와 금화를 말한다.
254 산초는 스스로에 대해 빈정거리는 투로 반어적 표현을 쓰고 있다.

재치 있는 사람이라서 원하는 바를 이룰 방법을 곧 생각해 냈다. 그는 작은 상자에 넣어 온 가위로 카르데니오의 수염을 민첩하게 자르고 자기가 입고 있던 진갈색 짧은 망토와 검은색 어깨걸이 가빠를 입혔다. 자기는 바지와 조끼 바람이 되었으나 카르데니오는 방금 전과는 영 딴판이 되어서 거울을 본다 해도 자신을 알아보지 못할 정도였다. 이렇게 변장하는 동안 다른 사람들이 앞서 가버린 터라, 두 사람은 그들보다 먼저 수월하게 큰길로 나올 수 있었다. 주변의 덤불들이며 험한 산길 때문에 말 탄 사람이 걸어가는 사람보다 빠져나오기 힘들었던 것이다. 드디어 그들은 산에서 빠져나가는 출구인 평지로 들어섰다. 돈키호테와 그 일행도 산에서 빠져나오자 신부는 천천히 확인이라도 하듯 한참 동안 돈키호테를 바라보고 있더니 마침내 두 팔을 벌리고 소리를 지르면서 그에게 다가갔다.

「이런 일이 있나! 기사도의 거울이자 내 좋은 고향 친구 돈키호테 데 라만차, 늠름함의 정수이자 꽃이며, 곤경에 처한 자들의 보호자이자 해결사인 편력 기사들의 진수가 아니신가!」

이렇게 말하면서 그는 돈키호테의 왼쪽 무릎을 껴안았다. 돈키호테는 지금 눈앞에서 보고 들은 행동과 말에 놀라 자세히 바라보다가 드디어 상대가 누군지를 알게 되자 그를 만난 게 놀랍다는 듯 말에서 내리려 애를 썼다. 신부가 만류하자 돈키호테는 말했다.

「그러지 마십시오, 신부님. 내가 말 위에 앉아 있고 신부님처럼 존귀한 분을 걷게 하는 것은 옳은 일이 아닙니다.」

「아니, 그것만은 단연코 동의 못 하네.」 신부가 말했다. 「위대하신 분은 그냥 말에 타고 계시게. 우리 시대에 봤던 최고의 업적이나 모험은 말을 탄 상태에서 이루어졌으니까 말이네. 나는 보잘것없는 성직자이니, 그대 일행들께서 불쾌해하시지만 않는다면 노새들 중 한 마리의 궁둥이에 타게 해주는 것으로 충분하다네. 그래도 페가수스나 얼룩말이나, 아니면 마법에 걸려 지금까지도 그 유서 깊은 콤플루토[255]에서 멀지 않은 술레마의 언덕에 누워 있다는, 유명한 무어인 무사라케가 탔던 말에 탄 기분일 테니 말이지.」[256]

「거기까지는 아직 생각하지 못했습니다, 신부님.」 돈키호테가 대답했다. 「이 공주님이 내 마음을 살펴 종자에게 노새의 안장을 신부님께 드리라고 명령할 것으로 압니다. 노새가 견딜 수만 있다면 종자는 그 궁둥이에 앉을 수 있을 것입니다.」

「견딜 수 있다고 봅니다.」 공주가 대답했다. 「그리고 저의 종자에게 그렇게 하라고 명령할 필요는 없어요. 참으로 예의바르고 점잖은 사람이라서, 성직에 계신 분을 말에 태울 수 있는데도 그냥 걸어가시도록 두지는 않을 겁니다.」

「그럼요, 그럼요.」 이발사가 대답했다.

그러고는 말에서 내려 신부에게 안장을 권했는데, 그렇게 부탁까지 할 것도 없이 신부는 곧장 올라탔다. 정작 사건은 이발사가 노새 궁둥이에 타려고 했을 때 벌어졌다. 빌려 온 이 노새가 ─ 사실 이것만으로도 그 녀석 성질이 고약하다는 것은 분명한데 ─ 약간 궁둥이를 쳐들고 허공에다 두어 번 뒷발질을 해댄 것이다. 이 발길질이 이발사 니콜라스 선생의 가슴이나 머리로 떨어졌더라면 그는 돈키호테를 찾아나선 일을 저주하게

---

255 Compluto. 세르반테스가 태어난 알칼라 데 에나레스Alcala de Henares의 옛 이름. 마드리드에서 자동차로 1시간 거리에 위치하며 술레마Zulema 언덕은 이곳 가까이에 있다.

256 Muzaraque. 전설에 따르면, 이슬람교도들이 이베리아 반도를 정복한 동기 중 하나는 솔로몬 왕이 예루살렘 사원을 위해 만들었다는 탁자를 찾기 위해서였다. 그 탁자는 금으로 된 365개의 다리가 있는 것으로 70년에 예루살렘에서 이베리아 반도로 옮겨져 서고트족의 수도였던 톨레도에서 완성되었다고 한다. 기독교인들은 이슬람교도들의 침략으로부터 이 탁자를 지키기 위해 술레마 언덕에 숨겼는데 이슬람 장군인 무사라케가 이를 찾아냈다. 하지만 그는 욕심에 왕에게 알리지 않고 나중에 그 사실을 알게 된 슐레이만 1세에 의해 사형에 처해졌으니, 그의 영혼은 마법에 걸려 술레만 언덕의 솔로몬 탁자 곁에서 떠돈다고 한다.

되었을 것이다. 어쨌든 이 발길질에 놀라 땅에 넘어지는 바람에 이발사는 신경 쓸 겨를도 없이 그만 수염을 떨어뜨리고 말았다. 수염이 떨어져 나가자 그는 다른 방도가 없어 두 손으로 얼굴을 가리고는 어금니가 빠져 아프다고 불평하는 수밖에 없었다. 넘어진 종자의 얼굴에서 떨어져 나간 턱수염 뭉치를 본 돈키호테는 수염에 턱살이 붙어 있지 않을 뿐만 아니라 피도 전혀 보이지 않는 데 놀라 소리쳤다.

「이럴 수가, 이거 대단한 기적이군! 수염이 얼굴에서 뽑혀 떨어져 나갔는데 꼭 일부러 벗겨 버리기나 한 듯한 모양이니 말이야!」

자기들의 계획이 탄로 날 위기에 처하자 본 신부는 곧장 수염이 있는 쪽으로 가서 그것을 집어 들고 여전히 누운 채 신음하고 있는 니콜라스 선생에게로 갔다. 그런 다음 그 사람의 머리를 자기 가슴팍으로 끌어당기고 뭔가 중얼거리더니, 이것은 수염을 붙이는 데 효험이 있는 기도라는 말을 하고 〈여러분들이 보시다시피……〉라며 단번에 수염을 달아 놓고는 그 자리에서 물러났다. 종자가 상처 하나 없이 전과 똑같이 수염을 달고 있는 것을 보자 돈키호테는 무척이나 감탄하면서 신부에게 언제 시간이 있을 때 그 기도를 가르쳐 달라고 부탁했다. 그 기도가 수염을 붙이는 것 외에 다른 일에도 효험이 있을 거라고 생각했던 것이다. 수염이 뜯겨 나간 부분은 상처가 나서 형편없이 되는 게 당연한데 저렇게 상처 하나 없이 깨끗하게 나아 있는 것을 보았으니 말이다.

「그러죠.」 신부는 기회가 되면 가르쳐 주겠노라고 약속했다.

이제 신부가 먼저 노새에 오르고 거기서 2레과 거리에 있는 객줏집에 닿을 때까지 세 명이 번갈아 타고 가기로 했다. 세 사람, 그러니까 돈키호테와 공주와 신부는 타고, 다른 세 사람, 즉 카르데니오와 이발사와 산초 판사는 걸었다. 돈키호테가 아가씨를 보고 말했다.

「위대하신 공주님, 자, 가시고 싶은 곳으로 인도하시지요.」

하지만 그녀가 대답하기 전에 신부가 말했다.

「공주님은 어느 왕국으로 인도하실 건가요? 혹시 미코미콘 왕국으로 가시는 건 아닌가요? 아마 그렇겠지. 아니면 내가 왕국에 대해 잘 모르는 거겠지.」

모든 일을 다 눈치채고 있었던 그녀는 〈그렇다〉라고 대답해야 한다고 이해하고 말했다.

「네, 신부님, 거기로 갑니다.」

「그렇다면……」 신부가 말했다. 「우리 마을 한가운데로 지나가셔야 하오. 거기서 카르타헤나로 가는 길로 들어서야 하는데, 그곳에서 운이 좋으면 배를 타실 수 있을 것이오. 바람이 많이 불고 바다가 잔잔하니 폭풍우만 만나지 않는다면 9년 안에 메오나의 큰 늪, 그러니까 메오티데스[257]가 보이는 곳에 있게 될 것이오. 그 큰 늪은 약간 우리 쪽에 있는데, 거기서 공주님의 왕국까지는 1백 일이 좀 더 걸리지요.」

「잘못 알고 계시네요, 신부님.」 그녀가 말했다. 「제가 제 왕국을 떠나온 지는 2년밖에 되지 않았는데, 한 번도 좋은 날씨라곤 없었는데도 불구하고 그토록 바라던 이 돈키호테 데 라만차 나리를 뵈었거든요. 이분에 대한 소식은 제가 에스파냐 땅을 밟자마자 바로 들었으니, 그 소식에 제 마음이 동해서 이분을 찾아왔습니다. 이분의 호의에 저를 맡기고 무적의 팔의 용기에 의존하여 저의 정의를 이루려고 말입니다.」

「내 칭찬은 이제 그만하시지요.」 이때 돈키호테가 말했다. 「본인은 어떤 종류의 것이든 아부를 무척 싫어하는 사람입니다. 하신 말씀이 아부라고 할 것까지는 못 되나 그런 유의 말씀은 아직도 순결한 내 귀를 모욕한답니다. 아가씨, 내가 말씀드릴 수 있는 것은, 내게 용기가 있건 없건, 그

---

257 Meótides. 흑해에 있는 만.

것을 가졌건 가지지 못했건 목숨이 다할 때까지 그대를 위해 그 용기를 쓰겠다는 것입니다. 그 일은 때가 오면 하기로 하고, 신부님께서는 이런 곳에 하인도 없이 혼자 그렇게 가벼운 차림으로 오셨는데 대체 무슨 일로 오셨는지 말씀해 주시지요.」

「그에 대해서는 아주 간단하게 대답해 주겠네.」 신부가 말했다. 「그러니까 돈키호테 이 양반아, 나와 우리의 친구이자 이발사인 니콜라스 선생은 오래전에 인디아스로 간 내 친척이 보내 온 돈을 받으러 세비야로 가던 길이었네. 6만 페소 좀 안 되는 적지 않은 액수로, 지금 유통되는 돈의 두 배 가치가 되지. 그런데 어제 이곳을 지나가다가 들치기 네 명을 만나 수염까지 다 뜯기고 말았지 뭔가. 그렇게 뜯기는 바람에 이발사 친구는 가짜 수염을 달게 되었던 것이네. 여기 가는 이 젊은 친구는 — 그는 카르데니오를 가리켰다 — 아예 새로운 사람으로 만들어 놓았지. 그런데 기가 막힌 것은 이 근방에 공공연히 알려져 있는 소문으로, 우리를 들치기 한 이들이 배를 젓는 형에 처해져 호송되어 가던 죄수들이라는 걸세. 사람들 말에 의하면, 역시 이 근방에서 한 용감무쌍한 남자가 호송 관리와 경찰들도 아랑곳 않고 그들 모두를 풀어 해방시켰다더군. 분명 그 남자는 제정신이 아니거나, 혹은 죄수들 못지않은 대단한 망나니거나, 영혼도 양심도 없는 자일 게 분명하네. 그렇지 않고서야 어떻게 늑대를 양 떼 사이에, 여우를 닭장에, 파리를 꿀 속에 풀어 놓을 수가 있단 말인가. 정의를 사취하고자 했으니 이는 자기가 태어난 나라의 왕을 배신한 것이지. 왕의 정당한 명령을 어겼으니 말이네. 배에서 노 저을 자들을 빼앗고, 오래도록 무사태평하게 지내 온 성스러운 형제단을 소용돌이 속으로 몰아넣은 셈이며, 결과적으로 자기의 영혼을 잃고 육체도 못 살릴 일을 저지르고 만 것이지.」

산초가 이미 신부와 이발사에게 자기 주인이 엄청난 영광으로 마무리

했다면서 죄수들과 펼친 모험에 대해 이야기해 주었던 터라, 신부는 그 이야기를 하면서 돈키호테가 뭐라고 말하는지, 어떤 반응을 보이는지 보려고 버티고 있었다. 돈키호테는 신부가 한마디 한마디 할 때마다 얼굴색이 변했으나 자기가 그 훌륭한 인간들을 해방시켜 준 당사자라고는 차마 말하지 못했다.

「그러니까, 그놈들이……」 신부가 말했다. 「우리 돈을 훔쳐 간 걸세. 마땅히 받아야 할 형벌로 놈들을 데려가지 못하게 한 그자를 자비로우신 하느님께서 용서하시기를 바랄 뿐이네…….」

30

아름다운 도로테아의 신중함과
정말 재미있는 일들에 대하여

신부가 말을 끝마치기도 전에 산초가 말했다.

「사실을 말씀드리자면요, 신부님, 그 무공을 세우신 분은 바로 저의 주인님이십니다요. 제가 그 일이 벌어지기 전에 말씀을 드리지 않았던 건 아닙니다요. 하시고자 하는 일을 잘 헤아려 보시라고 미리 주의를 드렸습죠. 그놈들은 모두 대단한 망나니들이라서 이렇게 가고 있는 것이니 그놈들을 풀어 준다는 것은 죄라고 말입니다요.」

「어리석긴.」 이때 돈키호테가 말했다. 「편력 기사들의 일은 괴로워하는 자나 사슬에 묶여 있는 자나 억압받는 자들이 그런 모습으로 길을 가는 것을 보게 되었을 때, 그렇게 고통스러운 상황에 놓이게 된 이유가 그들의 잘못으로 인한 것인지 아니면 다른 짓들 때문인지 알아보는 데 있는 게 아니다. 그들의 고약한 행위를 보는 게 아니라 그들의 고통에 눈을 돌려 도움을 필요로 하는 그들을 도와주는 것이 기사의 임무란 말이다. 나는 슬픔에 찌들고 불행한 사람들이 염주처럼 줄줄이 묶여 가는 것을 보았다. 그래서 기사의 법도가 명하는 대로 그들에게 해야 할 일을 한 것이야. 그 밖의 일은 내가 상관할 바가 아니다. 이 일을 놓고 잘못했다고 하는 사람은, 신부님의 성스러운 존귀함과 정직한 인품을 두고 말하는 것은 아니지만, 기사들의 일에 대해 아무것도 모르는 빌어먹을 쌍놈의 자식으로 거짓말을 하는 것이라고 나는 말하고 있는 것이다. 오랫동안 자제하고 있는 나의 칼로써 이런 사실을 알게 해주겠다.」[258]

이렇게 말하고서 그는 말 디딤판에 있는 발에 힘을 주고 투구를 눌러썼다. 자기가 맘브리노의 투구로 생각하고 있던 이발사의 대야는 죄수들이 망가뜨린 것을 고칠 때까지 놔두느라 앞쪽 안장에 매달려 있었다.

신중하고도 분별 있으며 아주 고상한 도로테아는 돈키호테가 제정신이 아니며 지금 아주 기분이 상해 있고, 산초 판사만 제외한 모두가 그를 비웃고 있는 것을 보자 상황이 심각하다고 판단하여 입을 열었다.

「기사님, 제게 약속하신 자비를 기억하세요. 아무리 위급한 일이라 하더라도 다른 모험에는 개입할 수 없다고 제가 말씀드렸지요. 그러니 진정하세요. 만약 죄수들을 풀어 준 것이 바로 기사님의 무적의 팔이었다는 걸 아셨더라면 신부님도 입을 다무셨을 것입니다. 더 나아가 혀를 세 번 깨무는 한이 있더라도 나리에게 모욕이 되는 말은 하시지 않으셨을 거예요.」

「그건 내가 맹세하오.」 신부가 말했다. 「수염을 뽑아 버리는 한이 있더라도 그러지 않았을 거요.」

「나는 입을 다물겠습니다, 공주님.」 돈키호테가 말했다. 「이미 내 가슴에 일어난 이 당연한 분노를 가라앉히고, 약속한 일을 완수할 때까지 조용히 평화롭게 가기로 하지요. 하지만 이렇게 해드리는 것에 대한 대가로 나도 부탁할 게 있습니다. 대체 공주님의 근심이란 어떤 것이며, 또 공주님을 위해 마땅히 만족스러울 정도로 완전히 복수해 드려야 하는 상대가

---

258 기사들이 결투하기 직전에 하는 상투적인 맹세의 말이다.

몇 명인지, 그들은 누구이며 어떠한 자들인지, 괜찮다면 말씀해 주시지 않겠습니까?」

「기꺼이 말씀드리죠.」 도로테아가 말했다. 「가슴 아픈 일이나 불행한 일을 듣는 게 화나지 않으신다면요.」

「화내지 않겠습니다.」 돈키호테가 말했다.

그 말에 도로테아가 말했다.

「그러시다면, 여러분들 제 말 좀 들어 주세요.」

그녀가 이렇게 말하자 카르데니오와 이발사는 사려 깊은 도로테아가 어떻게 이야기를 꾸며 내는지 보고 싶어 그녀 옆으로 다가갔다. 자기 주인 못지않게 도로테아에게 속고 있는 산초도 그렇게 했다. 그녀는 안장에 제대로 자리 잡고 헛기침과 몇 가지 몸짓으로 준비를 하더니 아주 우아하게 이렇게 말하기 시작했다.

「우선, 여러분들이 아셔야 할 제 이름은……」

여기서 잠깐 말이 막혀 버렸다. 신부가 지어 준 이름을 잊어버렸던 것이다. 그러나 막힌 말이 무엇인지 아는 신부가 그녀를 거들었다.

「공주님, 공주님께서 불행을 이야기하다가 심란해져서 주저하시는 것도 놀라운 일은 아니오. 불행이란 그런 거죠. 괴롭게 한 자를 종종 잊게 하듯이 자기 이름마저 생각나지 않게 만드니 말이오. 공주님께 일어난 일만 봐도 그러하니, 미코미코나 공주라는 걸 잊으셨잖소. 대미코미콘 왕국의 합법적인 후계자이시죠. 이 정도 암시면 들려주시려 했던 가슴 아픈 이야기를 쉽게 생각해 내시리라 생각하오.」

「정말 그렇네요.」 아가씨가 대답했다. 「앞으로는 제게 아무것도 가르쳐 주시지 않아도 될 것 같아요. 저의 진실된 이야기로 잘 풀어 나갈 수 있을 테니까요. 내용은 이래요. 왕이신 저의 아버지께서는 현자 티나크리오라고 불리는 분으로 마법이라는 것에 아주 정통하셨지요. 그래서 아버지께서는 그 학문을 통해 저의 어머니이신 왕비 하라미야가 당신보다 먼저 돌아가시고 그 후 얼마 안 있어 당신도 세상을 떠나, 제가 아버지도 어머니도 없는 고아가 되리라는 것을 미리 알고 계셨답니다. 하지만 아버지 말씀에 의하면, 아버지를 괴롭히고 혼란스럽게 한 것은 그것이 아니라 다른 어떤 일이라고 하시더군요. 바로 저희 왕국과 국경을 접하고 있는 커다란 섬의 영주인 〈암담한 눈의 판다필란도〉라는 엄청난 거인이었습니다. 이자를 이렇게 부르게 된 이유를 알아봤더니 눈이 제자리에 제대로 붙어 있긴 하나 언제나 거꾸로 쳐다봐서 사팔뜨기같이 보였기 때문이라는군요. 그렇게 보는 것은 자기가 바라보는 것들을 두렵게 하고 놀라게 하려는 못된 마음 때문이었답니다. 그런데 이 거인이 제가 고아라는 것을 알게 되면 제 왕국에 큰 힘을 행사해서 제 몸 하나 들어가 살 작은 마을 하나 남겨 놓지 않고 죄다 빼앗아 갈 것을 아버지는 아셨던 겁니다. 하기야 그런 파멸이나 불행도 제가 그 거인과 결혼만 하면 피할 수 있는 것이었지만요. 하지만 아버지는 제가 그런 말도 안 되는 결혼을 바라리라고는 결코 생각지 않으셨어요. 아버지가 옳으셨던 겁니다. 저는 그 거인은 물론이고 아무리 크고 굉장한 다른 거인이 있다 하더라도 결혼할 생각을 해본 적이 없거든요. 아버지는 제게 이런 말씀도 하셨습니다. 아버지가 돌아가신 후 판다필란도가 왕국을 먹으려 들면 막으려 하지 말라고요. 그건 저를 망치는 일이니까 그냥 마음대로 하게 내버려 두라고요. 막으려 했다가는 저의 착하고 충성스러운 신하들이 몽땅 죽고 쫄딱 망하게 된다고요. 그 악마 같은 거인의 힘에 제가 맞선다는 것은 있을 수 없는 일이라는 것이었어요. 그냥 몇 명의 부하를 데리고 즉시 에스파냐로 가서 편력 기사를 찾으면 저의 불운을 치유할 수 있을 거라고 하셨지요. 그 기사분은 지금 왕국 어디에서든 명성이 자자하신데, 제 기억이 틀림없다면 돈 아소테 아니면 돈 히고테라고 하셨어요.」

「돈키호테라고 말씀하셨겠지요.」 산초 판사가 끼어들었다. 「아니면 다른 이름인 〈슬픈 몰골의 기사〉라든가요.」

「그렇네요.」 도로테아는 말했다. 「아버지는 이런 말씀도 하셨어요. 그분은 키가 크고 얼굴이 마르고, 왼쪽 어깨 밑 오른쪽인가 그 옆인가에 거무스레한 점이 있고 거기에 돼지 털 같은 게 나 있을 거라고요.」

이 말을 듣자 돈키호테는 자기 종자에게 말했다.

「여보게 산초, 옷 좀 벗게 거들어 주게. 그 현명한 왕께서 예언하신 기사가 나인지 알고 싶네.」

「아니, 무엇 때문에 나리께서 옷을 벗으려 하세요?」 도로테아가 물었다.

「그대의 아버님께서 말씀하신 그 점이 있는지 보려고 그럽니다.」 돈키호테가 말했다.

「옷을 벗으실 것까진 없습니다요.」 산초가 말했다. 「나리의 척추 중간에 그런 점이 있는 걸 제가 알고 있습니다요. 그건 강한 사나이라는 표시입죠.」

「그럼 됐어요.」 도로테아가 말했다. 「친구끼리 작은 일에 신경 쓸 건 없죠. 어깨에 있건 척추에 있건 그건 중요하지 않아요. 점이 있으면 됐어요. 어디에 있건 같은 살이니까요. 그리고 보면 저의 아버지가 모두 맞히신 거네요. 그리고 저는 돈키호테님에게 모든 것을 맡기게 되었고요. 아버지께서 말씀하신 바로 그분께 말이에요. 얼굴 생김새로 보나, 에스파냐뿐 아니라 라만차 지방 전체에 그 명성이 높은 것으로 보나 딱 맞아떨어지네요. 오수나에서 배를 내리자마자 이분의 수많은 무훈에 대해 이야기하는 것을 들었는데, 제가 찾아온 그분이 틀림없다는 마음이 그 자리에서 들더군요.」

「공주께서는 어떻게 오수나에서 배를 내리셨나요?」 돈키호테가 물었다. 「그곳은 항구가 아닌데요.」

도로테아가 대답하기 전에 신부가 도왔다.

「공주님께서는 말라가에서 상륙하신 다음에 당신에 대한 소식을 처음으로 접한 곳이 오수나였다고 말할 생각이었던 모양이네.」

「그렇게 말씀드리려고 했어요.」 도로테아가 말했다.

「이래야 이야기가 되죠.」 신부가 말했다. 「공주님, 이야기를 계속하시지요.」

「계속할 필요도 없네요.」 도로테아가 대답했다. 「결국 돈키호테 님을 만나는 행운을 얻었으니 벌써 왕국을 다 되찾고 여왕이 된 것 같은데요. 돈키호테 님께서 예의 바르고 훌륭하게도 제가 가는 곳이면 어디라도 같이 가주시겠다고 약속해 주셨거든요. 제가 모시고 갈 곳은 바로 〈암담한 눈의 판다필란도〉 앞으로, 그 거인을 죽이고 제가 부당하게 빼앗긴 것을 되찾아 주시기 위해서지요. 이 모든 게 소원대로 이루어질 거예요. 저의 훌륭하신 아버지이신 현자 티나크리오가 그렇게 예언하셨으니까요. 아버지께서는 또 칼데아[259] 글자인지 그리스 글자인지, 아무튼 제가 읽을 줄 모르는 글자로 적어 놓으셨어요. 만일 아버지께서 예언하신 이 기사분이 거인의 목을 벤 다음 저와 결혼하기를 원하시면 저는 두말없이 그분의 합법적인 아내가 되어 저 자신과 제 왕국의 소유권을 그분에게 양도하라고 말이에요.」

「자네 생각은 어떤가, 산초여?」 돈키호테가 물었다. 「무슨 일인지 들었겠지? 내가 자네한테 말하지 않았나. 이제 우리는 다스릴 왕국과 결혼할 여왕이 생긴 거라네.」

「그렇고말고요!」 산초가 대답했다. 「판다필란도의 목을 잘라 놓고도 결혼하지 않겠다는 놈은 빌어먹을 놈이고말고요! 아이고, 여왕이 못났기

---

[259] Caldea. 그리스의 역사가들이 바빌로니아라고 부르던 지역.

나 하면 또 몰라! 침대에 있는 벼룩들도 이렇게 되었으면 할 겁니다요!」

이렇게 말하면서 좋아 죽겠는지 산초는 허공에 대고 발길질을 두 번 하더니 도로테아가 탄 노새의 고삐를 당겨 세우고 그녀 앞에 무릎을 꿇었다. 그러고는 자신의 여왕이자 주인으로 섬기겠다는 표시로 손에 입을 맞추게 해달라고 간청했다. 그런 주인의 광기와 하인의 단순함을 보고 거기 있던 사람들 가운데 웃지 않을 자가 있었겠는가? 도로테아는 그에게 손을 내밀어 입맞춤을 허락하면서, 하늘이 왕국을 되찾게 하시어 통치할 수 있는 은혜를 베풀어 주시면 그를 왕국의 대영주로 삼겠다고 약속했다. 이에 산초는 다시금 고마움을 표현했는데, 모두가 웃음을 터뜨릴 지경이었다.

「어르신들……」 도로테아가 말을 이었다. 「이것이 제 이야기입니다. 다만 한 가지 말씀드리지 못한 것은, 제가 데리고 나왔던 많은 사람들 중에서 이젠 저 멋진 수염을 기른 종자만이 남았다는 겁니다. 나머지 사람들은 항구를 눈앞에 두고 폭풍을 만나 모두 물에 빠졌지요. 저 사람과 저만 널빤지 두 장을 타고 기적적으로 뭍에 닿았어요. 어르신들도 눈치채셨겠지만, 이처럼 제 삶은 모두가 기적이고 신비랍니다. 만일 제 이야기 중에서 지나치게 나간 부분이 있었다거나 이치에 맞지 않는 내용이 있었다면, 그것은 이야기를 시작할 때 신부님께서 말씀하셨듯이 끊임없이 엄청난 고난을 당하다 보니 기억이 없어져서 그런 것으로 이해해 주세요.」

「오, 고귀하고 용감한 공주님! 그대를 섬기느라 겪게 될 고난들이 제아무리 심하고 한 번도 본 적 없는 것들이라 할지라도 나는 결코 기억을 잃는 일이 없을 것입니다.」 돈키호테가 말했다. 「따라서 그대에게 약속한 바를 다시 확인하며, 그대의 무시무시한 적과 만날 때까지 이 세상 끝이라도 그대와 함께 갈 것을 맹세합니다. 신의 가호와 내 힘으로 놈의 오만한 머리를 잘라 버리겠습니다. 이 훌륭한 칼날로…… 라는 말은 못 하겠군요. 히네스 데 파사몬테가 내 칼을 훔쳐 갔으니 말입니다.」[260]

마지막 말을 입속으로 중얼거리고서 그는 계속 말을 이었다.

「그놈의 목을 자르고 그대가 그대의 왕국을 평화롭게 지배하도록 한 다음에는 그대의 마음이 내키는 대로 하도록 맡겨 둘 것입니다. 왜냐하면 내가 그분…… 이라고밖에는 더 이상 말하지 않을 그분을 기억하고 그분에게 마음을 빼앗겨 분별력을 잃은 동안에는, 상대가 불사조[261]라 하더라도 내가 다른 사람과 결혼할 마음을 갖는다는 것은 생각으로조차도 불가능하기 때문입니다.」

결혼하고 싶지 않다고 한 주인의 마지막 말에 산초는 마음이 상해 엄청나게 화를 내며 목소리를 높였다.

「세상에 이럴 수가 있단 말입니까요, 돈키호테 나리! 나리께서는 머리가 완전히 도신 겁니다요. 어떻게 이분처럼 높으신 공주님과 결혼하는 걸 주저할 수 있단 말입니까요? 지금 나리에게 주어진 그런 행운이 모퉁이를 돌 때마다 그렇게 자주 나오는 것인 줄 아십니까요? 요컨대 둘시네아 귀부인이 더 아름답단 말씀이십니까요? 천만의 말씀, 절반에도 못 미칩니다요. 여기 앞에 계시는 공주님 발치에도 못 미친다고까지 말하고 싶네요. 그렇게 나리께서 바다에서 알뿌리를 캐려고 하신다면야[262] 제가 기다리던 백작 지위도 영토도 다 틀린 일이네요. 결혼하세요, 얼른 결혼해 버리세요. 사탄에게 잡혀가도 좋습니다요. 공짜로 그저 주어져 손안에 들어온 왕국인데 가지셔야죠. 왕이 되셔서 저를 후작이나 영지의 주인으로 만들어 주셔야죠. 그러고 난 다음에야, 악마가 왕국을 다 가져가든 말든

---

260 돈키호테의 칼은 히네스 데 파사몬테에게 도둑맞지 않았다. 작가의 실수로 보인다.
261 *fénix*. 스스로 불타 죽은 다음 그 잿속에서 다시 젊은 모습으로 나타난다는 이집트 신화 속 가상의 새. 〈절세의 미녀〉, 〈유일한 단 하나〉를 의미하기도 한다.
262 달성하기 힘든 일들을 요구한다는 의미의 속담.

무슨 상관이래요.」

자신의 귀부인 둘시네아에 대해서 이런 모욕을 퍼붓는 것을 듣자 돈키호테는 참을 수가 없었다. 그래서 한마디 말도 없이 창을 들어 다짜고짜 두 번이나 세게 내리쳐 산초를 그만 땅에 폭 고꾸라뜨리고 말았다. 도로테아가 더 이상 때리지 말라고 소리치지 않았다면 아마 그를 죽였을지도 모른다.

「이 비천한 놈 같으니라고!」 잠시 후 돈키호테가 말했다. 「내게 그렇게 함부로 굴어도 된다고 생각하느냐? 잘못은 모두 네가 하고 나는 용서만 할 줄 알았더냐? 어림도 없는 소리. 교활하기 짝이 없는 놈 같으니라고. 그래, 네놈은 분명 그런 놈이야. 비길 데 없는 둘시네아 님을 욕했으니 말이다. 그분이 내 팔에 용기를 불어넣지 않으면 나는 벼룩 한 마리도 죽일 힘이 없다는 걸 모르느냐? 촌놈에 막일꾼에 양아치 같은 놈아! 사악한 혀를 가진 엉큼스러운 놈아, 말 좀 해보아라! 이 일이 이미 모두 이루어졌고 너와의 합의도 끝났다고 쳤을 때, 거인의 목을 자르고 왕국을 얻게 만든 게 누구라고 생각하느냐? 너를 후작으로 만든 사람이 누구라고 생각하지? 무훈을 세우는 데 내 팔을 이용하신 둘시네아 님의 용기가 아니라면 말이다. 그분이 내 안에서 싸우시고 내 안에서 승리를 거두시며, 나는 그분 안에서 살고 그분 안에서 숨을 쉼으로써 내 생명도 내 존재도 얻는 게다. 이 쌍놈의 망나니 같으니라고! 어쩜 그리도 배은망덕할 수가 있단 말인가! 흙먼지 속에서 일어나 작위를 가진 신분이 되는데, 그러한 은덕을 베푸신 은인을 욕으로 갚다니!」

주인이 하는 말을 다 알아들을 수 없을 만큼 심한 상태는 아니었기에, 산초는 서둘러 일어나 도로테아가 타고 있는 노새 뒤쪽에 숨은 채 주인에게 말했다.

「말씀해 주십쇼, 나리. 나리께서 이 위대하신 공주님과 결혼하지 않기로 하셨다면 왕국도 나리의 것이 되지 않을 게 분명하네요. 왕국이 나리의 것이 아니라면, 무슨 은혜를 제게 베풀어 주실 수 있다는 건가요? 제가 불평하는 게 바로 이겁니다요. 지금은 하늘에서 내린 듯 여기 계시는 이 공주님과 결혼하시고요, 그런 다음에 둘시네아 님에게 돌아가실 수 있지 않습니까요. 세상에는 첩을 둔 왕들이 많았을 테니 말입니다요. 어느 분이 아름다우신지에 대해서는 간섭하지 않겠습니다요. 사실을 말하자면 두 분 다 훌륭하신 것 같습니다요. 둘시네아 님은 아직 한 번도 본 적이 없으니까요.」

「어떻게 그분을 본 적이 없다는 건가, 이 불경스러운 배신자야!」 돈키호테는 말했다. 「그분의 답장을 갖고 왔다고 하지 않았더냐?」

「아니, 그분을 찬찬히 못 보아서……」 산초가 말했다. 「그분이 어디가 특히 아름답고 어디 어디가 좋은지 알 수가 없었다는 겁니다요. 하지만 전체로 보니 좋아 보였습니다요.」

「그렇다면, 용서하지.」 돈키호테가 말했다. 「그리고 자네도 내가 화낸 것을 용서하게. 처음 나간 행동은 사람의 손에 달려 있는 게 아니라서 말일세.」

「그건 이미 알고 있습니다요.」 산초가 대답했다. 「그처럼 제게는 늘 제일 처음 나오는 행동이 말하고 싶은 마음이랍니다요. 그래서 혀에 말이 맴돌면 하다못해 한 번이라도 입 밖에 내지 않고는 못 견딥니다요.」

「그렇더라도 말은 조심해야 해, 산초. 물 항아리도 너무 자주 샘에 가면 …… 더 말 않겠네.」[263]

「그렇게 하세요. 하지만 하늘에 계시면서 속임수를 훤히 보고 계시는 하느님은 누가 더 나쁜지 판단하실 겁니다요. 말을 제대로 못 하는 제가

---

[263] 이 속담의 뒷말은 〈끝내는 깨어진다〉이다.

나쁜지, 아니면 행동으로 보여 주지 않는 나리가 나쁜지 말이죠.」

「그만들 하세요.」 도로테아가 말했다. 「자, 산초는 얼른 가서 주인 나리 손에 입을 맞추세요. 용서를 빌고, 앞으로 칭찬을 하든 욕을 하든 조심하도록 하세요. 그리고 그 토보소 귀부인에 대해서 나쁜 말은 하지 마세요. 나도 그분을 뵌 적은 없지만 섬기는 분에게 그러시면 안 되는 거예요. 그리고 당신이 왕자처럼 살 수 있을 영지도 반드시 얻게 될 테니 하느님을 믿으세요.」

산초가 고개를 푹 숙이고 주인에게 가서 손을 구하자 돈키호테는 아주 차분하게 손을 내밀었다. 입을 맞추게 한 뒤 돈키호테는 그를 축복하고는 조금 앞으로 같이 가자고 말했다. 그에게 물어볼 것과, 둘이 상의해야 할 아주 중요한 일이 있다면서 말이다. 산초가 그렇게 하여 두 사람이 다른 일행들로부터 앞쪽으로 떨어지자 돈키호테가 말했다.

「자네가 돌아온 후 내 심부름으로 갔던 일이나 자네가 가져온 회답에 관해서 여러 가지로 자세하게 물어볼 장소도 겨를도 없었네. 지금 다행히도 우리에게 그 장소와 시간이 생겼으니 아주 좋은 소식으로 날 행복하게 해주게.」

「원하시는 대로 물어보시어요.」 산초가 대답했다. 「잘 돌아왔으니 무슨 일에든 훌륭한 돌파구를 드릴 테니까요. 하지만 청하건대 나리, 이제부터는 그렇게 복수만 일삼지 마십시오.」

「왜 그런 소리를 하는 건가, 산초?」 돈키호테가 물었다.

「그런 소리를 하는 건요…….」 대답했다. 「조금 아까 저를 때리신 건요, 제가 둘시네아 님을 욕해서라기보다 오히려 요전 날 밤에 악마가 나리와 저 사이에 붙인 싸움 때문이니 말입니다요. 저는 둘시네아 님을 사랑하고 유물처럼 존경합니다요. 유물까지는 아니더라도, 나리의 것이기 때문에 그렇습니다요.」

「제발 그 이야기는 다시 하지 말게, 산초.」 돈키호테가 말했다. 「그 말을 들으면 내 마음이 괴로워지니 말이야. 아까 이미 자네를 용서했네. 하지만 자네도 알다시피 〈죄를 새로 지으면 고행도 새롭게 시작한다〉는 속담이 있지 않은가.」[264]

두 사람이 이런 말을 하면서 가고 있을 때 신부는 도로테아에게 이야기가 간결하고 기사 소설과 내용이 비슷한 게 아주 좋았다고 말해 주었다. 그녀는 많은 시간을 기사 소설을 읽으며 보냈다고 했다. 하지만 지역이나 항구가 어디에 있는지를 몰라서 지레짐작으로 오수나에서 배를 내렸다고 했다는 것이다.

「그런 줄 알았소.」 신부가 말했다. 「그래서 즉각 그런 식으로 거든 건데, 모든 게 잘되었소. 그런데 기사 소설의 멍청한 방식과 말투만 갖추면 거짓말이건 꾸며 낸 이야기건 이 불쌍한 이달고는 그토록 쉽게 믿어 버리니, 정말 이상하지 않소?」

[264] 후안 데 라 쿠에스타의 2판에는 이다음부터 당나귀 찾은 이야기가 아래와 같이 나온다. 〈이런 얘기를 나누고 있는데 그들이 가려고 했던 길로 당나귀를 타고 오는 한 남자가 보였다. 그가 가까이 왔을 때 보니 집시 같았다. 산초 판사는 어디서나 당나귀만 보면 눈도 영혼도 그쪽으로 가기 때문에 그 남자를 보자마자 히네스 데 파사몬테라는 것을 알아보고 그 집시의 실을 따라갔는데 그러다 보니 자기 당나귀라는 실꾸리가 나왔다. 파사몬테가 타고 온 잿빛은 정말 그의 것이었다. 그자는 당나귀를 팔기 위해 아무도 자기를 알아보지 못하게 집시 복장을 하고 있었으며, 집시 언어뿐만 아니라 다른 말들을 꼭 그곳 사람인 양 할 수도 있었다. 그자라는 것을 알자마자 산초는 큰 소리로 외쳤다. 「아, 히네시요, 이 도둑놈! 내 보물 내놔, 내 목숨 내놔, 내 안식을 가로채지 마! 내 당나귀를 돌려줘! 내 선물 내놔! 꺼져 버려, 없어져 버려! 도둑놈아! 네 것이 아닌 건 놔둬!」 이렇게 많은 말도 면박도 필요 없었다. 첫마디에 히네스는 즉각 뛰어내려 쏜살같이 달아나 순식간에 모습을 감추어 버렸기 때문이다. 산초는 잿빛에게 달려가 얼싸안고 말했다. 「어떻게 지냈니, 내 사랑아, 내 눈에 넣어도 아프지 않을 내 당나귀야? 내 동반자야!」 이렇게 말하면서 그는 마치 사람에게 하듯이 입을 맞추고 쓰다듬었다. 당나귀는 어떤 반응도 보이지 않은 채 산초가 입을 맞추고 쓰다듬는 대로 묵묵히 있었다. 사람들이 모두 와서 잿빛을 찾은 것을 축하해 주었다. 특히 돈키호테는 당나귀를 찾았다고 새끼 당나귀 세 마리를 주겠다는 자기의 증서가 무효가 되는 건 아니라고 했고, 산초는 고맙다고 했다.〉

「그래요.」 카르데니오가 말했다. 「정말 희한하고 한 번도 본 적이 없는 일이에요. 이런 일을 일부러 꾸며 내어 거짓으로 만들어 내려 해도 과연 그럴 만한 예리한 기지를 가진 자가 또 있을지 전 모르겠습니다.」

「그런데 거기에는 또 다른 문제가 있소.」 신부가 말했다. 「이 착한 양반이 정신이 나가면 바보 같은 말을 하지만, 다른 일과 관련되었을 때는 아주 이치에 꼭 맞으며, 모든 일에 분명하고 온전한 이해력을 보여 준단 말이오. 따라서 기사도 문제만 들먹이지 않는 한, 그를 참으로 훌륭한 판단력을 가진 사람으로 보지 않을 사람은 아무도 없을 게요.」

이런 대화를 나누고 있는 동안 돈키호테도 자기들의 대화를 계속하면서 산초에게 말했다.

「나의 친구 판사여, 우리 언쟁에서 언짢은 일은 다 잊어버리세. 화도 원한도 다 떨쳐 버리고 어디서, 어떻게, 언제 둘시네아님을 만났는지 얘기해 주게. 뭘 하고 계시던가? 무슨 말씀을 해주시던가? 무슨 회답을 주시던가? 내 편지를 읽고 어떤 얼굴을 하시던가? 누가 편지를 옮겨 써줬는가? 자네가 생각하기에 이 일에 대해 물어보아야 하고 알아 두어야 할 것이라면 남김없이 모두, 내 기분 맞추자고 보태거나 거짓을 말하는 일 없이, 버리기는 뭣해서 대강 넘어가는 일 없이 사실대로 말해 주게.」

「나리.」 산초가 대답했다. 「사실을 말씀드리면, 편지는 아무도 옮겨 쓰지 않았습니다. 저는 편지 같은 건 가지고 가지 않았으니까요.」

「자네 말이 맞네.」 돈키호테가 말했다. 「자네가 떠난 뒤 이틀이 지나서야 편지를 쓴 메모장이 내 수중에 있다는 것을 알았네. 마음이 아주 아팠지. 편지가 없는 것을 알면 어떻게 할지 몰라 바로 그 길로 되돌아오리라고 생각하고 있었네.」

「그랬을 겁니다.」 산초가 대답했다. 「나리께서 읽어 주셨을 때 제가 기억하지 않았더라면 말입니다요. 한 성당지기에게 기억 속에 있는 것을 들려주었더니 한 마디도 빠뜨리지 않고 잘 알아서 옮겨 주던데요. 그 사람 말로는 자기 평생 파문 편지를 수없이 읽어 보았지만, 그처럼 훌륭한 편지는 본 적도 읽은 적도 없었답니다요.」

「그런데, 아직도 그걸 기억하고 있나, 산초?」 돈키호테가 물었다.

「아닌데요, 나리.」 산초가 대답했다. 「한 번 전하고 나니 이제는 더 이상 소용이 없을 것 같아 다 잊어버렸습니다요. 기억에 남은 게 있다면, 그 〈우글쭈글한〉, 아니 〈더없이 고귀한 분〉이라는 것과 제일 마지막, 〈죽을 때까지 당신의 사람, 슬픈 몰골의 기사〉입니다요. 이 두 구절 사이에 3백 번이 넘는 〈영혼〉이니, 〈목숨〉이니, 〈내 눈동자처럼 사랑하는〉이라는 말을 집어넣었습니다요.」

31

돈키호테와 종자 산초 판사가 나눈
재미있는 이야기와 다른 사건들에 대하여

「나쁘지 않군, 계속하게.」 돈키호테가 말했다. 「자네가 거기 도착했을 때 그 아름다운 여왕께서는 무엇을 하고 계시던가? 분명히 진주를 꿰시거나, 그분의 종인 이 기사를 위해 문장 장식에 금실로 수를 놓고 계셨겠지?」

「아닌데요 나리.」 산초가 대답했다. 「집 마당에서 밀 2파네가를 키로 쳐서 거르고 계셨습니다요.」

「그렇다면 그 밀알들이 그분의 손에 닿아 진주로 변하지 않았는지 생각해 보게. 그 밀알이 순백색이던가, 아니면 봄보리 같던가?」

「그냥 누런색이었습니다요.」 산초가 대답했다.

「그렇다면, 자네에게 장담하는데…….」 돈키호테가 말했다. 「그분의 손에 키질을 당하여 틀림없이 하얀 빵이 되었을 걸세. 아무튼 계속해 보게. 그분께 내 편지를 드렸을 때 거기에 입을 맞추시던가? 편지를 머리 위에 얹으시던가? 그 편지에 맞는 예를 갖추시던가? 아니면 어떻게 하시던가?」

「제가 그 편지를 드리려고 했을 때 그분은…….」 산초가 대답했다. 「체에 담긴 상당한 양의 밀을 키로 쳐 거르고 계셨습니다요. 그리고 말씀하시기를, 〈이봐요, 편지는 그 큰 자루 위에 올려놔요. 여기 있는 걸 다 키질하기 전에는 읽을 수가 없어요〉라고 하셨습니다요.」

「사려 깊으신 분이로세!」 돈키호테가 말했다. 「그것을 천천히 읽으면서 즐길 작정이셨던 게 틀림없어. 계속하게, 산초. 그렇게 일을 하시면서 자네와 어떤 이야기를 나누셨는가? 나에 대해 무어라 물으시던가? 자네는 무어라 대답했는가? 죄다 얘기 좀 하게. 하나도 빼놓지 말고 말일세.」

「그분은 아무것도 물어보지 않았습니다요.」 산초가 말했다. 「하지만 저는 나리께서 그분을 위해 어떻게 고행을 하고 계신지를 말씀드렸습니다요. 허리 위로 다 벗고 마치 들짐승처럼 산속에 들어박힌 채 땅바닥에서 주무시며 밥도 식탁에서 드시지 않으시고 수염도 빗지 않으시고 그저 울면서 자기 운명을 저주하고 계신다고요.」

「내가 운명을 저주한다고 옮긴 것은 자네가 잘못 말한 거야.」 돈키호테가 말했다. 「오히려 나는 운명을 찬미하며 내 평생 매일매일 그것을 은총으로 여길 걸세. 둘시네아 델 토보소 같은 그토록 높으신 분을 사모할 수 있게 해줬으니 말일세.」

「높으시긴 높으시던데요.」 산초가 대답했다. 「정말 저보다 한 주먹 정도 더 크시더라고요.」

「아니, 그렇다면 산초······.」 돈키호테가 말했다. 「자네가 그분과 키를 재보았단 말인가?」

「이렇게 해서 재게 되었습죠.」 산초가 대답했다. 「당나귀에 밀가루 포대를 싣는 일을 도우려다가 나란히 서게 되었는데, 그때 보니까 저보다 한 뼘 이상 크시더라고요.」

「당연한 일이지!」 돈키호테가 대답했다. 「한없는 영혼의 은혜로 장식된 그 위대함을 품으려면 말일세! 그런데, 산초, 이 한 가지에 대해서는 아니라고 대답하지 않겠지. 자네가 그분 곁에 갔을 때 사바[265]의 냄새가 나지 않던가? 향기로운 냄새, 어떻게 불러야 할지 모를 그 알 수 없는 좋은 냄새 말일세. 말하자면 어떤 진기한 장갑을 만들거나 파는 사람의 상점에 있을 때 나는 훈기랄까 하는, 그런 것 말일세.」

「제가 말씀드릴 수 있는 것은…….」 산초가 말했다. 「남자 냄새 같은 걸 느꼈습니다요. 아마 건장하고 몸을 많이 움직여 땀이 나서 그랬던 게 틀림없습니다요.」

「그렇지 않을 게야. 자네가 감기로 코가 막혔거나, 아니면 자네 자신의 냄새를 맡았던 게지. 왜냐하면 나는 가시덤불 속의 장미나, 들판에 피는 그런 붓꽃이나, 물에 녹은 호박 보석이 어떤 향기를 내는지 잘 알고 있거든.」

「그럴 수도 있어요. 그때 둘시네아 님한테서 났던 것 같은 냄새가 저한테서도 자주 나거든요. 하지만 놀랄 일도 아니죠. 어차피 이 악마나 저 악마나 똑같이 보이니까요.」

「그건 그렇다 치고…….」 돈키호테가 계속했다. 「그분이 밀을 다 키질해서 방앗간으로 보낸 다음 편지를 읽었을 땐 어떻게 하시더냐?」

「편지는 읽지 않으셨어요. 읽을 줄도 쓸 줄도 모른다고 하셨거든요. 오히려 발기발기 찢어 버리셨습니다요. 누가 읽기라도 해서 비밀이 동네방네 알려지면 안 되니까 말입니다요. 그리고 나리께서 갖고 계신 그분에 대한 사랑이나, 그분 때문에 나리께서 하고 계신 엄청난 고행에 대해서는 제가 말씀드린 것만으로 충분하다고 하셨고요. 끝으로, 나리의 손에 입을 맞춘다고 전해 달라고 하셨습니다요. 편지를 쓰기보다는 진심으로 나리가 정말 보고 싶다면서 이 말을 들으시는 대로 터무니없는 짓은 그만두

---

265 Saba. 아라비아의 한 지역. 향료로 유명하다.

시고 그런 숲 속에서 나와, 달리 더 중대한 일이 일어나지 않는 한 곧장 엘 토보소로 돌아오시도록 애원하고 명령한다고도 하셨습니다요. 나리가 너무 보고 싶으시기 때문이랍니다요. 나리께서 어떻게 해서 〈슬픈 몰골의 기사〉라고 불리게 되었는지를 말씀드렸더니 막 웃으셨습니다요. 제가 언젠가 비스카야인이 거기로 오지 않았었냐고 여쭸더니 그렇다고 하시더군요. 아주 좋은 사람이었다고 합디다요. 죄수들에 대해서도 여쭸더니, 그때까지는 아직 한 사람도 못 보셨답니다요.」

「지금까지는 다 잘되어 가는구먼.」 돈키호테가 말했다. 「그런데 말일세, 자네가 작별 인사를 드릴 때 그분께 내 소식을 전해 드린 데 대한 사례로 보석 같은 걸 주시지 않던가? 종자나 몸종이나 난쟁이가 귀부인들의 소식을 기사들에게 전하거나 기사들의 소식을 귀부인에게 전하는 경우엔 심부름에 대한 감사 표시나 선물로 훌륭한 보석을 주는 게 편력 기사와 귀부인 사이의 오래된 관례이기 때문이지.」

「그러면야 좋지요. 저도 훌륭한 관례라고 생각합니다요. 하지만 그것도 옛말인 것 같습디다요. 요즘에는 빵 한 조각과 치즈 한 조각만 주는 게 관례가 되었나 봅니다요. 제가 그분께 작별 인사를 드렸을 때 둘시네아 귀부인께서 마당 담 너머로 주신 게 바로 그것들이거든요. 좀 더 자세히 말씀드리면 양젖으로 만든 치즈였습니다요.」

「참으로 관대한 분이시군.」 돈키호테가 말했다. 「자네에게 황금으로 된 보석을 주지 않으셨다면 그건 틀림없이 그 자리에 그걸 가지고 계시지 못해서였을 게야. 하지만 〈부활절이 지난 다음의 심부름값이 좋다〉[266]라는 말이 있듯이 내가 그분을 만나게 될 때면 모든 게 보상될 것이야. 그런데 내가 이상하게 생각하는 게 뭔 줄 아는가, 산초? 자네가 날아서 갔다 온

---

266 바라던 바가 이루어질 때 쓰는 속담이다.

것 같단 말이야. 여기서 엘 토보소까지는 30레과가 더 되는 거리인데, 자네는 사흘하고 조금 더밖에 안 걸려서 갔다 왔으니 말일세. 그것에 대해 납득해 보자면, 내 일을 돌봐 주는 내 친구인 그 현명한 마법사가 자네도 모르게 자네 걷는 걸 도와준 게 틀림없어. 이런 자들은 어찌 되었든 존재하고, 존재해야 하기도 하며, 만일 이들이 존재하지 않으면 나는 훌륭한 편력 기사가 아닌 게 되니 말이야. 마법사들 중에는 침대에서 자고 있는 편력 기사를 들어다가 어떻게, 어떤 방식으로인지는 모르지만 밤을 맞이한 장소로부터 1천 레과보다 더 떨어진 장소에서 다음 날 아침을 맞게 하는 경우도 있지. 편력 기사들은 매번 위험에 처하는데, 이렇게 하지 않으면 위험에 빠졌을 때 서로 구해 줄 수가 없지 않겠나. 어느 기사가 아르메니아의 산중에서 괴물인지 요괴인지 아니면 또 다른 기사인지와 싸우다가 죽음 직전에 이르렀을 때, 별안간 저 구름 위로 혹은 불 마차를 타고 다른 친구 기사가 나타났더란 말일세. 방금 전까지 영국에 있었는데 그를 도와 죽음에서 구해 내고는 밤에는 자기 숙소에서 아주 맛있게 저녁 식사를 했다는 게야. 이쪽에서 저쪽까지 거리가 2천~3천 레과나 됐는데도 말이야. 이런 일들은 모두 용감한 기사들을 돌봐 주는 현명한 마법사들의 기술과 지혜로 이루어지는 거라네. 그러니 산초여, 여기서 그렇게 짧은 시간에 엘 토보소까지 갔다 왔다 해도 믿기 어려운 일은 아니야. 그건 내가 말한 대로 어떤 현명한 친구가 자네도 모르는 사이에 공중을 날아 자네를 데려다 준 게지.」

「그럴 수도 있겠는데요.」 산초가 말했다. 「정말이지 로시난테가 귀에 수은을 부은 집시 당나귀처럼 달렸으니까 말입니다요.」[267]

「수은은 무슨 놈의 수은!」 돈키호테가 말했다. 「차라리 자기들 마음에

---

267 집시들은 말들이 더 빨리 달리도록 말의 귀에 수은을 넣었다.

드는 그 모든 것을 지치지 않고 걷게 하고 자기들 역시 지치지 않고 걷는 악마 군단이 그렇게 했겠지. 하여튼 그건 그렇고, 내 귀부인께서 자기를 보러 오라고 하시는데 자네는 이제 내가 어떻게 하면 좋을 것 같은가? 그분의 명령을 따르지 않을 수 없다는 것은 알지만 우리와 함께 가고 있는 공주에게 약속한 일도 있고, 기사 법도에 의하면 내가 하고 싶은 일보다는 약속을 먼저 지켜야 하니 말일세. 한편으로는 내 귀부인을 보고 싶은 욕망이 나를 몰아세워 지치게 하고 다른 한편으로는 약속에 대한 믿음과 이번 일로 얻게 될 영광이 나를 부추기며 부르고 있네. 하지만 내가 하고자 하는 일은 길을 재촉하여 그 거인이 있는 곳으로 빨리 가서, 가자마자 놈의 목을 자르고 평화적으로 공주에게 왕국을 돌려 드린 다음 곧장 나의 모든 감각을 밝히는 빛을 뵈러 돌아가는 것이야. 늦은 이유에 대해서 말씀드리면 그분께서도 나를 이해하실 것일세. 내가 평생 무훈으로 얻었고 얻고 있으며 얻을 그 모든 것들은 그분이 내게 주시는 호의와 내가 그분의 것이라는 점에서 기인하니, 모든 것을 그분의 영광과 명성을 드높이는 일로 봐주시겠지.」

「아이고야!」 산초가 말했다. 「나리의 머리가 어찌 그리 잘못됐단 말입니까요! 말씀해 보세요, 나리. 이번 모험을 헛되이 하실 생각이십니까요? 지참금으로 왕국 하나를 주겠다는, 이번처럼 호사스럽고 귀하디귀한 결혼을 그냥 놓치고 말 작정이십니까요? 더욱이 그 왕국은 둘레가 2만 레과가 넘고 사람이 살아가는 데 필요한 모든 것들이 차고 넘치며, 포르투갈과 카스티야를 합친 것보다 더 크다고 하지 않습니까요. 제발 아무 말씀 마시고 지금 하신 말씀이 부끄러운 줄이나 아세요. 죄송합니다만 제 충고를 들으세요. 신부님이 있는 마을에 도착하는 즉시 결혼하세요. 그마을에 신부님이 안 계시면 저기 우리 신부님이 계시잖아요. 아주 잘해 주실 겁니다요. 저도 이제는 충고쯤 해도 될 나이이고, 게다가 지금 나리께 드리는 이 충고는 확실한 것이니 그리 아세요. 하늘을 나는 독수리보다 손에 든 새가 더 가치 있다는 것도 아십시오. 복에 겨운 사람이 그 복을 제대로 못 쓰면, 아무리 화를 내봐야 나쁜 일만 일어납니다요.」[268]

「이보게, 산초.」 돈키호테가 대답했다. 「내게 결혼하라고 충고하는 게 만일 내가 거인을 죽이고 그 즉시 왕이 되어 자네에게 은혜를 베풀고 약속한 바를 이루어 줄 기회를 가지게 되길 바라기 때문이라면, 내가 결혼하지 않더라도 자네의 소원을 쉽게 이루어 줄 수 있다는 걸 알아주게. 싸움에 들어가기 전에, 싸움에서 이기면 결혼하지 않아도 왕국의 일부를 받는 것으로 사례금을 정해 놓을 것일세. 그러면 그것을 내가 원하는 사람에게 줄 수 있을 텐데, 자네 말고 누구에게 그것을 주겠는가?」

「그건 확실하네요.」 산초가 말했다. 「그런데 땅은 바닷가 쪽으로 고르도록 하세요. 거기서 사는 게 못마땅해지면 제 검둥이 신하들을 배에 실어서 아까 마음먹은 대로 할 수 있어야 하니까요. 그러면 자, 나리께서는 당분간 둘시네아 님을 만날 생각은 마시고요, 어서 거인을 죽이러 가서 이 일을 마무리 지읍시다요. 생각할수록 이건 맹세코 대단한 명예를 얻고 많은 이득이 될 일 같네요.」

「산초, 내 자네에게 말하는데…….」 돈키호테가 말했다. 「자네 말이 맞네. 둘시네아를 보러 가기 전에 공주 일을 수행하러 가라는 충고를 받아들여야겠군. 우리 둘이 한 이야기는 아무에게도, 우리와 같이 가는 사람들에게도 말하지 않도록 조심하게. 둘시네아 님은 아주 조신하신 분이셔서 남이 자기 생각을 아는 것을 원하지 않으시고, 나나 다른 사람이 그분의 생각을 들춰내는 것도 좋지 않을 걸세.」

---

[268] 원래 속담은 〈복에 겨운 사람이 그 복을 제대로 못 쓴다면, 아무리 나쁜 일이 일어난다 해도 화를 내서는 안 된다〉인데 산초가 뒷부분을 잘못 말했다.

「그렇다면요, 나리……」 산초가 말했다. 「무엇 때문에 나리께서는 무력으로 쓰러뜨린 자들을 모두 둘시네아 귀부인에게 보내시는 겁니까? 그건 나리께서 그분을 진정으로 사랑하시며 그분에게 반한 기사라고 서명하시는 거나 마찬가지잖아요. 거기로 가는 자들은 어쩔 수 없이 그분 앞에 무릎을 꿇고 나리의 분부로 처분을 받고자 왔다고 말해야 되는데, 두 분의 생각을 어떻게 숨길 수가 있습니까?」

「오, 미련하고도 단순하도다!」 돈키호테가 말했다. 「산초, 자네는 그것이 모두 그분을 더욱 찬양하게 하는 것임을 모르는가? 우리 기사도 예법에 따르면 귀부인을 섬기는 편력 기사들이 많으면 많을수록 그 귀부인은 큰 명예를 가지게 된다는 걸 알아야 하네. 그냥 그분이기 때문에 그분을 섬기는 것이지 그분의 생각까지 알 필요는 없는 게지. 기사들은 그 귀부인이 만족하며 자기의 기사로 받아 주는 것으로 끝내야지, 자기들의 그 많은 좋은 소망에 대해서 다른 보상을 받을 생각을 해서는 안 되는 게야.」

「바로 그런 사랑의 방식으로 우리 주님을 사랑해야 한다는 설교 말씀은 들은 적이 있습니다요. 영광을 바란다거나 형벌에 처해질까 두려워해서가 아니라 오직 주님만을 사랑하는 마음으로요. 비록 저는 그분이 하실 수 있는 일 때문에 사랑하고 섬기고자 했지만요.」

「무식한 줄 알았더니 가끔 제법 그런 분별 있는 소리를 하는 일도 있구먼! 학문을 좀 한 것처럼 보이는데.」

「사실 저는 글도 읽을 줄 모릅니다요.」 산초가 대답했다.

이때 니콜라스 선생이 잠깐 기다리라고 소리를 쳤다. 거기 있는 조그마한 샘에서 물이나 좀 마시고 가자는 것이었다. 돈키호테가 말을 세웠다. 산초는 이제 거짓말하는 일도 지쳤고 주인한테 말꼬리가 잡히지 않을까 걱정하고 있었던 터라 적잖이 좋아했다. 둘시네아가 엘 토보소에 사는 농사꾼 처자라는 것은 알았으나 한 번도 그녀를 본 적이 없었기 때문이다.

이때 카르데니오는 도로테아가 사람들에게 발견되었을 때 입고 있던 옷을 입었는데, 아주 좋은 옷은 아니었지만 그가 벗어 버린 것보다는 훨씬 나았다. 그들 모두 샘가에 내려 신부가 객줏집에서 준비해 온 얼마 안 되는 음식으로 무척이나 굶주렸던 배를 채웠다.

이러고 있을 때 우연히 그 길을 지나가던 한 소년이 샘가에 앉아 있는 사람들을 유심히 쳐다보더니, 잠시 후 돈키호테에게 달려와 두 다리를 부둥켜안고 억지로 울음을 터뜨리면서 말했다.

「아이고, 나리! 절 모르시겠는지요? 잘 보세요, 나리께서 떡갈나무에서 풀어 주신 그 하인 안드레스예요.」

그를 알아본 돈키호테는 소년의 손을 잡고 거기 있는 사람들을 돌아보며 말했다.

「이건 여러분들이 이 세상에 편력 기사가 있다는 것이 얼마나 중요한지를 알 수 있게 하는 일이라오. 뻔뻔스럽고 악한 자들이 이 세상에서 저지르는 모욕과 능욕을 쳐부수어야 하니 말이오. 얼마 전, 나는 숲을 지나가다 너무나 비통한 목소리와 부르짖음을 들었다오. 그토록 고통스럽게 도움을 청하는 사람의 것이었기에 즉각 내 의무에 쫓겨 그 통곡 소리가 나는 곳으로 달려가 보니 지금 앞에 있는 이 아이가 떡갈나무에 묶여 있었소. 지금 난 내심 기쁘오. 이 아이는 내가 어떠한 거짓말도 하지 않는다는 걸 보여 주는 증인이 될 것이기 때문이오. 이 아이는 웃통이 벗겨진 채 떡갈나무에 묶여 있었는데, 한 촌사람이 암말의 고삐로 사정없이 이 아이를 때리고 있었소. 알고 보니 이 아이의 주인이었소. 그것을 본 나는 무슨 까닭으로 그토록 가혹하게 아이를 매질하느냐고 물었소. 그 촌놈이 말하기를, 이 아이는 자기의 하인인데 모자라서가 아니라 도둑 심보로 실수를 저질러서 때린다고 했소. 그 말에 아이는 〈나리, 제 주인은 제 급료를 달라고 했기 때문에 때린 겁니다요〉 하고 말했소. 주인은 알아듣지도 못할 장광설과 핑계들을 늘어놓았소. 들리기는 했지만 수긍할 수는 없는 말들이었지. 결국 나는 이 아이를 풀어 주게 했고, 아이의 급료에 1레알 더 얹거나 그보다 더 후하게 지불하겠다는 맹세를 그 촌놈으로부터 받아 냈소. 안드레스, 이 모든 게 사실이 아니냐? 내가 얼마나 당당하게 명령을 했는지, 또 내가 강요하고 통고하고 바란 일을 모두 실행하겠다고 그자가 얼마나 겸손하게 약속했는지 너도 보지 않았더냐. 대답해 보아라. 조금도 당황하거나 주저하지 말고 말이야. 있었던 일을 이분들께 말씀드려라. 편력 기사들이 돌아다니는 것이 내가 말하는 것처럼 큰 이익이 된다는 것을 아시고 인정하시게 말이다.」

「나리 말씀은 정말 전부 사실이에요.」 소년이 대답했다. 「하지만, 일은 나리께서 생각하신 것과 완전히 반대로 끝났는걸요.」

「어떻게 반대로 끝나?」 돈키호테가 물었다. 「그러고 나서 그놈이 네게 돈을 안 주었단 말이냐?」

「돈을 주지 않았을 뿐만 아니라…….」 소년이 대답했다. 「나리가 숲에서 나가시고 우리 둘만 남게 되자, 저를 다시 그 나무에 묶고 마구 때리는 바람에 껍질이 벗겨진 성 바르톨로메오 꼴이 됐지 뭐예요. 그리고 저를 때릴 때마다 나리를 우롱하는 농담과 조롱 섞인 말을 했는데, 그토록 아프지 않았더라면 저도 그 말에 웃었을지 몰라요. 얼마나 심하게 때렸는지, 그때 그 나쁜 촌놈이 제게 준 상처 때문에 아직도 병원에서 치료를 받고 있을 정도랍니다. 이게 모두 나리 때문이에요. 그냥 가시던 길이나 계속 가셨으면, 부르지 않는 곳에 오지 않으셨더라면, 남의 일에 참견하지만 않으셨더라면, 제 주인은 저를 한 열 대나 스무 대쯤 때리는 것으로 만족하고 곧 묶은 것을 풀어 준 다음 빚을 갚아 주셨을 텐데 말입니다요.

그런데 나리께서 그렇게 생각 없이 그 사람을 모욕하고 그런 입에 담지 못할 말씀들을 하시니 그만 화가 나버린 거예요. 그렇다고 나리에게 복수를 할 수도 없으니 저와 둘만 남게 되었을 때 저한테 그 화를 다 푼 거죠. 덕분에 저는 평생 더 이상 남자구실은 못 할 것 같습니다요.」

「잘못은 내가 그곳을 떠난 데 있구나. 네게 지불할 때까지 떠나지 말았어야 했는데. 지켜보는 사람이 없는 경우에 약속한 바를 지키는 촌놈은 없다는 것을 경험으로 알았어야 했는데 말이다. 하지만 너도 아직 기억할 테지, 안드레스. 만일 그놈이 네게 돈을 주지 않으면 그를 찾으러 갈 것이고 설사 고래의 배 속에 숨어 있더라도 반드시 찾아낼 것이라고 맹세한 것 말이다.」

「그래요.」 안드레스가 대답했다. 「하지만 아무 소용도 없던걸요.」

「소용이 있는지 없는지는 이제 알게 될 것이다.」 돈키호테가 말했다.

그런 다음 그는 벌떡 일어나 로시난테에게 재갈을 채우라고 산초에게 명령했다. 사람들이 식사를 하는 동안 로시난테도 풀을 뜯고 있었던 것이다.

도로테아가 무엇을 하려고 그러느냐고 물었다. 돈키호테는 이 세상에 촌놈들이 아무리 많다 하더라도 그 촌놈을 찾아내서 그렇게 못된 짓을 한 것에 대한 벌을 주고 안드레스에게 마지막 한 푼까지 지불하게 하겠다고 대답했다. 이 말에 도로테아는 약속한 바에 따르면 자기 일을 마무리 지을 때까지 어떤 일에도 개입할 수 없음을 알아 달라고 했다. 그리고 그런 사실은 누구보다도 돈키호테 자신이 더 잘 알고 있으니 자기 왕국에서 일을 마치고 돌아갈 때까지 진정하라고 했다.

「그렇군요.」 돈키호테가 대답했다. 「그대가 말씀하신 대로 안드레스는 내가 돌아올 때까지 참고 있을 수밖에 없겠습니다. 나는 이 아이의 복수를 하고 급료가 다 지불될 때까지 결코 멈추지 않을 것을 아이에게 다시 맹세하고 약속합니다.」

「그런 맹세 전 안 믿어요.」 안드레스가 말했다. 「세상의 모든 복수보다, 지금은 세비야로 갈 수 있게 뭐라도 좀 있었으면 좋겠네요. 먹을 것이나 가져갈 거라도 있으면 좀 주세요. 그리고 나리와 모든 편력 기사들과는 안녕이에요. 편력 기사들 모두 제게 한 방식대로 그렇게 벌을 내리려 잘들 돌아다니라죠.」

그러자 산초가 가진 것 중에서 빵 한 조각과 치즈 한 조각을 꺼내 아이에게 주면서 말했다.

「자 받아라, 내 형제 안드레스. 네 불운의 일부가 우리 모두에게 미치는구나.」

「아저씨께 미치는 불운은 뭔데요?」 안드레스가 물었다.

「네게 주는 치즈와 빵이지.」 산초가 대답했다. 「이게 내게 아쉬운 것인지 아닌지 하느님은 아신다. 편력 기사들의 종자들은 늘 허기지고, 불행 속에 살며, 입으로 말하기보다 몸으로 더 잘 느끼는 별별 고생까지 다 하거든.」

아무도 다른 것을 줄 것 같지 않자 안드레스는 빵과 치즈를 받아 들고 고개를 숙이더니, 흔히 말하듯 길을 나섰다. 떠날 때 돈키호테에게 이런 말을 한 건 사실이다.

「편력 기사 나리, 혹시 다시 만났을 때 제가 발기발기 찢기고 있는 걸 보시게 되더라도 제발 저를 구해 주거나 도와주려 하지 마세요. 제 불운은 그냥 제가 감당할 테니 내버려 두세요. 그 불운도 나리의 도움으로 인한 것만큼은 아닐 테니까요. 이 세상에 태어난 모든 편력 기사들과 당신께 하느님의 저주가 있기를 바랍니다요.」

돈키호테가 아이를 벌하려고 일어서려 했지만, 아이는 어느 누구도 감히 쫓을 엄두를 내지 못할 정도로 빨리 달려가기 시작했다. 안드레스의 말에 돈키호테가 너무나 부끄러워하고 있었기 때문에 다른 사람들은 그가 창피해하지 않도록 웃음을 참느라 무진 애를 써야 했다.

32

객줏집에서 돈키호테 일행에게 일어난 사건에 대하여

멋진 식사가 끝나자 그들은 곧 말에 안장을 얹었고 이렇다 할 만한 사건 없이 다음 날 객줏집에 도착했으니, 그 객줏집을 보자 산초 판사는 놀라 까무러칠 뻔했다. 그는 객줏집에 들어가고 싶지 않았지만 피할 수만은 없는 일이었다. 객줏집 주인과 안주인, 딸과 마리토르네스는 돈키호테와 산초가 오는 것을 보고 아주 반가운 얼굴로 그들을 맞이하러 나왔다. 돈키호테는 근엄한 태도로 엄숙하고 차분하게 그들을 대하면서 지난번보다 좋은 잠자리를 준비해 달라고 했다. 그 말에 안주인은 지난번보다 돈만 많이 주신다면야 왕자님의 침상이라도 마련해 드리겠다고 대답했다. 돈키호테는 그렇게 하겠다고 했고, 그래서 그때와 같은 다락방에 좀 괜찮은 침대가 마련되었다. 돈키호테는 매우 지치고 정신이 없던 터라 곧 잠자리에 누웠다.

방문을 닫자마자 안주인은 이발사에게 덤벼들어 수염을 움켜쥐면서 말했다.

「세상에, 더 이상 내 꼬리를 수염으로 사용할 수는 없어요. 내 꼬리 돌려줘요. 남편 빗이 바닥에 굴러다니니 창피하잖아요. 그 꼬리에다 빗을 걸어 두곤 했다고요.」

 그녀가 아무리 수염을 잡아당겨도 이발사가 주려 하지 않자 보다 못한 신부가 그냥 돌려주라고 했다. 더 이상 그런 작전을 쓸 필요가 없으니 이제 원래의 모습으로 돌아가고, 돈키호테에게는 그 죄수 도둑들이 자신들을 약탈했을 때 도망쳐 온 곳이 이 객줏집이었다고 말하면 된다고 했다. 그리고 공주의 종자에 대해서 물으면, 그를 앞서 보내 공주님이 돌아오고 계시며 국민을 구하실 자를 모셔 온다는 사실을 미리 국민들에게 알리게 했다고 대답하면 된다고 덧붙였다. 이 말을 듣자 이발사는 쇠꼬리를 비롯하여 돈키호테를 구해 내기 위해 빌렸던 것들을 기꺼이 안주인에게 돌려주었다. 객줏집 사람들은 모두 도로테아의 아름다움과 그에 못지않은 목동 카르데니오의 용모에 놀랐다. 신부는 객줏집에 있는 것으로 먹을 것을 좀 준비해 달라고 했다. 주인은 돈을 잘 쳐주리라는 희망으로 열심히 그에 상응하는 음식을 준비했다. 이런 일이 일어나는 동안 돈키호테는 자고 있었는데, 그때는 먹는 것보다 잠자는 편이 그에게 더 좋을 것 같았으므로 모두를 위해 깨우지 않기로 했다.
 식사를 하며 그들은 객줏집 주인과 그의 아내와 딸, 마리토르네스 그리고 다른 모든 손님들이 있는 앞에서 돈키호테의 이상한 광기며 그를 어떻게 발견했는지에 대해 이야기했다. 객줏집 안주인은 그와 마부 사이에 있었던 일을 이야기하다가 혹시나 그 자리에 산초가 있는지 살피고 없는 것을 확인한 후 그가 담요로 공중에 헹가래 쳐진 일까지 죄다 들려주니 모두들 재미있어했다. 돈키호테는 기사 소설을 주야장천으로 읽어서 머리가 돌았다고 신부가 얘기하자 객줏집 주인이 대꾸했다.
 「어떻게 그럴 수 있는지 모르겠네요. 제가 보기에 이 세상에 그보다 더 훌륭한 읽을거리는 정말이지 없는 것 같거든요. 저도 다른 책들과 함께 그런 책을 두세 권 갖고 있습니다만, 그건 저뿐만 아니라 다른 많은 사람들의 기운을 북돋워 줘요. 추수 때가 되면 많은 일꾼들이 이곳으로 모여드는데, 글을 읽을 줄 아는 사람들은 늘 있어서 그들 가운데 하나가 그런 책 한 권을 집어 들면 서른 명이 넘는 우리가 그 사람을 삥 둘러싸고 앉는답니다. 그러고는 그 사람이 읽어 주는 것을 흰 머리칼 수천 가닥이 빠질 정도로 재미있게 듣지요. 적어도 제 경우에는, 기사들이 격렬하고도 무시무시하게 때리는 대목을 듣고 있노라면 저도 그렇게 해보고 싶어지고, 밤이고 낮이고 그런 이야기만 들으면서 지내고 싶어지거든요.」

「나도 똑같아요.」 안주인이 거들었다. 「내겐 이 집에서 당신이 가만히 책 읽는 것을 듣고 있을 때보다 좋은 시간은 없거든요. 그때만은 넋을 놓고 귀를 기울이느라 잔소리하는 일까지도 잊어버릴 지경이라니까요.」

「그건 그래요.」 마리토르네스가 말했다. 「저도 역시 그런 이야기를 듣는 게 좋아요. 아주 아름답거든요. 귀부인이 오렌지 나무 아래서 자기 기사와 포옹하고 있을 때 시녀가 그것을 시기하면서도 안절부절못하며 그들 망을 봐주는 대목은 더하죠. 이런 이야기는 모두 꿀처럼 달콤해요.」

「아가씨는 어떻게 생각하오?」 신부가 객줏집 딸에게 말을 걸었다.

「저는 잘 모르겠는데요, 신부님.」 그녀가 대답했다. 「저도 듣기는 해요. 사실 이해는 못 하지만 듣는 건 좋아하죠. 하지만 아버지가 좋아하시는 싸움 대목은 싫어요. 그보다 기사들이 자기네 귀부인과 떨어져 있을 때 하는 탄식이 좋아요. 그들이 너무 불쌍해서 정말 몇 번 울기도 해요.」

「그렇다면, 만일 그들이 아가씨 때문에 운다면……」 도로테아가 물었다. 「아가씨는 그들을 잘 위로해 줄 수 있겠군요.」

「그건 잘 모르겠어요.」 딸이 대답했다. 「다만 제가 아는 것은, 자기 기사를 호랑이니 사자니 그 밖에 수천 가지 온갖 더러운 이름으로 부르는 아주 잔인한 부인네들이 있다는 거예요. 그런 여자들은 대체 어떻게 된 사람들인지 저는 정말 모르겠어요. 한 명예로운 남자를 만나지 않겠다고

함으로써 죽거나 미치게 만드는, 그렇게 매정하고 양심 없는 여자들 말이에요. 무엇 때문에 그렇게 새침하게 구는지 모르겠어요. 정숙해서 그러는 거라면 그들과 결혼하면 되는 거죠. 기사들이 다른 걸 바라는 게 아니잖아요.」

「얘, 그만해라.」 객줏집 안주인이 말했다. 「그런 일에 대해 많이 알고 있는 것 같은데, 처자가 그런 걸 알고 말이 많으면 못쓰는 법이야.」

「이분이 물으시는데 대답하지 않을 수는 없잖아요.」 딸이 말했다.

「자……」 신부가 말했다. 「주인 양반, 그 책들 좀 가져와 보지 않겠소? 보고 싶어서 그러오.」

「그러지요.」 주인이 대답했다.

그는 자기 방으로 들어가서 가느다란 사슬로 묶은 낡은 가방을 들고 나왔다. 열어 보니 거기에는 큰 책 세 권과 아주 잘 쓴 글씨가 적힌 종이들이 들어 있었다. 처음 펼친 책은 『돈 시론힐리오 데 트라시아』[269]였고 또 다른 하나는 『펠릭스마르테 데 이르카니아』[270]였으며, 마지막 것은 『대장군 곤살로 에르난데스 데 코르도바[271] 이야기와 디에고 가르시아 데 파레데스[272]의 일생』이었다. 신부는 처음 두 책의 제목을 읽자마자 이발사를 돌아보며 말했다.

---

[269] *Don Cirongilio de Tracia*. 동명의 기사에 대한 네 권의 책이 있다. 베르나르도 데 바르가스Bernardo Pérez de Vargas의 작품으로 1545년 세비야에서 출판되었다. 문체가 매우 난해하고 장식이 많다.

[270] *Felixmarte de Hircania*. 1556년에 바야돌리드에서 출간된 멜초르 오르테가Melchor Ortega의 작품.

[271] Gonzalo Hernández de Córdoba(1453~1551). 스페인의 장군으로 〈대장군〉이라 불렸다. 국토 회복 전쟁을 지휘하였으며 그라나다의 포위 작전에 참가하여 항복 교섭을 했다. 이탈리아에 출정하여 프랑스군을 무찌르고 나폴리 왕국을 정복했다. 공적에 비해 노후는 불행했다.

[272] Diego García de Paredes(1506~1563). 비범한 용기와 강인한 육체를 지녔던 스페인 기사. 대장군 곤살로 에르난데스 데 코르도바Gonzalo Fernández de Córdoba 밑에서 놀랄 만한 전과를 올려 〈엑스트라마두라의 삼손〉이라는 전설적인 인물이 되어 문학으로 먼저 읊어졌다.

「지금 이 자리에 내 친구의 가정부와 조카딸이 없는 게 유감이군.」

「없어도 돼요.」 이발사가 대답했다. 「저도 이걸 마당이나 화덕으로 가져갈 줄 아니까 말이죠. 화덕 불이 아주 좋습니다.」

「그럼, 제 책을 태우시겠다는 겁니까?」 주인이 말했다.

「두 권만요.」 신부가 대답했다. 「돈 시론힐리오와 펠릭스마르테.」

「제 책이 이교 서적이나 가래 같은 책이란 겁니까? 태워 버릴 생각을 하시니 말씀입니다요.」

「불온서적이라고 말하고 싶은 거겠지, 친구.」 이발사가 말했다. 「가래 같은[273] 책이 아니고.」

「그래요.」 주인이 대답했다. 「하지만 뭔가 태우실 생각이라면, 그 대장군과 디에고 가르시아를 얘기하고 있는 것으로 하시죠. 다른 걸 태우시겠다면 전 차라리 제 자식을 태우겠습니다요.」

「형제여.」 신부가 말했다. 「이 두 책은 거짓말에 터무니없고 정신 나간 이야기들로 가득하다오. 반면 이 대장군 이야기는 실제 역사로, 곤살로 에르난데스 데 코르도바의 행적을 이야기하고 있소. 이자는 수많은 위대한 업적으로 사람들에게 〈대장군〉이라 불릴 만한 인물이라오. 그자만이 가질 수 있는 유명하며 확실한 이름이지. 그리고 이 디에고 가르시아 데 파레데스는 엑스트레마두라의 트루히요에서 태어난 중요한 기사로 아주 용감하고 타고난 힘이 엄청나서 손가락 하나로 신 나게 돌고 있던 물레방아를 멈추게 했던 사람이라오. 너무나 커서 양손으로 휘둘러야 하는 칼을 쥐고 다리 입구에 선 채 수많은 군대가 그 다리를 지나가지 못하게 막기도 했다오. 그 밖에도 비슷한 종류의 업적을 많이 세웠지요.

---

[273] 스페인어로 〈가래 같은〉은 〈플레마티코 *flemático*〉이고 〈불온한〉은 〈시스마티코 *cismático*〉이다.

기사 자신이 이런 일들을 기사이자 연대기 작가로서 겸손하게 이야기하며 써놓고 있는데, 만일 이것을 다른 자유롭고 공정한 작가가 썼더라면 헥토르,274 아킬레스,275 롤단 같은 사람들의 업적들은 다 잊게 만들었을 게요.」

「그런 말은 우리 아버지한테나 하십쇼.」 객줏집 주인이 말했다. 「물레방아를 멈춘 게 그렇게도 놀랄 일인가 봅니다요! 그렇다면 신부님께서는 지금 펠릭스마르테 데 이르카니아가 한 일을 읽으셔야겠네요. 단지 칼을 왼쪽에서 오른쪽으로 비스듬히 한 번 내려친 것만으로 거인 다섯 명의 허리를 아이들이 콩으로 만든 인형 자르듯 두 동강 내버렸거든요. 어떤 때는 막강한 대군을 상대로 싸움을 하기도 했지요. 머리끝에서 발끝까지 완전 무장한 160만 명이 넘는 군인들이었는데도 마치 양 떼를 다루듯 모조리 쳐부수었어요. 그리고 그 멋진 돈 시론힐리오 데 트라시아에 대해서는 뭐라고 하실 건가요? 책을 보면 아시겠지만 얼마나 용감하고 힘이 센지 몰라요. 책에 따르면 그 사람이 배를 타고 강으로 나갔는데 물 한복판에서 불을 내뿜는 뱀이 나타났어요. 그것을 보자마자 뱀 위로 몸을 날려 비늘이 나 있는 등에 걸터앉아 두 손으로 힘을 다해 목을 조르기 시작했대요. 뱀은 숨이 막히자 강 밑바닥으로 갈 수밖에 없었지요. 손을 절대 풀지 않으니 그 기사를 매단 채로 말입니다. 그런데 뱀과 함께 그 사람이 강바닥에 닿아 보니 참으로 아름다운 정원이 펼쳐진 놀랄 만한 궁전에 있더라는 겁니다. 그러자 뱀이 노인으로 변해 얼마나 많은 이야기를 해주던

274 Hétores. 트로이 왕 프리아모스의 아들. 트로이 전쟁에서는 군의 총지휘자로 여러 그리스 용사를 쓰러뜨렸으나 끝내 살해되었고, 그 시체는 그리스군의 용사 아킬레우스의 전차 바퀴에 매달려 끌려다녔다.
275 Aquiles. 그리스의 전설적인 영웅. 어렸을 때 어머니 테티스가 저승의 강물에 몸을 담가 불사신으로 만들었으나 발꿈치만이 물에 잠기지 않았다. 트로이 전쟁에서 용맹을 떨쳤으나 최후에 아폴론의 지시를 받은 헥토르의 동생 파리스가 쏜 화살을 발뒤꿈치에 맞고 전사했다.

지, 더 이상 말씀드릴 필요도 없어요. 그러니 신부님, 입을 다무세요. 이런 이야기를 들으시면 재미있어서 미칠 지경이 될 겁니다요. 신부님이 말씀하시는 그 대장군이나 그 디에고 가르시아라는 인간들은 엿이나 먹으라지요!」[276]

이 말을 듣고 있던 도로테아는 나직하게 카르데니오에게 말했다.

「이 집 주인도 제2의 돈키호테가 될 날이 머지않았네요.」

「내 생각에도 그래 보여요.」 카르데니오가 대답했다. 「보아하니 저 사람도 분명 기사 소설에서 이야기하는 것들이 모두 쓰여 있는 그대로 일어난 줄로 믿고 있는 듯합니다. 맨발로 고행하러 돌아다니는 수도사들이 온다 해도 저분의 믿음을 바꿀 수 없을 거예요.」

「이보시오, 형제여.」 신부가 다시 말했다. 「펠릭스마르테 데 이르카니아나 돈 시론힐리오 데 트라시아나, 그 밖의 기사 소설에 등장하는 그와 비슷한 기사들은 세상에 없었던 사람들이오. 모두가 댁이 말한 것처럼 심심치 않게 시간을 보내라고 한가한 재주꾼들이 지어낸 이야기에 허구라는 거요. 추수 때 이 집에 일하러 온 일꾼들이 그 책들을 읽으면서 시간을 보내는 것처럼 말이오. 진실로 댁한테 맹세하는데, 그런 기사 따위는 이 세상에 결코 존재하지 않았으며 그런 무공이나 허무맹랑한 일들도 일어난 적이 없었소.」

「그따위 뼈다귀는 다른 개에게나 주십쇼!」 객줏집 주인이 대꾸했다. 「제가 다섯도 모르고 발을 구두 어느 부분에 끼우는지도 모르는 줄 아시나 봅니다! 제가 어린애인 줄 아시나 본데, 저 전혀 바보가 아니거든요. 그 훌륭한 책에서 이야기하는 것들이 다 터무니없고 거짓된 것이라고 저

---

276 원문에는 〈엄지손가락을 검지와 중지 사이로 내민 주먹을 두 번이나 먹어라〉라고 되어 있다. 이것은 욕이나 야유를 할 때 보이는 손짓이다.

를 이해시키려 하시지만, 그 책들은 왕실 의회의 높으신 분들의 허가를 받아서 출판된 것들입니다. 그런 높은 분들이 사람을 미치게 만드는 그따위 거짓말과 싸움들과 마법들을 출판하게 내버려 뒀겠습니까!」

「내가 이미 말했잖소, 이 사람 참…….」 신부가 대답했다. 「그것들은 우리들이 할 일 없을 때 시간을 때우라고 만들어 낸 얘기란 말이오. 아주 잘 정돈된 나라에서 일이 없거나 일할 필요가 없을 때를 위해, 혹은 일을 하려 해도 할 수 없는 사람들의 마음을 즐겁게 해주기 위해 장기니 공놀이니 당구 같은 놀이가 허가되어 있는 것과 마찬가지로, 이런 책의 출판을 허가한 것이란 말이오. 그것도 이런 책에 나오는 이야기들 중 어느 하나라도 진짜라고 믿을 그런 바보는 없을 거라는 생각에서 말이오. 지금 내게 그럴 권리가 있고 여기 계시는 분들이 요구하신다면, 그런 기사 소설이 훌륭해지기 위해서는 무엇을 갖추어야 하는지에 대해 이야기할 수도 있소. 어떤 분에게는 유익할 뿐 아니라 재미도 있을 테니 말이오. 하지만 언젠가 이런 소설들을 손볼 수 있는 분과 함께 이 문제에 대해 의견을 나눌 기회가 오기를 바라오. 그동안 주인장, 내가 댁에게 한 말을 믿고 댁이 가진 책들을 펴서 거기 쓰여 있는 이야기가 진짜인지 거짓인지 한번 보시오. 그 책들이 당신에게 유익한 것이 되면 좋겠군. 제발 저 손님 돈키호테처럼 당신도 낭패를 당하는 일이 없기를 바라오.」

「그럴 걱정 없어요.」 객줏집 주인은 대답했다. 「저는 제가 직접 편력 기사가 되는 그런 미친 짓은 안 합니다. 이 유명한 기사들이 세상을 활보하고 다녔다는 당시 유행이 지금은 완전히 없어졌다는 것을 잘 아니까요.」

이런 대화 중간에 산초도 그 자리에 있게 되었는데, 지금은 편력 기사가 유행하지 않으며 기사 소설들은 바보 짓거리에 거짓말뿐이라는 말을 듣자 그는 아주 혼란스러워하며 생각에 잠겼다. 그는 주인의 이번 여행이 어떻게 끝나는지를 기다려 보자고 마음먹었다. 만일 자기가 생각한 대로 좋은 결과가 나오지 않으면 그때는 주인을 버리고 아내와 자식들에게로 돌아가 예전에 하던 일을 다시 하면 된다고 생각했다.

객줏집 주인이 가방과 책들을 도로 가져가려 하자 신부가 말했다.

「잠깐만, 그렇게 멋진 글씨로 쓰여 있는 종이들이 뭔지 보고 싶군.」

주인은 종이들을 꺼내 읽어 보라고 신부에게 주었다. 손으로 쓴 여덟 장 분량의 작품으로 첫 장에는 〈당치 않은 호기심을 가진 자에 대한 이야기〉라는 제목이 큰 글씨로 적혀 있었다. 신부는 서너 줄 혼자 읽어 보더니 말했다.

「제목이 나쁘지 않군. 끝까지 읽어 보고 싶은 마음이 생기니 말이오.」

이 말을 듣고 객줏집 주인이 대답했다.

「신부님께서 읽으실 만할 겁니다. 말씀드리자면, 여기서 이것을 읽은 손님 가운데 몇 분은 이 작품이 무척 마음에 든다며 진심으로 이 글을 달라고 했을 정도였으니까요. 하지만 전 드리고 싶지 않았습니다. 이 책과 원고가 들어 있던 가방을 여기다 잊어버리고 간 분에게 돌려 드릴 생각이었으니 말이죠. 언젠가는 가방 임자가 여기로 다시 올 수도 있는 일이라서요. 책을 돌려 드리면 저도 아쉽긴 하겠지만, 분명히 돌려 드리긴 할 겁니다요. 비록 객줏집을 하는 형편이지만 저는 엄연한 기독교 신자니까요.」

「지당하신 말씀이오, 친구.」 신부가 말했다. 「하지만 그렇다 치더라도, 이야기가 내 마음에 들면 베끼게는 해주시오.」

「그러고말고요.」 객줏집 주인이 대답했다.

두 사람이 이런 말을 나누는 동안 카르데니오는 이미 종이를 집어 들어 읽고 있었다. 이 사람 역시 신부와 마찬가지로 그 글이 마음에 들었으므로 모든 사람들이 들을 수 있도록 읽어 달라고 신부에게 부탁했다.

「읽지.」 신부가 말했다. 「자는 것보다 읽는 것에 이 시간을 쓰는 게 더 낫다면 말이오.」

「전 말이죠…….」 도로테아가 말했다. 「이야기를 들으면서 시간을 보내는 것으로 충분히 쉴 수 있을 것 같아요. 잠을 자야 할 마땅한 이유가 있긴 하지만 아직 잠을 이룰 수 있을 정도로 마음이 진정되지 않아서 말이에요.」

「그렇다면…….」 신부가 말했다. 「읽기로 하지. 어쩌면 마음에 들 만한 이유나 호기심을 자극할 만한 내용이 들어 있을지도 모르니 말이오.」

니콜라스 선생도 같은 부탁을 했고 산초도 마찬가지였다. 모두가 마음에 들어 하는 것 같고 신부 자신도 그러했으므로 그는 이렇게 말했다.

「그렇다면 다들 잘 들으시오. 이야기는 이렇게 시작하고 있소.」

33

〈당치 않은 호기심을 가진 자에 대한 이야기〉[277]가 다뤄지다

이탈리아의 토스카나 주에 있는 그 유명하고 부유한 도시 피렌체에 안셀모와 로타리오라는 두 신사가 살고 있었다. 이 두 사람은 부자에 귀한 가문의 자식들로, 이들을 아는 사람들은 모두 이들의 이름보다 〈그 두 친구〉라고 부를 만큼 절친한 사이였다. 둘 다 미혼이었으며 나이도 같은 데다 습관도 비슷하였으니, 이 모든 게 서로에게 우정을 느끼게 할 만한 충분한 이유가 되었다. 사실 안셀모는 로타리오에 비해 연애로 시간을 보내는 성향이 있었고, 로타리오는 사냥하는 사람들을 쫓아다니곤 했다. 그러나 권하기만 하면 안셀모는 자기의 취미를 버리고 로타리오의 취미에 따랐으며, 로타리오 또한 자기의 취미를 버리고 안셀모의 취미에 따랐다. 이런 식으로 그 둘의 마음이 하나로 꼭 맞았으니 그렇게 정확하게 맞는

---

[277] 이 이야기는 작품 전체의 흐름 및 분위기와 어조에 있어 완연히 달라 독립적인 하나의 단편으로 보는 것이 바람직하다. 익살스러운 본편과는 달리 심각한 분위기에, 무대는 라만차 지역이 아닌 이탈리아 피렌체이며, 시기 또한 돈키호테의 모험보다 한 세기 이전의 이야기이다. 1613년에 세르반테스가 발간한 『모범 소설집 Las Novelas Ejemplares』에 들어 있는 열두 편의 단편과 형식 등 많은 면에서 유사한데, 그 작품들과 같이 싣지 않은 이유는 이 작품에 세르반테스가 주고자 하는 〈모범적인 메시지〉가 없기 때문이다.

시계도 없다 할 정도였다.
 안셀모는 같은 도시에 사는 귀한 가문의 아름다운 아가씨를 사랑해 그녀에게 빠져 있었다. 그 아가씨는 훌륭한 부모님을 두었으며 무엇 하나 흠잡을 데가 없어서, 안셀모는 친구 로타리오의 생각을 들은 다음 ― 왜냐하면 그는 이 친구의 생각을 듣지 않고는 아무것도 하지 않았기에 ― 그 아가씨의 부모님께 아가씨를 아내로 청할 결심을 하고 그것을 실행에 옮겼다. 중간에서 심부름꾼으로 일한 사람은 로타리오로, 친구가 생각하기에 그는 이 일을 대단히 마음에 들게 마무리했다. 그토록 갈망하던 아가씨를 짧은 시간에 손에 넣게 해주었으니 말이다. 카밀라라는 이 아가씨도 안셀모를 남편으로 맞이하게 되어 아주 기뻐했고, 하늘과 그런 행복을 주선한 로타리오에게 늘 고마워했다. 결혼 후 처음 며칠 동안은 언제나 즐거워 로타리오도 여태껏 그래 왔던 것처럼 친구 안셀모의 집을 자주 찾아가 최선을 다해 친구를 명예롭게 하고 축하해 주고 즐겁게 해주려고 마음을 썼다. 하지만 며칠간 지속된 결혼 축하연이 마무리되어 가면서 사람들의 방문이며 축하도 끝나고, 로타리오도 일부러 안셀모의 집에 가는 것을 소홀히 하게 되었다. 그가 보기에 ― 신중한 사람이라면 누구나 당연히 그렇게 생각하겠지만 ― 결혼한 친구 집을 총각 시절과 똑같이 계속 드나들거나 방문해서는 안 될 것 같았던 것이다. 훌륭하고 진정한 우정이라면 의심을 사는 일이 생겨서도 안 되고, 또 그렇게 될 수도 없다고는 하지만 결혼한 남자의 명예라는 것은 워낙 약해서 피를 나눈 형제로부터도 욕을 당할 수 있는바, 하물며 친구 사이에서는 더욱더 그럴 수 있다고 그는 생각했다.
 그때까지 결코 그런 일이 없었던 로타리오가 방문을 미루는 것을 깨닫고, 안셀모는 자신의 결혼이 왕래를 하지 않게 만든 원인이 될 줄 알았더라면 절대로 결혼 같은 건 하지 않았을 것이라면서 불평했다. 그리고 자기가 총각이었을 때 두 사람이 나누었던 우정으로 인해 〈그 두 친구〉라는 좋은 이름으로 불리기까지 했는데, 다른 이유도 없이 다만 신중하고자 그토록 유명하고 기분 좋은 별명을 잃게 된다는 것은 있을 수 없는 일이라고 했다. 그래서 친구에게 부탁하기를, 그들 사이에 그런 별명이 정식으로 통용되도록 다시 자기 집의 주인이 되어 전처럼 드나들어 달라고 했다. 아내 카밀라는 남편이 원하는 대로 하는 것 말고는 아무것도 모르는 사람이고, 그녀 또한 그 두 사람이 얼마나 절친한지를 알고 있던 터라 로타리오의 방문이 뜸해진 것에 혼란스러워하고 있다면서 말이다.

안셀모가 예전처럼 자기 집을 방문해 달라고 로타리오를 설득하자 로타리오는 이러저러한 이유들을 들어 참으로 신중하고 사려 깊게 대답했으니, 안셀모는 친구의 훌륭한 생각이 마음에 들었다. 그래서 그들은 주중에 두 번, 그리고 주말과 공휴일에는 로타리오가 안셀모의 집에서 점심을 같이하기로 한다는 데 합의했다. 이러한 합의가 이루어지기는 했지만, 로타리오는 자기의 평판보다 친구의 평판을 훨씬 더 중하게 여겼으므로 친구의 명예를 더 높이는 일이라고 생각되는 일만 하겠노라고 제안했다. 그의 제안은 참으로 지당한 말로서, 하늘로부터 아름다운 아내를 받은 기혼자는 어떤 친구를 집에 데리고 가는지 신경을 써야 함은 물론 자기의 아내가 어떤 여자 친구와 대화를 나누는지도 살펴야 한다고 했다. 왜냐하면 저잣거리나 성당이나 공공연한 축제나 종교적인 방문 같은, 그러니까 남편이 아내에게 가지 말라고 할 수만은 없는 그런 장소에서 이루어지지 않거나 조장되지 않는 일들이 아내가 가장 신뢰하는 여자 친구나 친척 집에서는 쉽게 이루어지고 조장되기 때문이라는 것이다.

로타리오는 또 말하기를, 기혼자들은 자기가 하는 행동 가운데 실수를 지적하여 경고해 줄 만한 친구가 필요하다고 했다. 남편이 아내를 지극히 사랑하는 나머지 아내의 마음을 상하게 하지 않기 위해, 명예가 되거나 불명예가 되는 일을 하거나 하지 말라고 충고하거나 타이르지 못하기도 하는데, 친구의 주의가 있으면 그런 일도 쉽게 해결할 수 있을 것이라고 했다. 지금 로타리오가 말하는 그런 사려 깊고 성실한 참된 친구를 어디서 만날 수 있겠는가? 그건 모를 일이다. 하지만 로타리오만은 그런 친구였다. 그는 주의를 다해 열심히 친구의 명예를 살폈고, 되도록이면 그의 집에 가기로 약속한 날들을 줄이고 없애려고 애썼다. 부자인 데다 용모가 출중하고 집안도 좋은, 스스로 생각하기에도 나무랄 데 없는 젊은이 로타리오가 카밀라 같은 아름다운 여자의 집에 드나드는 것은 세상의 할 일 없는 사람들이나 호시탐탐 먹잇감을 노리는 악의에 찬 사람들의 눈에 좋지 않게 비칠 것이 틀림없기 때문이었다. 그의 착한 마음과 용기로 험담하는 사람들의 혀에 모두 제동을 걸 수 있었지만 여전히 친구의 평판이나 자신의 평판을 잃는 일은 하고 싶지 않았으므로 로타리오는 약속한 날이면 보통 피치 못할 사정이 있다는 핑계를 대고 다른 일을 하거나 다른 곳에서 시간을 때우며 지냈다. 그리하여 하루 중 많은 시간과 많은 부분을 한쪽은 불평하고, 다른 한쪽은 변명하면서 보내게 되었다.

어느 날, 두 사람이 교외의 풀밭을 산책하고 있을 때 안셀모가 로타리오에게 이런 말을 했다.

「로타리오, 이 친구야, 자네는 내가 하느님이 주신 은혜로 누리는 행복에 상응할 만한 감사를 다하지 않는다고 생각하고 있겠지. 우리 부모 같은 그런 분들의 자식으로 태어나게 해주시고 재산이나 물질적인 풍요를 내려 주신 데 대해서 말일세. 더군다나 자네를 친구로서, 카밀라를 아내로서 주신 데 대해서는 더더욱 그렇지. 두 사람은 내가 가장 아끼는 담보 같은 존재이며 아무리 노력해도 그 빚은 다 갚을 수 없을 걸세. 이런 훌륭한 것들이 있으면 보통 사람들이 그러하듯이 그것들로 만족하게 살 수 있을 텐데, 나는 이 세상에서 제일 억울하고 재미없게 살아가고 있다네.

언제부터인지 모르지만 아주 이상한, 보통 다른 사람들과는 다른 한 가지 욕망에 사로잡혀 괴로워하고 있기 때문일세. 나 자신에게 놀라 아무도 모르게 스스로를 책하고 나무라면서, 그런 욕망을 억누르고 마음속에서 떨쳐 버리고자 노력하고 있다네. 그래서 일부러 그것을 알리려는 양 이 비밀을 털어놓게 되었으니, 어쨌든 이 비밀이 알려져야 한다면 누구보다 자네의 비밀 보관소에 있게 되기를 바라네. 자네가 나의 진정한 친구로서 나를 구해 주려고 열심을 다하고 비밀을 지켜 줄 것을 믿기 때문에, 나는 곧 나를 사로잡는 이 고통에서 해방될 것이네. 그리고 자네의 도움으로 내가 가지게 될 기쁨은 내가 이러한 광기로 불행했던 만큼이나 클 것일세.」

안셀모의 이 말을 듣고 로타리오는 얼떨떨했으니, 이 긴 준비인지 서언인지가 대체 어떤 결말에 이를 것인지 알 수가 없었다. 자기 친구를 그토록 괴롭히고 있는 것이 어떤 욕망이기에 저럴까 상상을 거듭해 봐도 도대체 감을 잡을 수가 없었다. 그는 자기를 그렇게 초조하게 하는 그러한 고뇌에서 빨리 빠져나오고 싶어서 친구에게 말하기를, 비밀을 이야기한다면서 빙빙 돌리기만 하는 건 신실한 우정을 크게 모욕하는 일이라고 했다. 자기는 그 생각을 딴 데로 돌릴 수 있는 충고든, 그 욕망을 달성할 수 있는 방법이든 분명히 약속할 수 있다고도 했다.

「그건 사실이네.」 안셀모가 대답했다. 「그럼, 자네 약속을 믿고 말을 하겠네, 친구 로타리오. 나를 괴롭히고 있는 욕망은 내 아내 카밀라가 내가 생각하는 만큼 착하고 나무랄 데 없이 완벽한 사람인지 알고 싶다는 것일세. 불이 금의 순도를 알려 주듯이 아내가 착한지를 증명할 만한 시험을 해보지 않고서는 그런 사실을 알 수가 없지. 왜냐하면, 오 내 친구여! 내가 알기로 여자가 착하다는 것은, 얼마만큼 유혹에 노출되는가에 달려 있기 때문이라네. 연인들의 애절한 약속이나 선물이나 눈물이나 끊임없는 집요한 접근에도 굽히지 않는, 정조가 굳은 여자만이 착한 여자라고 말할 수 있는 법이지.」 그는 계속해서 말을 이었다. 「사실 나쁜 여자가 되라고 누구 하나 쫓아다니는 자도 없는데 여자가 정조를 지켰다고 고마워할 게 뭐 있겠는가? 자유분방할 만한 기회가 없는 여자라든지, 단 한 번의 바람이라도 남편에게 들키면 목숨이 달아날 줄을 아는 여자가 조신하게 조심하고 있는 게 뭐 그리 대단한 일이겠는가? 그러니 두려워서 혹은 기회가 없어서 행실이 착한 여자에게는, 간청이나 구애에도 굴하지 않고 승리의 관을 쓴 여자에게 바치는 그것과 똑같은 존경을 바치고 싶지 않다네. 따라서 이런 이유와 더불어, 내가 갖고 있는 생각을 믿게 하고 강조하기 위해 자네에게 말할 수 있는 그 밖의 다른 많은 이유들로 인해 나는 내 아내 카밀라가 그러한 고난을 견뎌 내기를 바라며, 그녀에게 자기의 희망을 놓을 용기 있는 자에게 구애받는 불의 시련을 통해 그녀가 정숙한 여자라는 사실이 명확하게 입증되고 평가되기를 바라는 걸세. 그렇게 그녀가 내가 믿고 있는 대로 이 싸움에서 승리하여 나오면 나는 비할 데 없는 행운아가 될 것이며, 알고 싶던 내 욕망이 완전히 채워졌다고 말할 수 있을 것일세. 저 현왕이 〈누가 그런 정숙한 여인을 찾아 얻겠느냐?〉[278]라고 말씀하셨듯이 그런 강인한 여자가 운 좋게 나에게 들어맞았다고 하겠네. 또 이 일이 내가 생각하는 것과 반대로 결론이 날 경우엔 내 생각이 적중했다는 사실에 만족하며 덤덤하게 고통을 감수할 것이네. 아주 비싼 실험이니 그러한 고통은 당연한 게 아니겠는가. 그리고 나의 이 소원에 반대하여 자네가 무슨 말을 하더라도 이 일을 실행하고자 하는 의지에는 아무 영향도 미치지 못할 걸세. 오, 내 친구 로타리오! 내가 하고자 하는 이 일의 도구가 되어 주게. 정숙하고 명예를 알며 조신하고 욕심 없는 여

---

278 〈현왕〉은 솔로몬 왕을 가리키며, 이는 「잠언」 31장 10절에 나오는 말이다.

자를 유혹하는 데 필요하다고 생각되는 것이라면 무엇이든 내가 부족하지 않게 줄 것이며, 기회도 만들어 주겠네. 무엇보다도 이렇게 곤란한 일을 자네에게 맡기게 된 것은, 만일 카밀라가 자네에게 굴복하게 된다 하더라도 그 패배가 결정적인 것은 아닐 터이고, 단지 일어날 일이 일어난 것 정도로 존경스럽게 받아들일 수 있다는 이유 때문일세. 그렇게 되면 나는 더 이상 내 욕망으로 수치스러워하지 않을 것이고 내가 당하는 모욕은 자네의 침묵 덕분에 아무에게도 알려지지 않을 것이네. 나와 관련한 일에서 자네가 지켜 주는 침묵은 죽음의 침묵보다 더 영원할 것임을 나는 잘 알고 있다네. 그러니 내가 삶이라고 말할 만한 삶을 가지기를 원한다면 지금 당장 이 사랑의 전투에 임해 주게나. 미적지근하게, 마지못해 하지 말고 우리의 우정이 내게 확신하는 믿음과 내 소망이 요구하는 열의와 바지런함으로 말일세.」

이것이 안셀모가 로타리오에게 말한 내용이었다. 로타리오는 이 말을 모두 주의 깊게 듣고 있었다. 앞서 쓰여 있는 것을 제외한다면, 로타리오는 친구의 말이 끝날 때까지 입 한 번 벙긋하지 않았다. 놀라 자빠질 정도로 경악할 만한 말을 하는 친구를, 그는 평생 본 적이 없는 뭔가를 바라보는 듯 한참동안 바라보다가 마침내 입을 열었다.

「오, 내 친구 안셀모! 자네가 한 말이 농담으로밖에 들리지 않네. 정말 그런 말을 자네가 했다고 생각할 수가 없군. 그러지 않았다면 그렇게 계속 지껄이게 내버려 두지 않았을 걸세. 자네 말을 듣지 않기 위해 그 긴 사설을 멈추게 했겠지. 내가 보기에 이건 아무래도 자네가 나를 모르거나 내가 자네를 모르거나 둘 중 하나인 것 같네. 하지만 그건 아니잖은가. 나는 자네가 안셀모라는 것을 잘 알고 있고 자네는 자네대로 내가 로타리오라는 것을 알고 있잖은가. 문제는 내가 자네를 평소의 안셀모가 아니라고 생각하고 있고, 자네 역시 내가 여느 때의 로타리오가 아니라고 생각하고 있다는 것이 틀림없네. 왜냐하면 자네가 한 말은 내 친구 그 안셀모의 말이 아니고, 자네가 부탁한 일은 자네가 알고 있는 그 로타리오에게 부탁할 만한 일이 아니기 때문이니 말일세. 좋은 친구라면, 어느 시인이 말했듯이 제단 밑으로까지 친구를 시험하거나 이용해서는 안 되네.[279] 다시 말해서 하느님의 뜻과 반대되는 일에 우정을 이용해서는 안 된다는 것일세. 이교도조차 우정을 이렇게 느꼈으니, 기독교인이 인간적인 우정 때문에 신과의 우정을 저버려서는 안 된다고 생각한다면 얼마나 더 훌륭한 일이겠는가? 하느님에 대한 의무를 나 몰라라 한 채 친구에 대한 의리를 지키고자 할 정도가 되려면 일시적이고 가벼운 일이 아니라 친구의 명예와 목숨이 달린 일이어야 한다네. 그러니 말해 보게 안셀모, 내가 자네를 기쁘게 하기 위해 자네가 요구한 것처럼 그렇게 혐오스러운 일을 해야 할 만큼 자네의 명예와 목숨 이 두 가지 중 하나가 위험에 처해 있는 겐가? 분명 둘 다 아닐세. 오히려 내가 보건대, 자네는 내가 자네의 명예와 목숨을 빼앗고 내 것도 같이 빼앗기 위해 안간힘을 쓰기를 요구하고 있는 것 같네. 자네가 요구한 그 일로 내가 자네의 명예를 실추시키면 그것은 곧 자네의 목숨을 빼앗는 일임이 분명한데, 명예를 잃어버린 인간은 죽은 자보다 못한 법이니 말일세. 또한 자네가 원하듯이 내가 자네를 엄청난 불행에 빠뜨리는 도구가 된다면 나 역시 불명예스럽게 남겨져 결국 죽은 사람과 같지 않겠는가? 친구 안셀모여, 욕망 때문에 자네가 저지르려는 일에 대해 내게 떠오른 생각들을 다 말할 때까지 인내를 가지고 들어 주게. 자네가 내게 반박할 시간과 내가 그것을 들을 시간은 있을 테니 말일세.」

[279] 플루타르코스Plutarkhos(50~120)에 의하면 그리스 정치가인 페리클레스Pericles(B.C. 495~B.C. 429)가 친구로부터 거짓 증언을 부탁받았을 때 이 말을 하여 거절했다고 한다.

「좋네.」 안셀모가 말했다. 「하고 싶은 말을 하게.」
로타리오는 말을 이었다.
「오, 안셀모, 자네는 지금 무어인들이 늘 하곤 하는 기묘한 생각을 하고 있는 듯하네. 성서 해석으로는 그네들 종교의 실수를 깨닫게 할 수가 없네. 깊게 생각하고 이해해야 할 이론들이나 신앙 조항에 입각한 이론으로도 소용이 없다네. 실제로 느낄 수 있고 쉽고 알아먹을 수 있으며 증명되고 의심의 여지가 없는 예를 보여 줘야 한다네. 〈똑같은 두 부분에서 똑같은 부분을 빼면 남은 부분 역시 똑같다〉 같은 부정할 수 없는 수학적 증명 같은 것 말일세. 그리고 이것을 말로 해서 이해하지 못할 때는 ─ 사실이 그렇긴 하지만 ─ 손으로 그것을 눈앞에 놓아 보여 주어야 하네. 이렇게 해도 우리의 신성한 종교 진리를 그들에게 납득시키기에는 충분하지 않지만 말이야. 이러한 방법을 자네에게도 써보려고 하네. 자네에게 생겨난 욕망이 눈곱만큼이라도 이성적이라고 할 수 있는 그 모든 것에서 너무나 어긋나고 벗어나 있어서 하는 말일세. 자네가 얼마나 단순한지 ─ 지금은 이렇게밖에 말할 수 없네 ─ 납득시키는 일이 시간 낭비일 것 같고, 오히려 잘못된 욕망으로 인한 고통 속에 제정신이 아닌 상태로 자네를 그냥 내버려 두고도 싶을 지경이야. 하지만 자네에 대한 우정으로 그렇게 가혹한 짓은 할 수가 없고, 그렇다고 파멸할 것이 분명한 위험 속에 자네를 그대로 내버려 둘 수도 없네. 자네가 확실히 알도록 하기 위해서 그러는 거니까 어디 말해 보게, 안셀모. 자네는 내게 집에 갇혀 사는 여자에게 사랑을 구하고 정숙한 여자를 설득하고 욕심 없는 여자에게 접근하며 신중한 여자를 유혹하라고 했지? 그래, 자네는 분명히 그렇게 말했네. 그렇다면 자네는 집 안에 갇혀 살고 정숙하고 욕심이 없으며 신중한 아내를 가지고 있다는 사실을 스스로 이미 알고 있다는 건데, 대체 무얼 더 바라는 건가? 내가 아무리 공격해도 자네 부인이 다 이길 거라고 ─

당연히 이길 분이지 — 생각한다면, 지금 부인이 갖고 있는 품성 이외에 얼마나 더 좋은 품성을 붙이고 싶어서 그러는 건가? 지금보다 얼마나 더 훌륭한 부인이 될 수 있다는 말인가? 다시 말해, 자네는 말하는 것과 달리 부인을 믿지 않고 있거나 아니면 자네가 바라는 게 무엇인지를 모르고 있는 걸세. 부인이 자네가 믿는 그런 사람이 아니라면 나쁜 여자이니 자네 마음에 드는 방법으로 처리하면 될 일이지, 무엇 때문에 시험하려고 드는 건가? 또 자네가 믿고 있는 것처럼 훌륭한 부인이라면 그런 분명한 사실을 시험한다는 건 당치도 않은 일이네. 시험한 뒤에도 시험 전과 같은 평가를 할 게 아닌가. 그러니까 결론적으로 말하자면, 득은커녕 오히려 해만 되는 그런 일을 하려는 것은 생각 없는 짓이며 분별없는 행동이라는 걸세. 하물며 의무로서 억지로 해야 할 일도 아니고 수행해야 할 업무도 아닌데 하려고 드는 것은 관계없는 사람이 봐도 미친 짓인 게 분명하지. 사람들은 하느님이나 세상을, 아니면 동시에 그 둘을 위해서 어려운 일들을 하려고 하지. 인간의 몸으로 천사의 삶을 살려고 하는 성자들의 일은 하느님을 위한 일이고, 재물이라고 하는 것을 얻고자 숱한 바다를 항해하면서 온갖 기후와 수많은 외국인들을 만나는 일은 세상을 위한 일이네. 하느님과 세상을 동시에 위하는 일은 용감한 군인들의 역할이겠지. 그들은 적의 성벽에 대포알이 만들었을 만한 정도의 틈새만 보여도 두려움은 집어던지고, 자기들을 위협하는 확실한 위험엔 아랑곳하지 않은 채, 자신의 신앙과 나라와 왕에게 보답하려는 희망의 날개에 몸을 실어, 자기들을 죽음으로 끌어가려는 수천 명의 적들 속으로 대담하게 몸을 날린다네. 이러한 일들이 일어나곤 하지. 위험과 장애가 숱하게 많지만 이것은 명예로운 일이요 영광스러운 일이며 유익한 일이라네. 그러나 자네가 하고자 하는 짓은 하느님의 영광도, 세상의 재물도, 인간 사이의 명성도, 그 어느 것 하나 주어지지 않는 일이네. 자네가 바라는 대로 된다

하더라도 지금보다 더 뻐길 것도 없고 부자가 될 것도 아니며 더 명예스러워질 것도 없으니 말일세. 게다가 만일 원하는 대로 되지 않을 경우에 자네는 상상할 수 없을 정도로 비참하게 될 것일세. 그때 자네에게 일어난 불행을 아무도 모른다고 생각해 봤자 그게 무슨 도움이 되겠는가. 자네 자신이 그것을 안다는 것만으로 괴롭고 아파하기에 충분할 테니 말일세. 이러한 진리를 자네에게 확인시키기 위해서 루이스 탄실로[280]라는 유명한 시인이 쓴 시를 들려주겠네. 「성 베드로의 눈물」의 전편 마지막 연일세. 내용은 이렇다네.

> 날이 밝으면 베드로의
> 고통과 수치가 더해지리라.
> 비록 거기 아무도 없지만,
> 지은 죄를 생각하면 스스로 부끄러워지리라.
> 그 넓은 가슴에 느끼는 수치는
> 누가 보고 있기 때문이 아니라,
> 하늘과 땅 이외에는 아무도 모른다 할지라도
> 실수한 자신이 부끄러워서이리라.

이러하니 남한테 비밀로 한다고 해서 자네가 고통에서 빠져나올 수는 없네. 오히려 자네는 영원히 울어야 할 걸세. 눈으로 우는 게 아니라 가슴으로 피눈물을 흘려야 하겠지. 우리의 시인이 우리에게 이야기하는, 물잔 시험 때문에 그 미련한 의사가 흘렸던 그런 눈물 말일세. 신중한 레이날

---

280 Luigi Tansillo(1510~1568). 이탈리아의 시인. 「성 베드로의 눈물」은 그의 사후인 1585년에 출판되어 스페인에서 많은 인기를 얻었다.

도스는 좀 더 분별력이 있었기에 시험하려 하지 않았었지.[281] 이 이야기가 문학에나 나오는 허구라 할지라도 그 안에는 알아듣고 깨우쳐서 따라 해야 할 도덕적인 비밀이 들어 있다네. 게다가 내가 지금 자네에게 하려는 말을 들으면 자네가 저지르려는 일이 얼마나 엄청난 실수인지 알게 될 걸세. 안셀모, 하늘이 도우셔서, 아니면 행운으로 자네가 훌륭하기 짝이 없는 다이아몬드의 합법적인 소유자이자 주인이 되었다고 해보세. 그 다이아몬드가 크기와 품질과 섬세함에 있어서 이 보석의 본질이 허용하는 최고도에 달한다고 모든 보석 상인들이 만족스럽게 이구동성으로 말하고, 자네도 추호의 이견 없이 그것을 그렇게 믿었다고 해보세. 그런데 그 다이아몬드를 집어 들어 모루에 올려놓고 정말 사람들이 말하는 것처럼 그렇게 단단하고 좋은 것인지 시험해 보고자 망치로 힘껏 때려 볼 생각이 들었다면, 그게 과연 옳은 일인지 말해 보게. 자네가 그 일을 실행에 옮겼다고 가정해 보세. 그래서 그 보석이 그 미련한 시험에 견디면 그 보석의 가치나 평판이 더 높아지겠는가? 반대로 깨졌다고 한다면 — 있을 수 있는 일이지 — 모든 걸 잃고 마는 게 아니겠는가? 분명코 다 잃고 말지. 그 주인만 사람들한테 바보라는 소리를 들을 게야. 안셀모, 내 친구여, 카밀라는 자네가 보나 다른 사람들이 보나 이루 말할 수 없이 훌륭한 다이아몬드라네. 그러니 그녀를 깨어질 수도 있는 위험한 상황에 놓는 건 옳지 않네. 그 시험에서 온전하게 살아남는다 하더라도 그녀의 가치가 지금보다 더 올라갈 수도 없는 것 아닌가. 만일 온전치 못하게 되거나 견뎌 내지 못한다면, 아내 없이 자네가 어떻게 될 것인지 지금부터 생각해 보게. 또

---

281 「광란의 오를란도」에 의하면 여성의 정숙함을 시험하기 위해 그런 일을 했다고 한다. 아내가 정숙하면 남편은 술잔에 든 술을 단번에 마실 수 있지만, 반대의 경우라면 단 한 방울도 마실 수 없으며 술은 가슴으로 흘러내린다고 한다. 레이날도스가 이러한 시험을 거부하자 이를 본 의사는, 자기도 10년 전에 그와 같이 했다면 지금 후회하는 일을 없었을 것이라며 통곡한다.

자네는 자네 자신과 아내를 망친 장본인이라는 생각에 스스로를 얼마나 원망하게 될 것인지도 지금부터 잘 생각해 보게. 이 세상에 정숙하고 명예를 아는 여자만큼 가치 있는 보석은 없고, 여자들의 명예는 모두 그녀들에 대한 세상의 훌륭한 평판에 있다는 것을 알게나. 그런데 자네 부인의 평판은 자네도 알다시피 더 이상 좋을 수 없을 정도인데 무엇 때문에 이러한 진실을 자네는 의심하려 드는가? 여보게 친구, 여자란 불완전한 동물이라네. 그러니 부딪치거나 넘어질 수 있는 장소에 장애물을 놓아서는 안 되며, 오히려 길에 있는 어떠한 장애물이라도 치워서 여자들이 완벽해지는 길로 아무런 걱정 근심 없이 가볍게 달려갈 수 있도록 깨끗하게 해줘야 한다네. 자연 과학자들의 이야기에 의하면, 담비는 털이 아주 하얀 짐승인데, 사냥꾼은 이 짐승을 잡기 위해 이러한 책략을 쓴다고 하네. 담비가 지나다니거나 잘 찾아오는 길목을 알아 두었다가 바닥에 진흙을 깔아 놓고 나서 그 짐승을 그곳으로 몰면 당연히 담비는 진흙이 있는 자리에 오게 된다는군. 담비는 진흙 위로 지나가다 자기의 흰 털을 잃거나 더럽히는 게 싫어서 그 자리에 멈춰 선 채 스스로 잡히도록 내버려 둔다는 걸세. 담비는 흰 털을 자기의 자유나 생명보다 더 소중하게 여기기 때문이라서 그렇다고 하네. 정숙하고 순결한 여자는 담비이며 정숙이라는 미덕은 눈보다 더 희고 깨끗한 것일세. 그러니 여자들에게 그것을 잃게 하고 싶지 않거나, 그보다 먼저 그것을 온전히 지키고 간직하게 하고 싶다면 담비에게 사용하는 방식과는 다른 식으로 해야 한다네. 사랑을 구걸하는 골치 아픈 남정네들의 선물이나 구애라는 진흙을 그녀들 앞에 놓아서는 아니 되네. 아마도, 아마도라기보다 틀림없이 대부분의 여자들은 자기 스스로 방해물을 넘어뜨리고 지나갈 수 있을 만한 덕이나 타고난 능력을 가지지 못했기 때문일세. 따라서 그러한 장애물을 제거하고, 훌륭한 평판을 담고 있는 순결한 미덕과 아름다움을 그녀들 앞에다 놓아 줄 필요가 있다네. 훌륭한 여자는 빛나고 맑은 유리 거울 같아서 조금만 입김이 닿아도 흐려지고 탁해지는 법이라네. 정숙한 여자는 성스러운 유물 다루듯 해야 한다네. 경배하되 손을 대서는 안 되는 걸세. 마치 꽃들과 장미로 그득한 아름다운 정원을 지키고 소중히 하듯이, 훌륭한 여자는 지키고 소중히 다루어야 한다네. 그 정원의 주인은 아무도 그곳에 들어가거나 꽃을 만지지 못하게 해야 하네. 멀리서 철책 사이로 꽃의 향기와 아름다움을 즐기게 하는 것으로 충분하다네. 마지막으로 내게 막 떠오른 시 하나를 들려주고 싶네. 최근에 연극에서 들은 시인데, 우리가 지금 다루고 있는 내용하고도 맞아떨어지는 것 같으니 말일세. 신중한 노인이 딸을 가진 다른 노인에게, 딸을 남의 눈에 띄지 않도록 잘 지키고 집 안에 가두어 두라고 충고하는 내용인데, 여러 가지 다른 말도 많지만 그중 이런 부분이 있다네.

여자는 유리 같은 것,
깨지는지 깨지지 않는지
시험하려 들지 마라.
무슨 일이 일어날지 모르는 법.

깨지기가 더 쉬우니,
붙일 수 없는 것을
깨질 위험이 있는 곳에
놓는 일은 제정신이 아닌 짓.

모두들 이 말을 염두에 두시기를,
근거가 있어 하는 말이니.

세상에 다나에가 있으면
황금의 비 역시 있는 법.[282]

오, 안셀모! 지금까지 말한 것은 모두 자네에게 해당하는 것이었네. 이제는 나와 상관있는 이야기를 좀 해야겠네. 만일 길어진다 해도 이해하게. 모든 일이 자네가 발을 집어넣고서는 내 도움을 기다리고 있는 그 미로에서 자네를 꺼내려다가 생긴 일이니 말일세. 자네는 나를 친구로 여기면서 내 명예를 빼앗으려 하고 있다네. 이건 정말이지 우정에 어긋나는 일일세. 그뿐만 아니라 나로 하여금 자네의 명예를 빼앗도록 하고 있기도 하네. 자네가 내 명예를 빼앗으려는 게 분명한 것이, 자네가 내게 요구한 대로 내가 카밀라에게 구애하면 그녀는 나를 명예도 모르는 나쁜 인간으로 여길 게 틀림없지 않겠는가. 나라는 인간으로 보나 자네와의 우정이 내게 강요하는 것으로 보나 너무나 도리에 어긋난 짓을 하려 하고, 실제로 하는 게 될 것이니 말일세. 그리고 자네는 내가 자네의 명예를 빼앗기를 원하는 게 틀림없으니, 내가 카밀라에게 구애하면 그녀는 내가 자기를 얼마나 경박하게 보았기에 감히 그 고약한 마음을 드러내겠느냐고 생각할 게 아닌가. 그래서 자기의 명예가 더럽혀졌다고 생각한다면 그 불명예는 자네의 불명예가 아닌가. 그녀의 것이 곧 자네의 것이니 말일세. 여기서 세상에서 흔히 말하는 일이 벌어지게 되는 거지. 말하자면 오쟁이진 남편이라는 것일세. 남편은 아무것도 모를 뿐만 아니라, 아내에게 부정한 일을 저지를 계기를 준 것도 아니고, 그런 불행을 막을 방법이 자기

---

[282] 다나에Danae는 그리스 신화에 나오는 아크리시우스 왕의 딸이다. 왕은 자신의 손자에게 살해당한다는 신탁을 받고 창도 문도 없는 탑 속에 딸을 가둬 놓았으나 제우스가 황금의 비로 변해 내려와 페르세우스가 태어났다. 왕은 딸과 손자를 바다에 띄워 보냈는데, 훗날 우연히 페르세우스가 그의 할아버지인 왕을 죽이면서 신탁이 실현된다.

손에 있는 것도 아니며, 신경을 쓰지 않았거나 그런 일에 덜 신중해서도 아닌데, 세상 사람들은 그를 그런 모욕적이고 천한 말로 부른다는 걸세. 여인의 부정을 아는 사람들은 그 남편을 은근히 경멸의 눈으로 바라본다네. 그런 불행에 빠진 게 그 사람의 잘못이 아니라 나쁜 아내의 바람기 때문이라고 인정하면서도 동정의 눈으로 보지를 않는단 말일세. 그러니까 나는 부정한 여자의 남편이 명예를 잃을 수밖에 없는 당연한 이유를 자네에게 말하고자 하는 것이네. 자기는 자기 아내가 그런 줄 몰랐고, 그렇게 되기까지 자기 잘못은 없으며, 가담한 적도 없고, 계기를 만들어 준 적이 없다고 하더라도 말일세. 내 말이 지겹다고 생각하지 말고 들어 보게. 다 자네에게 도움이 될 테니 말일세. 성서에서 말하듯 하느님이 지상 낙원에 우리들의 첫 번째 아버지를 만드셨을 때 말일세, 하느님은 아담에게 잠을 주어 그가 잠들어 있는 사이에 그의 왼쪽 갈비뼈 하나를 꺼내 그것으로 우리들의 어머니 이브를 만드셨네. 아담은 잠에서 깨어 이브를 보자 말했다네. 〈이 여인은 내 살의 살이요, 내 뼈의 뼈〉라고 말일세. 그러자 하느님이 말씀하셨다네. 〈이 여인으로 사내는 자기의 아버지와 어머니를 떠나 둘이 같은 살로 하나가 되리라.〉 그때부터 성스러운 결혼 예식이 생겨나 죽음만이 이 결합의 끈을 풀 수 있게 된 걸세. 이 신비스러운 예식은 서로 다른 두 사람을 하나의 몸으로 만들 정도로 무척 힘이 세고 덕스러운 것이라네. 결혼을 잘한 부부에게는 그런 효력이 더욱 커 두 개의 다른 영혼이 오직 하나의 마음이 된다네. 이 때문에 아내의 육체는 남편의 육체와 같고 아내에게 떨어지는 오점이나 아내로 인한 흠은, 아까도 말했듯이 그 잘못이 남편의 탓이 아니더라도 남편의 것이 된다는 걸세. 그 이치는 발이나 몸의 어느 부분이 아프면 같은 몸이니 온몸이 아프고 그것이 머리 탓이 아닌데도 머리가 아픔을 느끼는 것과 같으니, 남편은 아내와 일심동체이기 때문에 아내의 불명예를 함께 나누게 되는 것일세. 세상의 명예나 불명예는 모두 살과 피에서 생겨나는 것이고 부정한 아내의 불명예도 역시 이와 같은 것이라, 불명예의 일정 부분이 남편에게 미쳐 자신은 아무것도 모르고 있음에도 불구하고 불명예스러운 인간으로 취급되는 건 어쩔 수 없는 일이라네. 그러니, 오 안셀모! 조용히 살고 있는 자네 착한 부인을 흔들어 놓으려는 그 위험한 짓을 다시 잘 생각해 보게. 얼마나 쓸모없고 당치 않은 호기심으로 자네 순결한 부인의 가슴에 조용히 가라앉아 있는 감정들을 들쑤셔 놓으려 하고 있는지 보란 말일세. 자네가 모험을 걸어 얻을 수 있는 것은 참으로 적지만 잃을 것은 엄청나다는 것을 알게나. 그것이 얼마나 엄청날지 강조해서 할 말이 생각나지 않으니 그렇게만 말하겠네. 내가 이렇게까지 말해도 자네의 그 고약한 계획을 바꾸기에 부족하다면 자네 불명예와 불행의 도구를 다른 데서 찾아 주게. 자네와의 우정을 잃는 한이 있어도 난 그런 도구가 될 생각이 추호도 없네. 자네와의 우정을 잃는 일이 내가 생각할 수 있는 최대의 손실이기는 하지만 말일세.」

이렇게 말하고 덕스럽고 신중한 로타리오는 입을 다물었다. 안셀모도 너무나 혼란스러워 생각하느라 한동안 대답하지 못하다가 마침내 입을 열었다.

「자네도 보았듯이 로타리오, 난 자네가 내게 해주고자 한 말을 모두 주의해서 들었네. 자네의 이론과 예와 비유로 자네가 얼마나 신중한지 알았고 나에 대한 우정이 얼마나 참되며 지극한지도 알았다네. 그리고 내가 자네의 의견에 따르지 않고 내 고집만 부린다면 행복으로부터 도망가 불행을 쫓는 일이 된다는 것도 알았고 또 실제로 그러할 것임을 고백하네. 하지만 그렇다 하더라도 자네가 좀 생각해 줘야 할 것은, 나는 지금 어떤 여자들이 걸리곤 하는 병에 걸려 있다는 것일세. 가끔 흙이나 횟가루나 숯이나 그 밖에 보기에도 역겨운 것들까지 먹고 싶어 하는 그런 병 말일세. 그러니 나를 고치려면 방책이 필요한데, 그건 다른 게 아니라 쉬운 일일세. 자네가 은근히 시치미 뚝 떼고 카밀라에게 수작을 한번 걸어 보기만 하면 된다네. 카밀라는 처음 몇 번의 수작에 자기의 정조를 땅에 내팽개칠 만큼 나약한 여자는 아닐 거거든. 이렇게 자네가 시작만 해주는 것으로 나는 만족할 것이고, 자네는 자네대로 우리의 우정에 보답하고 나의 목숨을 구할 뿐만 아니라 명예도 잃지 않도록 나를 설득하는 셈이 되지 않겠는가. 그리고 자네는 단 한 가지 이유만으로도 그 일을 해줄 의무가 있네. 내가 이 시험을 행동으로 옮기려는 마음을 먹고 그럴 작정으로 있는 이상, 내가 이 정신 나간 짓을 다른 사람에게 얘기해서 자네가 잃지 않기를 바라는 내 명예가 위험에 처하게 되는 걸 자네는 동의하지 않을 테니까 말일세. 그리고 카밀라에게 구애하는 동안에는 그녀에게서 자네의 명예를 잃게 될지 모르나 그건 별로, 아니 전혀 중요하지가 않다네. 기대했던 대로 카밀라가 정조 있는 여자라는 걸 알게 되면 금방 우리들이 꾸민 수작을 다 털어놓을 수 있고, 그렇게 되면 자네는 전과 같은 신용을 되찾게 될 것이니 말이야. 그러니 자네가 약간의 모험만 해주면 내게 극히 적은 위험과 매우 큰 만족을 줄 수 있게 되는 걸세. 비록 더 불편한 일이 자네 앞에 생긴다 할지라도, 앞서 말했듯이 그저 시작만 해주면 거기서 자네의 의무는 다 끝난 것으로 생각할 테니 꼭 해주기를 바라네.」

로타리오는 안셀모의 결심이 확고함을 알았다. 그 일을 못 하도록 하기 위해 더 이상 어떤 예를 더 가져와야 할지, 또 어떤 말을 더 늘어놓아야 할지 알 수가 없을뿐더러, 그 나쁜 의도를 다른 사람에게 얘기하겠다고 협박까지 하고 나오니 사태가 더 심각해지는 것을 피하기 위해서라도 그의 뜻을 받아들여 요구를 들어주기로 결정해야만 했다. 그는 카밀라의 마음이 동요되는 일 없이 안셀모가 만족하는 방향으로 일을 진행시키고자 마음먹었다. 그래서 다른 사람에게는 그런 생각을 말하지 말 것과, 그가 가장 좋다고 하는 때에 맞추어 자기가 알아서 시작하겠다고 대답했다. 안셀모는 다정하고도 사랑스럽게 친구를 껴안고는 그가 무슨 대단한 은혜라도 베푼 듯 그의 허락에 감사했다. 두 사람은 다음 날부터 그 일을 시작하기로 합의를 보았다. 안셀모는 카밀라와 로타리오가 단둘이 이야기할 수 있는 장소와 시간을 만들어 주고 카밀라에게 선물할 돈과 보석도 마련해 주기로 했다. 그리고 카밀라에게 음악을 들려주고 그녀를 칭송하는 시를 지으라는 조언도 했다. 그런 수고까지 하고 싶지 않으면 자기가 손수 지어 주겠다면서 말이다. 로타리오는 하라는 대로 다 하겠다고 대답하기는 했으나, 그건 안셀모가 생각하고 있던 것과는 다른 의도에서였다.

이렇게 의견 일치를 본 두 사람은 안셀모의 집으로 갔는데, 집에서는 카밀라가 무척 걱정하며 남편을 기다리고 있었다. 그가 여느 때보다 늦게 집에 들어왔기 때문이다.

로타리오는 집으로 돌아갔고 안셀모는 자기 집에 남아 아주 만족스러워했다. 그만큼이나 로타리오는 그 당치 않은 일을 어떻게 잘 처리해야 할지 몰라 곰곰이 생각에 잠겨 있었고 말이다. 그날 밤 그는 카밀라를 욕보이지 않으면서 안셀모를 속일 수 있는 방법을 궁리했다. 다음 날 함께 식사를 하려고 친구 집으로 가자 카밀라가 반갑게 맞아 주었다. 그녀는 남편이 이 친구에게 품고 있는 호의를 잘 알고 있었으므로 그를 반갑게 맞이하고 온 마음을 다해 대접했다.

식사가 끝나고 식탁보가 치워지자 안셀모는 로타리오에게 자기는 부득이한 일로 나가야 하는데 한 시간 반 뒤면 돌아올 테니 그동안 카밀라와 함께 집에서 기다려 주면 좋겠다고 했다. 카밀라가 나가지 말라고 애원하고 로타리오도 그와 함께 가겠다고 했지만, 안셀모에게는 전혀 먹히지 않았다. 오히려 로타리오로서는 난처하게도 남아서 기다려 달라고 하면서 자기와 아주 중요한 일에 대하여 상의할 일이 있어서 그렇다고 했다. 카밀라에게는 자기가 돌아올 때까지 로타리오를 혼자 내버려 두지 말라고까지 했다. 사실 안셀모는 자기가 자리를 비워야 할 핑계인지 패륜[283]인지를 너무나 잘 꾸며 댄 아무도 그것이 꾸며 댄 일인지 눈치채지 못할 정도였다. 안셀모가 나가자 집안의 다른 사람들도 모두 식사를 하러 가고 없었기 때문에 카밀라와 로타리오는 테이블을 사이에 두고 단둘이 남았다. 로타리오는 친구가 바라던 그 싸움터에 들어와 적을 앞에 두고 앉았는데, 단지 그 아름다움만으로도 무장한 기사 일개 중대를 이길 수 있는 적이었으니 그가 두려워하는 것도 당연하지 않겠는가.

하지만 그가 한 행동은, 의자 팔걸이에 팔꿈치를 올려놓고 손바닥으로 볼을 괸 채 자기의 정중하지 못한 점에 대해 카밀라의 양해를 구하며 안셀모가 돌아올 때까지 좀 쉬겠노라고 말한 것뿐이었다. 카밀라는 의자보다 응접실이 편하니 그리로 가서 눈을 좀 붙이라고 권했다. 로타리오는 그것을 거절하고 의자에 앉은 채 안셀모가 돌아올 때까지 잤다. 안셀모가 돌아와 보니 카밀라는 자기 방에 있고 로타리오는 잠을 자고 있었다. 그는 이야기를 나누고 잠이 들 정도로 두 사람에게 충분한 시간이 있었던 것이라고 생각했다. 그래서 로타리오와 함께 집 밖으로 나가서 그사이에 무슨 일이 있었는지 사정을 듣고 싶은 마음에 초조하게 그가 잠에서 깨어나기만을 기다렸다.

모든 것이 그가 원하던 대로 진행되었다. 로타리오가 눈을 뜨자 두 사람은 곧장 집을 나왔고 안셀모는 자신이 알고 싶었던 것을 물었다. 로타리오는 처음부터 모든 걸 다 털어놓는 게 잘하는 일 같지 않아서 카밀라

---

[283] 원문에는 〈필요성〉이라는 뜻의 〈네세시닷 *necesidad*〉과 〈바보짓〉이라는 뜻의 〈네세닷 *necedad*〉으로 되어 있다. 세르반테스의 말장난이다.

의 아름다움만 칭송했다고 대답했다. 온 도시가 그녀의 아름다움과 신중함에 대한 이야기로 떠들썩하다고 얘기했으며, 이렇게 시작하는 게 그녀의 마음을 얻기 위한 좋은 출발인 것 같았다고 했다. 그녀가 다시 한 번 자기 말을 기분 좋게 들어 줄 수 있게 될 때, 스스로를 지키기 위해 망을 보고 있는 사람을 속이는 악마의 방법을 쓰겠다고 했다. 악마는 빛의 천사로 둔갑해 선한 모습으로 사람 앞에 나타나는데, 사람이 그 속임수에 넘어가지 않으면 결국은 자기 정체를 드러내 뜻을 이루고 마는 식이라는 것이었다. 이 모든 말에 안셀모는 아주 만족스러워했다. 그는 자기가 집에서 나가지 않더라도 매일 같은 기회를 줄 수 있으며, 카밀라가 계략을 알아차리지 못하도록 자신이 신경을 쓰겠다고 했다.

이후 여러 날을 로타리오는 카밀라에게 말 한마디 걸지 않고 보냈지만, 안셀모에게는 그녀에게 말을 했지만 나쁘다고 할 수 있는 행동의 어떤 기미도 볼 수 없었으며 자신에게 희망의 그림자조차도 주지 않더라고 이야기했다. 오히려 그런 나쁜 생각을 버리지 않는다면 자기 남편에게 일러바치겠다고 협박까지 했다는 말도 했다.

「그래, 좋아.」 안셀모가 말했다. 「지금까지의 말에는 카밀라가 잘 버텨 냈군. 행동에는 어떻게 나오는지 알아볼 필요가 있어. 내가 내일 자네에게 금화 2천 에스쿠도를 줄 테니 내 아내에게 보여 주게. 아니, 그냥 주는 게 좋겠어. 그리고 그 정도 돈을 또 줄 테니 미끼로 쓸 보석을 사게. 아무리 순수한 사람이라 할지라도 여자들은, 특히 아름다울수록 더 잘 차려 입고 멋지게 보이는 걸 좋아하기 때문이지. 내 아내가 이 유혹에 견딘다면, 그땐 나도 만족하고 더 이상 자네를 괴롭히지 않겠네.」

로타리오는 이미 시작한 일이니 끝까지 해보겠노라고 했다. 그가 보기에 그것은 쓸데없는 짓이며, 결국 패배로 끝날 일이 분명했기 때문이다. 다음 날 그는 4천 에스쿠도를 받았는데, 그것은 4천 가지 고민거리를 받은 것과 같았다. 왜냐하면 어떻게 새로운 거짓말을 꾸며 내야 좋을지 몰랐기 때문이다. 하지만 사실 마음먹기를, 카밀라가 말에 넘어가지 않듯이 선물이나 약속에도 전혀 동요하지 않으니 더 이상 애쓸 필요가 뭐가 있느냐고, 시간만 아깝다고 안셀모에게 말할 생각이었다.

하지만 운은 일을 다른 방향으로 끌어갔다. 언제나와 같이 로타리오와 카밀라 두 사람만 남겨 놓은 안셀모가 방에 숨어 열쇠 구멍으로 두 사람의 거동을 살피며 그들의 말을 듣기로 한 것이다. 그는 30분이 지나도록 로타리오가 카밀라에게 말을 하지 않으며 1백 년을 거기 있어도 말을 할 것 같지 않다는 것을 알았다. 그리고 자기 친구가 카밀라의 대답이라면서 전한 내용이 모두 꾸며 낸 거짓말이라는 것도 깨달았다. 그는 이 생각이 사실인지 확인하기 위해 방에서 나와 로타리오를 따로 불러 무슨 소식이 있는지, 카밀라의 기분은 어떠했는지를 물었다. 로타리오는 더 이상 이 일에 손대고 싶지 않다고 했다. 그녀가 너무 까칠하게 굴고 건성건성 대답하기 때문에 그녀에게 다시 말을 걸 용기가 나지 않는다는 것이었다.

「아, 로타리오! 로타리오!」 안셀모가 말했다. 「자네가 내 부탁을 들어준다고 해서 난 그렇게 믿었는데, 그게 아니더군! 방금 이 열쇠가 들어가는 곳으로 자네를 들여다봤네. 카밀라에게 말 한마디 하지 않더군. 그걸로 나는 자네가 처음부터 말 한마디 걸지 않았다는 걸 알았네. 일이 이렇다면 ― 이건 분명한 사실이지 ― 자네는 뭣 때문에 나를 속이는 건가? 아니, 왜 자네는 내가 내 소망을 이루려고 생각해 낸 방편을 자네 꾀로 내게서 앗으려 하는가?」

안셀모는 더 이상 말을 하지 않았지만 로타리오를 당황하고 난처하게 하기에는 충분했다. 그는 거짓말하다가 들킨 것을 불명예스럽게 생각하고 안셀모에게 맹세했다. 그 순간부터는 속이는 것 없이 친구를 만족시키는 일을 책임지고 해내겠다고 말이다. 혹시 궁금해서 염탐하고 싶으면 봐도 좋다고 했다. 아니, 그렇게까지 할 필요도 없다고 했다. 자신이 친구를 만족시켜주기 위해 하려고 마음먹은 일이 모든 의심을 없애 줄 것이라면서 말이다. 안셀모는 그의 말을 믿었다. 그래서 더 확실하고 두려움 없이 친구가 편안하게 일을 할 수 있도록 여드레 동안 집을 비우기로 결심하고, 도시에서 그리 멀지 않은 마을에 있는 다른 친구의 집에 가 있기로 했다. 자기가 떠나야 하는 것을 카밀라도 당연하게 여기도록, 그는 미리 친구에게 부탁하여 사람을 시켜 자기를 부르도록 했다.

불행하고도 세상 물정 모르는 안셀모여! 대체 무슨 짓을 하고 있는 건가! 어찌 그런 일을 계획하는가! 네가 시키는 일이 무슨 일인지나 아는가! 너는 너 자신을 배신하면서 너의 불명예를 꾀하고 너의 파멸을 명령하고 있다. 너의 아내 카밀라는 훌륭한 여자다. 너는 편안하고도 아무런 걱정 없이 그 여자를 소유하고 있다. 어느 누구도 너의 기분을 해치지 않는다. 그녀의 마음이 집의 담장 밖으로 나간 적이 없다. 너는 이 땅에서 그녀의 하늘이고 그녀 소망의 표적이며 즐거움이자 그녀의 뜻을 재는 척도이다. 그녀가 자기의 뜻을 모두 너와 하늘의 뜻에 맞추니 말이다. 그녀의 명예와 아름다움과 정조와 정숙함의 광맥은 그것이 가지고 있으며 네가 원하는 모든 부를 아무런 수고 없이 너에게 주고 있는데, 너는 뭣 때문에 땅을 더 깊게 파서 새로운 광맥을 찾고 어느 누구도 본 적 없는 보석을 찾으려 하는 건가? 광맥이 모두 무너져 내릴지도 모르는 위험에 네 몸을 맡기면서 말이다. 결국 광맥은 나약한 본능의 아슬아슬한 발판으로 지탱되고 있으니, 불가능한 것을 구하는 자는 가능한 것으로부터 거부당하는 것이 이치이다. 어느 시인이 다음과 같이 잘 표현했지.

나는 죽음에서 삶을,
병에서 건강을,

감옥에서 자유를,
갇힘에서 출구를,
배반자에게서 충성을 찾노라.
그러나 한 번도 좋은 일을
기대해 보지 못한 내 운은
하늘과 합의를 보았으니,
내가 불가능한 일을 요구하기에
가능한 것도 내게 주지 않기로 말이다.

다음 날 안셀모는 친구 집이 있는 다른 마을로 갔다. 가기 전에 카밀라에게는 자기가 없는 동안 로타리오가 집을 돌보고 함께 식사를 하기 위해 올 것이니 자기를 대하듯 그 사람을 대접해 주라고 일러 놓았다. 신중하고 정숙한 여자인 카밀라는 남편에게 그런 말을 듣고 슬펐다. 남편이 없는 동안 다른 사람이 남편의 식탁 자리를 차지한다는 것은 좋지 않으니 잘 생각해 보라고 했다. 그리고 만일 자기가 집안일을 잘 처리하지 못할까 봐 믿음이 가지 않아서 그러는 거라면, 이번에 한번 시험해 보면 실제로 더 큰 일도 충분히 잘해 낼 수 있다는 것을 알게 될 거라고 말했다. 이에 안셀모가 그렇게 조치하고자 하는 게 자기의 뜻이니 그대로 따라 복종만 해주면 된다고 대답하자, 카밀라는 자기 마음은 그렇지 않으나 그렇게 하겠노라고 말했다.

안셀모가 떠난 다음 날 로타리오가 집으로 왔다. 카밀라는 정성과 사랑을 다해 그를 맞이했지만 로타리오와 단둘이 있게 되는 일은 되도록 피하고자 했다. 그래서 늘 하인과 하녀들에게 둘러싸여 다녔는데 특히 자기의 몸종인 레오넬라와 함께였다. 레오넬라는 어릴 때부터 카밀라의 부모님 댁에서 함께 자란 하녀로 카밀라는 그녀를 무척 좋아해서 안셀모와 결혼했을 때 데리고 왔다. 처음 사흘 동안 로타리오는 그녀에게 아무 말도 하지 않았다. 식탁이 치워지고 하인들이 카밀라의 지시대로 자기들 식사를 하러 급히 나가 버리면 그때 말을 걸 수도 있었지만, 카밀라는 레오넬라에게 자기보다 먼저 식사를 마치도록 명하고 자기 곁을 한시도 떠나지 말라고까지 일러두었다. 그런데 하녀는 자기가 좋아하는 다른 일에 정신이 팔려 있었으니, 그런 시간이나 여유를 그 일에 쓰느라 자기 주인의 명령을 매번 지키지는 않았고 오히려 누가 시키기라도 한 듯 그들 둘만 남겨 놓곤 했다. 그럼에도 카밀라의 조신한 자태와 엄숙한 표정이며 몸가짐은 로타리오의 혀에 제동을 걸기에 충분했지만 말이다.

카밀라의 이 많은 미덕으로 인해 로타리오의 혀에 침묵이 강요되는 이점은 있었으나 이는 결과적으로 두 사람에게 더 큰 해가 되었다. 왜냐하면 로타리오의 혀는 말이 없었지만 생각은 움직이고 있었고, 살을 가진 자의 마음뿐 아니라 대리석상이라도 사로잡을 만큼 선함과 아름다움의 극치를 이루는 카밀라를 구석구석 그가 바라볼 수 있었기 때문이었다.

로타리오는 그녀에게 말을 걸어야 할 기회와 시간에 그녀를 바라보기만 했다. 그러면서 그녀가 얼마나 사랑받을 만한 여인인지를 생각했으니, 이런 생각은 조금씩 안셀모에게 가지고 있던 존경심을 공격하기 시작했다. 수천 번이나 그는 그 도시를 떠나 안셀모가 절대 자기를 볼 수 없는 곳, 자기가 카밀라를 볼 수 없는 곳으로 가버리고 싶다는 생각을 했다. 하지만 이미 그녀를 바라보며 얻는 즐거움이 그 생각을 방해했고, 그는 카밀라를 보게 만드는 그 즐거움을 물리치며 그렇게 느끼지 않으려고 자기 자신과 싸우느라 무진 애를 써야 했다. 혼자서 자신의 정신 나간 생각을 나무라기도 했다. 스스로를 나쁜 친구라 부르고 나쁜 기독교인이라고까지 불렀다. 여러 가지 생각을 하고 자기와 안셀모를 비교해 보기도 했으나, 생각은 언제나 자신의 불충보다 안셀모의 광기와 믿음이 더 심했다는 결론에 이르렀다. 자기가 하려는 행동이 신에게나 인간에게 변명할 수 있는 것이라면, 잘못으로 인해 받게 될 형벌을 두려워할 일은 아니라고 생각했다.

결국 카밀라의 아름다움과 착한 마음씨는 무지한 남편이 로타리오의 손에 놔준 기회와 더불어 그의 충심을 무너뜨리고 말았다. 자기 마음이 기우는 것 이외에는 보이는 게 없게 된 그는 안셀모가 집을 떠난 지 사흘 만에 카밀라를 유혹하기 시작했다. 그동안 욕망을 이겨 내려고 고군분투하던 그가 이제는 어쩔 줄 몰라 하며 엄청난 사랑의 말들을 늘어놓자 카밀라는 얼떨떨해져서 앉아 있던 곳에서 일어나 아무런 대답도 하지 않고 자기 방으로 들어가 버렸다. 하지만 이런 냉대를 받아도 로타리오의 희망은 수그러들지 않았다. 희망은 사랑과 함께 생겨나는 것이기 때문에 오히려 더욱더 카밀라에게 희망을 걸었다. 카밀라는 결코 상상조차 할 수 없는 일을 로타리오에게서 보고 어찌할 바를 몰랐다. 또다시 자기에게 말을 걸 기회며 장소를 준다는 것은 위험하기도 하고 잘하는 일도 아닌 것 같아, 바로 그날 밤 안셀모에게 편지를 써서 하인 편에 보낼 결심을 했으며 실제로 그렇게 했으니, 그 사연은 이러하다.

34

⟨당치 않은 호기심을 가진 자에 대한
이야기⟩가 계속되다

대장 없는 군대, 성주 없는 성이 좋게 보이지 않는다고들 말하듯이, 그럴 만한 정당한 이유도 없이 젊은 아내 곁에 남편이 없다는 것은 아주 좋지 못한 일로 생각됩니다. 저는 당신이 계시지 않으니 참으로 괴롭습니다. 당신의 부재를 도저히 견디기가 어려우니, 만일 빨리 돌아오시지 않을 생각이시라면 집을 맡아 지킬 사람이 없어도 저는 제 부모님 댁에 가 있을 수밖에 없겠습니다. 당신이 제게 남겨 놓고 가신 자는 이름만 보호자일 뿐, 친구인 당신보다 자기 기분을 더 많이 생각하는 자로 보입니다. 당신은 사려 깊은 분이시니 더 이상 말씀드리지 않겠습니다. 더 말씀드리는 게 좋을 것 같지도 않습니다.

이 편지를 받자 안셀모는 로타리오가 드디어 작업을 시작했으며 카밀라는 자기가 기대한 대로 대답을 한 게 틀림없다고 생각했다. 그래서 무척이나 기뻐져, 자기는 곧 돌아갈 터이니 무슨 일이 있어도 집을 비워서는 안 된다고 전하라며 하인을 시켜 전갈을 보냈다. 카밀라는 안셀모의 회답에 놀랐고 전보다 더 많이 혼란스러워졌다. 자기 집에 그냥 있을 수 없는 마당에 이제는 감히 부모님 댁에도 갈 수 없게 되었기 때문이다. 이 대로 집에 남아 있자니 정조가 위험하고 가자니 남편의 명령을 어기는 것이니 말이다.

결국 그녀는 더 나쁜 쪽으로 마음을 정했으니, 그것은 집에 남는 것이었다. 하인들에게 말할 거리를 주지 않기 위해서라도 로타리오를 피해서는 안 된다고 결심했던 것이다. 그리고 로타리오가 마땅히 지켜야 할 예의를 지키지 않게 된 것이 자기에게서 어떤 흐트러짐을 보았기 때문이라고 남편이 생각할까 두려워, 남편한테 그런 내용의 편지를 보낸 것을 벌써 후회하기 시작했다. 하지만 스스로의 선한 마음을 믿고 신을 믿으며 자기의 바른 생각을 믿는 그녀는, 로타리오가 무슨 말을 하든지 입 다물고 조용히 견디어 나가자고 생각했다. 남편에게는 싸움이나 수고를 하게 하고 싶지 않았으므로 알리지 않을 생각이었다. 그뿐만 아니라 만일 남편이 무슨 연유로 그런 편지를 쓸 생각을 했느냐고 물을 경우에 대비하여 로타리오를 변명할 방법을 찾느라 고심했다. 적절하다거나 도움이 된다기보다는 오히려 정숙하기만 한 생각을 지닌 채 그다음 날 그녀는 로타리오의 말에 귀를 기울였는데, 카밀라의 굳은 마음이 흔들리기 시작할 정도로 그 말은 막강했다. 그녀의 정절은 로타리오의 눈물과 말이 그녀의 가슴에 일깨운 사랑의 동정심을 보여 주지 않기 위해 무진장 애를 써야 했다. 로타리오는 이러한 그녀의 마음을 모두 파악하고 완전히 불타올랐다.

드디어 그는 안셀모의 부재로 주어진 시간과 장소를 이용하여 그 성벽의 포위망을 더욱 좁혀 갈 필요가 있다고 생각했다. 그래서 그녀의 아름다움을 찬양함으로서 그녀의 자부심을 공격했다. 아름다운 여인이 갖고 있는 허영의 탑을 무너뜨리고 가장 빨리 굴복시키는 방법으로는 혀에 발린 아부, 바로 허영 그 자체보다 좋은 것이 없기 때문이다. 정말 그는 온 힘과 모든 연장을 동원해서 그녀의 완전무결한 바위를 파고들었으니, 카밀라가 청동으로 되어 있다 할지라도 결국은 엎어지고 말았을 것이다. 로타리오는 온갖 감정과 진정한 모습으로 울고, 간청하고, 구걸하고, 아부하고, 끈질기게 달라붙어 카밀라의 신중함을 격침시켰다. 드디어 그는, 생각지는 않았으나 정말 원하던 바를 손에 넣게 되었던 것이다.

카밀라가 무너졌다. 카밀라가 굴복했다. 하지만 이미 로타리오의 우정이 무너졌는데, 그녀의 굴복이 뭐 그리 대단한 일인가? 이것이야말로 사랑의 열정과 맞서 이기기 위해서는 오로지 피하는 도리밖에 없음을 보여주는 분명한 예이리라. 누구든 그렇게 강력한 적을 보호자로 두어서는 안 되느니라. 인간의 힘을 이기는 것은 오직 신의 힘뿐이기 때문이다. 레오넬라만이 자기 주인의 약점을 알았다. 그 나쁜 친구들이자 새로운 연인들은 그녀에게 그런 사실을 숨길 수 없었다. 로타리오는 카밀라에게 안셀모의 계략이나 그가 이런 일이 벌어지도록 기회를 줬다는 사실을 알리고 싶지 않았다. 자기의 사랑이 가볍게 여겨지는 게 싫어서기도 했고, 생각도 뜻도 없었는데 어쩌다 보니 그녀를 유혹하게 된 것이라 여겨지는 것도 싫어서였다.

그로부터 며칠 지나지 않아 안셀모는 집으로 돌아왔으나 집에서 없어진 것이 무엇인지 알지 못했다. 그것은 신경을 쓰지는 않았으나 가장 소중하게 여기던 것이었다. 그는 곧장 로타리오를 보러 갔다. 로타리오는 집에 있었다. 두 사람은 서로 인사차 껴안았고, 곧 한 사람이 자신의 삶과 죽음이 걸린 문제를 물었다.

「내가 자네에게 줄 소식은, 오 내 친구 안셀모여……!」 로타리오가 말했다. 「자네는 모든 착한 아내의 마땅한 본보기이자 봉우리를 갖고 있다는 것일세. 내가 자네 아내에게 한 말은 허공으로 흩어졌고, 그녀는 내 구애를 거들떠보지도 않았으며, 선물은 받지도 않더군. 내가 거짓으로 흘린 눈물은 엄청난 조롱감만 되고 말았네. 결과적으로 카밀라는 모든 아름다움을 모아 놓은 미의 결정판이자, 정숙함과 예의와 정중함은 물론 한 정숙한 여인을 칭찬하고 행복한 사람으로 만들 수 있는 모든 미덕이 간직되어 있는 보관소라네. 친구여, 여기 자네 돈을 받게. 돈에 손을 댈 필요조차 없었네. 완전무결한 카밀라는 선물이니 약속이니 하는 천한 것에 굴복하지 않네. 만족하게, 안셀모. 그리고 더 이상 시험할 생각은 말게나. 세상 사람들이 흔히 여자에 대해 가지거나 가질 수 있는 의심과 곤경의 바다를 아무런 위험 없이 건너왔으니, 새삼 새로운 장애가 숱하게 널린 깊은 바다에 들어가려 하지 말게. 운 좋게도 하늘이 이 세상의 파도를 헤쳐 나가라고 자네에게 준 배의 고마움이나 튼튼함을 다른 항해사로 시험해 볼 생각도 하지 말게. 이제 자네는 오직 안전한 항구에 있다는 것만 알기를 바라네. 그러니 훌륭한 존경의 닻을 꽉 붙잡고, 아무리 고귀한 인간이라도 누구 하나 지불을 면제받을 수 없는 그 빚[284]을 요구받는 날이 올 때까지 그대로 있게나.」

안셀모는 로타리오의 말을 듣고 매우 만족스러워하며 마치 하느님의 소리인 양 그것을 믿었다. 하지만 이 모든 것에도 불구하고 안셀모는 그 일을 그만두지 말아 달라고 친구에게 부탁했다. 비록 앞으로는 호기심이나 재미 정도로, 지금까지 한 것처럼 그렇게 열심히 하지 않더라도 말이다. 그리고 〈클로리〉라는 이름으로 카밀라를 찬양하는 시를 써주기를 바란다고 했다. 카밀라에게는, 로타리오가 어느 한 여인을 사랑하는데 정숙함에 합당한 치장으로 그분을 기리고자 그런 이름을 붙여 줬다고 설명하겠다는 것이다. 시를 짓는 게 귀찮으면 자기가 짓겠다고 했다.

---

[284] 죽음을 뜻한다. 죽음은 신분이나 인격에 관계없이 불시에 찾아와 어떤 상황에 있든 빚을 받아 내듯이 사람들을 데리고 간다.

「그럴 필요는 없을 걸세.」 로타리오가 말했다. 「뮤즈가 1년에 몇 번 방문하지 않을 정도로 나와 원수지간인 것도 아니니 말일세. 자네가 말한 대로 자네는 내가 내 사랑을 숨기고 썼다는 것을 카밀라에게 전하게. 시는 내가 짓겠네. 인물에 합당할 만큼 훌륭한 시는 아닐지 몰라도, 적어도 내가 할 수 있는 한 최고의 시가 될 것일세.」

당치 않은 호기심의 사나이와 배신자 친구는 이렇게 합의를 보았다. 집으로 돌아온 안셀모는, 만일 묻지 않으면 카밀라가 도리어 이상하다고 생각할 만한 것을 그녀에게 물었다. 자기에게 써 보낸 그 편지는 어떤 계기로 쓰게 되었는지 말해 달라고 했다. 카밀라는 남편이 집에 있을 때보다 로타리오가 좀 더 자유롭게 자기를 바라보는 것 같아서 편지를 써 보냈다고 대답했다. 그런데 이제 와서 보니 잘못 생각한 것으로, 모두 자기가 상상한 것임을 알았다고 말했다. 이제 로타리오는 자기를 멀리하고 단둘이 있게 되는 것을 피하고 있다고도 했다. 그 말에 안셀모는 그런 의심은 전혀 할 필요가 없다고 대답했다. 왜냐하면 자기가 알기로 로타리오는 이 도시에 사는 어느 훌륭한 신분의 아가씨를 사랑하고 있어서 〈클로리〉라는 이름으로 그 여인을 찬양하고 있기 때문이라는 것이었다. 그리고 만약 그렇지 않더라도 로타리오의 진실함과 두 사람 사이의 깊은 우정에 대해서는 걱정할 필요가 없다고도 했다. 로타리오는 이미 카밀라에게 클로리에 대한 자기의 사랑은 가짜이며, 얼마 동안은 그렇게 하기로 안셀모와도 얘기가 되었다는 말을 해두었는데 만일 그러지 않았었더라면 아마 카밀라는 절망적인 질투의 그물에 걸려들고 말았을 것이다. 그러나 이미 들어서 알고 있던 터라 그녀는 이 충격을 힘들이지 않고 넘길 수 있었다.

다음 날 세 사람이 식탁에 앉았을 때 안셀모는 로타리오에게 그가 사랑하고 있는 클로리를 위해 지은 시 한두 편을 들려 달라고 요구했다. 카밀라는 클로리를 모르니 하고 싶은 말은 뭐든 할 수 있을 거라고 하며 말이다.

「부인께서 그 아가씨를 아신다 할지라도 나는 아무것도 감추지 않을 걸세.」 로타리오가 대답했다. 「사랑에 빠진 연인이 자기 여인의 아름다움과 잔인함을 찬양한다고 해서 그 사람의 명예에 오점을 남기는 것도 아니니 말일세. 어쨌든 내가 말하고 싶은 것은, 어제 이 클로리의 무정함에 대해서 소네트를 지었다는 걸세. 바로 이렇다네.

소네트

밤의 침묵 속에 모든 사람들이
달콤한 잠에 취해 있을 때,
나는 하늘과 나의 클로리에게
나의 끝없는 아픔을 애달프게 고하노라.

태양이 불그레한 동쪽 문으로
모습을 드러낼 때면
나는 한숨과 갈라지는 목소리로
옛 한탄을 되풀이하노라.

태양이 별들의 자리에서
햇살을 곧게 땅으로 보낼 때
나의 통곡은 커가고, 신음 소리는 두 배가 되는구나.

밤이 오면 다시 슬픈 얘기로 되돌아와

나의 죽을 듯한 집념으로 늘 만나는 것은
귀먹은 하늘과 귀 없는 클로리.

카밀라는 이 시를 꽤 훌륭하게 생각했고, 안셀모는 더 훌륭하다고 여겨 시를 칭찬하며 그토록 진실한 마음을 받아들이지 않는 여자는 너무 잔인하다고 말했다. 그 말에 카밀라가 말했다.

「그렇다면, 사랑에 빠진 시인들이 하는 말은 모두 진실일까요?」

「시인으로서는 진실을 말하는 게 아닙니다.」 로타리오가 대답했다. 「사랑에 빠져 있는 사람에게는 진실할수록 말이 모자라게 느껴지는 법이니까요.」

「그건 그렇지.」 안셀모가 대답했는데, 그 모든 것이 로타리오의 생각을 지지하여 카밀라로 하여금 믿도록 하기 위해서였다. 카밀라는 이미 로타리오를 사랑하고 있었으므로 안셀모의 속셈은 전혀 알아채지 못하고 있었다.

그녀는 로타리오의 일이라면 무엇이든 좋은 데다 로타리오의 소망이나 그가 쓴 것들이 모두 자기를 대상으로 한 것임을 알았고 자신이 진짜 클로리라 믿었으니, 그래서 다른 소네트나 시를 알고 있으면 들려 달라고 로타리오에게 부탁했다.

「네, 알고 있습니다.」 로타리오가 대답했다. 「처음 것만큼 좋다고는 생각하지 않습니다만, 아니 더 정확하게 말씀드리면 덜 나쁘다고는 생각지 않습니다만, 판단은 두 분께 맡기지요. 바로 이런 것입니다.」

소네트

나는 내가 죽는다는 걸 안다오. 그대는 안 믿겠지만,

죽는 것이 확실하듯, 그대 발 앞에
죽어 있는 나를 확실히 보게 될 게요.
오, 아름답고 무정한 사람! 그대 사랑한 것을 후회하기도 전에 말이오.

생명도 영광도 사랑도 없는 망각의
장소에 나는 있게 될 것이오.
거기서 그대 갈라지고 헤쳐진 내 가슴에
아름다운 그대 얼굴 새겨진 모습을 보게 될 게요.

그대 무정한 마음으로 인해 강해진
내 집념이 나를 위협하는 괴로운 때를 위해
나는 이 유물 간직하고 있다오.

북극성도 항구도 없는
위험한 길로, 한 번도 가본 적 없는 바다를
깜깜한 하늘 아래 항해하는 가련한 자여!

안셀모는 이 두 번째 소네트도 첫 번째만큼 훌륭하다고 칭찬했다. 이런 식으로 그는 자신의 불명예와 엮인 사슬에 고리를 하나하나 더해 나갔다. 로타리오가 그를 불명예스럽게 할 때마다 그는 훨씬 명예로워졌다고 말했다. 이렇게 해서 카밀라가 경멸의 중심부로 향하여 내려가던 모든 계단들을, 그녀 남편의 의견은 덕과 훌륭한 명성의 절정으로 올라가는 계단으로 이해한 것이다.

이러던 중, 늘 그렇듯이 카밀라가 자기 몸종과 단둘이 있게 되었을 때 그녀는 말했다.

「내 친구 레오넬라, 내가 얼마나 나 자신을 소중하게 생각하지 못했는지 창피해. 로타리오가 시간을 두고 마음을 사도록 하지 못하고 너무 빨리 내 전부를 스스로 다 바쳐 버렸으니 말이야. 거절할 수 없을 정도로 강력하게 나를 유혹했던 자기 자신은 조금도 고려하지 않고 오히려 나를 성급하고 경솔한 사람으로 보시면 어쩌지?」

「그건 걱정하지 마세요, 아씨.」 레오넬라가 대답했다. 「만일 드린 것이 좋은 것이면 급하게 줬다고 해서 그 가치가 줄어들거나 중요해지지 않을 이유가 없죠. 그 자체로 귀한 건데요. 그리고 빨리 주는 자는 두 배로 주는 것이라는 말도 있잖아요.」

「이런 말도 있어.」 카밀라가 말했다. 「〈적게 드는 것은 가치가 덜하다〉라는 말 말이야.」

「그 말은 아씨에게 해당이 안 돼요.」 레오넬라가 대답했다. 「제가 들은 바에 의하면 사랑은 어떤 때는 날아가고, 어떤 때는 걸어간대요. 이 사람하고는 뛰어가고 저 사람하고는 천천히 간대요. 어떤 사람들은 미적지근하게 하는가 하면 또 어떤 사람들은 활활 태운대요. 어떤 사람은 상처를 입히고 어떤 사람은 죽여 버리기도 하고, 같은 시점에서 욕망의 질주가 시작되었다가 바로 그 순간에 끝나 마무리가 되는 것도 있고, 아침에 요새를 포위하기 시작했다가 밤에 함락시키기도 한대요. 사랑을 이겨 낼 힘은 아무것도 없어요. 일이 다 이러하니, 사랑이 아씨를 함락시킬 도구로 주인님이 집에 안 계시는 틈을 이용한 것이고 그런 일이 로타리오님에게도 똑같이 일어난 것인데, 뭐가 걱정이고 뭐가 두렵다는 거예요? 그리고 그 결정은 주인님이 계시지 않을 때 일어나게 되어 있었어요. 주인님이 돌아오실 시간을 줘서 일이 미완성으로 끝나 버리게 해서는 안 되니 말이죠. 사랑이 자기가 원하는 것을 실천하는 데 기회보다 더 좋은 특사는 없지요. 저는 이것들을 들었다기보다 경험으로 잘 알고 있어요. 그건 언젠가 말씀드릴게요, 아씨. 저도 피와 살을 가진 젊은 처자인걸요. 더구나 카밀라 아씨, 아씨가 그렇게 곧바로 마음과 몸을 드린 건 아니에요. 로타리오님의 눈에서나 한숨에서나 말에서나 약속에서나 선물에서 그분의 마음을 먼저 보셨고, 그 마음과 덕으로 그분이 얼마나 사랑받아도 좋은 분인지를 아신 다음이었잖아요. 그러니 쓸데없는 생각일랑 마시고 아씨께서 로타리오 님을 소중히 여기고 계시듯 그분도 아씨를 소중히 여기고 계신다고 믿으세요. 그리고 용기와 존경으로 아씨를 묶는 사랑의 끈에 매이게 되셨으니 만족하며 사세요. 그분은 훌륭한 연인이라면 반드시 갖추어야 한다는 네 가지 S[285]는 물론이고 〈ABC〉 또한 완벽하게 갖추고 계세요. 어디 아닌지 들어 보세요. 한 번에 전부 말씀드릴 테니까요. 제가 보고 생각하건대 그분은 감사할 줄 아시고(A), 착하시고(B), 점잖으시고(C), 인심 좋으시고(D), 사랑을 아시고(E), 확고하시며(F), 멋스러우시고(G), 정직하시고(H), 저명하시며(I), 충직하시고(L), 젊으시고 (M), 고상하시고 (N), 솔직하시고(O), 뛰어나시며(P), 관대하시고(Q), 부자시고(R), 그리고 앞선 네 개의 S가 있고, 입이 무거우시고(T), 진실되시지요(V). X는 거친 소리라서 그분에게 안 맞고요, Y는 이미 말씀드린 I와 같고 Z는, 아씨의 명예를 감시하시는 분이니까 말이에요.」[286]

카밀라는 훌륭한 애인이 가져야 할 자격인 이 ABC를 몸종으로부터

---

285 이 네 가지는 〈독신*solo*〉, 〈세심*solícito*〉, 〈박식*sabio*〉, 〈비밀을 지킬 줄 아는 것*secreto*〉이다.

286 스페인어로 옮겨 본다. 〈아그라데시도*agradecido*〉, 〈부에노*bueno*〉, 〈카바예로*caballero*〉, 〈다디보소*dadivoso*〉, 〈에나모라도*enamorado*〉, 〈피르메*firme*〉, 〈가야르도*gallardo*〉, 〈온라도*honrado*〉, 〈일루스트레*ilustre*〉, 〈레알*leal*〉, 〈모소*mozo*〉, 〈노블레*noble*〉, 〈오네스토*onesto*〉, 〈프린시팔*principal*〉, 〈쿠안티오소*quantioso*〉, 〈리코*rico*〉, 〈타시토*tácito*〉, 〈베르다데로*verdadero*〉 그리고 〈*y*〉는 스페인어로 〈이〉라 읽으며 라틴어 〈*i*〉와 동일시하기 때문에 앞선 〈*ilustre*〉와 중복되고, 마지막은 〈셀라도르*zelador*〉이다.

들고 웃었다. 그리고 자기 몸종은 사랑에 있어서 말보다 실제로 더 많은 경험이 있다고 생각했다. 몸종도 그런 사실을 자기 입으로 고백하고 같은 도시에 사는 출신 좋은 청년과 나누고 있는 사랑에 대해 털어놓았다. 그 이야기를 듣자 카밀라는 마음이 심란해졌다. 자기의 명예가 위태로워지지나 않을까 두려워진 것이다. 그녀는 그 사랑이 대화 이상으로 나아갔는지 물었다. 그녀는 부끄럽지도 않은지 아주 자연스럽게 그렇다고 했다. 주인마님들이 부주의하면 하녀들은 수치심을 잊고 주인마님들이 과실을 저지르는 것을 보면 하녀들은 실수해도 아무렇지 않게 생각하는데, 그것을 알게 되어도 마님들은 전혀 개의치 않는 법이기 때문이다.

  카밀라는 레오넬라에게 부탁할 수밖에 없었다. 그녀의 애인이라는 사람에게 자기에 관한 일은 아무것도 말하지 말아 달라고 말이다. 그리고 하녀의 일 또한 안셀모나 로타리오가 알아서는 안 되니 비밀로 하라고 했다. 레오넬라는 그렇게 하겠노라고 대답했지만, 하녀 때문에 자기의 명예가 떨어지지 않을까 했던 카밀라의 두려움은 그대로 현실이 되어 버렸다. 정숙하지 못하고 무모한 레오넬라는 자기 아씨의 행동이 전과 달라진 것을 알고 애인을 주인집으로 겁도 없이 끌어들였다. 들키더라도 아씨께서 감히 폭로하지는 않을 거라 믿었던 것이다. 주인마님들이 저지르는 죄란 다른 많은 것들 중에서도 그런 피해를 가져오며, 그로 인해 주인이 하녀의 노예가 되어 카밀라의 경우에서 그러하듯이 하녀의 부정한 행위나 천박한 행동을 숨겨 주지 않으면 안 되게 되는 법이다. 카밀라는 몇 번이나 레오넬라가 애인과 함께 자기 집 방에 있는 것을 보았지만 꾸짖기는커녕 그저 애인을 숨길 장소를 가르쳐 주거나 남편에게 들키지 않도록 방해물을 치워 주곤 할 뿐이었다. 그러나 모든 것을 치울 수는 없었다. 어느 날 동이 트기 시작할 무렵 그 집에서 한 남자가 나가는 것이 로타리오의 눈에 띄고 만 것이다. 로타리오는 그가 누구인지 모르니 처음에는 유령일 거라고 생각했다. 그러나 아주 신중하고도 조심스럽게 몸을 숨기고 얼굴을 가린 채 걸어가는 모습을 보고는 그저 단순하기만 했던 생각이 바뀌었다. 카밀라가 해결하지 않으면 모든 사람을 망쳐 버리고 말 생각으로 말이다. 로타리오는 그런 시간에 안셀모의 집에서 나가는 그 남자가 레오넬라 때문에 집에 들어가 있었다고 생각하기는커녕, 이 세상에 레오넬라가 있다는 사실조차 떠올리지 못했다. 그저 카밀라가 자기에게 가볍고도 쉬웠던 것처럼 다른 남자에게도 그런 식이었다고 믿어 버린 것이다. 부정한 여자의 부정한 짓에는 그러한 부속물들이 자연히 따라다니기 마련이다. 즉 울며불며 매달리고 구슬려 그 정조를 가지게 된 남자조차 그녀에 대한 믿음을 상실하고, 그런 여자는 다른 남자들한테도 쉽게 몸을 허락한다고 믿게 된다는 말이다. 여자에게 아무 잘못이 없다 하더라도 의심이 일면 무조건 다 사실로 믿어 버리게 되는 법이다. 로타리오도 이때만큼은 평소 갖고 있던 분별력을 완전히 잃었고, 빈틈없는 생각들은 그의 기억에서 모두 사라져 버렸다. 잘하는 짓인지, 그렇게 해도 되는 일인지조차 생각해 보지 않고 초조함과 오직 내장을 갉아먹는 질투와 노여움에 눈이 멀어, 어떤 일로도 자기를 욕보인 바 없는 카밀라에게 죽고 싶을 정도로 복수하고자 하는 마음에 로타리오는 안셀모가 일어나기도 전에 그에게 가 이렇게 말해 버린 것이다.

「안셀모, 사실은 말일세, 난 더 이상 자네에게 숨길 수 없고 그러는 게 옳지도 않은 일을 자네에게 말하지 않으려고 며칠 동안이나 기를 쓰며 나 자신과 싸워 오고 있었다네. 카밀라의 성은 이미 함락되어 내가 원하는 대로 따라오게 되어 있네. 이런 사실을 자네에게 털어놓는 데 시간이 걸린 이유는 그 여자의 마음이 한순간의 가벼운 변덕으로 인한 것은 아니었는지, 혹여 나를 시험하려고 그렇게 한 것은 아니었는지, 내가 자네의 허락을 받아 시작한 이 연애가 이 그녀의 확실한 마음에서 나온 것인지를 확인하고자 했기 때문일세. 그 사람이 마땅히 그래야 할 여자이고 우리가 생각하고 있던 대로의 여자라면, 내가 구애했다는 사실을 벌써 자네에게 알려야 했었다는 게 내 생각이네. 그런데 그녀가 그러한 사실을 자네한테 알리는 데 시간이 걸리는 것을 보니 나에게 준 약속이 진심으로 보이는군. 자네가 다시 집을 비우면 자네의 보석들이 있는 방에서 ─ 그곳에서 카밀라와 로타리오가 말을 나누곤 했던 것은 사실이었다 ─ 내게 이야기하기로 약속되어 있다네. 그러나 자네가 성급하게 복수하러 달려가기를 바라는 건 아니네. 아직 죄라고는 생각으로만 저지른 것이며, 생각에서 행동으로 옮겨지기 전에 카밀라가 마음을 바꾸어 뉘우칠지도 모르니 말일세. 일이 이러하니 자네는 늘 내 충고를 일부 혹은 모두 들어 온 만큼, 지금 내가 말하는 충고를 좇아 해보게. 사실을 충분히 확인하고도 남을 일임을 알게 될 걸세. 전에도 한 것처럼 이틀이나 사흘쯤 집을 비우는 척하고 자네 방에 숨어 있도록 하게. 거기에 있는 태피스트리나 다른 것들로 자네 몸을 편하게 숨길 수 있으니 말일세. 그렇게 하면 자네는 자네 두 눈으로, 나는 내 두 눈으로 카밀라가 원하는 것을 볼 수 있을 걸세. 만일 부정한 행위가 생각보다 두려워해야 할 정도라면, 조용하고 빈틈없고 신중하게 자네는 자네가 받은 불명예에 대한 형의 집행인이 될 수 있을 것일세.」

로타리오의 말에 안셀모는 아연실색했다. 예기치 않은 순간 듣게 된 탓이었으니, 이미 그는 카밀라를 로타리오의 거짓 공격에서 승리한 여자라 믿고 그 승리의 영광을 즐기기 시작하고 있었던 것이다. 그는 한참 동안 입을 다문 채 눈썹 하나 움직이지 않고 바닥을 내려다보다가 마침내 입을 열었다.

「자네는 내가 자네의 우정에 기대했던 대로 해주었네, 로타리오. 그러니 자네의 충고를 따라야 할 것 같네. 자네 좋을 대로 하게. 전혀 생각지도 못한 일이니 그 일은 비밀로 해주게.」

로타리오는 그러기로 약속했다. 그러나 안셀모와 헤어지자 자기가 얼마나 바보같이 굴었는지 깨닫고 그에게 한 모든 말을 후회하기 시작했다. 카밀라에 대한 복수라면 이토록 잔인하고 불명예스러운 방법을 사용하는 대신 스스로 할 수도 있었기 때문이다. 자기의 이해심을 저주하고 경박한 결정을 비난했지만, 이미 저지른 일을 없던 일로 하거나 바람직한 해결책을 모색하려면 어떻게 해야 좋을지 알 수가 없었다. 결국 모든 것을 카밀라에게 알려야겠다고 생각했다. 그럴 만한 장소가 없는 것도 아니어서 바로 그날로 혼자 있는 그녀를 만났다. 그런데 그녀도 로타리오에게 이야기할 수 있는 기회라고 생각하고 먼저 말을 시작했다.

「로타리오, 터질 듯 저를 옥죄고 있는 걱정거리가 제 가슴에 있어요. 터지지 않으면 오히려 신기할 정도지요. 레오넬라가 너무나 뻔뻔스러워져서 매일 밤 자기 애인을 이 집으로 끌어들여 날이 밝을 때까지 같이 있는 거예요. 그런 이상한 시간에 우리 집에서 나가는 남자를 누가 보기라도 하면 얼마나 별별 이상한 생각을 다 하겠어요? 모든 것이 제 명예를 잃게 만드는 일이죠. 제가 힘든 것은, 그런 애를 벌줄 수도 없고 꾸짖을 수도 없다는 거예요. 그 애가 당신과 저 사이의 관계를 알고 있어서 자기가 하는 일을 발설하지 못하도록 제 입에 자물쇠를 채웠거든요. 이런 일로 어떤 나쁜 일이 벌어지지나 않을까 그게 걱정이에요.」

카밀라의 말을 들은 로타리오는, 처음에는 아침에 본 남자가 레오넬라의 애인이지 자기의 애인이 아니라고 변명하기 위해 카밀라가 거짓말을 하는 줄로 알았다. 그러나 그녀가 울고 고통스러워하며 해결 방법을 찾아 달라고 하는 것을 보자 사실이라고 믿게 되었다. 그러고 보니 로타리오는 너무나 당황스럽고 후회가 되었지만 이 모든 것에도 불구하고 카밀라에게는 걱정하지 말라고 했다. 자기가 레오넬라의 오만 방자한 행동을 멈출 방법을 찾아보겠노라고 대답했다. 그리고 자기가 질투에 눈이 멀어 홧김에 안셀모에게 모든 것을 말해 버렸다는 것도 알리고, 그가 방에 숨어 카밀라가 남편에게 지켜야 할 의무를 어떻게 배신하는지 똑똑히 지켜보기로 했다는 말도 했다. 그런 다음 이런 미친 짓에 대해 용서를 구하며 이 일을 해결할 방법이 있는지, 자기가 생각을 잘못하는 바람에 엉망진창이 된 그 미로에서 잘 빠져나갈 방법이 있는지 조언해 달라고 부탁했다.

로타리오의 말을 들은 카밀라는 경악했다. 크게 화를 내며 조리 있는 숱한 말로 로타리오를 나무라고, 그의 잘못된 생각과 어리석고 잘못된 결심을 비난했다. 좋은 일에서든 나쁜 일에서든 억지로라도 생각을 짜내야 할 상황일 때 여성은 남성에 비해 자연적으로 머리가 빨리 돌아가는 법이라, 카밀라는 그 즉시 전혀 해결책이 없어 보였던 사태를 만회할 만한 방책을 찾아냈다. 그녀는 로타리오에게 말하기를, 안셀모로 하여금 다음 날 아까 말한 그 장소에 숨어 있게 하도록 했다. 그것을 이용해서 앞으로 로타리오와 아무런 걱정 없이 편안하게 즐길 생각을 해낸 것이다. 그녀는 자기의 생각을 다 말하지 않고, 안셀모가 숨어 있을 때 레오넬라가 부르거든 오라고 일렀다. 그리고 자기가 하는 말에 안셀모가 듣고 있는 줄 모르는 것처럼 대답하라고 당부해 놓았다. 로타리오는 그녀의 생각이 무엇인지 모두 다 말해 달라고 고집을 부렸다. 다 알아야만 필요하다고 생각되는 일들을 모두 가장 안전하고도 조심하게 할 수 있을 거라고 말이다.

「그러실 필요 없어요.」 카밀라가 말했다. 「제가 묻는 말에 대답만 해주시면 돼요.」

카밀라는 자기가 하려고 마음먹은 바를 그에게 미리 알리고 싶지 않았다. 자기에게는 최선으로 보이는 방법인데, 로타리오가 이에 응하기 싫어하며 그보다 좋지 못한 다른 방법을 모색할까 봐 염려가 되었던 것이다.

이렇게 의논한 뒤 로타리오는 돌아갔다. 다음 날 안셀모는 친구가 있는 시골에 간다는 핑계를 대고 집을 나갔다가 다시 돌아와 숨었다. 카밀라와 레오넬라가 손을 써놓은 터라 편안하게 숨을 수 있었다.

안셀모는 놀란 가슴으로 숨어 있었으니, 자기 명예가 걸린 여인의 오장육부를 자기 눈으로 직접 세세하게 들여다보고자 하는 사람이 가질 만한 그런 심정이었다. 사랑하는 카밀라에게 달려 있는 최상의 행복을 곧 잃어버릴 것만 같은 마음이었다. 카밀라와 레오넬라는 안셀모가 숨어 있는 것을 확인하고 그 방으로 들어갔다. 방에 발을 들여놓자마자 카밀라는 크게 한숨을 쉬면서 말했다.

「아, 레오넬라! 네가 알면 방해할까 싶어 네가 알기를 원하지 않았던 일을 내가 실행에 옮기기 전에, 네게 부탁한 안셀모의 비수로 이 수치스러운 나의 가슴을 찔러 달라고 하는 편이 더 낫지 않을까? 아니, 그러지 마. 다른 사람이 저지른 죄에 대한 벌을 내가 받는 건 옳은 일이 아니니까. 우선 내가 알고 싶은 건, 로타리오의 그 무모하고 부정한 눈이 내게서 본 게 무엇인가 하는 거야. 나를 어떻게 생각했기에 자기 친구를 욕되게 하고 나를 불명예스럽게 하는 그런 나쁜 마음을 털어놓을 정도로 무모하게 됐는지 그 이유를 알고 싶어. 레오넬라, 창문으로 가서 그 사람을 불러다오. 분명 자기의 고약한 뜻을 실행에 옮길 생각으로 길에서 기다리고 있을 거야. 하지만 먼저 나의 명예에 뒤지지 않는 잔인함이 있으리라.」

「아이고, 아씨!」 이미 모든 것을 다 알고 있는 약삭빠른 레오넬라가 말했다. 「이 비수로 뭘 하시겠다는 거예요? 아씨 목숨을 끊으실 작정이십니까요, 아니면 로타리오 님을 죽이실 생각이십니까요? 어느 쪽을 택하시든 아씨의 명예와 평판을 잃고 마는 일이 될 거예요. 모욕을 모르는 체하시는 게 더 나아요. 그리고 그 나쁜 인간이 들어와 이 집에 우리 둘뿐이라는 걸 알 기회를 주면 안 돼요. 아씨, 우리는 연약한 여자들이고 그는 남자인 데다가 작정한 사람이잖아요. 그런 나쁜 목적으로 눈이 멀어 열정에 들떠 덤빈다면 그 사람은 아마도 아씨가 생각하고 계시는 일을 실행하기도 전에 아씨 스스로 목숨을 끊는 일보다 더 나쁜 짓을 하게 될지도 몰라요. 그렇게 뻔뻔스러운 인간에게 자기 집에서 그토록 나쁜 짓을 하게 만든 안셀모 주인님이야말로 정말 알 수 없는 분이군요! 아씨가 원하시는 게 그분을 죽이시려는 거라는 걸 전 이미 알아요. 죽이시면, 그다음에 우리는 시체를 어떻게 해야 하죠?」

「어떻게 하느냐고, 레오넬라?」 카밀라가 대답했다. 「내버려 둘 거야. 안셀모 님이 파묻도록 말이야. 자기 자신의 수치를 땅속에 묻는 수고는 당연히 휴식쯤으로 여기시겠지. 그분을 오시게 해서 끝내자고. 내가 받은 모욕에 합당한 복수를 하는 데 시간을 지체할수록 내 남편에게 마땅히 지켜야 할 의무인 정절을 모욕하고 있는 것 같구나.」

안셀모는 이 모든 것을 듣고 있었다. 카밀라가 한 마디 한 마디 할 때마다 생각이 바뀌어 갔다. 로타리오를 죽일 결심을 하고 있다는 것을 알았을 때는 그것을 막기 위해 숨어 있던 곳에서 나가 몸을 드러내려고까지 했다. 그러나 아내의 그런 용기와 순결한 결심이 어떠한 결말에 이르는지 보고 싶은 마음이 들어, 정말 그녀를 말려야 할 순간에 나가기로 마음을 먹었다.

이때 카밀라가 크게 실신하여 거기 있는 침대 위로 쓰러지고, 레오넬라는 아주 비통하게 울면서 말했다.

「아이고, 이 무슨 일이란 말인고! 만일 일이 잘못되어 여기 내 팔에서 돌아가시기라도 하면……. 세상 정숙함의 꽃이자 훌륭한 여성들의 봉우리이시며 순결의 본보기이신 분이…….」

이와 비슷한 다른 말들을 늘어놓았으므로 누가 들어도 그 하녀야말로 세상에서 가장 동정심이 많고 충직한 하녀라고 생각했을 것이고, 그 부인은 구애에 쫓기던 또 다른 페넬로페[287]라 생각했을 것이다. 카밀라가 곧 정신을 차리고 말했다.

「레오넬라, 넌 왜 태양이 비출 때도 밤이 덮을 때도 친구 중에 가장 충실한 그 친구를 부르러 가지 않는 거니? 어서 가, 달려가, 재촉해서 빨리 길을 나서라. 늑장 부리다가 내 분노의 불이 꺼져 버려 내가 하려는 마땅한 복수가 협박이나 저주로 그치지 않게 말이다.」

「부르러 가겠습니다요, 아씨. 하지만 먼저 그 비수를 제게 주셔야 해요. 제가 없는 동안에 아씨를 무척 사랑하고 있는 사람들을 평생 울리는 짓을 하시면 안 되니까요.」

「그런 짓은 안 할 테니 안심하고 다녀오너라, 레오넬라. 네가 보기에는 내가 명예 때문에 무모하고 무식해져 버린 것 같겠지만 그 루크레시아[288]만큼은 하지 못할 것이다. 사람들이 그러는데, 루크레시아는 어떤 잘못도 저지른 게 없었음에도 자살했다고 하더군. 자기 불행의 원인이 된 남자를 먼저 죽이지도 못하고 말이야. 나도 죽게 되면 죽을 것이야. 하지만 아무 죄도 없는 나를 감히 어떻게 해보겠다고 하다가 이 지경으로 울게 만든 사람에게 복수는 해야 성이 풀리겠지.」

레오넬라는 한참을 애원하다가 로타리오를 부르러 나갔다. 마침내 그녀가 나가자 카밀라는 자기 자신과 말을 하듯이 끊임없이 중얼거렸다.

「이런! 지금까지 몇 번이나 그랬듯이 로타리오를 쫓아 버리는 게 더 나

---

287 Penélope. 그리스 신화의 인물로 오디세우스의 아내. 남편이 트로이 전쟁에 나가 있는 동안 그녀는 충실하게 남편을 기다리며 집을 지켰다. 그러나 그녀에게 청혼한 자들 중에서 한 사람을 골라야 하는 상황에 놓이게 되자 시아버지의 옷을 짜야 한다는 핑계로 낮에는 짜고 밤이면 다시 풀면서 시간을 끌었다.

288 Lucrecia. 로마의 장군 콜라티누스의 아내. 폭군 타르퀴니우스의 아들 섹투스에게 능욕을 당하자 남편과 아버지에게 복수를 부탁한 후 자살했다. 이 일로 타르퀴니우스 일가는 로마에서 쫓겨나고 로마는 왕정이 폐지되어 공화제가 성립되었다.

앉을지도 몰라. 그 사람에게 현실을 제대로 보여 주기 위해 기다려야 하는 이 순간에도 그가 나를 정숙하지 못한 부정한 여자로 볼 상황을 — 이미 만들긴 했지만 — 만들지 말아야 하는 게 아니었을까? 그러는 게 더 나았을지도 몰라. 하지만 그 사람이 아무런 피해도 보지 않고 아무런 대가도 치르지 않은 채 나쁜 마음을 먹고도 편안하게 빠져나갈 수 있게 된다면, 나는 복수를 못 하게 되고 내 남편의 명예도 회복되지 않을 거야. 그토록 음탕한 욕망으로 일을 시도한 배신자는 목숨으로 그 죄를 갚게 해야 해야겠지. 카밀라는 자기 남편에 대한 정조를 지켰을 뿐 아니라 남편을 모욕하려고 한 자에게 복수까지 했다는 것을, 할 수만 있다면 세상에 알리고 싶단 말이야. 하지만 무엇보다 안셀모에게 이 일을 알리는 게 더 좋을 거야. 이미 시골로 보낸 편지에 그런 내용을 쓴 일이 있지. 남편이 그 편지로 알려 드린 일을 처리하러 돌아오지 않았던 것은 정말 그이가 순수하게 좋은 사람이고 남을 의심할 줄 모르는 사람이었기 때문이라고 난 생각해. 그이는 자기가 그토록 믿는 친구의 가슴속에 자기 명예를 더럽힐 생각 같은 게 있으리라고는 믿고 싶지도 않았고 믿을 수도 없었을 거야. 나조차도 그 뒤로 오랫동안 믿지 못했으니까 말이야. 그의 무례함이 그 정도일 줄은 결코 믿지 못했을 거야. 대놓고 선물을 주고 구구절절 약속들을 하고 쉴 새 없이 울어 대는 일만 없었더라면 말이지. 그런데 내가 지금 왜 이런 말을 하고 있는 거지? 훌륭한 결심을 하는 데 누군가의 충고가 필요하기라도 하단 말인가? 아니, 분명 아니야. 배신자들은 비켜, 여기에는 복수만 있도다! 가짜여, 들어와라, 와서 죽고 끝내, 무슨 일이 있어도 말이다! 나는 하늘이 나의 것으로 준 자의 수중으로 깨끗하게 들어갔으니 깨끗하게 그분으로부터 나올 것이야. 그러지 못하면 기껏해야 내 순결한 피와, 세상에서 우정이 만난 가장 거짓된 친구의 더러운 피로 범벅이 되어 나오겠지.」

이렇게 말하면서 그녀는 비수를 뽑아 들고 방 안을 배회했는데, 꼭 미친 사람 같았다. 연약한 여인이 아니라 절망에 찌든 건달처럼, 너무나 허둥대고 터무니없는 걸음걸이와 그런 몸짓을 하고 있었다.

안셀모는 태피스트리 뒤에 숨어 몸을 가린 채 그 모든 것을 바라보며 놀라고 있었다. 자기가 눈으로 보고 귀로 들은 것만으로도 엄청난 의심을 풀기에는 충분한 것 같았다. 이제 증거로 로타리오가 오는 일만 남았는데, 돌발 사태가 벌어질까봐 두려워 그가 오지 말았으면 싶기까지 했다. 그래서 아내를 껴안고 사실을 알리려 몸을 드러내어 나갈 뻔했으나, 레오넬라가 로타리오의 손을 잡고 돌아오는 것을 보고 그대로 있었다. 로타리오를 보자 카밀라는 비수를 들어 자기 앞 방바닥에 멋들어진 선을 하나 긋고서 말했다.

「로타리오, 내 말 잘 들어요. 만일 감히 이 선을 넘으려고 한다면, 아니 이 선에 접근하려는 낌새만 보여도 그 순간 나는 손에 들고 있는 이 비수로 제 가슴을 찌르겠어요. 이 말에 대한 대답보다 먼저 들어 줘야 할 말이 있어요. 그런 뒤에 원하는 대로 말씀하세요. 첫 번째로 로타리오, 당신은 제 남편 안셀모를 아시는지, 아신다면 어떻게 생각하고 있는지 말해 줘요. 둘째, 저를 아시는지 알고 싶어요. 자, 제 질문에 대답해 주세요. 주저하지 말고, 대답할 말을 많이 생각하지도 말고 말이에요. 제 질문이 어려운 게 아니잖아요.」

안셀모를 숨겨 놓으라는 이야기를 들었던 그 순간부터 그녀가 하려는 일을 눈치채지 못할 정도로 어리석은 로타리오가 아니었다. 그래서 아주 신중하고도 장단이 잘 맞도록 그녀의 뜻을 좇았다. 그 거짓말을 진짜 이상으로 믿게 하느라 그는 카밀라에게 다음과 같이 대답했다.

「아름다운 카밀라여, 내가 여기에 온 의도와 완전히 다른 것들을 질문하기 위해 나를 부르신 것인 줄 나는 몰랐소. 내게 약속한 은혜를 더 지연

시키고자 그런 질문을 하시는 거라면, 진작에 시간을 더 끄실 것이지요. 원하는 행복을 가질 수 있다는 희망이란 가까우면 가까울수록 괴로운 것이니 말이오. 하지만 지금 하신 질문에 내가 대답도 안 한다고 말하실까 싶어 답합니다만, 나는 부인의 남편 안셀모를 알고 있소. 우리는 어릴 때부터 알아 왔소이다. 우리의 우정에 대해서는 부인이 익히 알고 있으므로 말하고 싶지 않소. 내가 사랑으로 인해 그자에게 저지른 모욕의 증인이 되고 싶지 않아서 그렇소. 아무리 큰 잘못이라 해도 사랑이면 모두 용서가 되는 법이오. 나는 당신을 알고, 당신 남편이 당신을 평가하는 것과 같은 평판으로 당신을 이해하고 있소. 그러지 않았다면, 당신의 평판보다 못한 것 때문에 나 자신에 대한 의무와 진실된 우정의 신성한 법칙을 어기려 하지 않았을 것이오. 그러나 지금은 사랑이라는 강력한 적이 나로 하여금 그 법칙을 깨뜨리고 유린하도록 만들어 버렸소이다.」

「그걸 고백하시니…….」 카밀라가 대답했다. 「사랑받아 마땅한 것들의 치명적인 적인 당신은, 감히 무슨 낯짝으로 당신을 자신의 거울로 알고 있는 친구 앞에 나타날 수가 있는 거죠? 그 거울에 그이가 자신을 비춰 보며 그 모습에서 당신을 보잖아요. 당신이 스스로의 모습을 비춰 본다면 얼마나 말도 안 되게 그이를 욕되게 하는지를 알게 될 겁니다. 하지만, 아! 불행하게도 이제야 알겠어요. 당신이 마땅히 해야 할 일을 그렇게 중요하지 않게 취급하도록 한 사람이 누구인지 말이에요. 나의 어떤 흐트러진 몸가짐 때문이었겠죠. 그것을 부도덕이라고 부를 생각은 없습니다. 왜냐하면 그것은 어떤 신중한 결심에서 나온 일이 아니며, 누군가 조심해야 될 사람이 없다고 생각했을 때 여자들이 무의식적으로 저지르곤 하는 부주의에서 나온 일이니까요. 만일 그게 아니라면 대답해 주세요. 제가 언제, 오 배신자여, 당신의 추잡한 소망을 이룰 희망의 그림자라도 일깨울 만한 말이나 신호로 당신의 애원에 답했던가요? 당신이 한 사랑의 말이 저의 혹독하고도 냉정한 말로 거부당하고 핀잔을 받지 않은 적이 있었던가요? 당신의 그 많은 약속과 엄청난 선물을 제가 믿거나 받은 적이 있었던가요? 하지만 얼마간의 희망으로 지탱되지 않으면 누구도 그렇게 오랫동안 사랑의 마음을 유지할 수 없는 법이니 당신의 무례함을 저의 잘못으로 돌리겠습니다. 제 부주의가 당신을 그토록 오래도록 열렬하게 한 것이 틀림없으니까요. 이러하니, 저는 저를 벌하고 당신의 잘못에 합당한 고통도 제게 주려 합니다. 당신에게 그럴 수는 없으니 저 자신에게 이렇게 비인간적으로 대하는 것을 보시라고 말입니다. 제 정직한 남편의 명예를 욕보인 대가로 제가 감수하려는 희생의 증인이 되어 달라고 당신을 부른 겁니다. 당신의 그 엄청난 열정으로 남편은 모욕당했습니다. 당신의 나쁜 의도를 북돋우고 치켜세울 그런 기회를 만들지 말았어야 했던 제가 만일 그렇게 했다면 말입니다. 저의 부주의 때문에 남편의 명예를 욕되게 했습니다. 다시 되풀이해서 말하지만, 저의 어떤 부주의로 당신이 그런 정신 나간 생각을 품게 된 것은 아닌가 하는 우려가 저를 괴롭힙니다. 그리고 무엇보다 제 손으로 저를 벌하고자 합니다. 다른 사람이 저를 벌한다면 제 잘못이 사방팔방 알려지게 될 테니까요. 하지만 이 일을 하기 전에, 저는 복수하고자 하는 저의 소망을 이룰 만한 사람을 죽여 함께 갈 것입니다. 그래서 저세상에서 ― 그곳이 어디가 되었든 간에 ― 저를 이토록 절망적인 상황에 놓이게 만든 자가 공평한 정의의 벌을 받기를 기다리겠습니다.」

그녀는 이렇게 말을 마치며 뽑아 든 비수를 치켜들고 믿을 수 없는 힘으로 재빨리 로타리오에게 덤벼들었는데, 그의 가슴에 칼을 꽂을 그런 기세였다. 로타리오조차 그러한 시위가 진짜인지 가짜인지 알 수 없어 카밀라를 피하기 위해 힘과 기지를 쓸 수밖에 없을 정도였다. 그녀는 그토록 실감 나게 그 기이하고 추악한 속임수를 꾸며 내고 있었으니, 사실이라는 색깔을 입히기 위해 자기 자신의 피로 색을 배합하고자 했다. 그래서 로타리오를 찌를 수 없다는 것을 알고는, 아니 그러는 척하면서 이렇게 말했던 것이다.

「운명이 나의 정당한 소원을 완전히 들어주지는 않을지라도, 그 일부조차 들어주지 않을 만큼 막강하지는 않을 거야.」

그러고는 안간힘을 써 로타리오에게 잡혀 있던 칼 든 손을 빼낸 다음, 크게 해가 되지 않을 부위에 칼끝을 가져다 대고 찔렀다. 어깨 옆 왼쪽 겨드랑이 위로 칼이 들어가 박히자 그녀는 실신한 듯 바닥에 쓰러졌다.

이 장면을 본 레오넬라와 로타리오는 넋을 잃고 멍해졌다. 카밀라가 피투성이가 되어 바닥에 쓰러져 있는 것을 눈으로 보고도 아직도 그것이 실제로 일어난 일인지 확신할 수 없었던 것이다. 로타리오는 공포에 질려 숨도 못 쉬고 급히 칼을 뽑으러 갔다. 그러나 상처가 가벼운 것임을 알자 그때까지 가졌던 공포에서 빠져나와 아름다운 카밀라의 영리함과 신중함과 용의주도함에 새삼스레 감탄했다. 이제 자기가 맡은 역할을 하기 위해 마치 그녀가 죽어 있기라도 한 양 카밀라의 몸 위에서 길고도 슬픈 애도를 하기 시작했고, 그러면서 자기 자신뿐만 아니라 자기를 그런 지경으로 만든 원인이 된 자에게도 엄청난 저주를 퍼부었다. 친구 안셀모가 듣고 있다는 것을 알고 있었기에, 설혹 카밀라가 죽었다고 믿는 자가 듣는다 해도 카밀라보다 자신을 훨씬 동정했을 만한 말들을 읊어 댔다.

레오넬라는 그녀를 안아 침대에 눕힌 다음 카밀라를 비밀리에 치료해 줄 사람을 찾아 달라고 로타리오에게 애원했다. 그리고 만일 주인님이 아씨의 상처가 낫기 전에 돌아오신다면 상처에 대해서 어떻게 말씀드려야 하는지 충고나 의견을 달라고 부탁했다. 로타리오는 원하는 대로 말하라고 했다. 도움이 될 만한 충고를 줄 상황이 못 된다면서, 피가 나오는 것을 멈추게 하라고만 했다. 자기는 사람들이 보지 않는 곳으로 가버릴 것이라면서 말이다. 그러고는 무척이나 고통스럽고 슬픈 표정으로 집을 나섰다. 혼자 있게 되자 그는 아무도 보지 않는 곳에서 끊임없이 성호를 그으며 카밀라의 기지와 레오넬라의 너무나 적절한 행동에 감탄했다. 그는 안셀모가 제2의 포르시아[289]를 아내로 얻은 줄 알고 있으리라 확신했고, 그래서 그를 만나 둘이서 결코 상상으로도 할 수 없을 만큼 잘 꾸며 댄 거짓과 진실을 자축하고 싶었다.

레오넬라는 지시받은 대로 아씨의 피를 지혈했는데, 피의 양은 그녀의 속임수를 진짜로 보이게 할 정도에 지나지 않았다. 그녀는 상처를 약간의 포도주로 씻고 자기가 아는 가장 적절한 방법으로 동여맸다. 치료하는 동안 이런저런 말들을 해댔는데, 별다른 말이 없었더라도 안셀모에게 카밀라가 정숙하다는 인상을 주기에는 이미 충분했을 것이다.

레오넬라의 그와 같은 말에 카밀라의 말이 합쳐졌다. 카밀라는 자기를 겁쟁이, 용기 없는 자라고 지껄여 댔다. 자기가 절절하게 증오하는 스스로의 목숨을 끊기 위해 가장 용기가 필요했던 순간, 막상 용기를 내지 못했다면서 말이다. 그녀는 몸종에게 이 모든 일을 사랑하는 남편에게 말해야 할지 말지 조언해 달라고 했다. 몸종은 말하지 말라고 답했다. 말하게 되면 주인님은 로타리오에게 복수하지 않을 수 없게 되는데 그러면 많은 위험을 무릅써야 할 일이 생긴다는 것이다. 그리고 훌륭한 아내는 자기 남편에게 싸울 기회를 주지 않아야 할 뿐 아니라 가능한 한 그런 계기들은 모두 제거해 줘야 한다고도 했다.

카밀라는 그녀의 의견이 매우 훌륭한 것 같다고 하면서, 그 말에 따르겠다고 했다. 하지만 무엇보다도 상처는 눈에 띄지 않을 수 없으니 안셀

---

[289] Porcia Catonis(B.C. 70~B.C. 43). 고대 로마의 정치가 브루투스의 아내. 정절을 지킨 여인으로 유명하다.

모에게 그 상처의 원인에 대해 할 말을 찾아 놓는 게 좋을 것이라고 했다. 이 말에 레오넬라는 자기는 농담으로라도 거짓말을 할 줄 모른다고 했다.

「그럼, 난…….」 카밀라가 말했다. 「뭘 할 줄 아는데? 나는 목숨이 달아나는 한이 있어도 감히 거짓말을 만들거나 거짓으로 밀고 나가지 못한단 말이다. 이 문제를 잘 해결할 방법을 모를 경우에는 거짓말을 해서 발각되기보다는 차라리 있는 그대로 말씀드리는 편이 더 나을 거야.」

「걱정 마세요, 아씨.」 레오넬라가 대답했다. 「제가 지금부터 내일까지 주인님께 드릴 말씀을 생각해 볼게요. 상처가 난 부위로 보아 아마 발각되지 않고 숨겨 둘 수 있을지도 몰라요. 하늘도 우리의 지극히 정당하고 명예로운 생각을 도와주실 거고요. 진정하세요, 아씨. 주인님께 들키지 않도록 흥분을 가라앉히세요. 그리고 나머지 일은 저와 하느님께 맡겨 두세요. 하느님은 언제나 착한 소망을 들어주시잖아요.」

안셀모는 자기 명예가 죽임을 당하는 이 비극이 상연되는 장면을 엄청난 집중력으로 듣고 보았다. 그 비극의 등장인물들이 아주 열정적이고 비범하면서도 효과적으로 연기를 했으므로 꾸민 일이 진실 그 자체로 보였다. 그는 밤이 무척 기다려졌다. 집에서 빠져나갈 기회가 되면 자기의 훌륭한 친구 로타리오를 만나러 가서, 착한 아내로 인해 정신 차려 알게 된 귀중한 진주를 친구와 함께 축하하고 싶었다. 두 여자가 안셀모의 기회와 편의에 신경을 썼으므로 그는 그 기회를 놓치지 않고 집을 빠져나가 곧장 로타리오를 찾으러 갔다. 친구를 만나 그를 껴안은 일이며, 자기가 만족하고 있다는 말들이며, 카밀라에게 한 칭찬들에 대해 기술하기란 그리 쉽지 않다. 그 이야기를 모두 들으며 로타리오는 기쁜 표정을 지을 수가 없었다. 이 친구가 얼마나 속고 있는지, 자신이 얼마나 부당하게 친구에게 욕을 보이고 있는지가 머리에 떠올랐기 때문이다. 안셀모는 로타리오가 기뻐하지 않는다는 것을 알았지만 그가 부상당한 카밀라를 그대로 두고 나온 데다 자신이 그 일의 원인이라 생각하기 때문에 그러려니 짐작하고는, 여러 가지 다른 이야기를 하던 중에 카밀라 일로는 걱정할 필요가 없다고 말해 줬다. 여자들이 자기에게 상처를 숨기기로 합의했을 정도이니, 상처는 가벼운 게 분명하다고 했다. 그러니 걱정할 것은 없고, 지금부터 자기와 같이 즐기고 기뻐해 주면 된다고 했다. 친구의 솜씨와 수단으로 자기는 사람이 누릴 수 있는 최상의 행복에 닿을 수 있었고, 앞으로 올 세기에 그녀를 영원토록 기억시키기 위해 카밀라를 찬양하는 시를 짓는 즐거움으로만 살겠다고 했다. 로타리오는 그의 훌륭한 결심을 칭찬하고 그런 훌륭한 기념물을 세우는 데 자기도 돕겠다고 했다.

이것으로 안셀모는 세상에서 가장 멋지게 속은 사람이 되었다. 안셀모는 직접 로타리오의 손을 잡고 자기 집으로 갔으니, 자기 영광의 도구를 데리고 간다고 믿었겠지만 실은 자기 명성을 완전히 추락시킨 자를 데려간 것이다. 카밀라는 겉보기엔 찡그린 얼굴로 그를 맞았으나 속으로는 웃고 있었다. 이런 속임수가 얼마간 계속되었다. 몇 달 뒤 운명의 수레바퀴가 돌아서서 그때까지 숨겨 왔던 온갖 간계가 만천하에 드러날 때까지는 말이다. 그리고 안셀모의 당치 않은 호기심은 그의 목숨으로 대가를 치러야 했다.

35

〈당치 않은 호기심을 가진 자에 대한 이야기〉가 끝나다[290]

읽어야 할 이야기가 얼마 남지 않았을 때, 돈키호테가 쉬고 있던 방에서 산초 판사가 소리를 지르고 난리법석을 떨며 뛰쳐나왔다.

「어르신들, 빨리 오셔서 저희 주인 나리 좀 도와주세요. 지금껏 제가 본 것 중에서도 가장 격렬하고도 굉장한 싸움에 휘말리셨습니다요. 고맙게시리 주인님이 미코미코나 공주님의 원수인 거인을 단칼에 베셨습니다요. 마치 무를 벤 것처럼 머리가 댕강 잘려 나갔습니다요!」

「이 사람아, 그게 무슨 소린가?」 신부가 이야기의 남은 부분을 읽으려다 말고 말했다. 「산초, 제정신인가? 어떻게 그런 말도 안 되는 소리를 할 수 있나? 거인은 여기서 2천 레과나 떨어진 곳에 있는데.」

이때 방에서 요란한 소리와 돈키호테가 내지르는 고함 소리가 들렸다.

---

290 제35장의 제목 「〈당치않은 호기심을 가진 자에 대한 이야기〉가 끝나다」 뒤에는 다음 제36장 제목에 나오는 「돈키호테가 붉은 포도주 가죽 부대와 벌인 용맹하고도 터무니없는 전투에 대하여」가 추가되어야 하지만 보다시피 그렇게 되어 있지 않다. 이야기 전개상 제35장의 제목은 잘못된 셈이다. 하지만 본 번역은 세르반테스가 처음으로 발표한 책에 준하고 있으며 그의 부주의까지 존중하기로 했다. 또한 이는 세르반테스가 글을 쓰는 방법을 이해할 수 있는 면이기도 하다.

「게 섰거라, 도둑놈아, 악당아, 비겁한 놈아! 자, 이제 잡았다. 네 신월도[291]도 아무 소용 없어!」

벽에다 대고 사방팔방 마구 칼질을 해대는 모양이었다. 그러자 산초가 말했다.

「듣고만 계셔서는 안 돼요. 싸움을 말리시든 주인 나리를 도와주시든 들어가셔야지요. 하기야 이젠 도움도 필요 없을 것 같네요. 분명 거인이 죽어 있을 거거든요. 그래서 하느님께 자신이 살아온 나쁜 삶을 아뢰고 있을 거예요. 바닥에 피가 흐르고 모가지가 잘려 한쪽으로 떨어지는 것을 제가 보았는데요, 커다란 가죽 술 부대만 했어요.」

「미치겠구먼!」 객줏집 주인이 말했다. 「돈키호테인지 돈 악마인지 그 사람, 머리맡에 놔둔 붉은 포도주가 가득 든 가죽 부대에 칼질을 한 모양인데. 이 인간이 쏟아진 술을 피라고 본 모양이군!」

이렇게 말하며 방으로 들어가고 다른 사람들도 그를 따라들어가니, 돈키호테는 세상에서 가장 괴상한 복장을 하고 있었다. 셔츠 차림이었는데 그나마 제대로 된 게 아니어서 앞은 허벅지를 감출 만큼 길었고 뒤쪽은 그보다 약 6데도[292] 이상 짧았다. 다리는 길쭉하고 삐쩍 말랐으며 털이 무성하게 나 있어 전혀 깨끗해 보이지 않았다. 머리에는 잠잘 때 쓰는 모자를 쓰고 있었는데, 객줏집 주인의 것으로 붉은색에 기름때가 끼어 있었다. 왼쪽 팔은 산초가 원한을 갖고 있는 ─ 그 이유는 산초 자신이 제일 잘 알고 있는 ─ 바로 그 담요로 감싼 채였다. 오른손으로는 칼을 빼 들고 사방으로 찔러 대면서 정말로 거인과 싸우고 있는 듯 외치는 중이었다. 그런데 재미있는 것은 그가 눈을 감고 있었다는 사실이다. 잠을 자다

---

291 *cimitarra*. 터키나 페르시아에서 쓰는 초승달 모양의 칼로 〈언월도〉라고도 한다.
292 *dedo*. 길이의 단위. 1데도는 손가락 하나의 폭으로 약 18밀리미터에 해당한다.

가 거인과 싸우는 꿈을 꾸었기 때문이다. 완수해야 할 모험에 대한 생각이 그토록 강렬하다 보니 이미 미코미콘 왕국에 도착하여 적을 상대로 싸우는 꿈을 꾼 것이다. 거인에게 휘두른다는 것이 그만 가죽 부대에 칼질을 하는 바람에 방 안이 온통 포도주로 가득했다. 주인은 이 모습을 보고 화가 머리끝까지 치밀어 올라 돈키호테에게 덤벼들어 주먹을 휘두르기 시작했다. 카르데니오와 신부가 떼어 놓지 않았더라면 돈키호테가 아닌 주인이 거인과의 싸움을 끝장내야 했을 것이다. 그래도 이 가엾은 기사는 잠에서 깨지 않았다. 이발사가 우물에 가서 냄비에다 찬물을 떠 와 한꺼번에 들입다 붓는 바람에 눈을 뜨긴 떴지만, 그래도 자신이 어떤 상황에 있는지 깨달을 만큼 정신이 든 것은 아니었다.

도로테아는 기사가 너무나 짧고 얇은 속옷 바람으로 있다는 것을 알고는, 자기를 도와주는 자가 적과 싸우고 있다 해도 그걸 보러 들어가고 싶지 않았다.

산초는 거인의 목을 찾아 온 바닥을 돌아다녔으나 보이지 않자 이렇게 말했다.

「저는 이미 알고 있어요. 이 집에서 일어나는 일은 모두가 마법이에요. 지난번에도 지금 제가 있는 이 자리에서 얼굴을 주먹으로 실컷 두들겨 맞았는데, 누가 때리는지도 모르겠고 아무도 보이지 않았어요. 지금은 또 제 두 눈으로 똑똑히 잘리는 걸 보았던 그 머리가 여기에 안 보이네요. 샘에서 물이 솟아나듯 몸에서 피가 철철 흘러나왔단 말이에요.」

「무슨 놈의 피에 또 무슨 놈의 샘이라는 거야, 이 하느님과 성자들의 원수야!」 주인이 소리쳤다. 「그 피와 샘이라는 것이 여기 구멍 난 가죽 부대에서 흘러나와 방에 흥건한 붉은 포도주라는 게 안 보여, 이 도둑놈아? 이 가죽 부대에 구멍을 낸 놈의 영혼이 지옥에서 이렇게 떠도는 꼴을 보고야 말 테다!」

「전 아무것도 몰라요.」 산초가 대답했다. 「제가 아는 건 단지 그 머리를 찾지 못하면 제 백작 영지가 물에 소금 녹듯 사라져 버려 제가 정말 불행한 인간이 될 거라는 거예요.」

산초는 눈을 뜬 채 잠들어 있는 제 주인보다 증상이 더 심각했다. 주인이 한 약속들이 그를 그렇게 만든 것이다. 객줏집 주인은 얼간이 같은 종자와 저주스러운 주인을 보고 절망하여, 돈도 안 내고 가버린 지난번처럼은 안 될 거라고 맹세하고 또 맹세했다. 이것저것 지불하지 않기 위해 기사도의 특권을 들먹여 봐도 소용없을 것은 물론이요, 이번에는 찢어진 가죽 부대 수리비까지 물어내게 할 작정이었다.

신부가 돈키호테의 두 손을 잡자, 돈키호테는 이제 모험을 끝내고 미코미코나 공주 앞에 나와 있다고 믿으며 신부 앞에 무릎을 꿇고 말했다.

「위대하시고 고귀하시고 이름 높으신 공주님, 오늘부터는 이토록 사악하게 태어난 자가 그대에게 나쁜 짓을 하지 않을 테니 안심하고 살 수 있습니다. 저 또한 오늘부터는 그대에게 한 약속에서 자유롭게 되었습니다. 높으신 하느님의 가호와 제가 살아가며 숨 쉬게 하는 그분의 은혜로 말미암아 그토록 약속을 잘 지키게 되었습니다.」

「제가 뭐랬습니까요?」 산초가 이 말을 듣자 말했다. 「저는 술에 취해 있지 않았다니까요. 주인 나리께서 이미 거인을 소금에 절여 놓으셨다고요! 의심하던 것이 확실해졌어요. 제 백작 영지가 이젠 확실하다니까요!」

주인과 종자인 이 두 사람의 터무니없는 말에 누가 웃지 않을 수 있었을까? 화가 난 객줏집 주인만 제외하고 모두가 웃어 댔다. 결국 이발사와 카르데니오와 신부가 적지 않은 고생 끝에 돈키호테를 침대에 눕혔다. 그는 무척 지친 기색을 보이더니 이내 잠들었다. 그를 자게 내버려 두고 다른 사람들은 객줏집 현관으로 나와 거인의 목을 발견하지 못한 산초 판사를 위로했다. 자기 가죽 부대가 갑자기 전사해 버려 절망하고 있는 주인을 달래는 데 더 많은 애를 써야 했지만 말이다. 그러자 객줏집 안주인이 소리를 지르며 말했다.

「참으로 재수 없고 어려운 시기에 이놈의 편력 기사인지 뭔지, 내 평생 보지도 못한 자가 우리 집에 와서 이렇게 손해를 입히고 있다니. 지난번에는 그 인간하고 그 사람 종자하고 말하고 당나귀가 하룻밤 묵고 간 비용이니 저녁밥이니 잠자리니 짚이니 보리의 값을, 모험 기사라는 핑계로 하나도 지불하지 않고 가버렸단 말이에요. 이 인간과 세상에 있는 모든 모험 기사들에게 하느님의 재앙이나 내려라! 자기는 모험하는 기사라서 한 푼도 지불하지 않아도 된다잖아요. 편력 기사 관세법에는 그렇게 쓰여 있다나요. 그다음엔 그 기사 때문에 또 다른 양반이 와서 내 꼬리를 가져가 버렸잖아요. 돌려받았을 때는 이미 형편없게 된 데다 털이 몽땅 빠져서 이제 우리 집 양반이 사용하려 해도 쓸 수가 없어요. 그런데 이번에는 이 모든 일의 끝에 마침표라도 찍으려는 듯 드디어 내 가죽 부대를 찢고 포도주까지 다 흘려 버렸으니, 난 그 인간 피가 흐르는 거나 보고 싶다고. 흥, 어림없지! 내 아버지의 뼈와 내 어머니의 모든 것을 걸고 맹세컨대 동전 한 닢까지도 다 지불하게 할 거야. 아니면 내 성을 갈지. 안 그러면 내가 우리 부모님 자식이 아니라고!」

엄청나게 화가 난 여주인이 이런 말들을 퍼부어 대니 착한 하녀 마리토르네스도 그녀를 거들었다. 객줏집 딸은 이따금씩 미소만 지을 뿐 잠자코 있었다. 신부는 할 수 있는 데까지 최대한 피해를 변상해 주겠다며 고루고루 달랬다. 가죽 부대며 포도주, 특히 자꾸 들먹여 대는 꼬리의 손상 부분까지 말이다. 도로테아는 산초 판사를 위로하고, 주인이 거인의 머리를 잘라 낸 게 사실로 밝혀지면 자기가 왕국에 평화롭게 있게 될 때 왕국에 있는 가장 훌륭한 백작 영지를 주겠다고 약속했다. 이렇게 말하자 산초 판사도 진정되어 공주에게 자기가 거인의 머리를 본 것이 사실이라는 걸 믿어 달라고 했다. 그 증거로 그에게 허리까지 오는 수염이 있었다고 했다. 그런데 그게 보이지 않는 건 이 집에서 일어나는 일은 모두 마법으로 인한 것이기 때문이라면서 자기가 지난번에 투숙했을 때 그런 사실을 확인했다고도 말했다. 도로테아는 자기도 그렇게 믿으니 걱정 말라며 모든 것이 잘되어 소원대로 이루어질 것이라고 했다.

모두가 잠잠해지자 신부는 이야기의 나머지를 마저 읽고 싶어졌다. 얼마 남지 않았기 때문이다. 카르데니오와 도로테아, 그 밖의 모든 사람들도 마저 읽어 달라고 부탁했다. 신부는 사람들을 즐겁게 해주고 싶고 자기도 읽는 게 재미있어서 계속 읽어 나갔다. 이야기는 이러했다.

그리하여 안셀모는 카밀라의 정절에 만족하여, 흐뭇하고 아무 걱정 없는 삶을 누리게 되었다. 카밀라는 로타리오에 대해 품은 자신의 마음을 남편이 반대로 알도록 하기 위해 일부러 그를 냉랭하게 대했다. 로타리오 또한 자기 일을 더 확실히 하기 위해 안셀모의 집에 가는 일을 그만두게 해달라고 부탁했다. 카밀라가 자기를 맞아들이는 얼굴을 보면 괴로워하는 게 분명히 느껴진다며 말이다. 그러나 속고 있는 안셀모는 무슨 일로도 그러지 말라고 만류했다. 이렇게 수천 가지 방법으로 안셀모는 자기의 불명예를 만들어 가면서도 그것이 자기의 기쁨을 만들어 가는 것이라 믿고 있었다.

이즈음 레오넬라는 사랑의 즐거움에 정신을 놓고 지내느라 다른 것은 생각지도 않고 오로지 그것만을 쫓아 고삐 풀린 듯 나대고 있었다. 자기 아씨가 자기를 잘 감춰 주리라 믿었으므로, 자기는 아무런 두려움 없이 사랑을 즐기고 있다는 사실을 카밀라에게 공공연히 알릴 정도였다. 결국 어느 날 밤, 안셀모가 레오넬라의 방에서 사람 발소리를 들었다. 누군지 보러 들어가려 했으나 안에서 문을 잡고 있는 것 같았다.

그러자 한층 더 그 문을 열어 보고 싶어졌다. 힘껏 문을 열고 들어가자 어떤 남자가 창문에서 길로 뛰어내리는 모습이 보였다. 재빨리 달려가 붙잡든지, 아니면 누구인지 확인이라도 하려 했으나 어느 쪽도 하지 못했다. 레오넬라가 그를 부둥켜안고 애원했기 때문이다.

「진정하세요, 나리. 소란 피우지 말아 주세요. 여기서 나간 사람을 따라가지도 마세요. 제 일이에요. 제 남편이니 제 일이고말고요.」

안셀모는 그 말을 믿으려 하지 않았다. 오히려 치미는 분노를 못 이기고 비수를 뽑아 레오넬라를 찌르려 했다. 사실대로 말하라고, 만일 그러지 않으면 죽여 버리겠노라고 하면서 말이다. 그녀는 무서워 자기가 무슨 말을 하는지도 모르고 말했다.

「나리, 제발 살려 주세요! 나리가 상상하실 수 있는 것보다 더 중요한 일을 말씀드릴게요.」

「당장 말해라. 말하지 않으면 넌 죽는다.」

「지금은 안 돼요. 제가 너무 당황해서요. 내일까지 기다려 주세요. 그때 제게서 놀랄 만한 일을 듣게 되실 거예요. 그리고 이 창문으로 뛰어내린 사람은 이 도시에 사는 젊은이인데 제 남편이 되고자 청혼한 사람이랍니다.」

이 말에 안셀모는 진정하고 하녀가 요구한 기한을 기다려주기로 했다. 아내의 정절에 대해서는 아주 만족하며 안심하고 있었던 만큼 그녀에 관한 좋지 않은 이야기를 들으리라고는 생각도 못 했던 것이다. 그는 거기서 나오며 레오넬라를 방에 감금해 놓고는, 자기한테 하겠다는 말을 할 때까지는 나오지 못할 것이라고 일렀다.

그는 곧장 카밀라를 보러 가서 하녀에게 일어난 일과 자기에게 대단히 중요한 일을 알려 주겠다고 한 하녀의 말을, 하녀가 자기에게 말한 그대로 들려주었다. 카밀라가 당황했는지 어쨌는지는 말할 필요도 없다. 그녀가 느낀 두려움은 너무나 컸다. 레오넬라가 자기의 부정에 대해 알고 있는 것을 안셀모에게 모두 말할 것이 틀림없다고 생각했는데, 그렇게 생각하는 건 당연한 일이었다. 그 생각이 맞는지 그렇지 않은지 기다려 볼 용기가 없어서 그녀는 그날 밤 안셀모가 잠든 것을 알자 그 즉시 자기가 가지고 있던 보석들과 얼마간의 돈을 그러모아 아무도 모르게 집을 나와 로타리오의 집으로 갔다. 그녀는 로타리오에게 집에서 일어난 일을 이야기하고, 자기를 안전한 곳에 두거나 혹은 둘이서 안셀모로부터 안전하게 피해 있을 곳으로 도망치자고 했다. 이에 로타리오는 얼마나 혼란스러웠는지 대답할 말을 몰랐으며 어떻게 해결해야 할지도 몰랐다.

결국 카밀라를 자기 누이가 원장으로 있는 수녀원으로 데려가야겠다는 생각이 들었다. 카밀라도 동의하고 사정이 급했으므로 로타리오는 당장 카밀라를 수녀원에 데려다 놓은 다음 자신 또한 아무에게도 알리지 않고 곧 도시를 떠났다.

아침이 되었을 때 안셀모는 레오넬라가 해주겠다고 한 말이 궁금해 옆에 카밀라가 없다는 것도 알아차리지 못한 채 일어나자마자 하녀를 가두어 놓은 방으로 갔다. 문을 열고 안으로 들어갔지만 레오넬라는 거기에 없었다. 시트들이 묶여 창에 걸려 있는 것만 볼 수 있을 뿐이었다. 하녀가 그것을 타고 내려가 도망갔다는 증거였다. 그는 아주 마음이 상해 카밀라에게 이 일을 말하려고 곧 되돌아왔다. 그러나 그녀가 침대에도 집 안 어디에도 없자 놀라고 말았다. 하인들에게 물어보았으나 누구도 그가 찾는 답을 주지 못했다.

카밀라를 찾아다니다가 그는 우연히 아내의 보석 상자가 열려 있고 거기에 있던 보석 대부분이 없어진 것을 발견했다. 이걸 보자 그는 자기가 불행에 빠진 것을 알게 되었으며 그 원인이 레오넬라가 아니라는 것도 깨닫게 되었다. 그래서 옷도 제대로 입지 못하고 입고 있던 차림 그대로 슬픔에 잠겨 친구 로타리오에게 자기의 불행을 알리러 갔다. 하지만 로타리오도 집에 없고, 하인들로부터 간밤에 주인이 있는 돈을 모두 가지고 집에서 나갔다는 말을 듣자 머리가 돌 것 같았다. 모든 것을 끝장내려고 집에 돌아와 보니 남자 여자 가릴 것 없이 하인들이 한 명도 남지 않아 집은 온통 쓸쓸하게 텅 비어 있었다.

무엇을 생각해야 할지, 무슨 말을 해야 할지, 뭘 어떻게 해야 할지 몰라 하고 있는데 차츰차츰 정신이 돌아오기 시작했다. 한순간에 아내도 친구도 하인도 없는, 자신을 덮고 있는 하늘로부터도 버림받고 무엇보다 명예를 잃은 스스로의 모습이 보였다. 카밀라가 없어졌다는 사실에서 자신의 파멸을 본 것이다.

결국 한참 뒤에 친구가 살고 있는 마을로 가기로 했다. 그 모든 불행이 꾸며지도록 기회를 줄 때 그가 지내던 곳이었다. 그는 집 문을 닫고 말에 올라 뻗어 버릴 것만 같은 몸으로 길을 나섰다. 절반쯤 갔을 때 생각들에 쫓겨 말에서 내릴 수밖에 없었다. 말고삐를 나무에 묶고는 그 둥치에 엎어져 가냘프고 고통스러운 한숨을 쉬면서 밤이 올 때까지 있었다. 그때 그의 눈에 말을 타고 도시 쪽에서 오는 한 사람이 보여 인사를 한 뒤, 피렌체에 무슨 소식이라도 있는지 물었다. 그 도시 사람은 대답했다.

「피렌체에서는 오랫동안 들어 보지 못했던 이상한 소문이 돌고 있어요. 공공연하게 떠도는 건데요, 부자 안셀모의 아주 친한 친구로 산후 안 거리에 사는 로타리오가 간밤에 안셀모의 아내인 카밀라를 데리고 가버렸고, 이젠 안셀모까지 보이지 않는답니다. 이 모든 이야기는 카밀라의 하녀가 한 말인데요, 하녀가 밤중에 안셀모의 집 창문에서 시트를 타고 내려오는 걸 시장이 발견했대요. 사실 전 일이 어떻게 된 건지 자세히는 모릅니다만, 온 도시가 이 사건에 놀라고 있다는 것만은 압니다. 왜냐하면 두 사람은 정말 가족같이 친해서 그런 일이 일어나리라고는 생각도 못 했으니까요. 사람들이 그러는데 어찌나 사이가 좋은지 사람들은 〈그 두 친구〉라고 그 둘을 불렀대요.」

「혹시……」 안셀모가 물었다. 「로타리오와 카밀라가 어디로 갔는지는 알고들 있나요?」

「제가 보기엔 모르는 것 같던데요.」 도시 사람이 대답했다. 「시장이 그들을 찾기 위해 무척 애를 썼는데도 모른대요.」

「그럼 안녕히 가십시오.」 안셀모가 말했다.

「선생도 안녕히 계십시오.」 도시 사람도 대답하고 떠났다.

지독히도 불행한 소식에 안셀모는 미칠 정도가 아니라 아예 죽을 지경이었다. 죽을힘을 다해 몸을 일으켜서 친구의 집에 도착했다. 이 친구는 안셀모의 불행을 아직 모르고 있었지만, 얼굴이 누렇게 뜨고 지칠 대로 지친 데다 비쩍 마른 그의 모습을 보고 무슨 중병에라도 걸린 것으로 생각했다. 안셀모는 곧장 자기를 누울 수 있게 해주고 필기도구도 좀 가져다 달라고 부탁했다. 친구가 그것을 가져다주고 안셀모가 바란 대로 그를 눕게 해주니 이번에는 문까지 잠가 달라고 부탁했다. 혼자가 되자 그의 머릿속은 자신의 불행으로 가득 차기 시작했다. 목숨이 끝나 가고 있다는 것을 분명하게 알 수 있었다. 그래서 이 이상한 죽음의 원인에 대해 기록하기로 하고 글을 쓰기 시작했으나, 원했던 것을 다 완성하기도 전에 기력이 달려 자신의 당치 않은 호기심이 초래한 고통의 손아귀에서 목숨 줄을 놓고 말았다.

집주인은 시간이 한참 지났는데도 안셀모가 자신을 찾지 않자 그의 병에 차도가 있는지 보러 방에 들어갔다. 그의 몸 절반은 침대에, 나머지 절반은 책상에 엎드려 있었는데, 책상에는 쓰다 만 종이가 펼쳐져 있었고 손에는 아직 펜이 쥐어진 채였다. 주인은 먼저 친구를 부르면서 다가갔다. 대답이 없자 손을 만져 보았는데, 그의 손이 차가워 죽은 것을 알았다. 무척 놀라, 그리고 너무나 애통해하며 집안사람들을 불러 안셀모에게 일어난 불행을 알렸다. 그리고 마지막으로 안셀모가 쓴 것으로 보이는 종이에 적힌 내용을 읽어 보았으니, 거기에는 이렇게 적혀 있었다.

〈한 어리석고 당치 않은 욕망이 나의 목숨을 빼앗았습니다. 내가 죽었다는 소식이 카밀라의 귀에 들어가거든, 내가 그녀를 용서한다고 전해 주십시오. 그녀는 기적을 행할 의무가 없었고, 나 또한 그녀가 기적을 행하기를 바랄 필요가 없었으니까요. 결국 나의 불명예를 만들어 낸 장본인은 바로 나였으니, 내가 무엇 때문에…….〉

안셀모는 여기까지 쓰고 미처 끝내지 못한 채 숨을 거둔 것으로 보였다. 다음 날 친구는 안셀모의 친척들에게 죽음을 알렸는데, 그들은 이미 그의 불행을 알고 있었다. 그리고 그 소식은 카밀라가 있는 수녀원에도 전해졌다. 카밀라는 남편이 떠나야만 했던 그 여행을 함께할 뻔했다. 안셀모가 죽었다는 소식 때문이 아니라, 연인이 사라졌다는 소식 때문이었다. 전하기를, 미망인이 되었지만 수녀원을 나오려 하지 않았으며 그렇다고 수녀가 될 생각도 없었다고 한다. 그로부터 많은 날이 지나 로타리오가 전쟁에서 죽었다는 소식이 들려왔을 때까지 말이다. 그 전쟁은 당시 나폴리 왕국에서 뮤수 로트렉[293]이 대장군 곤살로 페르난데스 데 코르도바에게 걸어 온 것으로, 뒤늦게 후회한 로타리오는 그 전쟁에 참전했던 것이다. 그가 죽었다는 것을 알게 된 후에야 카밀

---

293 Lautrec(1488~1528). 1507년 스페인이 나폴리를 점령했던 세리뇰라 전쟁에 프랑수아 1세를 따라 지휘관으로 참전했다. 따라서 이 이야기는 『돈키호테』보다 약 1백 년 전쯤을 무대로 삼고 있다.

라는 비로소 수녀가 되었고, 며칠 안 가 슬픔과 우울증에 혹독하게 시달리다가 죽고 말았다. 이것이 너무나 정신 나간 짓에서 시작된 일로 모든 사람들이 종말을 맞이해야 했던 이야기의 끝이다.

「좋군요.」 신부가 말했다. 「이 이야기 말이오. 하지만 이것이 사실인지는 모르겠소. 꾸며 낸 이야기라면 작가가 잘못한 것 같소. 안셀모 같은 그런 값비싼 실험을 하고자 하는 바보 같은 남편이 실제로 있으리라고는 상상할 수 없거든. 미혼 남자와 여자 사이의 이야기라면 그럴 수도 있겠지만 남편과 아내 사이에선 좀 무리요. 그래도 이야기를 풀어 가는 방법은 그리 나쁘지 않군.」

36

돈키호테가 붉은 포도주 가죽 부대와
벌인 용맹하고도 터무니없는 전투와
객줏집에서 그에게 일어난
다른 희한한 사건에 대하여

이러고들 있을 때 객줏집 문간에 있던 주인이 말했다.
「저기 멋진 손님 군단이 오고 있군. 여기 숙박해 주면 엄청 좋겠는데.」
「어떤 사람들인데요?」 카르데니오가 물었다.
「남자 네 명요.」 주인이 대답했다. 「말을 타고 와요. 등자와 고삐가 짧고, 창과 방패를 들고, 다들 먼지와 햇빛을 막는 검은 가리개를 썼네요. 그들과 함께 흰옷을 입은 한 여자가 등받이 있는 안장에 앉아서 오는데 역시 얼굴을 가렸어요. 그리고 젊은이 두 명이 걸어오고 있고요.」
「가까이 오고 있소?」 신부가 물었다.
「너무나 가까워서······.」 주인이 대답했다. 「이미 도착한걸요.」
이 말을 듣자 도로테아는 얼굴을 가리고 카르데니오는 돈키호테가 있는 방으로 들어갔다. 이와 거의 동시에 주인이 말한 사람들이 모두 객줏집 안으로 들어왔다. 말을 타고 온 네 사람이 말에서 내렸는데 체격과 풍채가 아주 좋았다. 이들은 안장에 앉아 있는 여자를 내리려고 갔다. 그들 중 한 명이 여자를 안아 내려 카르데니오가 숨어 있는 방 입구에 있던 의자에 앉혔다. 이러는 동안 여자도 남자도 얼굴에 쓴 가리개를 벗지 않았고 아무 말도 없었다. 단지 여자가 의자에 앉을 때 깊은 한숨을 쉬면서 병들어 기운이 쇠잔한 사람처럼 양팔을 축 늘어뜨렸을 뿐이었다. 걸어온 젊은이들은 말을 마구간으로 데리고 갔다.

　이 모습을 보고 있던 신부는 그러한 차림으로 그렇게 침묵을 지키고 있는 이들이 어떤 사람들인지 알고 싶어 젊은이들이 있는 곳으로 가서 그들 중 한 명에게 궁금했던 점을 물었다. 그러자 그가 대답했다.

　「아이고 나리, 이분들이 어떤 분들이라고 말씀드려야 할 지 모르겠네요. 아주 지체 높으신 분들 같다는 것만 압니다. 특히 그 여자분을 안아 내리셨던 저분은 더 그런 것 같아요. 다른 나머지 분들이 모두 그분을 존경하고 그분이 명령하는 일만 하거든요.」

　「그럼 저 여자분은 누구요?」 신부가 물었다.

　「그것도 잘 모르겠는데요.」 그 젊은이가 대답했다. 「오는 내내 얼굴도 못 봤으니까요. 한숨 소리만 수차례 들었네요. 신음 소리도 냈는데, 한 번 낼 때마다 영혼을 내주고 싶어 하는 것 같았어요. 말씀드린 것 말고는 저희가 아는 게 없다는 걸 이상하게 생각하지 마세요. 제 친구와 저도 이분을 모신 지 이틀밖에 안 됐거든요. 길에서 만났는데, 돈을 아주 잘 쳐줄 테니 안달루시아까지 자기들과 같이 가달라고 사정사정하더군요.」

　「그들 중 누군가의 이름을 부르는 소리도 못 들었소?」 신부가 물었다.

　「전혀 못 들었어요.」 젊은이가 말했다. 「모두가 말 한마디 없이 왔거든요. 그게 놀라워요. 들은 거라곤 고작해야 저 가엾은 여자분의 한숨 소리와 흐느낌뿐으로, 우리 마음까지 아프게 했어요. 아무래도 그 여자분이 어디론가 끌려가는 게 분명해요. 복장으로 보아 수녀이거나 아니면 수녀가 될 분이 확실한 것 같은데, 아마도 본인 의지로 가는 게 아니니까 그렇게 슬퍼 보이는 게 아닐까 해요.」

　「그런지도 모르지.」 신부가 말했다.

신부는 그들을 남겨 두고 도로테아가 있는 곳으로 돌아왔다. 도로테아는 얼굴을 가린 여자가 한숨 쉬는 소리를 듣고는 천성적인 동정심으로 그녀에게 다가가 말을 건넸다.

「어디가 아프세요, 부인? 여자들이 잘 걸리고 고치기도 잘하는 그런 병이라면 제가 기꺼이 도와 드리겠습니다.」

이 말에 슬픔에 찼던 여자가 조용해졌다. 도로테아가 재차 도와 드리겠다고 해도 여전히 침묵만 지키고 있었다. 드디어 젊은이가 말했던, 다른 사람들이 그 사람 명령만 따른다는 그 얼굴을 가린 신사가 나타나 도로테아에게 말했다.

「부인, 그 여자에게 너무 마음 쓰지 마십시오. 무엇을 해주어도 고맙게 여기지 않는 버릇을 갖고 있으니까요. 그리고 그 여자 입에서 거짓말을 듣고 싶지 않다면 대답을 들을 생각도 하지 마십시오.」

「저는 거짓말한 적 없어요.」 그때까지 침묵을 지키던 여자가 그 순간 입을 열었다. 「오히려 지나칠 정도로 솔직해서, 거짓말을 할 줄 몰라서 지금 이런 불행한 꼴을 당하고 있는 거예요. 그 증인은 바로 당신이 되어야 해요. 저의 완벽한 진실이 당신을 위선자에 거짓말쟁이로 만들 테니까요.」

카르데니오는 이 말을 너무나 분명하고도 뚜렷하게 들었다. 돈키호테가 있는 방의 문 하나만을 사이에 두고 있었기에 말한 사람을 바로 옆에 두고 있는 셈이었다. 그 말을 듣자마자 그는 큰 소리로 외쳤다.

「세상에 이럴 수가! 내가 들은 이 말은 뭐지? 내 귀에 들린 이 목소리는?」

이 외침 소리에 여자는 너무나 놀라 고개를 뒤로 돌렸지만 소리친 사람이 보이지 않자 벌떡 일어나서 방 안으로 들어가려 했다. 그 광경을 본 신사는 한 발자국도 움직이지 못하도록 여자를 꽉 붙잡았다. 당황하며 불안해하는 그녀의 얼굴에서 얼굴을 가리고 왔던 천이 떨어지자 비할 데 없이 아름답고도 경이로운 얼굴이 나타났다. 비록 미친 사람처럼 보는 곳마다 정신없이 두리번두리번 눈을 돌리고 창백한 얼굴에는 놀란 기색이 역력했지만 말이다. 왜 그런 모습을 했는지는 알 수 없었으나 도로테아와 그 모습을 바라 본 사람들은 마음 깊은 연민을 느꼈다. 신사는 여자의 등 쪽에서 세게 붙잡고 있었는데, 그녀를 잡는 일에 정신이 팔린 터라 흘러내리는 가리개를 끌어 올릴 수 없어서 결국 그의 가리개도 완전히 벗겨지고 말았다. 여자를 안고 있던 도로테아가 눈을 들었고, 그 여자를 같이 안고 있던 사람이 바로 자기 남편 돈 페르난도라는 것을 알아보았다. 그를 보자마자 가슴 깊은 곳에서 길고도 슬프디슬픈 〈아!〉 소리가 터져 나오더니 그녀는 기절해 뒤로 쓰러지고 말았다. 만일 바로 옆에서 이발사가 팔로 받지 않았더라면 바닥에 넘어졌을 것이다.

　신부가 곧장 달려와 얼굴에 물을 끼얹으려고 도로테아의 가면을 벗기자 그녀의 얼굴이 드러났으니, 다른 여자를 안고 있던 돈 페르난도도 그녀를 알아보고는 죽은 사람처럼 창백해졌다. 하지만 이런 상황인데도 자기 팔에서 빠져나가려고 기를 쓰는 루스신다를 놔주지 않았다. 루스신다는 한숨 소리로 카르데니오를 알아봤고, 카르데니오도 루스신다를 알아봤다. 카르데니오는 도로테아가 기절해서 쓰러질 때 토해 낸 〈아!〉 소리가 루스신다의 것인 줄 알고 겁에 질려 방에서 뛰쳐나왔다. 그러자 제일 먼저 그의 눈에 띈 것은 루스신다를 안고 있는 돈 페르난도였다. 돈 페르난도도 카르데니오를 즉각 알아봤다. 이리하여 루스신다도 카르데니오도 도로테아도, 이게 대체 무슨 일인지 알지 못해 모두 말문이 막힌 채 멍해 있었다.

　모두가 말없이 서로를 쳐다봤다. 도로테아는 돈 페르난도를, 돈 페르난도는 카르데니오를, 카르데니오는 루스신다를, 루스신다는 카르데니오를 바라보고만 있었다. 먼저 침묵을 깬 사람은 루스신다였다. 그녀는 돈 페르난도에게 이렇게 말했다.

「돈 페르난도 님, 다른 일로는 저를 놓아주시지 않을 테니 당신의 체통을 봐서 그렇게 해주세요. 저는 덩굴이니, 담장을 기어 올라가도록 내버려 두세요. 당신의 끈질긴 부탁도, 당신의 협박도, 당신의 약속도, 당신의 선물도 결코 떼어 낼 수 없었던 그 담장으로 말이에요. 하늘이 어떻게 우리들이 사용하지 않고 볼 수도 없는 길을 통해 저의 진정한 남편을 제 앞에 데려다 주셨는지 보세요. 당신도 수천 가지 값비싼 경험으로 죽음만이 제 기억에서 제 남편을 지워 버릴 수 있다는 것을 잘 아셨을 거예요. 당신을 제자리로 돌아가시게 할 만큼, 이토록 분명하게 현실이 눈앞에 있는데도 그렇게 하실 수가 없다면 사랑을 분노로, 소망을 원망으로 바꾸어서 저를 원망하며 죽여 주세요. 제 착한 남편 앞에서 죽어 가는 것이니 기꺼이 목숨을 드리겠습니다. 저의 죽음으로 제 남편은 제가 삶의 마지막 순간까지 남편에게 충실했음을 알고 만족하실 겁니다.」

이러는 사이 정신을 차린 도로테아는 루스신다가 하는 말을 모두 들었고, 그 내용으로 그녀가 누구인지를 알았다. 돈 페르난도가 아직도 루스신다를 놔주지 않은 채 아무런 대답도 하지 않는 것을 보자 도로테아는 있는 힘을 다해 일어나 그 사람 발아래 무릎을 꿇고는 아름답고도 애처로운 눈물을 쏟으면서 이렇게 말하기 시작했다.

「나의 주인님, 당신의 팔 안에서 지는 태양 빛이 아직 당신 눈의 빛을 빼앗거나 흐리게 한 게 아니라면, 이제는 당신 발아래 무릎 꿇고 있는 여자가 당신이 원할 때까지 불행하게 살아가는 복 없는 도로테아라는 것을 아셔야 할 겁니다. 제가 바로 당신의 친절 혹은 변덕으로, 당신이 당신의 것이라고 부를 수 있는 그 높은 곳으로 올리기를 원하셨던 그 비천한 농부의 딸입니다. 저는 정절의 울타리에 갇혀 만족스럽게 살아가고 있었습니다. 당신의 끈질긴 설득과 정당한 사랑의 감정이라고 생각한 그 말들에 못 이겨 정숙의 문을 열고 자유의 열쇠를 당신에게 넘겨줄 때까지는 말이지요. 그러나 이 선물이 얼마나 배은망덕한 자에게 주어졌는지, 당신이 지금 저를 보고 계시는 곳에서 저를 볼 수밖에 없고 제가 지금 당신을 뵙고 있듯이 이런 식으로 당신을 뵐 수밖에 없다는 사실이 분명하게 말해 주고 있습니다. 하지만 그렇다고 제가 불명예의 발걸음으로 여기까지 왔다고 생각하지는 마십시오. 오직 당신에게 버림받았다는 고통과 슬픔의 발걸음이 저를 이리로 데리고 온 겁니다. 지금은 그러기를 바라지 않으실지 모르지만, 당신은 제가 당신 것이기를 바라셨고 당신 자신 또한 제 것이 아니면 아니 될 정도로 그러기를 원하셨습니다. 나의 주인님, 당신이 저를 버리신 이유가 제가 덜 아름답고 귀족이 아니었기 때문일 수도 있다고 생각합니다만, 그에 대한 보상으로 당신을 향한 이 비할 데 없는 마음이 있음을 알아주십시오. 당신은 아름다운 루스신다의 것이 될 수 없습니다. 당신은 제 것이니까요. 그녀 역시 당신의 것이 될 수 없지요. 카르데니오의 것이니까요. 이 점을 생각하신다면, 당신을 사랑하는 자에게 마음을 돌리시는 게 더 쉬울 것입니다. 당신을 증오하는 마음을 사랑하는 마음으로 돌리게 하는 것보다는 말입니다. 당신은 제가 긴장을 풀고 당신의 마음을 받아 주기를 요구하셨습니다. 저의 완벽함에 호소하셨지요. 제가 어떤 여자인지 당신이 모르실 리는 없습니다. 당신은 제가 완전히 당신 뜻대로 했다는 것을 잘 알고 계십니다. 그러니 당신이 속았다고 말씀하실 여지도 핑계도 없습니다. 일이 보시다시피 이러한데 — 아니, 틀림없이 그러하니 — 당신이 신사이시고 기독교인이시라면 왜 이리저리 피하시면서 처음에 저를 행복하게 해주셨던 것처럼 마지막까지 행복하게 해주실 결정을 미루시는 겁니까? 당신의 진정하고 합법적인 아내로서의 저를 사랑하기가 싫으시다면 적어도 당신의 노예로 받아들여 사랑해 주세요. 저는 당신 안에 있을 때 행복한 행운아라고 여길 겁니다. 저를 버리고 나 몰라라 해서 제가 세상 사람들의 입에 불명예스럽게 오르내리는 일은 없도록 해주세요. 제 부모님의 노후를 너무나 불행하게 하지 말아 주세요. 아주 훌륭한 신하로서 늘 당신의 가문을 모셨던 그 충직한 봉사에 합당치 않은 일이니까요. 당신 피에 제 피가 섞임으로서 당신의 혈통이 사라질 거라고 생각하신다면, 이 세상에서 이런 길을 걷지 않은 귀족은 별로, 아니 전혀 없다는 점을 염두에 두세요. 어머니 쪽으로 물려받은 피는 명문가의 후손들에게 아무런 문제가 되지 않습니다. 무엇보다 진정한 귀족은 덕에 있는 법, 당신이 마땅히 제게 지켜야 할 의무를 저버리신다면 그건 당신에게 덕이 부족한 것으로, 그 점에 있어서는 제가 당신보다 훨씬 귀족인 셈입니다. 그러니 주인님, 제가 마지막으로 말씀드리고 싶은 것은, 당신이 원하시든 원하시지 않든 저는 당신의 아내라는 것입니다. 당신이 하신 말들이 그 증인입니다. 당신은 귀족이라고 으스대시며 저를 멸시하시는데, 귀족이라면 말씀에 거짓이 있을 리가 없으며 있어서도 안 되지요. 또한 당신이 쓴 서명이 증인이며, 제게 약속한 것의 증인으로 당신이 부르신 하늘이 증인이십니다. 이 모든 게 없다 하더라도, 제가 당신께 말씀드린 이 진실 때문에 당신의 양심은 분명 당신이 기쁨에 빠져 있는 와중에도 일어나 말없는 소리를 지를 것입니다. 당신 최고의 만족과 최상의 즐거움을 흩어 버리면서 말입니다.」

가엾은 도로테아가 격한 감정과 눈물로 이러한 이야기를 하자 돈 페르난도와 동행한 사람들뿐 아니라 그 자리에 있던 사람들 모두 공감했다. 돈 페르난도는 한마디 대답도 없이 도로테아가 말을 다 마치고 흐느끼며 한숨을 쉬기 시작할 때까지 그대로 있었다. 그렇게 아파하는 것을 보고도 마음이 움직이지 않는 사람은 분명 심장이 청동으로 되어 있을 것이다. 루스신다도 도로테아를 바라보며 그녀의 깊은 사려와 아름다움에 놀랐고, 그만큼 동정도 느꼈다. 그래서 그녀에게 가서 위로의 말을 해주고 싶었지만 돈 페르난도의 팔이 그녀를 꽉 잡고 놓아주지 않아 그럴 수가 없었다. 돈 페르난도는 놀라고 혼란스러워 한참 동안 도로테아를 뚫어지게 쳐다보더니 팔을 풀어 루스신다를 놓아주며 말했다.

「아름다운 도로테아, 당신이 이겼소, 당신이 이겼어. 그런 많은 진실을 부정할 용기를 가진다는 것은 불가능하니 말이오.」

돈 페르난도가 손을 놓자 루스신다는 현기증을 일으켜 쓰러지려 했다. 하지만 그 옆에 카르데니오가 있었다. 돈 페르난도의 눈에 띄지 않으려고 그의 등 뒤에 있었는데, 이제 두려움은 던져 버린 채 어떤 위험도 불사하고 달려가 루스신다를 붙들었다. 그러고는 자기 팔에 그녀를 안고서 말했다.

「충실하고 확고하며 아름다운 내 사람아, 만일 자비심 많은 하늘이 이제 기꺼이 그대의 휴식을 원하신다면, 지금 그대를 안고 있는 이 팔보다 더 확실한 곳은 어디에도 없으리라 보오. 한때 운명이 그대를 내 것이라 부를 수 있기를 원했을 때 그대를 안았던 이 팔 말이오.」

이 말에 루스신다는 카르데니오에게 눈길을 두다가 그가 누구인지 알아 가기 시작했다. 처음에는 목소리로 알았으나 이제 눈으로 그라는 것을 확인하더니[294] 혼이 빠지다시피 하여 정숙함은 잊은 채 카르데니오의 목을 껴안고 그의 뺨에 자기 뺨을 갖다 대면서 말했다.

「맞아요, 당신이에요, 내 임이여. 당신이야말로 당신의 노예인 저의 진정한 주인이에요. 아무리 운명이 우리에게 등을 돌려 그러기를 방해하고, 아무리 당신의 목숨에 의지하는 제 목숨을 위협한다 할지라도 말예요.」

이러한 광경은 돈 페르난도와 그 자리에 있던 다른 사람들에게 무척

---

[294] 루스신다와 카르데니오는 이미 서로 보고 알아보았다. 세르반테스가 앞서 쓴 내용을 잊은 것으로 보인다.

낯선 것이었다. 이런 일을 본 적이 없으니 다들 놀라 있었다. 도로테아는 돈 페르난도의 얼굴색이 바뀌고 그의 손이 칼로 가는 것을 보았는데, 카르데니오에게 복수라도 할 것 같은 움직임이었다. 그녀는 재빠른 동작으로 그의 무릎을 부둥켜안고 무릎에 입을 맞추더니 움직이지 못하도록 꼭 붙들고는 쉬지 않고 눈물을 흘리며 말했다.

「무슨 짓을 하시려고 하십니까, 이런 생각지도 못한 상황에서요? 저의 유일한 안식처이신 분이여! 당신 발아래 당신의 아내가 있습니다. 당신이 아내로 원하는 분은 그분 남편의 팔에 안겨 있습니다. 하늘이 만든 일을 파괴하는 게 당신에게 과연 좋은 일인지 보세요. 아니, 그럴 수 있는 것인지 말입니다. 아니면 모든 어려움을 뒤로하고 자신의 진실과 정조를 확고히 하여 당신 눈앞에서 자신의 진정한 낭군의 가슴과 얼굴을 사랑의 눈물로 씻는 눈을 가진 분과 당신 자신을 똑같이 보려 하는 게 맞는 일인지 생각해 보세요. 하느님을 두고 당신께 부탁하며, 당신이라는 분을 두고 간청합니다. 이토록 현실을 제대로 보여 주는 일에 분노하지 마세요. 오히려 그 분노를 가라앉히시고 침착하고 편안하게, 하늘이 그들에게 주시고자 하는 세월 동안 이 두 연인이 당신의 방해 없이 살 수 있게 해주세요. 이렇게 하는 것이 당신의 훌륭하고 고귀한 가슴에 어울리는 관대함을 보여 주시는 일이니, 사람들은 당신을 욕망보다 이성이 더 강하신 분이라고 할 것입니다.」

도로테아가 이런 말을 하고 있는 동안 카르데니오는 루스신다를 안은 채 있었지만 돈 페르난도에게서 시선을 떼지 않았다. 혹시나 자기를 해칠 어떠한 움직임이라도 보이면 방어하고 해가 될 수 있는 일에 대해서는 그게 무엇이든, 죽는 한이 있더라도 전력을 다해 싸울 것이라 결심했기 때문이다. 그러나 이때 돈 페르난도의 친구들과 이 일을 목격하고 있던 신부와 이발사와 사람 좋은 산초 판사도 빠질 수 없이 모두 달려들어 돈 페르난도를 둘러싸고는 도로테아의 눈물을 좋게 보라고 간청했다. 그녀의 말은 옳으며 그들 또한 의심할 바 없이 그렇게 생각하니, 지극히 정당한 그녀의 희망이 저버려지는 일이 없도록 하라고 부탁했다. 누구도 생각지 못했던 장소에서 이렇게 모두 만나게 된 것도 우연처럼 보이지만 결코 우연이 아니라 하늘의 특별한 섭리로 생각해야 한다고 했다. 그리고 신부는 오직 죽음만이 루스신다와 카르데니오를 갈라놓을 수 있으며, 설혹 어떤 칼날이 두 사람을 갈라놓는다 할지라도 그들은 그 죽음을 아주 행복하게 받아들일 것이라고 말했다. 또한 어쩔 도리가 없는 인연에는 자신을 극복하도록 노력하여 이미 하늘이 두 사람에게 내려 준 행복을 오직 마음 하나로 누릴 수 있도록 관대한 마음을 보여 주는 것이 최고의 분별이라고 했다. 게다가 도로테아의 아름다움에 눈을 돌려 보면 그녀와 견줄 수 있는 사람이 아주 적거나 없으며, 하물며 그녀보다 더 아름다운 여자는 아무도 없다는 것을 알게 될 것이고, 그 아름다움에 겸허함과 당신에 대한 지극한 사랑이 함께하고 있다는 것을 알게 될 것이라고 했다. 특히 당신이 신사이고 기독교인이라고 생각한다면 약속한 말을 지킬 수밖에 없다고도 했다. 약속을 지키면 신에 대한 의무도 다하는 것이 되고 분별 있는 사람들을 만족시킬 수 있다는 것이다. 비록 신분이 천한 사람이라도 아름답다는 특권에 정결한 품성까지 동반되면 어떤 높은 신분으로도 올라갈 수 있고 동등해질 수 있다는 것을 분별 있는 사람들은 이미 알며 인정하고 있다고 했다. 그렇게 여자를 격상시켜 자신과 동등하게 만들었다고 해서 자신이 불명예스럽게 될 일은 전혀 없다는 것이다. 또한 욕망의 강력한 힘이 작용했을 경우 그 속에 죄악이 개입되지 않았다면 그 욕망을 따르는 자가 비난받아서는 안 된다는 말도 했다.[295]

---

[295] 이 대목에서 우리는 세르반테스의 인본주의 사상을 단적으로 알 수 있다.

이런 이야기에 모두가 한마디씩 거들어 이런저런 말들을 하자 결국 훌륭한 핏줄을 이어받은 돈 페르난도의 맹렬한 가슴이 누그러져, 아무리 원해도 부정할 수 없는 듯 보이는 진실 앞에 굴복하고 말았다. 굴복하고 사람들의 훌륭한 의견에 따르겠다는 증거로서 그는 몸을 낮춰 도로테아를 안으며 이렇게 말했다.

「일어나오, 나의 여인이여. 내 영혼을 갖고 있는 사람이 내 발아래 꿇고 있는 건 있을 수 없는 일이오. 내 입으로 말한 약속을 지금까지 행동으로 보여 주지 않은 것은 하늘의 뜻이었는지도 모르오. 내가 그대로 인해 그대가 진심으로 나를 사랑한다는 것을 깨달아 그대에게 합당한 존중을 주게 하도록 말이오. 그대에게 부탁하고 싶은 것은, 나의 나쁜 모습과 부주의하여 저지른 많은 실수들을 나무라지 말아 달라는 거요. 그대를 나의 것으로 만들고자 나를 충동질한 계기와 힘이 그대의 것이 되지 않도록 나를 강요한 바로 그것들이었기 때문이오. 내 말이 진실인지를 알고 싶다면, 눈을 돌려 이제 만족해하고 있는 루스신다의 눈을 보시오. 그 속에서 나의 모든 과오에 대한 변명을 발견하게 될 것이오. 루스신다는 자기가 원하던 것을 찾아 얻었고 나는 그대에게서 내가 의무를 다할 바를 찾았으니, 그녀가 자기의 카르데니오와 함께 오래오래 편안하고 행복하게 살았으면 하오. 나 또한 나의 도로테아와 함께 그렇게 살게 해주십사 하늘에 기도하겠소.」

이렇게 말하면서 그는 도로테아를 다시 껴안고는 아주 정겹게 자기 얼굴을 그녀의 얼굴에 갖다 댔으니, 사랑과 후회의 뚜렷한 증거인 눈물을 보이지 않기 위해 무척이나 애를 써야 했다. 루스신다와 카르데니오 그리고 그 자리에 있던 사람들 대부분은 그렇게 눈물을 참으려고 애쓰지 않았다. 어떤 사람은 자기 자신의 기쁨으로, 어떤 사람은 남의 기쁨으로 눈물을 펑펑 쏟아 마치 모든 사람들에게 아주 심각하고 나쁜 일이 일어난 듯 보일 정도였다. 산초 판사까지 울었는데 나중에 들어 보니 도로테아가 자기가 생각하고 그토록 은혜를 기대했던 미코미코나 여왕이 아니라는 것을 알았기 때문이라고 했다. 한참 동안 울음뿐 아니라 모두의 감격이 계속되었다. 그런 뒤 카르데니오와 루스신다는 돈 페르난도 앞에 가서 무릎을 꿇고 자기들에게 그런 정중한 말로써 은혜를 베푼 것에 감사를 표했다. 이에 돈 페르난도는 뭐라 대답해야 할지를 몰라 그들을 일으켜 세우고 사랑과 예의를 다해 껴안았다.

그러고 나서 그는 도로테아에게 어떻게 하여 이렇게 먼 곳까지 오게 됐느냐고 물었다. 그녀는 간략하고 조신하게, 카르데니오에게 들려주었던 이야기를 남김없이 해주었다. 돈 페르난도와 그와 동행해 온 사람들은 그 이야기가 무척이나 마음에 들어서 내용이 좀 더 길었으면 했을 정도였다. 도로테아가 자기의 모험담을 그 정도로 재미나게 이야기했던 것이다. 그녀의 이야기가 끝나자 돈 페르난도도 도시에서 자기에게 일어났던 일을 이야기했다. 루스신다의 품에서 자기는 카르데니오의 아내이므로 돈 페르난도의 것이 될 수 없다고 선언한 쪽지를 발견한 다음에 일어난 일이다. 그는 루스신다를 죽이고 싶었으며, 루스신다의 부모가 막지만 않았더라면 그렇게 했을 거라고 했다. 억울하고 화가 나서 아무런 방해도 없이 복수를 할 결심으로 그녀의 집에서 뛰쳐나왔는데, 다음 날 루스신다가 부모님 댁에서 사라졌고 어디로 갔는지 아무도 모른다는 소식을 전해 들었다. 결국 몇 달이 지난 후, 그녀가 수녀원에 있으며 카르데니오와 사는 게 아니라면 평생 수녀원에 있을 생각이라는 것을 알게 되었다. 그는 즉시 자기와 동행할 세 명의 기사를 뽑아서 그녀가 있는 곳으로 갔다. 자기가 간다는 소식을 알게 되면 수녀원에서 경계를 더욱 강화할 것 같아 그녀에게는 아무것도 알리지 않았다. 이렇게 준비하고 가서 수녀원 문이 열리기를 하루 동안 기다리다가 파수를 보도록 문 앞에 두 명을 남겨 두고 다른 한 명과 함께 루스신다를 찾으러 수녀원 안으로 들어갔다. 회랑에서 한 수녀와 이야기하고 있던 그녀를 발견하자 손쓸 겨를도 없이 그녀를 낚아채서는 다른 장소로 갔고, 그곳에서 그녀를 데려가는 데 필요한 것들을 마련했다. 이 모든 일들이 아무 탈 없이 가능했던 것은, 수녀원이 마을에서 상당히 멀리 떨어진 들판에 있었기 때문이었다. 루스신다는 자기가 돈 페르난도의 수중에 있는 것을 깨달았을 때 기절해 버렸다고 했다. 정신이 돌아온 뒤로는 계속 울고 한숨만 쉴 뿐 단 한 마디의 말도 하지 않았다. 이렇게 침묵과 눈물 속에서 그들은 이 객줏집에 도착했던 것인데, 자신으로서는 하늘에 온 것 같다고 했다. 이 땅의 모든 불행이 해결되어 마침표를 찍는 곳이 되었으니 말이다.

37

유명한 미코미코나 공주의 이야기가 계속되고, 다른 재미있는 모험들이 이야기되다

　이 모든 이야기를 듣고 있던 산초는 적잖이 마음이 아팠다. 귀족 작위에 대한 희망이 연기처럼 사라져 가고 있는 걸 지켜보고 있었기 때문이다. 아름다운 미코미코나 공주는 도로테아로 둔갑했고, 거인은 돈 페르난도로 둔갑했으며, 자기 주인은 무슨 일이 일어났는지도 전혀 모르는 채 잠에만 곯아떨어져 있었다. 한편 도로테아는 지금의 행복이 꿈은 아닌지 믿을 수가 없었고 카르데니오도 같은 생각을 하고 있었다. 루스신다의 생각 또한 비슷하게 흘러가고 있었다. 돈 페르난도는 자기가 받은 은혜와, 하마터면 명예도 영혼도 잃을 뻔했던 그 복잡한 미로에서 자신을 꺼내 준 하늘에 감사를 드렸다. 마지막으로 객줏집에 있던 사람들 모두가 그렇게 이리저리 꼬여 절망적이었던 사건이 잘 풀린 것에 만족하고 기뻐했다.

　사려 깊은 사람으로서 신부는 모든 일을 완벽하게 처리하고는 한 사람 한 사람에게 저마다 얻은 행복을 축하해 주었다. 그러나 누구보다도 즐겁고 흡족해한 사람은 객줏집 안주인이었으니, 카르데니오와 신부가 돈키호테로 인해 입은 피해를 이자까지 쳐서 모두 다 갚아 주겠다고 약속했기 때문이다. 오직 산초만이 이미 말한 것처럼 고민하고 불행해하며 슬퍼했다. 그는 막 잠에서 깬 자기 주인의 방으로 들어가 우울한 표정으로 말했다.

「슬픈 몰골의 주인님, 나리께서는 거인을 죽이시거나 공주에게 왕국을 다시 돌려 드릴 필요 없이, 원하시는 만큼 실컷 주무셔도 됩니다요. 모든 게 끝나고 말았으니까요.」

「나도 그렇게 생각한다.」 돈키호테가 대답했다. 「내 평생 그런 일을 만 나리라고는 생각지도 못할 흔치 않은 격렬한 전투를 거인과 벌였는데, 단칼에 싹둑 그놈의 머리를 바닥에 떨어뜨렸네. 그러자 얼마나 많은 피가 쏟아져 나오는지 마치 물처럼 시냇물을 이루어 땅에 흐르더군.」

「〈마치 붉은 포도주처럼〉이라고 말씀하시는 게 더 낫겠네요.」 산초가 대답했다. 「나리께서 모르실까 봐 알려 드리는데요, 죽은 거인은 구멍 난 가죽 부대였고요, 피는요, 부대 안에 들어 있던 붉은 포도주 6아로바였어요. 그리고 잘린 머리는요, 빌어먹을, 모두 악마나 가지고 가라지!」

「무슨 말을 하는 건가, 이 미친 친구야?」 돈키호테가 대꾸했다. 「자네 제정신인가?」

「나리, 일어나 보세요.」 산초가 말했다. 「나리께서 얼마나 많은 것을 얻었는지 아시게 될 거예요. 우리가 갚아야 할 빚도요. 그리고 여왕이 도로테아라는 한 보통 여자로 둔갑한 것도 보시게 될 것입니다요. 그 밖에 나리께서 아시면 놀라실 일들이 많습니다요.」

「나는 그런 일에 전혀 놀라지 않을 걸세.」 돈키호테는 대답했다. 「자네가 잘 기억하고 있겠지만, 지난번 여기에 묵었을 때 여기서 일어나는 일들은 모두 마법의 짓이라고 말했듯이 지금도 같을 테니 그리 놀랄 일도 아니지.」

「저도 그렇게 생각할 겁니다요.」 산초가 말했다. 「제가 담요로 헹가래 쳐진 일도 그런 성질의 놈이라면 말입니다요. 하지만 그건 마법이 아니었거든요. 실제로 일어났던 진짜 일이었습니다요. 지금 이 자리에 있는 객줏집 주인이 담요의 한쪽 끝을 잡고 아주 씩씩하고 늠름하게 한껏 웃어 대면서 저를 하늘로 던져 올리는 것을 제가 다 봤거든요. 저는 무식하고 죄가 많은 사람이지만요, 사람들이 서로를 다 알아보는데 마법은 무슨 마법입니까요. 그저 엄청 시달렸고, 운이라고는 코딱지만큼도 없었던 거죠.」

「그건 하느님이 보상해 주실 게야.」 돈키호테가 말했다. 「내게 입을 옷이나 주고 밖으로 나가 보세. 자네가 말하는 사건들과 둔갑들을 보고 싶구먼.」

산초는 그에게 입을 것을 줬다. 그가 옷을 입고 있는 동안 신부는 돈키호테의 광기와 그가 자기 귀부인의 경멸 때문에 페냐 포브레에 머물고 있다고 생각했던 일이며, 그를 끌어내기 위해 꾸몄던 속임수를 돈 페르난도와 다른 사람들에게 들려주었다. 산초에게 들었던 모험들까지 거의 다 이야기해 주자 모두가 같은 생각을 하며 적잖이 놀라고 웃었다. 그들 모두 그의 광기를 터무니없는 망상에서나 비롯될 만한 가장 괴상한 종류의 것이라고 생각했다. 신부는 이야기를 이어 가기를, 이제 도로테아 일이 잘 마무리되어 자신이 계획한 일을 더 진행시킬 수 없게 됐으니 돈키호테를 집으로 데려갈 뭔가 다른 계획을 세우거나 찾지 않으면 안 된다고 했다. 카르데니오는, 시작한 작전을 계속 진행시키되 도로테아의 역할을 루스신다가 하면 어떻겠냐고 제안했다.

「아니.」 돈 페르난도가 말했다. 「그건 안 되네. 나는 도로테아가 그 계획을 계속했으면 하네. 이 재미있는 기사의 마을이 여기서 그리 멀지 않다면 내가 방법을 한번 모색해 보겠네.」

「여기서 이틀밖에 안 걸리는 거리라고 하더군.」

「더 멀리 있더라도 그토록 훌륭한 일을 하는 것이니 기꺼이 가야지.」

이때 돈키호테가 비록 찌그러지기는 했지만 맘브리노 투구를 쓰고 방패를 든 채 막대기인지 창인지에 기대어 완전 무장한 모습으로 나왔다. 돈 페르난도와 다른 사람들은 돈키호테의 괴상한 모습을 보고 놀랐다. 반 레과나 되는 길이의 마르고 누렇게 뜬 그의 얼굴과 무장한 것에 어울리지 않는 의젓한 거동을 보면서 그들은 입을 다물고 아무 말도 못 한 채 멍하니, 돈키호테가 아름다운 도로테아를 바라보며 아주 엄숙하고도 침착하게 입을 열 때까지 그렇게들 있었다.

「아름다운 부인, 제 종자로부터 당신의 위대함이 모조리 사라지고 당신의 존재가 무너져 버렸다는 소식을 들었습니다. 여왕이자 지체 높은 신분에서 일개 평범한 처자로 변하셨다고 말이지요. 만일 이 일이 당신의 아버지인 마법사 왕께서, 당신에게 필요하며 나에겐 당연한 그런 도움을 드리는 것을 걱정하신 탓에 명령을 내려 이루어진 일이라면, 아버님은 아무것도 모르셨고, 모르시기에 하신 일이라 말씀드리고 싶습니다. 기사도 이야기에 대해서도 아는 게 별로 없는 분이신 것 같습니다. 그런 이야기를 읽으셨고 나처럼 많은 시간을 들여 주의 깊게 이야기들을 살펴보셨더라면 나보다 못한 명성을 가진 기사들도 훨씬 어려운 일들을 완수했다는 예들을 도처에서 발견하셨을 것입니다. 아무리 오만한 거인이라 해도 그놈 하나 죽이는 건 아무것도 아닌데 말입니다. 몇 시간 전에도 거인과 맞붙었는데……. 내가 거짓말을 한다고 생각할 수 있으니 이 이상은 말하지 않겠습니다. 하지만 언젠가는 모든 일들을 밝혀 놓는 시간이 결국 우리가 생각지도 않는 때에 다 밝혀 줄 것입니다.」

「당신은 가죽 부대 두 개와 싸웠어요. 거인이랑 싸운 게 아니란 말입니다.」 객줏집 주인이 말했다.

그러자 돈 페르난도가 객줏집 주인에게 입 다물고 어떤 일이 있어도 돈키호테의 말을 중간에 끊지 말라고 했다. 돈키호테는 말을 이었다.

「그러니 고명하시며 상속권을 잃으신 부인, 내가 말씀드린 이유로 아버님께서 이같이 당신을 변신시키셨다면 그분을 절대 믿지 마십시오. 내 칼로써 헤쳐 나가지 못할 위험은 이 땅에 하나도 없기 때문입니다. 나는 칼로 당신 원수의 머리를 땅에 떨어뜨리고 머지않아 당신의 머리 위에 왕관을 얹어 드리겠습니다.」

돈키호테는 더 이상 말을 않고 공주의 대답을 기다렸다. 그녀는 돈키호테를 고향에 데려갈 때까지 속임수를 계속 이어 가자는 돈 페르난도의 결정을 알았기에 아주 우아하고 엄숙하게 대답했다.

「용감하신 슬픈 몰골의 기사님, 제가 변하여 제 신분이 바뀌었다고 기사님에게 말씀드린 사람이 누구였는지는 몰라도 그 말은 사실이 아닙니다. 지금의 저는 바로 어제의 저거든요. 좋은 일들이 생겨서 변화가 다소 있었던 것은 사실입니다. 제겐 더할 수 없는 최고의 변화였죠. 그렇다고 제가 지금까지의 저이기를 그만둔 것은 아니며, 기사님의 용감한 불구[296]의 팔에 언제까지나 의지하겠다는 생각은 변하지 않았답니다. 그러니 부디 기사님, 저를 만드신 저의 아버지의 명예는 돌려주시고, 그분을 빈틈없고 신중하신 분으로 알아주세요. 아버지께서는 당신의 학문을 통해 저의 불행을 막기 위한 이토록 쉽고 확실한 길을 발견하셨으니까요. 만일 기사님이 아니었다면 저는 지금의 이 행운을 절대로 만나지 못했을 것이라 믿고 있답니다. 이 말은 더할 나위 없는 사실이며, 여기 계시는 이 많은 분들이 그것을 증명하는 훌륭한 증인들이십니다. 우리가 할 일은 내일 길을 떠나는 겁니다. 오늘은 떠나도 얼마 가지 못할 테니까요. 제가 기대하는 나머지 좋은 일들은 하느님과 기사님의 용감한 가슴에 맡겨 두려고 합니다.」

296 원문에 쓰인 〈인베네라블레 invenerable〉는 〈공경할 수 없는〉이라는 뜻이다. 이 단어는 〈인불레라블레 invulnerable〉, 즉 〈불사신의〉, 〈불굴의〉라는 뜻을 가진 단어와 발음에서 아주 유사하여 도로테아가 말장난을 하고 있다.

사려 깊은 도로테아의 이야기를 들은 돈키호테는 산초를 돌아보더니 아주 화가 난 표정으로 말했다.

「이제 말한다만, 이놈의 산초! 너는 에스파냐에서 가장 심술궂은 놈이야. 내게 말해 봐라, 이 떠돌이 도둑아. 넌 이 공주가 도로테아라는 아가씨로 둔갑했다고 함부로 말하지 않았더냐? 그리고 분명히 내가 자른 것으로 알고 있는 그 거인의 머리는 무슨 빌어먹을 것이라고 했지. 그 외에도 내 평생 한 번도 당해 보지 못한 황당한 상황에 나를 몰아넣는 터무니없는 말들을 하지 않았느냐고! 맹세컨대……」 그는 하늘을 바라보고 이를 악물었다. 「내가 너를 황폐케 하여, 앞으로 세상에 있을 모든 편력 기사들의 거짓말쟁이 종자들을 넌더리나게 하고 말 것이다!」

「나리, 진정하십쇼, 나리.」 산초가 대답했다. 「미코미코나 공주님이 둔갑하셨다고 한 것에 대해서는 제가 잘못 알고 있었을 수도 있습니다요. 하지만 거인의 머리에 대해서는요, 아니 적어도 가죽 부대에 구멍이 난 것과 피가 붉은 포도주였다는 사실에 대해서는 제가 잘못 안 게 아닙니다요, 그렇고말고요. 나리 잠자리 머리맡에 가죽 부대들이 망가진 채로 있거든요. 붉은 포도주는 방을 호수로 만들었고요. 사실인지 아닌지는 달걀을 부칠 때 알게 되실 겁니다요.[297] 그러니까 여기 계신 객줏집 주인께서 나리께 손해 배상을 하라고 할 때 아시게 될 거란 말씀입니다요. 다른 문제에 대해서는 말이죠, 사실 여왕님이 계셨던 그대로 계신다면야 저는 정말 기쁩니다요. 보통 자식들에게 주듯 제 몫도 있을 테니까요.」

「이제 내가 말하자면, 산초……」 돈키호테가 말했다. 「자네는 미련한 인간일세. 미안하이. 이만하면 됐네.」

---

[297] 프라이팬을 훔쳐 달아나는 도둑에게 주인이 그것이 무엇이냐고 묻자 〈달걀을 부칠 때면 알게 되지요〉라고 대답했다는 이야기에서 비롯한 속담. 때가 되면 일의 결과를 알게 될 것이라는 뜻이다.

「그만하면 되었소.」 돈 페르난도가 말했다. 「이 문제는 더 이상 말하지 맙시다. 공주님이 오늘은 이미 늦었고 내일 출발하자고 하시니 그렇게 하기로 하지요. 오늘 밤은 즐거운 대화를 나누며 보낼 수 있을 것 같소. 아침까지 말이오. 아침이 되면 모두 함께 돈키호테 님을 모시고 떠나기로 합시다. 그건 이분이 맡으신 위대한 업무가 수행될 때 듣도 보도 못한 용감한 무훈이 세워질 것이니, 우리가 그 일의 증인이 되고자 함이오.」

「나야말로 그대를 받들어 모시고 가야할 자요.」 돈키호테가 대답했다. 「내게 베푼 은혜와 나를 좋게 말해 준 것에 대단히 감사하소. 그 말이 사실이 되도록 하겠소. 그렇게 하지 못할 경우 내 목숨을 바칠 것이며, 바쳐야 할 게 더 있다면 더 바치겠소.」

돈키호테와 돈 페르난도 사이에 정중한 말과 많은 제의가 오갔다. 하지만 그때 객줏집으로 들어온 한 여행자로 인해 그들의 대화는 중단되었다. 옷차림으로 보아 무어인들의 땅에서 최근에 돌아온 기독교인 같았다. 푸른 천으로 된 연미복 비슷한 옷으로, 자락이 짧고 반소매에 목깃은 없었다. 바지는 같은 색깔의 리넨으로 된 것이었고, 역시 같은 색깔의 사각모를 쓰고 있었다. 대추색 편상화를 신었고, 가슴을 가로지르는 칼집에는 무어인들의 신월도가 꽂혀 있었다. 뒤이어 두건으로 얼굴을 가리고 무어인 복장을 한 여인이 당나귀를 타고 따라 들어왔다. 금실로 수를 놓은 머리 장식을 하고 어깨부터 발까지 덮는 긴 망토를 입고 있었다.

남자는 건장한 몸집에 풍채가 우아했고 나이는 마흔이 조금 넘어 보였으며 얼굴에는 연갈색의 긴 콧수염과 아주 잘 다듬어진 턱수염이 있었다. 전체적으로 옷만 잘 입었다면 그 풍채로 보아 교양 있고 좋은 가문의 사람으로 보였을 것이다.

그는 들어오면서 방이 있느냐고 묻더니 없다고 하자 걱정스러워하는 모습이었다. 무어인 복장을 한 여자에게로 다가가 그녀를 두 팔로 안아

내렸다. 도로테아와 루스신다, 그리고 객줏집 안주인과 딸과 마리토르네스는 생전 처음 보는 새로운 옷차림에 이끌려 무어 여인을 에워쌌다. 항상 우아하고 조심스럽고 빈틈없는 도로테아는 그 여자와 여자를 데려온 남자가 방이 없어 걱정하는 것을 보고 말했다.

「아가씨, 이곳이 호화롭지 못하고 불편해 보여도 너무 걱정하지 마세요. 원래 객줏집이란 게 그렇잖아요. 만일 괜찮으시다면 우리와 함께 ― 그녀는 루스신다를 가리켰다 ― 하룻밤 묵으셔도 돼요. 이번 여행에서 이렇게 좋은 대우를 받기는 아마 어려울 거예요.」

얼굴을 가린 여자는 아무 말도 없이 앉았던 자리에서 일어나 양손을 가슴 위로 교차하더니 고개를 숙이고는 고맙다는 표시로 몸을 굽혔다. 그녀가 말을 하지 않자 사람들은 그녀가 무어인이라서 에스파냐 말을 할 줄 모르는 게 틀림없다고 생각했다. 이때 그 포로[298]가 들어왔는데, 그는 그때까지 다른 일에 신경을 쓰고 있다가 여자들이 자기와 같이 온 여자를 둘러싸고 있으며, 그녀가 그들이 한 말에 대해 침묵을 지키고 있는 것을 보고는 말했다.

「여러분들, 이 아가씨는 우리 말을 거의 모릅니다. 자기네 말 말고는 다른 언어를 할 줄 몰라요. 그래서 질문에 대답도 못 하고, 대답하려 하지도 않는 겁니다.」

「뭘 물어보려는 게 아니라요……」 루스신다가 말했다. 「오늘 밤 우리가 쉴 방에서 함께 보내자고 권했을 뿐이에요. 이런 일로 곤란을 겪는 외국인들, 특히 여성을 도와주고자 하는 마음으로 편의를 제공하려는 거랍니다. 우리 방에서 주무신다면 편하실 거예요.」

「그녀와 저는……」 포로가 대답했다. 「당신 손에 입을 맞춥니다, 부인.

---

[298] 이번에 등장한 남자는 아프리카에서 포로 생활을 한 기독교인으로 설정되어 있다.

그리고 베풀어 주신 지극한 은혜에 감사드리며 존경을 표합니다. 이런 상황에 당신처럼 훌륭한 분이 은혜를 베풀어 주시니 고마움이 뼈에 사무치는군요.」

「그런데요……」 도로테아가 말했다. 「이분은 기독교인이신가요, 아니면 무어인이신가요? 복장으로 보나, 말씀이 없으신 것으로 보나 우리가 원하는 쪽과는 다른 분인 것 같은데요.」

「복장과 몸은 무어인이지만, 영혼은 아주 위대한 기독교인입니다. 기독교인이 되고자 하는 마음이 간절하거든요.」

「그렇다면 세례는 받지 않으셨다는 말인가요?」 루스신다가 물었다.

「그럴 기회가 없었습니다.」 남자가 대답했다. 「자기의 조국이자 고향인 알제를 떠나온 이후로 말입니다. 그리고 우리의 성모 교회가 요구하는 모든 의식을 갖추기도 전에 세례를 받아야 할 정도로 급박하게 죽음의 위험에 처해 있는 것도 아니었거든요. 그러나 하느님께서 곧 이 사람의 신분에 합당한 격식을 갖춰 세례를 받도록 해주실 겁니다. 이 사람의 복장이나 내 복장이 보여 주는 것보다 이분은 훨씬 귀한 분이시거든요.」

그 사람의 말을 듣고 있던 사람들은 모두 무어 여인과 포로가 대체 어떤 사람들인지 알고 싶어졌지만 아무도 얼마간은 물어보려 하지 않았다. 때가 그들의 인생사를 묻기보다 그들에게 휴식을 주는 것이 더 바람직해 보였기 때문이다. 도로테아는 여인의 손을 잡아 자기 곁에 앉히고는 얼굴을 가린 것을 벗으라고 권했다. 그녀는 사람들이 하는 말이 무엇인지, 무엇을 해야 하는지 묻는 듯 포로를 쳐다보았다. 남자는 아랍 말로, 얼굴 가리개를 벗으라는 말이니 벗으라고 했다. 그래서 여자는 가리개를 치웠는데 어찌나 아름다운지 도로테아는 루스신다보다 더 아름답다고 생각했고, 루스신다는 도로테아보다 더 아름답다고 생각했다. 그리고 주위에 있던 사람들은 모두, 만약 도로테아나 루스신다의 얼굴에 비할 만한 게 있다면 그것은 바로 이 무어 여인의 얼굴일 거라고 인정했다. 어떤 면에서는 무어 여인이 더 낫다고 생각한 사람들도 있을 정도였다. 아름다움이란 사람의 정신을 온화하게 하고 마음을 끄는 매력과 특권을 가진 법이기에, 모두 금방 이 아름다운 무어 여인을 섬기고 그녀에게 정을 베풀어 주고 싶은 마음이 들었다.

돈 페르난도가 포로에게 여인의 이름을 묻자 남자는 렐라[299] 소라이다라고 말했다. 이 말을 들은 그 아가씨는 사람들이 기독교인에게 자기 이름을 물어봤다는 것을 알아차리고 우아하면서도 괴로움이 가득한 표정으로 아주 급하게 〈아니요, 소라이다 아닙니다. 마리아, 마리아예요〉라고 말하며 자기 이름이 소라이다가 아닌 마리아라는 것을 알렸다.

이 말과 무어 여인이 보인 격한 감정이 몇몇 사람들을 눈물짓게 했는데, 특히 여자들이 그랬다. 여자들은 천성이 여리고 동정심이 많기 때문이다. 루스신다는 아주 다정하게 여인을 껴안으며 말했다.

「그래요, 그래요. 마리아, 마리아예요.」

그 말에 무어 여인이 대답했다.

「맞아요, 맞아요, 마리아예요. 소라이다 마캉헤!」 그러니까 〈소라이다는 아니다〉라는 얘기였다.

이러는 사이 밤이 되었다. 돈 페르난도와 함께 온 사람들의 지시로 객줏집 주인은 온 정성을 다하여 힘닿는 대로 부지런히 저녁상을 준비했다. 객줏집에는 둥근 식탁이나 네모난 식탁이 없었기 때문에, 식사 시간이 되었을 때 모두는 하인용 식탁 같은 긴 탁자에 모여 앉았다. 돈키호테는 사양했지만 제일 상석에 그를 앉혔다. 돈키호테는 자기가 공주의 보호자였

---

299 〈lela〉 또는 〈lella〉라고 하는 이 아랍어는 라틴어의 〈도미나 domina〉, 즉 스페인어의 〈도냐〉에 해당되는 것으로 여자 이름 앞에 붙이는 경칭이다.

기 때문에 옆자리에 미코미코나 공주가 앉았으면 했다. 이어 루스신다와 소라이다가 앉고, 그녀들 맞은편에 페르난도와 카르데니오가 앉았다. 그러고 나서 포로와 나머지 남자들이 앉았다. 신부와 이발사는 부인들 옆에 앉았다. 이렇게 앉아 모두들 아주 만족스럽게 식사를 하던 중 돈키호테가 먹다 말고 말을 하기 시작하니 그 만족은 더 커졌다. 일전에 산양치기들과 식사를 할 때처럼 이번에도 그런 이야기를 하고 싶다는 충동이 일어나 그가 이렇게 입을 연 것이다.

「여러분, 가만히 생각해 보면 편력 기사 일을 수행하는 사람들은 정말 듣도 보도 못한 대단한 일들을 경험하게 됩니다그려. 세상에 살아 있는 사람들 가운데 누가 지금 이 성문으로 들어와 우리들이 이렇게 있는 것을 볼 것이며, 누가 우리가 우리라는 것을 짐작하고 믿을 수 있겠소? 우리는 다 알지만, 내 옆에 앉아 계신 이분이 여왕님이시라는 것을 누가 말할 수 있을 것이며, 내가 바로 유명하여 세간의 입에 오르내리는 저 〈슬픈 몰골의 기사〉라는 것을 누가 알겠소? 이제 기사도의 기술과 수행에 대해 의심해서는 안 되며, 오히려 인간이 발명한 어떤 기술이나 일보다 뛰어남을 알아야 하오. 위험에 직면하면 할수록 더 존경받아야 하는 법이지. 학문이 군사보다 월등하다고 하는 사람들은 내 앞에서 꺼지시오. 그들이 누구든지 간에 스스로 무슨 말을 하고 있는지 모르는 자라고 말해 주겠소. 그들이 그 근거로 삼는 이유를 들어 보면 정신노동이 육체노동을 앞서기 때문이라고 하더이다. 인부들이 자기의 힘을 사용하여 일하듯 군대는 단지 육체만으로 이루어진다는 것이오. 또한 그러기 위해서 필요한 것은 강한 체력뿐이라는 것이지. 우리가 군사라고 부르는 이 일을 하는 사람들이 힘을 써야 하는 일을 위해 머리를 쓰는 경우가 얼마나 많은지를 모르고 하는 소리요. 아니면 한 부대를 책임지고 있는 한 전사의 마음은 아무 일도 안 하는 것으로 생각하거나, 포위된 도시를 방어하는 데 육체만이 아니라 정신도 요구된다는 사실을 전혀 모르기 때문이지. 그렇지 않다고 한다면, 적군의 의도와 계획과 전략 및 난관과 우려되는 피해 등을 알고 추정하는 일이 단순히 몸의 힘만으로 가능한 것인지 생각해 보면 알 것이오. 이런 일들은 모두 머리가 하는 일로 육체는 전혀 간여하고 있지 않소. 이렇게 군사 또한 학문처럼 머리를 요구하고 있으니 이번에는 두 머리 중, 다시 말해 문인의 머리와 무인의 머리 중에서 어느 것이 더 많은 일을 하는지 알아보기로 합시다. 이 문제는 각각이 추구하는 목적이나 그 종착점으로써 알게 될 것이오. 그 의도는 목적으로서 어느 것이 좀 더 고귀한 것을 지향하는가로 평가될 것이니 말이오. 우선 학문이 가지고 있는 목적을 살펴보면……. 영혼을 하늘로 이끌어 데려가는 것을 목적으로 하는 신성한 학문에 대해서는 여기서 말하지 않겠소. 하늘이라는 그런 끝없는 목적과는 어느 것도 겨룰 수가 없기 때문이오. 나는 인문학을 말하고자 하니, 이것은 분배에 있어 정의가 실현되게 하고 각자에게 제 몫을 주고 훌륭한 법이 이해되고 지켜지게 하는 데 그 목적이 있소. 이러한 목적은 분명 관대하고 고상하며 지극히 찬양받을 만한 것이오. 하지만 군사가 기반을 두고 있는 목적이 받을 찬양에 비하면 그리 대단하지 않소. 군사의 종국적인 목적은 평화요. 평화야말로 이 세상에서 인간이 원할 수 있는 가장 큰 행복이라오. 그래서 이 세상이 가졌고 인간들이 가졌던 최초의 가장 좋은 소식은 우리들의 날이었던 밤에 천사들이 가져다준 것으로, 밤에 공중에 울려 퍼졌던 〈지극히 높은 곳에서는 하느님께 영광이요, 땅에서는 기뻐하심을 입은 사람들 중에 평화로다〉라는 노래였소. 그리고 땅과 하늘의 최고 스승[300]께서 자기의 측근들과 총애하는 자들에게 가르쳐 주신 인사는, 남의 집에 들어가며 〈이 집에 평안 있으라〉라고 말하는

---

300 예수 그리스도를 말하는 것.

것이었지. 그리고 몇 번이나 그들에게 말씀하시기를 〈나의 평화를 그대들에게 주노라, 나의 평화를 그대들에게 보내노라, 평화가 그대들과 더불어 있으라〉 하셨소. 마치 보석이나 귀중품을 손에 놓아 주시듯 말이오. 이 보석이 없다면 하늘에서나 땅에서나 어떠한 행복도 있을 수가 없지요. 이 평화가 바로 전쟁의 참된 목적이라오. 여기서 군사나 전쟁은 같은 의미로 하는 말이오. 전쟁의 목적이 평화이고 이러한 점에서 학문의 목적보다 우월하다고 한다면, 이번에는 학문을 하는 자의 육체적 노동과 군사 일에 종사하는 자의 육체적 노동에 대한 이야기로 옮겨 가보도록 합시다. 어느 쪽이 더 힘이 드는지 아시기 바라오.」

　이처럼 참으로 훌륭한 말로 돈키호테는 자기 이야기를 이어 갔는데, 그동안 그의 말을 듣고 있었던 사람들 중 어느 누구도 그가 미친 사람이라고는 생각할 수가 없었다. 오히려 대부분이 군사와 관계된 사람들이라 흔쾌히 그의 말에 귀를 기울였다. 돈키호테는 계속 말을 이었다.

「그래서 말씀드리는데, 학문을 하는 사람들의 고생은 다른 것이 아니라 주로 가난이라오. 모든 학자가 다 가난하다는 게 아니라 가능한 극단적인 경우로 예를 들고자 하는 거요. 나는 가난에 시달린다는 말만으로 그들의 불행에 대해서 더 얘기할 필요가 없다고 생각하오. 가난한 사람은 좋은 게 하나도 없기 때문이라오. 가난을 여러 가지 면으로 겪지요. 굶주림으로 겪기도 하고 추위로 겪기도 하며 헐벗는 것으로 겪기도 하고 이 모든 것을 한꺼번에 겪기도 하지요. 그렇다고 아무것도 먹지 못할 정도는 아니오. 사람들이 늘 먹는 것보다 조금 늦게 먹을 뿐이지. 부자들이 먹고 남은 것들이긴 하지만 말이오. 학자들이 겪는 최고의 비참함은 그들이 하는 말로 〈수프를 쫓아다니는 일〉[301]이오. 남의 집 화로나 난롯가도

---

[301] 수도원에서 극빈자에게 주는 구호물로 기식하는 생활을 말한다.

얻어걸릴 수도 있는데, 그것으로 몸을 데울 수는 없어도 다소나마 추위를 녹일 수는 있지요. 밤에 지붕 아래서 잠을 자는 경우도 있고 말이오. 다른 자잘한 일, 그러니까 속옷이 없다거나 여분의 신발이 없다거나 털이 빠지고 옷이 다 낡았다거나 운이 좋아 어느 연회에 갈 기회가 생길 때면 허겁지겁 게걸스럽게 입에 음식을 쓸어담는다거나 하는 일까지 언급하지는 않겠소. 학자들은 이렇게 내가 묘사한 험하고 곤란한 길을 택해 여기서 부딪치고 저기서 넘어지고 저쪽에서 일어나는가 하면 여기서 다시 넘어지면서 원하는 지위에 이르는 거요. 거기에 이르면 ─ 내가 만난 많은 사람들은 모두 이런 모래 밑을 지나 실라와 카리브디스[302]를 운 좋게 날아온 듯 헤쳐 왔으니 ─ 의자에 앉아 세상을 다스리고 명령하는 것을 보는 것이지. 굶주림이 포식으로, 추위는 위안으로, 헐벗음이 화려한 복장으로 바뀌고 돗자리에서 자던 몸이 네덜란드 담요와 금은으로 수놓은 비단에서 쉬게 되는데, 이것이야말로 그들이 쌓은 덕에 마땅한 정당한 보상이오. 그러나 그러한 고생도 군대 전사들의 고생에 비하면 모든 면에서 한참 모자라다오. 그 이유를 지금부터 말씀드리겠소.」

---

302 실라Scilas는 이탈리아 메시나 해협에 있는 곳의 이름이며 카리브디스Caribdis는 시칠리아 해안의 소용돌이다. 두 곳 모두 바다에서 항해하는 데 위험한 장애물로, 앞선 〈모래〉라는 표현은 바다의 모래를 의미한다.

38

학문과 군사에 대해
돈키호테가 벌인 신기한 연설에 대하여

돈키호테는 계속 이어 말을 했다.
「학문을 하는 사람의 경우 가난과 가난의 구체적인 예들로 시작했으니, 군인은 그럼 더 부자인지 알아봅시다. 가난이라는 점에 있어서 군인보다 더한 자는 아무도 없다는 것을 아시게 될 것이오. 그들은 형편없는 급료에만 매달려 있는데, 그것마저 늦거나 전혀 받지 못하는 형편이라 목숨과 양심을 아주 위태롭게 하면서 자기 손으로 훔친 것에 의지해야 하는 형편이오. 그리고 때로는 걸칠 옷조차 없어 칼에 찢긴 옷이 정장이 되고 속옷도 되며, 한겨울에는 아무것도 없는 들판에서 자기 입에서 나오는 입김만으로 하늘의 무자비를 견디어 내곤 하지요. 그 입김도 허기진 배 속에서 나오는 것이라, 자연의 순리를 어기고 차디찬 것을 나는 경험으로 알고 있다오. 잠자리에서 이런 모든 불편함을 회복하도록 밤이 되기를 기다리면 되지 않겠느냐고 생각할 수도 있겠지요. 침대로 말하자면, 그 사람이 잘못하지 않는 이상 절대 좁을 리가 없소. 땅바닥에서는 얼마든지 다리를 뻗을 수 있고, 이불깃이 몸에 감길 염려도 없이 마음대로 뒹굴 수 있으니 말이오. 이 모든 일이 끝나 드디어 훈련을 마치고 계급을 받는 날과 시간이 됐다고 칩시다. 즉, 전쟁을 해야 할 날이 된 거요. 그때는 그 사람의 머리에 실로 만든 술 장식을 씌우는데, 이것은 총알이 관자놀이를 꿰뚫거나 팔이나 다리를 못 쓰게 만들 경우 상처를 치료하기 위한 것이라오. 이런 불상사가 일어나지 않고 자비로운 하늘이 그를 지켜 무사히 목숨을 보전해 준다 해도 이전에 겪었던 것과 같은 가난에 처해질 수밖에 없다오. 좀 나아지기 위해서는 한 번, 또 한 번 이런 시련을 겪고 이 전쟁 저 전쟁을 돌며 모든 것을 이겨 내야만 한다오. 그러나 이러한 기적을 본 일은 별로 없소이다. 이런 걸 눈여겨보셨다면 여러분, 말씀 좀 해보시오. 전쟁에서 사라진 자들보다 전쟁으로 상을 받은 자의 수가 얼마나 적은지 말이오. 비교도 안 된다고, 죽은 사람들은 헤아릴 수 없이 많은 반면 살아남아 보상을 받은 자는 세 자리 숫자로 셀 수 있을 것이라고 할 것이오. 이 모든 게 인문학을 한 사람들과 정반대라오. 왜냐하면 이들은 부수입 말고도 정식 사례금으로 잘 살아가고 있으니까요. 여기에 비하면 군인은 이들보다 더 많은 고생을 하면서도 받는 보상은 훨씬 적지요. 하지만 이에 대해서는 이렇게 대답할 수 있을 것이오. 군인 3만 명에게 상을 주기보다 문관 2천 명에게 상을 주는 편이 훨씬 쉽다고 말이오. 왜냐하면, 문관에게는 어쩔 수 없이 각기 그들의 직책에 맞는 직업을 주면 되지만, 군인들은 자기들이 섬기는 주인의 재산으로 보상받아야 하기 때문이지요. 이 불가능성이 내가 갖고 있는 이론을 뒷받침하는 것이오. 하지만 이 문제는 아주 찾기 어려운 출구를 가진 미로와 같으니 제쳐 두고, 학문에 비해 군사가 우월하다는 문제로 돌아가기로 합시다. 이것은 각자 주장하는 바들이 있어서 지금까지 연구할 여지가 있는 문제라오. 내가 방금 말한 각자의 주장 가운데 인문학 측에서는, 만일 인문학이 없다면 군사도 존재할 수 없다고 하오. 왜냐하면 전쟁에도 법이 있고 법에 따라야 하는데 그 법을 인문학과 문관들이 장악하고 있기 때문이라는 것이오. 이에 대해서 군사 측에서는, 군사 없이는 법이 지탱될 수 없다고 답하지요. 왜냐하면 군사로 나라를 지키고, 왕국을 보존하며, 도시들을 수비하고, 길들을 안전하게 하며, 바다에서는 해적선을 물리치기 때문이랍니다. 결국 군사가 아니라면 공화국도, 왕국도, 제후국도, 도시도, 육로도, 바닷길도, 전쟁 자체가 불러오는 횡포와 혼란에 빠질 거라는 겁니다. 전쟁 동안에는 군사적 특권과 폭력을 사용할 수 있으니 말입니다. 그리고 군사는 힘이 들면 들수록 더 높이 평가되고, 그렇게 더 높이 평가받는 것이 합리적이기도 합니다. 누구나 인문학으로 유명해지려면 시간이 걸리고 잠도 못 자고 배를 곯아야 하고 헐벗고 현기증과 소화 불량과 그 밖에 이에 수반되는 여러 가지 일을 견뎌야 하는데, 그중 일부분은 이미 내가 언급한 바 있소. 하지만 사람이 자기에게 주어진 조건으로 훌륭한 군인이 되기 위해서는, 학자가 되기 위해 하는 고생들과 같은 고생을 하지만 그 강도가 비교도 안 될 만큼 훨씬 더 심하다오. 매 순간 목숨을 잃을 위험에 직면해야 하기 때문이지요. 어떤 결핍과 가난에 대한 두려움이 군인이 갖는 공포만큼 학자를 지치게 할 수 있겠소? 포위당한 요새의 담장이나 성안 초소에서 보초를 서는 중에 적들이 자기가 있는 쪽으로 땅을 파서 쳐들어오고 있는 것을 느끼면서도 무슨 일이 있어도 자기 자리를 떠나거나 아주 가까이에서 그를 위협하고 있는 위험에서 달아날 수 없다면 어떻겠소? 그 군인이 할 수 있는 일은 오직 일어나고 있는 일을 자기 대장에게 보고하고 반대편으로 땅을 파서 위험을 해결하는 일뿐이라오. 또한 날개가 없는데도 예기치 않게 구름 위로 올라가 자기 뜻과 상관없이 심연으로 떨어질지 모르는 상황을 기다리면서 가만히 공포에 떠는 것밖에 없다오. 만일 이것이 별것 아닌 위험으로 여겨진다면, 이와 견줄 수 있거나 이보다 더한 위험을 한번 봅시다. 망망대해 한가운데서 두 척의 전함이 뱃머리로 서로 공격하는 경우를 말이오. 뱃머리와 뱃머리가 서로 얽히고 맞부딪쳐 군인에게는 겨우 2피트짜리 발판밖에는 서 있을 공간이 없다면 말이오. 게다가 앞에는 자기를 위협하는 죽음의 사신들이 잔뜩 모여 수많은 대포로 자기를 겨냥하고 있는 것을 보고 있다면 말이오. 창 한 자루 거리도 채 떨어지지 않는 적진에서 말이오. 그리고 한 번만이라도 자칫 발을 잘못 놓았다간 바다 신의 깊숙한 가슴으로 가게 된다는 것을 알면서도, 명예에 대한 생각에 고무되어 불굴의 용기를 짜내어 빗발치는 화승총의 표적이 됨에도 불구하고 적군의 함대로 가는 좁디좁은 통로를 지나가려 한다면 말이오. 더 놀랄 일은, 한 사람이 이 세계에 종말이 올 때까지 다시는 떠오르지 못할 곳에 떨어지자마자 다음 사람이 그 자리를 맡는데, 이 사람 또한 적이 기다리듯 바다에 떨어지고 나면 바로 다른 사람이 죽어 간 그 사람을 잇는다는 거요. 이것이야말로 어떤 전쟁에서든 볼 수 있는 최대의 용기이자 최상의 무모함이라 할 것이오. 그놈의 악마 같은 무기인 대포의 경악할 만한 분노가 없었던 시대는 축복받을지어다. 대포를 발명한 자는 그 악마 같은 발명으로 지옥에 떨어져 응분의 대가를 받고 있을 것이라 나는 생각하오. 그 발명으로 비천하고 겁 많은 팔이 용감무쌍한 한 기사의 목숨을 끊을 수 있게 되었소. 용맹스러운 가슴에 불을 지피고 용기를 돋우는 기운과 혈기의 와중에, 어디서 어떻게인지도 모르게 천방지축으로 날뛰는 총알이 날아와 오래오래 인생을 즐기며 살아야 할 자의 생각과 목숨을 한순간에 끝내 버리고 말기 때문이지요. 그 총알은 아마도 그 저주받은 기구의 불꽃이 만들어 낸 빛에 놀라 도망간 자가 쏜 것일 거요. 이 점을 고려해 볼 때, 나는 지금 우리가 살고 있는 이 증오할 만한 시대에 편력 기사라는 이 임무를 맡게 된 것이 무척이나 마음에 걸린다고 말하고 싶소. 왜냐하면 나는 어떤 위험도 두려워하지 않지만, 이 팔의 용기와 이 칼날의 가치를 통해 지구 방방곡곡으로 내가 알려지고 유명해질 기회를 화약과 주석이 빼앗지나 않을까 하는 우려가 들기 때문이라오.

그러나 하늘의 뜻이 향하는 대로 되기를 바라오. 내가 이번에 하고자 하는 일을 수행하게 되면 지난날의 편력 기사들보다 훨씬 위험한 일에 직면한 것이니만큼 더 큰 명성을 얻을 수 있을 것이오.」

돈키호테가 이 긴 서설을 늘어놓는 동안 다른 사람들은 저녁을 먹고 있었다. 나중에 하고 싶은 말을 다 할 수 있는 기회가 있을 테니 식사를 하라고 산초가 몇 번이나 말했지만 돈키호테는 입에 먹을 것을 가져가는 일을 잊고 있었다. 그의 말을 들었던 사람들은 무슨 문제를 다루더라도 훌륭한 이해력과 사고력을 가지고 있는 사람이 고생스럽고 불행하고 시커멓기만 한 기사도 이야기만 나오면 어김없이 이해력도 사고력도 잃어버리는 게 안됐다고 새삼 생각했다. 신부는 돈키호테에게 군사에 대한 그의 말은 모두 옳으며, 자기는 인문학을 했고 그것으로 학위를 받았지만 그와 같은 의견이라고 말했다.

저녁 식사가 끝나고 식탁이 치워졌다. 객줏집 안주인과 딸과 마리토르네스가 오늘 밤 여자들만 묵기로 한 돈키호테 데 라만차의 방을 정리하는 동안, 돈 페르난도는 포로에게 인생사를 이야기해 달라고 부탁했다. 그건 그자가 소라이다를 데리고 올 때의 모양새로 보아 그의 인생이 파란만장하고 흥미진진할 것 같았기 때문이었다. 이 부탁에 포로는 원하는 바를 기꺼이 해드리겠노라고 대답했다. 그는 다만 자기 이야기가 기대하는 것만큼 재미를 주지 못할까 봐 걱정인데, 그렇다 치더라도 부탁하셨으니 그 뜻에 거스르지 않고자 이야기를 하겠노라고 했다. 신부와 다른 사람들 모두 그 말에 감사하며 다시 한 번 청했다. 모든 사람들이 그토록 간청하자 그는 명령을 내려도 되는 일을 그렇게까지 부탁하실 필요는 없다고 했다.

「그러시다면 여러분들, 잘 들어 보십시오. 이상하게 짜낸 거짓된 이야기는 다다르지 못할 진짜 이야기를 들으실 수 있을 것입니다.」

이 말에 모두가 자리를 잡고 아주 조용히 그에게 귀를 기울였다. 사람들이 입을 다물고 자기의 말을 기다리자 그는 듣기 좋은 차분한 목소리로 이렇게 이야기하기 시작했다.

39

포로가 자기의 인생과
일어난 일들에 대하여 이야기하다

「제 가문은 레온[303]의 한 산악 지대에서 시작되었습니다. 재산보다는 자연의 도움으로 넉넉하게 감사하며 살았습니다. 빠듯하게 생활한 마을 사람들 가운데 저희 아버지는 그래도 부자라는 소리를 듣긴 했지만 재산을 쓰는 일만큼 재산을 지키는 일에도 재주가 있었더라면 정말로 그랬을지 모릅니다. 아버지의 낭비벽은 젊은 시절 군인이었을 때 생긴 것입니다. 군대 생활이라는 게 가난한 사람은 헤프게 만들고, 원래 헤펐던 사람은 더 낭비가로 만드는 학교니까요. 군인들은 비참해지면 흔치 않은 괴물로 변하곤 한답니다. 저희 아버지는 헤픈 정도를 넘어 방탕아에 가까웠는데, 이건 결혼한 사람이자 이름과 신분을 이어받을 자식이 있는 사람에게는 결코 아무런 도움이 되지 않는 일이지요. 아버지는 자식이 셋이었으니, 모두 사내이고 다들 이미 제 길을 선택할 수 있는 나이였습니다. 아버지의 말씀에 따르면, 당신의 그 버릇을 억제할 수 없다는 것을 아시고 당신을 인심 좋은 낭비가로 만든 원인과 수단을 스스로 없애고자 하셨답니

---

303 León. 스페인의 카스티야 레온 자치 지역에 있는 도시로 라만차의 북서쪽에 있다.

다. 바로 재산을 버리자는 것이었죠. 재산이 없으면 알렉산드로스 대왕도 궁핍하게 보일 테니까요. 그래서 어느 날 저희 셋을 한 방으로 부르시더니 지금 제가 들려 드릴 이와 같은 말씀을 하셨습니다. 〈얘들아, 내가 너희들을 진심으로 사랑한다는 것은 얘기할 필요도 없는 일이며, 너희들이 내 자식이라는 말로 충분하다. 만일 내가 너희들을 진심으로 사랑하지 않는다면, 너희들의 재산을 보존하는 데 있어 나 자신을 억제하지 않겠지. 그래서 앞으로 내가 너희들을 아버지로서 사랑하고 있으며, 계부처럼 너희들을 파멸시키고 싶지 않다는 것을 이해시키기 위해 오랫동안 생각하고 충분히 고려한 끝에 결정한 일을 하려고 한다. 너희들은 이제 각자 갈 길을 정할 나이이다. 혹은 적어도 좀 더 나이가 든 후에 스스로를 명예롭게 하고 이익도 될 만한 일이 무엇인지 선택해야 할 나이이지. 그래서 내가 생각한 일은, 재산을 4등분하는 것이다. 셋은 너희들에게 공평하게 한 몫씩 나누어 주고, 나머지 하나는 내 몫으로 하여 하늘이 내게 주신 목숨이 붙어 있는 날까지 나 자신을 부지하며 살아가는 데 쓰려고 한다. 각자 자기에게 할당된 재산을 받거든 내가 지금부터 말하는 길 중 하나로 나아가기를 바란다. 우리 에스파냐에는 속담이 하나 있다. 내가 보기에 속담이란 오랜 세월을 거쳐 신중한 경험에서 나온 간결한 교훈으로 모두 진실하더구나. 내가 말하고자 하는 속담은 〈교회냐 바다냐 궁정이냐〉라는 것인데, 더 분명하게 말하자면 권력과 부를 원하면 성직자가 되든지 배를 타 장사 기술을 연마하든지 궁에 들어가서 국왕을 섬기든지 하라는 거다. 〈고관대작의 은혜보다 왕의 빵 부스러기가 더 낫다〉라는 말도 있으니 말이다. 이 말을 하는 것은 너희들 중 한 사람은 학문을 하고, 또 한 사람은 장사를 하고, 나머지 한 사람은 전쟁에서 왕을 섬겼으면 한다는 뜻에서다. 궁에 들어가 왕을 섬기는 일은 무척 어려우니 말이야. 전쟁이 돈을 많이 벌게 해주지는 않지만 권력과 명성은 크게 해주느니라. 여드레안에 너희들 몫을 한 푼도 속이지 않고 현금으로 다 나누어 주는 걸 보게 될 것이다. 그럼 이제 내가 제안한 의견과 조언을 그대로 따를 생각이 있는지 없는지 말해 다오.〉 이렇게 말씀하시면서 장남인 제게 대답할 것을 명령하셨습니다. 그래서 저는 재산을 분배하시지 말고 쓰시고 싶은 대로 다 쓰시라고, 우리도 재산을 모을 줄 아는 젊은이라고 말씀드리고 난 뒤, 결론적으로 아버지가 바라시는 대로 하겠다고 했습니다. 군인이 되어 하느님과 왕을 섬기겠다고 한 것이죠. 둘째도 같은 말을 하고는 자기 몫을 받아 인디아스로 가겠다고 했습니다. 제가 보기에 제일 신중한 아이였던 막내는, 성직자가 되든가 아니면 이미 시작한 공부를 마치기 위해 살라망카로 가겠다고 했습니다. 이렇게 우리들이 의견의 일치를 보고 각자의 직업을 선택하고 나자, 아버지는 우리 모두를 껴안으셨습니다. 그리고 말씀하신 바를 짧은 기일 안에 실행하셨지요. 각자에게 몫을 나누어 주셨으니, 제가 기억하기로 각각 3천 두카도씩이었습니다. 집안의 삼촌 되시는 분이 저희 집안의 재산이 남의 손에 들어가지 않도록 모든 재산을 사시고 현금으로 지불해 주셨지요. 바로 그날로 우리들은 훌륭하신 아버지에게 작별을 고했습니다. 그런데 그때 저는 늙으신 아버지의 몫이 너무 적은 것이 도리에 맞지 않는 것 같아서 제 몫인 3천 두카도 중에서 2천 두카도를 돌려 드렸습니다. 나머지로도 군인으로서 필요한 것을 준비하기에 충분했기 때문입니다. 제 두 동생도 저의 본을 받아 각자 1천 두카도씩 아버지께 드렸습니다. 그래서 아버지에게는 현금으로 4천 두카도에, 팔 생각이 없어 남겨 두신 약 3천 두카도 정도 가치의 부동산이 남게 되었지요. 결국 우리는 아버지와 앞에서 말씀드린 삼촌과 눈물을 흘리면서 가슴 아프게 헤어졌습니다. 두 분은 좋은 일이 있든 나쁜 일이 있든 사정이 허락될 때마다 소식을 전해 달라고 하셨습니다. 저희는 그러기로 약속했고 그분들은 저희들을 껴안으셨습니다. 그분들의 축복을 받으며 한 사람은 살라망카로, 한 사람은 세비야로 떠났고, 저는 알리칸테로 갔는데 그곳에 제노바로 양모를 수송할 배가 있다는 소식을 들었기 때문입니다. 이렇게 제가 아버지의 집을 떠나온 지도 벌써 22년째가 됩니다. 그동안 몇 번 편지를 드렸지만, 아버지와 동생들에 대한 소식은 아무것도 듣지 못했습니다. 이 세월 동안 제가 어떻게 지냈는지 간단하게 말씀드리죠. 저는 알리칸테에서 배를 타고 순조롭게 제노바에 도착한 다음 다시 밀라노로 가서, 무기와 군인으로서 갖춰야 할 옷들을 장만했습니다. 거기서 피아몬테로 가서 의용병이 될 생각이었지요. 그런데 제가 알렉산드리아 데 라 파야로 가고 있을 때, 알바 대공작[304]이 플랑드르[305]로 가고 있다는 소식을 접하게 되었습니다. 저는 계획을 바꾸어 그분 밑으로 들어가 그분이 치른 전쟁 때마다 그분을 섬겼으며 에게몽 백작과 호른 백작[306]이 죽을 때도 거기 있었습니다. 저는 디에고 데 우르비나[307]라는 과달라하라의 유명한 대장의 부관이 되었는데, 플랑드르에 간 지 얼마 안 됐을 때 공수 동맹 소식을 듣게 되었습니다. 분명히 기억하기로 그 동맹은 교황 피오 5세께서 공동의 적인 터키에 대항하여 베네치아와 에스파냐와 맺은 것이었습니다. 그때 터키는 베네치아 사람들의 지배 아래 있던 유명한 키프로스섬을 자기들 함대로 점령했으니, 이것은 참으로 불행하고도 한탄할 만한

---

304 Fernando Álvarez de Toledo(1507~1582). 카를로스 1세와 펠리페 2세에 종사한 장군. 이탈리아에서 프랑스군과 이탈리아군을 격파한 뒤 플랑드르를 점령했다. 이어지는 본문의 사건은 1567년 8월 22일 1만 명의 대군을 이끌고 브뤼셀에 도착한 이야기이다. 바로 위에서 22년 전에 집을 떠났다고 했으니 포로가 이 이야기를 하는 시점은 1589년이다.

305 Flandes. 지금의 네덜란드, 벨기에, 프랑스 북부 연안에 해당하는 지역이다. 원래 스페인 영토였으나 영국의 도움을 받아 수차례 걸친 독립 전쟁 끝에 베스트팔렌 협정으로 1648년 독립을 이루었다.

306 에게몽Eguemón은 플랑드르의 군인이자 정치가로 플랑드르의 독립과 신교를 주장하여 스페인과 싸웠으며, 호른Hornos은 플랑드르의 정치가였다. 두 사람은 알바 공작에 의해 함께 체포되어 1568년 6월 5일 브뤼셀에서 참수되었다.

307 Diego de Urbina. 레판토 해전에서 세르반테스는 이 장군 휘하의 졸병으로 봉사했다.

손실이었지요. 이 동맹군의 총사령관으로 우리의 훌륭하신 국왕 돈 펠리페 폐하의 동생이신, 아주 침착한 돈 후안 데 아우스트리아[308] 님이 오신다는 이야기가 알려졌지요. 대규모 전쟁을 준비하고 계신다는 소식도 퍼졌습니다. 이 모든 게 저를 부추기고 제 마음을 움직여 기대되는 전쟁에 참가하고 싶다는 욕망을 불러일으켰습니다. 비록 짐작이기는 했지만 다음 기회에 대위로 승진시킨다는 거의 확실한 약속이 있었음에도 저는 이 모든 것을 내버리고 이탈리아로 가고 싶었고, 그래서 실제로 그렇게 했습니다. 마침 돈 후안 데 아우스트리아 님께서도 제노바에 막 도착해 계셨고,[309] 나폴리로 옮겨 베네치아 함대와 합류하려던 중이셨습니다. 결국 합류한 것은 메시나[310]에서였죠. 그렇게 저는 그 행복하기 그지없는 싸움[311]에 참가하게 되었던 겁니다. 그때는 이미 보병 대위로 승진해 있었지요. 이 명예로운 승진도 제 공적이라기보다 운이 좋았기 때문이지만요. 그런데 그날, 기독교 세계에 있어 참으로 행복한 날, 터키인은 해상에서 질 줄 모른다고 믿던 세상이 제대로 눈을 뜨고 그런 오류에 빠져 있던 모든 나라들이 현실을 제대로 인식하게 된 날, 그러니까 오스만 제국의 긍지와 오만이 깨어진 날, 그 싸움터에 있었다는 이유로 다들 그렇게도 행복했음에도 — 그 전쟁에서 죽은 자들이 살아 개선한 사람들보다 더 행운아들이었지만요 — 저만은 불행했습니다. 로마 시대였다면 해군의 월계관[312]쯤은 기대할 수도 있었는데, 그 유명한 날의 낮을 이어 찾아온 그날

---

308 Juan de Austria(1547~1578). 카를로스 1세의 서자로 이탈리아, 아프리카, 플랑드르 등지에 원정하여 스페인의 국위를 빛낸 인물이다.
309 그가 제노바에 도착한 것은 1571년 7월 26일이다.
310 Mecina. 시칠리아의 메시나. 1571년 8월 23일에 도착했다.
311 1571년 10월 7일에 벌어진 레판토 해전을 말한다. 스페인과 베네치아 연합 함대가 터키 함대를 전멸시킨 해전으로 세르반테스는 이 싸움에 참전하여 가슴과 왼팔에 부상을 입었다.
312 적군의 배에 제일 먼저 뛰어든 사람에게는 금으로 된 월계관이 주어졌다.

밤 저는 기대와는 반대로 발에는 쇠사슬을, 손에는 수갑을 차고 있었으니까요. 이야기는 이렇습니다. 알제의 왕이자 무모한 행운아인 해적 우찰리가 몰타 함대의 기함을 습격해서 항복시켰으니, 거기서 살아남은 사람은 딱 세 사람이었습니다. 이들도 모두 부상을 입고 있어서 후안 안드레아[313]의 기함이 이들을 구하러 갔는데, 제가 제 보병 중대와 함께 거기에 타고 있었습니다. 이와 같은 경우에 마땅히 해야 할 일을 하느라 저는 적의 갤리선에 뛰어올랐으나, 적함이 자기를 공격한 기함에서 떨어져 나가는 바람에 부하들이 따라오지 못하게 되어 저 혼자 적중에 남게 되었던 거죠. 혼자서 그 많은 상대를 당해 낼 수는 없었습니다. 결국 몸에 상처만 잔뜩 입고 항복하지 않을 수 없었지요. 어르신들도 이미 들으셨겠지만 우찰리는 자기의 모든 함대와 함께 살아남았는데 제가 그 사람의 포로가 되었던 겁니다. 그렇게 기뻐하는 많은 사람들 속에서 저만 슬펐고, 자유롭게 풀려난 숱한 사람들 중에서 저만 포로가 되었습니다. 그날 그토록 갈망하던 자유를 얻은 기독교인은 1만 5천 명이나 되었으니까요. 이들은 모두 노예로 터키 함대에서 노를 젓던 사람들이었습니다. 우찰리의 부하들은 저를 콘스탄티노플로 끌고 갔고, 거기서 터키 황제 셀림은 해전에서 의무를 다하고 몰타 종교단 배의 교단 깃발[314]을 빼앗아 오는 용기를 보여 줬다며 제 주인 우찰리를 해군 제독에 임명했습니다. 노예 생활 2년째인 1572년에는 나바리노에서 대장 배의 표시로 세 개의 등[315]을 달고 다니는 기함을 젓고 있었죠. 저는 항구에서 모든 터키 배를 사로잡을 수 있는 기

---

313 Juan Andrea. 제노바 출신의 해군 제독으로 레판토 해전 때 스페인 함대의 사령관으로 참전했다.
314 울루흐 알리Uluj Alí로 알제의 부왕이자 1571년에서 1587년까지 오스만 함대의 수장이었던 우찰리Uchalí는 레판토 해전에서 산후안 데 예루살렘 또는 몰타 교단의 배를 빼앗았다. 여기서 전하는 세르반테스의 이야기는 모두 실제로 일어난 일이다.
315 터키 해군 사령관의 깃발이다.

회를 놓치는 것을 보았습니다. 전함을 타고 왔던 모든 터키 해병과 보병들은 그 항구 안에서 분명히 공격받으리라 여기고 공격이 시작되기 전에 재빨리 육지로 달아나기 위해 옷과 파사마케 신발을 준비하고 있었습니다. 우리 해군을 상당히 무서워했거든요. 하지만 하늘은 다른 방식으로 명령했습니다. 우리를 지휘한 장군의 실수도 잘못도 아닌, 기독교 세계의 죄 때문이죠. 하느님은 우리가 우리 스스로를 벌할 회초리를 늘 갖고 있기를 바라셨나 봅니다. 실제로 우찰리는 나바리노[316] 옆에 있는 섬인 모돈으로 철수하여 군인들을 상륙시키고는, 항구의 입구를 강화하여 돈 후안 데 아우스트리아 님이 돌아오실 때까지 조용히 기다리고 있었습니다. 돈 후안 님은 돌아오시는 항해에서 〈라 프레사〉[317]라는 이름의 갤리선을 붙잡았는데, 이 배의 함장이 그 유명한 해적 바르바로하[318]의 아들이었습니다. 이 배를 나폴리의 기함이 포획했는데, 기함의 이름은 〈라 로바〉[319]로 그 배를 통솔한 사람은 전쟁의 번개, 장병들의 아버지, 백전불굴의 대장이자 행운아인 산타 크루스 후작 돈 알바로 데 바산[320]이었습니다. 라 프레사를 붙잡을 때 일어난 사건을 말씀드리지 않을 수가 없군요. 잔인하기 이를 데 없는 바르바로하의 아들이 자기 포로들을 매우 괴롭혔던 터라, 갤리선 라 로바가 들어와 자기들을 잡자 노를 젓고 있던 포로들은 모두가 동시에 노를 내던지고 갑판 위에서 빨리 저으라며 소리치던 함장을 붙들어 의자에서 의자로, 선미에서 선수로 밀쳐 내면서 얼마나 물어뜯었는지 돛대를 조금 지났을 무렵에는 이미 그의 영혼이 지옥에 떨어져 버렸

---

316 Navarino. 그리스 펠로포네소 남쪽에 있는 항구.
317 La Presa. 〈획득물〉이라는 뜻이다.
318 Barbarroja. 〈붉은 수염〉이라는 뜻. 하지만 실제 라 프레사의 함장은 붉은 수염의 아들이 아니라 손자였다고 한다.
319 La Loba. 〈암늑대〉라는 뜻.
320 Don Álvaro de Bazán(1526~1588). 그라나다 태생의 해군 제독.

답니다. 말씀드렸듯이 그자는 포로를 무자비하게 다루었으니 다들 그에게 품고 있던 증오가 그렇게도 심했던 겁니다. 우리는 콘스탄티노플로 돌아갔는데, 이듬해인 1573년에 그곳에서 돈 후안 님이 어떻게 튀니스를 정복하여 터키인들로부터 왕국을 빼앗아 물레이 아메드를 튀니스 왕으로 앉혔는지, 그리고 세상에서 가장 잔인하고도 용감무쌍한 무어인인 물레이 아미다[321]가 다시 왕위에 오르고자 한 희망을 어떻게 끊어 버렸는지에 대한 이야기를 들었습니다. 터키 대공은 이 손실에 무척 가슴 아파하며 자기 가문의 사람들의 특기인 교활함을 이용하여 자기들보다 더욱 친선을 원하던 베네치아인들과 평화 협정을 맺고는, 이듬해인 1574년에 튀니지를 방어하던 요새인 라 골레타와 돈 후안 님이 튀니스 옆에 반쯤 쌓아 둔 요새를 공략했지요. 이 모든 일이 벌어질 때 저는 자유를 찾게 되리라는 어떠한 희망도 없이 노를 젓고 있었습니다. 적어도 저의 불행한 소식을 아버지에게는 알리지 말자고 마음먹었던 터라 몸값을 지불하고 자유를 얻을 생각도 없었습니다. 결국 라 골레타는 함락되었고 요새도 잃었습니다. 이 두 성채의 터에는 터키인 용병들이 7만 5천 명, 아프리카 전역에서 온 무어인과 아랍인들이 40만 명 넘게 있었습니다. 이 막대한 수의 군인들은 엄청난 양의 탄약과 무기를 갖추었고 수많은 공병들도 있었으므로 손에 쥔 흙만으로도 라 골레타와 요새를 묻어 버릴 수 있을 정도였습니다. 그때까지 난공불락을 자랑하던 라 골레타가 먼저 함락되었지요. 수비대의 잘못이 아니었습니다. 그들은 할 수 있고 해야만 하는 일들을 모두 했지만, 그 모래사막에서는 방벽을 쉽게 쌓을 수 있다는 것을 몰랐

---

321 물레이 아메드Muley Hamet와 물레이 아미다Muley Hamida는 베르베르 왕조에 속한 형제로, 1542년 아미다가 아버지의 왕위를 찬탈하였으나 1569년에 쫓겨났다가 1573년에 다시 튀니지로 돌아왔다. 당시 세르반테스가 그곳에 있었다. 동생 아메드는 1573년 10월 튀니지 왕위에 올랐으나 얼마 뒤 터키인들에게 포로가 되어 1576년에는 콘스탄티노플에서 지냈다.

던 겁니다. 요새 안에서는 두 뼘 정도만 파도 물이 나왔는데, 터키군이 있는 곳에서는 2팔모[322]를 파도 물이 나오지 않았습니다. 그래서 그들은 단단한 지반 위에 수많은 모래 포대로 요새의 담을 압도하는 높은 방벽을 쌓아 올려 상대보다 높은 곳에서 총알을 쏘아 댔으니, 누구 하나 버티고 막아 낼 수가 없었던 것이죠. 우리 군대가 라 골레타에 갇혀 있지 말고 요새 밖으로 나가 상륙 지점에서 기다렸어야 했다는 것이 일반적인 견해이지만, 이는 그런 경우를 겪어 보지 못한 사람들이 멀리 떨어져서 하는 이야기입니다. 라 골레타와 요새에 있는 군인들은 7천 명도 채 안 되었는데, 그 적은 인원이 성 밖으로 나가 아무리 기를 쓴들 그 많은 수의 적군에 대항하여 어떻게 힘을 쓸 수 있었겠습니까? 그리고 구원병도 없는 군대가 지지 않을 도리가 있었겠습니까? 더군다나 많은 수의 적들이 집요하게, 그것도 자기네 땅에서 그들을 포위하고 있는데 말입니다. 하지만 많은 사람들의 의견이기도 하고 저 또한 그렇다고 생각한 것은, 그곳이 함락당한 것은 결국 하늘이 에스파냐에 베푼 각별한 은혜와 은총이었다는 겁니다. 아무런 이익도 되지 않는 그곳에 무한정 들어가는 돈을 생각해 보면, 그곳은 돈을 물어뜯는 좀이고 돈을 빨아들이는 스펀지이자 돈을 게걸스럽게 먹어 대는 포식자에 악의 온상이자 소굴이니 차라리 황폐해지는 편이 더 나았다는 말입니다. 그저 질 줄을 몰랐던 카를로스 5세가 그곳을 점령했다는 행복하기 그지없는 기억만이 보존될 뿐, 그래서 현재에도 그렇고 앞으로도 영원히 그 기억을 간직하기 위해 성채의 돌들이 그 기억을 받들 필요가 있다는 것 말고 그곳은 아무런 쓸모가 없거든요. 요새도 점령당했습니다. 터키인들은 야금야금 어렵게 그것을 먹어 들어갔습니다. 요새를 방어하는 군인들이 정말로 용감하고 막강하게 싸워 스물두 번에 걸친 총

---

322 *palmo*. 한 뼘의 길이. 1팔모는 약 20센티미터이다.

공격에서 그들이 사살한 적의 수가 2만 5천을 넘었으니까요. 살아남은 방어 군인 3백여 명 가운데 상처를 입지 않고 붙잡힌 사람은 아무도 없었습니다. 그들의 노력과 용기, 그리고 자기 자리를 얼마나 잘 지키고 방어했는지를 보여 주는 확실하고도 분명한 증거이지요. 호수 가운데 있던 작은 요새, 다시 말해서 탑은 발렌시아 출신의 유명한 장군인 돈 후안 사노게라가 책임지고 있었는데, 이곳도 항복하고 말았습니다. 라 골레타의 대장인 돈 페드로 푸에르토카르레로도 붙잡혔지요. 그는 그곳을 지키기 위해 할 수 있는 일을 다했습니다. 그곳을 잃은 걸 얼마나 애통해했는지 포로가 되어 콘스탄티노플로 끌려가던 중에 고통으로 죽고 말았을 정도랍니다. 요새 대장인 가브리오 세르베욘도 붙잡혔습니다. 이 사람은 밀라노 출신으로 공학자에 용감한 군인이었습니다. 이 두 요새에서 아까운 인물들이 많이 전사했습니다. 그중 한 명이 산후안 교단의 기사 파간 데 오리아로, 그의 관대한 성품은 그 유명한 동생 후안 데 안드레아 데 오리아에게 행한 더할 나위없는 대범함으로 알려졌지요.[323] 이 사람의 죽음이 더 안쓰러운 이유는, 자기가 믿었던 아랍인들의 손에 죽었기 때문입니다. 그는 요새가 함락되었을 때 무어인의 옷을 입혀 타바르카에 데려가겠다는 제의를 받았지요. 타바르카는 산호를 채취하는 제노바 사람들이 해안에 갖고 있는 작은 항구 또는 집을 말합니다. 그런데 이 아랍인들이 그 사람의 목을 잘라 터키 함대의 장군에게 가져갔다는 거예요. 그 장군은 〈배신 행위는 마음에 들지만 배신자는 증오한다〉라는 우리 에스파냐 속담대로, 목을 선물로 가져온 그 아랍인들을 교수형에 처하라고 명령했답니다. 오리아를 산 채로 데려오지 못했다는 이유였지만요. 요새를 지키다가 패잔

---

323 여기 언급되고 있는 사람들은 모두 실제 인물들이다. 파간 데 오리아Pagán de Oria는 펠리페 2세 왕의 시동으로, 이후 산킨틴과 레판토 해전에 참전했으며 모든 재산을 동생 안드레아에게 남기고 자신은 산후안 또는 말타라고 하는 교단에 입적했다.

병이 된 기독교인들 중에 돈 페드로 데 아길라르라는 사람이 있었는데, 안달루시아의 어느 곳 출신으로 아주 드물게 아는 게 많았던 똑똑한 군인이었고 요새의 소위였습니다. 특히 시에 특별난 재주가 있었습니다. 이런 말을 하는 이유는, 운명이 그 사람으로 하여금 저와 같은 주인의 노예가 되어 제 갤리선 옆자리에 오도록 했기 때문이지요. 우리 배가 항구를 출항하기 전에 이 신사는 묘비명풍으로 두 편의 시를 지었는데 하나는 라 골레타에, 다른 하나는 요새에 바치는 소네트였습니다. 사실 저는 그 소네트들을 외우고 있어서, 슬픔보다도 기쁨을 드릴 수 있으리라는 마음으로 여러분께 꼭 들려 드리고 싶습니다.」

포로가 돈 페드로 데 아길라르의 이름을 말하는 순간 돈 페르난도는 자기와 함께 온 친구들을 바라보았고, 이 세 사람은 모두 미소를 지었다. 그리고 소네트에 대해 이야기하자 그 친구들 중 한 명이 말했다.

「이야기를 더 이어 가시기 전에, 방금 말씀하신 돈 페드로 데 아길라르가 어떻게 되었는지 말씀해 주실 수 있겠습니까?」

「제가 알기로……」 포로가 대답했다. 「콘스탄티노플에서 지낸 지 2년째 되던 해에 알바니아인 복장을 하고 그리스 첩자와 함께 도망쳤지요. 자유를 얻었으리라 믿지만, 실제로 그렇게 되었는지는 잘 모르겠습니다. 그로부터 1년 후 제가 그 그리스인을 콘스탄티노플에서 보긴 했는데 탈출이 어떻게 되었는지에 대해서는 물어볼 수가 없었거든요.」

「그는 자유를 얻었습니다.」 친구들 중 한 사람인 신사가 대답했다. 「그 돈 페드로는 제 형이거든요. 지금 고향에 있으며 건강하고 부자인 데다 결혼도 해서 자식이 셋이랍니다.」

「정말 하느님께 감사할 일이군요.」 포로가 말했다. 「그 많은 은혜를 주셨으니 말입니다. 제가 보기에 잃었던 자유를 되찾는 일에 견줄 만한 행복은 세상에 아무것도 없으니까요.」

「그리고 하나 더.」 그 신사가 대답했다. 「저도 형이 지은 소네트를 압니다.」

「그렇다면 나리께서 들려주시지요.」 포로가 말했다. 「저보다 훨씬 더 잘하실 수 있을 테니 말입니다.」

「기꺼이 그러죠.」 그 신사가 대답했다. 「라 골레타에 바치는 소네트는 이렇습니다.」

40
포로의 이야기가 계속되다

소네트

그대들이 한 훌륭한 행동의 보상으로
죽음의 베일에서 벗어나 자유롭게
지하의 세계에서 하늘의 가장 높고도
가장 좋은 자리로 올라간 행복한 영혼들이여,

분노와 명예로운 열의에 불타
육체의 힘을 다하여
이웃 바다와 모래 바닥을
적과 아군의 피로 물들였구나.

용기보다 먼저 지쳐 버린 팔에는
목숨이 다하여 패하여도 죽으면서
승리를 가져가는구나.

성벽과 총칼 사이에서 맞이한
슬픈 죽음에, 그대들에게
세상은 명성을, 하늘은 영광을 주노라.

「저도 그렇게 알고 있습니다.」 포로가 말했다.
「그럼, 요새에게 바치는 소네트는, 제 기억이 틀리지 않는다면…….」 그 신사가 말했다. 「이렇습니다.」

　　　　　　　소네트

　　이 불모의 대지 사이로 무너져 내려
땅에 내던져진 이 흙덩이로부터
성스러운 3천 명 군인들의 영혼이
더 훌륭한 거주지로 살아서 올랐노라.

　　처음 힘차게 휘두른
팔 힘도 헛되이
결국 힘이 빠지고 지쳐
칼날에 목숨을 주었도다.

　　이곳은 지난 세월이나
지금이나 수천 가지 통곡할 만한 기억들이
끊임없이 가득했던 땅.

　　그러나 이 땅의 딱딱한 품으로부터

빛나는 하늘로 당당한 영혼이 올라갔을 터이니
하늘도 그토록 용감한 육체들은 받들지 못했더라.

시들은 나쁘지 않았고, 포로는 자기 동료에 대한 소식에 기뻐했다. 그는 자기 이야기를 계속해 나갔다.

「그러니까, 라 골레타와 요새가 함락되자 터키인들은 라 골레타의 방벽을 죄다 부수라고 명령했습니다. 무너뜨릴 데도 없을 정도로 요새는 망가져 있었죠. 그래서 힘들이지 않고 간단히 무너뜨리기 위해 세 곳에다 폭탄을 설치했습니다. 그런데 어느 하나도, 별로 강해 보이지 않던 곳조차 날려 보내지 못하더군요. 모두가 낡은 것이었는데도 말입니다. 오히려 엘 프라틴[324]이 축성한 새 성벽에 남아 서 있던 것들만 너무나 쉽게 다 무너지고 말았죠. 결국 함대는 개선장군이 되어 콘스탄티노플로 돌아갔고, 그로부터 몇 달 뒤에 제 주인인 우찰리가 죽었습니다. 사람들은 이 사람을 우찰리 파르탁스라고 불렀지요. 터키 말로 〈백선(白癬)에 걸린 변절자〉라는 뜻입니다. 실제로 그랬거든요.[325] 그리고 터키 사람들 사이에서는 사람마다 가지고 있는 결점이나 덕이 있으면 그것으로 이름을 짓는 풍습이 있었으니까요. 그렇게 이름을 짓는 다른 이유는 터키 사람들에게는 오스만 집안에서 내려온 네 가지 성의 가문[326]만 있기 때문입니다. 그러니 나머지 사람들은 방금 말씀드렸듯이, 신체에 있는 결점이라든가 정신적인 장점 등을 뜻하는 것으로 이름과 성을 지었던 것입니다. 그런데 이 백

---

324 El Fratín. 카를로스 1세와 펠리페 2세 때 종사한 이탈리아 공학자로 라 골레타뿐만 아니라 지브롤터 축성을 보수했다.
325 백선은 피부가 하얗게 변하는 병으로, 올리버 아신J. Oliver Asín의 1938년판 『스페인어 역사』에 언급된 내용에 의하면, 백선이 이 사람의 머리에 생겼는데 이를 숨기기 위해서 머리에 터번을 썼다면서 비꼬기도 했다고 한다.
326 무하마드, 무스타파, 무라트, 알리.

선에 걸린 사람은 터키 대공의 노예로 14년이나 노를 저었으며, 서른네 살이 넘어서 개종을 했다고 합니다. 노를 젓고 있는데 어느 터키인이 뺨을 때리니까 화가 나서 그것을 복수하기 위해 자기 신앙을 버렸다는군요. 그 정도로 그 사람은 담대해서 터키 대공의 다른 많은 총신들이 올라간 멍청한 방법이나 경로를 거치지 않고 알제 지역의 왕이 되었던 겁니다. 그 후 그 나라에서 세 번째로 높은 관직인 해군 사령관이 되었습니다. 이탈리아에 있는 칼라브리아 지방에서 태어난 그는 도덕적으로 훌륭한 인물이었고, 포로들을 아주 인간적으로 대해 주었습니다. 포로가 3천 명이나 됐지요. 그가 죽자 유언에 따라 이들은 터키 대공과 개종자들에게 분배되었습니다. 터키 대공은 죽은 모든 신하들의 상속자였으므로 죽은 자들의 자식들과 함께 유산의 일부를 분배받게 되어 있거든요. 저는 베네치아 태생의 한 개종자에게 분배되었습니다. 이 사람은 어느 배의 수습 선원이었을 때 우찰리의 포로로 왔는데, 그의 마음에 무척 들었기 때문에 가장 사랑받는 시동 중 하나였답니다. 그런데 이후 세상에 둘도 없는 가장 잔인한 개종자가 되었어요. 이름이 아산 아가[327]로, 아주 부자가 되었다가 나중에는 알제의 왕위에까지 올랐습니다. 저는 그 사람과 같이 콘스탄티노플에서 에스파냐와 아주 가까운 곳으로 오게 되었으므로 얼마간 기뻐했습니다. 누군가에게 편지로 저의 불행한 일을 알릴 생각이 있었다기보다는, 알제에서는 콘스탄티노플에 있었을 때보다 운이 좀 더 나을지도 모른다고 생각했기 때문이지요. 콘스탄티노플에 있을 때 저는 이미 수천 가지 방법으로 탈출을 시도해 봤지만 모두 운이 없어 실패하고 말았답니다. 그래서 알제에서는 그토록 바라던 일을 이룰 수 있는 다른 방

---

[327] Azán Agá 또는 Hasán Bajá. 베네치아 출신으로 1577년에서 1580년까지 알제의 왕이었으며 세르반테스가 포로 생활을 할 때 세 번이나 살려 주었다.

법을 찾아보자고 생각했습니다. 저는 자유로운 몸이 된다는 희망을 한 번도 버린 적이 없었거든요. 계획했던 일이나 생각했던 일이나 실행에 옮겼던 일이 뜻대로 되지 않아도 금방 포기하지 않고 비록 연약하고 빈약한 것이나마 저를 지탱해 줄 다른 희망을 생각해 보기도 하고 찾아보기도 했답니다. 이렇게 마음을 먹으며 저는 터키인들이 〈목욕탕〉이라고 부르는 감옥, 혹은 집에 갇혀 생활했습니다. 거기에는 왕의 사람에서부터 개인의 포로에 이르기까지 기독교인 포로들이 감금되어 있었습니다. 그리고 〈창고 포로〉라고 부르는, 소위 시에서 하는 공공사업이나 다른 일에 투입되는 시(市) 포로들이 있었지요. 시 포로들은 자유를 얻는 데 어려움이 매우 컸습니다. 공동 소유의 포로들이라 특정 주인이 없는 것과 같아 몸값을 가지고 있다 해도 교섭할 사람이 없었죠. 앞서 말한 이 감옥에는 마을 주민들이 자기들의 포로를 데리고 오기도 하는데, 주로 몸값이 도착하기를 기다리고 있는 포로들로 몸값이 도착할 때까지 그곳에서 비교적 편하고 안전하게 지낼 수 있었기 때문입니다. 또한 몸값이 합의된 왕의 포로들은 다른 포로들과 함께 일하러 나가지 않았어요. 몸값이 늦어질 경우는 일해야 하지만요. 더 열심히 몸값 청구 편지를 쓰도록 하기 위해 다른 사람들과 함께 일을 하게 하거나 장작을 패러 가게 하는데, 그건 보통 일이 아니랍니다. 저는 몸값을 기다리는 사람 중 하나였습니다. 제가 대위였다는 것이 밝혀졌기 때문이지요. 제게는 몸값이 올 가능성도 없고 돈도 없다고 아무리 이야기해도 몸값이 지불되기로 되어 있는 사람들 속에 넣더군요. 제게 쇠사슬 하나를 채웠는데, 그것은 저를 지키기 위해서라기보다는 몸값 이야기가 되어 가고 있다는 표시로서였습니다. 이렇게 저는 그 감옥에서, 역시 몸값이 지불될 사람이라는 표시를 달고 있는 다른 많은 신사들이나 훌륭한 분들과 생활하고 있었습니다. 가끔, 아니 거의 매일 배고픔과 헐벗음에 괴로워하는 일이 생기긴 했지만, 제일 괴로웠던 것은 제 주인이 기독교인들에게 가하는 듣도 보도 못한 잔인한 학대를 매일 듣고 봐야만 한다는 것이었습니다. 매일 자기 포로를 교수형에 처하기도 하고, 이 사람은 찔러 죽이고, 저 사람은 귀를 자르곤 했으니까요. 너무나 사소한 이유를 들어, 아니 아예 이유도 없이 이런 짓을 했기 때문에 저는 터키인들이 단지 그렇게 하고 싶어서 그러는 것이며 그들이 천성적으로 모든 인류의 살인자로 태어난 것이라 여기게 되었습니다. 에스파냐의 병사인 사아베드라[328]만이 그자로부터 자유로웠습니다. 이 사람은 그곳에 있는 사람들의 기억에 오랫동안 남을 일들을 했는데, 모두가 자유를 얻기 위한 일이었습니다. 주인이 그를 때리거나, 때리라고 명령하거나, 욕을 한 일은 한 번도 없었습니다. 그가 한 많은 일들 중 가장 사소한 일이라도 우리가 했다면 찔러 죽이지나 않을까 싶었던 것이라 모두가 걱정했으며 몇 번인가는 그 자신도 두려워했는데 말입니다. 시간이 넉넉하다면야 지금이라도 당장 이 군인이 한 일에 대해서 말하고 싶을 정도랍니다. 저에 대한 이야기와는 비교가 되지 않을 정도로 훨씬 놀랍고 재미있을 것이 분명하거든요. 어쨌든, 우리 감옥의 뜰 위에는 어떤 돈 많고 지체 높은 무어인의 집 창문들이 있었는데, 이 창문들은 무어인들의 창문이 보통 그렇듯이 창문이라기보다는 구멍에 가까운 것들이었습니다. 이마저도 아주 빽빽하고 두꺼운 망으로 가려져 있었지요. 어느 날 저는 세 명의 동료와 함께 시간을 때우려고 감옥 발코니에서 쇠사슬을 단 채 뜀뛰기를 하고 있었습니다. 다른 기독교인들은 모두 일하러 나가서 우리들만 있었던 것인데, 문득 무심코 눈을 드니 제가 말씀드린 그 닫힌 창문으로 작대기 하나가 나와 있더군요. 끝에 손수건 하나가 묶인 채 말입니다. 그 작

---

[328] Saavedra. 작가 자신이다. 세르반테스의 완전한 이름은 미겔 데 세르반테스 사아베드라이다.

대기가 흔들리면서 움직이는 게 꼭 우리더러 그 손수건을 잡으라고 하는 것 같았습니다. 우리는 그것을 가만히 바라보고 있었는데 저와 함께 있었던 동료 중 한 사람이, 작대기를 떨어뜨리려 하는 건지 아니면 뭘 하려는 건지 보기 위해 그 아래로 가서 섰습니다. 그러자 작대기가 들려 올라가더니 마치 싫다고 고갯짓을 하듯 좌우로 움직였습니다. 그 사람이 돌아오자 다시 작대기는 내려져 먼젓번과 같이 움직였습니다. 다른 동료가 가 보았는데 처음과 같은 일이 일어났습니다. 마지막으로 세 번째 동료가 가보았는데, 역시 첫 번째와 두 번째에 일어났던 일과 같은 일이 일어났고요. 이것을 보고 저도 운을 시험해 보고 싶어서 그 아래로 가 섰더니 작대기가 떨어져 감옥 안쪽 제 발치로 왔습니다. 곧장 손수건을 풀어 보니 안에는 또 다른 천이 묶여 있었고, 다시 그 안에는 10시아니의 돈이 들어 있었습니다. 무어인들이 쓰는 질 낮은 금화로, 1시아니는 우리 돈으로 10레알이 되지요. 이 돈을 발견하고 제가 얼마나 기뻤는지는 말할 필요도 없을 겁니다. 그런 돈이 대체 어디서 우리에게, 특히 저에게 왔는지 생각하니 기쁘기도 하고 놀랍기도 했지요. 제가 아니면 작대기를 떨어뜨리려 하지 않았던 것으로 보아 이 은혜는 제게 베풀어진 것이 분명했거든요. 그 고마운 돈을 챙긴 다음 작대기는 부러뜨리고 발코니로 돌아와 창문을 쳐다보니 거기로 아주 하얀 손 하나가 나오는 것이 보였습니다. 손을 굉장히 빠르게 쥐었다 폈다 하고 있더군요. 이것으로 우리는 그 집에 살고 있는 어떤 여자가 우리들에게 그런 은혜를 베푼 것이라 이해하고 상상했습니다. 그래서 고마움의 표시로 가슴에 두 팔을 얹고 몸을 굽혀 고개를 숙이는 무어식 인사를 했지요. 그러자 곧 같은 창문으로 나무로 만든 조그마한 십자가 하나가 나오더니 금방 다시 안으로 들어가더군요. 이 신호로 저희는 어느 기독교 여인이 그 집에 포로로 붙잡혀 있는 게 틀림없다고 확신했습니다. 우리에게 돈을 준 사람도 그 여자라고 말입니다. 그러나 그 하얀 손이며 손에서 본 팔찌를 떠올리니 생각이 바뀌어, 다시 그녀는 회교에 귀의한 기독교인임이 틀림없다고 상상하게 되었답니다. 무어인 주인들은 그런 여자를 합법적인 부인으로 삼는 일이 흔하며, 그런 것을 행운으로 여겨 자기와 같은 민족의 여자보다 귀하게 대하기도 하지요. 그런데 우리의 이 모든 생각들은 사실과 아주 거리가 먼 것들이었습니다. 여하튼 그날 이후 우리는 작대기라는 별이 우리에게 나타난 그 창문을 북극성 삼아 바라보는 것으로 소일하며 하루하루를 보냈습니다. 하지만 이후 보름이 지나도록 작대기는커녕 손과 다른 어떤 신호도 볼 수 없었습니다. 이 시간 동안 우리는 그 집에 누가 사는지, 회교에 귀의한 기독교 여인이 있기나 한 것인지 정말 알고 싶었습니다. 하지만 그곳에 아히 모라토라는 유명한 부자 무어인이 산다는 것 이상은 우리에게 알려주는 사람이 없었습니다. 그 사람은 무어인들 사이에서는 아주 훌륭한 자리로 평가되는 라 바타의 성주였습니다. 그런데 더 많은 시아니가 창문으로 비 오듯이 내릴 줄은 전혀 생각지도 않고 있었을 때 뜻밖에도 작대기가 다시 나타났는데, 거기에는 저번처럼 손수건이 매달려 있었고 훨씬 큰 매듭이 지어져 있었습니다. 지난번과 마찬가지로 감옥이 비어 사람이 없을 때였습니다. 우리는 이미 했던 실험을 했습니다. 함께 있었던 제 동료 세 명이 저보다 먼저 한 사람씩 그 아래로 가보았지만 제가 아닌 누구에게도 작대기가 떨어지지 않더니 제가 그 자리에 가자 떨어졌습니다. 매듭을 풀어 보니 에스파냐 금화 40에스쿠도와 아랍어로 쓴 종이 한 장이 들어 있었고 글 마지막에는 큰 십자가가 그려져 있었습니다. 십자가에 입을 맞추고 금화를 집어서 발코니로 돌아와 우리 모두 그쪽을 향해 인사를 하니 다시 손이 나타났습니다. 그래서 제가 그 쪽지를 읽어 보겠노라는 신호를 하자 창문을 닫더군요. 이 일로 우리는 모두 당황하기도 하고 기쁘기도 했답니다. 그런데 우리들 중에는 아랍어를 아는 사람이 없었기 때문에, 모두 종이에 쓰여 있는 내용을 알고 싶어 미칠 지경이었습니다. 그것을 읽어 줄 사람을 찾는 게 제일 큰 어려움이었습니다. 결국 저는 저의 가장 친한 친구라고 자칭하던, 무르시아 출신의 개종자인 한 친구를 믿을 수밖에 없었습니다. 그 친구와 저는 둘 사이에는 약속한 것이 하나 있었기에 그것으로 그에게 제가 맡길 비밀을 지키도록 했던 것입니다. 개종자들 중에는 기독교인들의 땅으로 가고자 하는 사람들이 몇몇 있는데, 그렇게 하려면 주요한 포로들이 보증하는 서명을 받아야 한답니다. 형식이야 어떻든, 아무개 개종자는 착한 사람으로 늘 기독교인들에게 잘해 줬고 기회가 있을 때마다 도망가고자 했었다, 하는 식이지요. 이런 신용장을 좋은 의도로 가지려고 하는 사람도 있었고, 기회가 주어질 때 속임수를 쓰기 위해서 필요로 하는 사람도 있었습니다. 다시 말해 기독교인들의 땅으로 도둑질을 하러 갔다가 실패하거나 붙잡혔을 경우에 ― 기독교인들 입장에서는 다행스러운 일이죠 ― 그런 증명서를 꺼내 보이고, 자기는 기독교인들의 땅에 남고자 하는 목적으로 다른 터키인들과 함께 해적선을 타고 왔다고 말하는 식이지요. 이렇게 해서 첫 번째 변을 모면하고, 벌을 받지 않은 채 교회와 화해하게 되는 겁니다. 그런 다음에는 기회를 봐서 베르베리아³²⁹로 돌아가 전과 같은 회교도 생활을 하는 거죠. 물론 좋은 의도를 가지고 그런 서류를 구해 기독교 땅에 사는 사람들도 있습니다. 그러니까 제가 말씀드린 친구도 이런 개종자들 중 한 사람으로 제 모든 동료들의 서명이 든 증명서를 가지고 있었는데, 거기에 우리는 그를 보증해 줄 만한 것이면 모두 다 써주었죠. 그러니 만일 무어인들이 그것을 발견하기라도 하면 그를 산 채로 불태워 죽였을 겁니다. 저는 그가 아랍어를 잘 말할 수 있을 뿐만 아니라 쓰기도 할 만큼 능통하다는 것을 알

329 Berbería. 이집트를 제외한 북아프리카 지역을 칭하던 옛 이름.

고 있었습니다. 그러나 그에게 모든 것을 털어놓기 전에 우연히 내 감방 구멍에서 이 쪽지를 발견했는데 읽어 주지 않겠느냐고 부탁했지요. 그는 쪽지를 펴더니 한참을 보면서 입속으로 중얼거리며 내용을 우리 말로 번역했습니다. 제가 알겠느냐고 묻자, 아주 잘 알겠다고 하더군요. 한 마디 한 마디 정확하게 알려 주기를 바란다면 자기에게 잉크와 펜을 달라고 했습니다. 그렇게 하는 게 더 낫겠다며 말입니다. 그가 요구하는 것을 당장 갖다 주었더니 그는 조금씩 조금씩 번역해 가면서 다 옮기고는 말했습니다. 〈여기 에스파냐어로 써놓은 것이 이 아랍어로 적힌 쪽지에서 한 글자도 빼지 않고 옮긴 겁니다. 그리고 《렐라 마리엔》은 《우리들의 성모 마리아》로 아시면 되고요.〉 우리는 그것을 읽어 보았는데 이렇게 씌어 있었습니다.

제가 어렸을 때 아버지는 한 여종을 데리고 계셨습니다. 그 여자가 저에게 기독교의 기도문을 우리 말로 가르쳐 주었고 렐라 마리엔에 대해서 많은 것을 들려주었습니다. 그 기독교인 여자는 죽었으나, 지옥에 간 것이 아니라 알라 곁으로 갔다는 것을 저는 알고 있습니다. 그 이후에 그녀를 두 번이나 만났거든요. 그녀는 저더러 저를 무척 사랑하시는 렐라 마리엔을 뵐 수 있도록 기독교인들의 땅으로 가라고 했습니다. 하지만 저는 어떻게 갈 수 있는지를 모릅니다. 이 창문으로 숱한 기독교인들을 보았습니다만 당신 이외에는 어느 분도 신사로 보이지 않았습니다. 저는 아주 아름답고 젊으며 가지고 갈 돈도 많답니다. 우리가 어떻게 갈 수 있을지, 당신이 할 수 있는 일을 생각해 보세요. 만일 원하신다면 거기서 당신은 제 남편이 되실 수도 있습니다. 원하시지 않으셔도 제겐 아무 상관 없어요. 렐라 마리엔이 저랑 결혼할 분을 주실 테니까요. 제가 이런 내용을 적었으니, 이것을 읽어 줄 분을 잘 살피세요.

무어인은 누구도 믿어서는 안 돼요. 모두가 속이거든요. 제가 가장 걱정하는 것은 당신이 누구에게 이 이야기를 폭로하지나 않을까 하는 것입니다. 만일 제 아버지께서 이 사실을 아시면, 당장에 저를 우물에 넣고 돌로 입구를 막아 버리실 거니까요. 작대기에 실 한 가닥을 달아 놓을 테니 거기에 답을 매달아 주세요. 아랍어로 써주실 분이 안 계시면 표시로 알려 주세요. 렐라 마리엔이 저로 하여금 당신의 뜻을 이해하게 해주실 겁니다. 그분과 알라가 당신을 지켜 주시기를 바랍니다. 그리고 제가 몇 번이고 입을 맞추는 그 십자가가 당신을 지켜 주기를 바랍니다. 그 여종이 이렇게 하라고 시켰습니다.

여러분, 이 종이에 쓰인 말들이 우리를 놀라고 기쁘게 한 게 당연하지 않았겠습니까? 우리들의 이런 모습을 보고 그 개종자는 그 쪽지가 우연히 발견된 것이 아니라 누군가 실제로 우리 중 한 사람에게 써 보낸 것이라는 것을 알게 되었습니다. 그는 그 짐작이 사실인지 자기를 믿고 말해 달라고 간청했습니다. 우리의 자유를 위해 자기의 목숨도 걸겠다면서 말입니다. 그러면서 품에서 쇠로 된 그리스도 수난상을 꺼내어 그 상이 의미하는 하느님을 두고 눈물로써 맹세했습니다. 자기는 비록 죄 많고 나쁜 놈이지만 진심으로 충실하게 하느님을 믿고 있으며, 우리가 말하는 모든 것들을 마음을 다해 비밀로 지킬 것이라고 말입니다. 그 편지를 쓴 여자를 통해 자신과 우리 모두가 자유를 얻을 수 있을 거라고 거의 확신했던 게지요. 그리고 자기가 그토록 바라던 것, 즉 자기 어머니인 성스러운 교회의 신도가 될 수 있을 거라고 생각한 겁니다. 자신은 무지와 죄로 말미암아 교회로부터 썩은 나뭇가지처럼 떨어져 있었다고 했습니다. 개종자가 눈물을 펑펑 쏟고 진심으로 회개하는 모습으로 그런 말을 했기에 모두가 같은 생각으로 동의하여 사건의 진상을 털어놓기로 했답니다. 그래서 그에게 아무것도 숨기지 않고 말해 주었습니다. 작대기가 나타났던 창문도 보여 주었죠. 그는 거기서 집을 잘 봐두고는 누가 그 집에 사는지 알아보는 일에 아주 특별한 관심을 보였습니다. 그리고 이제는 그 일을 할 줄 아는 사람이 있으니 무어 여인의 편지에 답장을 하는 게 좋겠다고 의견의 일치를 보았죠. 개종자는 곧 내가 불러 주는 대로 썼습니다. 내용은 정확하게 지금부터 말씀드릴 것들로, 이 일의 핵심이 되는 사항들 중에서 제가 잊은 건 하나도 없습니다. 살아가는 동안 결코 잊히지 않을 것입니다. 무어 여인에게 보낸 답장은 이렇습니다.

아가씨, 참된 알라가 당신을 지켜 주시기를 바랍니다. 그리고 신의 진정한 어머니시며, 당신을 사랑하시기에 당신의 마음에 기독교인들의 땅으로 갈 생각을 떠올리게 하신 그 축복받은 마리엔의 가호가 당신께 있으시기를 바랍니다. 그분이 당신에게 명령하신 것을 실행하려면 어떻게 해야 하는지 알려 달라고 그분께 부탁해 주십시오. 그분은 참으로 좋으시니 분명히 들어주실 겁니다. 저를 비롯하여 저와 함께 있는 이 모든 기독교인들은 당신을 위한 일이라면 죽을 때까지 할 수 있는 모든 노력을 다할 것입니다. 당신이 하고자 생각하시는 일을 편지로 꼭 알려 주십시오. 늘 답장을 보내겠습니다. 이 편지로 알 수 있듯이 당신네 언어로 말할 줄 알고 쓸 줄도 아는 기독교인 포로를 위대한 알라께서 저희에게 주셨습니다. 그러니 걱정 마시고 원하시는 일을 모두 저희에게 알려 주십시오. 기독교인들의 땅에 가시게 되면 제 아내가 될 거라고 하신 말씀에 대해서는, 제가 훌륭한 기독교인으로서 그렇게 하겠다고 당신께 약속드리겠습니다. 아시다시피 기독교인은 무어인들보다 약속한 바를 잘 지킨답니다. 알라와 그의 어머니 마리엔의 가호가 있기를 바랍니다, 아가씨.

이 편지를 써서 봉한 뒤 늘 그랬듯이 감옥이 비기를 기다렸다가 이틀만에 늘 가던 발코니로 가봤더니 오래 지나지 않아 작대기가 나타났습니다. 누가 작대기를 쥐고 있는지는 알 수 없었지만 저는 편지를 보여 주며 실을 달라고 알렸죠. 하지만 작대기에는 이미 실이 달려 있더군요. 거기에다 편지를 매달았더니 곧 우리의 별이 거기에 묶인 평화의 하얀 깃발을 달고 다시 나타났습니다. 떨어진 그것을 집어서 열어 보니 그 천에는 모든 종류의 금화와 은화로 총 50에스쿠도가 넘는 돈이 들어 있었습니다. 이 돈은 50배나 더 우리를 만족시켰고 자유를 얻을 수 있다는 희망을 확신시켜 줬습니다. 그날 밤 우리의 개종자가 돌아와서, 우리가 들은 바대로 그 집에는 엄청난 부자인 아히 모라토라는 무어인이 살고 있으며 그에게는 그의 전 재산을 물려받을 외동딸이 있는데 그 딸은 베르베리아에서 가장 아름다운 여인이라는 소문이 도시에 공공연히 퍼져 있다는 이야기를 해주었습니다. 이곳에 온 많은 부왕들이 그녀에게 청혼했지만 여자는 전혀 결혼할 의사가 없다는 것과, 이제는 죽었지만 한 여자 포로를 데리고 있었는데 그녀가 기독교인이었다는 사실도 알아냈다고 했습니다. 모든 게 종이에 쓰인 그대로였습니다. 곧 우리는 그녀를 꺼내 기독교인들의 땅으로 가려면 어떤 절차를 밟아야 하는지 그 개종자와 상의하기 시작했습니다. 결국 소라이다의 다음 편지를 기다려 보자는 데 의견을 모았죠. 소라이다가 그녀의 이름이었습니다. 지금은 마리아라고 불리고 싶어 하는 바로 그녀이지요. 이 어려운 문제를 해결할 사람이 그녀밖에 없음을 잘 알고 있었기 때문에 그녀의 편지를 기다려 보자고 한 것입니다. 이렇게 결정을 보자 그 개종자는 우리보고 걱정하지 말라고 하더군요. 자기가 죽음을 무릅쓰고서라도 우리를 자유로운 몸으로 만들어 주겠다면서요. 나흘 동안 감옥에 사람들이 있어서 작대기가 나타나는 데도 나흘이나 걸렸습니다. 드디어 여느 때와 같이 감옥이 적막해지자, 너무나 행복한 출산을 약속하는 듯 불룩한 천을 달고 작대기가 나타났습니다. 작대기와 천이 제게로 내려왔는데, 천에는 편지와 금화로만 1백 에스쿠도가 들어 있었습니다. 개종자도 그 자리에 있었기에 그에게 우리 감방으로 가서 편지를 읽어 달라고 했습니다. 그가 말해 준 편지의 내용은 이러했습니다.

나리, 저는 어떻게 해야 에스파냐로 갈 수 있는지 모르겠습니다. 렐라 마리엔께도 물어봤는데 가르쳐 주지 않으세요. 제가 할 수 있는 일은 이 창문으로 당신에게 많은 금화를 드리는 것뿐입니다. 그 돈으로 당신과 친구분들을 구하시고, 한 분이 기독교인들의 땅으로 가셔서 배를 한 척 산 다음 다른 분들을 데리러 돌아오세요. 저는 해양 사무소에서 멀지 않은 바바손 문(門)에 있는 아버지의 장원에 있을 겁니다. 그곳에서 올여름 내내 아버지와 하인들과 지내게 되어 있습니다. 밤이면 안전하게 저를 꺼내서 배로 데려가실 수 있을 것입니다. 그리고 당신이 제 남편이 되시겠다고 하신 약속은 잊지 마세요. 그러지 않으면 마리엔에게 당신을 벌주라고 할 테니까요. 배를 사러 가는 데 믿을 만한 사람이 없다면 당신이 직접 가세요. 저는 당신이 다른 어떤 사람들보다 더 확실히 돌아오실 분이라는 걸 알아요. 당신은 신사시고 기독교인이시니까요. 장원을 알아 두도록 하세요. 그리고 당신이 왔다 갔다 하시면 감옥이 비어 있다는 뜻으로 알고 돈을 더 많이 드리겠습니다. 당신께 알라의 가호가 있으시기를, 나의 주인님께.

두 번째 편지의 내용은 이랬습니다. 이 내용을 보고 모두 저마다 자기가 풀려나겠다고 나서며 틀림없이 돌아오겠노라고 약속했습니다. 저 또한 그렇게 했지요. 개종자는 이 모든 것에 반대했습니다. 모두 한꺼번에 풀려나지 않는 이상, 우리 중 특정한 사람만 나가는 것에 절대로 동의할 수 없다는 것이었습니다. 경험상 포로 상태에서 한 약속들이 자유의 몸이 되었을 때 제대로 지켜지는 것을 결코 보지 못했다더군요. 우두머리 격이었던 포로들이 그러한 방법을 여러 번 썼답니다. 한 사람의 신병을 인수한 뒤 돈을 주며 발렌시아나 마요르카에 가 배를 준비해서 그를 풀어 주기 위해 돈을 지불한 사람들을 구하러 오라고 한 적이 있는데, 아무도 돌아오지 않았답니다. 얻은 자유를 다시 잃지나 않을까 하는 두려움이 그 사람의 기억에서 이 세상의 모든 의무를 지워 버린 것이라고 했습니다. 그리고 우리에게 한 말이 진실이라는 것을 확인시키기 위해서 어느 하나의 경우를 간단하게 들려주더군요. 거의 비슷한 시기에 기독교인들 사이에서 일어난 일이었는데, 늘 굉장히 놀랍고 감탄할 일들이 벌어지고 있는 그 땅에서도 결코 일어난 적이 없었던 이상한 사건이었죠. 사실 그가 이 사건을 이야기한 이유는, 그 자신이 할 수 있고 해야 할 일을 말하고자 함이었습니다. 기독교인의 신병을 인수하기 위한 돈을 자신이 받아 알제에 가 테투안이나 그 근처 해안에서 상인이나 중매인이 된다는 구실로 배 한 척을 사겠다는 얘기였습니다. 자기가 배의 주인이 되면 우리를 감옥에서 구해 내어 배에 태울 계책이 쉽게 나올 것 같다더군요. 게다가 무어 여인의 말대로 우리 모두를 구할 돈이 주어진다면 모두가 자유인이 되니 대낮에 배를 타는 것도 아주 쉬울 거라고 했습니다. 가장 큰 난관이 있다면, 무어인들은 해적질을 하러 가기 위한 큰 배가 아니면 어떤 개종한 자도 배를 사거나 소유하지 못하게 한다는 사실이었죠. 배를 사는 사람이 특히 에스파냐 사람이면 다름 아닌 기독교인들의 땅으로 가려는 게 아닐까 하고 염려하기 때문이라고 했습니다. 그러나 이런 문제도 타가리노[330]를

---

330 *tagarino*. 스페인 내 옛 아라곤 왕국에서 기독교인들과 함께 살았던 무어인을 일컫는 말.

배 주인으로 하면 모든 게 해결된다고 했습니다. 무어인과 함께 배를 공유하고 장사에서 얻는 이익을 분배한다는 구실로 말입니다. 저와 제 동료들은 무어 여인이 말한 대로 마요르카로 사람을 보내 배를 사는 편이 낫다고 생각했지만, 개종자의 말에 감히 반대할 수가 없었습니다. 만일 그가 말한 대로 하지 않으면 그는 우리 일을 폭로할 것이고, 그러면 모두 목숨을 잃게 된다는 두려움이 있었기 때문입니다. 만일 소라이다의 일이 탄로 나는 경우라면 그녀의 목숨을 구하기 위해 우리 목숨을 바칠 각오는 되어 있었지만요. 그래서 하느님과 개종자의 손에 우리를 맡기기로 하고, 그 자리에서 소라이다에게 보낼 답장을 쓰게 했습니다. 마치 렐라 마리엔이 당신에게 알려 주시기라도 한 듯 참으로 좋은 의견이니 우리는 조언받은 대로 할 것이라고 말입니다. 그리고 그 일을 미루느냐 당장 실행에 옮기느냐는 그쪽에 달려 있다고도 했습니다. 저는 당신의 남편이 될 것이라고 다시 한 번 약속했습니다. 다음 날 감옥이 비었을 때 그녀는 여러 번에 걸쳐 작대기에 손수건을 묶어 우리에게 금화 2천 에스쿠도를 주면서 쪽지도 같이 보내 왔습니다. 거기에는 첫 번째 후마, 즉 금요일에 자기 아버지의 장원으로 가는데 가기 전에 우리한테 더 많은 돈을 주겠으며 부족할 경우 알려 주기만 하면 요구하는 만큼 더 주겠노라고 써 있었습니다. 자기 아버지는 돈이 많아서 얼마쯤 없어져도 모르실 것이며 게다가 열쇠는 모두 자기가 가지고 있다고도 적혀 있었지요. 우리는 당장 개종자에게 배를 살 돈으로 5백 에스쿠도를 주었습니다. 그리고 당시 알제에 있던 한 발렌시아 상인에게 8백 에스쿠도를 줘서 저를 사게 했습니다. 그래서 이 사람이 왕으로부터 저를 샀는데, 제 몸값은 발렌시아로부터 첫 번째 배가 들어오는 대로 지불하겠다는 약속하에 계약이 이루어졌습니다. 만일 당장에 돈을 지불하면, 제 몸값이 이미 여러 날 전부터 알제에 있었는데 상인이 자기 돈벌이 때문에 입을 다물고 있었던 것이라고 왕이 의심할까 봐 그랬던 거지요. 제 주인이 워낙 의심이 많은 사람이라서 전 어떤 식으로든 돈을 당장 지불하려 하지 않았던 것입니다. 아름다운 소라이다는 장원으로 가게 되어 있는 금요일 바로 전날인 목요일에 1천 에스쿠도를 우리한테 보내면서 자기가 떠난다는 것을 알렸습니다. 제가 풀려나면 곧장 자기 아버지의 장원이 어디 있는지 알아내 무슨 일이 있더라도 그곳으로 갈 기회를 만들어 자기를 만나 달라고 부탁했지요. 저는 그렇게 하겠노라고 간단하게 대답하고, 기독교 여종이 가르쳐 준 모든 기도문으로 렐라 마리엔에게 우리들을 보살펴 주시길 기도해 달라고 했습니다. 그런 뒤 동료들의 몸값을 지불하여 포로에서 풀려나 감옥에서 쉽게 나올 수 있도록 했습니다. 돈은 있는데 저만 자유롭게 되고 그들은 계속 감옥에 있게 된다면 그들이 난리를 피울 수도 있고, 소라이다에게 피해가 갈 수 있는 무슨 일이든지 하라고 악마가 그들을 설득할 수도 있으니까요. 동료들의 인간성으로 보아 이런 걱정은 하지 않아도 되었습니다만, 그래도 사소한 일로 모험을 하고 싶지 않았습니다. 그래서 제가 풀려난 것과 같은 방법으로 그들을 구하고자, 확실하고 안전한 보증을 위해 제가 가진 돈을 상인에게 몽땅 주었습니다. 하지만 위험할 수 있었기에 우리의 일이며 비밀은 절대로 이 상인에게 털어놓지 않았지요.」

41
포로가 그의 이야기를 계속하다

「보름이 채 지나지 않았는데 우리의 개종자는 서른 명 이상이 탈 수 있는 아주 훌륭한 배를 샀습니다. 그는 일을 확실하게 처리하고 진짜처럼 보이도록 하기 위해 사르헬[331]이라는 곳을 항해할 생각을 했고, 실제로 그렇게 했지요. 그곳은 알제에서 오랑 쪽으로 20레과쯤 떨어져 있으며, 말린 무화과 거래가 많이 이루어지고 있는 곳이랍니다. 항해를 두세 번 했는데, 말씀드린 그 타가리노와 함께 다녔습니다. 베르베리아에서는 아라곤의 무어인들을 타가리노라고 부르고, 그라나다의 무어인들은 무데하르라고 하지요. 페스 왕국에서는 엘체라고 합니다. 그곳 왕이 전쟁에서 가장 많이 이용하는 자들이죠. 개종자는 항해할 때마다 소라이다가 기다리고 있는 장원에서 큰 활로 두 번 쏠 정도의 거리에 있는 연안에 정박하곤 했습니다. 거기서 일부러 노를 젓는 무어인들과 내기를 하거나 알랑거리기도 하고, 진짜로 하려고 생각하던 일을 장난처럼 연습해 보기도 했

---

[331] Sargel. 현재 알제리 북안, 알제의 서방 약 95킬로미터에 있는 소도시인 셰르셸Cherchell을 말한다.

습니다. 소라이다의 장원으로 가서 과일을 달라고 하기도 했지요. 소라이다의 아버지는 그를 알지도 못하면서 과일을 주셨답니다. 나중에 그가 제게 말하기로는, 소라이다를 만나서 자신이 바로 제 명령을 받아 당신을 기독교인들의 땅으로 데려갈 사람이니 안심하고 기뻐하며 있으라고 말해 주고 싶었지만 그렇게 할 수 없었다는군요. 무어 여인네들은 남편이나 아버지의 허락 없이 절대로 무어 남자나 터키인에게 얼굴을 보이지 말아야 하니 말입니다. 기독교인 포로들하고는 보통 이상의 이야기들도 주고받지만요. 만일 그가 그녀에게 말을 했더라면 제가 힘들었을 겁니다. 자기의 일이 개종자들의 입에 오르내리는 것을 알게 되면 아마 그녀는 당황했을 테니까요. 하느님은 다른 방식으로 일을 하시느라 우리의 개종자가 품었던 좋은 소망을 들어주지 않으셨습니다. 개종자는 사르헬까지 얼마나 안전하게 오갈 수 있는지를 알고 자기가 원하는 때, 어디에서나, 원하는 방식으로 정박했습니다. 그의 동료 타가리노는 자기의 마음이 명령하는 것 이상은 할 마음이 없었고 저는 이미 자유의 몸이 되었기에, 이제 노 저을 기독교인 몇 명을 찾는 일만 남았습니다. 그는 저에게 자유를 찾은 세 동료 외에 어떤 사람들을 데려올 것인지 잘 살피고, 첫 번째 금요일에 떠나기로 했으니 그때까지는 이야기가 되어 있어야 한다고 했습니다. 일이 그렇다는 것을 알고 저는 열두 명의 에스파냐 사람들에게 말을 해놓았는데, 모두가 튼튼하며 비교적 자유롭게 도시를 빠져나갈 수 있는 사람들이었습니다. 그 시기에 그 정도를 모으는 게 쉬운 일은 아니었습니다. 해적질을 하러 나갈 배가 스무 척이나 있어서 노 저을 사람들을 모두 데리고 간 터였거든요. 제가 구한 사람들은 그들 주인이 그해 여름에는 해적질을 하러 나가지 않고 조선소에 있는 갤리선이 완성되기를 기다리고 있었기 때문에 가능했지요. 그들에게는 첫 번째 금요일 저녁에 한 명씩 살그머니 빠져나가 아히 모라토의 장원 근처에서 제가 갈 때까지 기다리라고만 말해 두었습니다. 혹시나 하는 마음에 이 내용은 한 사람 한 사람에게 따로따로 알려 주고, 거기에서 다른 기독교인들을 만나더라도 제가 기다리라고 했다는 것 말고는 아무 말도 하지 말라고 지시해 놓았지요. 이렇게 준비를 끝내고 보니 가장 중요한 다른 일이 남았더군요. 소라이다에게 일이 어떻게 진행되고 있는지를 알려 주어야 했습니다. 그녀도 미리 알고 있어야 예상보다 일찍 우리 배가 갑자기 들이닥쳐도 놀라지 않을 거거든요. 그래서 저는 장원에 가서 그녀와 이야기를 나눌 수 있는지 보러 갈 결심을 하고 출항하기 전 어느 날 몇 가지 채소를 뜯는다는 핑계로 거기에 갔습니다. 제일 먼저 만난 사람이 소라이다의 아버지였습니다. 그분은 제게 베르베리아 어디에서나, 아니 콘스탄티노플에서도 포로와 무어인들 사이에서 사용되는 언어, 그러니까 아랍어도 아니고 에스파냐어도 아니며 또 다른 나라 말도 아닌, 이 모든 언어가 섞여 있으면서 우리 모두에게 통하는 그러한 말을 사용해 자기 장원에서 뭘 찾고 있으며 제 정체는 무엇인지 물었습니다. 저는 아르나우테 마미[332]의 노예로 샐러드를 만드는 데 필요한 채소를 찾고 있다고 대답했지요. 아르나우테 마미가 그분과 아주 절친한 사이라는 것을 확실하게 알아 둔 터였거든요. 그러자 그는 제가 몸값 이야기가 되어 있는 사람인지 아닌지, 그리고 제 주인이 제 몸값으로 얼마를 요구하는지를 물었습니다. 이런 질문과 답이 오가고 있을 때 장원에 있는 집에서 아름다운 소라이다가 나왔습니다. 벌써부터 저를 보고 있었던 것이죠. 앞서 말씀드렸듯이 무어 여인들이 기독교도들에게 자신의 모습을 드러내는 것은 전혀 부끄러운 일이 아니었기에 그녀는 피하지 않고 스스럼없이 왔습니다. 자기 아버지와 제가

---

332 Arnaute Mami. 스페인 갤리선 〈솔Sol〉을 공격한 해적으로 세르반테스를 포로로 잡고 있던 사람이다.

함께 있는 곳으로 천천히 다가오자 오히려 아버지는 그녀를 불러 빨리 오라고 재촉하더군요. 저의 사랑하는 소라이다가 제 눈앞에 섰을 때의 그 아름다움과 고상함과 우아함, 그리고 값비싼 치장들에 대해 제가 지금 새삼 말씀드릴 필요는 없겠지요. 단지 목과 귀와 머리에 매달린 아름답기 그지없는 진주알이 머리카락보다 많았다는 것만 말씀드리지요. 맨발인 그녀의 발목에는 풍습대로 카르카호를 달고 있었습니다. 그것은 발찌를 뜻하는 아랍어인데, 순금에 수많은 다이아몬드가 박혀 있지요. 나중에 소라이다가 해준 말로는, 자기 아버지가 그 가격을 1만 도블라로 매기셨고 손목에 있는 것도 그 정도 된다고 했습니다. 진주의 수도 대단했으며 아주 좋은 품질의 것이었죠. 무어 여인들 최고의 치장은 질이 좋고 크기와 모양이 고르지 않은 진주들로 장식하는 겁니다. 그래서 크기와 모양이 고르지 않은 진주들이 다른 어느 나라 사람들보다 무어인들에게 더 많지요. 소라이다의 아버지는 특히 진주가 많기로 유명한데, 알제에 있는 것 중에서도 제일 좋은 것들로서 에스파냐 돈으로 계산하면 20만 에스쿠도 이상을 가지고 계셨고 그 모든 것이 지금 제 사람인 이 부인의 것이었습니다. 이 사람이 그때 이 모든 장식을 하고 왔으니 얼마나 아름다웠겠습니까. 그토록 힘든 고생을 한 후 남아 있는 모습만으로도 한창때의 아름다움을 짐작하실 수 있을 것입니다. 여자들의 아름다움에는 시간과 때가 있어서, 그 정도가 상황에 따라 변한다는 것은 이미 알려진 사실이죠. 그리고 마음의 격정에 따라 아름다움이 변하는 것도 당연한 일입니다. 대부분이 아름다움을 죽이지만요. 그러니까 제 말씀은, 그때 소라이다는 완벽하게 치장하여 흠잡을 데 없는 아름다운 모습으로 왔다는 것입니다. 아니, 적어도 제게는 그때까지 본 여인 가운데 가장 아름답게 보였습니다. 게다가 제게 베푼 은혜와 그에 따른 제 의무를 생각하면, 정말이지 저를 기쁘게 하고 저를 구하기 위해 하늘에서 땅으로 내려온 여신을 앞에 두고 있는 것 같았지요. 그녀가 도착하자 그녀의 아버지는 제가 그분의 친구인 아르나우테 마미의 포로이며, 샐러드거리를 찾으러 왔다고 아랍어로 말했습니다. 그녀는 손을 잡고, 제가 말씀드린 그 뒤섞인 말로 제가 신사인지 묻고 풀려나오지 못한 이유가 무엇인지를 물었습니다. 저는 벌써 풀려났다고 대답했지요. 몸값을 들으면 주인이 저를 얼마나 높이 평가했는지를 알 수 있을 거라고도 했습니다. 주인이 제 몸값으로 알제 은화 1천 5백 솔타미를 지불했다고 했더니, 소라이다가 이렇게 말하더군요. 〈만일 당신이 우리 아버지의 노예였다면, 그 두 배의 돈을 주더라도 풀어 주지 않았을 거예요. 당신네 기독교인들은 하는 말마다 모두 거짓이고, 무어인들을 속이려고 늘 가난한 척을 하니까 말입니다.〉 〈그럴 수도 있겠지요, 아가씨.〉 제가 대답했습니다. 〈하지만 저는 진실로 제 주인을 섬겼고 지금도 진실을 말하며 세상에 있는 모든 사람들과 진실만을 말할 것입니다.〉 〈그럼, 언제 떠나시나요?〉 소라이다가 물었습니다. 〈제가 알기로 내일입니다.〉 제가 대답했죠. 〈내일 출항하는 프랑스 배 한 척이 여기 와 있습니다. 그 배로 갈 생각입니다.〉 〈에스파냐 배가 오기를 기다리는 게 더 낫지 않나요? 그 배로 가는 게 프랑스 배를 타고 가는 것보다 낫잖아요. 프랑스는 에스파냐의 적이니까요.〉 〈아니요. 에스파냐에서 이미 배가 오고 있다는 소식이 있긴 한데 그게 사실이라면 기다려 볼 수도 있겠지만, 저는 내일 떠나는 게 확실합니다. 우리 나라에 돌아가고 싶은 마음과 사랑하는 사람들과 만나고 싶은 마음이 워낙 간절해, 더 편하게 간다 하더라도 기다릴 수 없을 것 같아서요. 아무리 좋은 배라도 늦어지니까요.〉 〈당신은 고향에서 결혼을 하신 모양이군요.〉 소라이다가 말했습니다. 〈그래서 아내를 보러 가려고 하는 거군요.〉 〈아니요, 저는 미혼입니다. 하지만 그곳에 돌아가면 결혼할 약속을 해놓고 있지요.〉 〈그렇다면 약속하신 분은 아름다우신가요?〉 소라이다가 물었지요. 〈아주 아름답지요.〉제가 대답했습니다. 〈그 아름다움을 강조하고자 진실을 말씀 드리자면, 아가씨와 많이 닮았습니다.〉이 말을 듣자 소라이다의 아버지는 정말 즐겁게 웃고는 말했습니다. 〈저런, 기독교도 양반, 내 딸과 닮았다면 상당한 미인임이 틀림없겠군. 이 애는 이 나라에서 제일가는 미인이거든. 잘 보시면 내가 진실을 말하고 있다는 걸 알 거요.〉 소라이다의 아버지는 에스파냐 말을 아는 무어인이라서 이 모든 말들을 우리에게 통역해 주셨습니다. 소라이다도 그곳에서 사용되는 잡탕 말을 알고는 있었지만, 말보다 몸짓으로 자기의 뜻을 전했습니다. 이런 식으로 이런저런 많은 얘기가 오가던 중에 한 무어인이 달려오면서 큰 소리로, 터키인 네 명이 장원의 벽인지 흙담인지를 넘어 들어와서는 아직 익지도 않은 과일들을 따고 있다고 말했습니다. 노인은 질겁을 하고, 소라이다도 그랬습니다. 무어인들이 터키인들, 특히 군인들에게 가진 두려움은 누구에게나 똑같고 거의 자연스러운 일이었죠. 터키인들은 무례하기 짝이 없었으며 자기들에게 예속된 무어인들에게는 어찌나 거만한지, 상대가 노예라 해도 그렇게 못되게 굴지는 않았을 것입니다. 그래서 그녀의 아버지는 소라이다에게 말했습니다. 〈딸아, 집에 가서 숨어 있어라. 그러는 동안 나는 이 개 같은 놈들한테 얘기 좀 하러 가야겠다. 그리고 기독교도 양반, 당신은 채소를 뜯어 잘 가시오. 알라가 당신을 당신네 땅으로 무사히 데려가시길 바라오.〉제가 몸을 숙여 인사를 하자 그는 저를 소라이다와 단둘이 남겨 놓고 터키인들을 찾으러 갔지요. 소라이다는 아버지가 말씀하신 곳으로 가려는 듯하다가 그의 모습이 장원의 나무들에 가려지자마자 제게로 돌아와 눈물을 글썽이며 말했습니다. 〈아멕시, 크리스티아노, 아멕시?〉이 말은 〈가시나요, 기독교인이시여, 가시나요?〉라는 뜻입니다.[333] 저는 대답했습니다. 〈네, 아가씨. 하지만 당신 없이는 절대로 가지 않습니다. 첫 번째 금요일에 저를 기다려 주십시오. 우리를 보더라도 놀라지 마십시오. 우리는 틀림없이 기독교인들의 땅으로 갈 것입니다.〉 저는 이 말들을 그녀가 잘 이해할 수 있는 방법으로 모두 전달했답니다. 그러자 그녀는 한쪽 팔을 제 목에 걸치고 축 늘어진 발걸음으로 집 쪽으로 걸어가기 시작했습니다. 그런데 운은, 만일 하늘이 다른 방식으로 일을 정리하지 않았더라면 큰일이 나기를 원했나 봅니다. 말씀드린 것처럼 그녀가 한쪽 팔을 제 목에 걸친 그런 자세로 둘이 가고 있는 모습을 터키인과의 볼일을 마치시고 돌아오시던 아버지가 보신 겁니다. 우리도 그분이 우리를 보셨다는 것을 알았지요. 그러나 소라이다는 노련하고 신중한 여자라서 제 목에서 팔을 빼려 하는 대신 오히려 제게 더 가까이 다가와서는 머리를 제 가슴에 기대고 무릎을 약간 굽혀 기절한 상태라는 것을 똑똑히 보였습니다. 하는 수 없이 저 역시 소라이다를 부축해 가는 척했지요. 소라이다의 아버지는 우리들이 있는 곳으로 달려오셔서 당신 딸의 그런 모습을 보시고는 무슨 일이냐고 물으셨습니다. 하지만 딸이 대답을 하지 않자 아버지가 말했지요. 〈틀림없이 이 개 같은 놈들이 들어오는 바람에 놀라서 기절해 버린 거야.〉 그러면서 그녀를 제 가슴에서 떼어 내어 당신 품에 기대게 했습니다. 그녀는 한숨을 쉬고 여전히 눈물이 마르지 않은 얼굴로 다시 말했습니다. 〈아멕시, 크리스티아노, 아멕시.〉 그러니까 〈가세요, 기독교인이여, 가세요〉라고요. 이 말에 그녀의 아버지가 대답하셨습니다.

〈얘야, 기독교인이 가는 게 중요한 게 아니야. 네게 무슨 나쁜 짓을 한 게 아니니 말이다. 터키 놈들도 이젠 가고 없다. 너를 놀라게 할 건 아무것

---

333 〈아멕시 *ámexi*〉는 명령어로 〈가세요〉를 뜻하며, 〈가시나요?〉라는 질문을 뜻하는 알제 방언은 〈탐시시 *támxixi*〉이므로 오늘날 발간되는 판에는 〈탐시시〉로 고쳐 놓기도 한다. 그 이후에는 명령어가 바르게 사용되고 있다. 본 번역은 『돈키호테』 초판에 준하므로 작가의 실수까지 받아들이기로 한다.

도 없고, 너를 괴롭게 할 것도 전혀 없어. 이미 말했듯이 내가 부탁해서 터키 놈들은 들어온 곳으로 다시 돌아갔단다.〉〈어르신, 말씀하신대로 그 사람들 때문에 따님이 놀라셨습니다.〉 저는 그녀의 아버지에게 말했습니다. 〈하지만 저더러 가라고 하시니 귀찮게 해드리고 싶지 않습니다. 그럼 안녕히 계십시오. 그리고 허락해 주신다면 필요할 때 다시 이 장원으로 채소를 뜯으러 오겠습니다. 제 주인 말씀이, 샐러드 만들기에 좋은 채소는 이 정원 말고는 어디에도 없답니다.〉〈언제든지 와서 원하는 만큼 뜯어 가도 좋소.〉 아히 모라토는 말했습니다. 〈내 딸이 그렇게 말한 것은 당신이나 다른 기독교인이 자기를 화나게 해서가 아니라, 터키 놈들보고 가라고 하려던 말이 그만 당신더러 가라는 말로 나온 것이거나, 아니면 이제 당신이 채소를 뜯으러 갈 때라서 그렇게 한 것 같소.〉 이것으로 곧장 저는 그 두 사람과 헤어졌습니다. 그녀는 영혼이 빠져나가는 듯한 모습으로 아버지와 가더군요. 저는 채소를 뜯는다는 핑계로 장원 구석구석을 마음껏 돌아다녔습니다. 입구와 출구와 구조와 그 밖에 우리 일을 수월하게 할 수 있는 점들을 다 살펴보았죠. 이 일을 마치고 돌아와 거기서 있었던 일들을 개종자와 제 동료들에게 알려 주었습니다. 하지만 운명이 아름답고 아름다운 소라이다를 통해 제게 베푼 행복을 걱정 없이 즐길 수 있는 순간은 더디게 오더군요. 드디어 시간이 흘러 우리들이 간절히 바라던 날이 왔습니다. 우리들이 신중하게 생각하고 수차례에 걸친 논의로 결정한 절차에 따라 이제 바라던 바를 얻게 된 날이 온 것입니다. 제가 장원에서 소라이다와 말을 나눈 그다음 금요일 날이 어둑해질 무렵 우리의 개종자는 그지없이 아름다운 소라이다가 있는 곳 앞쪽에 배를 정박시켰습니다. 노를 젓기로 되어 있는 기독교인들은 벌써 준비를 갖추고 그 주변에 흩어져서 숨어 있었습니다. 모두가 눈앞에 있는 배를 습격하고자 하는 마음에 긴장하고 흥분한 채 저를 기다리고 있었습니다. 왜냐하면 이들은 개종자의 전략을 몰랐으며, 자기들의 힘으로 배에 있는 무어인들을 죽이고 자유를 얻을 것이라 생각하고 있었기 때문입니다. 제가 모습을 드러내자 즉시 동료들이 나타났고, 숨어 있던 다른 사람들도 우리를 보고 모두 다가왔습니다. 이때는 이미 도시 성문이 닫힌 시각이라 그 주변으로 사람이라고는 아무도 없었습니다. 함께 모인 우리는 먼저 소라이다를 데리러 가는 게 나을지, 아니면 배에서 노를 젓고 있는 무어인들부터 굴복시키는 것이 나을지 망설이고 있었습니다. 이렇게 주저하고 있을 때 개종자가 와서 어떻게 하기로 결정했는지 물었습니다. 벌써 시간이 됐고, 무어인들은 긴장을 풀고 대부분이 자고 있다고요. 우리가 생각 중이라고 말했더니 가장 중요한 것은 먼저 배를 빼앗는 일이라고 하더군요. 그 일은 아주 쉽게, 아무런 위험도 없이 할 수 있으니 그러고 난 다음 소라이다를 찾으러 가면 된다고 했습니다. 우리는 그의 말이 옳다고 생각하여, 더 이상 주저하지 않고 개종자가 안내하는 길로 배에 도착했습니다. 개종자가 먼저 안으로 뛰어들면서 신월도를 들고는 무어 말로 소리쳤습니다. 〈죽고 싶지 않으면 아무도 꼼짝하지 마!〉 이때 이미 거의 모든 기독교인들이 배 안에 들어와 있었습니다. 무어인들은 별 용기도 없었을 뿐만 아니라, 자기네 선장이 그런 식으로 말하는 것을 보고 다들 놀라 누구 하나 무기를 들지 않았습니다. 사실 무기라고는 거의 가지고 있지도 않았고요. 아무 말 없이 그저 기독교인들이 손을 묶는 대로 내버려 두더군요. 기독교인들은 아주 재빠르게 그들 손을 묶으면서 누구든 어떤 식으로든 목소리를 높이는 자가 있으면 그 즉시 칼로 모두 찔러 버리겠노라고 위협했습니다. 이렇게 일을 마치자 우리들 중 반은 남아서 그들을 지키고 나머지 사람들은 다시 개종자를 앞세워 아히 모라토의 장원으로 갔습니다. 운이 좋으려고 그랬는지 문을 열려 하자 잠겨 있지도 않았던 듯 아주 쉽게 열렸습니다. 그래서 아주 조용히, 아무 소리 없이, 아무도 모르게 집으로 다가갈 수 있었죠. 아름답기 그지없는 소라이다는 창가에서 우리를 기다리고 있다가 인기척을 느끼자 나직한 목소리로 〈니사라니〉냐고 물었습니다. 우리가 기독교인들인지를 묻는 것 같았습니다. 저는 그렇다고 대답하고는 내려오라고 했지요. 저를 알아보자 그녀는 잠시도 지체하지 않았습니다. 대답도 않고 한순간에 내려왔지요. 문을 열고는 모든 사람들에게 자신의 자태를 드러냈는데, 얼마나 아름답고 화려한지 말로 다 할 수가 없을 정도였습니다. 저는 그녀를 보자마자 그녀의 손을 잡고 입을 맞추기 시작했습니다. 개종자도 그렇게 했고, 제 두 동료도 그렇게 했습니다. 그러자 사정을 모르고 있던 다른 사람들까지 우리들이 하는 것을 보고는 그렇게 하더군요. 그녀에게 감사하며 자유를 준 주인으로 그녀를 인정한다는 의미 같았습니다 개종자가 무어 말로 그녀의 아버지가 장원에 계신지 물었습니다. 그녀는 그렇다고 대답하고 주무신다고 했습니다. 〈그럼, 아버지를 깨워야 되겠군.〉 개종자가 말했습니다. 〈우리와 함께 가셔야 하니까요. 그리고 이 아름다운 장원에서 값이 나가는 것은 모두 가지고 가야지요.〉 〈아니에요.〉 그녀가 만류했습니다. 〈아버지께는 절대로 손대지 마세요. 내가 가지고 가는 것들 말고 이 집에는 아무것도 없어요. 가진 것이 이미 많으니 이걸로도 모두 부자가 될 수 있고, 만족하실 겁니다. 잠시만 기다리면 아시게 될 거예요.〉 이렇게 말하고는 곧 돌아올 테니 조용히 있으라면서 다시 그녀는 집 안으로 들어갔습니다. 제가 개종자에게 무슨 이야기를 나누었냐고 물었더니 이야기를 전해 주더군요. 그래서 저도 소라이다가 원하지 않는 일은 절대로 하지 말라고 했습니다. 그러는 동안 그녀는 금화가 가득 들어 있는 궤짝을 가지고 돌아왔는데, 어찌나 많은지 들 수가 없을 정도였지요. 운이 나쁘려고 그랬는지 그사이에 그녀의 아버지가 잠에서 깨어 장원에서 나는 소리를 들으셨던 모양입니다. 창가에서 내다보고는 즉각 거기 있는 사람들이 모두 기독교인이라는 것을 아셨습니다. 그러자 엄청나게 큰 소리로 〈기독교인들이야, 기독교인들이야! 도둑이야! 도둑이야!〉 하고 아랍어로 외치기 시작했습니다. 이 고함 소리에 우리는 모두 겁에 질려 큰 혼란에 빠졌지요. 위험에 처하자 개종자는 남들이 알기 전에 일을 성공시키는 게 무엇보다 중요하다고 생각하고는 잽싸게 아히 모라토가 있는 방으로 올라갔습니다. 우리 중 몇 사람도 그와 함께 갔습니다. 저는 기절해서 쓰러진 소라이다를 제 팔에 안고 있었는데 차마 그녀를 내버려 둘 수가 없었습니다. 결국 올라간 사람들은 아주 수완 좋게 한순간에 아히 모라토를 데리고 내려왔습니다. 두 손을 묶고, 입에는 손수건을 물려 말을 할 수 없게 하고, 입을 열면 목숨이 달아날 거라고 위협하면서 말입니다. 딸은 아버지의 그런 모습을 차마 볼 수 없는지 눈을 가리더군요. 그녀의 아버지는 어떻게 해서 딸의 마음이 우리에게 맡겨졌는지를 알지 못했으므로 그저 놀랄 뿐이었습니다. 그러나 그때 가장 필요한 것은 도망치는 일이라 우리는 재빨리 움직여 부지런히 배에 올라탔습니다. 배에 남아 있던 사람들은 무슨 나쁜 일이라도 일어난 건 아닌지 걱정하며 기다리고 있더군요. 모두 배에 올랐을 때는 새벽 2시가 갓 지났을 즈음이었습니다. 배에서 소라이다 아버지의 묶인 손을 풀어 주고 입에 물렸던 손수건도 꺼내 주었습니다. 하지만 개종자는 그에게 말은 하지 못하게 했습니다. 안 그러면 목숨을 잃게 될 거라면서 말입니다. 아버지는 배에서 딸을 보자 정말이지 눈물겹도록 한숨을 쉬기 시작했습니다. 제가 그 딸을 꼭 안고 있는데 그녀는 자신의 몸을 지키려 하지도, 불평하지도, 도망가려 하지도 않은 채 가만히 있는 것을 보자 한숨 소리는 더 깊어졌습니다. 하지만 그럼에도 그분은 조용히 있었습니다. 개종자의 협박이 실제로 일어날까 봐서였지요. 드디어 노를 젓기 시작하자 소라이다는 거기 있는 자기 아버지와 묶여 있던 다른 무어인들이 걱정되었는지 개종자를 불러 무어인들을 풀어 주고 아버지에게 자유를 주도록 제게 말해 달라고 했습니다. 그토록 자기를 사랑해 준 아버지가 자기 때문에 포로로 끌려가는 것을 눈앞에서 보느니 그 전에 바다에 몸을 던지겠다고도 했습니다. 개종자가 제게 그렇게 전했고 저는 물론 그러자고 대답했지요. 하지만 개종자는 그러면 안 된다고 하더군요. 거기에 풀어 주면 이들이 곧 사람들을 모을 텐데, 그러면 온 도시가 발칵 뒤집히고 소형 쾌속정을 동원해 사람들을 찾으러 나가게 할 빌미를 주는 셈이 되며, 그렇게 그들이 땅과 바다를 장악하면 우리는 도망가지 못할 것이라고 했습니다. 그러니 기독교인들의 땅에 도착하는 대로 풀어 주자는 것이었습니다. 모두가 이 의견에 찬성했습니다. 원하는 것을 즉각 들어주지 못하는 이유를 소라이다에게 알려 주자 그녀 역시 그렇게 하자고 했습니다. 이윽고 우리의 용감한 뱃사공들은 각자의 노를 잡고 즐거운 침묵과 기쁜 마음으로 우리의 모든 것을 진심으로 하느님께 맡기면서 가장 가까운 기독교인들의 땅인 마요르카 섬으로 돌아가기 위한 항해를 시작했습니다. 하지만 북풍이 약간 불고 파도가 일어 계속 마요르카로 가는 것이 불가능해진 데다, 알제에서 사르헬 해안까지는 60마일 거리지만 들키지 않으려면 유감스럽게도 해안을 따라 오랑을 돌아갈 수밖에 없었습니다. 또한 테투안에서 물건을 싣고 오는 큰 배와 마주칠 것도 두려웠습니다. 상선을 만난다 하더라도 해적선만 아니면 우리가 망할 일은 없으며 오히려 우리의 여행을 더 안전하게 마칠 수 있는 배에 오르게 될지 모른다고 각자, 또 모두가 한마음으로 생각하긴 했지만 말입니다. 항해하는 동안 소라이다는 아버지를 보지 않으려고 제 손에 머리를 파묻고 있었습니다. 제가 느끼기에 그녀는 렐라 마리엔을 부르며 우리를 도와 달라고 하는 것 같았습니다. 30마일쯤 항해했을 때 날이 밝았습니다. 화승총으로 세 발 거리쯤 떨어진 곳에 육지가 나타났습니다. 황량해서 들킬 위험은 없는 곳이었지만 그래도 열심히 노를 저어 약간 바다 안쪽으로 들어갔습니다. 파도가 훨씬 잔잔해져 있더군요. 거의 2레과쯤 안으로 들어갔을 때 휴식을 취할 수 있도록 노 젓는 사람을 교대하라는 명령을 내리고, 그러는 사이 우리는 식사를 좀 하려고 했습니다. 배에는 식량이 충분히 실려 있었지요. 그런데 노 젓는 사람들은 아직 쉴 때가 아니고 자기들은 노를 놓고 싶지 않다며 노 젓지 않는 사람들이 자기들에게 음식물을 먹여 주기를 바라더군요. 그래서 그렇게 해주었는데, 이때 배와 수직 방향으로 바람이 불어오기 시작해서 어쩔 수 없이 당장 노를 놓고 돛을 올린 다음 오랑으로 곧장 갈 수밖에 없었습니다. 다른 방향으로 가는 것은 불가능했으니까요. 모든 것이 순식간에 이루어졌습니다. 이렇게 해서 우리는 시속 8마일이 넘는 속도로 나아갔습니다. 두려움이라고는 해적선과 만나면 어쩌나 하는 것뿐이었지요. 무어인인 타가리노들에게도 먹을 것을 주었습니다. 개종자는 그들에게 포로로 가는 게 아니니 기회가 오는 대로 풀어 주겠다며 위로했습니다. 소라이다의 아버지에게도 같은 말을 했는데, 그는 이렇게 대답하더군요. 〈다른 일 같으면 당신들의 관대하고 훌륭한 말을 믿고 기다릴 수도 있을 거요, 오 기독교인들이여! 하지만 풀어 준다는 그 말을 믿을 만큼 나를 바보로 여기지 마시오. 그렇게 쉽게 풀어 줄 생각이었다면 위험을 무릅쓰고 내 자유를 빼앗는 일은 절대 없었겠지. 게다가 내가 누구인지, 내게 자유를 주는 대가로 당신들이 얻을 수 있는 이익이 무엇인지도 알고 있으니 말이오. 그 이익 문제에 있어서 말인데, 가격을 정한다면 지금 당장 나와 이 불행한 딸의 몸값으로 원하는 만큼 다 주겠다고 약속하지. 안 된다면 딸만이라도 풀어 주시오. 내 영혼의 가장 크고 가장 훌륭한 부분이니 말이오.〉 이렇게 말하면서 몹시 고통스럽게 울었기 때문에 우리 모두의 동정심이 자극되었습니다. 소라이다도 아버지를 볼 수밖에 없었죠. 아버지가 울고 계신 것을 보더니 그만 마음이 움직였는지 제 발치에서 일어나 그에게로 가서 얼싸안더군요. 그러고는 자기 얼굴을 아버지 얼굴에 댄 채, 둘 다 그렇게 슬프게 울 수가 없었습니다. 거기 있던 사람들 대부분도 함께 울고 말았지요. 그런데 아버지는 딸이 외출복에 온갖 보석으로 장식하고 있는 것을 알아차리고 자기들 말로 물었습니다. 〈이게 무슨 일이냐, 애야? 어제저녁 우리가 이 무시무시한 불운에 처하기 전에는 평소 집에서 입던 옷을 입고 있지 않았느냐. 옷을 갈아입을 시간도 없었고 장식하고 멋을 낼 만큼 기쁜 소식을 준 일도 없는데 너는 우리에게 운이 가장 좋았던 때 내가 주었던, 내가 아는 가장 좋은 옷을 입고 있으니 말이다. 대답 좀 해다오. 내가 처한 이 불행보다 그게 더 놀랍고 이해가 안 되는구나.〉 무어인이 자기 딸에게 한 말을 개종자가 우리에게 알려 주었습니다. 그녀는 한 마디도 하지 않았습니다. 그녀의 아버지는 곧 딸이 늘 보석을 넣어두곤 하던 궤짝이 배 한쪽 옆에 있는 것을 보았습니다. 그 궤짝을 알제에 두고 장원으로 가지고 오지 않았다는 걸 확실히 알고 있었기 때문에 그는 더 혼란스러워졌습니다. 그래서 딸에게 어떻게 해서 그 상자가 기독교인들의 손에 있게 되었는지, 그 안에 든 게 무엇인지를 물었습니다. 소라이다의 대답을 기다리지 않고 개종자가 대신 이 질문에 대답했습니다. 〈당신 딸인 소라이다 아가씨에게 그렇게 많은 것들을 질문해 봤자 헛수고이십니다, 나리. 제가 드리는 한마디로 모든 것을 알게 되실 테니까요. 아가씨는 기독교인임을 아시기 바랍니다. 그리고 그분은 우리의 쇠사슬을 잘라 포로 생활에서 자유를 얻게 해주셨습니다. 이렇게 가시는 건 아가씨 스스로 원해서입니다. 제가 보기에는 이런 상태에 있게 된 것에 아주 만족하시면서 말입니다. 어둠에서 빛으로, 죽음에서 삶으로, 고뇌에서 영광으로 나아가는 자로서 말입니다.〉 〈이 사람이 하는 말이 사실이냐, 애야?〉 무어인이 물었습니다. 〈그렇습니다.〉 소라이다가 대답했습니다. 〈정말 네가 기독교인이란 말이냐? 네 아비를 적들의 손에 넣은 게 너란 말이냐?〉 무어인의 이 질문에 소라이다는 대답했습니다. 〈기독교인이라는 질문에는, 예, 그렇습니다. 하지만 아버지를 이렇게 만든 사람은 제가 아니에요. 저는 결코 아버지를 버릴 생각도, 아버지에게 상처를 드릴 마음도 없었습니다. 그저 제가 행복해지기만을 바랐습니다.〉〈그래, 이것이 너를 어떻게 행복하게 했느냐, 얘야?〉〈그건…….〉 그녀가 대답했습니다. 〈아버지께서 렐라 마리엔께 물어보세요. 저보다 더 잘 말씀해 주실 거예요.〉 이 대답을 듣자마자 무어인은 믿기지 않을 정도로 재빨리 머리부터 바다로 몸을 날렸습니다. 물에 빠져 죽을 것이 확실한 곳이었죠. 만일 그가 입고 있던 길고 거추장스러운 옷이 그를 물 위에 잠깐이나마 떠 있게 하지 않았다면 말입니다. 소라이다가 아버지를 건져 내라고 소리를 질렀습니다. 우리는 즉시 그 무어인의 옷을 잡아 끌어 올렸습니다. 그분은 거의 질식해 의식을 잃었더군요. 이를 보고 소라이다는 너무나 고통스러워하며 아버지가 이미 돌아가시기나 한 것처럼 그분 위에서 애절하고도 고통스럽게 통곡했습니다. 우리는 무어인을 엎드리도록 돌려놓았는데, 그는 물을 많이 토하더니 두 시간쯤 지나서 정신을 차렸습니다. 그사이 바람의 방향이 바뀌었기 때문에 배가 육지 쪽으로 다시 돌아가 뭍에 처박히는 일이 없도록 노를 힘껏 저어야 했습니다. 다행히도 무어인들이 〈라 카바 루미아〉라고 부르는 자그마한 곶 옆에 만들어진 만에 도착했습니다. 〈라 카바 루미아〉를 우리 말로 옮기면 〈나쁜 기독교 여인〉입니다. 무어인들 사이에 전해 내려오는 이야기로는 그곳에 라 카바가 묻혀 있답니다. 이 여자 때문에 에스파냐가 망했지요.334 〈카바〉는 그네들 말로 〈나쁜 여인〉이고, 〈루미아〉는 〈기독교인〉입니다. 사람들은 아직도 어쩔 수 없는 사정으로라도 그곳에 정박하게 되는 것을 나쁜 징조로 여긴답니다. 그러니 부득이한 경우가 아니고서는 절대로 그곳에 정박하지 않지요. 하지만 우리들에게는 나쁜 여자의 은둔처라기보다 오히려 거친 풍랑으로부터 도피하기에 안전한 항구였습니다. 우리는 육지에 보초를 세우고 노에서 절대로 손을 떼지 않은 채 개종자가 제공해 준 것을 먹으면서, 우리가 정말 운 좋게 시작한 일을 잘 마칠 수 있게 도와주시고 보살펴 달라고 하느님과 성모님께 마음을 다해 기도드렸습니다. 소라이다의 부탁으로 그녀의 아버지와 묶여 온 무어인들을 모두 육지에 풀어 주자는 의견이 나왔습니다. 마음 약한 그녀는 자기 눈앞에 아버지와 고향 사람들이 묶여 있는 것을 볼 수 없었던 것입니다. 그녀의 여린 오장육부는 그런 것을 견딜 수 없었죠. 우리는 떠날 때 그렇게 하겠노라고 약속했습니다. 사람이 없는 곳이라서 그들을 내려놓아도 위험하지 않았으니까요. 우리들의 기도가 헛되지 않았는지 하늘이 들어주셨습니다. 우리에게 좋도록 바람의 방향이 바뀌고 바다는 잠잠해져 이 여행을 즐겁게 계속할 수 있도록 해주신 것이지요. 이렇게 되자 우리는 묶었던 무어인들을 풀어 주고 한 사람씩 땅에 내려 주었습니다. 이런 행동에 그들은 놀라더군요. 하지만 소라이다의 아버지를 내려 주려 하자 제정신을 차린 그는 이렇게 말했습니다. 〈기독교인들, 너희들이 내게 자유를 주는 것을 이 나쁜 계집이 왜 기뻐할 거라고 생각하지? 내가 불쌍해서 그런다고 생각하나? 천만에, 내가 있으면 자기의 잘못된 소망을 이루는 데 방해가 된다고 생각하기 때문이지. 그 여자가 종교를 바꾸기로 한 것이 네놈들 종교가 우리 것보다 더 낫다고 생각했기 때문이라고 알아서는 안 돼. 네놈들 땅에서는 우리 땅에서보다 더 자유롭게 추잡한 짓을 할 수 있을 거라고 믿고 있기 때문이야.〉 그리고 나서 소

334 라 카바La Cava는 돈 훌리안 백작의 딸로, 스페인에 아랍인들이 들어오는 원인이 된 인물이다. 당시 스페인에 살던 서고트족의 마지막 왕인 로드리고가 이 딸을 능욕하는 바람에 백작이 아랍인들에게 스페인에 들어올 수 있는 문을 열어 주었다는 이야기가 있다. 이렇게 해서 711년 스페인에 들어 온 아랍인들은 이후 아프리카 북부에서 들어온 무어인들과 스페인 내 기독교인들에 밀려 여러 왕국으로 갈라진 뒤, 결국 1492년에 스페인 내 마지막 아랍 왕국인 나사리 왕조의 그라나다 왕국을 기독교도들에게 내어 주고 스페인 땅을 떠났다. 〈라 카바〉라는 이름은 17세기 이후부터는 〈플로린다Florinda〉로 불렸다.

라이다를 돌아보며 말했습니다. 이때 나와 또 다른 기독교인은 그가 또 무슨 미친 짓을 할까 봐 그의 두 팔을 잡고 있었지요. 〈오, 이 파렴치하고 귀 얇은 계집아! 우리의 천적인 이 개들의 수중에 몸을 맡긴 채 눈이 멀고 제정신이 아닌 몸으로 대체 어딜 간다는 거냐? 내가 너를 낳게 한 날에 저주 있으라! 너를 키울 때의 기쁨과 애정에 저주 있으라!〉 그의 말이 금방 끝날 것 같지 않아 저는 얼른 그를 육지에 내려 주었습니다. 거기서 그는 우리를 망하게 하고 혼란에 빠뜨리고 죽여 달라면서, 큰 소리로 마호메트에게 간구하고 알라에게 기도하며 저주와 한탄을 계속 퍼부어 댔습니다. 우리가 돛을 올려 출발한 뒤에는 그의 말이 들리지 않았지만 행동은 볼 수 있었습니다. 수염을 뽑고 머리카락을 쥐어뜯으며 땅바닥을 기더군요. 얼마나 목소리를 높였는지 말한 내용을 한 번은 알아들었는데, 다음과 같은 이야기였습니다. 〈돌아오너라, 사랑하는 딸아, 이곳으로 돌아와 다오! 모든 걸 용서하마! 돈은 그 사람들한테 주어라! 이제 그 사람들 것이니 말이다! 그리고 너는 이 슬픈 네 아비를 위로하러 돌아오너라! 네가 버리고 가면 네 아비는 이 황량한 모래에서 죽어 버릴 게다!〉 소라이다도 이 말을 모두 다 들었습니다. 그녀는 가슴이 무너지는 듯 아파하며 울었지만 이렇게밖에는 말할 수 없었지요. 〈아버지, 제가 기독교인이 된 건 렐라 마리엔 때문이니, 그분이 아버지의 슬픔을 위로해 주시기를 알라께 기도하소서. 알라께서도 제가 이럴 수밖에 없었다는 것을 잘 알고 계세요. 제가 마음을 정하는 데 이 기독교인들은 아무런 영향을 끼치지 않았다는 것도 말이에요. 그러니 제가 이들과 함께 가려 하지 않고 집에 남고자 했어도, 그건 불가능한 일이었을 겁니다. 사랑하는 아버지, 아버지께서는 이 일이 나쁘다고 하셔도 제게는 더없이 훌륭하게 여겨진답니다. 이 일을 실행하라고 제 영혼이 저를 독촉하는 것을 보면 알 수 있어요.〉 하지만 이미 아버지는 그 말을 들을 수 없고 우리들은 그의 모습을 볼 수가 없었을 때였죠. 저는 소라이다를 위로했고, 이제 모두가 앞으로 갈 길에 정신을 집중했습니다. 바람이 우리를 도와주더군요. 그래서 다음 날 해가 뜰 때면 분명 에스파냐 해안에 있게 될 거라고 생각했습니다. 하지만 행복은 쉽고도 간단한 게 찾아오는 법이 없지요. 그것을 어지럽히거나 질겁하게 하는 어떤 불행과 함께하든지, 아니면 뒤이어 불행이 따라붙도록 하는 것 같습니다. 우리의 운이 그랬습니다. 어쩌면 무어인이 자기 딸에게 퍼부은 저주 때문인지도 모르죠. 어떤 아버지의 저주건 항상 두려운 것은 사실이니까요. 그러니까 우리가 완전히 공해로 나갔을 때는 거의 새벽 3시가 지났을 시점이었습니다. 노는 묶어 놓은 채 돛을 높이 달고 가고 있었지요. 순풍이 노 젓는 노고를 덜어 줬거든요. 밝은 달빛을 받으면서 가고 있는데, 네모난 돛을 단 배가 우리 가까이 다가오는 것이 보였습니다. 돛이란 돛을 모두 올리고 키는 약간 바람 부는 쪽으로 잡아 우리 앞을 가로질러 오고 있었지요. 너무 가까이 다가와 배에 부딪치지 않도록 돛을 내려야만 했습니다. 그들도 우리가 지나갈 틈을 주기 위해 키를 억지로 돌리더군요. 그 배에 타고 있던 사람들이 우리를 향해 누구인지, 어디에서 와서 어디로 가는지 물었습니다. 하지만 프랑스 말로 물었기에 우리의 개종자는 이렇게 말했습니다. 〈아무도 대답하지 마세요. 보아하니 저놈들은 노략질하는 프랑스 해적들이 틀림없어요.〉 이러한 경고를 듣고 아무도 대답을 하지 않았습니다. 그 배는 조금 앞으로 지나가더니 바람 부는 쪽에 있게 되자 갑자기 대포 두 발을 쏘았습니다. 쇠사슬이 달려 있는 포탄이었던 모양으로, 하나는 우리 배의 돛대 중간을 부러뜨려 돛과 돛대가 바다에 빠져 버렸고, 곧이어 날아온 또 한 발은 선체 한가운데 떨어져 배를 완전히 박살 내고 말았습니다. 다른 더 나쁜 일은 없었지만 말입니다. 바다 밑으로 가라앉는 것을 보고 우리 모두 큰 소리로 살려 달라고 하면서 그 배에 타고 있던 사람들에게 구원을 요청했습니다. 물에 빠지고 있었으니까요. 그러자 그들은 돛을 내리고 바다에 작은 배를 띄웠는데, 그 배에 화승총과 심지에 불까지 붙인 폭약으로 완전 무장한 열두 명이나 되는 프랑스 사람들이 타고 우리 배 옆으로 왔습니다. 우리 수가 얼마 안 되는 데다 배가 가라앉고 있는 것을 보고 그들은 우리를 건져 주었습니다. 그들 말에 의하면 자기들이 묻는 말에 대답하지 않는 무례를 범했기 때문에 이런 일이 벌어졌다더군요. 우리의 개종자는 소라이다의 재산이 든 궤짝을 바다에 다 던져 버렸는데 그것을 본 사람은 아무도 없었습니다. 결국 우리 모두 프랑스 사람들과 함께 갔지요. 자기들이 알고 싶던 것을 다 알게 되자, 그들은 마치 중대한 적이라도 되는 양 우리가 갖고 있던 것을 모두 빼앗아 버렸습니다. 소라이다가 발목에 차고 있던 발찌까지 약탈했지요. 하지만 전 그 일로 소라이다만큼 괴로워하지는 않았습니다. 그들이 그렇게 값지고 귀중한 보석을 빼앗는 것에 만족하지 않고 그보다 훨씬 값지며 소라이다가 가장 소중하게 여기고 있는 것까지 빼앗지나 않을까 두려웠기 때문이지요. 하지만 그 인간들의 욕심은 돈 이상으로까지 나아가지 않았습니다. 돈에 대한 그들의 욕심은 정말 끝이 없었지만요. 무슨 돈푼이라도 될까 싶어 포로들의 옷까지 벗겨 갈 정도로 지독하더군요. 그리고 그들 사이에는 우리를 몽땅 돛에 싸서 바다에 던져 버리자는 의견도 있었습니다. 에스파냐 몇몇 항구에서 브르타뉴 사람으로 행세할 생각이었는데, 우리를 살려서 데려가면 약탈한 사실이 들통 나 벌을 받을지도 모르니까요. 하지만 선장은 ─ 바로 저의 사랑하는 소라이다의 물건을 강탈한 놈입니다 ─ 자기가 노획한 것에 만족하므로 에스파냐의 항구에는 들르지 않고 가능하면 밤에 지브롤터 해협을 지나 떠나온 라 로첼라[335]로 돌아갈 것이라고 말했습니다. 그래서 그들은 자기네 배에 있던 소형 보트와 얼마 남

---

335 la Rochela. 현 프랑스 지명으로는 〈라 로셸La Rochelle〉이다.

지 않은 우리 항해에 필요한 것들을 주기로 합의를 봤고, 다음 날 이제 에스파냐 땅이 보이는 곳에서 그렇게 했습니다. 에스파냐 땅이 보이자 우리는 언제 그랬느냐 싶을 정도로 그때까지의 고뇌나 헐벗음을 깨끗하게 잊고 말았습니다. 잃었던 자유를 되찾은 기쁨이 그토록 컸던 것입니다. 우리가 물 두 통과 비스킷 몇 조각과 함께 소형 배에 버려진 것은 정오 무렵이었을 겁니다. 무슨 자비심이 일어났던지 선장은 그지없이 아름다운 소라이다가 배에 오르려 할 때 금화 40에스쿠도를 주었고, 자기 군인들이 그녀가 지금 입고 있는 옷을 벗기려 하자 말리기까지 했습니다. 우리는 배에 탔습니다. 우리에게 잘해 준 것에 대해 인사하며, 불만보다는 오히려 고마움을 표현했습니다. 그들은 해협 쪽으로 멀어져 가더군요. 우리는 앞에 보이는 땅만을 북극성 삼아 열심히 노를 저었습니다. 해가 질 무렵에는 거의 뭍에 근접해 있어서 밤이 깊어지기 전에 도착할 수 있을 것 같았습니다. 하지만 그날 밤은 달도 보이지 않고 하늘이 어두웠던 탓에 우리가 어디에 있는지조차 알 수 없어 뭍에 닿을 일이 그리 확실한 것 같지 않았습니다. 하지만 닿는 곳이 바위가 되었든 인가에서 멀리 떨어진 곳이 되었든 뭍으로 가기로 했지요. 테투안의 해적선들이 그쪽으로 다닐지도 모르는 상황이었으니, 그런 걱정을 하지 않기 위해서라도 말입니다. 이 해적들은 날이 저물 때 베르베리아에 있다가 새벽에 에스파냐 해안으로 와서 늘상 하던 대로 노략질을 하고는 자기들 집에 자러 돌아가거든요. 여하튼 여러 가지 상반되는 의견 가운데 결정을 본 것은, 조금씩 접근해 가다가 파도가 잠잠해지면 어디에든 상륙하자는 것이었습니다. 그렇게 밤 12시가 조금 못 되어 우리는 괴상한 모습을 한 높은 산의 발치에 닿았습니다. 산이 바닷가에 바싹 붙어 있지 않았던 터라 쉽게 상륙할 만한 여유 공간이 있었습니다. 우리는 배를 모래사장에 대고 뭍에 내려 땅바닥에 입을 맞추었고, 어찌나 기쁜지 울면서 우리의 주이신 하느님께 모든 감사를 돌렸습니다. 우리에게 베풀어 주신 비할 데 없는 은혜에 감사했던 것입니다. 우리는 가지고 온 식량을 꺼내고 배를 뭍으로 올려놓은 뒤 산으로 상당히 올라갔습니다. 뭍에 있는데도 여전히 마음이 놓이지 않았고, 이미 우리를 지탱하고 있는 땅이 기독교인들의 땅이라는 것도 확신할 수가 없었기 때문입니다. 날은 우리가 바라던 것보다 훨씬 늦게 밝아 오는 것 같았습니다. 산을 다 올라가 거기서 마을이나 목동의 오두막이라도 있는지 둘러보았지만 아무리 시야를 넓혀 봐도 마을이나 사람이나 오솔길이나 큰길 하나도 눈에 들어오지 않더군요. 그래서 뭍 안쪽으로 더 들어가 볼 마음을 먹게 되었습니다. 곧 거기가 어디인지 말해 줄 사람을 만나게 될 거라 믿으며 말입니다. 하지만 저를 가장 괴롭혔던 것은, 그렇게 험한 길을 걸어가는 소라이다의 모습을 지켜봐야 했던 일입니다. 몇 번인가 그녀를 제 어깨에 태워 주기도 했지만, 소라이다는 자신의 휴식보다 저의 피곤함을 더 힘들어했답니다. 두 번 다시 제게 그런 수고를 시키지 않기 위해 꾹 참고 즐거운 표정을 짓더군요. 저는 내내 그녀의 손을 잡고 갔습니다. 4분의 1레과를 조금 못 갔을 때 우리들 귀에 방울 소리가 작게 들려왔습니다. 분명 근처에 가축이 있다는 의미였지요. 모두 누가 있지는 않은가 하고 신경을 곤두세워 훑어보았습니다. 코르크나무 아래서 아주 편안하게, 아무런 걱정 없이 칼로 막대기를 다듬고 있는 젊은 목동이 보였습니다. 우리가 말을 걸려고 하자 그는 고개를 들더니 민첩하게 일어났습니다. 그리고 ─ 이건 나중에야 알게 된 일이지만 ─ 그 젊은이의 눈에 제일 먼저 들어온 것은 개종자와 소라이다였습니다. 이들이 무어인의 복장을 하고 있었던 까닭에 그는 베르베리아 사람들이 자기를 습격한 것으로 생각하여 놀라울 만큼 잽싸게 앞에 있던 숲으로 몸을 숨기고는 세상에서 가장 큰 소리로 고함을 지르기 시작했습니다. 〈무어인이다, 무어인들이 뭍에 나타났다! 무어인이다! 무어인이다! 무기를 들라! 무기를 들라!〉

그 소리에 우리는 모두 당황해서 어찌할 바를 몰랐습니다. 목동의 고함이 온 마을을 들쑤셔 놓을 것이고 그러면 곧 해안 기병대가 무슨 일인지 보러 올 것이라는 생각에, 개종자는 터키 옷을 벗고 우리들 중 하나가 그 자리에서 벗어 준 포로의 옷을 입기로 했습니다. 물론 준 사람은 속옷 바람이 됐지만요. 이렇게 하고는 하느님의 가호를 빌며 목동이 갔던 그 길로 걸어갔습니다. 언제라도 해안 기병대가 우리를 덮치지나 않을까 줄곧 생각하면서 말입니다. 우리 예상은 틀리지 않았습니다. 두 시간도 채 지나지 않았을 때 우리는 이미 숲에서 평지로 나와 있었는데, 쉰 명이나 되는 기병들이 말고삐를 짧게 잡고 아주 날쌔게 달려오고 있었던 것입니다. 그들을 본 우리는 제자리에 그대로 멈춰 선 채 기다렸습니다. 우리 앞에 도착했을 때 그들은 자기들이 찾으러 나온 무어인 대신 불쌍하기 짝이 없는 기독교인을 보고는 당황스러워하더군요. 그들 중 한 사람이 우리에게, 목동이 무기를 들라고 목청껏 외쳤던 게 바로 당신들 때문이었냐고 물었습니다. 제가 그렇다고 대답했습니다. 그런 다음 우리가 어디에서 왔으며 어떤 일이 있었는지, 우리가 누구인지를 밝히려는데 그 기마병을 알아본 우리 기독교인들 중 하나가 제 말을 중단시키고 말했습니다. 〈여러분, 이토록 훌륭한 곳으로 인도해 주신 하느님께 감사를 드립시다! 제가 잘못 생각한 게 아니라면, 우리가 밟고 있는 이 땅은 벨레스 말라가입니다. 그리고 포로 생활을 한 세월이 제 머리에서 기억력을 앗아 가지 않았다면, 우리가 누구인지 물은 분은 바로 저의 외삼촌 페드로 데 부스타만테 님이 아니신가요?〉 기독교인 포로가 이렇게 말하자 기마병은 그 즉시 말에서 뛰어내려 젊은이에게로 다가가 껴안으며 말했습니다. 〈내가 그토록 사랑하던 내 목숨 같은 조카야, 이제야 너를 알아보겠구나. 나는 네가 죽은 줄 알고 얼마나 울었는지 모른다. 네 어머니인 내 누이와 아직 살아 계신 어머니의 일가친척들도 말이야. 하느님께서 너를 만나 기뻐하라고 그분들을 살려 두신 게야. 네가 알제에 있다는 건 벌써 알고 있었다. 너나 너와 같이 온 이 모든 분들의 복장과 행색을 보아하니 기적 같은 자유를 얻은 것 같구나.〉〈그렇습니다.〉 젊은이가 대답했습니다. 〈모든 걸 말씀드릴 때가 있을 겁니다.〉 우리가 포로로 잡혀 있던 기독교인들이라는 것을 알게 되자 기마병들은 말에서 내려 거기서 1레과 반 거리에 있는 벨레스 말라가로 우리를 데려가겠다며 다들 자기 말에 타라고 했습니다. 배를 두고 온 장소를 말해 주자 그들 중 몇 명은 그것을 시내로 끌어오기 위해 그곳으로 갔습니다. 다른 사람들은 우리를 말 엉덩이에 태웠습니다. 소라이다는 그 기독교인 외삼촌의 말에 탔지요. 마을 주민들은 먼저 간 사람한테서 이미 소식을 듣고서 우리를 맞이하러 나왔습니다. 그들은 풀려난 포로나 포로가 된 무어인들을 보고도 놀라지 않았습니다. 그 해안의 주민들 모두가 그동안 이런저런 사람들을 봐왔기 때문입니다. 하지만 소라이다의 아름다움에는 놀랐습니다. 비록 여행으로 지쳐 있기는 했지만 그때 그 순간에는 아름다움이 절정을 이루고 있었거든요. 이제 잘못될까 하는 두려움 없이 기독교인들의 땅에 있게 되었으니 그 기쁨으로 소라이다의 얼굴이 상기되어 있었던 것입니다. 만일 그때 제 기분이 저를 속인 게 아니라면, 세상에 소라이다보다 아름다운 생명체는 적어도 제 생전 본 적이 없었다고 말하고 싶습니다. 우리는 우리가 받은 하느님의 은혜에 감사하기 위해 곧장 성당으로 갔습니다. 성당 안으로 들어서자 소라이다는 거기에 렐라 마리엔과 닮은 얼굴들이 있다고 말하더군요. 우리는 그것이 렐라 마리엔의 상이라고 말해 주었고, 개종자가 성모상들이 의미하는 바를 가능한 한 자세히 설명해 주었습니다. 그 성모상들 하나하나가 소라이다에게 말을 건넨 바로 그 렐라 마리엔인 것처럼 그녀가 경배하도록 말입니다. 아주 영리하고 천성적으로 이해력이 밝은 그녀는 성모상에 대한 것들을 모두 금방 이해했습니다.[336] 거기서 그들은 우리를 데려가 마을의 여러 집으로 나누어 묵게 했는데, 개종자와 소라이다와 저만은 우리와 함께 온 기독교인이 자신의 부모님 댁으로 데려갔습니다. 부모님은 중류층으로 재산이 넉넉했으며 마치 당신들의 자식을 대하듯 우리를 대해 주시더군요. 우리는 벨레스에 엿새 동안 있었습니다. 그 기간이 끝나 갈 때쯤 개종자는 자기에게 필요한 모든 정보를 얻고 종교 재판소를 통해 기독교 교회의 성스러운 신도가 되기 위해 그라나다로 갔습니다. 풀려난 다른 기독교인들도 각자 자기가 가고 싶은 곳으로 갔습니다. 소라이다와 저만이 남았지요. 프랑스 선장이 소라이다에게 주었던 금화와 함께 말입니다. 그 돈으로 소라이다가 타고 온 짐승을 샀답니다. 저는 지금까지 그녀에게 남편이 아닌 아버지이자 종자의 역할을 하면서 제 아버님이 살아 계신지, 아니면 제 동생들 중 누가 저보다 더 좋은 운을 얻었는지 알아보러 가는 길이랍니다. 하늘이 저를 소라이다의 동반자로 주셨으니, 아무리 좋은 운이라도 제가 더 높게 평가할 수 있을 것 같지는 않지만요. 가난에 따르기 마련인 여러 가지 고생들을 묵묵히 참아 내는 소라이다의 인내와 기독교인이 되고자 하는 그녀의 절절한 마음이 저를 감동시키므로 전 이 여자를 섬기는 데 평생을 바치고자 합니다. 비록 제가 이 사람의 것이 되고 이 사람이 제 것이 되는 기쁨이야 이루 말할 수 없겠지만, 제 고향에 이 사람 몸을 쉬게 할 땅 한 귀퉁이라도 있을지 모르는 형편인 데다 세월과 죽음으로 아버지와 동생들의 재산이나 생활에 그렇고 그런 변화가 있을지도 모르는 일이고, 만일 아버지나 동생들이 없다면 저를 아는 사람이라고는 거의 없는 게 아닌가 하는 생각에 마음이 심란하여 그런 기쁨은 사라지기도 합니다. 여러분, 제 이야기에 대해서는 더 말씀드릴 것이 없습니다. 이 이야기가 재미있고 신기했는지는 여러분의 현명하신 머리로

---

336 이슬람교는 성상을 금하고 있다.

판단해 주시기 바랍니다. 이야기를 좀 더 간단하게 했었더라면 좋았을 것 같습니다. 혹시나 여러분이 지루해하실까 봐 상황을 네 개 이상 생략해 버리기는 했습니다만 말입니다.」

42

객줏집에서 더 일어난 사건과
다른 여러 가지 알아 둘 만한 일에 대하여

 이렇게 말하고 포로가 입을 다물자 돈 페르난도가 그에게 말했다.
 「대위님, 그런 이상야릇한 이야기를 그런 식으로 하니 확실히 그 이야기가 더 새롭고 신기해지는 것 같소. 모든 것이 진기하고 희귀하고 놀라운 일들로 가득해서 이야기를 듣는 사람들의 넋을 빼놓는군요. 그렇게 재미있게 들었으니 내일 똑같은 얘기를 들어도 처음 듣는 것처럼 재미있을 것 같소이다.」
 그러자 카르데니오와 다른 사람들이 모두 그를 돕기 위해 할 수 있는 일이라면 무엇이든 하겠노라고 참으로 성의를 다해 진심으로 제의했으므로 대위도 그들의 마음에 대단히 흐뭇해했다. 특히 돈 페르난도는 만일 자기와 같이 가겠다면 자기의 형인 후작이 소라이다의 세례 때 대부가 되어 주도록 하겠다고 제안하고, 대위라는 직분에 합당한 권위를 갖추고 편하게 고향으로 돌아갈 수 있도록 자신 또한 편의를 봐주겠다고 말했다. 포로는 이 모든 것에 아주 정중하게 감사만 표할 뿐 그들의 관대한 제안들은 전혀 받아들이려 하지 않았다.
 그러는 사이 밤이 찾아왔다. 완전히 어두워졌을 무렵 객줏집에 마차

한 대가 도착했는데, 말을 탄 몇 사람들도 함께 있었다. 그들이 숙박을 부탁하자 객줏집 안주인은 모든 방이 다 차서 빈 공간이라고는 한 뼘도 없다고 대답했다.

「그렇지만······.」 말을 타고 온 사람들 중 한 사람이 말했다. 「여기 모시고 온 우리 최고 재판소 판관님께 드릴 방은 있어야 할 텐데요.」

판관님이란 말에 안주인은 당황해하며 말했다.

「나리, 그러니까 침대가 없다는 겁니다요. 하지만 판관 나리께서 침대를 가지고 다니신다면야,[337] 그럼요, 틀림없이 가지고 다니실 줄로 압니다만, 어서 들어오세요. 나리가 주무실 수 있도록 저와 제 남편이 방을 비워 드릴 테니까요.」

「그거 다행이군요.」 종자가 말했다.

이때 이미 한 남자가 마차에서 내렸는데, 차림새로 그의 직업과 직책을 알 수 있었다. 발등까지 내려올 만큼 길고 소맷부리에는 장식이 있으며 안에 입은 옷을 내보이기 위해 단을 터놓은 겉옷이 하인의 말대로 그가 판관이라는 것을 알려 주고 있었다.[338] 이 사람은 기껏해야 열여섯 살쯤 되어 보이는 한 여자아이의 손을 잡고 있었는데, 여행복 차림에도 불구하고 참으로 눈부시게 아름답고 멋져 보여서 모두들 감탄했다. 이 객줏집에 묵고 있는 도로테아와 루스신다와 소라이다를 보지 않았다면, 그 아이만큼이나 아름다운 사람을 보는 게 쉽지 않을 거라고 믿었을 것이다. 판관이 아이와 함께 들어오자 그 자리에 있던 돈키호테가 그를 보고 말했다.

「그대는 편안히 이 성에 들어오셔서 쉬도록 하시오. 좁고 불편하기는 하나 군사와 학문이 들어가지 못할 만큼 좁고 불편한 것은 이 세상에 없

---

337 당시 높은 직분의 사람들은 여행할 때 침대를 가지고 다녔다고 한다.
338 판사들이 입었던 복장으로, 1579년부터는 여행도 이런 복장으로 할 것을 의무화했다. 권위를 세우기 위해서였다고 한다.

소. 더군다나 군사와 학문이 지도자이자 안내자로 아름다움을 데리고 온다면 더욱 그러하오. 그대의 학문이 아름다운 아가씨로 아름다움을 동반하고 있으니 이 아가씨를 맞이하려면 성문이 활짝 열려 자기를 내보여야 할 뿐만 아니라 바위가 갈라지고 산들이 무너져 내려앉지 않으면 안 될 것이오. 그러니 그대는 이 낙원으로 들어오시오. 여기에서 그대가 데리고 온 하늘과 함께할 별들이며 해들을 발견하게 될 것이오. 여기에서 군사의 극치와 아름다움의 절정을 보게 될 것이오.」

법관은 돈키호테의 말을 듣고 놀라 그를 유심히 쳐다보았는데 그 몰골을 보고는 그의 말에 못지않게 놀랐다. 대체 어떻게 대답해야 좋을지 몰라 난감해하던 그는 자기 앞에 선 루스신다와 도로테아와 소라이다의 모습에 다시금 놀랐으니, 그녀들은 새로운 손님이 도착했다는 소식과 객줏집 안주인이 전해 준 아이의 아름다움에 대한 이야기를 듣고 아이도 보고 환영도 해줄 겸 나와 있었던 것이다. 돈 페르난도와 카르데니오와 신부는 돈키호테보다 훨씬 평범하지만 더욱 정중한 말로 그를 맞이했다. 판관 나리는 보고 듣는 것들에 황당해하며 들어왔고, 객줏집에 있던 아름다운 여인들은 아름다운 아이를 반갑게 맞이해 주었다.

결국 판관은 이곳에 있는 사람들이 모두 귀한 신분인 것을 알게 되었다. 하지만 돈키호테의 용모와 몰골과 자태에는 당혹스러워했다. 모든 사람들 사이에 정중한 인사가 오간 후 그 객줏집의 상황을 살펴본 그는 아까 결정한 대로 하기로 했다. 그러니까 여자들은 모두 다락방에 들어가고, 남자들은 이들을 경호하듯이 밖에 있기로 한 것이다. 판관도 자기 딸이 ─ 아이는 바로 그의 딸이었다 ─ 그런 여인들과 함께 있게 된 것에 기뻐했고 딸도 흔쾌히 그렇게 하기로 했다. 그리고 객줏집 주인의 좁은 침대 일부와 판관이 가지고 온 침대의 절반을 합치니 생각했던 것보다 훨씬 더 편안하게 그날 밤을 보낼 수 있게 되었다.

판관을 본 순간부터 포로는 그가 자기 동생일지 모른다는 예감으로 가슴이 뛰었다. 그래서 그와 함께 온 하인들 중 한 사람에게 판관의 이름과 출신을 물었다. 하인은 그분의 이름은 석사 후안 페레스 데 비에드마이며, 고향은 레온의 어느 산악 마을이라 들었다고 대답했다. 이 말로 그는 자기가 본 그 사람이 아버지의 충고로 학문의 길을 간 동생이라고 확신하게 되었다. 그는 놀랍기도 하고 기쁘기도 해서 돈 페르난도와 카르데니오와 신부를 따로 불러 그 이야기를 전하고, 저 판관은 틀림없이 자기 동생이라고 말했다. 하인은 또한 그가 라스 인디아스 판관의 직책을 받아 멕시코 법원으로 부임해 가는 길이라고 말해 주었다. 아이는 그의 딸이며 어머니는 이 딸을 낳을 때 죽었는데, 딸과 함께 남겨진 지참금으로 그는 큰 부자가 되었다고 했다. 포로는 어떤 식으로 자기를 밝혀야 할지 세 사람에게 조언을 구했는데, 밝혀지고 난 다음 자신이 가난하다는 걸 알았을 때 동생이 과연 부끄러워하지는 않을지, 아니면 진심으로 반길지를 먼저 알아보기 위해서였다.

「그런 실험이라면 내게 맡기시오.」 신부가 말했다. 「대위님이 환영받으리라는 건 의심의 여지가 없지만 말이오. 동생분의 훌륭한 외모에서 나오는 품격이나 신중함으로 보아 오만하거나 은혜를 모르는 사람은 전혀 아닐 것이며, 운명의 장난을 모르실 분도 아닐 것 같기 때문이오.」

「그렇지만……」 대위가 말했다. 「단도직입적으로 갑자기 저를 드러내기보다 먼저 에둘러 알아본 후 알릴까 싶어서 말입니다.」

「이미 말했듯이 우리 모두가 만족할 만한 방법을 써보겠소.」 신부가 대답했다.

이때 벌써 식사 준비가 되어 있어서 모두 식탁에 앉았으니, 포로와 여자들은 그 자리에서 빠지고 자기들 방에서 따로 식사를 했다. 식사 중간쯤에 신부가 말을 꺼냈다.

「판관 나리, 제가 몇 년 동안 포로로 있었던 콘스탄티노플에 나리와 똑같은 성을 가진 동료가 있었습니다. 그 친구는 에스파냐 보병대에서 가장 용감한 군인이자 대위 중 하나였지요. 참으로 용감하고 담대했던 만큼 불운도 많았던 사람이었습니다.」

「그 대위 이름이 뭐지요, 신부님?」 판관이 물었다.

「이름은……」 신부가 대답했다. 「루이 페레스 데 비에드마였고 레온의 어느 산악 마을 출신이었어요. 그 사람이 제게 자기 아버지와 형제들 사이에 있었던 일을 얘기해 주었지요. 그 사람처럼 참으로 진실된 사람이 들려준 얘기가 아니었더라면 할머니들이 겨울 불가에 앉아 들려주던 옛날이야기 정도로 여겼을 겁니다. 글쎄, 아버지께서 당신의 재산을 세 아들에게 나누어 주고 카톤의 충고보다 더 훌륭한 충고를 했다지 뭡니까. 내가 말할 수 있는 것은, 그의 아버지가 조언했던 군사 일이 그 사람에게 매우 잘 맞아떨어져서 그는 자신의 덕성 이외에는 아무런 배경도 없이 용기와 노력만으로 몇 년 만에 보병 대위로 승진하게 되었다는 겁니다. 그리고 곧 보병 연대의 연대장이 될 거라는 소문과 평이 돌았지요. 그런데 운이 돌아서고 말았습니다. 행운을 기대할 수도, 손에 넣을 수도 있었던 순간에 그것을 잃고 만 게지요. 많은 사람들이 자유를 되찾은 레판토 해전이라는 그 행복하기 그지없는 여정에서 그는 그만 자유를 잃고 말았습니다. 나는 라 골레타에서 포로가 되었다가 그 후 여러 가지 일을 겪은 뒤 콘스탄티노플에서 그를 동료로 만났답니다. 그는 알제로 이송됐는데, 그곳에서 이 세상에서 일어난 가장 희귀한 일들 중 하나가 그 사람한테 일어난 것으로 알고 있습니다.」

여기서부터 신부는 소라이다와 그의 형 사이에 일어난 일을 간단명료하게 들려주었다. 판관이 그 이야기에 얼마나 집중했는지, 그때만큼 그렇게 귀 기울여 말을 들은 적은 한 번도 없었을 정도였다. 신부는 프랑스 사람들이 배를 타고 온 기독교인들을 약탈해서 자기 동료와 아름다운 무어 여인이 가난하고 아무것도 없는 처지에 빠지고 말았다는 데까지만 말했다. 그 후 이 두 사람이 어떻게 되었는지, 에스파냐에는 도착했는지, 아니면 프랑스 사람들이 프랑스로 데려갔는지에 대해서는 알지 못한다며 말이다.

대위는 약간 떨어진 자리에서 신부의 이야기를 들으며 동시에 자기 동생의 움직임을 모두 눈여겨보았다. 신부의 이야기가 끝나자 동생은 깊은 한숨을 쉬면서 눈에는 눈물이 그렁그렁한 모습으로 말했다.

「오 신부님, 방금 들려주신 소식이 얼마나 제 가슴을 울렸는지 저의 이 모든 사려와 자제심으로도 막지 못하는, 두 눈에서 흘러나오는 이 눈물로 그러한 사실을 보여 드릴 수밖에 없음을 알아주십시오! 신부님이 말씀하신 그 용감한 대위는 제 큰형님이십니다. 형님은 저나 제 동생[339]보다 더 강하고 더 높은 이상을 가지고 계셨기에 명예롭고도 고귀한 군사 일을 택했답니다. 형님께서 들려주신, 신부님 보시기에는 옛날이야기 같았다는 그 이야기에 의하면 군사 일은 아버지께서 저희 삼형제에게 제안하신 세 가지 길 중 하나였지요. 저는 학문의 길을 계속 갔습니다. 하느님과 저 자신의 노력으로 보시다시피 이런 지위에 올랐지요. 제 동생은 지금 페루에서 상당한 부자가 되어 살고 있는데 아버지와 저에게 보내 준 것만으로도 이미 자기가 가져간 몫을 충분히 갚았으며, 더 나아가 아버지의 천성적인 낭비벽마저 상당히 만족시킬 정도로 보내 드리고 있답니다. 그 덕에 저도 더 품위 있고 모범적으로 공부할 수 있어서 지금 이 자리까지 오게 되었습니다. 아버지는 아직 살아 계시지만 형님 소식을 듣고 싶어 죽을 지경이시랍니다. 당신의 아들을 보기 전에는 죽음이 당신의 눈을 감기게

---

[339] 법관이 삼형제 중 막내인데 둘째 형을 동생이라고 부르는 것은 세르반테스의 착오이다.

하지 말아 달라고 하느님께 기도하고 또 기도하고 계시지요. 그토록 사려 깊은 형님께서 어찌 그런 고생이나 고통, 또는 좋은 일에 계실 때 아버지께 신경을 써서 소식을 알리지 않았는지 놀랍습니다. 아버지나 우리 형제 중 누구라도 형님의 소식을 알았더라면 형님은 자유의 몸이 되기 위해 작대기의 기적을 기다릴 필요도 없었을 텐데 말입니다. 하지만 지금 제가 제일 걱정하는 것은 그 프랑스 사람들이 형님을 풀어 줬는지, 혹여 자기들의 약탈 행위를 숨기려고 형님을 죽이지는 않았는지 하는 점이랍니다. 여행을 시작했을 때는 마음이 좋았습니다만 이 말씀을 듣고 나니 이제는 오직 슬프고 울적한 기분으로 여행을 이어 가게 될 것 같군요. 오 착한 형님, 지금 어디 계신지 아는 사람이 있다면 내 모든 것을 버리고라도 형님을 찾아내 고난에서 구해 드리고 싶구나! 오, 베르베리아의 가장 깊은 지하 감방에서라도 아직 살아 계시다는 소식을 우리 늙으신 아버지께 알려 줄 사람은 없단 말인가! 아버지의 재산도, 동생의 재산도, 내 재산도 다 바쳐 구해 낼 텐데! 오, 아름답고 관대한 소라이다여! 당신이 형님에게 베풀어 준 선의에 누가 보답할 수 있을까요! 우리 모두를 더없이 기쁘게 할 당신의 새로운 영적 탄생과 결혼식에 참석할 수 있을 자 누가 될까요!」

자기 형에 대한 소식을 듣자 마음이 절절해진 판관은 이러한 말들을 늘어놓았고, 이에 사람들은 그의 슬픔을 같이 아파했다.

신부는 자기 계획과 대위가 원했던 바대로 일이 술술 잘 풀려 나가자 더 이상 사람들을 슬프게 내버려 둘 수가 없어 식탁에서 일어나 소라이다가 있는 곳으로 들어가서는 그녀의 손을 잡고 나왔다. 루스신다와 도로테아와 판관의 딸이 그 뒤를 따라 나왔다. 대위는 신부가 어쩌려는지 보려고 기다리고 있었는데, 신부는 대위에게로 가 자기의 다른 손으로 똑같이 그의 손을 잡고서는 판관과 다른 신사들이 있는 곳으로 두 사람을 데리고 가서 말했다.

「판관 나리, 눈물을 거두십시오. 그리고 당신의 소망이 원하는 만큼 모든 행복으로 가득하기를 바랍니다. 당신 앞에 당신의 그 착한 형님과 당신의 훌륭한 형수님이 계시니 말이지요. 여기 계시는 이분이 비에드마 대위이고, 이분은 형님께 그 많은 선의를 베풀어 주신 바로 그 아름다운 무어인이십니다. 당신에게 말씀드린 프랑스 사람들이 보시다시피 이 두 분을 이렇게 초라한 모습으로 만들었지요. 당신의 훌륭한 마음이 얼마나 관대한지를 보여 주기 위해 말입니다.」

대위가 동생을 껴안으러 다가가니 동생은 형을 확인하고자 조금 떨어진 채 자기 두 손을 형의 가슴에 놓고 잠깐 멈추게 했다. 그러다가 틀림없는 자기 형이라는 것을 알게 되자 그를 꽉 부둥켜안고는 기쁨의 눈물을 하염없이 흘렸다. 그 자리에 있던 사람들도 대부분 그를 따라 울 수밖에 없었다. 두 형제가 나눈 말들과 그들이 보여 준 감정들은 상상할 수도 없으며, 더군다나 글로 옮기는 일은 도저히 있을 수도 없을 것으로 여겨진다. 그들은 일단 그 자리에서 그때까지 있었던 각자의 일들에 대해 간단히 이야기했고 형제간의 돈독한 정을 유감없이 드러냈다. 판관은 소라이다를 껴안으며 자기 재산을 주겠노라고 말하고, 자기 딸에게도 소라이다를 껴안게 했다. 이로써 아름다운 기독교인 아이와 비할 데 없이 아름다운 무어 여인은 모든 사람들의 눈물샘을 다시 한 번 자극했다.

그 자리에 돈키호테도 있었으니, 그는 말없이 모든 일을 주의 깊게 바라보며 이 이상하기 그지없는 사건들을 모두 편력 기사의 망상으로 돌리고 있었다. 대위와 소라이다는 동생과 함께 세비야로 돌아가 아버지에게 아들을 찾았다는 소식과 아들이 자유의 몸이 되었다는 소식을 전하고, 가능하면 결혼식과 소라이다의 세례식에 참석하실 수 있도록 아버지를 그곳으로 오시게 하자는 데 의견의 일치를 보았다. 판관은 계획된 여행을 취소할 수가 없어서 그 행사에 참석할 수 없었다. 새로운 에스파냐인 라스 인디아스로 가는 배가 그로부터 한 달 뒤에 세비야에서 출항할 예정인데, 만일 그것을 놓치면 아주 곤란해지기 때문이었다.

결국 포로의 일이 잘 해결되어 사람들은 모두 흐뭇한 마음으로 함께 기뻐했다. 밤도 벌써 거의 절반 넘게 지난 터라 나머지 시간은 저마다 물러가서 쉬기로 했다. 돈키호테는 자기가 성을 지키겠다고 나섰다. 거인이나 비열하고 사악한 놈이 떠돌아다니다가 그 성에 있는 위대한 보물인 아름다움을 탐내어 습격해 들어올지도 모른다고 생각했기 때문이다. 돈키호테를 아는 사람들은 그 일에 대해 그에게 감사했고, 판관은 돈키호테의 이상한 증세에 대한 이야기를 듣고 적잖게 재미있어했다.

산초 판사만이 잠자리에 드는 시간이 늦어지는 것을 안타까워하고 있었던 터라 누구보다도 편안하게 자기 당나귀의 마구에 몸을 뉘었는데, 앞으로 이야기하게 되겠지만 그 마구 때문에 그는 혹독한 고생을 하게 된다.

여인들도 자기들 방으로 들어갔고, 다른 사람들도 불편하게나마 할 수 있는 대로 몸을 쉬게 했다. 돈키호테만이 약속한 대로 보초를 서기 위해 객줏집 밖으로 나갔다.

날이 밝기 직전이었다. 아주 듣기 좋고 고운 목소리가 여인들의 귀에 들려왔다. 어찌나 고운지 모두가 그 소리에 귀를 기울이지 않을 수 없을 정도였으니, 특히 깨어 있던 도로테아는 더했다. 그녀의 옆에서는 도냐 클라라 데 비에드마가 자고 있었는데 이것은 판관의 딸 이름이었다. 그렇게 노래를 잘 부르는 사람이 누구인지 어느 누구도 알 수 없었다. 반주도 없이 목소리 그 자체로만, 어떤 때는 마당에서 노래하는 것 같기도 하고 또 어떤 때는 마구간에서 부르고 있는 것 같기도 했다. 이렇게 어디에서 나는 것인지도 모르면서 그 노랫소리에 집중하고 있을 때 카르데니오가 방문 앞에 와서 말했다.

「주무시지 않는 분은 귀기울여 보세요. 노새를 모는 한 젊은이의 노랫소리를 듣게 되실 겁니다. 매혹적으로 노래하고 있답니다.」

「이미 우리도 듣고 있어요.」 도로테아가 대답했다.

카르데니오는 이 말만 하고 물러갔다. 도로테아가 최대한 집중해서 들어 보니 그 노랫말은 이러했다.

43

노새 모는 젊은이의 재미있는 이야기와
객줏집에서 일어난 이상한 사건이 다루어지다

　　나는 사랑의 뱃사공,
그 깊은 바다에서
어느 항구에 다다를
희망도 없이 항해한다네.

　　저 멀리 보이는
별 하나를 나는 쫓아간다네,
팔리누로[340]가 본 그 많은 별들보다
더 아름답고 빛나는 별을.

　　나를 어디로 데려가는지도 모르는 채
혼돈 속에서 항해하니,
별을 주시하는 내 영혼

---

340 베르길리우스의 「아이네이스」에 나오는, 아이네이아스 배의 조종사.

조심하면서도 방심한다네.

　당치 않은 신중함과
흔치 않은 정직함은
간절히 별을 보고자 할 때
그 별을 가리는 구름이라네.

　오, 밝고 빛나는 별이여,
그 빛 속에서 나 허둥대는구나!
나에게서 그대가 숨는 순간
내 죽음의 순간이 될 것이니.

　노래가 여기까지 이르자 도로테아는 이렇게 좋은 목소리를 클라라가 듣지 못하면 안 될 것 같아 그녀를 흔들어 깨우며 말했다.
　「자는 걸 깨워서 미안해요, 아가씨. 아가씨가 한 번도 들어 본 적이 없을 것 같은, 정말 훌륭한 목소리를 들어 보라고 깨운 거예요.」
　클라라는 너무나 졸려하면서 눈을 떴는데, 처음에는 도로테아가 무슨 말을 하는지 제대로 이해하지 못해 다시 물었고, 도로테아가 재차 말해 주자 그녀 역시 귀를 기울였다. 그러나 노래 부르는 사람이 계속 불러 나가는 두 구절을 듣자마자 마치 심각한 사일열에 걸린 양 이상하게 떨기 시작하더니 도로테아를 꼭 껴안으면서 말했다.
　「아, 이걸 어쩌면 좋아! 어쩌자고 날 깨우셨어요? 운명이 내게 베풀 수 있는 가장 큰 행복은 지금 당장 내 눈과 귀를 막아 저 불행한 음악가를 보지도, 그의 소리를 듣지도 못하게 해주는 거예요.」
　「무슨 말이에요, 아가씨? 노래를 부르는 사람은 노새를 모는 젊은이라고 하던데.」

「아니에요, 저분은 여러 곳에 땅을 가지고 계신 영주세요.」 클라라가 대답했다. 「그리고 내 영혼에도 확실하게 땅을 가지셔서, 저분이 버리려고 하지 않는 한 영원히 그것을 앗을 수 없답니다.」

도로테아는 아이의 애틋한 말을 듣고 놀랐다. 어린 나이에 맞지 않게 조심스러워 보였다. 그녀는 클라라에게 말했다.

「클라라 아가씨, 아가씨가 하는 말을 알아들을 수가 없군요. 땅이니 영혼이니, 그리고 노래를 듣고 그토록 불안해하는 그 목소리의 주인공에 대해 좀 더 분명하게 듣고 싶어요. 하지만 지금은 아무 말 말아요. 아가씨의 흔치 않을 이야기를 들으려다가 노래 듣는 기쁨을 놓치고 싶지 않거든요. 이제 새로운 시를 새로운 곡조로 부르는 것 같은데요.」

「좋으실 대로 하세요.」 클라라가 대답했다.

그런 다음 그녀가 노랫소리를 듣지 않으려고 두 손으로 귀를 막았으므로 도로테아는 다시 놀랐다. 계속되는 노래에 귀를 기울이니 내용은 이러했다.

    나의 달콤한 희망이여,
너는 불가능한 잡초 더미를 헤치며
네가 있다고 상상하고 마련한 길을
꿋꿋하게도 가는구나.
네가 내딛는 걸음마다
너의 죽음으로 향하는 것임을 알디라도 기절하지 말라.

    게으른 자는 영광의 월계관도
어떠한 승리도 얻지 못하며,

운명에 맞서지 않은 채, 의지할 데 없어
자기 모든 오감을
비겁한 쾌락에만 맡기는 자들은
행복할 수 없도다.

　사랑이 자기 영광을 비싸게 파는 것은
당연한 일이요, 정당한 거래.
자기가 좋아서 평가한 물건보다
더 비싼 것은 없으니
힘들이지 않고 얻는 것이
가치 없는 것임은 당연한 일.

　끈질긴 사랑은
어쩌면 불가능한 것을 얻는 법,
그러하기에 나도 끈덕진 사랑으로
사랑의 가장 어려운 일들을 따르고자 하니,
그렇다고 땅에서 하늘을 얻지 못할 거라고는
생각하지 않는다.

　목소리는 여기서 그쳤고, 클라라의 흐느낌은 새로이 시작되었다. 이 모든 상황이 그 부드러운 노래와 이 비통한 흐느낌의 원인을 알고 싶어 하는 도로테아의 소망에 불을 지폈다. 그래서 그녀는 클라라에게 아까 말하고 싶었던 게 무엇이었는지 다시 물어보았다. 클라라는 루스신다가 들을까 봐 도로테아를 꼭 껴안고 입술을 그녀의 귀에 갖다 댄 다음 다른 사람이 듣지 않는다는 것을 확인하고는 이렇게 말했다.

「노래를 부른 사람은요, 아라곤 왕국 출신인 기사분의 아들로 두 군데에 자기 영지를 가지고 있어요. 수도에 살 때 우리 집 바로 맞은편에 살았지요. 아버지는 겨울에는 천으로, 여름에는 망으로 집 창문들을 가려 놓으셨는데 어찌 된 일인지 저 사람이 공부를 하러 오가다가 교회에서인가 어디 다른 곳에서 나를 봤대요. 그러더니 끝내 나를 좋아하게 되어 자기 집 창문에서 별의별 신호를 다 보내고 눈물을 흘리면서 자기의 사랑을 내게 알리려고 했어요. 나도 저 사람을 믿게 되었고, 저 사람이 내게 원하는 게 무엇인지도 모르는 채 그 사람을 좋아하게 되었어요. 저 사람이 나한테 보낸 신호 중에는 한 손을 다른 손에 합치는 동작이 있었는데, 나는 그것을 나와 결혼하고 싶다는 뜻으로 이해했어요. 나도 그렇게 되면 좋겠다고 생각했습니다. 하지만 혼자였던 데다 엄마도 돌아가셨으니 상의할 사람이 없어서, 아버지나 저 사람 아버지가 안 계실 때 천이나 망을 조금 올려 내 모습을 다 볼 수 있게 해주는 것 말고는 어떤 호의도 보이지 않았어요. 그 정도에도 저 사람은 미칠 듯이 좋아하곤 했지요. 그러던 차에 아버지가 떠나실 때가 왔고, 저 사람이 그 사실을 알았던 거예요. 내가 알려 준 건 아니에요. 그에게 말을 할 수가 없었으니까요. 내가 생각하기에 저 사람은 그만 고통으로 병이 났던 것 같아요. 그래서 출발하던 날에도 그의 모습을 볼 수가 없었죠. 눈으로나마 작별 인사를 하려고 했는데 말예요. 그런데 길을 떠난 지 이틀째 되던 날, 여기서 하루 정도 걸리는 마을의 여관에 들어가려고 할 때 저 사람이 노새 모는 젊은이 차림으로 여관 문간에 있는 걸 발견한 거예요. 그 복장이 어찌나 잘 어울리는지 그 사람 모습을 마음에 새겨 오지 않았더라면 알아보지 못할 정도였어요. 그를 알아보고 난 놀라기도 하고 기쁘기도 했어요. 저 사람은 아버지 몰래 나를 훔쳐보곤 했는데, 길에서나 우리가 도착한 숙소에서나 내 앞을 지나갈 때는 늘 아버지로부터 숨어요. 저 사람이 누구인지 알고 있고, 나를 사랑하기 때문에 그 고생을 하며 걸어온다고 생각하니 나는 마음이 아파 죽을 것 같아요. 그 사람의 발길이 닿는 곳마다 내 눈이 닿거든요. 저 사람이 어떤 생각으로 왔는지, 자기 아버지한테서 어떻게 빠져나올 수 있었는지는 모르겠어요. 집에 다른 자식이 없는 데다, 보면 아시겠지만 저 사람도 사랑받을 만한 사람이라 그 아버지께서는 아들을 엄청 아끼시거든요. 그리고 또 말할 것은요, 저 사람이 부르는 노래는 모두 자기 머리에서 나온 거예요. 아주 훌륭한 학생에 시인이라는 얘기를 들었거든요. 또 있는데요, 나는 저 사람을 볼 때나 저 사람이 노래하는 것을 들을 때마다 아버지가 저 사람을 알아보고 우리 마음을 눈치챌까 봐 두려워 온몸이 떨릴 만큼 질겁해 버린답니다. 지금까지 한 번도 저 사람과 말을 나누어 본 적이 없는데도 저 사람이 참 좋아서, 이젠 저 사람 없이는 살아갈 수 없을 것 같아요. 지금까지 해드린 이야기가 무척이나 마음에 들어 하셨던 목소리를 가진 저 음악가에 대해 내가 알려 드릴 수 있는 전부예요. 목소리만 들어 봐도 노새를 모는 젊은이가 아니라 방금 말씀드렸듯 사람과 땅을 다스리는 사람이라는 걸 분명히 알게 될 거예요.」

「더 이상 말하지 않아도 돼요, 도냐 클라라.」 도로테아는 이렇게 말하면서 몇 번이나 아이에게 입을 맞추었다. 「더 이상 말하지 말고, 날이 밝기를 기다려요. 두 사람의 사랑은 참으로 순수하게 시작되었으니, 행복한 결실을 맺을 수 있도록 하느님이 일을 처리해 주시리라 난 믿어요.」

「그렇지만 말이에요! 저 사람 아버지는 대단히 지체 높으시고 엄청난 부자이셔서 나 같은 여자는 자기 아들의 하녀로도 삼지 않을 텐데, 아내라는 건 말이 안 되겠죠? 그렇지만 저 역시 우리 아버지 몰래 결혼하는 일은 세상에 있는 전부를 준다 해도 못 해요. 저 사람이 그냥 나를 내버려 두고 가버렸으면 좋겠어요. 저 사람을 보지 않고 멀리 떨어져 있다 보면 지금 이 괴로움도 덜해지겠지요. 내가 생각하고 있는 이 방법도 별 도움이 되지 않을 걸 알면서도 이래요. 어쩌다가 이 지경이 되었는지, 저 사람에게 갖게 된 이 사랑이 어디에서 왔는지 도무지 알 수가 없어요. 나나 저 사람이나 아직 어린데 말이에요. 사실 우린 나이가 같은 것으로 알고 있거든요. 난 아직 열여섯 살이 안 됐어요. 아버지 말씀이 성 미겔 날에야 열여섯이 된대요.」

도냐 클라라가 이렇게 어린애처럼 말하니 도로테아는 웃지 않을 수 없었다. 그녀는 도냐 클라라에게 말했다.

「자, 이제 쉬도록 합시다, 아가씨. 밤이 얼마 남지 않은 것 같네요. 내일 내가 다 알아서 처리할게요. 그렇게 하지 못한다면 난 수완이 형편없는 여자가 되겠지요.」

그러고서 두 사람은 잠잠해졌다. 객줏집에도 적막만이 흘렀다. 객줏집 딸과 하녀 마리토르네스만이 잠들지 않은 채 깨어 있었다. 이 두 사람은 돈키호테가 저지른 미친 짓을 이미 알고 있었고 그가 무장한 채 말을 타고 객줏집 밖에서 경비를 서고 있다는 것도 알고 있었으므로, 그를 곯려주거나 아니면 적어도 그의 어처구니없는 소리라도 들으면서 시간을 좀 때워 보자는 마음을 먹었다.

마침 이 객줏집에는 밖으로 나가는 창문이 하나도 없고, 다만 볏짚을 밖에서 안으로 던져 넣을 때 쓰는 구멍이 하나 나 있었다. 선머슴 같은 두 처자가 이 구멍으로 내다보니, 돈키호테는 말을 탄 채 창에 몸을 기대고 이따금씩 깊고 고통스러운 한숨을 쉬고 있었다. 한숨을 쉴 때마다 그의 영혼이 빠져나가는 것 같았다. 동시에 그들은 그가 부드러우면서도 즐겁고 다정한 목소리로 말하는 것을 들었다.

「오, 나의 둘시네아 델 토보소여! 모든 아름다움의 극치이자 신중함의 끝이자 마무리이시고, 최상의 우아함의 보고이자 정숙함의 보관소이며, 마지막으로 이 세상에 있는 모든 유익한 것과 정직한 것과 즐거운 것의 이상인 여인이여! 그대는 지금 무엇을 하고 계시나요? 혹시 오직 당신만을 섬기고자 기꺼이 그 많은 위험에 몸을 던지는 당신의 노예인 이 기사를 생각하고 계시지는 않나요? 오, 세 개의 얼굴을 가진 꺼지지 않는 불[341]이여! 그녀의 소식을 전해 다오! 아마도 지금 너는 그녀의 광채를 부러워하며 바라보고 있겠지. 내 임은 화려한 왕궁의 회랑을 거닐면서, 혹은 발코니에 가슴을 기댄 채 어떻게 하면 자기의 정숙함과 위대함을 더럽히지 않고 자기 때문에 이 슬픈 가슴이 겪어야 하는 고통을 달래 줄 수 있을까 곰곰이 생각하고 계실 거야. 내가 겪는 이 괴로움에는 어떠한 명예를 줄 것이며, 내 근심에는 어떠한 안식을 줄 것이며, 나의 봉사에 어떠한 상을, 마지막으로 나의 죽음에 어떠한 삶을 줄 것인지 말이야. 그대, 태양이여! 그대는 내 임을 보러 가고자 일찍 일어나 그대의 말에 급히 안장을 얹고 있으리라. 내 임을 보면 내 안부를 전해 주기를 바란다. 하지만 내 임을 만나 인사를 할 때 얼굴에 입을 맞출 생각일랑은 하지 마라. 내 질투는, 그대로 하여금 땀을 뻘뻘 흘리며 테살리아 벌판인가 페네오 강가를 뛰어다니게 했던 그 발 빠른 무정한 아가씨[342]에게 가졌던 그대의 질투보다 더 클 것이니. 그런데 그때 그대가 질투와 사랑 때문에 뛰어다녔던 곳이 어디인지 기억을 못 하겠구나.」

돈키호테의 참으로 가엾은 하소연이 이 정도에 이르자 객줏집 딸이 말을 걸려고 그를 부르기 시작했다.

「나리, 나리, 제발 이리 좀 와주세요.」

돈키호테가 소리 나는 쪽으로 고개를 돌리자 대낮처럼 밝은 달빛 아래

---

341 보름달, 초승달, 그믐달로 달의 세 가지 모습을 말하는 것.
342 신화에 의하면 다프네가 아폴론에게 쫓겨 테살리아로 도망갔다고 한다. 이때 다프네의 아버지이자 강물의 신인 페네오는 쫓기는 딸에게 물을 뿌려 월계수로 변하게 해서 겁탈을 면하게 했다.

그에게는 창문으로 보이는 그 구멍으로 누군가 자기를 부르고 있는 것이 보였다. 돈키호테는 그 창문에 황금빛 창살이 드리워져 있다고 생각했는데, 이 객줏집을 훌륭한 성으로 상상했으니 과연 그 성에 어울리는 것이었다. 그 순간 그의 미친 상상 속에서는 지난번 그 성주의 딸이 자기에 대한 연모의 마음을 못 이겨 구애를 하러 다시 온 것이라는 생각이 떠올랐다. 그리하여 불손하고 무정하게 보이지 않도록 예의를 갖추어 로시난테의 고삐를 돌려 구멍이 있는 곳으로 갔다. 그러고는 거기서 두 젊은 여인들을 보자 말했다.

「아름다운 여인이여, 그대가 그 고매한 가치와 정숙함에 합당한 사랑으로 보답해 드리지 못하는 곳에다 사랑의 마음을 두셨으니 유감스럽기 그지없습니다. 그렇다고 이 보잘것없는 편력 기사를 책하지 마시옵소서. 이 몸은 보는 그 즉시 영혼의 절대적인 주인으로 모시게 된 그분 이외의 다른 분에게는 마음을 줄 수가 없답니다. 착한 아가씨, 나를 용서하시고 아가씨의 방으로 물러가소서. 당신의 마음을 자꾸 내게 알리려 하여 나를 더욱 무정한 인간으로 만드는 일은 하지 마소서. 만일 나를 사랑하신다면, 사랑이 아닌 다른 것으로 당신을 기쁘게 할 수 있는 것을 내게서 발견하시어 요구하소서. 지금은 없는 나의 달콤하면서도 야속한 이를 두고 맹세하오니, 금방 들어 드리리다. 설혹 온통 뱀으로 되어 있는 메두사의 머리카락을 원하신다거나, 유리병에 갇혀 있는 태양 광선을 원하신다 하더라도 말입니다.」

「우리 아씨는 그런 거 전혀 필요 없어요, 기사님.」 마리토르네스가 말했다.

「그렇다면, 그대의 아씨는 무엇을 원하시는 거요, 사려 깊은 시녀여?」 돈키호테가 물었다.

「단지 나리의 아름다운 손 하나가 필요할 뿐이지요.」 마리토르네스가 말했다. 「명예를 훼손할지도 모를 위험을 무릅쓰고 아씨를 이 구멍으로 오게 한 그 대단한 소망을 풀어 주시려면 말예요. 아씨 아버님이 눈치라도 채시면 아씨는 토막토막 잘려 가장 작은 토막으로 귀가 되고 말거예요.」

「그런 게 있다면 보고 싶구먼!」 돈키호테가 대답했다. 「하지만 아버지께서 그렇게까지는 하지 않을 것이오. 사랑에 빠진 딸의 연약한 사지에 손을 대서 세상에서 가장 참담한 결말을 내는 자가 되고 싶지 않다면 말이오.」

자기가 요구한 대로 돈키호테가 한쪽 손을 내밀어 줄 것 같아 보이자 마리토르네스는 할 일을 생각하고는 구멍에서 내려와 마구간으로 갔다. 거기서 산초 판사의 당나귀 고삐를 풀어 챙겨서는 잽싸게 구멍으로 돌아왔다. 마침 돈키호테는 사랑에 상처받은 아가씨가 있다고 상상한 창살 있는 창문으로 가까이 가려고 로시난테의 안장에 서 있었다. 그는 한쪽 손을 내밀면서 말했다.

「아가씨, 이 손을, 아니 좀 더 정확히 말하면 세상의 악당들을 처형하는 이 집행자를 잡으십시오. 자, 손을 잡으세요. 세상 어떤 여인의 손도 만져 본 적 없는 손이랍니다. 내 몸 모두를 다 갖고 계신 그분의 손조차도 말입니다. 그대에게 이 손을 드리는 이유는, 손에 입을 맞추시라는 뜻에서가 아니라 신경 조직과 근육의 단단함과 혈관의 넓이와 굵기를 보시고, 이런 손을 가진 팔은 어떤 힘을 가질까 짐작해 보시라는 뜻에서입니다.」

「어디 좀 보도록 하지요.」 마리토르네스가 대답했다.

그러고는 가져온 고삐로 잘 풀리지 않는 오랏줄을 만들어 그의 손목에 건 다음 구멍에서 내려와 고삐의 다른 한쪽 끝을 짚을 넣어 두는 헛간 걸쇠에 아주 단단하게 묶었다. 돈키호테는 손목에 밧줄의 거친 감촉을 느끼자 말했다.

「그대는 내 손을 잡으시는 게 아니라 오히려 강판으로 갈고 계시는 것 같군요. 그토록 내 손을 학대하지 마세요. 그대에게 무정한 내 마음이 잘못이지, 이 손은 죄가 없으니 말입니다. 또 그토록 조그마한 부분에 그대의 모든 분노를 갚으려는 것도 옳지 않은 일입니다. 진정으로 사랑하는 자는 가혹하게 복수하지 않는 법이니까요.」

하지만 돈키호테의 말을 듣고 있는 사람은 이미 아무도 없었다. 그를 묶자마자 마리토르네스는 주인 딸과 함께 죽을 만큼 웃어 대며 가버렸고, 그는 혼자서는 도저히 풀 수 없을 정도로 묶인 채 남겨졌기 때문이다.

이미 말했듯이 그는 로시난테의 안장 위에 선 채 한쪽 팔을 완전히 구멍에 집어넣었는데 손목이 문의 걸쇠에 묶였으니 두려움과 걱정이 말이 아니었다. 만일 로시난테가 이쪽이나 저쪽으로 움직이기라도 하면 손목으로만 매달려 있어야 할 판국이었다. 비록 인내심 많고 온순한 로시난테라면 움직이지 않은 채 한 세기 동안도 잘 서 있으리라 기대해 볼 수 있었지만 그래도 그는 몸을 꼼짝할 수가 없었다.

결국 자기가 묶여 있으며 여인들은 이미 가버렸다는 사실을 깨닫게 된 돈키호테는, 지난번에 바로 이 성에서 마법에 걸린 무어인 마부에게 실컷 두들겨 맞았던 것처럼 이번에도 모든 일이 마법으로 행해진 것이라고 상상하고는 자기의 경솔함과 짧은 생각을 속으로 저주했다. 처음에 그렇게 곤욕을 치렀음에도 불구하고 다시 이 성에 들어올 생각을 했으니 말이다. 그리고 어떤 모험을 시도했는데 성공하지 못했다는 것은 그 모험이 자신이 아닌 다른 기사들을 위한 것이라는 신호임을 깨닫지 못했으니 말이다. 그러니 같은 모험을 두 번씩이나 시도할 필요는 없는 것이었다. 여하튼 이 모든 상황에서 그는 그래도 혹시나 손목이 풀리지 않을까 싶어 팔을 당겨 보았다. 그러나 아주 제대로 묶여 있어서 그의 노력은 모두 허사가 되고 말았다. 물론 로시난테가 움직이면 안 되니까 아주 조심하며 당기기는 했지만 말이다. 그는 안장에 다시 앉고 싶었지만 그냥 그대로서 있든가 아니면 자기 손을 뽑아 버리든가 둘 중 하나밖에 선택할 수 없었다.

그때 그는 자기가 마법에 걸려 있는 것이 틀림없다고 믿고는, 그 어떤 마법의 힘도 먹히지 않는 아마디스의 칼이 있었으면 하고 생각하기도 하고 스스로의 운명을 저주하기도 했다. 마법에 걸려 그렇게 그곳에 있는 동안 자기가 없어서 세상이 입게 될 손실을 과장해 보는가 하면, 다시 자기의 사랑하는 둘시네아 델 토보소를 생각하기도 했다. 착한 종자 산초 판사를 불러 보기도 했으나, 그는 당나귀 안장에 누운 채 깊은 잠에 빠져 있느라 낳아 준 어머니조차 잊고 있었다. 리르간데오와 알키페 현자들을 불러 구해 달라고 하기도 하고, 착한 친구 우르간다를 불러 살려 달라고 호소하기도 했다. 결국 그 자리에서 아침을 맞이하게 되었으니, 그는 완전히 절망하고 당황하여 황소처럼 울부짖었다. 자기가 마법에 걸렸다고만 생각하여 이 고통이 영원히 계속될 것이라 여겼으니 말이다. 낮이 되면 그것이 치유될 것이라는 기대조차 하지 않았다. 이런 사실을 더더욱 확신하게 된 것은 로시난테가 전혀 움직이지 않고 있었기 때문이다. 그래서 그는 말도 자기도 이런 식으로 먹지도 마시지도 자지도 못한 채 있어야 한다고 믿었다. 별들의 나쁜 영향이 지나가거나, 아니면 더 현명한 마법사가 자기를 마법에서 풀어 줄 때까지 말이다.

하지만 날이 새기 시작할 무렵 그는 자신의 믿음이 한참 잘못되었다는 것을 알게 되었다. 그때 아주 잘 차려입고 자태가 훌륭한 네 사람이 안장에 총을 걸쳐 놓은 채 말을 타고 객줏집에 도착한 것이다. 그들은 아직 닫혀 있는 객줏집 문을 세차게 두들겼다. 여전히 보초 서는 일을 그만두지 않고 있던 돈키호테는 그 모습을 보고 큰 소리로 거만하게 말했다.

「기사들인지 종자들인지, 아니면 누가 됐든지 간에 이 성의 문을 두들겨 봐야 소용없소. 이 시간에는 안에 있는 사람들 모두 잠을 자고 있거나,

아니면 태양이 온 대지를 비출 때까지는 요새 문을 열지 않는 게 관습으로 되어 있으니 말이오. 뒤로 물러가서 날이 밝을 때를 기다리시오. 그대들에게 문을 열어 주는 게 좋을지 아닌지는 그때 가서 보겠소.」

「이게 무슨 놈의 요새며 성이라고…….」 한 사람이 말했다. 「왜 우리가 그런 의식을 지켜야 한다는 거야? 그대가 객줏집 주인이라면 빨리 문 좀 열라고 시키시오. 우리는 나그네로, 말에게 사료만 주고 금방 떠날 거요. 갈 길이 바쁘단 말이오.」

「그대들에게는 내 모습이 객줏집 주인으로밖에 보이지 않는단 말이오?」 돈키호테가 대꾸했다.

「당신이 어떤 모습을 하고 있는지는 내 알 바가 아니오.」 다른 사람이 대답했다. 「하지만 이 객줏집을 성이라고 하는 걸 보니 당신이 터무니없는 말을 지껄이고 있다는 것만은 알겠군.」

「이건 성이오.」 돈키호테가 대답했다. 「그것도 이 지역에서 가장 훌륭한 성이지. 이 안에 계신 분들로 말하자면 손에는 왕의 지팡이를, 머리에는 왕관을 갖고 있는 이들이오.」

「거꾸로가 더 어울리겠소.」 나그네가 말했다. 「머리에는 지팡이, 손에는 왕관을. 틀림없이 어느 극단이 묵고 있는 게지. 극단의 배우들이라면 당신이 말한 그런 왕관이나 지팡이 같은 것을 갖고 다닐 테니 말이오. 이런 작은 객줏집에, 그것도 이런 외딴 곳에 왕관이나 왕의 지팡이를 가질 만한 분들이 묵을 일은 없을 것 같소.」

「세상에 대해 별로 아는 게 없는 분들이군.」 돈키호테가 대꾸했다. 「그대들은 편력 기사들에게 흔히 일어나는 일을 모르고 있소.」

질문을 하는 자와 함께 온 동료들은 돈키호테와 주고받는 이 대화에 지쳐 다시 아주 광폭하게 문을 두드리기 시작했다. 그 소리에 객줏집 주인뿐만 아니라 그곳에 있던 사람들 모두가 잠에서 깼다. 주인은 누가 두

드리는지 보려고 일어났다. 이때 마침 문을 두드리던 네 사람이 타고 온 말 가운데 한 녀석이 로시난테의 냄새를 맡으러 다가갔는데, 로시난테는 거만하게 서 있는 주인을 받치기 위해 두 귀를 축 늘어뜨린 채 꼼짝도 않고 우울하면서도 슬프게 서 있었다. 그런데 목석 같아 보이기는 하나 그 놈도 결국은 살을 가진 놈이다 보니 애무하러 오는 상대를 모르는 척할 수가 없었는지 같이 냄새를 맡기 시작했다. 조금밖에 움직이지 않았는데도 금방 돈키호테의 두 다리가 안장에서 빗나가 미끄러졌으니, 만일 한쪽 팔이 매달려 있지 않았다면 땅에 떨어지고 말았을 것이다. 얼마나 아픈지 그는 손목이 끊어지거나 팔이 빠져 버리는 줄 알았다. 발끝이 바닥에 스칠 정도로 땅에서 아주 조금 떨어진 채 매달려 있었는데 이것이 그에게는 오히려 해가 되었다. 조금만 더 뻗으면 땅을 딛고 설 수 있을 것 같았기에 어떻게든 디뎌 보려고 용을 쓰고 다리를 뻗었는데, 마치 범죄자들의 손을 밧줄로 묶어 도르래에 매다는 고문을 받는 것 같았다. 바닥에 닿을락 말락 했기 때문에 조금만 몸을 뻗치면 될 것 같다는 희망에 속아 열심히 다리를 뻗다 보니 그 행동 자체가 고통을 더욱 크게 만들었던 것이다.

44

객줏집에서 일어난 듣도 보도 못한
이야기들이 계속되다

　돈키호테가 내지른 비명이 하도 요란했기에 결국 주인이 놀라 황급하게 문을 열고는 소리를 지르는 사람이 누구인지 보러 나왔으니, 밖에 있던 사람들도 그와 합세했다. 그 소리에 이미 잠에서 깬 마리토르네스는 무슨 일인지 짐작하고는 아무도 모르게 짚을 넣어 두는 헛간으로 가서 돈키호테를 지탱하고 있던 고삐를 풀었다. 그러자 그는 객줏집 주인과 나그네들이 보는 앞에서 땅바닥에 떨어졌고, 사람들은 그에게 다가가 무슨 일로 그렇게 소리를 질렀느냐고 물었다. 돈키호테는 한마디 대답도 없이 손목에 있는 끈을 풀고 일어나서는 로시난테에 올라 방패를 쥐고 창을 들어 가슴팍에 댄 채 들판 꽤 멀리까지 물러갔다가 다시 엉거주춤 말을 몰아 돌아오면서 이렇게 말했다.
　「내가 마법에 걸리는 것이 당연하다고 말하는 자 있다면, 그가 누구든지 간에 미코미코나 공주의 허락을 얻어 그자가 거짓말을 하는 것임을 밝히고 그에게 도전하여 담판을 짓고자 하오.」
　돈키호테의 이 말에 새로 온 그 나그네들은 깜짝 놀랐다. 하지만 객줏집 주인이, 저 사람은 돈키호테라고 하는데 제정신이 아니니 신경 쓸 것

없다고 귀띔함으로써 그들의 놀라움을 덜어 주었다.

나그네들은 객줏집 주인에게 혹시 여기에 열다섯 살쯤 되어 보이는 아이가 오지 않았느냐고 물었다. 노새 몰이꾼 복장을 한 이러저러한 모습이라는데, 그 묘사된 모습이 도냐 클라라의 연인과 똑같았다. 주인은 지금 객줏집에 많은 손님들이 묵고 있어서 그런 아이가 있는지 눈여겨볼 겨를이 없었다고 대답했다. 그러자 그 나그네들 중 한 사람이 판관이 타고 온 마차를 보고 말했다.

「여기 있는 게 분명해. 이게 따라갔다는 그 마차야. 우리 중 한 사람은 대문에 남고, 나머지는 안으로 찾으러 들어가지. 한 사람은 이 객줏집 주위를 돌아보는 게 좋을 것 같아. 마당 담으로 도망가지 못하게 말이야.」

「그렇게 하지.」 그들 중 하나가 대답했다.

두 사람이 안으로 들어가고 한 사람은 대문에 남았으며 다른 한 사람은 객줏집 주위를 돌아보러 나갔다. 객줏집 주인은 이 모든 것을 지켜보고 있었는데 자기에게 설명한 그런 모습의 아이를 찾고 있는 건 분명해 보이지만 뭣 때문에 그렇게까지 부지런을 떠는지는 알 수가 없었다. 이때는 이미 날이 밝은 터였고 돈키호테가 일으킨 소동도 있었던 탓에 모두 잠에서 깨어 일어나 있었으니, 특히 도냐 클라라와 도로테아는 더욱더 깨어 있었다. 한 사람은 바로 가까이에 연인이 있다는 놀라움에, 다른 한 사람은 그 아이를 보고 싶은 호기심에 둘 다 밤잠을 설친 것이다. 돈키호테는 네 명의 나그네 중 어느 누구도 자기에게 신경을 쓰지 않는 것은 물론 자기가 요구한 것에 대해 대답도 하지 않는 것을 보고는 원망과 분노로 화가 나 죽을 지경이었다. 비록 약속한 일을 완수할 때까지는 결코 다른 모험을 시작하지 않겠다는 언약과 맹세를 한 터였지만, 만일 기사도 규정에서 편력 기사가 합법적으로 다른 일을 해도 괜찮다는 조항을 발견하기만 했다면 아마 그 모두에게 덤벼들어 억지로라도 대답을 하게 했을 것이다. 하지만 미코미코나 공주를 왕국의 자리에 앉힐 때까지는 새로운 일을 시작하는 것이 좋아 보이지 않고 그에게 합당한 일도 아닌 것 같았으므로 입을 다문 채 조용히 그 나그네들의 바지런함이 어떻게 끝나는지를 지켜보는 수밖에 없었다. 드디어 그들 중 한 사람이 찾고 있던 젊은이를 발견했다. 젊은이는 자기를 찾는 사람이 있다거나 자기가 발견되리라는 것은 꿈에도 생각하지 못한 채 한 젊은 노새꾼 옆에서 자고 있었다. 남자는 젊은이의 팔을 잡고 말했다.

「돈 루이스 도련님, 입고 계신 옷이 도련님 신분에 정말 잘 어울리는데요. 도련님이 누우신 그 침대도 도련님의 어머님이 도련님을 기르실 때의 그 안락함과 잘 어울리고요.」

젊은이는 잠이 덜 깬 눈을 비비면서 자기를 붙잡고 있는 남자를 한참 쳐다보더니 곧 자기 아버지의 하인이라는 것을 알고는 너무나 놀라 한동안 말을 할 수 없었고 무슨 말을 해야 할지도 몰랐다. 하인이 말을 이었다.

「여기서는 달리 할 일이 없습니다, 돈 루이스 도련님. 도련님의 아버지이시자 제 주인이신 분이 저세상으로 가시는 것이 싫으시다면 그저 참고 집으로 돌아가시는 방법밖에는 없습니다. 도련님이 사라지시고 난 이후로 그분께 남은 건 고통뿐이니 달리 기대할 것이 없지요.」

「내가 이런 차림새로 이 길을 갔다는 것을 아버지는 어떻게 아셨지?」

「한 학생이 말했어요.」 하인이 대답했다. 「도련님이 그 사람한테 도련님의 생각을 알려 줬잖아요. 도련님이 없어진 걸 아시고 아버님께서 너무 가슴 아파하시니까 그만 마음이 움직여 사실을 털어놓고 말았어요. 그래서 하인 중 네 명을 풀어 도련님을 찾아오게 하신 겁니다. 우리 모두 도련님을 찾게 되었고, 일이 잘 해결되어 도련님을 간절히 보고 싶어 하시는 그분의 눈앞에 모시고 돌아갈 수 있게 되었으니 상상할 수 있는 이상으로 기쁘답니다.」

「내가 돌아가기를 원하거나, 아니면 하늘이 그렇게 명령하시는 경우에나 그렇게 되는 거지 뭐.」 돈 루이스가 대답했다.

「집으로 돌아가시지 않겠다면 대체 뭘 어쩌시겠다는 말씀입니까? 하느님은 또 뭘 명령하신다는 말씀입니까? 다른 일은 있을 수 없습니다.」

두 사람 사이에 오가는 말을 돈 루이스 곁에 선 채 모두 듣고 있던 다른 노새꾼은 자리에서 일어나 이미 옷을 다 차려입은 돈 페르난도와 카르데니오와 그 밖의 다른 사람들에게 가서 이 일을 전했다. 그 젊은이에게 〈돈〉이라는 경칭을 붙여서 부르는 것이며, 서로 나눈 이야기며, 젊은이를 아버지에게 데려가려 하나 그가 그러기를 원하는 않는다는 것 등을 말해 주었다. 이러한 사정과 그 젊은이에 대한 이야기들로, 하늘이 내려 준 그의 훌륭한 목소리에 대해 알고 있는 사람들은 이 젊은이가 누구인지 좀 더 알고 싶은 마음이 강하게 들었다. 그리고 만일 사람들이 그 아이에게 폭력을 사용할 것 같으면 그를 도와줘야 한다는 생각에 모두들 돈 루이스가 여전히 고집을 피우며 말을 나누고 있는 곳으로 갔다.

이때 도로테아가 방에서 나왔고, 그 뒤로 도냐 클라라가 무척 당혹스러워하며 따라 나왔다. 도로테아는 카르데니오를 따로 불러 그 음악가와 도냐 클라라의 사정을 간단하게 설명했다. 카르데니오도 도로테아에게 음악가 아버지의 하인들이 그 음악가를 찾으러 와서 일어난 일을 이야기했는데, 클라라가 듣지 못할 정도로 낮은 목소리로 이야기한 것은 아니라서 그 사실을 알게 된 클라라는 정신이 혼미해졌다. 만일 도로테아가 붙들지 않았다면 바닥에 쓰러지고 말았을 것이다. 카르데니오는 도로테아에게 둘 다 방에 돌아가 있으라고 말했다. 그가 일을 잘 해결해 보겠노라고 했기 때문에 그녀들은 그렇게 했다.

돈 루이스를 찾으러 온 네 사람은 벌써 객줏집 안에 들어와 그를 둘러

싼 채, 잠시도 지체하는 일 없이 빨리 아버지를 위로해 드리러 돌아가자고 설득하고 있었다. 그는 자기 생명과 명예와 영혼이 걸린 어떤 일을 끝낼 때까지는 결코 그럴 수 없다고 대답했다. 그러자 하인들이 그를 꽉 붙들고는 자기들도 그와 함께가 아니고서는 절대로 돌아가지 않을 것이며, 그가 원하든 원하지 않든 상관없이 그를 데려갈 것이라고 말했다.

「그렇게는 안 돼!」 돈 루이스가 대답했다. 「날 죽여서 데리고 간다면 몰라도. 어떤 방식으로든 나를 데려간다면 죽은 나를 데려가게 될 것이다.」

이때는 벌써 객줏집에 있던 다른 사람들도 모두 그 버티기가 벌어지고 있는 곳으로 모여들었으니, 카르데니오와 돈 페르난도와 그 친구들과 판관과 신부와 이발사와 이제 더 이상 성을 지킬 필요가 없다고 생각한 돈키호테가 바로 그들이었다. 이미 젊은이의 사정을 알고 있는 카르데니오는 그를 데려가려는 사람들에게 그의 의사를 어기면서까지 데려가야만 하는 무슨 이유라도 있는지 물었다.

「이유란……」 네 사람 중 한 사람이 대답했다. 「이분 아버님의 목숨을 살려야 한다는 겁니다. 이분이 없어지셔서 목숨을 잃을 위험에 처해 계시거든요.」

이 말에 돈 루이스가 말했다.

「이 자리에서 나에 대해 알려야 할 이유는 없다. 난 자유로운 사람이니 내가 원하면 돌아가는 것이고 내가 싫으면 너희들 중 누구도 내게 강요할 수 없는 거야.」

「도련님, 도리를 생각하셔야지요.」 그 남자가 대답했다. 「도련님께 도리가 부족하다면, 저희가 여기 온 목적과 저희들에게 주어진 의무만으로 충분합니다.」

「근본적으로 왜 이런 일이 일어났는지 좀 봅시다.」 이때 판관이 끼어들었다.

자기 집 이웃이었던 판관을 알아본 하인은 대답했다.

「판사님, 나리께서는 이 도련님을 모르시겠습니까? 판사님 이웃의 자제분이신데요. 보시다시피 신분에 전혀 어울리지 않는 복장으로 부모님 댁을 나오셨지요.」

판관은 그제야 조금 더 자세히 아이를 살피더니 이내 알아보고는 그를 껴안으며 말했다.

「이게 무슨 유치한 짓인가, 돈 루이스 군? 무슨 피치 못할 사정이 있기에 이런 식으로, 그리고 자네 신분에 도무지 어울리지 않는 이런 차림으로 집을 나오게 된 건가?」

젊은이는 눈물이 쏟아져 대답을 할 수가 없었다. 판관은 네 사람에게 일이 다 잘될 테니 진정하라 이르고는 돈 루이스의 손을 잡고 한쪽으로 데리고 가 왜 이렇게 집을 나왔느냐고 다시금 물었다.

이런저런 것들을 묻고 있는데 객줏집 문간에서 큰 소리가 들렸다. 이유인즉슨, 아이를 찾으러 온 네 사람의 사연을 듣느라 모두 정신이 없는 틈을 타 지난밤에 투숙한 손님 둘이 숙박료를 지불하지 않고 그대로 가려 했기 때문이었다. 하지만 다른 누구의 일보다 자기 사정에 더 정신을 쏟는 객줏집 주인이 문을 빠져나가려던 그들을 붙잡아서는 돈을 지불할 것을 요구하며 못된 짓을 한다고 마구 힐책하자 그들이 주먹으로 대답을 대신하게 된 것이다. 얼마나 두들겨 팼는지 가엾은 객줏집 주인은 소리를 질러 도움을 청하지 않으면 안 되었다. 객줏집 안주인과 딸이 보니 돈키호테가 다른 누구보다 한가한 것 같아 그에게 도움을 청했다. 딸이 그에게 말했다.

「기사님, 하느님이 당신에게 주신 그 덕으로 우리 아버지 좀 살려 주세요. 나쁜 사람 둘이 맷돌에 밀을 갈듯 아버지를 두들겨 패고 있어요.」

이 말에 돈키호테는 아주 천천히, 지나칠 정도로 굼뜨게 대답했다.

「아름다운 아가씨, 지금은 그대의 청을 들어 드릴 수가 없군요. 약속한 모험을 완수할 때까지는 다른 모험에 끼어드는 일이 금지되어 있기 때문이지요. 그러나 그대를 위해 내가 할 수 있는 일이 있으니, 지금 말씀드리리다. 자, 아버지께 달려가서 될 수 있는 대로 그 싸움을 오래 끌되 결코 항복하지 말라고 하세요. 그러는 동안 나는 미코미코나 공주에게 가서 곤란에 처한 그분을 구하러 가도 된다는 허락을 받아 내지요. 공주가 허락하시면 내가 그분을 확실하게 그 슬픔에서 구할 것이라 생각하셔도 됩니다.」

「무슨 이런 일이 있담!」 앞에 있던 마리토르네스가 이 말을 듣고 소리쳤다. 「나리가 허락을 받기도 전에 우리 주인님은 벌써 저세상에 가 계시겠군요.」

「아가씨, 내가 말하는 허락을 받도록 해주시지요.」 돈키호테가 대답했다. 「허락을 받기만 하면 그분이 저세상에 가 계셔도 아무 상관 없습니다. 저세상에서 그러지 말라고 하더라도 그분을 데리고 나올 테니 말이지요. 아니면 적어도 그분을 저세상으로 보낸 자들에게 지독하게 복수해 드릴 테니, 아가씨들은 그런 대로 만족하실 것입니다.」

그러고서 그는 더 이상 말을 않고 도로테아 앞에 가더니 무릎을 꿇고는 편력 기사다운 말투로, 지금 심각한 위기에 처한 이 성의 성주를 구하러 갈 수 있도록 허락해 주십사 간청했다. 공주가 아주 기분 좋게 허락하자 그는 즉각 방패를 팔에 고정하고 손에는 칼을 든 채 여전히 두 투숙객이 주인을 두들겨 패고 있는 문간으로 달려갔다. 하지만 막상 도착해서는 넋을 잃고 가만히 있기만 했다. 마리토르네스와 안주인이 왜 멈추는지 묻고, 얼른 자기 주인이자 남편을 구해 달라고 부탁해도 그대로 서 있을 뿐이었다.

「내가 가만히 있는 것은······.」 돈키호테가 말했다. 「종자 같은 사람들을 상대로 칼을 잡는다는 것이 나에게 떳떳한 일이 못 되기 때문이오. 내 종자 산초를 여기 불러 주시오. 이런 방어와 복수는 그가 할 일이오.」

이러한 일이 객줏집 문간에서 일어나고 있었다. 주먹질이 절정에 이르렀고 객줏집 주인이 일방적으로 당하고 있었으며 마리토르네스와 안주인과 딸의 분노는 치솟고 있었다. 이들은 돈키호테의 비겁함과 남편이고 주인이며 아버지가 당하는 낭패에 절망하고 말았다.

하지만 여기에서 객줏집 주인 이야기는 놔두기로 하자. 그를 구해 줄 사람이 있을 테니 말이다. 만일 없다면, 감히 자기 힘에 부치는 일을 시작한 사람으로서 고통을 겪다가 입을 다물 수밖에. 그러니 50보만 뒤로 돌아가서 우리가 두고 왔던, 돈 루이스가 판관에게 대답한 내용이 어떤 것이었는지 알아보기로 하자. 걸어서, 그것도 천한 옷을 입고 집을 나온 이유를 묻자 젊은이는 무슨 큰 고통이 가슴을 옥죄기라도 하는 듯 판관의 두 손을 꼭 잡고는 눈물을 펑펑 쏟으며 말했다.

「나리, 저는 이 말밖에 드릴 수가 없답니다. 하늘이 원하여 우리가 이웃이 되었을 때 저는 판관님의 따님이시자 저의 주인이신 도냐 클라라를 보았고, 그 순간부터 그분을 제 마음의 주인으로 모셨답니다. 그러니 저의 진정한 주인이시자 저의 아버님이신 판관님이 반대하지만 않으신다면 오늘 당장 따님은 제 아내가 될 것입니다. 저는 따님 때문에 아버지의 집을 버렸고, 따님 때문에 이런 옷을 입었습니다. 마치 화살이 과녁을, 뱃사공이 북극성을 따르듯 따님이 가는 곳이라면 어디든 따라가기 위해서 말입니다. 따님은 이런 제 소망을 알지 못합니다. 간혹 제가 우는 것을 멀리서 보시고 이해하신 것밖에는 아는 바가 없답니다. 나리께서는 제 부모님이 부자이시고 귀족이라는 것을 이미 알고 계시며, 또 제가 그분들의 유일한 상속인임을 알고 계십니다. 이러한 점들이 나리께서 저를 완벽한 행운아로 만들어 주실 수 있는 요소들이 된다면, 당장 저를 나리의 자식으로 삼아 주십시오. 만일 저의 아버지께서 당신대로 다른 계획을 가지고 계셔서 제가 스스로 발견할 줄 알았던 이 행복을 마음에 들어 하시지 않는다면, 무엇이든 고치고 바꾸는 일에 있어서 시간의 힘은 인간의 마음보다 강하다고 말씀드리겠습니다.」

이렇게 말하고 사랑에 빠진 젊은이는 입을 다물었다. 그의 말을 들은 판관은 놀라고 당황해서 어찌할 바를 몰랐다. 돈 루이스가 자기의 생각을 털어놓는 방식이나 그 신중함에 놀라기도 했지만, 너무나 갑작스럽고도 생각지도 못한 상황이라 어떻게 해야 할지 알 수가 없었던 것이다. 그래서 판관은 다른 대답은 하지 않은 채, 일단 마음을 가라앉히고 당장 끌려가지 않도록 하인들을 달래 보라고 했다. 모두를 만족시킬 방법을 생각할 시간을 갖고자 한 것이었다. 판관의 그런 결정이 마음에 들지는 않았으나 돈 루이스는 수긍한다는 의미로 판관의 두 손에 입을 맞추고 그 두 손을 눈물로 적시기까지 했다. 이는 대리석으로 된 심장도 감동시킬 만한 일이었으니 판관의 마음을 움직인 것은 당연했다. 그는 신중한 사람으로서 이 결혼이 딸에게 얼마나 좋은 것인지 벌써 파악하고 있었으나 가능하다면 돈 루이스의 아버지의 동의를 얻어 일을 성사시키고 싶었다. 그의 아버지가 자기 아들에게 작위를 주고 싶어 한다는 것도 판관은 알고 있었다.

이때 손님들과 객줏집 주인은 화해를 하고 있었다. 돈키호테가 협박하기보다는 설득하고 좋은 말로 타이른 덕에 그들은 객줏집 주인이 원하는 대로 돈을 지불했던 것이다. 돈 루이스의 하인들은 판관이 한 말의 결과와 도련님의 결정을 기다리는 중이었다. 그런데 잠을 자지 않는 악마가 그때 일을 만들었다. 돈키호테에게는 맘브리노의 투구를 빼앗기고, 산초 판사에게는 당나귀의 마구를 바꿔치기당한 그 이발사를 마침 그 순간 이 객줏집으로 들어오게 한 것이다. 이발사는 자기 당나귀를 끌고 마구간으로 가다가 길마의 어딘가를 정리하고 있던 산초를 보았다. 그 길마를 보자마자 그것을 알아본 이발사는 산초 판사에게 덤벼들면서 말했다.

「아, 도둑놈 나리, 여기에서 잡는구먼! 내 대야랑 길마랑 내게서 빼앗아 간 마구 전부 내놔!」

별안간 뜻밖의 기습을 당한 산초는 욕설을 듣자 한쪽 손으로는 길마를 움켜쥐고 다른 한쪽 손으로는 이발사를 후려쳐 그의 이를 온통 피투성이로 만들어 버렸다. 그런데도 이발사는 포획물인 길마를 놓지 않고 오히려 목소리를 더 높였기 때문에 객줏집에 있던 사람들이 모두 그들이 소리 지르며 싸우고 있는 곳으로 달려왔다. 이발사가 말했다.

「이곳에 법과 정의를!343 이 도둑놈이, 이 강도가 내 것을 훔쳐 자기 것으로 삼더니 나를 죽이려고까지 한다오!」

「거짓말.」 산초가 대꾸했다. 「나는 강도가 아니야. 그건 우리 주인이신 돈키호테 님이 멋지게 싸워서 얻은 전리품이라고.」

돈키호테는 이미 그 앞에 와 있었는데, 자기 종자가 어찌나 방어와 공격을 잘해 내는지 아주 흐뭇해하는 중이었다. 앞으로 쓸모 있겠다는 생각이 들어 기회가 되면 기사로 삼으리라 마음먹었으니, 그가 기사도를 제대로 지킬 것으로 보였기 때문이다. 싸우면서 이발사가 했던 여러 가지 이야기들 가운데 이런 말이 나왔다.

「여러분, 이 길마는 제 것입니다요. 제 목숨이 하느님한테 있는 것처럼 말입니다요. 마치 제가 낳은 것처럼 아주 잘 알아볼 수 있어요. 저기 저 마구간에 제 당나귀가 있는데 제가 어찌 거짓말을 하겠습니까요. 제 말이 틀렸는지 맞았는지, 제 당나귀에 저 길마를 얹어 보세요. 딱 들어맞지 않으면 저를 파렴치한으로 생각하셔도 됩니다요. 더 있습니다요. 길마를

---

343 습격이나 도둑을 당했을 때 도움을 청하는 표현이다.

제게서 빼앗아 간 날 새 놋대야도 빼앗아 갔어요. 한 번도 쓰지 않은 걸로 가격이 1에스쿠도나 나가는 거랍니다.」

이쯤 되자 돈키호테는 한마디 하지 않고는 참을 수가 없었다. 그는 두 사람 사이에 끼어들어 그들을 떼어 놓고는, 진실이 밝혀질 때까지 증거물이 될 길마를 바닥에 내려놓으며 말했다.

「이 알량한 작자가 얼마나 잘못 알고 있는지 여러분들께서 분명하고도 확실하게 봐주시기를 바라오. 이자는 옛날이나 지금이나 앞으로나 맘브리노의 투구인 것을 가리켜 대야라고 부르고 있소. 그 투구는 내가 당당하게 싸워 그에게서 빼앗은 정당하고 합법적인 소유물로, 내가 그 주인이오! 길마 건에 있어서는 개입하지 않겠소. 다만 그 건에 대해 내가 말할 수 있는 것은, 나의 종자 산초가 이 패배한 겁쟁이의 말 장식품을 빼앗게 해달라며 내게 허락을 구했다는 것이오. 그것으로 자기 당나귀를 치장하고 싶었던 게지. 그래서 내가 허락하자 종자는 그것을 취했던 것이오. 말 장식품이 길마로 바뀐 것에 대해서는 특별히 설명할 것이 없소. 이런 변화들이야 기사도에서는 흔히 일어나는 일이니 말이오. 산초 이 사람아, 얼른 뛰어가서 이 잘난 놈이 대야라고 말하는 그 투구를 증거물로 꺼내 오게.」

「아이고 나리!」 산초가 말했다. 「나리가 하시는 말씀 말고는 우리가 옳다는 것을 보여 줄 다른 증거가 없으면 어찌합니까요! 이 알량한 인간의 말 장식품이 길마로 바뀐 것처럼 그 말리노[344]의 투구가 대야로 빼도 박도 못하게 변해 있으면 어떡하냐고요!」

「시키는 대로 하게.」 돈키호테가 말했다. 「이 성에 있는 모든 것들이 다 마법에 따라 움직이지는 않을 테니 말이야.」

344 산초가 맘브리노를 아무렇게나 부른 것이다.

산초는 대야를 놓아둔 곳으로 가서 그것을 가지고 왔다. 돈키호테는 그것을 보자마자 양손으로 들고 말했다.

「여러분들, 여기 있는 이 인간이 무슨 낯짝으로 이것을 투구가 아닌 대야라고 하는지 잘 보십시오. 내가 업으로 삼는 기사도를 두고 맹세하오만, 이것이 내가 이 인간한테서 빼앗은 바로 그 투구로, 무엇 하나 더한 것도 뺀 것도 없소이다.」

「그 말은 틀림없습니다요.」 이때 산초가 말했다. 「우리 주인 나리께서 그것을 획득하신 그때 이후 지금까지 그걸 쓰고 딱 한 번 싸우셨는데요, 운이 없어 쇠사슬에 묶여 가던 죄수들을 풀어 줬을 때였지요. 만일 이 대야 투구345가 없었다면 그때 큰일 날 뻔했을 겁니다요. 그 절박한 때에 돌팔매질이 상당했거든요.」

---

345 산초 자신은 실제로 이발사의 대야로 알고 있기에 돈키호테의 말에 거역하지 않기 위해 의뭉스럽게 꾸며 낸 용어이다.

689

45

맘브리노의 투구와 길마에 대한 의혹이 밝혀지고 다른 모험들이 진실 그대로 이야기되다

「여러분들은 이 고매한 인간이 확신하는 것에 대해 어떻게 생각하십니까?」 이발사가 말했다. 「아직도 이것을 대야가 아니고 투구라고 우기니 말씀입니다.」

「투구가 아니라고 하는 자에게는……」 돈키호테가 말했다. 「그자가 기사라면 나는 그가 거짓말을 하고 있다는 것을 알게 할 것이고, 그가 종자라면 나는 그가 수천 번 거짓말을 하고 또 한다는 것을 알게 하겠소.」

우리들의 이발사도 그 모든 것을 보고 있었으니, 돈키호테의 성질을 아주 잘 알고 있는 그는 돈키호테의 광기를 부채질하고 장난을 쳐서 모든 사람을 즐겁게 하고 싶다는 생각에 다른 이발사에게 이렇게 말을 걸었다.

「이발사 양반, 혹시 다른 일을 하는지도 모르지만 어쨌든 나도 당신과 같은 직업이라오. 이발사 자격증을 딴 지 20년이 더 되었지. 그러니 이발업에서 사용하는 도구에 대해서라면 모르는 것 없이 전부 다 알고 있다오. 더도 말고 덜도 말고, 젊어서 한때는 군인이기도 했으니 어떤 게 투구이며 어떤 게 군모이며 어떤 게 얼굴 가리개가 있는 투구인지도 잘 알고 있지요. 군사와 관련한 다른 여러 가지 것들, 그러니까 군인들이 사용하는 모든 종류의 무기들 또한 잘 알고 있소. 그러니까 내 말은, 더 좋은 의견이 있다면 모르겠지만 ─ 나는 늘 더 나은 판단력을 따르니 말이오 ─ 여기 내 앞에 있는 이 훌륭한 나리가 손에 들고 계시는 이것은 이발사의 대야가 아닐 뿐만 아니라, 흰 것이 검은 것과 아주 다르고 사실이 거짓과 다른 만큼이나 대야와는 거리가 멀다는 얘기를 하고 싶다는 거요. 또한 이것이 투구이기는 하나 완전한 투구는 아니라고도 말씀드리겠소.」

「물론 완전하지 않지.」 돈키호테가 말했다. 「반쪽이 없으니까. 턱 가리개가 없네.」

「그렇군.」 신부도 친구인 이발사의 의도를 알아채고 말했다.

카르데니오와 돈 페르난도와 그의 동료들 역시 이에 동조했다. 판관도 돈 루이스 일로 그렇게 머릿속이 복잡하지 않았다면 자기 나름대로 이 장난을 거들었을 것이다. 하지만 생각하고 있던 일이 어찌나 심각했는지 온통 거기에 정신이 쏠려 있어서 그런 장난에는 거의, 아니 전혀 관심을 보이지 못했다.

「세상에!」 놀림을 당한 그 이발사가 말했다. 「어떻게 이토록 점잖으신 분들이 이걸 대야가 아니라 투구라고 하신대요? 이거야 아무리 좋은 대학이라도 몽땅 놀라 자빠지게 만들겠네요. 그만둡시다. 이 대야가 투구라면, 이 나리가 말하는 것처럼 이 길마도 말 장식품이 될 테니 말입니다요.」

「내겐 길마로 보이오.」 돈키호테가 말했다. 「하지만 이 문제에는 개입하지 않겠다고 미리 일러 놓은 바 있소.」

「길마인지 아니면 말 장식품인지 하는 것도……」 신부가 말했다. 「돈키호테 기사님께서 말씀만 하시면 되는 일이네. 기사도와 관련한 이런 일들에 있어서는 여기 있는 분들이나 나나 기사님께 우선권을 드리니까 말이지.」

「천만의 말씀, 여러분들……」 돈키호테가 말했다. 「내가 이 성에 묵은 게 두 번이오. 그런데 그때마다 정말로 많은 일이 일어났고 그것도 아주 이상한 일들이었소. 그래서 난 감히 이 성과 관련한 질문에는 확실한 답을 하지 못하겠소. 성에서 일어나는 일은 모두 마법으로 이루어지는 것으로 여겨지기 때문이오. 처음에는 마법에 걸린 무어인이 나를 많이 괴롭혔고, 산초도 그 일당에게 곤란을 겪었소. 그리고 어젯밤에도 이 팔로 거의 두 시간이나 매달려 있었지. 어떻게 해서 그런 불행한 일을 당했는지, 어떻게 하면 당하지 않을 수 있었는지도 모르는 채 말이오. 그러니 지금 내가 이토록 혼란스러운 일에 개입해서 내 생각을 말한다면 아마도 경솔한 판단을 내리게 될 거요. 이것이 투구가 아닌 대야라는 여러분의 말에 대해서는 이미 대답했소. 하지만 이것이 길마인지 아니면 말 장식품인지 밝히는 일에 있어서는 감히 단정을 내리지 못하겠소. 그러니 오로지 여러분들의 현명한 판단에 맡기겠소. 어쩌면 여러분들은 나와 같은 정식 기사가 아니기 때문에 이 성의 마법에 아무런 영향을 받지 않는 것일 수도 있소. 그러니 자유롭게 생각하셔서 이 성에서 일어나는 일들을 실제 모습 그대로 판단하시오. 나에게 보이는 대로가 아니라 말이오.」

「확실히……」 돈 페르난도가 대답했다. 「오늘 돈키호테 기사님은 말씀 한번 제대로 하셨소. 이 문제에 대한 판정은 우리에게 달려 있다는 말씀 말이오. 그러니 좀 더 근거를 가지고 결정하도록 내가 이분들의 의견을 비밀리에 들어 보고 결정 나는 대로 모두 분명하게 알려 드리겠소.」

돈키호테의 상태를 알고 있는 사람들에게는 이 모든 것이 정말로 큰 웃음거리였으나 그것을 모르는 사람들, 특히 돈 루이스의 네 하인과 돈 루이스 당사자와 때마침 객줏집에 도착한 다른 세 명의 여행객에게는 세상에서 가장 터무니없는 일로 보였다. 이 여행객들은 관리인 듯 보였는데,

실제로 그러했다. 하지만 누구보다 절망한 사람은 그 이발사로, 자기의 대야가 바로 눈앞에서 맘브리노의 투구로 변해 버렸으니 길마 또한 틀림없이 훌륭한 말 장식품으로 변해 버릴 거라고 생각했던 것이다. 돈 페르난도가 이 싸움의 원인이 된 그 보물이 길마인지 말 장신구인지 몰래 말해 달라고 귀에다 대고 이 사람 저 사람의 의견을 물으며 다니는 모습에 이 사람이나 저 사람이나 모두 웃어 댔다. 돈 페르난도는 돈키호테를 알고 있는 사람들의 의견을 듣고 난 뒤 큰 소리로 말했다.

「딱한 양반, 사실 이 많은 의견들을 듣느라 난 이미 지쳤소. 내가 알고 싶은 바를 누구에게 물어보아도 이것이 당나귀의 길마라는 것은 터무니없는 소리이며 오히려 틀림없는 말 장식품으로 그것도 순수 혈통인 말의 마구라고 말하지 않는 분이 없으니 말이오. 그러니, 당신과 당신의 당나귀에게는 안된 일이지만 참아야겠소. 이것은 말 장식품이지 길마가 아니오. 당신이 주장한 길마라는 것은 아주 잘못된 생각으로 결론이 났으니 말이오.」

「죽어도 내가 그걸 못 가지고 간다고 해도 괜찮아요.」 가엾은 이발사가 말했다. 「여러분이 제정신이시라면 말입니다요. 저게 길마지 말 장식품이 아니라는 사실은 내 영혼이 하느님 앞에 서게 되리라는 것만큼이나 분명합니다요. 하지만 법이라는 게……. 나머지는 말 않겠습니다요.346 난 정말이지 술에 취한 게 아니에요. 사실 아침은 안 먹었지만 죄는 안 짓거든요.」

이발사가 내뱉는 바보 같은 소리는 돈키호테의 엉터리 이야기 못지않게 사람들을 웃게 했다. 돈키호테가 말했다.

---

346 이발사는 〈왕이 가는 데 법이 간다〉라는 속담의 일부분만 이야기하고 나머지는 알아서들 이해하라며 중단했다.

「이제 각자가 자기 것을 챙길 일만 남았군. 하느님이 주시고 성 베드로가 축복할 것을 말이오.」

이때 돈 루이스의 네 하인 중 한 명이 말했다.

「이게 미리 계획된 장난이 아니라면, 저는 이해할 수가 없습니다. 여러분들처럼 훌륭한 분별력을 갖고 계신, 아니 그렇게 보이는 분들이 이건 대야가 아니며 저건 길마가 아니라고 당당히 말씀하시고 확신하시는 게 도저히 납득이 안 됩니다. 그런데도 그렇게 말씀하시고 확신하시니, 이렇듯 분명한 진실과 경험이 보여 주는 것과 상반된 의견을 고집하시는 데는 그럴 만한 이유가 있겠지요. 세상에, 난 도무지 이해가 안 되거든요!」그는 노골적인 태도로 말을 이었다. 「이게 이발사의 대야가 아니고, 이게 당나귀의 길마가 아니라니, 오늘 이 세상에 살고 있는 인간치고 나한테 그것을 믿게 할 사람은 없을 겁니다요.」

「암나귀의 것일 수도 있지.」신부가 말했다.

「그게 그거죠.」하인이 말했다. 「문제는 여러분들이 말씀하시는 것처럼 그게 안장이냐 아니냐 하는 데 있습니다요.」

이 대목에 이르자 객줏집에 들어왔던 관리들 중 하나가, 그는 이미 그 언쟁과 문제를 다 들은 터라 잔뜩 화가 나서 말했다.

「우리 아버지가 분명 우리 아버지이듯, 이건 길마인 게 확실해. 다른 말을 한 사람이나 할 사람은 술에 취해 있는 게 틀림없어.」

「빌어먹을 망나니처럼 거짓말을 하는구먼.」돈키호테가 대꾸했다.

그러고는 손에서 놓은 적이 없는 창을 높이 들어 관리의 머리를 향해 내리치려 했으니, 만일 몸을 피하지 않았다면 그는 그 자리에 뻗어 버리고 말았을 것이다. 창은 땅바닥에 떨어져 산산조각 나버렸다. 나머지 관리들은 자기 동료가 당하는 것을 보고 목소리를 높여 성스러운 형제단에 도움을 청했다.

그 단의 일원인 객줏집 주인³⁴⁷은 즉각 들어가서 자신의 창과 칼을 가지고 나와 자기 동료들 편에 섰다. 돈 루이스의 하인들은 이 소동을 틈타 돈 루이스가 달아날까 봐 그를 에워쌌다. 이발사는 객줏집이 뒤집히는 것을 보고 다시 자기의 길마를 움켜쥐었고 산초도 똑같이 했다. 돈키호테는 칼을 쥐고 관리들을 공격했다. 돈 루이스는 하인들에게 자기는 놔두고 돈키호테와 한편인 돈 페르난도와 카르데니오 그리고 돈키호테를 도와주라고 소리 질렀다. 신부는 고함을 쳤고 객줏집 안주인은 비명을 질렀고 딸은 괴로워했으며 마리토르네스는 엉엉 울었고 도로테아는 어찌할 바를 몰랐고 루스신다는 멍하니 있었으며 도냐 클라라는 기절해 버렸다. 이발사가 산초를 때리자 산초는 이발사를 죽도록 팼고, 돈 루이스는 도망치지 못하도록 감히 자기 팔을 붙들고 있던 하인을 주먹으로 쳐 입을 피투성이로 만들었다. 판관은 돈 루이스를 지켰으며, 돈 페르난도는 관리 한 명을 발밑에 놓고 마구 짓밟았다. 객줏집 주인은 다시 소리를 치면서 성스러운 형제단의 도움을 구했다. 이리하여 객줏집이 온통 울음과 고함과 외침과 혼란과 공포와 놀라움과 불운과 칼질과 주먹질과 몽둥이질과 발길질과 피바다로 변했다. 이런 엉망진창인 판국과 빠져나갈 길 없는 혼란의 와중에, 문득 돈키호테의 머릿속에는 자기가 아그라만테 들판의 불화³⁴⁸에 인정사정없이 끼어들었다는 생각이 떠올라, 그는 객줏집이 떠

---

347 16~17세기 스페인에서 객줏집 주인 대부분은 기독교인이 아닌 사람들을 감시하며 일종의 경찰 노릇을 하던 성스러운 형제단의 일원이었다. 이교도나 개종한 이들이 얼마나 마음 졸이고 살았는지를 알게 해주는 단적인 예다.
348 「광란의 오를란도」에는 샤를마뉴 대제를 파리에서 포위하고 있을 때 무어인 수장과 왕들이 대제의 칼과 말과 방패를 서로 차지하겠다고 싸움을 하는 내용이 나온다. 이렇게 된 것은 하늘이 미카엘에게 명령하여 〈혼돈의 신〉을 보냈기 때문이라는데, 이 싸움은 뒤이어 나오듯 아그라만테와 소브리노, 두 무어 왕에 의해 진정되었다. 즉 〈아그라만테 들판〉은 〈싸움〉을 의미한다.

나갈 정도로 크게 소리쳤다.

「모두 중지하시오! 모두 칼을 거두시오! 모두 진정하시오! 살아남고 싶으면 모두 내 말을 들으시오!」

그 우렁찬 목소리에 모두가 멈추자 그는 다시 말을 이었다.

「여러분, 이 성이 마법에 걸려 있고 어떤 악마 부대가 이곳에 거주하고 있을지도 모른다고 내가 말하지 않았소? 그 증거로 아그라만테 들판의 불화가 어떤 식으로 여기 우리 사이에서 일어났는지 여러분 눈으로 직접 보기를 바라오. 저기서는 칼 때문에 여기서는 말 때문에, 또 저기서는 독수리 때문에 여기서는 투구 때문에 서로 싸우면서 모두 서로를 이해하지 못하고 있는 모습을 보시오. 그러니 판관 나리와 신부님, 한 분은 아그라만테 왕의 역할을 하시고 다른 한 분은 소브리노 왕의 역할을 하셔서 우리 모두 화해시켜 주시오. 전지전능하신 하느님을 두고 말하건대, 여기에 계신 이토록 귀하신 분들이 그렇게 하잘것없는 일 때문에 죽기 살기로 싸우신다는 게 너무나 망나니짓 같아 보이오.」

관리들은 돈키호테의 말투를 이해할 수도 없었을뿐더러, 이미 돈 페르난도와 카르데니오 일행에게 당한 터라 진정하려 들지 않았다. 하지만 이발사는 여기서 그만 끝내고 싶었으니, 싸움 통에 수염과 길마가 망가져 버렸기 때문이다. 산초는 착한 종자답게 주인의 가장 작은 목소리에도 복종했고, 돈 루이스의 네 하인들도 떠들어 봐야 자기들에게 좋을 게 하나도 없다는 것을 깨닫고는 가만히 있었다. 오직 객줏집 주인만이 들를 때마다 객줏집을 들쑤셔 놓는 저 미치광이의 오만불손함을 벌해야 한다며 고집을 피우고 있었다. 드디어 소란은 일단락되어, 길마는 최후 심판의 날까지 말 장식품으로 남고 대야는 투구로, 그리고 객줏집은 돈키호테의 상상대로 성으로 남게 되었다.

이제 사람들이 진정하고 판관과 신부의 설득으로 모두 친구가 되자 돈 루이스의 하인들은 다시 돈 루이스에게 당장 자기들과 함께 돌아가자고 고집을 부렸다. 그렇게 돈 루이스가 하인들과 대화를 나누는 동안 판관은 돈 페르난도와 카르데니오와 신부에게 돈 루이스가 자기에게 들려준 이야기를 전하면서, 이러한 경우에는 어찌하면 좋겠는지 상의했다. 결국 돈 페르난도가 돈 루이스의 하인들에게 자신의 신분을 밝히고, 돈 루이스를 안달루시아로 데리고 가도록 하는 것으로 결정을 보았다. 그곳에 가면 돈 페르난도의 형인 후작이 돈 루이스의 신분에 걸맞은 대접을 해줄 테니 말이다. 이렇게 하면 돈 루이스가 아버지한테 박살이 나는 한이 있더라도 지금으로서는 눈앞에 나타나려 하지 않으려는 그의 마음을 아버지도 알아줄 것이라고 했다. 네 하인들에게 돈 페르난도의 신분과 돈 루이스의 마음을 알려 그들 중 세 사람은 돈 루이스의 아버지한테 돌아가 그간의 사정을 고하게 하며, 나머지 한 사람은 남아 돈 루이스의 시중을 들면서 세 사람이 돈 루이스를 데리러 돌아오거나 아니면 주인 나리께서 다른 명령을 내릴 때까지 그와 같이 있게 하면 될 것 같았다.

이렇게 아그라만테 왕의 권위와 소브리노 왕의 신중함으로 그 싸움은 평정되었지만, 화합의 적이자 평화의 경쟁자인 악마는 사람들을 그토록 혼란한 미로 속에 집어넣었는데도 아무 소득도 없이 오히려 자기만 무시당하고 우롱당했다는 것을 알고는, 또다시 새로운 싸움과 불안을 일으켜 자기의 솜씨를 시험하고자 했다.

문제는 자기들과 싸운 사람들의 신분을 엿듣고는 싸움에서 물러난 관리들에게서 생겼다. 그들은 어떤 식으로든 그런 싸움으로 손해를 보는 쪽은 자기들이라는 생각에서 조용히 있었는데 그중 한 사람이 — 바로 돈 페르난도에게 얻어맞고 밟힌 사람이었다 — 산초가 아주 당연히 두려워하고 있던 일을 기억해 냈다. 자기가 범인을 잡기 위해 지니고 다니는 영장 가운데 노 젓는 죄수들을 해방시킨, 그래서 성스러운 형제단이 체포를 명령한 돈키호테에 대한 것이 있음을 떠올린 것이다.

그는 그 영장이 돈키호테의 인상착의와 일치하는지를 확인하려고 가슴팍에서 양피지 한 장을 꺼냈는데, 마침 자기가 찾던 바로 그것이라 천천히 읽어 나가기 시작했다. 글을 잘 읽는 사람이 아니었으므로 한 단어를 읽을 때마다 돈키호테를 쳐다보면서 돈키호테의 얼굴과 영장에서 말하고 있는 바를 대조해 보았는데, 그러다 보니 조금도 의심할 여지 없이 그가 바로 영장에 적혀 있는 사람이라는 것을 알 수 있었다. 그렇게 확인하자마자 그는 양피지를 거두고 왼손으로는 영장을, 오른손으로는 돈키호테의 목깃을 숨을 쉴 수 없을 정도로 세게 잡고서 큰 소리로 말했다.

「성스러운 형제단을 도우시오! 이 영장을 읽어 보면 내가 진정으로 이를 청한다는 것을 알 수 있을 것이오. 이 노상강도를 잡으라고 되어 있으니 말이오.」

신부는 영장을 보고 관리가 말하는 것이 사실이며 인상착의도 돈키호테와 꼭 일치한다는 것을 알았다. 하지만 그런 시골 악당한테 무례를 당한 돈키호테는 머리끝까지 화가 치밀어 뼈에서 우두둑 소리가 날 정도로 있는 힘을 다하여 두 손으로 관리의 멱살을 잡았다. 만일 관리의 동료들이 구해 주지 않았다면 돈키호테를 잡기 전에 그 관리가 먼저 죽었을지도 모른다. 그 단체에 속해 있었던 객줏집 주인은 어떻게든 관리들을 도와야 했으므로 당장 그에게 힘을 보태려 했지만 남편이 다시 싸움에 휘말리는 게 싫은 안주인은 목소리를 높였고, 그 목소리에 마리토르네스와 딸이 즉시 하늘과 그 자리에 있던 사람들에게 도움을 청했다. 일이 되어 가고 있는 꼴을 보고 산초가 말했다.

「그것 보라고요. 이 성이 마법에 걸려 있다고 누누이 말씀하신 우리 나리의 말이 모두 사실이라니까요. 이곳에서는 한 시간도 조용히 살 수가 없다고요!」

돈 페르난도가 관리와 돈키호테를 갈라놓으니 서로 멱살이 풀려 살 것만 같았다. 한 사람은 상대방 옷의 목깃을, 다른 한 사람은 이쪽의 멱살을 꽉 쥐고 있었으니 말이다. 그렇다고 관리들이 체포를 그만두려 한 것은 아니어서 자기들을 도와 범인을 묶어 요구대로 인도해 주기를 원했다. 그것이 왕과 성스러운 형제단에 봉사하는 일이라는 얘기였다. 그들은 성스러운 형제단의 단원으로서 도둑이자 노상강도를 체포해야 하니 자기들에게 원조와 협조를 하라고 다시금 요구했다. 이런 말을 듣고 돈키호테는 웃으면서 아주 침착하게 말했다.

「이리 와보게, 천박하고 태생이 좋지 못한 이 사람아! 그래, 쇠사슬에 묶인 자에게 자유를 주고 포로를 풀어 주고 가엾은 자들을 도우며 쓰러진 자들을 일으켜 세워 주고 도움이 필요한 자들에게 도움을 주는 사람을 그대들은 노상강도라고 부르는가? 아, 비열한 인간들! 그대들의 저급하고 천한 분별력에 딱 어울리는구먼. 그러니 하늘이 편력 기사도에 담겨 있는 가치를 그대들로 하여금 알지 못하게 하고, 어떤 편력 기사든 그 그림자는커녕 그들이 찾아다니며 베푸는 도움에조차 예의를 다하지 못하는 죄와 무지를 주었지! 자, 이리들 오게, 관리들이 아니라 떼를 이룬 도둑놈들아! 성스러운 형제단의 면허를 가진 노상강도들아! 나한테 말해 보게. 나 같은 이런 기사를 체포하라는 영장에 서명한 무식한 자가 대체 누군가? 편력 기사들은 모든 사법권 밖에 있고, 그들의 법은 칼이요 그들의 특권은 기백이며 그들의 칙령은 의지라는 것을 모르는 자가 누구란 말인가? 편력 기사가 기사 서품을 받고 기사도라는 힘든 일에 몸을 맡길 때 얻는 것만큼 특혜와 면제가 많은 귀족 증명서는 없다는 것을 모르는, 다시 말한다만, 그런 바보가 대체 누구란 말인가? 어떤 편력 기사가 재산세나 매상세나 왕이 결혼할 때 내는 헌금이나 소작세나 통행세나 뱃삯을 지불했단 말인가? 어떤 재단사가 편력 기사에게 만들어 준 옷의 품삯을 받았던가? 어떤 성주가 편력 기사를 자기 성에 맞이하면서 돈을 내게 했던가? 어떤 왕이 편력 기사를 자기 식탁에 초대하지 않았던가? 어떤 아가씨가 자진해서 편력 기사에게 순종하며 모든 것을 맡기지 않았던가? 마지막으로, 과거에도 현재에도 미래에도, 4백 명이나 되는 성스러운 형제단 관리들을 앞에 두고 혼자서 4백 개의 몽둥이질로 맞설 용기가 없는 편력 기사가 이 세상에 있을 수 있다고 생각하는가?」

46

성스러운 형제단 관리들의
대단한 모험과 우리들의 선량한 기사
돈키호테가 한 위대한 폭언에 대하여

돈키호테가 이런 말을 하는 동안 신부는 관리들을 설득하고 있었다. 돈키호테의 말과 행동으로 알 수 있듯이 그는 제정신이 아니니 이 일을 계속해 봤자 아무 소용이 없다고 말이다. 그를 체포하여 데리고 간다 하더라도 미쳤다는 이유로 곧 풀려날 것이기 때문이라고 했다. 이 말에 영장을 가지고 있던 관리는 돈키호테의 광기를 판단하는 일은 자기 소관이 아니며 자기는 오직 자기 상관이 명령한 일을 할 뿐이라고 했다. 그러니 일단 체포하기만 하면 그 후에 3백 번을 풀어 주어도 자기는 상관없다고 말했다.

「그렇더라도……」 신부가 말했다. 「이번에는 저 사람을 데려가지 않는 것이 좋을 거요. 보아하니 저자도 자기를 데려가게 내버려 두지는 않을 것 같고.」

사실 신부가 알아듣게 말을 잘했고 돈키호테도 미친 짓을 썩 잘했으니, 만일 관리들이 돈키호테가 좀 모자라다는 것을 눈치채지 못했다면 돈키호테가 아닌 그들이 더 심한 미치광이 취급을 받았을 것이다. 결국 그들은 조용히 있는 편이 낫다고 생각했을 뿐만 아니라 아직도 엄청난 원한으로 싸움에 임하고 있는 이발사와 산초 판사를 화해시키기까지 했으니, 마침내 법을 집행하는 일원으로서 싸움의 원인을 조정하는 중재자가 되었던 것이다. 그래서 양쪽 다 완전하지는 않지만 그런대로 만족하게 되었다. 그들은 길마는 교환하되 말의 뱃대끈과 껑거리끈은 그냥 두기로 합의를 보았다. 그리고 맘브리노의 투구에 관한 건은, 신부가 돈키호테 모르게 슬쩍 대야값으로 8레알을 주자 이발사는 그에게 영수증을 주고 이것이 거짓말이라 주장함으로써 계약을 이행하지 않는 일은 지금부터 영원히 결코 없을 것이라고 했다.

가장 크고 중요한 이 두 가지 언쟁이 해결되자 남은 일은 돈 루이스의 하인들에 관한 문제였다. 하인들 중 세 사람은 기분 좋게 돌아가도록 하고 한 사람은 돈 페르난도가 돈 루이스를 데려가는 곳으로 함께 가도록 권하는 일 말이다. 그런데 이미 행운과 더 좋은 운명이 객줏집의 연인들과 용사들의 편을 들어 창을 부러뜨리고 방해물을 제거하기 시작하면서, 그 일은 아주 행복한 결말로 풀려 나가게 되었다. 하인들 모두 돈 루이스가 원하는 것들을 기분 좋게 받아들인 것이다. 도냐 클라라는 그 결정을 대단히 반겼으니, 그때 그녀의 얼굴을 보고 그녀 영혼의 기쁨을 알지 못할 사람은 아무도 없을 정도였다.

소라이다는 자기가 목격한 사건들을 모두 완전히 이해하지는 못했지만, 사람들 하나하나의 안색을 살피면서 슬퍼하기도 하고 대체로 즐거워하기도 했다. 특히 항상 자기가 시선을 두며, 자기의 영혼을 바친 그 에스파냐 사람을 보고서 말이다. 신부가 이발사에게 한 보상이자 선물을 놓칠 리 없는 객줏집 주인은 돈키호테의 비용을 요구했다. 망가진 가죽 부대와 포도주 값을 달라는 것이었다. 마지막 한 푼까지 내지 않고서는 로시난테도 산초의 당나귀도 객줏집에서 나가지 못할 것이라고 맹세했다. 신부가 그를 진정시켰고 아주 착한 마음씨를 가진 판관도 돈을 내겠다고 나섰지만 결국 돈 페르난도가 비용을 지불했다. 이렇게 해서 모두가 평화와 안식을 찾았기에 이제 객줏집은 돈키호테가 말한 것 같은 아그라만테 들판의 불화가 아니라 옥타비우스 시대의 평화와 고요함 그 자체였다. 이렇게 해결된 것에 대한 사람들의 공통된 의견은 신부님의 선의와 뛰어난 달변, 그리고 돈 페르난도의 비할 데 없는 관대함에 감사해야 한다는 것이었다.

 돈키호테는 그토록 치열했던 싸움에서 자기뿐만 아니라 종자까지 해방되어 자유롭게 되자, 자기가 시작한 여행을 다시 계속하여 선택받고 부름에 나선 그 위대한 모험을 완수해야겠다는 생각이 들었다. 그래서 마음을 단호하게 먹고 도로테아 앞에 가 무릎을 꿇었다. 그러자 그녀는 그가 일어설 때까지는 아무 말도 듣지 않겠다고 했다. 그는 그 말에 순종하기 위해 일어서서 말했다.

 「아름다운 공주여, 부지런함은 행운의 어머니라는 누구나 다 아는 속담이 있습니다. 수많은 중대사에 있어 일을 맡은 사람이 부지런을 떨면 아무리 어려운 송사라 해도 좋은 결과가 생기니, 경험이 그러한 사실을 입증해 주고 있습니다. 그런데 이러한 진실이 가장 잘 보이는 경우는 바로 전쟁에서입니다. 기민하고 날쌘 사람은 적의 생각을 미리 간파하여 그들이 방어 태세를 취하기 전에 승리를 얻게 된답니다. 고명하시며 귀하신 공주여, 내가 이 말씀을 드리는 이유는 우리가 이 성에 더 머물러 봤자 이제는 아무런 이익이 되지 못하며 언젠가는 깨닫게 될 것인바, 오히려 큰 해만 될 것으로 보이기 때문입니다. 그대의 적인 거인이 부지런을 떨며 몰래 보낸 첩자를 통해 내가 자기를 무너뜨리라는 사실을 이미 알고 있을지 누가 알겠습니까? 그자에게 시간을 주면 난공불락의 성이나 요새로 방비를 단단히 하여 나의 부지런함이나 지칠 줄 모르는 팔의 힘도 아무 쓸모가 없게 될지 모릅니다. 그러니 공주여, 말씀드렸듯이 우리는 그자의 계획을 미리 방지하기 위해 부지런히 움직여 즉시 행운을 향해 출발하도록 해야 합니다. 내가 그대의 적과 만나기만 하면 그대가 원하는 권세를 되찾을 일만 남을 것입니다.」

돈키호테는 입을 다문 채 더 이상 아무 말도 없이 더없이 침착한 태도로 아름다운 공주의 대답을 기다렸다. 공주는 아주 당당한 자세로 돈키호테의 말투에 어울리게 다음과 같이 말했다.

「기사님, 제가 큰 시름에 빠져 있을 때 저를 돕고자 하는 그 마음에 감사드립니다. 물론 고아나 도움이 필요한 자를 도우시는 것이 기사의 의무이기는 하지만 말입니다. 그리고 당신의 소원과 저의 소원이 이루어져 이 세상에 은혜를 저버리지 않는 여자들도 있다는 것을 하늘이 당신께 알도록 하기를 원합니다. 출발하는 문제에 있어서는, 곧 그렇게 하기로 하지요. 저는 당신의 뜻에만 따를 뿐입니다. 그러니 당신이 원하는 방법과 뜻대로 하세요. 일단 이미 제 몸을 당신께 보호해 달라 맡겼고 영지를 되찾는 일 또한 당신의 손에 맡겼으니, 이 여자는 당신의 신중함이 명령하는 일에 조금도 반대할 생각이 없답니다.」

「하느님의 능력으로 이렇듯 귀부인이 나에게 몸을 낮추시는 이상, 이분을 일으켜 물려받은 왕좌에 앉게 하는 기회를 잃고 싶지 않습니다. 곧 출발하도록 합시다. 지체하면 위험이 따른다는 말이 나의 소망과 여행길에 박차를 가하니 말입니다. 나를 놀라게 하고 비겁하게 할 만한 어떤 일도 하늘은 만들지 않았고 지옥도 보여 주지 않았으니 산초여, 로시난테에 안장을 얹고 자네 당나귀와 여왕님이 타실 말을 준비하도록 하게. 그리고 성주와 여기 계신 분들과 작별하고 곧 떠나세.」

모든 일을 지켜보고 있던 산초는 고개를 좌우로 저어 대며 말했다.

「아이고 나리, 나리, 마을에 아주 좋지 않은 소문이 있답니다요. 여기 귀부인들이 계시는 앞에서 말씀드리기는 곤란하지만요.」

「세상에 있는 어떤 마을, 어떤 도시의, 어떤 좋지 못한 소문이길래 나를 무시한단 말이냐, 이 미천한 놈아?」

「나리께서 화를 내신다면······.」 산초가 대꾸했다. 「전 입을 다물고 훌륭한 종자로서 드려야 할 말을 드리지 않도록 하겠습니다요. 훌륭한 하인이라면 자기의 주인에게 꼭 드려야만 하는 말이지만요.」

「하고 싶은 말이 있으면 해봐라.」 돈키호테가 말했다. 「네 말이 나를 겁주기 위한 것이 아니라면 말이지. 네가 겁을 먹는다면 그건 너다운 일이고, 내가 겁을 먹지 않는 건 나다운 행동이니.」

「그런 게 아니고요, 아이고 답답해라!」 산초가 대답했다. 「제가 확실하게 알아본 건데요, 자기를 미코미콘 대국의 여왕이라고 말하는 이분이 말입니다, 바로 우리 어머니와 꼭 같은 보통 여인이라는 겁니다요. 본인이 말하는 그런 고귀한 분이라면, 사람들이 고개를 돌리거나 자리를 뜰 때마다 여기 있는 분들 중 어떤 한 사람과 코를 부딪치며 마구 입을 맞추지는 않을 게 아닙니까요.」

산초의 이 말에 도로테아는 얼굴이 새빨개졌다. 그녀의 남편 돈 페르난도가 이따금 다른 사람들의 눈을 피해 자기의 욕망에 합당한 보답을 일부 그녀의 입술로 받고 있는 것이 사실이었기 때문이다. 그것을 산초는 보았고, 그런 뻔뻔스러운 짓은 대국의 왕녀보다는 궁녀에게나 어울린다고 생각했던 것이다. 그녀는 산초에게 한마디도 반박할 수 없었고 반박하고 싶지도 않아서 그냥 그가 말을 계속하도록 내버려 두었다. 산초가 말을 이었다.

「제가 이 말씀을 드리는 이유는요 나리, 우리가 길이란 길은 다 걷고 모진 밤과 흉악한 낮을 보내 왔는데, 우리들이 겪어 온 이 고생의 결실을 이 객줏집에서 즐기고 있는 사람이 거둬 가버릴 거라면, 뭣 때문에 그렇게 급하게 로시난테에 안장을 얹게 하고 당나귀에 길마를 얹고 여자들이 타는 말을 준비하라고 저를 다그치시냐는 말씀입니다요. 우리는 그저 가만히 있는 게 더 낫지 않겠습니까요. 창녀는 실이나 자으라 하고, 우리는 먹기나 합시다요.」

맙소사, 자기 종자의 이 무례한 말을 들은 돈키호테의 분노가 얼마나 컸던지! 그는 너무나 화가 난 나머지 눈에서 불을 내뿜고 성급한 어투로 말까지 더듬어 가면서 말했다.

「오, 비천한 망나니에 모든 것을 악으로 보는 자여! 무례하고 무식하고 말도 제대로 못 하고 입버릇 사나운 놈아! 무모하고 투덜대는 험담꾼아! 어찌 감히 나와 이 왕실의 여인네들 앞에서 그런 말을 내뱉을 수 있단 말이냐? 어찌 그토록 파렴치하고 대담한 생각을 네 황당한 머리로 할 수가 있단 말이냐? 내 앞에서 썩 꺼져라, 이 자연이 만든 괴물에 거짓말만 하는 자이자, 사기만 들어 있는 창고에 악당 짓거리의 소굴이자, 나쁜 일만 만들고 어리석은 소리만 퍼뜨리며 귀하신 분들에게 마땅히 드려야 할 예의를 모르는 이 원수야! 꺼져라, 내 앞에 나타나지 마라, 나타나면 내 분노를 살 것이다!」

이렇게 말하면서 이맛살을 찌푸린 채 잔뜩 볼멘 표정으로 사방을 바라보고 오른발로 땅바닥을 쿵 하고 한 번 밟았으니, 이 모든 것이 그의 속에 갇혀 있던 분노의 표시였다. 산초는 주인의 말을 듣고 엄청나게 화가 난 모습을 보자 그만 움츠러들고 말았는데 어찌나 겁을 먹었는지 그 순간 발밑의 땅이 열려 자기를 삼켜 주었으면 할 정도였다. 어떻게 해야 좋을지 몰라 등을 돌려 화가 나 있는 주인으로부터 사라져 주는 것밖에는 다른 도리가 없었다. 하지만 돈키호테의 기질을 이미 잘 알고 있던 사려 깊은 도로테아가 그의 화를 가라앉히고자 말했다.

「슬픈 몰골의 기사님, 종자의 어처구니없는 소리에 너무 마음 상해 하지 마세요. 아무 이유 없이 그런 말을 하지는 않았을 거잖아요. 분별력이 없는 것도 아니고 기독교적 양심도 있는 사람이니, 누구에게 증언을 하려고 한 말이라고는 생각되지 않네요. 그러니까 기사님이 말씀하셨듯이 이 성에서는 정말 모든 일이 마법으로 되어 가고 이루어지는 것 같은데, 산초가 봤다고 말한 저의 정숙함을 정말 욕되게 하는 그 일도 제 생각에는 그 마법을 통해 그에게 나타난 것이 아닐까 싶어요.」

「전지전능하신 하느님을 두고 맹세컨대……」 돈키호테가 말했다. 「위대하신 그대가 제대로 보신 것입니다. 어떤 나쁜 환영이 이 죄 많은 산초 앞에 나타나 마법에 의하지 않고서는 절대로 볼 수 없는 것을 보게 했던 겁니다. 이자가 불운하기는 해도 착하고 순박해서 어느 누구에게도 위증을 할 사람이 아니라는 걸 나는 잘 알고 있답니다.」

「그래요, 그랬을 거요.」 돈 페르난도가 말했다. 「그러니 돈키호테 나리, 그를 용서하시고 그런 환영들이 그의 정신을 빼앗아 가기 전인 처음과 마찬가지로 당신의 식솔로 받아들여 주시길 바라오.」

돈키호테가 그를 용서한다고 대답하자 신부가 산초를 데리러 갔다. 산초는 아주 겸손하게 와서는 무릎을 꿇고 주인에게 손을 달라고 했다. 돈키호테는 손을 내밀어 그가 손에 입을 맞추게 한 뒤 축복을 내리고는 말했다.

「이제야 너도 알았을 게다, 산초여! 이 성에서 일어나는 일들은 모두 마법으로 이루어진 것이라고 내가 몇 번이나 말한 것이 사실로 드러났음을 말이야.」

「저도 그렇게 생각합니다요.」 산초가 말했다. 「하지만 그 담요 사건은 예외입니다요. 그건 정말로 일상적인 방식으로 일어났거든요.」

「그렇게 생각해서는 안 된다.」 돈키호테가 대답했다. 「만일 그랬다면 그때 내가 네 원수를 갚았을 게 아니냐. 지금이라도 그렇게 해줄 수 있고 말이야. 그런데 그때나 지금이나 네가 받은 모욕을 갚을 수가 없고, 누구에게 갚아야 하는 것인지 상대도 알 수 없으니 말이다.」

　모든 사람이 그 담요 사건에 대해 알고 싶어 했으므로 객줏집 주인이 낱낱이 이야기해 줬다. 산초 판사가 허공을 날았다는 이야기에 모든 사람들이 적지 않게 웃었으며, 만일 그의 주인이 다시 한 번 그것은 마법 때문이었다고 말해 주지 않았다면 산초는 어지간히도 부끄러워했으리라. 산초가 아무리 멍청하다고 해도 자기가 담요로 헹가래 쳐진 사건이 자기 주인이 믿고 장담하는 꿈이나 상상 속의 환영들에 의해서가 아니라 살과 뼈를 가진 사람들에 의해 진실하고도 확실하게 일어난 일이라는 것을 모를 정도는 아니었다.
　그 고명한 일행이 이 객줏집에 묵은 지도 벌써 이틀이 지났으니, 모두 이제 떠나야 할 때라는 생각이 들었다. 그들은 미코미코나 여왕을 구한다는 명분으로 도로테아와 돈 페르난도가 돈키호테를 데리고 그의 고향으로 가는 수고를 하는 대신, 처음 하고자 했던 대로 신부와 이발사가 그를 데리고 가서 고향에서 그 광기를 고쳐 보기로 했다. 마침 그곳을 지나가던 소몰이와 합의하여 돈키호테를 데려가기로 했는데, 그들이 생각한 방법은 이러했다. 우선 돈키호테가 들어가고도 남을 만한 우리 같은 것을 통나무로 하나 만들었다. 그러고 나서 돈 페르난도와 그의 친구들과 돈 루이스의 하인들과 관리들, 그리고 객줏집 주인을 포함한 모두가 신부의 지시와 의견에 따라 얼굴을 가리고 변장을 했는데, 누구는 이런 식으로 누구는 저런 식으로 하여 돈키호테에게는 그 성에 있었던 사람이 아닌 다른 사람처럼 보이도록 했다.
　그러고서 그들은 아무런 인기척도 내지 않고 그가 앞선 실랑이로 지쳐 잠들어 있는 곳에 들어갔다. 이러한 일을 꾸미고 있다는 것은 전혀 생각지도 못한 채 편히 잠들어 있는 돈키호테에게로 가서 그를 드세게 붙들고는 손발을 꽁꽁 묶어 버렸다. 따라서 그가 놀라 눈을 떴을 때는 이미 꼼짝

달싹할 수 없었으며 자기 앞에 있는 괴상망측한 얼굴들에 그저 놀라고 황당해할 뿐이었다. 즉각 그는 끝날 줄 모르는 터무니없는 상상의 세계로 들어가 그 형상들이 모두 마법에 걸린 그 성의 유령들이라고 믿어 버렸다. 게다가 움직이거나 방어할 수도 없었기 때문에 자기 자신 또한 틀림없이 마법에 걸려 있다고 믿었다. 모든 것이 이 일을 계획한 신부가 예견했던 그대로였다. 거기 있는 사람들 가운데 오직 산초만이 제 판단력과 제 모습 그대로였다. 비록 자기 주인과 같은 병에 걸리기에 아주 조금 부족한 정도이기는 했으나 그렇게 변장한 사람들이 누구라는 것을 모를 리 없었다. 다만 입을 놀릴 생각을 못 한 것은, 그 갑작스러운 습격으로 포로가 된 주인의 일이 과연 어떻게 이루어져 가는지 보기 위해서였다. 주인 역시 이 불운의 끝을 알기 위해 기다리며 아무 말도 하지 않았다. 마지막으로 그들은 우리를 가지고 와 그를 그 안에 넣고는 쉽사리 부수지 못하도록 통나무에 단단히 못질을 했다.

그러고 나서 사람들이 우리를 어깨에 메고 방에서 나오려는데 소심한 목소리가 들렸다. 이발사가 꾸며 낸 목소리였으니, 길마의 주인인 이발사가 아닌 우리의 이발사가 이렇게 말하고 있었다.

「오, 슬픈 몰골의 기사여! 이렇게 갇혀 가는 것을 슬퍼하지 마시오. 이러한 방법이 그대가 힘써 노력한 모험을 더 빨리 끝내기에 알맞기 때문이라오. 그 모험은 라만차의 노기에 찬 얼룩 사자와 토보소의 흰 비둘기가 혼인이라는 부드러운 굴레에 도도한 목덜미를 겸허히 매임으로써 하나가 될 때 끝나게 될 것이오. 생전 듣도 보도 못한 이 혼인으로 세상에 태어날 용감한 새끼들은 용감한 아버지의 독 오른 발톱을 닮을 것이오. 그것도 도망가는 요정을 추적하는 자[349]가 자연의 궤도로 빠르게 돌고 있는

---

349 요정 다프네를 추적했던 태양의 신 아폴론을 말한다.

빛나는 이미지들[350]을 채 두 번 방문하기도 전에 말이오. 그리고 그대, 오, 허리에 칼을 차고 얼굴에 수염을 기르고 코에는 후각을 가진, 더없이 귀족적이고 충직한 종자여! 그대의 눈앞에서 편력 기사의 정수를 이렇게 데려가는 것을 보고 낙심하거나 까무러치지 마시오. 세상을 만드신 자가 원하신다면 그대는 그대가 알아보지 못할 만큼 높고 더없이 거룩한 자가 되어 있을지니, 그대의 훌륭한 주인이 약속했던 바가 저버려지는 일은 결코 없을 것이오. 내가 현녀인 멘티로니아나[351]를 대신하여 확언하는바, 그대의 급료를 지불하라 하였으니 그 일이 실행될 것을 보게 될 것이오. 그러니 그대는 마법에 걸린 용맹한 기사를 똑같이 따르시오. 두 사람이 있게 될 곳으로 가는 것이 좋을 거요. 그리고 다른 말을 하는 건 내 임무가 아니니 안녕히들 가시오. 나는 내가 아는 곳으로 돌아가리라.」

예언을 마칠 때는 목소리를 올렸다가 이내 아주 부드러운 톤으로 낮추었기 때문에 장난을 알고 있는 사람들마저 자기들이 들은 내용이 진짜라고 믿을 뻔했다.

이 예언이 돈키호테에게는 위안이 되었다. 예언의 뜻을 온전하게 추리해 본바, 자기가 사랑하는 둘시네아 델 토보소와 신성하고도 합당한 결혼으로 합쳐지고 그녀의 행복한 배에서 라만차의 영원한 영광을 위한 새끼들, 즉 자기의 자식들이 태어난다는 것으로 이해했기 때문이다. 이것을 곧이곧대로 확실하게 믿은 그는 깊은 한숨을 쉬며 소리를 높여 말했다.

「오, 그대가 누구시든지 간에 내게 크나큰 행복을 예언해 주었구려! 방금 여기서 나에게 행해진 대단히 기쁘고 비할 데 없는 약속이 이루어질 때까지 지금 나를 데리고 가는 이 감옥에서 내가 죽게 되는 일은 없도록,

---

350 하늘의 별자리들을 말한다.
351 Mentironiana. 스페인어로 〈멘티라*mentira*〉는 〈거짓말〉이라는 뜻인데 세르반테스는 여기에 〈이아나*iana*〉를 붙여 현녀의 이름으로 만들었다.

내 일을 담당하고 있는 그 현명한 마법사에게 나 대신 부탁해 주기를 바라오. 예언대로라면 감옥의 고통은 영광이고, 이 몸을 묶은 쇠사슬은 위안이며, 나를 눕힌 이 침상도 딱딱한 싸움터가 아닌 부드러운 침대이자 행복한 신방으로 여기겠소. 나의 종자 산초 판사가 받을 위안에 대해서는 그대의 친절함과 처리를 믿소. 그가 좋은 일에서나 나쁜 일에서나 나를 버리는 일은 없을 것이오. 왜냐하면 종자나 나의 불운으로 인해 그에게 약속한 섬이나 그에 상응하는 것을 주지 못하게 될 때라도, 적어도 그의 급료만은 빠뜨리지 않을 것이기 때문이오. 이미 만들어 놓은 내 유언장에다가, 그가 내게 베푼 훌륭한 봉사만큼은 안 되지만 내가 할 수 있는 한 그에게 줄 수 있는 것을 기록해 두었으니 말이오.」

산초 판사는 아주 공손하게 몸을 굽혀 돈키호테의 손에 입을 맞추었는데 양손이 묶여 있었던 터라 다른 한쪽 손에는 할 수 없었다.

이윽고 그 환영들이 우리를 어깨에 메고 소달구지 위에 얹어 놓았다.

47

마법에 걸린 돈키호테 데 라만차가
끌려가는 이상한 방식과
다른 유명한 일들에 대하여

 그렇게 돈키호테가 우리에 갇히고 그 우리가 소달구지에 얹히자 그는 말했다.
 「내가 편력 기사에 대한 아주 진지한 이야기를 수없이 읽어 보았으나 마법에 걸린 기사를 이렇듯 게으르고 느린 짐승이 느긋하게 싣고 가는 것은 지금껏 보지도 듣지도 못했도다. 편력 기사들을 데려갈 때는 언제나 짙고 어두운 구름에 싸거나 불 수레에 태우거나 아니면 그리핀[352] 혹은 이와 비슷한 짐승에 태워서 가곤 하기 때문이지. 그런데 나를 소달구지에 태워 데리고 가다니, 이건 정말 알 수 없는 노릇이구먼! 하지만 이 시대의 기사도와 마법은 틀림없이 옛날에 따르던 방식과는 다른 것을 쓰는 모양이야. 또한 내가 이 세상에 나타난 새로운 기사이며 이미 잊힌 편력 기사도를 부활시킨 최초의 기사이고 보면, 마법도 다른 종류의 것들로 새로이 개발될 수 있을 것이고 마법에 걸린 자를 싣고 가는 방식에 있어도 다른 것들이 만들어졌을 수 있겠지. 산초, 자네는 이 일을 어떻게 생각하는

---

352 Griffin. 그리스 신화에 나오는 말. 독수리의 머리와 날개를 가진 괴수이다.

가?」

「어떻게 생각하는지 모르겠는데요.」 산초가 대답했다. 「저는 나리처럼 편력 기사 이야기를 많이 읽지 않아서 말입니다요. 그래도 여기서 돌아다니고 있는 환영들이 전혀 기독교인들이 아니라는 점만큼은 장담하고 맹세할 수 있습니다요.」

「기독교인은 무슨 기독교인!」 돈키호테가 대답했다. 「이런 짓을 꾸미고 나를 이런 꼴로 만들기 위해 기이한 모습을 한 이 악마들이 어떻게 기독교인일 수 있겠는가? 이 사실을 확인하고 싶다면 이자들을 만져 더듬어 보게. 그러면 몸은 없고 공기밖에 없다는 걸 알게 될 거야. 오직 눈에만 보일 뿐이라는 걸 말이지.」

「사실은요, 나리……」 산초가 대답했다. 「이미 저는 만져 봤습니다요. 여기서 열심히 돌아다니는 이 악마는요, 살덩어리예요. 제가 들었던 악마들과는 전혀 다른 성질의 것이었어요. 왜 다들 그러잖아요, 악마한테서는 유황이나 다른 고약한 냄새가 난다고요. 그런데 이 악마는 반 레과 떨어진 곳에서도 용연향 냄새를 풍긴다니까요.」

산초는 돈 페르난도를 두고 이 말을 한 것이었는데, 그는 워낙 귀공자였으니 산초가 말한 향기가 나기도 했을 것이다.

「그 일에 놀랄 건 없네, 내 친구 산초여.」 돈키호테가 말했다. 「악마들은 아는 게 많다는 걸 자네가 알았으면 하네. 그리고 그들은 영혼이기 때문에, 설혹 자신의 냄새를 가졌다 해도 아무 냄새도 풍기지 않지. 만일 그들에게서 냄새가 난다면 좋은 냄새일 수는 없을 거야. 고약하고 역겨운 냄새겠지. 그 이유로 말하자면, 어디에 있든지 간에 그들은 지옥을 몸에 지니고 다니기 때문이야. 그 지옥의 고통 속에서는 어떤 종류의 위안도 받을 수가 없다네. 좋은 냄새가 사람을 즐겁게 하고 흐뭇하게 한다면, 그들이 좋은 냄새를 풍길 수는 없지 않겠는가. 그러니 자네가 말한 그 악마가 용연향을 풍긴다고 느꼈다면, 그것은 자네가 잘못 알았거나 아니면 그 악마가 자기를 악마로 보지 않게 하기 위해 자네를 속이려 했던 것일세.」

이런 모든 대화가 주인과 종자 사이에 오갔다. 돈 페르난도와 카르데니오는 산초가 자신들의 계획을 모조리 알게 되지나 않을까 걱정했다. 보아하니 이미 거의 다 알아 버릴 정도로 그가 사실에 가까이 와 있었기 때문이다. 그래서 서둘러 출발하기로 결정을 보고는 객줏집 주인을 따로 불러 로시난테에 안장을 얹고 산초의 당나귀에도 길마를 얹도록 지시했다. 주인은 서둘러 지시받은 일들을 끝냈다.

이때 이미 신부는 돈키호테를 목적지까지 데리고 가도록 관리들과 얘기를 마친 후였다. 물론 일당은 지불해 주기로 했다. 카르데니오는 로시난테의 안장 한쪽에 방패를 걸고 다른 쪽에는 대야를 매단 다음 산초에게 손짓과 몸짓을 하여 당나귀를 타고 로시난테의 고삐를 잡으라고 명령했다. 달구지 양쪽에는 총을 든 성스러운 형제단 관리 두 명을 배치했다. 달구지가 움직이기 전에 객줏집 안주인과 딸과 마리토르네스가 돈키호테에게 작별 인사를 하러 나와서는 그의 불행에 마음 아파하며 우는 척했다. 그러자 돈키호테가 그들에게 말했다.

「울지들 마십시오, 나의 착한 여인들이여. 이 모든 불행들은 내가 업으로 삼은 일을 하는 사람들에게 늘 따르기 마련인 것들입니다. 이런 재난이 일어나지 않았다면 나는 스스로를 유명한 편력 기사라고 여기지도 않았을 것입니다. 이름도 명예도 없는 기사들에게는 이 같은 일이 절대로 일어나지 않기 때문이지요. 세상에 그들을 아는 사람들이 없으니 일어날 수가 없지 않겠습니까? 하지만 용감한 기사들에게는 반드시 일어나는 일이지요. 많은 왕자들과 다른 많은 기사들이 그들의 덕과 용기를 시기하여 훌륭한 기사들을 나쁜 방법으로 멸망시키려 하기 때문에 그러합니다.

그럼에도 덕이란 그 자체만으로도 대단히 막강한 것이라서, 마법의 시조 조로아스터가 알았던 모든 마법이 공격한다 해도 그 위기를 전부 극복하고 승리할 것입니다. 그리고 태양이 하늘에서 빛나듯이 이 세상에서 그 자체로 빛을 발할 것입니다. 아름다운 여인들이여, 만일 나의 불찰로 그대들에게 무슨 무례를 범했다면 용서해 주십시오. 나는 알면서도 고의적으로 누구에게 무례를 범한 일은 결코 없었습니다. 그리고 나쁜 저의를 가진 마법사가 가둔 이 감옥에서 나를 꺼내 주시도록 하느님께 기도해 주십시오. 내가 자유로운 몸이 되더라도 이 성에서 내게 베풀어 준 은혜는 내 기억에서 사라지지 않을 것이니, 받은 은혜에 합당한 감사와 봉사와 보상을 해드릴 것입니다.」

성의 여인들과 돈키호테 사이에 이런 대화가 오가는 동안 신부와 이발사는 돈 페르난도와 그의 친구들, 대위와 그의 동생, 행복을 찾은 여인들, 특히 도로테아와 루스신다와 작별 인사를 나누었다. 모두가 얼싸안고 서로 소식을 알리기로 약속했다. 돈 페르난도는 이후 돈키호테의 소식을 자기에게 전하려면 어디로 편지를 쓰면 되는지 신부에게 알려 주면서 그 결과를 아는 것보다 더 큰 즐거움은 없을 것이라고 말했다. 그리고 자신 또한 신부가 즐거워할 만하다고 생각되는 일은 무엇이든 다 알리겠노라고 했다. 자기의 결혼에 관한 일이나 소라이다의 세례나 돈 루이스의 일, 루스신다가 집으로 돌아가는 일 등에 관해서 말이다. 신부도 부탁받은 일을 모두 정확하게 하겠노라고 했다. 그들은 다시 한 번 얼싸안고 서로의 약속을 또다시 다짐했다.

객줏집 주인은 신부에게 다가와서는 종이 뭉치를 내밀며 말했다. 〈당치 않은 호기심을 가진 자에 대한 이야기〉가 들어 있던 가방 안에서 이것들을 발견했는데, 그 주인이 더 이상 돌아오지 않으니 모두 가지고 가라는 얘기였다. 자기는 글을 읽을 줄 모르는 데다 그런 것을 놓아두고 싶지도 않다고 했다. 신부가 고맙다고 하면서 곧장 그것을 펼쳐 보니 글 맨 처음에 〈린코네테와 코르타디요의 이야기〉353라고 적혀 있었다. 어떤 다른 이야기 같았는데, 〈당치 않은 호기심〉이 괜찮았기 때문에 이 작품도 그럴 거라고 짐작했다. 이 두 작품의 작가가 같아 보였으니 말이다. 그래서 한가할 때 읽어 볼 생각으로 그것을 간직했다.

신부는 말에 올랐다. 그의 친구인 이발사도 돈키호테가 자기를 금방 알아보지 못하도록 가면을 쓰고 말에 올라, 두 사람은 달구지 뒤를 따라 길을 나섰다. 그들이 가는 순서는 이러했다. 맨 앞에서는 달구지 주인이 달구지를 끌고 가고, 그 양쪽으로는 관리들이 총을 들고 갔으며, 산초 판사가 자기 당나귀에 올라 로시난테의 고삐를 잡은 채 그 뒤를 따랐다. 가장 마지막에는 말했듯이 얼굴을 가린 신부와 이발사가 자기들의 힘센 당나귀를 타고 소의 느릿느릿한 걸음걸이에 맞추어 엄숙하고도 차분한 태도로 가고 있었다. 돈키호테는 두 손이 묶인 채 우리 안에서 두 다리를 뻗고 울타리에 기대앉아 있었는데, 아무 말도 없이 꾹 참고 있는 모습이 살아 있는 사람이라기보다 석상 같았다.

이런 식으로 절대적인 침묵 속에서 2레과쯤 느릿하게 걸어가서는 어느 계곡에 도착했으니, 소몰이에게는 그 장소가 소들을 쉬게 하고 풀을 뜯게 하기에 좋은 곳으로 보였다. 그래서 신부에게 그런 생각을 알렸는데 이발사가 조금 더 가는 것이 좋겠다고 했다. 자기가 알기에 그 주변으로 보이는 언덕 너머에 소몰이가 멈추기로 했던 곳보다 풀도 더 많고 훨씬 좋은 계곡이 있다면서 말이다. 이발사의 의견대로 다시 그들은 길을 걸어갔다.

---

353 Novela de Rinconete y Cortadillo. 세르반테스가 1613년에 발표한 『모범 소설집』에 들어 있는 작품.

이때 신부가 고개를 돌려 뒤를 보니 아주 잘 차려입고 훤칠한 예닐곱 사람이 말을 타고 오는 모습이 눈에 들어왔다. 그들은 순식간에 이들을 따라잡았다. 소의 굼뜨고 느린 걸음이 아니라 교단 회원의 노새를 타고 가는 사람들로, 거기서 1레과도 안 되어 보이는 곳에 있는 객줏집에 한시바삐 도착하여 낮잠을 잘 생각으로 달려가던 길이었다. 그렇게 바쁘게 오던 일행과 느긋하게 가던 사람들은 서로 정중하게 인사를 나누었다. 그 일행 중 한 사람은 실제로 톨레도 교단의 회원으로, 함께 오고 있던 사람들의 대장이었다. 그는 달구지와 관리들과 산초, 로시난테, 신부와 이발사 그리고 포로의 모습으로 우리 안에 갇혀 있는 돈키호테가 행렬을 이루어 가는 것을 보고는 이런 식으로 이 사람을 데리고 가는 이유가 무엇인지 묻지 않을 수가 없었다. 그는 이미 관리들의 기장을 보고 돈키호테가 상습적으로 강도짓을 하는 사람이거나, 혹은 성스러운 형제단과 관련한 벌을 받는 범죄자가 틀림없다고 짐작하고 있었다. 질문을 받은 관리 중 한 사람이 이렇게 대답했다.

「나리, 이 양반이 왜 이런 식으로 가는지 직접 들어 보십시오. 우리는 왜 이렇게 가는지 모르니까 말입니다.」

이 말을 듣자 돈키호테가 말했다.

「혹시 그대들은 편력 기사도에 조예가 깊으시고 정통하신 분들이오, 신사 양반들? 그렇다면 이 몸의 불행을 들려 드리겠다만 만약 그렇지 않다면 입만 아프게 말해서 무엇하겠소이까.」

길 가던 사람들이 돈키호테 데 라만차와 말을 나누는 모습을 본 신부와 이발사는 자기들의 책략이 들통 나지 않을 방법으로 대답하기 위해 이미 다가와 있었다.

돈키호테의 말에 교단 회원이 대답했다.

「형제여, 사실 나는 비얄판도의 『수물라스』[354]보다 기사 이야기에 대해 더 많이 알고 있소. 이 정도보다 더 많이 알아야 하는 게 아니라면 걱정하지 마시고 원하는 바를 내게 말해 보시오.」

「그 정도면 됐소.」 돈키호테가 대답했다. 「신사 양반, 내가 악한 마법사들의 시기심과 속임수로 이렇게 마법에 걸린 채 우리에 갇혀 가고 있다는 것을 알기를 바라오. 덕행은 착한 사람들에게 사랑을 받기보다 오히려 악한 사람들에게 박해를 받는 법이지요. 나는 편력 기사로, 명성이라는 여신이 자기의 기억 속에 영원히 이름을 남겨 주려 하지 않았던 그런 부류의 기사가 아니오. 오히려 시기의 여신과 페르시아가 기른 그 모든 마법사들과 인도의 브라만들과 에티오피아의 벌거벗은 승려들이 있었음에도 불구하고, 앞으로 올 편력 기사들의 모범과 본보기가 되기 위해 자기의 이름을 불멸의 전당에 남겨, 무용의 명예로운 절정에서 정상을 차지하려 할 때 그 족적을 반드시 따라야 할 그런 기사들 중의 하나란 말이오.」

「돈키호테 데 라만차 님이 하시는 말씀은 사실이오.」 이때 신부가 끼어들었다. 「이분이 마법에 걸려서 이 달구지를 타고 가시는데, 이는 결코 이분의 잘못이나 죄로 인한 것이 아니고 덕행에 분노하고 용맹함에 화를 내는 그런 무리들의 고약한 마음 때문에 이렇게 된 것이라오. 이분은 〈슬픈 몰골의 기사〉로서 혹시 이 이름을 이미 어느 때에 들어 보셨을지도 모르겠군요. 아무리 시기심이 먹칠을 하려 하고 악한 마음이 감추려 해도 이분의 용감한 무훈과 위대한 업적은 단단한 청동과 불변의 대리석에 새겨질 것이오.」

교단 회원은 포로로 잡힌 사람과 자유롭게 가는 사람이 이렇듯 같은 말투로 비슷한 말을 하는 것을 듣고는 깜짝 놀라서 하마터면 성호를 그

---

354 *Súmulas*. 알칼라 대학의 교수였던 비얄판도 Gaspar Cardillo de Villalpando가 쓴 라틴어 신학서를 가리킨다. 기독교 교리를 변증법적으로 논술한 책으로 그 대학의 교재로도 사용되었다.

을 뻔했고, 무슨 일로 이 사람이 이렇게 된 것인지 더더욱 알 수가 없어졌다. 같이 온 사람들도 모두 똑같이 놀라고 있었다. 이때 이 대화를 들으려고 가까이 와 있던 산초 판사가 모든 것을 정리할 양으로 이렇게 말했다.

「자 어르신들, 제가 드리는 말씀을 믿으시든 말든 상관없습니다만, 사실을 말씀드리자면 우리 주인 돈키호테 님이 마법에 걸려 가신다는 것은 우리 어머니가 마법에 걸렸다는 것만큼이나 말도 안 되는 소립니다요. 우리 나리께서는 정신이 말짱하시답니다요. 식사도 하시고 마시기도 하시고 다른 사람들과 똑같이 볼일도 보신답니다요. 어제 우리에 갇히기 전에 하신 것처럼 말입니다요. 상황이 이러한데 어떻게 주인님이 마법에 걸려 가신다는 것을 저더러 믿으라고 하는 건지 당최 이해가 안 됩니다요. 저는 마법에 걸린 사람은 먹지도 않고 자지도 않고 말하지도 않는다는 이야기를 많은 사람들한테서 들었거든요. 하지만 말리는 사람만 없으면 우리 나리는 서른 명이 넘는 사람이 할 말을 혼자 다 하신단 말씀입니다요.」

그러고는 신부를 돌아보더니 말을 이었다.

「아, 신부님, 신부님! 제가 신부님을 못 알아본 줄 아셨죠? 그리고 이 새로운 마법이 이제 어디로 가려는지 제가 눈치도 못 채고 짐작도 못 할 거라고 생각하시죠? 아무리 얼굴을 가리고 아무리 속임수를 감추려고 하셔도 저는 다 알고 있다는 걸 아셔야죠. 그러니까, 시기심이 있는 곳에서는 덕이 살 수 없고, 쩨쩨함이 있는 곳에는 너그러움이 없는 법입니다요. 빌어먹을! 신부님만 아니었어도 지금쯤 우리 나리께서는 미코미코나 공주님과 벌써 결혼하셨을 것이고, 나도 최소한 백작은 되었을 텐데. 슬픈 몰골인 우리 나리의 선한 마음씨에 뒤처지지 않는 저의 엄청난 봉사를 보면 그렇게 될 수밖에 없거든요. 하지만 이제야 저도 그런 말이 사실이라는 걸 알겠네요. 운명의 바퀴는 물레방아 바퀴보다 더 민첩하게 돌고,

어제 흥했던 사람이 오늘은 망한다는 말들 말입니다요. 제 자식들과 마누라가 마음에 걸립니다요. 자기 아버지가 어느 섬이나 왕국의 주인이나 부왕이 되어서 문으로 들어오는 모습을 보기를 기다렸고 실제로 그런 일이 일어날 수도 있었을 텐데, 이제 말이나 모는 하인이 되어 돌아오는 것을 보게 될 것이니 말입니다요. 제가 이런 말씀을 드리는 이유는요 신부님, 다른 게 아니고 우리 주인님을 학대하신 일을 마음에 새겨 두시라는 겁니다요. 그리고 저세상에 가셨을 때 하느님이 우리 주인님을 이렇게 가둔 일을 계산하시지 않도록 조심하시라는 겁니다요. 그리고 우리 주인 돈키호테 나리께서 붙잡혀 계시는 동안 하시지 못한 선행이나 구원들은 모두 신부님이 책임지셔야 한다는 것을 강조하고자 하는 겁니다요.」

「무슨 이런 엉터리가!」 이때 이발사가 끼어들었다. 「그대 산초, 자네도 자네 주인과 같은 패인가? 하느님 맙소사! 내가 보기에 자네도 주인과 함께 우리에 갇혀야 할 것 같구먼! 자네한테서도 자네 주인의 기질과 기사도가 나타나는 걸 보니 그와 마찬가지로 마법에 걸리고 말겠어! 그런 약속들에 제대로 걸려들어 그토록 갈망하는 섬이 재수 없게도 자네 머릿속에 박혀 버렸나 보군그래.」

「나 아무한테도 안 걸려들었거든요.」 산초가 대답했다. 「누구한테 걸려들 사람도 아니라고요. 왕이라 해도 말이에요. 비록 가난하지만 조상 대대로 기독교인 집안의 자손이며, 누구에게도 빚진 게 없는 사람이라고요. 나는 섬을 원하지만 다른 놈들은 다른 더 나쁜 것들을 원합니다요. 사람은 각자 자기가 한 일의 자식입니다요. 인간인 이상 난 교황이 될 수도 있는데, 하물며 섬을 다스리는 사람이 되지 말라는 법이 어디 있겠습니까요. 게다가 우리 주인님은 받을 사람이 모자랄 정도로 많은 섬들을 손에 넣으실 수 있으니까요. 이발사 나리, 당신도 말씀 좀 가려 하세요. 이발하는 일이 다가 아니에요. 같은 말이라도 차이가 있는 법입니다요.[355] 내가 이런 말을 하는 건, 우리 서로 모두 아는 처지인데 나를 속이려 들지 말라는 얘깁니다요. 우리 주인님이 마법에 걸렸다는 것에 대해서는 하느님만이 그 진실을 아십니다요. 여기서 그만두죠. 더 말했다가는 좋을 게 없을 테니까요.」

이발사는 산초에게 대답하고 싶지 않았다. 산초의 순박함과 솔직함으로 인해 자기와 신부가 그토록 숨기려고 하는 일이 들통 날 것 같았기 때문이다. 신부도 이를 두려워했는지 교단 회원에게 좀 앞서 걷자고 말했다. 자기가 우리에 갇혀 가는 사람에 대한 비밀과 다른 재미있는 이야기를 해주겠다면서 말이다. 그래서 교단 회원은 그렇게 했고, 자기 하인들과 신부와 함께 앞서 가면서 돈키호테의 신분이며 생활이나 광기와 버릇 등에 대하여 신부가 해주는 모든 말에 귀를 기울였다. 신부는 돈키호테의 머리가 돌게 된 원인과 그 기원, 그리고 우리에 갇히게 되기까지 그에게 일어난 모든 일의 경위며, 어떻게든 그의 광기를 고칠 방법을 찾기 위해 그를 고향으로 데려가고자 세운 책략 등을 간단하게 들려주었다. 하인들과 교단 회원은 돈키호테의 이 유람기를 듣자 새삼 놀랐다. 신부의 이야기가 끝나자 교단 회원이 입을 열었다.

「정말이지 신부님, 사실 저도 기사 소설이라고 하는 것이 나라에 해가 된다는 것은 잘 알고 있었습니다. 저 역시 할 일이 없을 때의 잘못된 취미로 인쇄된 책이라면 거의 모두 그 첫 부분을 읽어 보았지만 그 어느 것도 처음부터 끝까지 마음 편히 읽을 수가 없었습니다. 책에 따라 사소한 차이야 있지만 모두가 똑같아, 이 책이 저 책보다 못하다느니 다른 것보다 이게 더 낫다느니 할 수가 없더군요. 그리고 제가 보기에 이런 장르의 작품은 〈밀레토스 이야기〉[356]라는 우화 장르에 속하는 것 같습니다. 이 우

---

355 원문은 〈페드로와 페드로 사이에도 차이가 있다〉라는 속담이다.

화들에는 교훈이 될 만한 것이 없고, 그저 즐겁게 하자는 데 목적을 두다 보니 순 엉터리 이야기들만 있지요. 즐겁게 하면서도 가르친다는 우화의 목적과는 반대되는 이야기들입니다. 그런 종류의 책들이 갖는 주된 목표가 그저 즐겁게 하는 데 있다고 하더라도 온통 그토록 터무니없는 엉뚱한 내용뿐이라면 어떻게 그런 목표를 이룰 수 있다는 것인지 모르겠습니다. 영혼이 느끼는 즐거움이란 눈이나 상상력이 관망한 사물의 아름다움과 조화에서 비롯되어야 하는 것이거든요. 자체에 추함과 부조화를 가지고 있는 사물은 우리에게 어떤 만족도 불러일으킬 수가 없습니다. 그러니 열여섯 살 난 한 젊은이가 탑 같은 거인을 과자 자르듯 단칼에 두 쪽 내버린다는 그런 이야기를 담은 책에서 전체가 부분들과 무슨 조화를 이루고 부분들은 전체와 또 무슨 조화를 이룰 것이며 아름다움이란 게 대체 어디에 있겠습니까? 그리고 전투를 묘사할 때는 1백만 명의 적병들이 있다고 해놓고선 이야기의 주인공이 그 적에게 돌진해 간다고 하니, 우리는 그 기사가 오직 그의 무쇠 팔만으로 승리를 이루었다고 억지로 꾸역꾸역 믿어야 한다는 겁니까? 또 여왕이나 왕위를 계승해야 할 황후가 잘 알지도 못하는 편력 기사의 팔에 그렇게도 쉽게 몸을 맡긴다는 게 말이 됩니까? 정말 야만인이거나 무식쟁이가 아니고서야, 기사들로 가득 찬 커다란 탑이 마치 순풍을 만난 배처럼 바다로 전진해 가다가 오늘은 이탈리아 롬바르디아에서 밤을 맞았는데 내일은 인도의 프레스테 후안[357]의 땅에서나, 아니면 톨로메오도 묘사하지 않았고 마르코 폴로도 보지 못한 땅에서 아침을 맞이한다는 이야기에 만족할 인간이 있을까요? 만일 이러한 의견에 대해, 책을 쓰는 사람들은 거짓말을 쓰는 것이니 그런 약점이나

356 5세기경 소아시아에 있었던 그리스령 밀레토스(이오니아)에서는 많은 문학 작품이 나왔는데 경박하고 퇴폐적인 것들이 많아 후대에 도덕성이 희박한 이야기를 그렇게 불렀다.
357 Preste Juan. 중세 때 아시아에 막강한 기독교 국가를 건설했다는 전설의 성직자이자 황제.

진실성에 신경 쓸 필요가 없다고 한다면 나는 이렇게 대답할 겁니다. 거짓도 진실로 보이면 보일수록 좋고, 그 가능성이 의심스러운 것보다 그럴듯해 보이는 것일수록 더 즐겁다고 말입니다. 거짓을 이야기할 때라도 그것을 읽는 사람들의 이해와 맞아떨어져야 하는 법입니다. 불가능한 일을 가능한 일로 만들고 엄청난 사건들을 평범하게 써야만 독자들의 마음을 사로잡을 수 있고, 그래야 독자들이 놀라기도 하고 몰두하며 흥분하거나 즐거서 감탄과 즐거움을 함께할 수 있게 되지요. 진실성과 자연을 모방하는 일을 기피하는 자는 이렇게 할 수가 없습니다. 사실 완벽한 작품은 이렇게 진짜같이 쓰고 사물을 모방하는 데 있는 것을 말입니다. 나는 기사 소설 중에서 전체 줄거리가 이야기의 요소요소와 일치하는 작품을 본 적이 없답니다. 중간이 처음과 상응하지 않고, 끝이 처음이나 중간과 연결되지도 않더라는 겁니다. 이야기가 어찌나 제각각 따로 노는지 균형 잡힌 모양새를 만든다기보다 키메라[358]나 괴물을 만들 작정인 것 같습니다. 이것 말고도 문체는 딱딱하고, 무훈들은 믿기지 않고, 사랑은 음탕하며, 예의는 볼썽사납기만 하고, 싸움은 지루하고, 말하는 것은 다들 바보 같고, 여행은 엉터리더군요. 결국 신중하게 쓴 것이라고는 눈 씻고 봐도 없다는 겁니다. 그러니 이런 작가들은 쓸모없는 인간들이며 기독교의 나라에서 추방되어야 마땅하다고 봅니다.」

신부는 그의 말을 아주 열심히 듣고 있었는데, 그가 훌륭한 분별력을 가졌으며 하는 말마다 모두 옳은 것 같다는 생각이 들었다. 그래서 자기도 같은 의견이며, 기사 소설에 원한을 갖고 있던 터라 돈키호테가 가지고 있던 많은 책들을 모두 태워 버렸다고 말했다. 그리고 자기가 책들을

---

[358] Quimera. 가공의 괴물로 상반신은 사자, 하반신은 염소, 꼬리는 용으로 이루어졌으며 입에서 불을 뿜었다고 한다.

엄정하게 검열한 일이며 화형에 처한 책들과 목숨을 살려 준 책들에 대해 이야기하자, 교단 회원은 이 말에 적잖이 웃으면서 자기가 그런 책들의 나쁜 점을 모두 이야기하긴 했지만 그것들에도 한 가지 좋은 점은 있다고 말했다. 바로 그 작품들에서 작가의 훌륭한 재능이 돋보일 수 있다는 것이다. 기사 소설에서는 아무런 어려움 없이 길고도 넓은 공간으로 붓을 놀려 난파나 폭풍우나 충돌이나 전투들을 묘사할 수 있고, 용감한 대장이 되는 데 요구되는 모든 조건들을 묘사할 수도 있기 때문이라고 했다. 그 조건들이란 적들의 간계를 미리 알아채는 신중함과 자기 군인들을 설득하거나 단념시키는 유창한 웅변술, 조언을 하는 데 있어서의 노련함과 결단을 내리는 데 있어서의 신속함 그리고 공격을 개시하거나 기다리는 데 있어서의 용맹성을 말한다고 했다. 혹은 한탄할 만한 비극적인 사건이 곧 즐겁고 예상치도 못한 사건으로 그려질 수도 있다는 것이다. 저기서는 비할 데 없이 아름답고 정결하며 사려 깊고 조신한 여인을, 여기서는 기독교 신자에 용감하며 점잖은 기사를, 저쪽에서는 무모하고 허세만 부리는 야만인을, 이쪽에서는 정중하고 담대하여 존경받는 왕자를 그릴 수 있고, 신하들의 선함과 충성, 주인들의 위대함과 은혜를 보여 주기도 한다고 했다. 점성가가 나올 수도 있고 뛰어난 천문학자나 음악가, 또는 나라 문제에 있어 지혜로운 사람이 등장하기도 하고 만일 작가가 원한다면 마법사도 등장할 수 있다는 것이다. 율리시스의 간계와 아이네이아스의 동정심과 아킬레우스의 용기와 헥토르의 불행과 시논[359]의 배신과 에우리알리오[360]의 우정과 알렉산드로스의 관대함과 카이사르의 용기와 트라

---

359 Sinón. 그리스군의 목마를 트로이 성내로 끌어들이기 위해 일부러 포로가 되어 적을 속였다. 원전에는 그리스 군인으로 등장하지만, 세르반테스 당시 스페인에서는 트로이의 군인이자 그리스 편을 도운 배신자로 알려졌다.

하노[361]의 자비와 진실함, 소피로스[362]의 충성심과 카토의 신중함, 그러니까 고명한 남성을 완벽하게 만들 수 있는 이 모든 자질들을 어떤 때는 한 사람에게 모두 다 부여하고 또 어떤 때는 여러 사람들에게로 나누어서 보여 줄 수가 있다는 얘기였다.

「그리고 이것을 평온한 문체와 기발한 창의력으로 될 수 있는 한 사실에 가깝게 묘사한다면, 그것은 곧 다양하고도 아름다운 매듭으로 직조된 천을 만드는 일이 될 것입니다. 끝내 놓고 난 뒤 작품이 그런 완벽성과 아름다움을 보인다면 글쓰기로써 얻을 수 있는 최고의 목적을 달성하는 셈이죠. 즉, 이미 말한 것처럼 가르치는 동시에 재미있는 작품 말입니다. 왜냐하면 이런 책에 풀어 놓는 글은 작가를 서사적이거나 서정적이거나 비극적이거나 희극적으로 볼 수 있게 하는 여지를 주거든요. 그 안에 아주 달콤하면서도 즐거운 시학과 웅변학이 내포하고 있는 그런 부분들이 다 들어 있으니 말입니다. 서사시는 운문뿐 아니라 산문으로도 쓸 수 있는 것이니까요.」

---

360 Eurialio. 「아이네이스」에 등장하는 아이네이아스의 친구로, 적군 속으로 친구를 찾으러 갔다가 전사했다.
361 Trajano. 로마의 다섯 황제 가운데 하나로 스페인에서 태어난 성왕.
362 Zopiro. 페르시아의 다리우스 1세에게 봉사한 충신. 일부러 자신의 귀와 코를 베고 적인 바빌로니아인에게로 가서 다리우스의 노예였다고 속임으로써 적의 신뢰를 얻고 성문을 열게 하여 다리우스 왕에게 승리를 안겨 주었다.

48

교단 회원이 기사 소설과
그의 지혜에 합당한
다른 문제들에 대해 계속 이야기하다

「정말이지 말씀하시는 대로요.」 신부가 말했다. 「바로 그러한 이유로 지금까지 그런 책들을 쓴 사람들이 더욱더 지탄받아야 한다는 거요. 이야기를 잘 써보려고 하지도 않았고, 기술과 법칙을 따르지도 않았으니 말이오. 운문으로 유명해진 그리스와 로마 서사시의 두 왕자[363]처럼 산문으로도 유명해질 수 있는데 말이오.」

「나도 그랬습니다.」 교단 회원이 대답했다. 「적어도 한 번은 기사 소설을 쓰고 싶다는 유혹을 느낀 적이 있지요. 앞서 지적한 점들을 모두 지키면서 말입니다. 아니, 사실을 말씀드리자면 1백 장 이상 써놓기도 했답니다. 그래서 내 글이 내가 한 평가에 들어맞는지 시험해 보기 위해, 이러한 읽을거리에 열광하는 학식 있고 생각도 깊은 사람과 그저 엉터리 이야기만 듣고 싶어 하는 무식한 사람들에게 모두 읽어 줘봤습니다. 양쪽 다 좋다고 하더군요. 그런데도 그 이상은 쓰지 않았습니다. 내 직업과 동떨어진 일을 하고 있다는 생각이 들기도 했고, 신중한 사람들보다 단순 무식

---

363 호메로스와 베르길리우스를 말한다.

한 사람들이 더 많다고 생각했기 때문이기도 하지요. 그러한 책을 읽게 될 대다수의 교만한 속인들의 황당한 비판에 매이고 싶지 않기도 했고 말입니다. 물론 많은 바보들에게 웃음거리가 되더라도 몇 안 되는 현명한 사람들로부터 칭찬을 듣는 게 더 낫기는 하지만요. 하지만 무엇보다 그 글을 끝까지 써보려는 마음을 내 손에서, 더 나아가 내 생각에서 앗아 간 것은, 요즘 상연되는 연극을 보고서 내가 나름대로 정리한 논리 때문이었습니다. 그러니까 요즘 인기를 얻고 있는 극들은 창작물이건 역사물이건, 전부 혹은 대다수가 엉터리로 발도 머리도 없는 괴물이라는 거죠. 그런데도 속인들은 즐겁게 보고 들으며 훌륭하다고 인정한단 말입니다. 전혀 그렇지 않은데도 말입니다. 그리고 그런 작품들을 쓴 작가들과 그것을 상연하는 배우들은 다른 방식이 아니라 바로 그렇게 써야만 속인들이 좋아한다고 주장한단 말이죠. 예술이 요구하는 대로 기획되고 제대로 된 줄거리를 갖춘 작품들은 불과 너덧 명의 생각 깊은 사람들만을 이해시킬 수 있을 뿐 그 밖에는 쓸모가 없다는 겁니다. 대부분의 작가들은 그런 예술적 장치를 이해하려고도 하지 않아요. 소수의 의견보다는 많은 사람들로부터 먹을 것을 얻는 편이 낫다고 보는 모양입니다. 그러니 앞서 말한 예술의 법칙을 지키려고 기를 쓰며 책을 끝내 봤자 그런 운명에 처해질 것이 뻔하고 결국 헛수고만 하게 되는 셈이지요. 나는 몇 번이나 배우들에게 당신들의 생각이 잘못되었다고 말하면서, 엉터리 극이 아니라 예술의 법칙에 입각한 연극을 공연한다면 사람들도 많이 올 것이고 명성도 더 많이 얻을 것이라고 설득하려 했습니다만, 모두들 자기 생각에 꽉 사로잡힌 채 완전히 그쪽으로 가 있는 터라 거기서 그들을 꺼낼 이치며 증거라고는 도무지 없더라고요. 언젠가 내가 이 고집쟁이들 중 한 사람한테 이렇게 말한 게 기억나는군요. 〈몇 해 전에 우리 나라의 어느 유명한 시인이 지은 세 편의 비극이 우리 나라에서 상연되었던 걸 기억합니까? 그 작품을 구경한 사람들은 단순 무식한 사람이나 신중한 사람이나 속인이나 선택된 사람이나 모두 감탄하고 즐거워하며 긴장하기도 했지요. 그래서 그 이후로 공연된 훌륭하다는 작품 서른 편이 올린 수익보다 단 그 세 작품이 배우들에게 더 많은 수익을 내준 걸 기억하시는지요?〉 그러자 내 말을 들은 작가가 대답하더군요. 〈아마《라 이사벨라》와《라 필리스》와 《라 알레한드라》[364]를 두고 하는 말인가 보군요.〉 그래서 내가 대답했지요. 〈바로 그 작품들을 말하는 겁니다. 그런데 그 세 작품이 얼마나 예술의 법칙을 잘 지키는지 보세요. 법칙을 지켰다고 해서 작품 그 자체의 장점이 제대로 보이지 않거나, 사람들이 다들 즐겁지 않았는지를 생각해 보시라는 겁니다. 그러니까 잘못은 엉터리 극을 요구하는 속인들에게 있는 게 아니라 다른 것을 보여 줄 줄 모르는 사람들한테 있다는 것이죠. 그렇고말고요.《보복당한 배은망덕》[365]도 엉터리가 아니었고《라 누만시아》[366]도 그렇지 않았습니다.《장사치 연인》[367]이라는 작품에서도 그런 점은 발견되지 않았고,《호의적인 적》[368]에서나 다른 몇몇 분별 있는 시인들이 자기의 이름과 명성을 얻고 동시에 공연을 한 배우들에게도 벌이가 되도록 쓴 작품들에서도 그랬습니다.〉 나는 이 외에도 다른 이런저런 말들을 덧붙였는데 그 사람은 마음이 좀 흔들리는 것 같더군요. 하지만 잘못된 생각에서 완전히 빠져나올 만큼 만족했거나 설복당한 것은 아니었

---

[364] La Isabela, La Filis, La Alejandra. 모두 스페인의 루페르시오 레오나르도 데 아르헨솔라Lupercio Leonardo de Argensola(1559~1613)의 비극으로 르네상스 문학 이론에 입각한 작품이다.

[365] La Ingratitud Vengada. 로페 데 베가의 작품.

[366] La Numancia. 세르반테스의 비극.

[367] El Mercader Amante. 베네치아 시인 가스파르 데 아길라르Gaspar de Aguilar의 작품.

[368] La enemiga favorable. 타레가Francisco Agustín Tárrega의 작품. 타레가는 1584년부터 발렌시아 대성당 소속 의원으로서 문필 활동을 했는데, 그의 극작법은 당시 요구되던 고전 양식인 아리스토텔레스의 기준을 엄격하게 따르지 않았다.

습니다.」

「당신이 언급하시는 이 문제를 들으니, 교단 회원님……」 신부가 말했다. 「요즘 유행하는 연극에 대해 내가 오랫동안 품고 있던 증오가 깨어나는군요. 기사 소설에 대해 가지고 있는 것과 같은 그런 종류요. 툴리오[369]의 말에 의하면, 극이라는 것은 인간 삶의 거울이자 풍습의 본보기이며 진실의 이미지여야 하는데, 요즘 상연되고 있는 작품들을 보면 엉터리 짓거리의 거울이자 바보짓의 본보기이며 음탕한 영상물이니 말이오. 제1막 제1장에서 포대기에 싸인 아기로 등장해 놓고 제2장에서는 벌써 수염을 기른 어른으로 등장하니, 우리가 논하고 있는 주제에서 이보다 더 터무니없는 엉터리가 있을 수 있겠소? 그리고 노인을 용감하게 묘사하고 젊은이는 겁쟁이로, 마부를 수사학자로, 시동을 조언자로 보여 주는가 하면 왕이 노동자 복장을 하고 나오지를 않나, 공주를 식모로 보여 주기도 하니 이런 엉터리가 또 어디에 있겠소? 또한 극 속의 사건이 일어날 수 있거나 일어났을 수 있는 시간을 언급하는 데 있어서 그들이 하는 짓에 대해서는 무슨 말을 할 수 있겠소? 내가 본 극에 보면 말이오, 제1막이 유럽에서 시작되었는데 제2막은 아시아가 무대이고 제3막은 아프리카에서 끝나더군요. 4막으로 된 극이었다면 제4막은 아메리카에서 끝났을 테니, 아주 세상 온 천지에서 사건이 벌어지는 극이 됐을 거요. 극이 가져야 할 가장 중요한 점은 모방이라는 거요. 페피노 왕[370]과 샤를마뉴 시대에 일어난 일을 극화하면서 그 극의 주인공은 십자가를 들고 예루살렘에 들어간 헤라클리우스 황제[371]로 보이게 하거나 고도프레 데 부용[372]처럼 성지를 탈취한 영웅으로 보이게 하는데 이 사건과 저 사건 사이에는 수백 년

---

369 Tulio. 마르쿠스 툴리우스 키케로Marcus Tullius Cicero를 말한다.
370 Pepino(714~768). 샤를마뉴 대제의 아버지로 카롤링거 왕조의 기반을 마련했다.
371 Heraclius(575~641). 동로마의 황제로 헤라클리우스 왕조의 창시자이다.

이라는 차이가 있으니, 아무리 분별력이 어쭙잖은 관객이라도 그런 장면을 보고 만족할 수 있겠소? 그리고 꾸며진 사건에 극의 기반을 두면서 거기에 역사적 사실들을 갖다 붙이고 다른 시대의 다른 인물들한테 일어난 이야기들을 단편적으로 섞어 놓는 게 말이 되는 거요? 이렇게 구성함으로써 사실처럼 보이기는커녕 어떤 핑계로도 피할 수 없는 명백한 잘못이 그대로 드러나는데 말이오. 더 나쁜 것은 이런 작품을 두고 완벽하다느니, 다른 것을 요구하는 것은 쓸데없는 짓이라느니 말하는 무식한 인간들이 있다는 거요. 성극을 보면 또 어떻소? 엉터리 기적들과 그 출처가 의심스러운 이해 불가능한 사건들로 날조되고, 한 성자의 기적을 다른 성자의 일로 오해한 것들이라니! 심지어 인간의 일을 다룬 극 속에서도 감히 기적을 끌어들이고 있으니 말이오. 무지한 사람들이 감탄하여 연극을 보러 오게 하자는 생각으로, 자기들이 말하는 그런 기적이나 그렇고 그런 장치가 작품에 잘 들어맞는지에 대해서는 고민도 배려도 없이 말이오. 이렇게 하는 건 모두 진실을 왜곡하고 역사를 무시하는 일이며, 나아가 에스파냐의 천재들을 치욕스럽게 하는 일이오. 왜냐하면 극이 지켜야 할 법칙을 충실하게 따르는 외국인들이 요즘 우리가 극에서 저지르고 있는 터무니없고 엉터리 같은 짓거리들을 보면 우리를 야만인에다 무지한 인간으로 여길 테니 말이오.[373] 질서가 잘 잡힌 나라들에서 대중극을 허용하는 주된 이유가 건전한 오락으로 국민을 즐겁게 하고, 이따금 할 일이 없어서 갖게 되곤 하는 나쁜 기분을 다른 데로 돌려 전환시켜 주기 위해서라고 변명한다면 그건 말이 안 되는 소리요. 그리고 이런 목적이라면 좋은 극으로든 나쁜 극으로든 달성할 수 있으니 굳이 법칙을 적용하거나 작품을

---

372 Godofre de Bullón 또는 Godfrey de Bouillon(1058~1100). 제1차 십자군에 가담하여 예루살렘을 함락하고 왕이 된 로렌느 백작이다. 스스로의 왕호를 〈성스러운 묘지를 지키는 자〉라 했다.

쓰는 사람이나 연극을 하는 사람들에게 반드시 지켜야 할 규칙을 강요할 필요는 없으며 앞서 말했듯이 연극으로써 추구하고자 하는 바는 어떠한 작품으로도 얻을 수 있는 것이니 괜찮다는 말 또한 변명이 될 수가 없소. 이런 주장에 대해 나는 오락이 목적이라면 그런 보잘것없는 극보다는 훌륭한 극이 비교도 안 될 만큼 훨씬 더 잘 이룰 수 있을 것이라고 대답하겠소. 질서 정연하게 잘 구성된 극을 볼 때 관객은 우롱에서 즐거워하고, 진실에서 배우며, 사건들에 놀라고, 현명한 말에 신중해지고, 속임수를 보면 경각심을 갖게 되고, 본보기를 보면 지혜로워지며, 악에는 분개하고 덕스러움을 흠모하게 될 것이기 때문이오. 좋은 극이란 그 극을 보는 사람이 아무리 거칠고 무디더라도 마음속에 이러한 애정을 불러일으키는 것이오. 요즘 일상적으로 상연되는 극들 대부분에서는 이러한 점들을 찾아볼 수 없지만, 이것들을 갖춘 극들이 그렇지 못한 극에 비해 훨씬 사람의 기분을 즐겁고 기쁘게 만족시켜 준다오. 그렇지 않다는 건 정말 있을 수 없는 일이지. 지금 극이 이렇게 된 것은 극을 쓴 시인들의 잘못이 아니오. 왜냐하면 시인들 중에서는 자기가 잘못하고 있다는 것을 아주 잘 알며 어떻게 하는 것이 옳은지를 철저히 파악하고 있는 자도 있으니 말이오. 그런데 극이 팔 수 있는 상품으로 변해 버린 탓에 그런 성질의 것이 아니면 극단 측에서 작품을 사지 않을 거라고들 하더군. 사실이 그렇기

373 여기서 지적하는 내용들은 당시 국민극의 아버지로 대단한 인기를 누렸으며 세르반테스와 앙숙이었던 로페 데 베가가 쓴 「극을 짓는 새로운 기법」이라는 글에 그대로 적혀 있는 것들이다. 〈어느 누구도 나만 한 야만인은 없다. 나는 시학에 역행하여 나의 규칙을 강요하고자 한다. 속세의 흐름에 따르고자 하니 이탈리아와 프랑스가 나를 무지한 자라 해도 말이다.〉 여기서 시학은 그리스 시대에 아리스토텔레스가 세운 시간, 공간, 행위의 삼위일체론과 자연과 인간의 행위를 모방해야 한다는 모방론과 현실처럼 보이게 해야 한다는 진실성이다. 당시 로페에 의해 주도되던 스페인 극은 이 세 가지를 모두 무시하여 희극에 비극이 섞인 희비극이라는 새로운 장르가 탄생할 정도였다. 그럼에도 속세의 일반 대중들에게는 엄청난 인기를 얻은바, 로페는 돈을 주는 사람들을 위해 쓴다고 한 자신의 말을 증명이나 하듯이 극을 썼다.

도 하고 말이오. 그러니 시인은 자기 작품에 돈을 지불할 극단의 요구에 맞추려 하는 거요. 우리 나라의 그지없는 행운아인 천재[374]가 쓴 수없이 많고도 많은 작품들을 보면 이 말이 사실이라는 걸 알게 될 거요. 이 작가는 작품을 정말로 화려하고 그럴싸하게 꾸미고, 아주 우아한 시와 기막히게 멋들어진 말들과 매우 엄숙한 격언과, 한마디로 고양한 문체와 화술로 넘쳐 나는 글로 세상에 이름을 널리 알린 사람이지. 그런데 극단주들의 취향에 맞추려 하다 보니, 몇몇 작품들은 괜찮지만 다른 대부분은 기대할 만한 완성도를 보여 주지 못하고 있소. 다른 작가들이야 자기가 무슨 짓을 하는지 잘 살피지도 않은 채 무턱대고 쓰고, 배우들은 연극이 끝난 뒤에 벌을 받을까 두려워 도망가 사라져 버리는 일도 있소. 몇 번이나 있었던 일인데, 어떤 왕에게 폐를 끼치는 내용이나 어느 가문의 명예를 훼손하는 그런 것을 공연했기 때문이라오. 이런 모든 달갑지 않은 일들이나 내가 이야기하지 않은 더 많은 불편한 일들도, 현명하고 사려 깊은 사람이 왕궁에 있어서 상연되기 전에 모든 연극을 미리 살펴본다면 모두 없어질 거요. 수도에서 상연되는 것만이 아니라 에스파냐 전역에서 상연될 연극들도 전부 그렇게 하는 거요. 그 사람의 공인과 인장과 서명이 없으면 어떠한 이유로도 자기네 장소에서 연극을 상연할 수 없게 하는 거지. 이렇게 하면 배우들은 왕궁에 작품을 보낼 때 조심하게 될 것이고, 그 대신 승인된 작품은 안심하고 상연할 수 있게 될 것이며, 작품을 쓴 작가는 자기 작품이 그것을 이해하는 사람의 엄격한 검열을 거쳐야 한다는 두려움으로 쓰는 일에 더 신중하게 주의를 기울이고 더 많이 연구하게 될 것이오. 그러면 자연히 훌륭한 작품이 만들어질 것이며, 작품으로써 추구하는 바들이 훌륭하게 달성되겠지. 다시 말해 대중은 훌륭한 놀잇거리를 갖게

---

374 로페 데 베가를 가리킨다. 이 사람의 작품 수는 2천5백 편에 이른다고 한다.

되고, 그만큼 에스파냐 천재들의 평판도 좋아질 것이며, 배우들의 이익과 안전이 보장될 뿐 아니라 그들을 처벌하는 수고도 덜게 된다는 거요. 이 일을 다른 사람에게, 아니면 나 같은 사람에게 맡겨서 새로 쓰일 기사 소설도 검열하게 한다면 회원님께서 말씀하신 것 같은 완벽한 작품들이 틀림없이 세상에 몇 편 나타날 거요. 작품이 무대에 올려지면 유쾌하고 값진 보석 같은 웅변으로 우리의 언어를 살찌우고, 옛 작품들은 새로 탄생하는 작품으로 빛을 잃을 것이며, 시간을 때우기 위한 사람들뿐만 아니라 바쁜 사람들에게도 건전한 오락거리가 될 것이오. 아무리 바빠도 활을 계속 시위에 얹어 놓을 수 없듯이, 인간도 인간의 조건이나 연약함으로 보아 건전한 오락이 없이는 살아갈 수 없으니 말이오.」

교단 회원과 신부의 이야기가 이 지점에 이르렀을 때, 이발사가 앞쪽으로 나와 이 두 사람에게로 다가오더니 신부에게 말했다.

「신부님, 여기가 제가 말씀드린 그 장소입니다. 우리들이 쉬는 동안 소들이 신선하고도 풍부한 풀을 실컷 뜯기에 가장 좋은 곳이죠.」

「그래 보이는군.」 신부가 대답했다.

그러고서 하려는 일을 교단 회원에게 전하자 그 또한 눈앞에 펼쳐진 아름다운 계곡에 마음이 끌려 그들과 함께 머물고 싶었다. 그래서 하인 몇 명을 시켜 거기서 멀지 않은 곳에 있는 객줏집으로 가 사람들이 먹을 수 있도록 음식을 가져오게 했다. 그 장소가 마음에 들기도 했고 이미 친근감을 느끼기 시작한 신부와의 대화를 즐기고 싶은 마음도 있었으며 돈키호테의 무훈에 대한 이야기도 좀 더 세세하게 알고 싶었던 터라, 그도 그곳에서 점심을 먹고 쉬기로 마음먹은 것이다. 그러자 하인 중 하나가 식량을 실은 노새는 이미 객줏집에 도착해 있을 것이며 식량은 거기에 충분히 실려 있으므로 객줏집에서 얻어야 할 것은 보리밖에 없다고 대답했다.

「그렇다면······.」 교단 회원이 말했다. 「탈것들은 모두 객줏집으로 끌고 가고, 식량을 실은 노새만 다시 오게 하게.」

 이런 일이 일어나는 동안 산초는 자기가 의심하고 있던 신부와 이발사의 지속적인 감시를 피해 주인과 이야기를 나눌 수 있을 것 같아 돈키호테가 갇혀 있던 우리 앞으로 가 말했다.

「나리, 제 양심의 짐을 내려놓고 싶기에 나리의 마법과 관련하여 일어나고 있는 일을 말씀드리고자 합니다요. 여기 얼굴을 가리고 온 두 사람은요, 우리 마을에 사는 신부님과 이발사예요. 제가 생각하기에는 나리께서 자기들보다 먼저 훌륭한 무훈을 세우는 걸 시기해서 이런 식으로 나리를 모시고 갈 궁리를 한 것 같습니다요. 그러니 이게 사실이라면 나리는 마법에 걸리신 게 아니고요, 농락당해 바보 취급을 당하고 계신 거예요. 그걸 확인하기 위해서 한 가지 질문을 드리겠습니다요. 만일 제가 생각하고 있는 대로 나리께서 대답을 하시면, 이 속임수를 손으로 잡게 되는 겁니다요. 그리고 나리께서는 마법에 걸리신 게 아니라 머리가 이상해져서 가시는 게 되는 겁니다요.」

「뭐든 물어보게, 내 친구 산초여.」 돈키호테가 대답했다. 「자네 마음에 쏙 들도록 대답해 주겠네. 그런데 자네의 말에 따르면 저기 우리와 같이 가고 있는 저 두 사람이 우리의 동향인이자 우리가 잘 아는 신부와 이발사라는 건데, 물론 그들처럼 보일 수 있네. 하지만 실제로 그들이라고는 절대로 생각하지 말게. 자네가 믿고 이해해야 할 것이 있네. 자네가 말한 대로 그들이 그렇게 보인다면 나를 마법에 건 자들이 저런 모습과 저런 외형을 취했기 때문이라는 걸세. 자기가 원하는 모습으로 둔갑하는 일이 마법사들에게는 식은 죽 먹기이고, 우리 친구의 모습을 취한 이유는 바로 자네가 생각하듯 생각하도록 그 빌미를 주기 위한 것일 걸세. 그렇게 해서 자네를 상상의 미로 속에 집어넣어, 비록 테세우스의 실을 가졌다 할지라도 그곳에서 나오지 못하도록 하기 위해서 말일세. 그리고 또한 내 분별력을 흔들어 이런 나쁜 일이 어디서부터 내게로 왔는지 짐작하지 못하도록 그렇게 했을 걸세. 사실 한편으로는 자네 말에 따라 우리 마을의 이발사와 신부가 나를 데려가고 또 다른 한편으로는 아직도 내가 우리에 갇혀 있지만, 초자연적인 힘이 아닌 인간의 힘으로는 나를 우리에 넣을 수 없다는 것을 나 자신이 알고 있으니, 이러한 마당에 내가 무슨 생각을 하고 자네에게 무슨 말을 하기를 원하는가? 내가 걸려 있는 이 마법의 양상은 말이지, 마법에 걸린 편력 기사들에 대해서 기술해 놓은 이야기들을 내가 다 읽었는데, 거기서 나온 어떤 방법도 훨씬 능가하는 것이네. 그러니 저들이 자네가 말하는 그 사람들인 것 같다는 문제에 있어서는 마음을 편히 먹고 안심하게. 그들이 신부와 이발사라면 나는 터키인이야. 그나저나 자네는 나한테 뭐가 물어볼 것이 있다고 했는데, 어디 말해 보게. 지금부터 내일까지 질문을 하더라도 대답해 줌세.」

「아이고 맙소사!」 산초가 소리를 질렀다. 「나리의 뇌가 그토록 단단하게 굳어 있고 뇌수가 없을 줄 누가 알았겠습니까요? 제가 말씀드리는 게 모두 사실이라는 걸 모르시겠습니까요? 이렇게 갇혀 가시며 겪는 이 불행에는 마법보다는 악의가 더 작용하고 있다는 걸 모르시겠습니까요? 여하튼 사실이 그러하니 나리께서 마법에 걸려 있지 않으시다는 걸 제가 똑똑히 입증해 드리겠습니다요. 제가 그러기를 원치 않으시면 말씀하십시오. 제발 하느님이 나리를 이 고통에서 구해 내셔서, 제발 생각지도 않을 때 우리 둘시네아 님의 두 팔에 있게 되시길 ─」

「그만하고······.」 돈키호테가 말을 잘랐다. 「물어보겠다는 걸 물어보게. 틀림없이 대답하겠다고 이미 말하지 않았나.」

「그러길 바랍니다요.」 산초가 대답했다. 「제가 알고 싶은 것은요, 나리께서 정말 어느 하나 보태거나 빼지 않고 진실 그대로를 말씀해 주실까 하는 겁니다요. 편력 기사라는 이름하에 나리께서 하시는 것처럼 무공을 행하는 사람이라면 모두 진실을 말하고 또 진실을 말해야 된다고 믿고 있듯이 ─」

「추호도 거짓말은 하지 않겠다고 하지 않았나.」 돈키호테가 대답했다. 「이제 질문이나 하게. 그렇게 서언이나 늘어놓고 기원이나 해대고 경고만 해대니 지치는구먼, 산초.」

「제 말은, 제가 나리의 선하심과 진심을 확신하고 있다는 겁니다요. 그래서, 우리 이야기에 용케 들어맞는 일이니 경의를 표하며 여쭙겠습니다만, 혹시 나리께서 우리에 들어가시고 난 후, 그러니까 나리께서 생각하시듯 마법으로 이 우리에 갇히시고 난 후부터 지금까지 사람들이 말하는 그 큰 물이나 작은 물을 하시고 싶은 생각이 들거나 그런 욕구를 느끼지 않으셨는가 하는 겁니다요.」

「그 〈물을 한다〉는 게 무슨 말인지 모르겠네, 산초. 올바른 답을 듣고 싶거든 좀 더 분명하게 물어보게.」

「아니, 〈큰 물이나 작은 물을 한다〉는 말을 어찌 나리께서 모르실 수가 있습니까요? 학교에서 그것으로 아이들에게 젖을 떼게 하는데요. 그러니까 피할 수 없는 일을 하고 싶은 욕구를 느끼셨나 하는 뜻입니다요.」

「이제, 이제야 알겠구먼, 산초! 몇 번이나 느꼈지. 그리고 지금도 그런걸. 그러니 이 궁지에서 날 좀 꺼내 주게, 이거 정말 점잖지 않구먼!」

49

산초 판사가 자기 주인 돈키호테와 나눈 진중한 대화에 대하여

「아!」 산초가 말했다. 「바로 이겁니다요. 이게 바로 제가 영혼과 목숨을 원하듯이 알고자 했던 것입니다요. 자, 나리, 어떤 사람이 정상이 아닐 때 사람들이 흔히 하는 말은 이런 게 아닙니까? 그러니까, 〈아무개가 무슨 일인지 먹지도 않고, 마시지도 않고, 잠을 자지도 않고, 무엇을 물어도 제대로 대답하지도 않는 것이 꼭 마법에 걸린 것 같지 않아?〉라고 하는 말요. 바로 여기서 이 먹지도 않고, 마시지도 않고, 제가 말씀드린 그 자연적인 볼일도 안 보는 그런 사람들은 마법에 걸렸다는 결론이 나오는 겁니다요. 하지만 나리께서는 욕구가 있으시고, 마실 걸 주면 마시고, 먹을 게 있으면 드시고, 질문한 것에 대해 모두 대답을 하시니 마법에 걸린 그런 인간이 아니지요.」

「자네 말이 맞네, 산초.」 돈키호테가 대답했다. 「하지만 마법에도 많은 방식이 있다고 내가 이미 말하지 않았던가. 마법도 세월과 함께 이 방법에서 저 방법으로 바뀌었을 수 있네. 그래서 예전에는 하지 않았더라도 요즘은 마법에 걸린 사람들이 내가 하는 것을 모두 하는 게 유행일 수 있다는 거지. 시대의 유행에 맞서서 따지거나 거기서 결론을 내려고 해서는 안 되는 법이야. 나는 내가 마법에 걸려 있다는 걸 알고 확신하네. 그리고 이렇게 해야 내 양심이 편안하다네. 왜냐하면 내가 마법에 걸려 있지 않은데도 나태하고 비겁하게 나 스스로를 이 우리에 갇혀 있도록 내버려 두고 있다고 생각하면 참으로 괴롭지 않겠는가. 지금 이 시간에 곤경에 처해 나의 도움과 보호를 절실히 필요로 하는 사람들과 생활이 곤궁한 사람들을 구원하는 일을 내버려 두는 셈이니 말일세.」

「확실히 만족할 만하게 확인하시려면 나리께서 이 감옥에서 탈출을 시도해 보시는 게 괜찮은 방법 같은데요. 저도 능력껏 나리를 도와 이 우리에서 나리를 끌어내 드릴 테니, 나리는 나리의 훌륭한 로시난테에 다시 올라 보십시오. 그놈도 우울하고 슬퍼 보이는 게 아무래도 마법에 걸려 있는 듯합니다요. 그리고 이 일이 성공하면 다시 한 번 더 많은 모험을 찾아나섭시다요. 만약 일이 제대로 안 풀리더라도 우리 안으로 되돌아갈 시간은 있겠지요. 착하고 충실한 종자의 법을 놓고 약속드리건대 저도 나리와 함께 우리 안으로 들어가겠습니다요. 만일 나리께서 지지리도 운이 나쁘시거나, 아니면 제가 너무 단순해서 말씀드린 대로 되지 않을 경우에는 말입니다요.」

「기꺼이 자네가 하자는 대로 하겠네. 나의 형제 산초여.」 돈키호테가 대답했다. 「자네가 내 자유를 현실로 옮길 기회를 잡을 때면 나는 무엇이든, 어떤 것에서든 자네가 하자는 대로 할 것일세. 하지만 산초, 자네는 내 불운에 대해 제대로 알지 못하고 있다는 걸 알게 될 거야.」

편력 기사와 불행한 종자는 이런 이야기를 주고받으며 신부와 교단 회원과 이발사가 이미 말에서 내린 채 기다리고 있던 장소에 도착했다. 소몰이꾼은 곧장 수레에서 소를 풀어 그 푸르고 평화로운 초원으로 마음대로 돌아다니게 놔주었다. 초원의 신선함은 돈키호테처럼 마법에 홀딱 걸려 버린 사람들뿐 아니라 그의 종자처럼 빈틈없고 신중한 사람들도 유혹해 그것을 즐기게 할 만한 것이었다. 그때 종자가 신부에게 자기 주인을 잠시나마 우리에서 나오게 해달라고 부탁했다. 그를 그대로 안에 두었다가는 그 감옥이 자기 주인쯤 되는 그런 기사의 품위가 요구하는 것만큼 깨끗하게 유지되지 못할 거라면서 말이다. 신부는 그 말을 알아듣고 기꺼이 부탁을 들어주겠노라고 했다. 하지만 만일 그가 풀려나자마자 제멋대로 행동하여 사람들이 못 보는 곳으로 달아나 버릴 수도 있는 게 걱정이라고 했다.

「도망가시는 문제는 제가 책임지지요.」 산초가 대답했다.

「나도 그렇네.」 교단 회원이 말했다. 「주인께서 기사로서 우리들이 허락할 때까지는 우리한테서 떨어지지 않겠다는 약속을 해주시면 더 좋겠네.」

「약속하오.」 모든 이야기를 듣고 있던 돈키호테가 대답했다. 「더군다나 나처럼 마법에 걸린 자는 자기가 하고 싶은 대로 할 자유가 없소이다. 마법을 건 자는 걸린 자를 한 장소에서 3백 년 동안이나 움직이지 못하게 할 수 있으며, 만일 달아난다 하더라도 날아서 돌아오게 할 수도 있기 때문이라오.」 그러고는 사정이 그러하니 자기를 풀어 줘도 괜찮고, 그렇게 하는 게 모두를 위해서 더 좋은 일이라고 했다. 풀어 주지 않는다면 그 자리에서 비켜 가지 않고서는 견딜 수 없는 냄새를 맡지 않을 수 없게 될 것이라고 공언했다.

교단 회원이 그의 손을 — 비록 묶인 채였지만 — 잡았고 그의 신뢰와 약속하에 사람들은 그를 우리에서 풀어 주었다. 우리 밖에 나오게 된 돈키호테는 날아갈 듯 기뻤다. 제일 먼저 그가 한 일은 온몸을 쭉 펴고는 로시난테가 있는 곳으로 가서 손바닥으로 엉덩이를 두어 번 때리며 이렇게 말하는 것이었다.

「아직도 나는 하느님과 은혜의 성모를 믿는단다, 모든 말의 꽃이자 거울아. 우리 둘이서 바라던 대로 될 날도 이제 머지않았구나. 너는 네 주인을 등에 태우고 나는 네 등에 앉아 하느님이 나를 이 세상에 내보내신 일을 행하자꾸나.」

이렇게 말하면서 돈키호테는 산초와 함께 약간 떨어진 곳으로 갔는데, 거기서 훨씬 기분이 좋아지고 종자가 한 말을 행동으로 옮기고 싶은 마음이 더욱 간절해져서 돌아왔다.

교단 회원은 그를 쭉 지켜보고 있었다. 그의 기막힌 광기가 야릇한 데 놀랐고, 그의 말과 대답이 지극히 훌륭한 분별력을 보여 주는 것에 감탄했다. 단지 기사도에 관한 이야기만 나오면 지금까지 이야기된 것처럼 잘못을 범하는 것이 그에게는 신기했다. 그래서 식량을 실은 노새를 기다리려고 다들 푸른 풀밭에 앉았을 때 동정심이 발동하여 돈키호테에게 말을 건넸다.

「저, 어르신, 기사도 소설을 읽는다는 참으로 무익하고도 씁쓸한 행위가 어르신을 그렇게 만들어 놓을 수 있는 건가요? 마법에 걸려 간다느니, 진실과는 전혀 상관없는 이런 종류의 온갖 일들을 믿게 할 정도로 어르신의 판단력을 흐려 놓을 수 있답니까? 어떻게 세상에 그 많은 아마디스들이 있었다고 믿을 인간이 있을 수 있는 겁니까? 그 많은 유명한 기사들이나 트라피손다의 황제니, 펠릭스마르테 데 이르카니아니, 여인네들을 태우는 말들이나 편력하는 처녀, 수많은 뱀이나 괴물들에 거인, 듣도 보도 못한 모험들, 별의별 마법과 전투에 무모한 결투며 화려한 옷들, 사랑에 빠진 공주들이며 백작이 되는 종자들과 익살스러운 난쟁이들, 수많은 사랑의 편지와 사랑의 속삭임, 숱한 용감한 여성들, 결국 기사도 소설에서 다루고 있는 그 많고 많은 엉터리 것들이 이 세상에 정말 있었다고 믿을 그런 머리를 가진 사람이 어떻게 있을 수 있죠? 저도 그걸 읽으면서 모두가 거짓말이고 경박하다는 생각이 들지 않는 동안에는 재미를 좀 느낍니다만, 그것들이 어떤 것인지 깨닫게 되면 그런 소설 중에서 최고의 작품이라 하더라도 벽에 냅다 던지고 만답니다. 그뿐만 아니라 불이라도 가까이 있으면 그 속에 던져 넣기까지 할 겁니다. 온통 거짓과 사기에다 자연이 요구하는 법칙에서 벗어난 것이니 그런 형에 처해져도 싸지요. 새로운 종파와 새로운 삶의 방식을 만들어 낸 근원이며, 무지한 속세의 인간들에게 그 많은 바보 같은 이야기들을 진실로 믿게 하는 계기를 주는 것들이니 그래도 쌉니다. 더 나아가 그것이 어르신께 한 짓을 보더라도 잘 알 수 있듯이, 훌륭하신 양반과 신중한 분별력을 가지신 분들의 기지를 감히 어지럽히고 있으니 말입니다. 어르신께는 너무 극단적으로 작용하는 바람에 결국 사람들로 하여금 어르신을 우리에 가둘 수밖에 없게 만들었고, 마치 사자나 호랑이를 구경시키고 돈을 벌기 위해 이곳저곳으로 끌고 다니듯 소달구지에 실어 오게까지 만들었지요. 그러니 돈키호테 나리, 자신을 애석해하시고 분별 있는 사람들에게로 돌아오십시오! 하늘이 어르신께 내리신 많은 기지를 잘 이용하시어 그 훌륭한 재주를 어르신의 양심을 위해서, 혹은 명예를 높일 만한 다른 읽을거리에 사용하도록 하십시오! 타고난 성향으로 인해 무훈이나 기사도와 관련한 책이 읽고 싶으시다면 성서에 나오는 「판관기」[375]를 읽으십시오. 거기에서 위대한 진실과 용감하고도 거짓 없는 사건들을 보시게 될 겁니다. 루시타니아[376]는 비리아토[377]를 가졌고, 로마는 카이사르를, 카르타고는 한니발을, 그리스는 알렉산드로스를, 카스티야는 페르난 곤살레스 백작[378]을, 발렌시아는 엘 시드를, 안달루시아는 곤살로 페르난데스를, 엑스트레마두라는 디에고

---

375 개신교 성경에서는 「사사기」에 해당한다.
376 Lusitania. 포르투갈의 옛 이름.
377 Viriato. 기원전 150년 무렵 로마인의 정복에 항거한 루시타니아의 수장으로 나중에 암살되었다.
378 Fernán González. 카스티야의 백작으로 10세기 중엽 나바라 왕국의 산초 1세와 싸웠다.

가르시아 데 파레데스를, 헤레스는 가르시 페레스 데 바르가스[379]를, 톨레도는 가르실라소[380]를, 세비야는 돈 마누엘 데 레온[381]을 가졌는데, 이들의 용맹한 행적을 읽으면, 읽는 사람의 재주가 아무리 뛰어나더라도 즐겁고 배울 게 있으며 기쁘고 놀라게 될 겁니다. 이것이 바로 돈키호테 나리, 어르신의 훌륭한 분별력에 합당한 읽을거리가 될 것입니다. 읽고 나면 역사에 박식해지고 덕을 사랑하게 되고 선을 배우게 되고 몸가짐이 훌륭해지며 만용이 아닌 용기를, 비겁하지 않은 담대함을 가지게 될 것이니, 결국 이 모든 것이 하느님의 영광을, 어르신의 이익을 그리고 라만차의 명예를 위한 일이 될 것입니다. 제가 알기로 그곳이 어르신의 고향이자 조상이 시작된 곳이지요.」

돈키호테는 교단 회원의 말을 아주 주의 깊게 듣고 있었다. 그러더니 그가 말을 마치자 한참을 바라보다가 입을 열었다.

「당신은 이 세상에는 편력 기사라는 게 없었고, 모든 기사 소설은 허구에 거짓말이고, 나라에는 해가 되고 무익하며, 내가 그것을 읽는 것은 나쁜 짓에, 그것을 믿는 것은 더 나쁜 짓이니, 더군다나 그것을 흉내 내어 소설에 나오는 힘든 편력 기사의 직무를 따르려고 하는 것은 더더욱 나쁜 짓이라는 것을 내가 이해하기를 바라며 그런 말씀을 하신 것 같소. 세상에는 가울라 지방의 아마디스도 그리스의 아마디스도 그 밖의 기사 소설을 가득 채우고 있는 다른 기사들이 존재하지 않았다고 내게 부정하실 작정으로 말이오.」

「말씀하시는 바로 그대로입니다.」 교단 회원이 말했다.

---

[379] Garci Pérez de Vargas. 누구인지 알려져 있지 않다.
[380] Garcilaso. 15세기 그라나다 전투로 유명해진 전사.
[381] Manuel de León. 사자 우리에 떨어진 귀부인의 장갑을 꺼내 온 사건으로 유명한 15세기 인물이다.

이 말에 돈키호테가 대답했다.

「또한 당신은 덧붙이기를, 그런 책들이 내게 엄청난 피해를 입혀 내 분별력을 잃게 하고 나를 우리에 들어가게 만들었으니 나의 과오를 고쳐 읽을거리를 바꾸어 더 진실되고 훨씬 재미있고 가르침이 많은 다른 책들을 읽는 편이 나을 것이라고 하셨소이다.」

「그렇습니다.」 교단 회원이 말했다.

「그런데…….」 돈키호테가 말했다. 「내가 보기에 분별력을 잃고 마법에 걸린 사람은 바로 당신인 것 같소. 세상에서 그토록 환영받고 참으로 진실되게 받아들여지는 것을 그와 같이 모욕하니 말이오. 당신이 그러하듯 그것을 부정하는 사람이야말로 당신이 기사 소설을 읽다 화가 나면 그 책에 가한다는 그와 같은 벌을 받아야 마땅할 것 같소. 왜냐하면 아마디스가 세상에 없었을 뿐 아니라 기사 소설을 가득 채우고 있는 다른 편력 기사들도 존재하지 않았다는 것을 사람들에게 믿게 하려는 것은, 태양은 비추지 않고 얼음은 차게 하지 않으며 땅은 아무것도 주지 않는다고 설득하려는 것과 같기 때문이오. 아니, 어떤 머리가 플로리페스[382] 공주와 기 데 보르고냐의 일이 사실이 아니라고 사람들을 설득할 수 있단 말이오? 샤를마뉴 대제 때 만티블레의 다리[383]에서 피에라브라스가 한 모험 또한 지금이 낮인 것처럼 명명백백한 사실임을 나는 맹세하오. 만일 이것이 거짓이라면, 헥토르나 아킬레스나 트로이 전쟁이나 프랑스의 열두 기사나 영국의 아서 왕도 없었다는 이야기요. 아서 왕은 지금까지도 까마

---

[382] Floripes. 무어 여인으로 피에라브라스의 여동생이다. 기 데 보르고냐를 사랑해서 포로가 된 프랑스 군인들을 구출하는 일을 도왔다.

[383] 만티블레 다리에는 대리석으로 된 서른 개의 아치가 있는데 거인 갈라프레가 그곳을 지켰다. 다리를 건너려면 1백 명의 아가씨와 1백 필의 말과 1백 마리의 매와 1백 마리의 개로 통과세를 내야 했다. 이런 내용이 『샤를마뉴 대제와 프랑스의 열두 기사 이야기』에 나오며 이 책은 1525년 세비야에서 출간되었다.

귀가 되어 돌아다니고 있어서 종종 사람들은 그가 왕위에 오르기를 기다
린단 말이오. 또한 구아리노 메스키노384의 이야기와 마지막 만찬의 성배
를 찾는 이야기도 감히 거짓이라고 하겠군. 그리고 돈 트리스탄과 이세
오 여왕의 사랑이며, 히네브라와 란사로테의 연애도 출처가 의심스러운
이야기라고 말이오. 대영 제국에서 제일 술 시중을 잘 드는 하녀 킨타뇨
나를 본 것을 거의 확실히 기억하고 있는 사람이 아직도 있는데 말입니
다. 이건 두말할 나위도 없이 확실한 이야기로, 내가 기억하기에 내 친가
쪽 할머니 한 분은 아주 신중한 모습의 하녀를 보실 때면 〈얘야, 저분은
하녀 킨타뇨나를 닮았구나〉라고 말씀하시곤 했소. 이 말로 유추해 보면
할머니는 킨타뇨나를 아셨거나 적어도 그분의 초상화를 보신 것이 틀림
없지. 그러니 『피에르와 아름다운 마갈로나의 이야기』385가 사실이 아니
라고 누가 부인할 수 있겠소? 오늘날까지도 왕들의 무기 박물관에는 용
감한 피에르가 타고 하늘을 날았던 목마의 키가 있는데, 보통 마차의 것
보다 조금 더 크지요. 그 키 옆에는 바비에카의 안장이 있고, 론세스바예
스에는 롤단의 뿔피리가 있는데 큰 활대만 하다오. 이렇게 보면 열두 기
사도 있었고 피에르도 있었으며 시드도 있었고, 이와 유사한 다른 기사들
도 있었다는 얘기요.

　　이들에 대해서 사람들은 말하지요
　　모험을 찾아 헤매는 사람들이라고요.386

---

384 1548년 세비야에서 번역 출간된 『고귀한 기사 구아리노 메스키노의 연대』를 말한다. 원작은 1473년 파두아에서 출간된 『구메린 메스키노』로, 이탈리아 작가 안드레아 다 바르베리노 Andrea da Barberino의 작품이다.
385 *Pierres de Provenza y la linda Magalona*. 12세기 말엽 출간된 베르나르 데 트레비에르 Bernardo de Treviez의 작품이다.

그렇지 않다고 한다면, 루시타니아의 용감한 기사 후안 데 메를로가 편력 기사였다는 게 사실이 아니라고 말해 보시지요. 그는 보르고냐로 가서 피에레스 경이라는 그 유명한 차르니 영주와 라스에서 결전을 벌이고 그다음엔 바실레아로 가서 엔리케 데 레메스탄 경과 싸웠으니, 이 두 차례의 전투에서 승리를 거두고 어엿한 명성을 떨쳤소. 그리고 용맹한 에스파냐 사람인 페드로 바르바와 구티에레 키하다가 ─ 나는 이 키하다 가계의 남성 직계 자손이오만 ─ 부르고뉴에서 여러 모험과 도전을 끝내고 성 폴 백작의 아들들을 이긴 것도 사실이 아니라고 해보시오. 마찬가지로 돈 페르난도 데 게바라가 모험을 찾아 독일로 가서 오스트리아 공작 집안의 기사 게오르그 경과 싸운 것도 아니라고 말해 보시오. 파소의 수에로 데 키뇨네스의 시합[387]도 장난이었다고 말씀해 보시오. 루이스 데 팔세스 경[388]이 카스티야의 기사 곤살로 데 구스만에 대항한 모험이나 이 밖에 우리 나라와 다른 나라의 기독교 기사들이 행한 무훈들도 말이오. 틀림없이 진실된 무훈들이라 이것들을 부정하는 사람은 훌륭한 사고력과 이성이라고는 도통 없는 사람이라고 거듭 말하겠소이다.」

교단 회원은 사실과 거짓을 뒤섞어 늘어놓는 돈키호테의 말에 놀라고, 또 그가 편력 기사도와 관련한 일이라면 무엇이든 죄다 알고 있다는 사실

---

386 여기까지 세르반테스가 기사 소설과 로만세 가곡집에 수록된 편력 기사들과 그들의 가공할 만한 사건들을 적었다면, 이 이후에는 실제 역사에 존재했던 기사들의 이름과 무훈들이 열거되는데, 이들은 15세기에 살았던 기사들로 『후안 2세 연대기』에 수록되어 있는 실제 인물들로, 기사 시대의 마지막을 장식했던 편력 기사들이다.

387 수에로 데 키뇨네스Suero de Quiñones가 성지 산티아고로 가는 길에 있는 레온 근처 다리 오르비고를 방어하기 위해 했던 유명한 〈파소 온로소*Passo honroso*〉 즉 〈명예로운 통과〉시합이다. 다리에 나타나는 기사들 중 누구든 창 3백 개를 부러뜨리면 그 다리를 통과하게 하는 시합이었다. 당시 대표적인 기사들의 무훈 중 하나로, 이 시합에 예순여덟 명의 기사가 참여했는데 대부분이 아라곤과 카탈루냐와 발렌시아 기사들이었고 카스티야와 레온의 기사는 없었다고 한다.

388 Luis de Falces. 아라곤의 알폰소 5세(1396~1458)에게 종사한 인물로 추측된다.

에 놀라면서 이렇게 대답했다.

「돈키호테 나리, 어르신께서 말씀하시는 것들 중 어떤 부분은, 특히 에스파냐의 편력 기사들에 대한 것은 진실이 아니라고 제가 부정할 수 없습니다. 이와 마찬가지로 프랑스에 열두 기사가 있었다는 것에도 동의합니다. 하지만 대주교 튀르팽이 그 열두 기사에 대해 쓰고 있는 그런 일들이 모두 실제로 일어난 것이라고는 믿을 수가 없습니다. 그들은 사실상 프랑스 왕들에 의해 선택된 기사들이었으니까 말입니다. 이들을 〈동등한〉이라고 불렀는데, 가치에서나 자질에서나 용맹성에 있어서 모두가 동등했기 때문에 그랬던 게지요. 만일 동등하지 않았다면, 적어도 동등해야 한다는 이유로 그렇게 불렀을 겁니다. 오늘날 산티아고 교단이니 칼라트라바[389] 교단과 같은 종교적인 단체 같은 것이었죠. 그래서 그것을 수행하는 사람들은 용감하고 고명하며 집안이 좋은 기사이거나 그래야 했을 것이라고 추측들을 합니다. 그리고 지금 산후안의 기사라든지 알칸타라의 기사라고 부르듯이 그때에는 〈열두 명의 동등한 기사〉라고 불렀던 겁니다. 이 군사 교단을 위해 선택된 사람들이 열두 명으로 모두 동등했으니까요. 시드가 존재했다는 데에서는 의문의 여지가 없으며, 베르나르도 델 카르피오도 그렇습니다. 하지만 그들이 행했다는 무훈들에 대해서는 상당히 의심이 갑니다. 어르신께서 피에레스 백작에 대해서 말씀하신 그 목마의 키 말입니다. 왕들의 무기 박물관 바비에카의 안장 옆에 있다는 그 키에 대해서는 제 잘못을 고백하지요. 제가 너무 무식해서 그런지 아니면 시력이 형편없어서 그런지, 안장은 봤는데 그 키는 사실 못 봤거든요. 더군다나 어른께서 말씀하신 것처럼 그렇게 크다는데도 말입니다.」

[389] Calatrava. 12세기에 회교도에 맞선 조직된 기독교 군단으로 당시 성지 순례를 가는 사람들을 보호하는 일을 하기 위해 창설되었다.

「그것이 틀림없이 거기 있소.」 돈키호테가 말했다. 「더 자세히 말하자면 송아지 가죽으로 된 케이스에 들어 있다고 하오. 곰팡이가 피지 말라고 말이오.」

「그렇겠죠.」 교단 회원이 대답했다. 「하지만 제가 받은 직분을 놓고 말씀드립니다만, 저는 본 기억이 없습니다. 설혹 양보하여 그것이 거기에 있다 하더라도, 그것 때문에 그 많은 아마디스 이야기며 거기서 이야기되고 있는 기사들에 대한 이야기를 믿어야 할 의무는 없는 법입니다. 그리고 어르신처럼 참으로 정직하시고 모든 면에서 뛰어나시며 그토록 훌륭한 분별력을 갖추고 계신 분이 엉터리 기사 소설에 쓰여 있는 이상하기 그지없고 엄청난 미친 짓을 사실이라고 여기신다는 건 당치도 않은 일입니다.」

50

돈키호테와 교단 회원이 벌인
점잖은 논쟁과 다른 사건에 대하여

「거참 이상한 말씀을 다 하시는구려!」 돈키호테가 대꾸했다. 「그 책들은 국왕의 허가와 심사 위원들의 인가를 얻어서 인쇄된 것들이오. 게다가 어른이든 아이든, 가난한 자든 부자든, 학문이 깊은 자든 무지한 자든, 평민이든 기사든, 결국 어떤 신분이며 어떤 처지에 있든지 간에 모든 종류의 사람들이 다들 재미있게 읽고 칭찬하는 책이 거짓말일 리가 있겠소? 더군다나 기사들의 아버지와 어머니, 고국과 친척 및 연령과 장소, 그리고 그들이 했던 무훈들을 날짜와 함께 낱낱이 이야기하는 영락없는 진짜인데 말이오. 나리께서는 이제 그만 입을 다무시고 그런 모욕적인 언사는 삼가시오. 점잖으신 분으로서 행해야 할 일을 충고하는 것이니 나를 믿으시오. 내 충고가 싫다면 기사 소설을 직접 읽어 보시오. 그러면 그 이야기가 얼마나 재미있는지 알게 될 것이오. 아니라면 어디 한번 말해 보시오. 그러니까, 지금 여기 우리들 앞에 부글부글 끓고 있는 역청으로 된 큰 호수가 있고, 거기로 많은 뱀과 구렁이와 도마뱀과 다른 사납고 무시무시한 수많은 짐승들이 헤엄치거나 건너고 있는데, 그 호수 한가운데서 슬프디슬픈 목소리가 나오는 거요. 〈그대, 기사여, 이 무시무시한 호수를 바라보는 그대가 누구든, 만일 검은 물 밑에 숨겨진 보물을 얻고 싶다면, 그대 강한 심장의 용기를 발휘하여 이 검게 불타고 있는 액체 속으로 몸을 던지시오. 그렇게 하지 않는다면 이 검은 액체 아래 묻혀 있는 일곱 요정들의 일곱 개 성에 감추어진 채 간직되어 있는 그 놀라운 불가사의를 볼 자격이 없는 자요.〉 이와 같은 얘기보다 더 큰 재미를 주는 것이 있을 것 같소이까? 그리고 그 기사는 그 무시무시한 소리를 듣자마자 자기 안위는 생각지도 않고, 닥칠 위험에도 아랑곳하지 않으며, 더군다나 입고 있던 무거운 갑옷도 벗지 않은 채로 하느님과 자기가 모시는 귀부인에게 자신을 맡기면서 그 부글부글 끓고 있는 호수 한가운데로 몸을 던지는데, 자기가 어디로 가는지도 모르는 사이에 어떤 점에서도 낙원과도 비교가 안 될 만큼 꽃들이 만발한 들판에 있다고 한다면 어떻겠소? 거기서 하늘은 더욱 투명하고, 태양은 한층 밝게 빛나는 듯 보인다오. 그의 눈앞에는 아주 푸르고 무성한 나무들로 이루어진 평화롭기 이를 데 없는 숲이 있어, 그 녹음이 그의 눈을 즐겁게 하며, 얽히고설킨 나뭇가지들 사이를 날아다니는 빛깔도 고운 숱한 작은 새들이 지저귀는 자연스러운 달콤한 노랫소리는 그의 귀를 즐겁게 하오. 그곳에는 시냇물이 있으니, 수정을 녹인 듯한 신선한 물이 체로 거른 금가루와 티 없는 진주를 닮은 자잘한 모래와 하얀 자갈 위를 흐른다오. 저쪽으로는 다양한 색깔의 무늬가 있는 벽옥과 매끄러운 대리석으로 만든 인공 분수가 보이고, 이쪽으로는 거칠게 꾸민 다른 분수가 있는데, 하얗고 노랗게 뒤틀린 달팽이집들과 작은 조개껍데기들이 무질서하게 놓여 있고 그 사이에는 반짝이는 수정 조각들이며 울퉁불퉁한 에메랄드 조각을 섞어 다양한 예술 작품을 만들고 있으니, 자연을 모방한다는 예술이 거기서는 오히려 자연을 능가하는 것 같소. 문득 저쪽을 바라보면 견고한 성인지 화려한 요새 왕궁[390]인지가 나타나는데, 담은 단단한 금으로 되어 있고 총안은 다이아몬드로, 문은 지르콘[391]으로 되어 있지요. 무엇보다 성의 모습이 훌륭하기 그지없소. 다름아닌 다이아몬드와 석류석과 루비와 진주, 금, 에메랄드 자재로 되어 있는데 더욱 돋보이는 것은 전체적인 모습이오. 이걸 본 뒤에 성문으로 나오는 상당수의 아가씨들을 보면, 더 말할 것이 뭐가 있겠소? 지금 당신에게 그녀들이 차려입은 화려한 의상들을 책에서 이야기하는 대로 옮겨 주고자 한다면 결코 끝내지 못할 것이오. 아가씨들 중에서 우두머리로 보이는 한 여인이 부글부글 끓는 호수에 몸을 던진 담대한 기사의 손을 잡고는 한마디 말도 없이 화려한 요새 왕궁인지 성인지 그 안으로 데리고 들어가서는, 어머니 배에서 태어났을 때의 모습으로 옷을 벗긴 다음 따뜻한 물로 씻기고 온몸에 향유를 바르고는 향수 냄새가 진동하는 아주 얇은 가제 속옷을 입혀 준다오. 그러고 나면 다른 아가씨가 다가와서 어깨에 망토를 걸쳐 주니, 그것은 적어도 도시 하나 가격이거나 그보다 더 비쌀 거라오. 책에서 이야기한 것에 따르면 이어서 기사를 다른 방으로 데리고 가는데, 그곳에는 이미 식탁이 차려져 있다오. 음식들이 얼마나 골고루 잘 차려져 있는지 그저 놀라 얼이 빠질 정도라니, 어떻소? 손에 부어 주는 물도 모두가 용연향과 향기로운 꽃들을 증류해서 만든 것이라니, 이것은 또한 어떻소? 상아로 된 의자에 앉게 하는 것은 또 어떻소? 아가씨들이 모두 놀라울 정도로 침묵을 지키면서 기사의 시중을 드는 것에 대해서는 어떻게 생각하시오? 맛있게 요리된 음식들이 온갖 종류로 나오니 어느 쪽으로 먼저 손을 뻗어야 할지 모르고 식욕도 갈피를 못 잡을 정도라니, 어떻게 보시오? 식사 중에 누가 부르는지, 어디서 나오는지도 모르는 음악 소리가 들리는 건 어떻게 생각하시오? 식사가

390 *alcázar*. 후대 기독교 왕들에 의해 재건축된 무어인 왕들의 거주지 혹은 왕궁으로, 포대나 그 밖의 장비들로 견고하게 구축되어 있다. 세비야, 세고비아, 톨레도, 마드리드, 코르도바의 것들이 유명하다. 〈요새화된 왕궁〉으로 옮길 수 있으며 본문에서는 〈요새 왕궁〉으로 옮겼다.
391 *círcon*. 무색, 적색, 황색, 청색 등 다양한 빛깔을 띤 투명한 보석.

끝나고 식탁이 치워지면 기사는 의자에 몸을 비스듬히 기댄 채 아마도 늘 하던 대로 이를 정리하고 있는데, 갑자기 방문이 열리고 처음에 봤던 아가씨들보다 훨씬 더 아름다운 아가씨가 들어오더니 기사 옆에 앉아 그곳이 어떤 성이며 어떤 연유로 자기가 마법에 걸려 그곳에 있는지, 또한 기사를 멍하게 만들고 그 이야기를 읽을 독자 또한 놀랄 만한 다른 여러 가지 것들을 기사에게 들려주기 시작하는데 이건 또 어떻소? 계속해서 이런 이야기를 길게 늘어놓고 싶지는 않소. 어떤 편력 기사 이야기를 읽든, 어떤 대목에서든, 그것을 읽는 사람이 누구이든 간에 재미와 놀라움을 가지게 되리라는 것을 앞서 든 예로만 봐도 짐작할 수 있을 테니 말이오. 이미 말했듯이 당신도 내 말을 믿고 이런 책들을 읽어 보시오. 만일 당신이 우울해 있으면 그러한 이야기가 어떻게 그 우울증을 몰아내며, 상태가 나쁠 때라면 어떻게 그걸 좋아지게 만드는지 알게 될 것이오. 나에 대해 말할 것 같으면, 나는 편력 기사가 되고 나서부터 용감하고 정중하고 자유롭고 교양 있고 관대하고 정중하며 대담하고 온유하고 참을성 있으며 고난도 감금도 마법도 견뎌 내는 사람이 되었소. 비록 얼마 전에 미쳤다고 우리에 갇히기는 했으나, 하늘이 돕고 운이 나를 거역하지 않는다면 내 팔의 힘으로 빠른 시일 안에 어느 왕국의 왕이 되어 내 가슴에 품고 있는 감사와 관대함을 드러내 보여 줄 생각이오. 진실로 말하건대, 가난한 자는 마음속에 최고의 관대함을 갖고 있다 하더라도 어느 누구에게도 그 미덕을 보여 줄 수가 없소. 또한 마음에만 있는 감사란, 행동 없는 믿음이 죽은 것이듯 죽은 것이지. 그러하기에 운이 빨리 내게 황제가 될 기회를 주기를 바라는 것이오. 내 친구들에게, 특히 이 불쌍한 내 종자 산초 판사에게 선을 베풀어 내 마음을 보여 주려고 말이오. 이 친구는 세상에서 최고로 좋은 사람으로, 난 이미 오래전에 그에게 약속한 백작령을 주고 싶다오. 단지 걱정이 있다면 이 친구에게 그 영지를 다스릴 능력이 없는 건 아닌가 하는 점이오.」

이 마지막 말을 듣자 그 즉시 산초가 주인에게 말했다.

「돈키호테 나리, 나리께서 그토록 약속하시고 제가 그토록 기다리는 그 백작 영토를 제게 주시는 데 힘 좀 내주십시오. 제게 그걸 다스릴 능력이 있다고 약속드리지요. 제가 능력이 안 되면요, 이 세상에는 영주들의 영지를 임대해서 매년 임대료를 내는 사람들이 있어서 이들이 영지를 다스리는 데 신경을 쓰는 동안 정작 영주는 두 다리 쭉 뻗고 들어오는 임대료나 챙기면서 다른 일에는 신경을 쓰지 않는다는 말을 들은 적이 있습니다요. 그러니 저도 그렇게 하지요 뭐. 전 얼마를 내라, 더 내라 하는 일에는 신경을 쓰지 않을 겁니다요. 모든 걸 그 즉시 다 맡겨 버리고 공작처럼 임대료로 즐기며 살아갈 것이고, 나머지 일은 알아서들 하라고 내버려 둘 겁니다요.」

「그 얘기는, 산초 형제여……」 교단 회원이 말했다. 「임대료를 받는 일에만 국한되는 말일세. 영지를 정의롭게 다스리려면 영주가 신경을 써야 하는 법인데, 그렇게 하려면 능력과 훌륭한 판단력이 필요해지지. 무엇보다 제대로 하려는 올바른 마음이 있어야 하는 걸세. 시작부터 이런 마음이 없으면 중도에서나 끝에서나 늘 실수하기 마련이라네. 그래서 하느님은 순박한 자의 훌륭한 소원은 도와주셔도, 신중한 자의 나쁜 소원은 들어주시지 않는 법일세.」

「그런 철학은 전 모릅니다요.」 산초 판사가 대답했다. 「단지 백작 영토를 빨리 가지기만 하면 다스리는 방법도 알게 될 것이라는 건 압니다요. 저도 다른 사람들과 같은 영혼을 가졌고 몸도 누구 못지않으니, 각자가 자기 것을 다스릴 수 있다면 저라고 제 영토의 왕이 되지 말라는 법은 없다고 봅니다요. 그렇게 되면 전 제가 원하는 대로 할 겁니다요. 원하는 대로 하면 기분이 좋고 기분이 좋으면 만족스럽게 살 수가 있으니까요. 사람이 만족스럽게 살면 더 이상 바랄 게 없습니다요. 더 이상 바랄 게 없으면 얘기 끝난 거지요. 그러니 영지만 주십시오. 그거면 됩니다요. 그러고 나서 장님이 다른 장님한테 말한 것처럼, 우리 두고 봅시다요.」

「자네 말마따나 그것도 나쁜 철학은 아니군, 산초. 그래도 그 백작 영토에 대해서는 할 말이 많지.」

이 말에 돈키호테가 말했다.

「더 할 말이 있는지 난 모르겠소. 다만 나는 저 위대한 아마디스 데 가울라가 자기 종자를 인술라 피르메 백작으로 만든 본보기를 따를 뿐이오. 나도 지금까지 편력 기사가 가졌던 가장 훌륭한 종자 중의 한 사람인 산초 판사를, 양심에 한 점 꺼릴 것 없이 백작으로 만들어 줄 수 있소.」

교단 회원은 돈키호테의 정연하지만 터무니없는 말들에 놀라고, 호수의 기사의 모험을 묘사한 방법에 놀라고, 그가 읽은 책에서 조작된 거짓말들이 그에게 준 효과에 놀랐으며, 끝으로 주인이 약속한 백작 영토를 진심으로 열심히 기다리고 있는 산초의 어리석음에 가장 놀랐다.

이때는 벌써 음식을 실은 노새를 찾으러 객줏집에 갔던 교단 회원의 하인들이 돌아왔으므로 다들 양탄자와 초원의 푸른 풀을 식탁으로 삼고 나무 그늘에 앉아 식사를 했다. 앞서 말했듯이 소몰이꾼이 그곳의 안락함을 잃고 싶어 하지 않았기 때문이다. 이렇게 식사를 하고 있는데 갑자기 옆쪽에 있던 가시나무와 무성한 관목들 사이에서 시끄러운 소리와 방울 소리가 들려오더니 그 순간 온몸이 검은색과 흰색과 황갈색으로 된 아름다운 얼룩빼기 산양 한 마리가 나오는 것이 보였다. 그 뒤로 한 산양지기가 산양을 멈추게 하거나 무리로 돌아오도록 할 때 자기들끼리 사용하는 말로 소리치며 나왔다. 도망가던 산양은 겁에 질려 마치 도움을 청하려는 듯 사람들에게로 다가와서는 거기에 멈춰 섰다. 산양치기가 와서 산양의 뿔을 움켜쥐더니 산양이 생각이나 이해력을 가지고 있기라도 한 듯 말했다.

「아이고, 요 망나니야, 돌아다니기만 좋아하는 얼룩빼기, 얼룩빼기[392] 야, 어째서 요즘 그렇게 가만히 있지를 못하는지! 늑대가 너를 놀래던, 요 놈아? 이게 무슨 짓이야, 예쁜아? 네가 다름 아닌 바로 암놈이라, 그래서 가만히 있지를 못하는 걸 어떡하겠니! 네 조건이 그렇고, 네가 흉내 내는 다른 놈들도 다 그러니 말이다! 돌아가자, 돌아가자꾸나, 친구야. 네가 그렇게 마음에 안 들어 하더라도 네 우리 안이나 네 친구들과 함께 있는 게 더 안전할 게야. 친구들을 지키고 인도해야 할 네가 안내도 하지 않고 길을 잘못 들어 헤매면 네 친구들은 어떻게 하란 말이니?」

산양치기의 이런 말은 듣고 있던 사람들을 기분 좋게 했는데, 교단 회원이 특히 마음에 들어 하여 그에게 말했다.

「이보시오 형제님, 좀 진정하시고, 그 산양을 그렇게 책망하며 급하게 무리 있는 데로 몰아가려 하지 마시오. 당신도 말했듯이 그놈이 암놈이라면, 아무리 막으려 해도 자기의 본능을 좇을 게 아니겠소. 이거나 드시고 한잔하시오. 그러면 화도 좀 가라앉을 것이고, 그러는 동안 산양도 쉴 수 있을 테니 말이지.」

이렇게 말하며 동시에 그는 토끼 등심살을 칼끝에 찍어 내밀었다. 산양치기는 그것을 받아 들고 감사해하며 한 잔 마시더니 마음이 진정되자 곧 말을 했다.

「내가 이 짐승에게 너무 진지하게 이야기를 건넸다고 해서 여러분들이 나를 바보로 생각하는 일은 없기를 바랍니다. 사실 내가 산양에게 한 말은 신비한 데가 있습니다. 내가 비록 촌사람이긴 합니다만 사람을 대할 때는 어찌해야 하고 짐승을 다룰 때는 어떻게 해야 하는지도 모를 만큼,

---

[392] Manchada. 이 산양의 이름이 〈얼룩빼기〉이다.

그 정도로 무식쟁이는 아니랍니다.」

「나도 물론 그렇게 생각하오.」 신부가 말했다. 「산은 학자를 키우고, 목동들의 오두막은 철학자들을 품고 있다는 사실을 경험으로 벌써 알고 있다오.」

「적어도, 신부님…….」 산양치기가 대답했다. 「목동들의 오두막은 세상에서 혼이 난 사람들을 받아 주지요. 이 사실을 믿어 주시고 손으로 만져 확인하시라는 뜻에서, 청하시지도 않았건만 자진해서 이분께서 — 그는 신부를 가리켰다 — 말씀하시고 내가 한 말을 확인할 수 있는 한 가지 진실을 들려드릴 테니, 성가시지 않으시다면 잠시만 여러분의 귀를 빌려 주시기 바랍니다.」

이 말에 돈키호테가 말했다.

「이 일에서 뭔지 모를 기사도 모험과 같은 기미가 보이는 듯하니, 나로서는 형제여, 기꺼이 그 이야기를 듣고 싶소. 이분들도 무척 사려가 깊으신 데다, 호기심을 자극하고 오감을 즐겁게 만족시킬 만한 새로운 일을 좋아하시니 나와 같이 생각하실 것이오. 그대 이야기가 당연히 그러할 것이라 여겨지니, 자 시작하시오. 우리 모두 듣겠소.」

「저는 빠지겠습니다요.」 산초가 말했다. 「저는 이 고기 파이를 가지고 저 냇가에 가서 질리도록 사흘치를 먹어 둘 생각입니다요. 편력 기사의 종자는 기회가 있을 때 더 이상은 먹을 수 없을 정도까지 먹어 둬야 된다고 저의 주인 돈키호테 님한테서 들었기 때문입니다요. 엿새가 걸려도 빠져나가지 못할 만큼 얽히고설킨 숲 속에 들어갈 일이 생길 수도 있으니 말입니다요. 배가 충분히 부르지 않거나 자루에 음식물을 준비해 두지 않으면, 많은 경우 그랬듯이 그곳에서 미라가 되어 버릴 수 있거든요.」

「자네 말이 맞네, 산초.」 돈키호테가 말했다. 「원하는 곳으로 가고 먹을 수 있을 만큼 먹게. 나는 벌써 배가 부르니 내 영혼에 간식 줄 일만 남앉네. 그래서 이 선한 사람의 이야기를 듣는 것으로 그 간식을 주려고 하네.」

「우리도 우리 영혼에 간식을 줍시다.」 교단 회원이 말했다.

그러고는 산양치기에게 약속한 이야기를 시작해 달라고 부탁했다. 산양치기는 뿔을 잡고 있던 산양의 등을 두 번 손바닥으로 치면서 말했다.

「내 옆에 기대어 누으렴, 얼룩빼기야. 친구들한테 돌아가려면 아직 시간이 남았으니.」

산양은 그 말을 알아듣는 것 같았다. 자기 주인이 앉자 그 옆에 아주 편하게 눕더니 산양치기가 하려는 이야기를 자기도 열심히 듣겠다는 듯 주인 얼굴을 쳐다보았기 때문이다. 산양치기는 이렇게 이야기를 시작했다.

51

돈키호테를 데리고 가는 모든 사람들에게
산양치기가 들려준 이야기에 대하여

「이 골짜기에서 3레과 되는 곳에 한 마을이 있답니다. 비록 작지만 이 근처에서는 아주 잘사는 곳에 속하지요. 그 마을에 참으로 어진 농부 한 사람이 있었는데, 부자에게 존경은 따르게 마련이라지만 그 사람은 자기가 얻은 부보다는 지니고 있던 덕으로 인해 존경을 받는 그런 사람이었습니다. 그런데 그 사람 이야기에 따르면 자기가 행복한 더 큰 이유는 대단히 아름답고 보기 드물 만큼 총명하며 싹싹하고 덕스러운 외동딸을 두었기 때문이라고 했습니다. 그 아가씨를 알거나 본 사람은 누구나 하늘과 자연이 그녀에게 어느 한 곳도 부족함 없이 훌륭하게 만들어 놓은 데 놀라곤 했지요. 어릴 때부터 예쁘더니만 나이가 들면서 점점 더 예뻐져 열여섯 살이 되었을 때에는 정말로 아름다웠습니다. 그녀의 아름다움에 대한 소문은 이웃 동네까지 퍼져 가기 시작했습니다. 아니, 이웃 동네라니 제가 무슨 말을 하고 있는 거죠? 멀리 떨어져 있는 도시에, 심지어 왕이 계신 곳과 모든 사람들의 귀에 소문이 들어가는 바람에 사람들은 희귀한 일을 보려고, 아니 기적의 모습을 보려고 방방곡곡에서 몰려들었답니다. 그녀의 아버지는 딸을 지켰고 딸도 조신하게 행동했지요. 사실 처자 자신이 조심하지 않는 한 자물쇠나 경호나 걸쇠 같은 건 아무 소용이 없는 법이니까요. 아버지의 재산과 딸의 아름다움은 마을 사람이나 외지 사람들의 마음을 움직여, 많은 사람들이 그녀를 아내로 삼게 해달라고 청했습니다. 하지만 아버지는 그렇게 귀한 보석을 처분해야 하는 사람으로서 어찌나 혼란스러웠는지, 달라고 졸라 대는 그 수많은 청혼자들 가운데 누구에게 딸을 주어야 할지 결정을 내릴 수가 없었답니다. 저도 그런 멋진 희망을 가졌던 많은 사람들 중 하나였죠. 그녀의 아버지가 저를 잘 아시는 데다, 같은 마을 사람이고 순수 기독교 혈통이고 한창때이며 부자에 충분히 영리하다는 것 또한 알고 계실 거라는 생각에 저는 일이 잘될 거라는 큰 희망을 셀 수 없을 정도로 많이 가졌습니다. 그런데 같은 마을의 저와 똑같은 조건을 갖춘 다른 사람도 그녀를 아내로 청하는 바람에 그녀의 아버지는 우리 두 사람을 두고 저울질하게 되었답니다. 그분은 우리 중 누구라도 당신 딸과 잘 맞으리라 생각하셨던 것 같아요. 그래서 혼란으로부터 빠져나오고자 레안드라에게 그런 사실을 말씀하시기로 결심하셨지요. 저를 비참하게 만든 그 부잣집 딸의 이름이 그렇습니다. 우리 둘 다 같아 보이니 당신의 사랑하는 딸에게 마음에 드는 사람을 선택하도록 맡기는 게 낫겠다고 생각하신 겁니다. 자식을 결혼시키실 부모들이라면 모두 본받을 만한 일이지요. 제 말씀은, 형편없는 사람들 중에서 자식 마음대로 고르도록 내버려 두라는 게 아니라, 좋은 것을 제안하고 그 좋은 것 중에서 마음에 드는 것을 고르게 하시라는 겁니다. 레안드라가 누구를 선택했는지 저는 모릅니다. 제가 아는 것은 다만 그녀의 아버지가 딸의 나이가 어리다느니 하는 그렇고 그런 말들로 우리 두 사람을 가지고 놀았다는 겁니다. 승낙하지도 않고 그렇다고 우리를 거부하지도 않으면서 말이지요. 제 경쟁자의 이름은 안셀모이며 저는 에우헤니오입니다. 이 비극에 휘말린 인물들의 이름을 알아 두시라고 말씀드리는 겁니다. 아직 그 비극의 결말은 나지 않았습니다만, 참담하리라는 것은 충분히 예상할 수 있겠지요. 이때 마침 같은 마을에 사는 가난한 농부의 아들인 비센테 데 라 로사라는 사람이 이 마을에 오게 되었습니다. 비센테는 이탈리아와 여러 다른 곳들을 거쳐 군인이 되어 돌아왔지요. 그가 아직 열두 살도 안 된 아이였을 때 어떤 대장이 자기 중대를 이끌고 우연히 이 마을을 지나가다가 그를 데려갔는데, 12년이 지나서 그가 수천 가지 색깔로 장식된 군복 차림에 수천 가지 유리로 된 메달이며 쇠로 된 사슬 같은 것을 잔뜩 달고 돌아온 겁니다. 오늘 이 옷을 입었다면 내일은 저 옷으로 갈아입었는데, 모두가 섬세하고 화려했으며 가볍고 부피도 작은 것들이었죠. 농사일을 하는 사람들은 원래 짓궂은지라, 그의 그런 행동을 알고부터는 시간 날 때마다 그것에 몰두하여 그의 옷과 장식들을 하나하나 다 세었고, 옷이 세 벌인데 색이 다 다르고 대님이며 양말도 저마다 각각 다르다는 것까지 알게 되었습니다. 그가 얼마나 옷을 잘 연출하고 기발하게 갈아입었는지, 만약 세어 보지 않았더라면 열 벌 이상의 옷과 스무 개 이상의 깃털 장식을 달고 다녔다고 할 사람도 있었을 것입니다. 제가 옷에 대해 말씀드리는 것을 당치 않은 과한 간섭이라고 생각하지 말아 주십시오. 옷들이야말로 제 이야기에서 중요한 부분을 차지하니까 말입니다. 그는 마을 광장에 있는 큰 포플러 나무 아래 벤치에 앉아서 자기 무훈담을 들려주었는데, 우리 모두의 입을 쩍 벌어지게 만드는 것들이었답니다. 지구 상에 그가 보지 못한 땅은 없고, 그가 없었던 전투는 없었습니다. 모로코나 튀니스에 있는 무어인들보다 더 많은 무어인을 죽였고, 그의 말에 의하면 간테와 루나와 디에고 가르시아 데 파레데스와 다른 수천 명의 유명한 인물들이 치렀던 결투보다 더 진기한 결투를 벌여 피 한 방울 흘리지 않고 모두 승리했다더군요. 비록 잘 보이지는 않았지만 흉터를 보여 주며, 여러 충돌과 전투에서 입은 총상으로 믿게끔 하기도 했습니다. 결국 그는 아주 거만해져서 동급의 친구들이나 그를 아는 사람들을 〈자네〉라고 불렀고, 자기 팔이 바로 자기 아버지이고 자기 가계는 바로 자기의 행동이며 군인으로서 왕에게도 빚진 게 없다는 말을 하곤 했습니다. 이런 거만함에 덧붙여 자기는 음악도 약간 알며 기타를 긁어 연주할 줄도 아는데, 다른 사람들이 말하기를 기타에게 말을 시킬 정도라고 했다면서 자랑했습니다. 자랑은 여기서 그치지 않았습니다. 자기는 시에도 소질이 있어서, 마을에서 일어나는 유치한 일에도 하나같이 모두 길이가 1레과 반이나 되는 시를 쓰곤 한다더군요. 그러니까 제가 지금 말씀드리고 있는 이 군인, 이 비센테 데 라 로사, 이 용사이자 멋쟁이에 음악가이자 시인이 레안드라의 광장 쪽으로 난 집 창문에서 여러 번 눈에 띄는 바람에 그녀의 눈길을 받곤 했다는 겁니다. 화려하게 보이는 그 겉만 번지레한 옷이 그녀의 마음을 끌었고, 시를 지어낼 때마다 스무 장씩 똑같이 적어 준 그의 시가 이 아가씨를 매혹했습니다. 그가 스스로에 대해 말한 무훈담이 이 아가씨의 귀에 들어가서, 결국 악마가 일이 그렇게 되도록 했던 것인지 감히 그가 그 아가씨에게 청혼을 할 마음이 생기기 전에 그녀가 먼저 그를 사랑하게 되고 말았던 겁니다. 사랑 문제에 있어서 여자의 마음을 자기편으로 갖게 되는 것보다 더 수월한 길은 없는지라 레안드라와 비센테는 쉽게 이루어져 버렸던 것이죠. 많은 후보자들 가운데 누군가 그녀의 마음을 알기도 전에 이미 그녀는 자기 뜻을 이루고, 사랑하는 아버지의 ― 어머니는 안 계신답니다 ― 집을 버린 채 그 군인과 함께 마을에서 사라져 버렸습니다. 그자는 자기가 겪은 그 많은 일들 중에서도 이 일로 가장 큰 승리를 거둔 셈입니다. 온 마을이 발칵 뒤집혔고 소식을 접한 사람들 모두 놀랐습니다. 저는 황당했으며 안셀모는 멍해졌고 아버지는 슬픔에 젖었으며 친척들은 수치스러워했습니다. 경찰은 갖은 애를 쓰며 찾아다녔습니다. 모든 길을 막고 숲이든 어디든 샅샅이 뒤진지 사흘째 되던 날, 산에 있는 동굴 속에서 이 제멋대로인 레안드라를 발견했습니다. 그녀는 집에서 들고 나간 많은 돈과 값진 보석들도 없이 속옷 바람이었지요. 사람들이 그녀를 비탄에 잠겨 있는 아버지 앞으로 데려갔습니다. 어떻게 된 일이냐고 묻자 그녀는 술술 털어놓기를, 비센테 데 라 로사가 자기를 속였다는 겁니다. 남편이 되겠다고 약속하며 아버지 집을 버리고 나오라고 설득했답니다. 전 세계에서 가장 풍요로우며 타락한 도시인 나폴리로 데려가겠노라는 말도 했답니다. 그녀는 아무것도 모르고 완전히 속아 그를 믿고 아버지 것을 훔쳐서 집을 나간 바로 그날 밤에 그에게 그것을 주었던 겁니다. 그는 그녀를 험준한 산으로 데려가서 그녀가 발견된 그 동굴에 가두어 놓았다고 합니다. 또한 그녀는 이야기하기를, 그는 군인으로서 자기의 정조는 망가뜨리지 않았고 그저 지니고 있던 것들만 모두 빼앗은 다음 동굴에 버려 둔 채 가버렸다고 했습니다. 이 일로 모든 사람들이 다시 한 번 놀랐지요. 젊은이의 자제력을 믿기가 힘들었거든요. 하지만 그녀가 사실이라고 몇 번이나 단언했으니, 위안받을 길 없는 아버지에게는 그것이 유일한 위안거리가 되었죠. 그래서 일단 잃으면 결코 되찾을 희망이 없는 딸의 보물은 잃지 않았으니 그가 가져간 재산은 개의치 않기로 하더군요. 레안드라가 나타난 그날로 그녀의 아버지는 딸을 우리들 눈에 띄지 않도록 여기서 가까운 마을에 있는 수도원에 가두어 놓았습니다. 시간이 지나면서 자기 딸에 대한 나쁜 평판이 얼마간 잦아들기를 바라며 말입니다. 레안드라의 어린 나이가 그녀의 잘못에 대한 변명으로 작용했지요. 적어도 그녀가 좋은 여자든 나쁜 여자든 전혀 관심이 없는 사람들에게는 그 변명이 먹혔지만, 그녀가 신중하며 이해력이 남다르다는 것을 알고 있던 사람들은 그 잘못을 무지가 아닌 여성의 경박함과 천성적인 성향 탓으로 돌렸습니다. 여성들은 대부분이 천성적으로 경박하고 조심성이 없거든요. 레안드라가 갇히자 안셀모는 눈이 멀어 버렸습니다. 바라보는 것만으로도 만족을 얻을 수 있는 대상이 사라졌으니까요. 제 눈 또한 어둠 속에 묻혀 기쁨으로 인도해 줄 빛을 잃었지요. 레안드라가 없어지자 우리의 슬픔은 커지고 우리의 인내심은 무기력해져, 그 군인의 화려한 복장을 저주하고 레안드라 아버지의 신중치 못함을 증오했습니다. 결국 안셀모와 저는 마을을 떠나 이 골짜기로 들어오기로 합의를 보았답니다. 여기서 그는 자기 소유인 엄청난 수의 양 떼를 기르고 저 역시 수많은 제 산양을 기르면서 우리 자신의 열정에 안식을 주기도 하고, 아름다운 레안드라를 찬양하거나 비난하는 노래를 부르기도 하고, 홀로 한숨을 내쉬며 남몰래 하늘에 대고 불평하기도 하면서 나무들 사이에서 살아가고 있습니다. 우리를 본떠 레안드라에게 구혼했던 다른 많은 사람들도 이 험준한 산으로 와 우리처럼 살고 있지요. 그 수가 워낙 많아 이곳이 목동들과 가축 우리들로 가득 차 목가적인 아르카디아[393]로 변해 버린 것 같습니다. 아름다운 레안드라의 이름이 들리지 않는 곳이 없지요. 이쪽에서 그녀를 제멋대로에 변덕스럽고 조신하지 못하다고 저주하면, 저쪽에서는 그녀를 쉽고 가벼운 여자라고 지탄하지요. 누군가 그녀의 잘못을 용서하면 누군가는 단죄하며 욕을 하고, 어떤 사람이 그녀의 아름다움을 찬양하면 다른 사람은 아니라고 합니다. 결국 모두가 그녀를 모욕하고 모두가 그녀를 사랑하고 있는 겁니다. 그런데 이런 사람들의 광기가 하도 퍼져 나가다 보니 그녀하고 말 한 번 섞은 적 없는 사람까지 그녀가 무정하다고 불평하지를 않나, 공수병에 걸린 듯 미칠 정도의 질투를 느껴 한탄하는 사람까지 생기게 됐답니다. 그녀는 누구에게도 질투심을 품게 한 적이 없었는데도 말입니다. 이미 말씀드렸듯이 그녀의 마음보

---

393 Arcadia. 고대 그리스의 전원 목가의 무대가 됐던 곳. 이 이름으로 로페 데 베가는 목가 소설을 썼다.

다 그녀의 죄가 먼저 알려졌으니까요. 목동이 없는 바위틈이나 시냇가나 나무 그늘이란 하나도 없답니다. 그들은 그곳에 앉아 허공에다 자기의 불행을 토로하지요. 메아리가 들리는 곳은 어느 곳이든 레안드라의 이름이 되울려 오니 산이 레안드라를 울려 퍼뜨리고 시냇물이 레안드라를 속삭입니다. 레안드라가 우리 모두의 넋을 빼놓고 마법을 걸어 다들 무엇을 두려워하는지도 모른 채 두려워하면서 희망도 없이 기다리고 있지요. 이런 엉터리 인물들 가운데 그래도 분별이 있는 사람이 제 경쟁자인 안셀모인데, 그는 한탄할 일들이 많은데도 오직 그녀가 없다는 것만을 안타까워하고 있답니다. 라벨을 멋들어지게 연주하고, 거기에 맞추어 자기의 훌륭한 지성을 보여 주는 시를 노래하며 말입니다. 저는 훨씬 쉽고 또 제 생각으로는 더 옳은 듯 여겨지는 다른 방법을 따르고 있는데, 그것은 여성들의 경박함과 무절제와 이중성, 그리고 약속을 지키지 않는 점과 믿음을 깨는 점, 마지막으로 자기가 갖고 있는 생각이나 마음을 표현하는 일에 있어서의 경솔함을 욕하는 일이랍니다. 어르신들, 이것이 제가 여기 왔을 때 이 산양에게 그런 말을 한 이유입니다. 이놈이 제 가축 중에서 가장 좋은 녀석이기는 하지만, 암놈이기 때문에 저는 그렇게 마음을 두지 않는답니다. 이것이 어르신들께 제가 들려 드리겠다고 약속한 이야기입니다. 이야기가 장황했다면 그 보상으로 어르신들을 잘 모시겠습니다. 여기에서 가까운 곳에 제 오두막이 있는데, 거기에 신선한 양젖과 아주 맛있는 치즈, 그리고 혀뿐만 아니라 눈에도 즐거운 여러 가지 맛 좋은 과일들이 있지요.」

52

돈키호테와 산양치기가 벌인 싸움과
고행자들이 땀 흘린 대가로
행복한 결말을 맺은 이상한 모험에 대하여

　산양치기의 이야기는 그 이야기에 귀 기울이던 사람들 모두를 즐겁게 해주었다. 특히 교단 회원은 이상할 정도로 큰 호기심을 가지고 산양치기의 이야기하는 방식을 지켜봤다. 그 모습에서 촌스러운 산양치기라기보다는 오히려 사려 깊은 궁정 신하 티가 났기 때문에 그는 산이 학자를 키운다는 신부의 말이 정말 맞는다고 했다. 모두들 에우헤니오를 돕고 싶어 했으니, 그중에서도 가장 관대하게 돕겠다고 나선 사람은 돈키호테로 그는 이렇게 말했다.
　「산양치기 형제여, 내가 어떤 것이든 모험을 시작할 수 있는 몸이라면, 지금 당장 길을 나서서 그대가 행운을 잡을 수 있도록 확실히 도와줄 수 있을 텐데. 분명 자기의 뜻과는 전혀 상관없이 들어가 있는 수도원에서 수도원장이나 다른 누구의 방해에도 불구하고 레안드라를 꺼내 그대 손에 넘겨주어, 그대가 원하는 대로 할 수 있도록 할 텐데. 물론 그대는 어떤 아가씨에게도 무례를 범하지 말라는 기사도 법칙을 지켜야겠지만 말이오. 지금은 비록 내가 우리 주 하느님께 악한 마법사의 힘이 착한 마음을 가진 마법사의 힘보다 더 크지 않게 해달라고만 빌고 있는 처지이나,

그때가 되면 의지할 곳 없는 자나 궁지에 처한 사람들을 도와주도록 되어 있는 것이 바로 나의 임무이니 나의 보호와 도움을 그대에게 베풀 것을 약속하오.」

산양치기는 돈키호테를 바라보고 지독히 형편없는 그 자태며 험한 몰골에 놀라 옆에 있던 이발사에게 물었다.

「어르신, 저런 모습으로 저런 말을 하는 저 사람은 도대체 누군가요?」

「누구겠나?」 이발사가 대답했다. 「모욕을 물리치고 뒤틀린 것을 바로 잡으며 아가씨들을 보호하고 거인들을 놀라게 하며 싸움에서 승리하시는 그 유명한 돈키호테 데 라만차 님이시지.」

「그 말씀은……」 산양치기가 대답했다. 「편력 기사 소설에서 읽은 것과 비슷하군요. 그 기사들은 어르신이 이분에 대해 말씀하시는 일을 모두 하곤 했지요. 그런데 제가 보기에는 어르신께서 농담을 하고 계시거나, 아니면 이 나리의 머릿속이 비어 있는 게 틀림없는 것 같은데요.」

「그대는 말할 수 없이 교활한 인간이로다.」 이때 돈키호테가 말했다. 「그대야말로 머리가 텅 빈 멍텅구리로구나. 너를 낳은 창녀 따위가 결코 따라오지 못할 정도로 내 머리는 꽉 차 있단 말이다.」

이렇게 말하기 무섭게 자기 옆에 있던 빵을 낚아채서 산양치기의 얼굴에 정통으로 날렸는데, 어찌나 세게 던졌는지 그자의 코가 뭉그러지고 말았다. 그러나 농담을 모르는 산양치기는 자기가 정말로 변을 당한다는 생각에 양탄자며 식탁보며 식사를 하고 있던 그 모든 사람들이며 상관하지 않고 돈키호테에게 덤벼들어 두 손으로 목을 움켜잡았으니, 만일 그 순간 산초 판사가 달려와서 그의 등을 붙들어 식탁 위로 같이 넘어지지 않았다면 돈키호테는 아마 질식하고 말았을 것이다. 이 난리에 쟁반은 박살 나고 컵은 깨졌으며 거기 있던 것들이 모조리 쏟아지고 흐트러져 버렸다. 돈키호테는 풀려나자 산양치기 위에 올라탔고, 산양치기는 산초의 사정없는 발길질로 얼굴이 온통 피투성이가 된 채 피비린내 나는 복수를 할 생각으로 엉금엉금 기어다니며 식사용 칼을 찾았다. 교단 회원과 신부는 말렸지만 이발사는 산양치기가 돈키호테를 깔고 앉을 수 있게 도와주었다. 그 덕에 그는 돈키호테에게 얼마나 많은 주먹세례를 날렸는지 그의 얼굴과 마찬가지로 가련한 기사의 얼굴에도 피가 비처럼 흘러내렸다.

교단 회원과 신부는 우스워서 배꼽이 빠질 지경이었고, 관리들도 재미있어 깡충깡충 뛰며 싸움판에 있는 개에게 하듯이 이쪽과 저쪽을 부추겼다. 오직 산초만이 주인을 돕지 못하도록 자기를 방해하는 교단 회원의 하인에게서 벗어나지 못해 절망하는 중이었다. 결국 서로 할퀴고 때리는 두 사람을 제외하고는 모두가 즐거운 축제 한가운데 있었는데, 그때 아주 슬픈 나팔 소리가 들려왔다. 사람들은 소리가 나는 쪽으로 고개를 돌렸으니, 그 소리에 가장 열심히 떠들어 댄 건 돈키호테였다. 비록 자기 뜻과는 정반대로 산양치기 밑에 깔린 채 엄청나게 두들겨 맞는 중이었지만 그는 이렇게 말했다.

「악마야. 악마가 아니고서야 이럴 수 없지. 내 힘을 억압할 만큼의 힘과 용기를 가진 걸 보니 악마가 틀림없어. 이 악마야, 네게 부탁하건대 딱 한 시간만 휴전을 하자. 우리 귀에 들려오는 저 고통스러운 나팔 소리가 나를 뭔가 새로운 모험으로 부르고 있는 것 같으니 말이다.」

때리고 맞느라 이미 지쳐 있던 산양치기가 얼른 돈키호테를 놓아주자, 돈키호테는 일어서서 소리가 나는 쪽으로 고개를 돌렸다. 뜻밖에도 고행하는 사람들처럼 하얀 옷을 입은 많은 남자들이 비탈길을 내려오고 있었다.

사실은 그해 구름이 땅에 비를 내리는 것을 거부하고 있었기에, 하느님의 자비로운 손길이 열려 비를 내리게 하시기를 기원하는 기우제나 고행 행렬이 그 근방 모든 곳에서 이어지던 중이었다. 이러한 목적으로 근처의 마을 사람들이 이 골짜기의 비탈길에 있는 한 성스러운 암자로 행렬을 지어 오고 있었던 것이다.

고행자들의 이상한 복장을 본 돈키호테는 몇 번이나 이미 그것들을 보았던 사실은 잊은 채 모험이라는 생각을 했고, 그 모험을 해치우는 것은 바로 편력 기사인 자기 혼자만이 해야 할 일이라고 여겼다. 이런 그의 상상을 더 확실하게 부채질한 것은 사람들이 상복으로 덮어서 갖고 오고 있던 성모상으로, 그는 그것이 저 비열하고 무례한 악당들이 억지로 데리고 가는 어떤 지체 높은 귀부인일 것이라고 생각했던 것이다. 이러한 상상이 머릿속으로 떨어지자마자 그는 풀을 뜯고 있던 로시난테에게 달려가서는 안장에서 재갈과 방패를 끌러 순식간에 말에게 재갈을 물렸다. 그러고는 산초에게 칼을 달라 하면서 로시난테에 올라 방패를 팔에 걸고 거기 있던 사람들에게 큰 소리로 말했다.

「용감한 동행들이여, 지금이야말로 편력 기사도를 행하는 기사들이 이 세상에 존재한다는 게 얼마나 중요한 것인지 알 때요. 이 말씀은, 저기 포로로 잡혀가는 저 귀한 부인이 자유를 찾게 될 때 당신들이 편력 기사란 존경받아야 될 존재라는 걸 보게 되리라는 뜻이오.」

이렇게 말하면서 로시난테의 허벅지를 꽉 조였는데, 박차가 없었기 때문이다. 그는 전속력으로 ― 이 진실된 이야기 내내 로시난테가 느긋하게 달렸다는 대목은 한 번도 없지만 말이다 ― 고행자들에게로 달려갔다. 신부와 교단 회원과 이발사는 그를 저지하려 했으나 여의치 않았으며, 산초가 이렇게 외치는 소리도 그를 막을 수 없었다.

「어디 가세요, 돈키호테 나리? 우리의 기독교에 대항하러 가도록 나리를 부추기다니, 대체 나리의 가슴속에는 무슨 놈의 악마가 있는 겁니까요? 제 머리가 돌겠습니다요. 저건 고행자들의 행렬이고 받침대에 모시고 가는 저 부인은 순결하신 성모님의 축복받은 성상이라는 걸 아셔야죠. 나리, 무슨 일을 저지르시려는지 좀 보세요. 이번에야말로 뭘 알고 하시는 게 아닌 것 같네요.」

산초의 노력도 허사가 되고 말았다. 그의 주인은 하얀 옷을 입은 사람들로부터 상복을 입은 부인을 구해 내야 한다는 데 온통 정신이 팔려 있어서 그 말이 귀에 들리지 않았다. 혹여 그 말이 들렸고, 심지어 왕의 명령이 있었다 할지라도 그는 되돌아오지 않았을 테지만 말이다. 그는 행렬에 다가가서는 벌써 좀 쉬고 싶다는 마음을 갖기 시작한 로시난테를 멈춰 세우고 쉰 목소리로 헐떡대며 말했다.

「그대들, 아마도 좋은 자들이 아니기에 얼굴을 가리고 있는 너희들, 내가 하려는 말을 잘 들을지어다.」

먼저 멈춰 선 사람들은 성상을 운반하던 이들이었다. 기도문을 외우며 가고 있던 네 명의 사제들 가운데 하나가 돈키호테의 이상한 몰골이며 비쩍 마른 로시난테며 그에게서 발견한 다른 우스꽝스러운 면면들을 보고는 대답했다.

「형제여, 우리한테 할 말이 있으면 빨리 하시오. 지금 이 형제들은 살을 에는 고행 중에 있으니 두 마디로 할 만큼 짧지 않다면 뭘 듣기 위해 멈출 수 없고 그럴 이유도 없답니다.」

「한마디로 말하겠다.」 돈키호테가 대답했다. 「바로 이 말이지. 지금 당장 그 아름다운 부인을 풀어 주어라. 그분의 눈물과 슬픈 얼굴이 그대들이 그분을 강제로 데리고 가는 것이며 어떤 무례한 짓을 범했음을 분명히 보여 주고 있다. 나는 그러한 모욕을 쳐부수기 위해 이 세상에 태어났으니 그분이 당연히 가지셔야 할 간절한 자유를 드리기 전까지는 여기서 한 걸음도 나아가지 못하게 할 것이다.」

이 말을 들은 사람들은 모두 돈키호테가 미친 게 틀림없다고 생각하고서는 마음껏 웃기 시작했는데, 이는 돈키호테의 분노에 화약을 끼얹은 꼴이었다. 돈키호테는 더 이상 말을 하지 않고 칼을 뽑아 받침대로 달려들었다. 그러자 그것을 받쳐 들고 있던 사람들 중 하나가 짐을 자기 동료들에게 맡기더니 쉬는 동안 받침대에 기대어 놓곤 하는 지렛대, 그러니까 막대기를 높이 들고 돈키호테에게 맞섰다. 돈키호테가 크게 휘두른 칼을 막느라 막대기가 두 동강이 나자 손에 남은 3분의 1로 돈키호테의 어깨를, 그것도 칼을 든 쪽을 무지막지하게 내리쳤으니, 그 시골 사람의 힘을 방패로 막을 수가 없었던 가엾은 돈키호테는 형편없이 땅에 나뒹굴고 말았다.

돈키호테를 잡으려고 숨을 헐떡이며 쫓아왔던 산초 판사는 주인이 말에서 떨어지는 것을 보고, 때린 그 사람에게 더 때리지 말라고 소리를 질렀다. 이분은 마법에 걸린 불쌍한 기사로 생전 누구에게도 나쁜 짓을 한 적이 없다고 하면서 말이다. 하지만 그 시골 사람을 멈춰 서게 한 것은 산초의 목소리가 아니라 손이며 발이며 꼼짝도 하지 않는 돈키호테의 모습이었다. 그는 자기가 사람을 죽인 줄 알고 급히 옷자락을 허리춤으로 걷어 올리고는 사슴처럼 들판으로 줄행랑을 쳤다.

이때는 이미 돈키호테의 일행 모두가 그 자리에 도착해 있었는데 이들이 달려오는 모습, 게다가 큰 활을 든 관리들까지 함께 오는 모습을 본 행렬은 무언가 좋지 않은 일이 일어날 것 같다는 두려움에 성상 주위로 모여들었다. 그러고는 뾰족한 모자로 된 얼굴 가리개를 올린 다음 채찍을 움켜쥐고, 사제들은 큰 촛대를 쥔 채 방어할 — 그리고 가능하다면 그들을 혼내 줄 — 각오를 하며 공격을 기다리고 있었다. 하지만 생각보다 운이 좋았던지 일이 잘 해결되었다. 다름 아닌 산초가 주인이 죽은 줄 알고 그의 몸 위에 엎드려 세상에서 가장 가슴 아프면서도 우스꽝스러운 통곡을 시작한 것이다.

신부가 행렬 가운데 있던 다른 신부를 알아본 덕에 양측 부대가 가졌던 두려움이 진정되었다. 첫 번째 신부가 두 번째 신부에게 돈키호테가 어떤 사람인지 두 마디로 설명하니 그와 고행자 일행은 그 불쌍한 기사가 죽었는지 살펴보러 갔고, 산초 판사가 눈물을 흘리며 하는 말을 듣게 되었다.

「오, 기사도의 꽃이시여, 몽둥이에 단 한 번 맞고 당신의 그토록 지쳐 버린 삶의 여정을 마감하시다니요! 오, 당신 가문의 명예이자, 라만차 전체뿐 아니라 온 세상의 영예와 영광인 나리께서 이 세상에 계시지 않으면 이 세상은 악행을 저질러도 벌받을 걱정이 없어진 악당들로 넘쳐 날 것입니다요! 오, 어느 알렉산드로스 대왕보다도 관대하셔서, 단지 여덟 달[394] 봉사한 대가로 바다에 둘러싸인 가장 훌륭한 섬을 저에게 주시다니요! 오, 거만한 자에게는 비굴하셨고 겸손한 자들에게는 오만하셨으며,[395] 위험을 무릅쓰시고 모욕에 시달리시며 이유도 없이 사랑에 빠지시고 착한 사람들을 따르시고 나쁜 사람들의 채찍이 되셨으며 천박한 자들의 원수가 되셨던, 결국 편력 기사이셨으니, 이 한마디로 모든 것이 말해집니다요!」

산초가 울부짖고 흐느끼는 통에 돈키호테는 되살아났는데, 그가 제일 먼저 한 말은 이런 것이었다.

「사랑스러운 둘시네아여, 그대를 떠나 사는 자 이러한 큰 불행에 처해 있습니다. 산초여, 나를 도와 마법에 걸린 수레에 태워 주게. 이 어깨가 온통 산산조각이 나서 로시난테의 안장을 압박할 수가 없네.」

「기꺼이 그럽죠, 나리.」 산초가 대답했다. 「나리의 행복을 바라는 이분들과 함께 마을로 돌아갑시다요. 거기서 우리로 하여금 더 큰 이익과 명성을

---

394 돈키호테가 산초를 종자로 데리고 집을 나온 지 17일이 되었다. 산초가 의도적으로 과장하는 것으로 볼 수 있다.
395 그 의도나 문맥상 산초는 지금 반대로 이야기하고 있다.

얻게 해줄 다른 출발을 준비합시다요.」

「그 말이 맞네, 산초여. 그리고 지금 흐르는 별의 흉악한 기운이 그냥 지나가도록 내버려 두는 것이 매우 분별 있는 일일 것 같구나.」

교단 회원과 이발사와 신부는 그 말씀대로 하시는 게 정말 좋겠다고 말하고는 산초 판사의 순박함을 아주 마음에 들어 하며 전에 왔던 대로 돈키호테를 소달구지에 실었다. 행렬은 정돈되어 다시 그들의 갈 길로 갔고 산양치기는 모두에게 작별을 고했다. 관리들은 더 이상 같이 가고 싶어 하지 않았기 때문에 신부가 그들에게 주기로 했던 돈을 지불했다. 교단 회원은 신부에게 돈키호테의 광기가 치료되는지 아니면 계속 미쳐 있는지 소식을 알려 달라고 하면서 작별을 고하고 자기 길을 떠났다. 결국 모두가 뿔뿔이 헤어져 신부와 이발사와 돈키호테와 산초 판사, 그리고 자기가 본 모든 것을 주인처럼 큰 인내로 참아 낸 착한 로시난테만 남았다.

소몰이꾼은 수레에 소들을 매고 돈키호테를 건초 더미 위에 앉힌 다음 늘 하던 대로 느릿느릿하게 신부가 이끄는 대로 따라가 엿새 만에 돈키호테의 마을에 도착하여 대낮에 마을에 들어섰다. 그날이 마침 일요일이라 광장에는 마을 사람들이 모두 나와 있었다. 광장 한가운데로 돈키호테의 달구지가 통과하는 바람에 사람들은 수레에 실려 오고 있는 것이 무엇인지 궁금하여 보려고 다가갔고, 같은 마을 사람이라는 걸 알자 모두 놀랐다. 한 소년이 돈키호테의 가정부와 조카딸에게 그녀들의 주인이며 외삼촌이 비쩍 마르고 누렇게 뜬 채 소달구지를 타고 건초 위에 뻗어서 오고 있다는 소식을 전하러 달려갔다. 유감스러운 일은 그 두 선량한 여인네들이 지른 외마디 소리를 듣는 것이었으니, 그녀들은 자신들의 뺨을 때리면서 또다시 그 망할 놈의 기사 소설들에다가 저주를 퍼부어 댔다. 돈키호테가 집 문으로 들어오는 것을 보자 이런 난리는 모두 되풀이되었다.

돈키호테가 돌아왔다는 소식을 듣고 산초 판사의 아내도 달려왔다. 그녀는 이미 자기 남편이 종자로서 돈키호테를 따라 함께 떠나간 사실을 알고 있었다. 산초를 만난 그녀가 가장 먼저 물어본 것은 당나귀가 무사한지였고, 산초는 자기 주인보다 더 무사하다고 대답했다.

「하느님께 감사하기도 하지.」 그녀가 대꾸했다. 「이렇게 무사하게 해주셨으니 말이에요. 그나저나, 이제 말 좀 해봐요, 여보. 종자 일로 무슨 좋은 거라도 건지셨나요? 앞이 트인 그 사보이 외투라도 내게 가지고 왔나요? 자식 놈들 줄 신발이라도요?」

「그런 건 아무것도 갖고 오지 않았어.」 산초가 대답했다. 「하지만 이 사람아, 내가 가지고 온 건 더 시간을 두고 더 생각해 볼 다른 것들이야.」

「그거 참 잘된 일이네요.」 아내가 말했다. 「그 더 시간을 두고 더 생각해 볼 그것들 좀 보여 줘요, 여보. 그것들이 보고 싶어요. 당신이 없는 긴 시간 동안 너무나 슬프고 외롭게 있었던 이 마음에 기쁨을 주고 싶어서 그래요.」

「집에 가서 보여 주지.」 산초는 말했다. 「지금은 좀 참아. 하느님 덕에 우리가 다시 모험을 찾아 떠나게 되면, 당신은 금방 내가 백작이 되거나 아니면 섬을 다스리는 자가 되는 걸 보게 될 거야. 그냥 그렇고 그런 섬이 아니라 세상에서 가장 좋은 섬 말이야.」

「하늘이 그렇게만 해준다면야 얼마나 좋겠어요, 여보. 꼭 그렇게 되어야 해요. 그런데, 섬이라니 그게 뭐래요? 무슨 말인지 도통 모르겠는데요.」

「꿀은 당나귀 입을 위한 게 아니니. 때가 되면 알게 돼. 더군다나 당신, 신하들이 모두 마님 마님 하는 소리를 들으면 놀라게 될걸.」

「무슨 소리를 하고 있는 거예요, 여보? 마님은 뭐고 섬은 뭐고 신하는 또 뭐래요?」 후아나 판사가 물었다. 산초의 아내 이름이 이러했으니, 그들이 친척이라서 그런 건 아니고 아내가 남편의 성을 취하는 것이 라만차 지역의 풍습이기 때문이었다.

「여보, 당장 이 모든 것을 알겠다고 보채지 좀 말아. 내가 당신한테 사실을 말하고 있는 것으로 충분하니 이제 입 좀 다물어. 다만 말이 나온 김에 일러둘 것은, 정직한 사내라면 모험을 찾아 헤매는 편력 기사의 종자가 되는 것보다 세상에 더 즐거운 일은 없다는 거야. 물론 만난 모험들의 결과가 대부분 원했던 만큼 마음에 들 정도는 아니었던 것은 사실이지만 말이야. 1백 가지 모험 중에서 아흔아홉 가지가 정도에서 벗어나고 꼬이는 법이거든. 난 그걸 경험으로 아는데, 어떤 때는 내가 담요로 헹가래를 쳐지기도 했고 또 어떤 때는 죽도록 맞기도 했지. 하지만 이 모든 일이 있더라도 산을 넘고 숲을 뒤지고 바위를 밟고 성을 방문하고 마음 내키는 대로 돈 한 푼 지불하지 않은 채 객줏집에 묵으면서 모험을 기다리는 것은 멋진 일이야.」

이런 대화가 산초 판사와 그 아내인 후아나 판사 사이에 오가는 동안 돈키호테의 가정부와 조카딸은 돈키호테를 맞이하여 옷을 벗기고 그가 쓰던 침대에 눕혔다. 그는 비스듬히 그녀들을 바라보고 있었으나 자기가 어디에 있는지는 도무지 알 길이 없었다. 신부는 조카딸에게 외삼촌을 신경 써서 돌봐 드리고 다시 집에서 빠져나가는 일이 없도록 경계를 늦추지 말라고 당부하며 그를 집으로 데리고 오기 위해 겪어야 했던 일들을 들려주었다. 이 이야기에 두 여인은 다시 하늘에 대고 소리를 지르고 기사 소설에 대한 저주를 시작했다. 그런 거짓말과 엉터리를 쓴 작가들을 지옥의 한가운데 섞어 버리라고 하늘에 빌기도 했다. 마지막으로 그녀들은 자기들 주인이며 외삼촌의 건강이 조금이라도 좋아지는 순간 또다시 자기들만 남게 되지 않을까 하는 두려움으로 어찌할 바를 몰라 했다. 그리고, 그녀들이 상상한 대로 되었다.

돈키호테가 세 번째로 집을 나가 겪게 된 모험 이야기가 있을까 싶어

이 이야기의 작가는 호기심을 가지고 열심히 찾아 보았으나, 적어도 그 사람에 대해 믿을 만한 기록으로 남겨진 소식은 발견하지 못했다. 다만 라만차 사람들의 기억에 의하면, 돈키호테는 세 번째로 집을 나갔을 때 사라고사로 가서 그곳에서 벌어진 유명한 몇몇 무술 경연 대회에 참가했으며 거기서 그의 용기와 분별력에 어울리는 사건들을 겪었다는 소문만이 있을 뿐이었다.[396] 그의 죽음과 그가 어떻게 인생을 마쳤는지에 대해서도 작가는 무엇 하나 얻을 수 없었는데, 그러던 중 한 늙은 의사를 만나는 행운 덕분에 아무것도 얻지 못하고 돈키호테에 대해 아는 것이라고는 아무것도 없었을 뻔한 상황을 모면할 수 있었다. 그 의사의 얘기로는, 새로 지으려 했던 어떤 낡은 암자의 무너진 토대에서 발견된 납 상자 하나를 그가 가지고 있다는 것이었다. 그 상자에는 고딕 문자지만 에스파냐어로 운문이 쓰인 양피지가 몇 장 들어 있었는데, 돈키호테의 무훈에 대한 내용이 많으며 둘시네아 델 토보소의 아름다움과 로시난테의 생김새와 산초 판사의 충성심은 물론 돈키호테의 무덤에 관한 정보, 즉 그의 생애와 버릇 등에 관한 여러 가지 비문과 찬사들이 있다고 했다.

  이 새롭고도 결코 본 적 없는 이야기의 충실한 작가가 이것을 판독하여 분명히 밝힐 수 있었던 내용들을 여기에 적는다. 이것을 세상에 밝히기 위해 라만차의 고문서들을 모두 뒤지고 조사하느라 엄청나게 노력한 작가가 그에 대한 보상으로 이것을 읽고자 하는 사람들에게 바라는 바는, 세상에서 대단히 사랑받고 있는 기사 소설들에 대한 점잖은 사람들의 믿

---

[396] 세르반테스의 『돈키호테』에 이어 또 다른 돈키호테를 쓸 수 있도록 여지를 제공한 대목이라고 볼 수 있다. 아베야네다Alonso Fernández de Avellaneda의 『돈키호테』 속편을 보면 주인공과 산초가 사라고사로 간다. 하지만 세르반테스는 자신이 『돈키호테』 전편의 작가임을 밝히기 위하여 10년 후 『기발한 기사 돈키호테 데 라만차』, 즉 『돈키호테』 속편을 발표하면서 주인공과 산초는 이 도시에 가지 않고 그 주변에 머물다가 바르셀로나로 향하는 것으로 이야기의 내용을 바꾸어 전개한다.

음과 같은 믿음을 여기에도 달라는 것뿐이다. 이것으로 작가는 보답을 받았다고 생각하고 만족스러워하면서 다른 기사도 이야기를 만들거나 찾아내는 일에 용기를 얻을 것이다. 진실 그 자체는 아니라 하더라도, 적어도 상당히 기발하고 재미있는 이야기들을 말이다.

그 납 상자에서 발견된 양피지에 쓰여 있던 첫 대목은 이러했다.

라만차 지역, 라 아르가마시야의 한림원 회원들이,
용감한 돈키호테 데 라만차의 삶과 죽음에 임하여,
이렇게 기록하노라

라 아르가마시야의 한림원 회원 모니콩고[397]가
돈키호테의 무덤에 바친다.

비문

라만차를 하손 데 크레타[398]보다
더 많은 전리품으로 장식해 준 미치광이,
넓었더라면 더 좋았을
날카로운 풍향계를 가졌던 판단력,

자신의 위력을 더없이 펼쳤던 팔이

---

397 Monicongo. 콩고의 흑인들을 부르던 이름. 세르반테스는 앞으로 언급될 다른 이름들과 마찬가지로 재미 삼아 이런 이름을 사용한 듯하다. 물론 아르가마시야에 그런 한림원은 없다.

398 Jasón de Creta. 신화 속 크레타의 이아손으로 그는 황금 양털을 빼앗기 위해 아르고호를 타고 간 일행의 우두머리였다.

카타이[399]에서 가에타[400]까지 이르러,
무시무시하면서도 신중하기 그지없는 뮤즈가
동판에 시로 새기었나니,

사랑과 용기에 의거하여
아마디스 일족을 뒤로 제치고
갈라오르 무리를 무시한 자,

벨리아니스 기사들을 입 다물게 한 자,
로시난테를 타고 방랑한 그자가
이 차가운 묘석 아래 누워 있노라.

라 아르가마시야의 한림원 회원인 파니아구아도[401]가
둘시네아 델 토보소를 칭송하며
소네트

여기 보시는 살찐 얼굴에
큰 가슴과 기백 넘치는 거동의 이 여인이
위대한 돈키호테가 연모했던
엘 토보소의 여왕 둘시네아요.
그녀 때문에 그는 그 큰 산맥

---

399 Catay. 중세의 작가들은 중국을 카타이라고 불렀다.
400 Gaeta. 이탈리아의 항구.
401 Paniaguado. 〈심부름꾼〉이라는 뜻을 가지고 있다.

시에라 네그라⁴⁰²의 이곳저곳을 누볐고,
그 유명한 몬티엘 평원이며 잡초 무성한
아랑후에스 들판까지 지치도록 걸어다녔소.

로시난테의 잘못. 오, 가혹한 운세여!
이 라만차의 귀부인과
이 불굴의 편력 기사는 젊은 나이에,

그녀는 죽어 가면서 아름다움 사라졌고,
그는 비록 대리석에 쓰였으나
사랑과 분노와 속임에서 도망갈 수 없었도다.

라 아르가마시아의 아주 신중한
한림원 회원인 카프리초소⁴⁰³가 돈키호테의 말
로시난테를 칭송하며
소네트

전쟁의 신 마르스가 피 묻은 발로 밟은
고고한 금강석 옥좌에서
라만차의 기사가 신비한 힘으로
자기의 깃발을 미친 듯이 흔들어 댔다.

---

402 Sierra Negra. 시에라 모레나 산맥을 말한다.
403 Caprichoso. 〈변덕쟁이〉라는 의미를 갖고 있다.

부수고, 괴멸시키고, 베고, 나누는
날카로운 칼과 갑옷을 내려놓으니,
새로운 위업이여! 하지만 기술은
새로운 전사에게 새로운 형식을 창안하는도다.

만일 가울라 지방이 자기네 사람 아마디스에 우쭐했다면,
그리스는 그의 용감한 후손들로
수천 번 승리를 얻어 이름을 떨쳤지.

오늘날 벨로나[404] 여신이 주재하는 어전에서
키호테에게 영광의 관을 씌우니, 고귀한 라만차는
그리스와 가울라보다 키호테로 더 의기양양하도다.

그의 영광 결코 잊히지 않으니,
그의 늠름함으로 로시난테까지도
브리야도로[405]와 바야르도[406]를 능가하는도다.[407]

---

404 Belona. 로마인들이 숭배한 전쟁의 여신.
405 Brilladoro. 오를란도가 타던 말.
406 Bayardo. 「광란의 오를란도」에서 레이날도스가 타던 말.
407 소네트는 원래 4행시로 된 두 개의 연과 3행시로 된 두 개의 연으로 되어 있는데 이 시에는 마지막에 3행시가 하나 더 있다. 이를 두고 이탈리아 수사학에서는 〈카우다토 *caudato*〉라고 한다. 꼬리가 붙었다는 의미이다.

라 아르가마시야의 한림원 회원 부를라도르[408]가
산초 판사에게
소네트

산초 판사는 이런 사람, 몸은 작지만
용기는 대단하니, 이상한 기적이라!
세상 가장 순박하고 속임수 없는 종자라고
나 그대들에게 맹세하고 증명하오.

거의 백작이 될 뻔했으니,
당나귀 한 마리도 용서하지 못하는
인색한 세상의 무례함과 모함들이
그를 해치려 동맹 맺지 않았더라면.

이 순한 종자는 당나귀 타고 다녔지(거짓말이라 미안)
순한 말 로시난테와
주인의 뒤를 좇아서 말이지.

오, 인간의 헛된 희망이여!
어찌 그대 휴식을 취할 거라 생각한단 말인가,
결국은 그림자와 연기와 꿈으로 끝날 것을!

---

408 Burlador. 〈조롱하는 자〉, 〈우롱하는 자〉라는 뜻이다.

라 아르가마시야의 한림원 회원 카치디아블로[409]가
돈키호테의 무덤에 부쳐
비문

이곳에 엄청 두들겨 맞고
고생하며 편력한 기사가 누워 있노라.
로시난테가 이 길 저 길로
그를 데리고 다녔노라.
그의 옆에 멍청한
산초 판사도 누워 있으니
세상의 종자 중에서
제일 충실한 종사였노라.

라 아르가마시야의 한림회원 티키톡[410]이
둘시네아 델 토보소의 무덤에 부쳐
비문

이곳에 둘시네아가 잠들어 있노라.
뚱뚱한 그 몸도
경악스러운 추악한 죽음이
먼지와 재로 만들어 버렸노라.

---

409 Cachidiablo. 〈악마 *diablo*〉라는 단어 앞에 강세 접두어를 붙여 〈악마 중에서도 악마〉라는 뜻이 되었다. 카를로스 5세 때 해적질을 일삼았던 알제 해적을 이렇게 불렀다.
410 Tiquitoc. 발음 자체의 희화성을 노리고 세르반테스가 지어낸 이름이다.

순수 혈통의 가계에서 태어나
귀부인다운 면면을 지녔더라.
위대한 키호테의 불꽃이었으며
자기 마을의 영광이었더라.

이것만이 판독할 수 있는 시였다. 나머지 것들은 글자에 좀이 슬어 어림짐작으로라도 밝혀 보라고 한림원 회원에게 맡겼다. 밤을 새워 가며 노력한 결과 밝혀냈다는 소식이 왔는데, 돈키호테의 세 번째 출발을 기대하면서 그것을 발표할 생각이라고 한다.

Forsi altro cantera con miglior plectio(아마도 다른 사람이 더 훌륭한 펜으로써 노래하리라).[411]

끝

〈제2권에 계속〉

---

411 아리오스토의 「광란의 오를란도」에 나오는 구절인데 철자에 다소 차이가 있다. 원문은 다음과 같다. 〈*Forse altri cantera con miglior plettro.*〉 아리오스토가 오를란도의 광기에 대한 이야기를 마치고 만드리카르도의 모험에 대한 이야기로 넘어갈 때 이렇게 적어 놓았다. 세르반테스는 이렇게 『기발한 이달고 돈키호테 데 라만차』를 끝내면서 다른 작가로 하여금 이야기를 계속 쓸 여지를 제공하고 있는데, 그 결과 아베야네다라는 필명의 작가가 〈돈키호테 속편〉을 써 1614년에 발표했다. 세르반테스는 이 속편에서 자기가 창조한 돈키호테와 너무 다른, 노망난 돈키호테가 탄생한 것을 보고 1년 뒤에 발간한 1615년의 『기발한 기사 돈키호테 데 라만차』에서 스스로 진짜 『돈키호테』의 저자임을 밝히기 위해 전편에서 자신이 말해 놓았던 내용을 바꾸어 버렸다.

옮긴이 **안영옥** 한국외국어대학교 스페인어과를 졸업하고 스페인 마드리드 국립 대학에서 「오르테가의 진리 사상 연구」로 문학 박사 학위를 취득했다. 스페인 외무부와 오르테가 이 가세트 재단 초빙 교수를 지냈으며 현재 고려대학교 스페인어문학과 교수로 재직하고 있다. 『스페인 중세극』, 『스페인 문화의 이해』, 『스페인 문법의 이해』, 『올라, 에스파냐: 스페인의 자연과 사람들』, 『왜, 스페인은 끌리는가?』, 『페데리코 가르시아 로르카』 등을 썼고, 스페인 최초의 서사 작품 『엘 시드의 노래』, 14세기 승려 문학의 꽃 『좋은 사랑의 이야기』, 돈키호테가 없었더라면 대신 그 영광을 차지했을 『라 셀레스티나』, 돈 후안을 탄생시킨 『세비야의 난봉꾼과 석상의 초대』, 바로크극의 완결판 『인생은 꿈입니다』, 케베도의 시 105편과 해설집 『죽음 저 너머의 사랑』, 오르테가의 미학론 『예술의 비인간화』, 로르카의 3대 비극 『피의 혼례』, 『예르마』, 『베르나르다 알바의 집』, 스페인 최초의 부조리극 『세 개의 해트 모자』, 라파엘 알베르티 시선 『죽음의 황소』, 비오이 카사레스의 판타지 소설 『러시아 인형』 외 다수의 책을 우리말로 옮겼다.

돈키호테 1

발행일 2014년 11월 15일 초판 1쇄
2024년 12월 25일 초판 36쇄

지은이 미겔 데 세르반테스 사아베드라
옮긴이 안영옥
발행인 홍예빈
발행처 주식회사 열린책들

경기도 파주시 문발로 253 파주출판도시
전화 031-955-4000 팩스 031-955-4004
홈페이지 www.openbooks.co.kr 이메일 literature@openbooks.co.kr

Copyright (C) 주식회사 열린책들, 2014, Printed in Korea.
ISBN 978-89-329-1680-4 04870
ISBN 978-89-329-1684-2 (세트)

이 도서의 국립중앙도서관 출판예정도서목록(CIP)은 서지정보유통지원시스템 홈페이지(http://seoji.nl.go.kr)와 국가자료공동목록시스템(http://www.nl.go.kr/kolisnet)에서 이용하실 수 있습니다.(CIP제어번호: CIP2014031615)